# 綠火星
## Green Mars

作者　Kim Stanley Robinson
譯者　藍目路

發行人　蘇拾平
出版　臉譜出版

發行　城邦文化事業股份有限公司
台北市信義路二段 213 號 11 樓
電話：（02）2396-5698 / 傳真：（02）2357-0954
郵撥帳號：1896600-4
城邦文化事業股份有限公司
城邦網址：http:/www.cite.com.tw

香港發行　城邦（香港）出版集團
香港北角英皇道 310 號雲華大廈 4/F，504 室
電話：25086231 / 傳真：25789337

新馬發行　城邦（新、馬）出版集團
Cite(M) Sdn. Bhd. (458372 U)
11, Jalan 30D/146, Desa Tasik, Sungai Besi,
57000 Kuala Lumpur, Malaysia
電話：603-9056 3833 / 傳真：603-9056 2833
email：citekl@cite.com.tw

初版一刷　2001 年 5 月 1 日
版權所有・翻印必究（Printed in Taiwan）
ISBN　957-469-432-1
定價　650 元
（本書如有缺頁、破損、倒裝，請寄回更換）

# 綠火星書評

「另一部鉅作……我想不出還有誰能如此絲絲入扣且鉅細靡遺地描繪出這種開疆闢土的雄偉境地。由此刻起，金·史丹利·羅賓遜將長期稱霸科幻小說界。」

——科幻小說世代

「史詩這個名詞經常有人引用……，但除了篇幅長之外幾乎已不具任何意義。然而金·史丹利·羅賓遜的最新力作《綠火星》卻將這個文體的意義再次展現，幾乎沒有其他作品能並駕齊驅……如鑽石般質地緊密、光滑璀璨，更使其他許許多多的好書相形之下變得細瑣平庸、蒼白失色。」

——華盛頓郵報書香世界

「新世代科幻小說最偉大的冒險傳說之一。」

——芝加哥太陽報

「有著與使《紅火星》廣受喝采的令人屏息的視野，可信的科學論述以及智慧勇敢毅力等相同特質。」

——每日新聞·洛杉磯

「視野偉壯，結構緊湊。」

——紐約時報書摘

# 紅火星書評

「引人入勝的傑作……絕佳的科學想像力，極為罕見的野心之作。」

—— 紐約時報書評

「好看得讓人不敢置信。前所未見的火星殖民史，壯觀遼闊。」

—— 亞瑟·克拉克

「金·史丹利·羅賓遜的小說與短篇故事，是現代科幻小說的重要組成部分，讓人過目難忘……他開發了一種嶄新的科幻小說寫作形式，角色刻畫深刻動人，一如近代的小說，情節波瀾壯闊，比起以現代為背景的小說，毫不遜色。」

—— 紐約時報書評

「奇峰突起，一新耳目，這是一本沒有火星綠毛怪物的火星小說，在裡面，找不到阿諾·史瓦辛格大戰惡棍的老套……對真正的科幻迷來說，羅賓遜妙手生花，把艱澀的硬科學，化為一齣二零二六年上演的未來探險。」

—— 印第安那波利斯星報

「我幾年來讀過最出色的純科幻小說，全書充滿恩怨情仇、科技見解、驚人的天文見識、令人目不暇接的歷史進展，使人大感振奮，我將之視為一部全新的《火星紀事》（Martian Chronieles）之序曲。」

—— Michacl Bishop 科幻小說年代

# 目次

火星三部曲

# 綠火星
## Green Mars

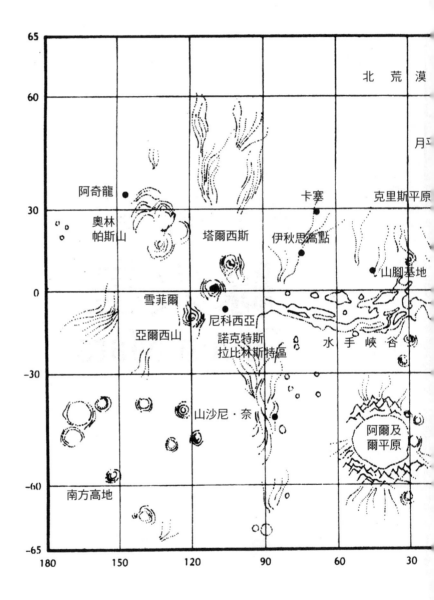

北　荒　漠

月□

阿奇龍　卡塞　克里斯平原

奧林
帕斯山　塔爾西斯　伊秋思鎬點

山腳基地

雪菲爾　尼科西亞

亞爾西山　諾克特斯
拉比林斯特區　水　手　峽　谷

山沙尼·奈

阿爾及
爾平原

南方高地

65
60
30
0
-30
-60
-65

180　150　120　90　60　30

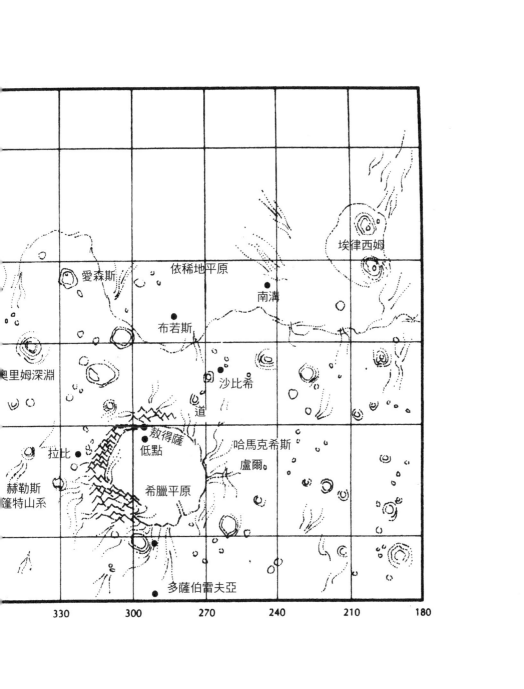

埃律西姆

依稀地平原

愛森斯

南溝

布若斯

奧里姆深淵

沙比希

道

敖得薩

哈馬克希斯

拉比

低點

盧爾

赫勒斯
篷特山系

希臘平原

多薩伯雷夫亞

330　　　300　　　270　　　240　　　210　　　180

# 第一部　火星化

重點不是要建造另一個地球，亦非另一個阿拉斯加、西藏、佛蒙特州或威尼斯，甚至也不是南極大陸。重點是要建造一個新的、陌生的，特別含有火星屬性的地方。

就某種層面來說，我們有什麼動機什麼意圖並不重要。即使我們真有心要建造另一片西伯利亞或撒哈拉，也不會有什麼成果，因為演化不許。在本質上這是一種演化過程，就像當初生命從最原始的狀態中奇蹟般跳脫物質層級，之後生命從海洋進階到陸地一般，誘發一切演化成果的絕非動機意圖。

又一次，我們從一個新世界的起始原點掙扎奮進，而這回是全然的異形，徹底的外來物。二〇六一年雖因大洪水的切割而留下巨大綿長的冰河，它依舊是個非常乾涸枯燥的世界；雖然已經開始創造大氣層，空氣依舊非常稀薄；即使早已引用一切加熱系統，平均溫度依舊遠遠落在冰點之下。所有這些現狀條件讓生命的存續極為困難。然而生命本身堅韌強勁並富有適應力，它是向宇宙挺進的一股鮮綠蓬勃動力。二〇六一年災難發生之後，整整十年的時間人們在有裂縫、覆碗似的穹形天頂以及破損的帳篷裡掙扎求生，收拾殘骸，重整秩序；在隱密的庇護所中，進行建造新社會的工作。而外面寒冷地表上，新的植物開始在冰河兩翼、低窪盆地溫暖處，以緩慢卻不可阻卻的浪潮般衝力匍匐繁衍。

當然，我們所有新生物相的基因模版原屬地球；創造設計的心靈也來自地球；但是地形卻是火星的。地形是個掌控全局的基因工

程大師，它決定什麼可以揮舞挺進，什麼不能；它推動漸進的變異，進而演化出新物種。之後世代更迭，單一生物圈內所有成員一起發展，以複雜的共同反應來適應其生存的地形空間，一種創造性的自我設計能力。這一套演化程序，不管我們怎樣去干涉介入，到頭來總是會逸出我們的掌控。基因突變、物種推演更新促成了新的生物圈以及一個嶄新的「靈智圈」（譯註：noosphere，noos 於希臘文意為心靈思想，而靈智圈〔noosphere〕乃人類思想和文化所創造出來的世界生活的一部分，以與代表非生命的地理圈〔geosphere〕以及代表生命的生物圈〔biosphere〕區隔）。到最後，設計者的中心思想以及其他一切，都將徹底改變。這就是打造火星的過程。

　　有一天，天空坍落下來。圓盤狀的冰大片大片墜落到湖裡，接著開始轟隆隆撞擊水濱沙丘。孩子們如受驚的磯鷸般張惶逃竄。奈加狂跑起來，越過沙丘直奔村莊，衝進暖房大喊，「天塌下來了，天塌下來了！」彼得聞言即如箭矢般射向門外，飛奔過沙丘，速度快得奈加追也追不上。

　　回到水濱沙丘畔，一方方格子狀冰塊刺戳砂石，到處一片狼藉，一些塊狀乾冰在湖水裡嘶嘶作響。孩子們逐漸靠攏圍在彼得身旁，他抬頭仰望極遠極高的穹形天頂。「回村莊去。」他嚴厲的說。在回去的路上，他卻笑了起來。「天塌下來了！」他唧唧咕咕著，一邊揉弄奈加的頭髮。奈加滿臉通紅，道與賈姬也跟著笑，他們呼出的白霧迅速凝結成白色羽狀物。

　　彼得是攀上穹形圓頂修復天幕的人員之一。他和加清、米歇爾彷如蜘蛛般攀爬到可以俯瞰村莊全貌的地方，再移動到水濱上方，接著抵達湖水之上。現在他們的身影看起來有如孩童般嬌小，整個人懸吊在連結冰鉤的繩索上。他們往天幕破洞處噴灑水柱，讓它們凝結成透明的冰層，覆蓋住裡面的一層白色乾冰。他們下來之後，低聲談論著外面的溫暖世界。廣子從她位於湖邊的竹搭小亭台站出來觀望，奈加問她，「我們必須離開嗎？」

　　「終有一天我們全都要離開，」廣子說。「火星上沒有什麼是永久的。」


　　但是奈加喜歡穹形圓頂下的世界。早晨，他從自己那間高據「克雷薛月形排屋」裡的圓形竹房裡醒來，向寒冷的沙丘奔去，同行的還有賈姬、瑞秋、法朗茲，以及其他早起的人們。他看到廣子在遠處的水濱，宛如舞蹈仙子似的跨著步伐，飄搖浮動在她自己水中的倒影上。他想要到她身邊去，可是上學時間到了。

　　他們回到村莊，一窩蜂湧進學校衣帽間，紛紛脫下大衣掛上掛鉤，站著將青藍的手往暖氣爐架伸去，同時等著今日的授課老師。

如果那天的授課老師是機器人博士，他們就有可能無聊到麻木遲鈍
起來，心不在焉的數著它如秒針似準確的眨眼動作。而如果是年邁
醜陋的好巫婆，那麼他們就會整天在外邊建造東西，活力充沛的體
認工具帶來的成就感。但如果是年邁卻美麗的壞巫婆，那麼他們整
個早上都得杵在課桌前，努力的用俄文思考，還得時時擔心悄聲嘻
笑或打個小盹時手心可能捱上一記敲打。壞巫婆有滿頭銀髮、凶惡
的眼神、鷹鉤鼻，就像湖邊松樹林裡的鴞。奈加對她心懷恐懼。

　　所以他跟其他孩子一樣，看到學校大門打開走進壞巫婆時，感
到滿心沮喪，另一方面卻小心翼翼的將情緒隱藏起來。但是這天她
似乎非常疲倦，甚至在他們算術都做得一塌糊塗之後，還讓他們準
時放學。奈加跟著賈姬和道離開學校來到轉角，停在克雷薛月形排
屋和廚房後面之間的小走道上。道對著牆撒尿，賈姬拉下她的底褲
表示她也可以照做，就在這時壞巫婆繞過轉角來到近前。她伸出手
臂把他們三個人拉出小走道，奈加和賈姬倆被掐握在她一隻利爪
中；來到廣場後，她一邊狠狠打著賈姬的屁股，一邊狠狠的對著男
孩們大聲斥責：「你們兩個離她遠遠的！她是你們的姊妹呀！」賈
姬哭著，扭轉著要拉上她的底褲，忽然看到奈加正猛盯著她瞧，於
是奮力轉身，試圖揮拳朝他和瑪雅打去，卻又一忽兒間光屁股跌倒
在地，頓時嚎啕大哭起來。

＊　　＊　　＊

　　賈姬並不是他們的姊妹。在采塢（譯註：Zygote，本意為生物
學上的結合體或受精卵，此為一庇護所名稱）裡，第三代孩子們共
有十二個，他們像兄弟姊妹般生活在一起，其中多數的確是兄弟姊
妹，但並非全是。這關係太過紛亂複雜，因而很少拿出來討論。賈
姬和道年紀最長，奈加晚一個季，剩下的人就都擠在同一個季節裡
出生，有瑞秋、愛蜜立、芮尤、史地夫、希模、南迪、逖尤、法朗

茲，還有胡新。廣子可算是采塢裡所有人的母親，但就實質意義來說只對奈加、道，以及其他第三代中的六個人屬實，另外還包括幾個第二代的成年人。然而就另一層意義而言，他們都是母親女神的孩子。

賈姬是愛沙的女兒。愛沙在與賈姬的父親加清起了衝突後便遠離他去。他們之中多數都不知道他們的父親是誰。有一回奈加為追蹤一隻螃蟹而匍匐在一個沙丘上，隱隱約約看到頭頂上方的愛沙和加清，愛沙在哭泣，而加清怒喊著，「如果妳要離開我，就離開吧！」他語氣也有掩飾不住的哽咽。他有一顆粉紅石上顎犬齒。他也是廣子的一個孩子；所以賈姬應該算廣子的孫女。就是那樣。賈姬有一頭長長的黑髮，在采塢是跑得最快的一個，這得撇開彼得不談。奈加可以跑得最遠，有時可以連續繞著湖跑上三到四圈，但是在全力衝刺競跑上，賈姬是最快的。她總是笑著。如果奈加跟她起口角，她會說：「好吧，奈加老伯。」然後嘲笑他。她是他的姪女，雖然她比他早一季出生，但不是他的姊姊。

學校的門被人轟隆一聲撞開，進來的是「土狼」，今天的老師。土狼一直在全世界旅行，因而待在采塢的時間非常短暫也非常有限。由他當授課老師的那天會變成個大日子。他通常領著他們在村莊裡尋找各種稀奇古怪的事情來做，還不時點名要他們之中的一個大聲朗誦，唸一些叫人根本無法了解的書，作者則是那些早已作古的哲學家像巴庫寧（譯註：Bakunin, 1814—76，俄國無政府主義者，第一國際的成員）、尼采、毛、普克金。這些人包羅萬象的思想在長長水濱河畔吱吱喳喳的語聲中像躺在水灘邊的一顆顆鵝卵石。土狼要他們唸的《奧德賽》或聖經裡的故事比較好懂，然而那裡面充滿著動盪不安，故事裡的人物不停彼此殺戮，廣子說那很糟糕而且錯誤。當他們讀著這些殘忍的故事時，土狼會一面嘲笑廣子一面莫名其妙的長聲嚎叫起來，還會就他們所讀到的情節提出艱奧

複雜的問題，又跟他們爭辯理論，好像他們真知道自己在說什麼似的，這有時很令人驚慌。「你會怎麼做？為什麼要那樣做？」另外，在這同時他還教他們認識李克歐佛燃料回收器如何操作，或要他們檢查湖水造浪機器上的水利活塞，直到他們的手從青藍轉成白色，牙齒劇烈打顫連話都說不清楚為止。「你們這些小孩挺怕冷的呵，」他說，「只有奈加例外。」

奈加懂得如何適應寒冷。他切身瞭解寒冷入侵的所有過程，而且他並不討厭那種逐層侵入的感覺。厭惡寒冷的人無法懂得人其實可以調節自己來適應它，它所造成的壞影響可以經由身體內部充分的推力而處理化解。奈加對熱度也同樣的熟悉。如果你把熱氣很努力的推出來，那麼寒冷將只是在你身體外圍環繞著的一層活躍懾人的包裹。於是寒冷的終極效益變成一股刺激動力，讓你想要奔跑。

「嘿，奈加，空氣溫度是多少？」

「兩百七十一。」

土狼的笑聲叫人毛骨悚然，是一種動物性的咯咯響聲，外加所有可以想像到的噪音之結合。而且每一次都不同。「好了，讓我們關掉造浪機器，看看湖水平靜下來是什麼樣子。」

湖裡的水始終維持液體狀態，而穹形天幕內側的水冰層則必須維持固體狀態。薩克斯說過，這解釋了這裡何以會有雲霧、突然颳起的風等等變化，以及雨、濃霧和偶爾降下的雪。這天天氣控制機近乎靜默無聲，穹形圓頂覆蓋下的廣大半球範圍內幾乎沒有任何風動的痕跡。關掉造浪機器後，湖面很快的穩定下來，回復平滑無波的圓形淺盤狀態。水的表層轉成跟穹形圓頂一般的白，但在簾幕般的白色光芒下湖底的綠色水藻仍清晰可見。整座湖水於是出現了純然的白和深厚的綠。遠處沙丘以及松林灌木的景象倒映在這個雙色湖水裡，清晰得有如鏡中的影像。奈加緊緊盯住這番景色只覺心醉神迷，剎那間周圍所有一切都退開了，只剩下眼前這個叫人屏息的綠白景象。他看到：兩個世界，不是一個——而是兩個世界存在於

同一個空間裡，而且同時可看到，它們看來是分離著的不同物體，然而卻又撞擊扭轉在一起，使它們只能從某個特定角度才能看出裡面實際上存有兩個世界。推動視線的外景，就像推動寒冷形成的圍裹外衣：推動！如此的顏色……

「火星對奈加，火星對奈加！」

他們嘲笑他，說他總是一副太虛神遊的模樣。他的朋友其實很喜歡他，這可以從他們的臉上看出。土狼從岸邊平坦的冰塊上敲下幾片，朝著湖水丟去，任其飛躍彈跳在湖面上。他們全體跟進，直到相互交叉舞弄的白綠漣漪粉碎了倒映的水底世界。「看哪！」土狼叫著。在丟擲之間，他不停吶喊，用他強有力的英語如重複誦唱歌曲似的：「你們這群孩子們呀，正在歷史中過著最美好的生活，多數人只是在巨大的歷史洪流裡隨波漂蕩，而你們在這裡卻是見証一個世界的誕生！真真叫人不可置信！但是，要知道這全靠運氣，跟你們本身沒有多大關係，要一直等到你們對這世界做出了貢獻才值得喝采，你們有可能出生在一個莊園、一座監獄、西班牙波特城的貧民窟，但是，你們在這裡，在采塢——火星的祕密心臟！當然，你們此刻仍然只是洞穴裡的鼴鼠，上面有禿鷹準備捕獵你們，但是，你們在這個星球上能夠自由來去沒有藩籬限制的日子就快來到了。你們記住我告訴你們的話，這是預言，我的孩子們！現在看看這個小小銀冰天堂，有多美好！」

他往穹形圓頂丟出一片冰塊，他們全體跟著呼喊銀冰天堂！銀冰天堂！銀冰天堂！直到他們抱著肚子笑得打滾。

那個晚上趁著沒有他人在旁時，土狼找廣子談話。「廣子，妳必須把那些孩子們帶到外面去，讓他們看看這個世界。即使只是在霧幕底下也好。他們在這下面，像極了洞穴裡的鼴鼠，看在老天的份上。」然後他就又離開了，誰知道去哪裡，也許又進到了那個對他們而言是封閉隔絕的外在世界，繼續他神祕的旅程。

　　有時候廣子會進到村莊裡來教導他們。對奈加來說，那些是最美好的日子。她總是帶著他們去水濱，而跟著廣子到水濱砂石畔就像是被神祇撫觸般。那是她的世界——綠色世界裹在白色裡——而她知道所有相關的細節，有她在那裡沙灘和圓頂上溫婉的珍珠白立刻跟兩個世界的顏色唱和舞動起來，彷彿試圖從囚禁它們的束縛中掙脫出來。

　　他們坐在沙丘上，欣賞岸邊鳥兒們一起上下飛掠的姿態。鷗鳥在他們頭頂上空遨遊迴翔，廣子會提出一些問題，她黑色眼眸愉快的閃耀著。她在湖邊跟她幾個密友，岩、莉雅、金恩和愛芙琴娜，一起住在沙丘上一座小小的竹製台屋裡。她花很多時間探訪隱藏在南極附近的其他庇護所。所以她常常需要額外的報告才能跟得上村莊裡的所有消息。她是個纖細苗條的女子，就日本第一代移民而言屬高個子，在穿衣行止上她就跟岸邊鳥兒一樣清麗齊整。她年紀大了，這當然，她就跟所有第一代人一樣古老，但是她有著讓她看來年輕的風采神態，甚至比彼得和加清年輕——事實上，只比孩子們要大一些；展現在她眼前的世界處處新奇，她積極融入它的色彩裡。

　　「看看這個貝殼上的圖案。螺旋曲線往內無限延伸。那就是宇宙本身的形狀。冥冥中有一股持續不斷的壓力，一種向前推演的模式；一個向更複雜形式演化的趨勢；是一種重力模型，一種神聖的綠色動力，我們稱之為『維力迪塔斯』，這就是宇宙秩序的引導動力。就是生命，你們知道。像這些沙蚤、笠貝和燐蝦——雖說這些燐蝦已經死了，仍在幫助沙蚤存活。像我們全體，」似一個舞者般揮動一隻手。「因為我們活著，這宇宙也才稱得上是活的。我們的意識不僅是自己的也成了它的。我們從宇宙而來，感受到它和諧的運作模式，而它讓我們體驗到美。那種感覺是全宇宙最珍貴、最重要的——它的極致，一如在潤溼晨曦中綻放的花朵的顏色。這是一種聖潔的感覺；我們在這個世界的使命就是盡我們一切所能來滋養

豐潤它。其中一個方式就是把生命遍撒在所有角落，促成它達到前所未有的存在狀態，就在這裡，在火星上。」

對她來說，這是以愛為出發點的最崇高行為。當她熱切談論時，他們雖然不能完全瞭解，卻依舊可以感受到那份愛。這是另一種激勵，酷寒籠罩中的　股暖意。她一面撫摸他們，一面敘述，而他們一面挖掘貝殼，一面聆聽。「泥蚌！南極笠貝。小心玻璃海綿，別割傷了。」光看著她就足以讓奈加心情愉快起來。

一天早晨他們在挖蚌殼的地方撿拾漂浮物時，她迎向他的凝視，而他認出她的表情——那跟他注視著她時他臉上浮現的表情如出一轍，他可以在自己肌肉牽動中感覺到自己的表情。那麼他也讓她感到愉快囉！這實在叫人興奮陶醉不已。

他們在沙灘上走著，奈加握住她的手。「就某種角度說來，這是個簡單的生態，」她說，他們正跪下來檢查蚌殼。「物種不多，食物鏈很短。但是卻如此豐富、如此美麗。」她伸手試了試湖水的溫度。「看到霧氣沒？今天湖水一定很溫暖。」

這時她和奈加單獨在一起，其他的孩子圍繞著沙丘奔跑，或在淺灘附近跳上跳下。奈加彎腰碰了碰席捲他們腳旁的浪潮，潮水退下，留下無數白色蕾絲般的泡沫。「大約兩百七十五度。」

「你那麼確定。」

「我就是可以辨認。」

「來，」她說，「我有沒有發燒？」

他伸手過去，握住她的頸子。「沒有，妳溫溫涼涼的。」

「沒錯。我一直都低上個半度。韋拉德和烏蘇拉一直找不出為什麼。」

「那是因為妳快樂。」

廣子笑了起來，看起來就像賈姬，盈滿著喜悅。「我愛你，奈加。」

他頓時感到溫暖，好像體內突然出現了個暖爐。至少升高了半

度。「我也愛妳。」

他們手牽著手沿著沙灘，沈靜的跟著磯鷸鳥群走去。

土狼回來了，廣子對他說，「好吧。我們帶他們到外面去。」

隔天早晨他們來到學校時，廣子、土狼和彼得領著他們穿過閘門，走入連接穹形圓頂天幕與外面世界的一條長長的白色隧道。隧道終點處有座棚廠，上面是懸崖瞭望台。他們過去曾經跟彼得站在瞭望台上，從小型偏光窗戶內觀察外面冰凍的砂土以及粉紅色的天空，試著觀看他們駐立的這大片乾冰牆——南極冰帽，世界的底端，也就是他們為了逃離那些會將他們拘入監牢的人注意而避住的所在。

也因為那樣，他們向來只待在瞭望台的裡面。但這一天他們走進閉鎖室，穿上緊身彈性運動服，捲起袖子和褲管；套上笨重的靴子，緊貼的手套，最後拿起頭盔，頭盔前半是球形的透明面罩。心情隨著每一分鐘的消逝而興奮昂揚，直到那份興奮的心情變成了某種恐怖駭人的情緒，特別是希模開始哭泣不肯出去時。廣子安慰她，「來吧，我就在妳身邊。」

大人們催促著他們進到閉鎖室，他們無言的相互緊靠。在一陣嘶嘶響聲後，外面的門打了開來。他們牢牢抓著大人們，小心謹慎的走到外面，移動間彼此碰撞著。

外面亮得什麼都看不到。他們置身在一陣漩渦打轉的雲霧裡。地面上雜亂散佈的點點冰花在亮光中閃爍。奈加手拉廣子和土狼，他們放開他的手把他往前推去。他在刺眼的白光中顯得有些躊躕搖晃。「這是雲霧防護罩，」廣子的聲音透過通話器傳到他耳朵。「會持續整個冬天。但現在是 Ls = 205，春天時節，也是綠色動力盡最大努力向世界推展的時節，太陽的光芒就是動力的來源。看看它！」

除了強光外他什麼也看不見：那是一團白色的火球。乍現的陽

光刺戳著這個火球，將它幻化成一抹瑰麗的色彩，把冰凍的砂石變成帶金屬光澤的鎂片，冰花變成耀眼的珠寶。風在他身邊怒號，將濃霧撕裂出縫隙，而地表向著遠方伸展，他有些暈眩搖晃。如此龐大！如此巨大──每一個物事都如此巨大──他單膝跪在砂石裡，把手放在另一條腿上，力圖保持平衡。他靴子旁的岩石和冰花彷如置於顯微鏡下般發著亮光。岩石上圓圓點點的鋪蓋著黑色和綠色的地衣。

地平線那一端有座平頂山丘。一座火山口。砂礫堆裡有漂泊者的痕跡，蓋滿寒霜，彷彿已經存在了百萬年。圖案模型在雜亂的光和石中湧動，綠色苔地衣朝白色裡面推擠……

所有人都幾乎在同時開口說話。其他的孩子們開始競跑，個個跑得頭暈眼花的，接著又對著濃霧中時而開展現出的一線粉紅天空快樂尖叫。土狼笑得最大聲。「他們就像冬天穀倉裡的小牛在春天被放出來一樣，看他們跌跌撞撞的樣子，喔，你們這些可憐的小東西，啊哈哈，廣子，他們無法這樣生存，」咯咯聲中，他把孩子們從地上拉起讓他們站穩腳跟。

奈加站起來試著跳一跳。他覺得像是要隨風飄走了，因此很高興腳下的靴子如此沈重。眼前有個與肩齊高的小土墩，從冰崖蜿蜒而去。賈姬正在上面走，他向她跑去，一路在亂石堆積的地面和土墩斜坡蹣跚舉步。他爬上土墩脊背，這一番活動讓他抓住步伐的律動節奏，他開始覺得自己在飛行，而且好像可以永遠這樣跑下去。

他站到她身邊。兩人回頭往冰崖看去，帶著驚悸復喜的複雜心情盡情叫喊，聲音在雲霧間永遠的散去。一束晨光像融化的液體般澆注在他們身上。他們轉開身，無法直視。奈加連連眨眼停止奔流的淚水，接著看到他的影子投影在底下籠罩著岩石的雲霧裡。那影子周邊出現一圈明亮的虹彩。他大聲叫嚷，土狼趕將上來在奈加耳邊喊道，「怎麼了！什麼事？」

他看到那抹影子後頓住了。「嘿，是天上榮光！那叫做天上榮

光。就像布羅肯幻像（譯註：the Spectre of the Brocken，在山頂上自身姿態映現於下面雲霧的現象；首先發現於德國布羅肯山，其於德國民俗傳說中乃女巫的會議場所）。上下揮動你的手臂！看看那色彩！萬能的神呵，你們真是幸運的一群。」

奈加靈機一動跑到賈姬身邊，他們的榮光融合在一起，變成單一一圈閃爍絢麗的虹彩魅影，圍繞著他們藍色的雙重影子。賈姬興奮的笑著，然後朝彼得跑去，要同他的影子重疊。

＊　＊　＊

大約一年之後，奈加和其他孩子們開始知道如何應付薩克斯授課的日子。他一開始會在黑板上寫字，授課時的語調就像是個毫無生趣的人工智慧電腦。在他單調平緩的講解氣體的分壓或紅外線時，他們會在他背後溜轉眼珠或者競扮鬼臉。接下來，他們之中的一個會在適當時機啟動一場遊戲，而他在這場遊戲中全然無能為力。譬如，他在授課中說：「非顫抖性的體內生熱作用，是指身體運用瑣碎的循環功用產生熱能，」他們中的一個就會舉起手來問，「但是為什麼呢，薩克斯？」而每一個人都會很努力的瞪著他們的課桌上的電腦資料板，設法不互相對看。薩克斯會皺起眉頭解說，神態像是以前從來沒有發生過這種狀況般，「喔，它產生熱能所需的能量比顫抖用掉的能量少得多。肌肉蛋白在收縮時，不是以抓奪的方式來進行，而是採相互滑行的方式。這作用會產生熱。」

賈姬會繼續，而且非常認真嚴肅，讓全體同學幾乎要失去控制了：「但是，怎麼進行的呢？」

這時候他會開始眨眼，速度快得讓看著他的人幾乎要發作起來。「嗯，蛋白質中胺基酸的共價鍵斷裂所釋放出的能量稱為鍵解離能。」

「但是，為什麼呢？」

　　眼睛眨得更用力了：「喔，那就得靠物理學來解釋。」他精神奕奕的在黑板上畫起圖表：「兩個原子的軌域接近並重疊成單一的一個鍵結軌域，在這軌域裡雙方電子共同佔用，這就是所謂的共價鍵。打斷這個鍵可釋出三十到一百卡的貯存能量。」

　　他們中的幾個會齊聲問道，像合唱般，「但是，為什麼呢？」

　　這讓他不得不進入到次原子物理學，接下去一連串的為什麼和因為大約會持續個半小時，在那半個鐘頭中他會說些他們聽都聽不懂的解釋。最後，他們感到遊戲已經接近尾聲了。「但是，為什麼呢？」

　　「唔，」因為試圖逐步深入而漸漸變成鬥雞眼的薩克斯繼續說著，「原子想要得到足以維持穩定的電子數，必要時它們會共享電子。」

　　「但是，為什麼呢？」

　　現在，他進退維谷了。「那就是原子鍵結的作用，其中的一種。」

　　「但是，為—什—麼—呢？」

　　聳肩。「那就是原子力的作用方式。物質是這麼形成的——」

　　他們全體跟著大喊，「在大爆炸之後。」

　　他們會捧腹大笑，薩克斯的額頭跟著打結，他這時了然他們又作弄了他一次。他會嘆口氣，繼續他被這番遊戲打斷之前的內容。但是他們又會從頭開始，而只要一開始的為什麼聽來合理可信，他就又什麼都不記得了。然而即使他打一開始就知道，他也似乎沒有應付的辦法。他唯一的反擊是輕輕皺起眉頭說，「什麼為什麼？」那會讓遊戲暫緩一刻；然而奈加和賈姬跟著學聰明了，知道陳述裡什麼地方最值得問「為什麼」。只要他們做到了那點，薩克斯似乎就覺得繼續回答下去是他的職責，於是就一路的因為下來直到扯出大爆炸為止；或者有時候他會低聲咕噥一句「不知道。」

　　「不知道！」全班會假裝驚慌的叫喊。「為什麼不知道？」

「沒有解釋，」他會皺著眉說。「還沒有解釋。」

薩克斯早上的課程就如此這般過去了；他和孩子們似乎都同意這樣的方式比另些時候要好很多，所謂另些時候就是指他單調平板的授課內容沒有受到打擾的時候。他從黑板前轉過頭來便看到成列的頭顱抵在桌上發著鼾聲，這時他會抗議說：「這真的是很重要的課題。」

\* \* \*

一天早上，奈加想到薩克斯蹙起的眉頭，便在課後留了下來，當眾人離去只剩下他和薩克斯時，他問道，「為什麼你不喜歡你無法說出為什麼的時候？」

攢眉蹙額回復。在一陣長長的靜默之後，薩克斯緩緩道出，「我試著去了解。嗯，我專心詳細的觀察事物。盡我所能專注每一刻的奇特事物。我想了解它們運作的原理。我很好奇。我認為任何事物的發生都有其道理，每一件事。所以我們應該能夠把其中原由理出頭緒來。不能的時候……喔，我很不喜歡。那會讓我很苦惱。有時我稱之為」——他羞赧的看了奈加一眼，於是奈加瞭解在此之前他從來沒有跟任何人提到過這些——「我稱為無法解釋的大疑惑。」

那是白色的世界，奈加突然看到了。在綠色裡的白色世界，跟廣子那個白色裡面的綠色世界相反。而他們對它們有著相反的感覺。從綠色角度來看，當廣子面對懸疑神祕的現象時，她鍾愛它且樂在其中——那是「維力迪塔斯」，一種神聖的力量。從白色角度來看，當薩克斯面對懸疑神祕現象時，那是無法解釋的大疑惑，危險異常。他對真理抱持探索的興趣，而廣子則對真實懷抱著熱愛。或著，也許應該調換過來說——這些字眼相當微妙。最好的說法是她鍾愛綠色世界，而他則愛白色。

　　「沒錯！」米歇爾在聽到奈加提及這個觀察時說。「非常好，奈加。你有如此的見識。就典型術語而言，我們也許可以分別稱綠色和白色為神祕主義者和科學家。兩者都是極端有力的人物，就如你看到的。但是，我得說，我們需要的是兩者的結合，也就是我們所謂的鍊金術士（譯註：Alchemist，中世紀的化學家，當時他們的主要目的是尋求將普通金屬轉變成黃金的方法）。」

　　綠色和白色。

　　下午是自由時間，孩子們可以進行任何他們想做的事，有時候他們跟在當日授課老師身邊，更多時候他們在水濱沙丘上奔跑，或者在村莊裡遊耍。村莊建立在湖水和隧道入口中間點的低矮和緩山丘裡。他們會沿著螺旋迴繞的階梯爬上巨大竹子樹屋，在成堆成疊的房間裡、小竹子間和連接兩處的吊橋上玩躲迷藏。這竹子住屋呈半月形，幾乎把整個村落都包圍起來；每根大竹子都有五到七節高，每一節是一個房間的高度，越高越小。孩子們的房間在最上層的竹節──有窗子的圓筒狀空間直徑約四、五步寬，就像故事書裡城堡的高塔。中間竹節部分住的是成人，大多獨自居住，偶爾成雙成對；最下一節是起居室。從他們高據頂上的房間窗戶可以俯瞰村落的屋頂，還有環繞群聚的山丘。竹林和溫室就像湖邊淺灘上的點點蚌殼。

　　在水濱沙丘上他們採集貝殼或玩德國躲避球，或者將箭射向沙丘外湖邊的層層泡沫堆裡。選擇遊戲的人通常是賈姬和道，他們帶頭分組當領隊。奈加和年幼的夥伴們跟隨他們，在他們變化多端的友誼和團體中穿梭迴旋，而每天的遊戲裡總免不了大大小小的摩擦衝突。小法朗茲有一回粗魯的對娜蒂雅解釋，「道打了奈加；奈加打我；我打女生。」通常奈加會對那樣的遊戲感到厭倦，道永遠是贏家；他會開始沿著湖邊奔跑，那比較有趣。他緩慢而穩定的跑著，直到進入一種猶如包含全世界所有事物的旋律裡。一旦進入這

種旋律，他就可以一直不停的繞著湖邊跑直到日盡。那使他興奮歡暢，這麼一直跑跑跑……

穹形圓頂下一逕是冷，然而光線卻是變化萬千。夏天，圓頂總像是熾熱燃燒般泛藍白光，一束束明亮的光柱在天光下挺立。冬天，陰暗無光，圓頂因燈光反射而閃耀，彷彿處身一個蚌殼裡。春秋季節的午後天色黯淡模糊，呈現一種灰色鬼魅般的陰沈薄暮，色澤全是灰色系裡不同色度的灰，竹葉松尖變成墨色筆畫應對天頂的淡淡的白。那些時候，溫室群就像是一盞盞矗立山丘上神話般的巨大燈光，孩子們會像鷗鳥般迴旋交叉漫步回家，來到澡堂。在廚房邊那棟長形建物裡，他們會脫掉衣服，跑進冒著蒸汽的主要大澡堂，滑入池底瓷磚，感受熱氣茲茲響動穿過他們的手腳和臉，在臉上滿佈皺紋、身上肌膚鬆垮的泡澡老人身旁恣意歡樂的撥弄水花。

在渡過了那樣一段溫暖沐浴的時刻之後，個個顯得膚色紅潤。他們穿上衣服，成群結隊湧進廚房，排著隊把食物堆到他們盤子上，然後坐進長長餐桌，夾雜在大人之間。這裡有一百二十四位永久居民，但通常會有兩百人左右出現。每一個人都坐定後，他們會拿起水壺彼此斟倒，然後興高采烈的埋首熱騰騰的食物，將馬鈴薯、玉米餅、義大利麵食、塔布里、麵包，以及上百種蔬菜和偶爾出現的魚或雞肉統統塞進肚子裡。飯後大人們討論農作物或他們的李克歐佛──一種他們非常喜歡的古老積分快速反應器，或者討論地球的種種。而孩子們則收拾餐桌，演奏樂器，個把小時後玩玩遊戲，最後紛紛回房睡覺。

有天晚餐前，一個二十二人的隊伍從極帽附近來到這裡。他們的小型穹形圓頂喪失了維持生態系統平衡的功能，廣子稱之為「迴旋複合式的平衡失調」，他們貯藏的物資也已耗竭，目前極需要一個避難所。

廣子安排他們住進三棟新近完成的樹屋。他們爬著環繞在粗大

竹節外的盤旋階梯，一面對著有門有窗戶的圓筒形竹節房間驚叫。廣子分派他們工作繼續建造新房間，並在村莊邊緣蓋新溫室。大家都很明白采塢其實無法生產足夠的食物。孩子們盡可能的學習大人們少吃。「我們應該稱這個地方為『嘎迷特』（譯註：Gamete，此為生物學上的專有名詞「配子」，意指生殖細胞）。」土狼在他下一次來訪時對廣子說，伴隨他一貫粗魯刺耳的笑聲。

　　她只簡單的揮送他離開。然而憂愁煩惱也許可以解釋廣子愈見疏遠的態度。她整日待在溫室工作，幾乎不再偶爾教教小孩們。即使去授課，她也只是讓他們跟著她轉，為她工作——收割、翻動堆肥或除除草。「她不關心我們，」一天下午道生氣的說，當時他們正走向湖邊沙灘。他對奈加抱怨：「反正她不是我們真正的母親。」他領著他們全體走向隧道山丘旁的實驗室，一路上盡是說著困擾大家的話。

　　他在實驗室裡指著一排外表看似冰箱的鎂製容器。「那些是我們的母親。那裡面才是我們生長的地方。加清告訴我的，我也問過廣子，那是真的。我們是在體外發育的。我們不是從媽媽肚裡生出來的，我們是被移到這些容器裡。」他耀武揚威的瞪著他那群受驚的小群眾；然後掄起拳頭朝奈加胸腔全力擊去，把他打到實驗室另一邊，接著詛咒離開。「我們沒有父母。」

　　現在任何意外的訪客都變成一項負擔，但是他們到達時仍然引起一陣興奮。很多人在有訪客的那個晚上熬夜通宵，忙著談話，盡可能的收集其他避難所的一切訊息。在南極區域有這樣一個全面性網路；奈加電腦資料板裡有一張地圖，用紅色小點標出全部所在，共三十四座。娜蒂雅和廣子猜測應該還有更多，如位於北方網路區域裡，或者在一處完全隔絕的偏遠地帶。但是因為他們將通訊無線電全都關閉，所以根本無法確定。消息資訊因為稀少難得而變得寶貴無比——它通常是來訪者擁有的最珍貴事物，即使他們的這項禮

物伴隨著沈重負擔，接待他們的主人仍從他們所能透露的事物中得到有用的資訊。

　　遇到有訪客的夜晚，奈加會穿梭在那些生氣勃勃的長夜漫談中努力傾聽，一會兒坐在地板上，一會兒起來為大家添茶。他發現他其實並不瞭解這個世界的規則；對他來說，人們的行為往往讓他覺得充滿疑惑又不可思議。當然就眼前狀況的一些基本事實他是略知一二──比如說為了控制火星而有對立的兩造──采塢是正派這邊的領導者──終將在頌讚火星的典禮上奏出勝利的樂調。置身在那樣一場奮戰中，成為故事裡舉足輕重的角色著實叫人興奮，他往往在拖著疲乏身軀回房時仍然無法入眠，因為他的思緒徹夜飛舞直到天明，想像著他能在這齣偉大的史劇中做出何等的貢獻，讓賈姬以及采塢裡的每一個人訝異不已。

　　有時候為了滿足求知慾望，他甚至躲藏偷聽。他會躺在角落的沙發上，對著一張電腦資料板，假裝隨手塗鴉或閱讀什麼。很多時候室內的其他人根本不知道他其實正傾聽著每一句對話，他們甚至會談論到采塢的孩子──他這時候通常就躲在外面的走道上。

　　「你可注意到他們多數是左撇子？」

　　「我敢打賭廣子調整了他們的基因。」

　　「她說沒有。」

　　「他們幾乎已經跟我一樣高了。」

　　「那只是重力的關係。我是說，看看彼得以及第二代其他人。他們是自然生產的，多數都長得很高。但是不是左撇子則是基因決定的。」

　　「她有一回告訴我一種可以增加大腦胼胝體大小的簡易基因轉移技術。也許她弄巧成拙，結果出現了左撇子的副作用。」

　　「我一直以為左撇子是因為腦部受損造成的。」

　　「誰知道，我想廣子自己也不清楚。」

　　「我不相信她會如此把玩操控腦部發展的染色體。」

「人工生殖，記得嗎——有捷徑。」

「我聽說他們的骨質密度很低。」

「沒錯。他們在地球上會有麻煩。需要有額外的輔助。」

「那又回到重力的問題上。其實我們都會有同樣的麻煩。」

「是呀。我上手臂就因為揮舞網球拍而折斷。」

「左撇子巨型鳥人，那就是我們在這裡培養出來的東西。我說呢，那實在很怪異。當你看著他們橫跑沙丘時會不禁以為他們會就此離開地面翱翔空中。」

那天晚上奈加跟平常一樣睡不著覺。人工生殖、基因轉移……那讓他覺得古怪。纏繞成螺旋狀的白與綠……他翻來覆去好幾個鐘頭，企圖釐清那股扭扯他心思的不舒服感到底有何意義，還有他應該如何想才對。

最後他倦極而眠，做了一個夢。那晚之前他做夢的內容都跟采塢有關，但是現在他夢到自己在空中飛翔，滑行過火星地表。巨大廣闊的紅色峽谷切割著大地，火山揚升到超乎他想像的高度。後面有什麼追逐著他，一個比他大、比他快的東西，翅膀隆隆拍撲，遮住大片陽光，對著他伸出巨爪。他伸出手指直指這個會飛的東西，幾束電光從他指尖射出，它躲閃偏離而去。就在它再一次攀升來襲時，他掙扎醒來，他的手指跳動著，心臟也如造浪機般沈重翻撲，喀啷，喀啷，喀啷。


隔天下午賈姬啟動造浪機，但它實在運轉得太過良好。他們當時在水濱沙丘玩耍，以為他們已經算出正確的最大波浪，但就在這時，一股洶湧波濤湧過冰線直撲奈加膝蓋，退去時必然產生的吸力把他拉倒岸邊。他掙扎著，在寒冷徹骨的冰水間急促喘息，但是他無法掙脫身下的拖力，狼狽的在下一波浪潮襲擊下翻滾。

賈姬抓住他的手臂和頭髮，把他拉回岸上。道扶他們站起來，哭喊著：「還好嗎？有沒有怎樣？」按照規定，如果他們弄溼就必

須盡快回村莊，於是奈加和賈姬努力站起來，橫過沙丘，跑上回村莊的路徑，其他孩子們遠遠跟在後面。迎面而來的風針砭刺骨，他們朝澡堂直直跑去，旋風般穿過室門，用顫抖的雙手剝下凍結的衣服，剛泡澡過的娜蒂雅、薩克斯、米歇爾和莉雅幫著他們。

他們被推擠著進到大公共澡池的淺水處時，奈加記起了他的夢。他說，「等等，等等。」

大家不解的停了下來。他閉上眼睛，屏住呼吸。抓住賈姬冰冷的上臂。他看到自己回到了那場夢境，感覺自己遨遊天空。指尖傳來一股熱氣。綠色裡的白色世界。

他向內搜尋那一逕溫暖的熱點，即使他此刻感覺如此寒冷，只要他活著，它就在那裡。他找到了，隨著每一次的呼吸，他將它透過肉體往外推出。那並不容易，但是他感覺到正發生作用，那股溫暖像一團火似的從他肋骨間運行而出，經過手臂、大腿，來到雙手和腳掌。他的左手握著賈姬，他瞥眼看了一下她赤裸身軀上豎起的白色雞皮疙瘩，然後集中意志將熱氣傳送給她。他現在微微發著抖，但不是因為寒冷。

「你好溫暖，」賈姬驚叫。

「試著感覺，」他對她說，她朝他握住上臂的方向傾靠。然後她帶著錯愕的表情掙開他的手，步入浴池。奈加站在池畔，直到抖動停止。

「哇，」娜蒂雅說。「那是奇特的新陳代謝燃燒現象。我聽說過，但還沒有見到過。」

「你知道怎麼辦到的嗎？」薩克斯問。他和娜蒂雅、米歇爾，以及莉雅好奇的盯著奈加看，惹得他很不好意思。

奈加搖搖頭，彎身坐在浴池水泥邊緣上，突然間感到異常疲倦。他把腳伸向池水，那感覺像是液態火焰。魚兒在水，悠游自在，奔跳空中，內醞團火，綠中白，鍊金術，與鷹翱翔……雷電閃光來自他指尖！

\* 　 \* 　 \*

　　人們觀察著他。當他笑著或說了什麼不尋常的事，采堝裡的人會斜著眼偷偷瞄他，以為他沒注意到。假裝不知情對奈加來說並不困難，但是應付那些偶發的訪客卻有些不容易，因為他們的反應會直接些。「喔，你就是奈加，」一名紅色短髮的女人說。「聽說你很聰明。」持續不斷挑戰自己認知界限的奈加會害羞臉紅，然後在女人平靜的打量下搖頭。她下了判斷後微笑握住他的手。「很高興認識你。」

　　在他們五歲時的某一天，賈姬帶著一台老舊電腦到學校，當天授課老師是瑪雅。她不顧瑪雅的怒眼瞪視，兀自展現給大家看。「這是我祖父的人工智慧電腦。裡頭有很多他說過的話。加清給我的。」當時加清正準備離開采堝，搬移到另一個避難所，但不是愛沙住的那個。

　　賈姬把電腦打開。「電腦，播放我祖父說的一些話。」

　　「嗯，我們在這裡，」一個男性的聲音傳來。

　　「不是，放其他的。放他說過的那段有關祕密移民地的部分。」

　　那男性聲音說，「祕密移民地一定仍然跟地表上的住民有著連絡。有太多物事無法在躲藏的情況下製造，比如說核燃料棒。那些是嚴格的管制品，很可能有記錄能夠追查出它們都消失到哪裡去了。」

　　語聲停頓。瑪雅要賈姬把電腦放到一旁，然後開始另一節有關十九世紀的歷史課程。她的俄語句子又短促又粗暴刺耳，使她的聲音聽來有些顫抖。接下來是代數學。瑪雅非常堅持他們把數學學好。「你們所受的教育非常糟糕，」她說，陰鬱的搖著頭。「但是如果你們學好數學，就能夠在以後補強。」然後瞪著他們，要求他們解答。

　　奈加盯著她，回想她是他們心目中壞巫婆的那段時間。對她而言一定是奇特的經驗，有時嚴苛異常，有時卻又親切愉快。他可以看著采塌裡的多數人，去感覺變成他們時會是什麼樣子。他可以在他們臉上看到，就如同他可以在一個顏色裡面看到第二個顏色一樣；那像是一種天賦，就像他對溫度的靈敏感。但是他無法了解瑪雅。

　　他們會在冬天突襲地表，到娜蒂雅建造避難屏障的火山口附近，以及其後方的黑色閃亮冰凍沙丘。然而當雲霧防護罩消散時，他們就必須待在穹形圓頂底下，最遠只能到玻璃瞭望台。從上面看不到他們。沒有人能夠確定警察是不是還在空中巡視，不過最好還是採取安全措施。第一代人總是這麼說。彼得常常遠遊，那些遊歷讓他相信追查隱藏避難所的行動早已經結束。而且不管怎樣，那些追蹤根本沒有任何效益。「有些移民反抗組織根本就沒有躲藏。而今不論是廢熱排放或視覺展現上都相當明目張膽，就連無線電通訊也是如此，」他說。「他們無法一一審視截收到的訊息。」

　　但是薩克斯只說，「演算搜尋程式非常有效率，」而瑪雅堅持藏身隱匿不讓人看到，還有強化他們的電子工程，以及將多餘的熱能送到極帽核心。廣子在這點上支持瑪雅，於是他們全都順從遵守。「我們的情形不同。」瑪雅憂心的對彼得說。

　　一天早上薩克斯在課堂上告訴他們，西北方大約兩百公里處有個超深井實驗計畫。他們有時候往那個方向看到羽狀的雲，某些日子裡那些雲層看起來巨大凝滯不動，有時則如薄薄的碎片般向東方急速散逸。土狼再次來訪時，他們在晚餐時間問他有沒有去過那個地方，他回答有的，說那巨大的鑽探柱軸幾乎深入到火星核心，其底層全是熔融的熾熱火山熔岩。

　　「那不對，」瑪雅輕蔑的說。「他們只鑽到十至十五公里深。底層是堅硬的岩石。」

「然而是熾熱的岩石，」廣子說。「而且我聽說現在是二十公里了。」

「那麼，他們做了我們應該做的工作，」瑪雅對廣子抱怨。「妳不認為我們像是依附在地表移民上的寄生蟲嗎？沒有他們的工程，妳的綠化計畫就不會有什麼進展。」

「將來會證明那是一種共生共存的關係，」廣子平靜的說。她瞪視瑪雅，直到瑪雅起身離去。廣子是采塢裡唯一可以瞪得瑪雅低頭的人。

奈加在這次事件後重新審視他的母親，覺得廣子非常奇妙。她以平等態度對待他以及其他所有人，很顯然於她而言，大家都是平等的；因而也沒有人是特殊的。他很清楚記得以往那段全然不同的時光，當時他們兩人是一個整體的兩個部分。但是現在她對待他跟對待其他人沒什麼不同，她的關心有著非關個人情感的疏冷距離。他想，不管他發生了什麼事，她都不會怎樣。娜蒂雅，甚至瑪雅反而更關心他。然而廣子是他們全體的母親，奈加就跟長住采塢的大部分人一樣，在需要尋常人等無法提供的答案時，會走到她的竹子小屋尋求慰藉或忠告建議……

但是，狀況常常是當他來到小屋時，發現她和她的小團體「在靜默中」，而如果他想留下來就必須停止說話。有時候這會持續幾天，直到他不再造訪。不過，他也可能在頌讚火星祭典進行過程中到來，被忘形高呼火星之名的誦唱聲浪席捲，成為嚴密小團體不可分割的一部分，站在世界心臟地帶之上，而廣子在他身旁，手臂緊緊的環繞著他。

那是一種愛的呈現，而他相當珍惜；但是，那跟過去一同在水濱沙丘上散步的感覺不一樣。

＊　＊　＊

　　一天早上他來到學校，在衣帽間碰見賈姬和道。他一進去，他們就驚跳起來。直到他把大衣掛好走進教室後，才赫然了解他們那時在親吻。

　　放學後他在藍白光輝的夏日午後繞著湖水散步，觀看造浪機的升降起伏，胸腔裡有股鉗制束縛的感覺。疼痛就像翻飛湖上的洶湧浪潮般纏繞著他。他當然知道這個樣子實在很愚蠢，但是卻無法控制自己。最近他們之間出現很多很多的親吻，比如說當他們在浴池潑濺水花，互相推擠踢鬧時。女孩們彼此親吻，聲稱那只是「練習」並不算數，而有時她們在男孩身上練習；瑞秋就親吻了奈加很多次，還有愛蜜立、逖尤和南迪。有一次後二者還抓住他，親吻他的雙耳，企圖讓他在公共澡堂裡公然勃起而難堪；然後賈姬將他們拉開，把他踢入池子深處，在纏鬥中咬了他的肩膀；而這些只不過是讓洗澡成為一天中幾百次溫暖滑膩裸體觸碰的高潮中最值得記憶的部分。

　　然而在澡堂之外，像是為了保存這種反覆無常的能量似的，他們對待彼此反而變得更加正式，男孩女孩各自為幫，各玩各的次數也變得頻繁起來。所以在衣帽間親吻就相當程度的代表了一些嚴肅的新奇情緒——奈加還在賈姬和道臉上看到一種含有優越意味的表情，彷彿他們知道些他不了解的東西——而事實確是如此。那種排外性，那種獨享的經驗正是讓他傷感的原因。特別是他並非全然盲目無知；他確定他們躺在彼此身邊，幫忙對方達到高潮。他們是愛人，他們的表情說明了一切。他美麗愛笑的賈姬不再屬於他了。事實上，從來就沒有屬於過他。

　　接下來幾個晚上他都沒有睡好。賈姬房間的竹節就在他隔壁，道的房間在對面兩節之外，懸垂橋樑傳來的每一個嘰嘎聲，聽來都像是腳步聲；有時她弧形窗內會發出閃動的橘紅燈光。由於無法承受停留在自己房間的那種煎熬折磨，奈加開始每天熬夜長時間逗留

在交誼室，閱讀或是在一旁偷聽大人的談話。

　　他就在這種情形下聽到他們談論西門的病情。西門是彼得的父親，一個安靜的男子，經常和彼得的母親安一起遠征探勘。現在他顯然罹患了稱為抵抗性白血病的疾病。韋拉德和烏蘇拉注意到一旁傾聽的佘加，於是試著安慰他，但是佘加看得出來他們並沒有告訴他所有的細節。事實上他們臉上有著奇怪的思索表情。稍晚他爬上他高踞在上的房間，坐在床裡打開他的電腦，查閱「白血病」的解釋摘要。這是一種隱伏的致命疾病，如今通常可以透過治療來控制。隱伏的致命疾病——一個使人震驚的概念。那天晚上他躺在床上翻來覆去睡不安穩，受困於頻頻惡夢直到鳥兒吱吱喳喳的灰濛早晨。植物凋零，動物死亡，但人們不應該如此。然而人類到底還是動物。

　　隔天晚上他又跟著大人熬夜，筋疲力盡卻又充滿奇特的感覺。韋拉德和烏蘇拉坐在他旁邊地板上。他們告訴他西門可以藉由骨髓移植而好轉，而他和佘加都擁有十分罕見的血型。安和彼得都沒有，佘加的兄弟姊妹們也沒有。他應該是從他父親那兒遺傳而來，然而即使是他父親也不完全屬那種類型。所有庇護所加起來就只有他和西門有。全部庇護所人數總和是五千，而西門和佘加的血型出現機率只有百萬分之一。他願不願意捐出他的骨髓呢，他們問。

　　廣子當時在交誼廳，觀察他。她很少晚上出現在村落裡，而他不用看她就可以知道她在想什麼。她總是說，他們的存在就是為了付出，而這會是個絕佳禮物。一個純然的維力迪塔斯行動。「當然。」他說，很高興有這樣的機會。


　　醫院位於澡堂和學校的隔壁。比學校小些，共有五張病床。他們將西門安排在一張床上，佘加在另一張。

　　老人對著他微笑。他看起來不像生著病，只是老邁。事實上，就像其他高齡老人一樣。他平常就不多話，現在他也只是說，「謝

謝，奈加。」

　　奈加點點頭。然後西門讓他頗為驚訝的繼續：「我很感激你的幫忙。抽骨髓的疼痛感會持續一到兩個禮拜，那種疼痛直入骨頭裡。為別人付出這麼多不是件容易的事。」

　　「如果別人真的需要就不會。」奈加說。

　　「嗯，我會銘記在心。」

　　韋拉德和烏蘇拉為奈加注射麻藥。「其實現在並不需要同時做兩項手術，但是讓你們兩個一塊兒進行是個好主意。如果你們成為好朋友，痊癒的過程會比較順利。」

　　所以他們變成了朋友。放學後奈加到醫院，陪著西門慢慢踱到門外，再沿著沙丘小徑到水濱湖畔散步。他們會佇足欣賞湖上的波浪，看它們在白色水面上掃出漣漪，接著逐漸升高外推，最後撲到岸邊打出縐褶。西門是奈加陪伴過的人當中最沈默的一個；那感覺就像廣子小團體裡那種不能出聲的時刻，只不過似乎更無止無盡。剛開始他感到很不舒服。然而不久之後，他發現這反而使人有機會真切的觀察萬事萬物：鷗鳥在穹型圓頂下翱翔，沙蟹在沙灘裡噴著泡沫，還有一個個圍繞沙丘草叢的砂石圓圈。如今彼得回采塢的次數頻繁多了，因此常常和他們在一起。安也偶爾中斷她的長期旅行，在拜訪采塢時加入他們。彼得和奈加會玩賽跑抓人遊戲或躲迷藏，而安和西門會手牽手在水濱沙丘漫步。

　　然而西門依舊虛弱，並且一日憔悴一日。這情形很難讓人不在某種道德層面上產生罪惡感；奈加自己從來沒有生過病，每想到這點他就很沮喪、很憤怒。它只會發生在老人身上，而即使是他們，也應該可以藉由老人療程來治癒，那是一種每一個人年老時都接受的治療，所以永遠不會有死亡的問題。只有植物和動物會死。可是人類也是動物，但他們已經發明了治療方法呀。到了晚上，奈加會因為這些矛盾不斷煩擾著他而仔細閱讀他電腦上有關白血病的所有解釋，有些解釋多達一本書的厚度。血癌，白血球在骨髓外繁殖增

生，如洪水般泛濫所有系統，攻擊健康組織。他們為西門進行化學治療、放射線治療，以及偽病菌注射以消滅白血球，還把他體內不健康的骨髓換植從奈加身上抽取出的新骨髓。到目前為止，他們更為他進行了三次老人療程。奈加也查閱了這部分。那是一種尋找基因錯誤配對的掃描，找出受損的染色體後將之修復還原，使細胞分裂不至出錯。但是要將引入的自動修復細胞注射到骨頭裡去並不容易，而且就西門的狀況來說，顯然每一次治療在骨髓內都還殘留下一小部分的癌細胞。孩童比成人有更高的復原率，解釋裡很清楚的指明這點。不過老人療程加上骨髓移殖，他絕對會痊癒。剩下的只是時間以及繼續治療的問題。這些治療最後都能成功治好所有疾病。

「我們需要一個生物反應器，」烏蘇拉對韋拉德說。他們正在嘗試用一個人工生殖箱來改裝，往內裝填多孔海綿動物膠原，然後把從奈加身上取出的骨髓細胞注射進去，希望能增殖出淋巴細胞、巨噬細胞以及粒細胞（granulocytes）。但他們還是沒有辦法讓循環系統正常運作，也許是基質有問題，他們不確定。奈加仍然維持身為他們生物反應器的角色。

那些日子裡薩克斯在上午的課程中灌輸他們土壤化學方面的知識，偶爾帶他們離開教室到土壤實驗所，把生物質量導入砂礫，再用獨輪手推車運到溫室或水濱。這是很有趣的工作，但是對奈加而言，整個過程只像是場恍恍惚惚的夢。他只要瞧見在室外執意散著步的西門，就會完全忘了手上正在進行的工作。

儘管治療持續著，西門的步伐依舊緩慢僵硬。他走路時腳呈O型，說得更真確些，他走路時只像是把腿向前甩出去，膝蓋幾乎沒有彎曲。有一次，奈加在水濱前最後一個沙丘趕上他，然後安靜的站在他身邊。磯鷸在岸旁上上下下追逐泛著白色泡沫的水浪。西門指著沙丘間咀嚼野草的黑色羊群。他的手臂像竹製門閂般抬起。羊群呼吸間蒸騰而出的熱氣附著在草叢上。

西門說著什麼，奈加沒有聽懂；他的嘴唇已經僵硬麻木起來，有些字的發音對他來說變得很不容易。也許因為這樣，他比平常更安靜沈默。現在他重複述說著，一次又一次，然而不管他多麼努力，奈加依然無法猜測出他要表達什麼。終於西門聳聳肩放棄了。他們就此互相對視，無聲而且無助。

奈加跟其他孩子們玩耍時，他們雖然接納他，卻也保持一定距離，他變成一個總只在周邊遊走的孤魂。薩克斯在課堂上殷殷告誡他的心不在焉。「專心一下。」他會說，接著要奈加背誦氮循環的路徑，或是把他的雙手推進面前的溼潤黑色土壤裡，指示他反覆揉捏，將長串的矽藻花，還有真菌、地衣、藻類等等肉眼看不到的微生物，透過攪動腐爛土塊砂礫把它們分散開來。「盡可能把它們攪拌均勻。只是要專心注意。『此性』（thisness）是個非常重要的特質。現在來看看顯微鏡裡的東西。那顆像米粒般清楚的是一種化學自營性桿菌（*Thiobacillus denitrificans*），如果這裡是一些硫化物，當前者吃掉後者時會有什麼結果？」

「會使硫化物氧化。」

「還有呢？」

「脫氮。」

「那是什麼意思呢？」

「硝酸鹽分解成氮分子。然後從地表釋放到空氣中。」

「非常好。那是種非常有用的微生物。」

所以薩克斯強迫他要專心，而他相對付出很高的代價。到中午放學時，他就有油盡燈枯的感覺，使得下午的工作變得異常困難。接著他們要求他提供更多骨髓給西門，後者沈默難堪的躺在醫院，他的眼睛對奈加訴說著無聲的歉意，奈加強迫自己臉現微笑，撫弄西門竹節般的手臂。「沒關係的，」他開朗的說，然後躺下。可以肯定的是西門本身什麼地方出錯了，因為軟弱或懶散或什麼的想要

繼續生病。沒有其他可能的解釋了。他們將針筒注射到奈加手臂使它麻木。接著又將靜脈注射針筒扎到他手背，不一會手背也變得麻木了。他平躺著，企圖成為醫院結構的一部分，盡可能不要有任何感覺。他身體的某一部分可以感受到抽取骨髓的大針筒，推進他上臂骨頭裡。沒有疼痛感，整個肢體完全沒有感覺，只有骨頭上傳來的壓力。然後壓力不見了，他知道針頭已經戳進他骨頭裡的柔軟部分。

　　這回醫療程序沒有能夠產生任何效果。西門依舊無助的留在醫院裡。奈加偶爾去探視，他們會一塊兒在西門的螢幕上玩著天氣遊戲，輕敲按鈕以滾動骰子，當骰子滾到一或十二，把他們突然帶到火星的另一個區域，一個有著全新氣候的地方時，他們會驚呼大叫。西門的笑一向只是低聲輕笑，現在更已經低到只剩嘴角牽動。

　　奈加的手臂還在痛，而且也總是睡不好整晚翻來覆去的，往往在一身汗溼中醒來，沒有來由的感到害怕。然後一天晚上，廣子把他從深沈酣睡中叫醒，領著他走下蜿蜒樓梯來到醫院。他東倒西歪傾靠著她，無法全然清醒。她仍然不動感情冷靜自持，但是她的手臂擁住他的肩膀，意外的緊緊擁抱著他。當他們經過坐在醫院外間的安時，她下垂的肩膀斜線引起奈加的注意，他開始奇怪這麼晚了廣子還在村落裡，他努力讓自己清醒，心中驀然升起一陣恐慌。

　　醫院病房燈火通明，所有事物都像是因亮光積聚到飽和狀態而要炸裂開來。西門的頭歇息在白色枕頭上。他的皮膚蒼白沒有光澤。他看來好像已經一千歲了。

　　他轉頭看到奈加。他黑色眼睛飢渴的搜尋奈加的面龐，像是要找出進到奈加體內的方法——一種要跳到他裡面去的方法。奈加發著抖，迎向那雙黑色緊盯的眼神，想著，好吧，進到我裡面來。做你想做的事。做吧。

　　然而這畢竟不可能。他們彼此都了解。也彼此都放鬆下來。西門臉上閃過一抹小小笑容，他艱難的伸出手去握住奈加。現在他來

來回回的看著，用完全不同的表情搜尋奈加的臉龐，彷彿想要說些對奈加將來有幫助的話，更彷彿想要將他學到的任何東西傳遞過去。

但這也不可能。再一次，他們彼此都了解。西門只能把奈加交給他自身命運的安排，不管那會是什麼，他都幫不上忙。「要乖。」他最後喃喃說道，廣子把奈加帶出病房。她領他穿過黑暗回到他的房間，他隨即進入沈沈睡鄉。西門在那天晚上去世。

那是采堝的第一個葬禮，對所有的孩子們來說是生平以來第一次。不過大人們知道該怎麼做。他們在一個溫室聚會，周圍是工作台，他們圍成一圈坐下，中間是置有西門遺體的長形箱子。他們傳喝一瓶米酒，每個人輪流斟滿隔鄰的酒杯。他們飲下那火般灼熱的酒，接著老人們牽手繞著那具長形箱子走，最後簇擁在安和彼得身旁。瑪雅和娜蒂雅坐在安旁邊，手臂環繞她的肩膀。安看來茫然若失，彼得抑鬱哀傷。佑金和瑪雅述說著西門生前沈默寡言的小故事。「有一次，」瑪雅說，「我們在一輛越野車上，一罐氧氣筒突然爆炸，把車頂拱破了一個洞，我們全都尖叫著四處竄逃，而在外面的西門拾起一個大小剛好的石頭，跳上去丟下來堵住那個洞。那之後我們就歇斯底里的七嘴八舌商量著要弄出一個更適合的栓子，忽然間我們察覺西門一直沒有說話，於是我們全部停頓下來瞪著他瞧，而他說：『真險。』」

他們笑了起來。韋拉德說，「還有，記得我們在山腳基地舉行模擬頒獎典禮，西門得到最佳攝影獎，他上台說：『謝謝你們。』就下台往他的座位走去，然後他停步轉過身來再往頒獎台走，像是突然想到要說什麼，你知道，我們很自然的打起精神集中注意力，只見他清了清喉嚨說：『非常謝謝你們。』」

安幾乎笑了出來。接著她站起來，帶頭走到寒冷刺骨的室外。老人們抬著長形箱子來到水濱，其他人跟隨在後。迷濛霧靄間飄著

雪花，他們把他的屍體埋進深深沙堆裡，就在最大波浪所及之處的上頭。他們把長形箱子頂層木板抽去，用娜蒂雅的焊接鐵條在上面燒上西門的名字，再把木板插在一堆沙丘上。現在西門成為碳循環的一部分，成為細菌、螃蟹，再來是磯鷸鷗鳥的食物，如此慢慢的融入穹形圓頂下的生物質量中。這就是人死埋葬的過程。整個過程確然相當具有安撫作用；分配散佈在自己的世界裡，播灑融入在裡面。但是一個個體生命結束了，遠離飄去……

　　他們在陰暗朦朧的穹頂下走著，試著在完成了埋葬儀式之後表現出現實並沒有突然間迸出裂痕，把他們之間的一員奪走的淡然。然而奈加就是無法相信。他們零零散散的走回村落，不斷朝他們雙手呵氣，以壓抑沈靜的語氣彼此交談。奈加走近韋拉德和烏蘇拉身邊，殷殷期待能從他們那裡獲得某種保證。烏蘇拉很哀傷，韋拉德想辦法讓她高興起來。「他已經超過一百歲了，我們不能一直認為他英年早逝，那對所有在五十歲或二十歲甚至一歲死去的可憐人來說是一種嘲弄譏諷。」

　　「但仍然是太早了，」烏蘇拉固執的說。「以那些治療，誰知道呢，他很可能活上一千歲的。」

　　「我不敢肯定。對我來說，那些治療其實無法深入我們身體的每一個部分。外加我們所承受的輻射線，我們的麻煩也許比當初的想像更多。」

　　「也許。但是如果我們此刻是在阿奇龍，全體醫護人員齊備，還有一個生物反應器以及我們所有的設備，我打賭我們可以把他救活的。那樣一來，你就沒有辦法說他還剩多少日子可活了。我稱這個為早逝。」

　　說罷逕自離開，意欲獨處一陣子。

　　那天晚上奈加根本無法入睡。他不停的感覺到骨髓移植的過程，看到療程裡的每一個時刻，想像該套設備系統某處出錯發生逆流，他因此感染了該項疾病。不然就是透過接觸受到傳染，為什麼

不呢？或者是西門臨終時射向他的最後一道眼神！他得了他們無法
治癒的疾病，而這疾病終將導致死亡。全身僵硬，無法開口，一切
停頓，然後離去。那就是死亡。他的心臟猛烈跳動，汗水直冒出肌
膚表層，他因為這份恐懼而哭泣。沒有方法可以避開，這真是恐
怖。恐怖於不知何時但終將發生。恐懼於循環本身自有其法則——
它就這麼週而復始的轉呀轉的，而在那之間他們只有活一次的機
會，然後就將永遠逝去。為什麼要生存呢？那實在太怪異、太恐怖
了。他就這樣整個晚上發著抖，整副心思因著死亡的恐懼而狂亂的
轉個不停。

＊　＊　＊

那之後他發現自己很難集中精神。他總覺得外在所有事物跟他
之間橫有一道鴻溝，彷彿失足滑落白色世界，全然無法接觸到綠色
部分。

廣子注意到這個問題，建議他跟土狼外出旅行一次。奈加對這
個主意深感驚恐，因為他除了外出散步漫遊之外，從來沒有離開過
采堝。然而廣子很堅持。他七歲了，她說，就要變成個男人了。該
是他看一看地表世界的時候了。

幾星期後土狼來訪，離去時帶著奈加一起走。奈加坐進土狼巨
礫越野車的副駕駛座位上，雙眼圓睜透過低矮的擋風玻璃看著傍晚
的紫色弧形夜空。土狼把車轉過來，讓他能清楚看到極帽那頭散發
著鮮明粉紅色澤的巨大冰牆，彷彿一輪龐大的、橫躺在地平線上的
初升月亮。

「很難相信那樣巨大的東西可能融化掉。」奈加說。

「要花些時間。」

他們安靜平穩的朝北方駛去。這輛巨礫越野車有偽裝，外面罩
有一層玄武岩表殼，能夠自動控溫使其與外在環境的溫度相同，另

外前軸還有無軌跡設備可解讀地形，將資料傳輸到後軸，後軸則以復形機刨犁他們車輪碾印的痕跡，將沙土石塊回復成他們經過前的形狀。在這種情形下，他們無法快速前進。

　　他們沈默行進了好長一段時間；土狼的靜默和西門的不一樣。他哼哼哈哈，咕咕噥噥，跟他的人工智慧電腦以低聲吟唱的調子說話，用一種聽來像英語卻又無法叫人理解的語言。奈加試著專心注意窗外那一小片有限的景致，感到既笨拙又羞澀。南極冰帽周圍區域是一連串綿延不斷的遼闊平坦高原，他們從一個高原下來，又攀上另一個，根據的似乎是設定在車裡儀器的路線程式，經過了一個又一個高原之後，距離越來越遠的極帽看來像是穩穩安坐一個龐大基座上的物體。奈加向黑暗望去，眩惑於事物的大小尺寸，同時也欣喜發現它們並不如他第一次徒步走出時那般全然無法抗拒。那是很久以前的事了，不過他仍然能夠清楚記得當時那種叫人嚇了一大跳的錯愕震驚。

　　這回不一樣了。「它似乎沒有我想像中那樣巨大，」他說。「我猜是因為地表彎曲的關係，它畢竟是個小星球。」他的電腦資料板這麼說過。「地平線距離這裡跟采堝一邊到另一邊的距離差不了多少！」

　　「啊哈，」土狼說，看了他一眼。「你最好不要讓『巨人』聽到你這種說法，他會踢你屁股的。」然後──「你父親是誰，孩子？」

　　「我不知道。廣子是我母親。」

　　土狼哼了哼。「我說啊，廣子把母權制度推行得太過火了。」

　　「你告訴過她嗎？」

　　「當然有，但是廣子對我的話只選擇她想要聽的部分。」他咯咯作聲。「所有人都這樣，對不？」

　　奈加點點頭，嘴角的一抹笑意瓦解了他企圖保持的漠不關心。

　　「你想知道你父親是誰嗎？」

「當然。」事實上他並不確定。父親對他沒有什麼意義；他還擔心會是西門。彼得有時表現的像是他的哥哥。

「維西尼克那裡有相關設備。如果你願意，我們可以到那裡試試。」土狼搖搖頭。「廣子很奇怪。我當初見到她的時候，可絕對沒有猜到事情會這樣演變。當然我們那時都很年輕——幾乎就是你這個年紀，不過我猜你會覺得很難相信。」

那倒是真的。

「我遇見她時，她還只是個年輕的環境工程系學生，跟國會黨鞭一樣機靈能幹，貓兒般吸引人。沒有現在這種大地母神的形象。可是漸漸地，她開始閱讀與她專業無關的書籍，這情況一直持續著，到了火星之後她就變得有些瘋狂。老實說，在那之前就是了。對我來說算是運氣好囉，因為那樣我現在才會在這裡。但是廣子，喔，老天。她確確實實相信人類所有歷史打一開始就走錯了。她很嚴肅的告訴過我，在文明萌芽之初，地球上出現了克里特以及蘇美兩種文明。克里特島上有著和平貿易的文化，由女人掌理，充滿美與藝術——事實上是個烏托邦社會。在那樣的理想國裡，男人是特技表演家，白天騎在公牛上，入夜則在女人上，讓女人懷孕並崇仰她們，如此一來每一個人都快樂。聽起來確實不錯，只是公牛除外。另一方面，蘇美人則是由男人掌權，他們製造了戰爭，征服佔有他們看得到的一切，從此展開了自古以來不斷更迭的奴隸帝國。廣子說，沒有人知道，如果這兩種文明有機會競逐統治世界，這世界會是怎樣一番光景；因為火山爆發讓克里特文明灰飛湮滅，這世界於是轉由蘇美人接手直到今天。她曾告訴我，倘使那座爆發的火山是位在蘇美地區，一切將全然改觀。這也許是真的。因為不管歷史怎麼變化，都不會變得比現在更糟糕。」

奈加對這番敘述感到驚訝。「但是現在，」他試探的說，「我們又重新開始了。」

「沒錯，孩子！我們是一群朝向一個未知文明走去的原始人。

生活在我們自己小小的工業—邁諾安文明的母權社會裡。哈！我本身倒還喜歡。我對女人們所掌握著的權力一點興趣也沒有。權力是半個枷鎖，你不記得我要你們這些孩子讀的東西了嗎？主人與奴隸是一起扛起枷鎖的。只有無政府狀態才是真正的自由。而不管女人怎麼做，自由似乎都與她們越行越遠。如果她們為男人做牛做馬，那麼她們就必須一直工作，至死方休。然而如果她們是我們的女皇或女神，她們就只能更勤奮的工作，因為她們除了仍然必須承擔原先的工作外，還得加上一堆文書工作！要是我才不幹。所以身為男人要心存感激，因為你跟天空一樣自由。」

　　這種看待事物的角度實在特殊，奈加心想。不過很顯然的，這倒是個不錯的想法，可抵消賈姬的美貌以及她那擾人心神的強大影

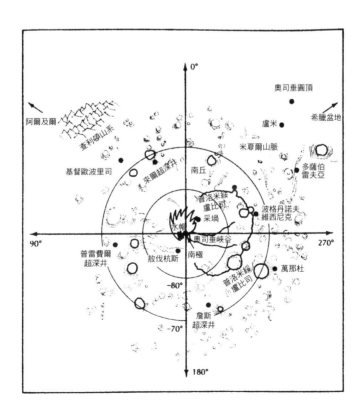

域稱為火山口,而極大型的火山口即為破火山口),不過你看到的只是半邊,你可以將車子直接開到裡面。這塊小小的突起路面是我知道的能夠觀察到它的最好地點。」他叫出車內電腦裡的區域地圖,指點著。「我們目前在這個維梯小火山口的外環邊緣上,面向西北。這絕壁斷崖叫普洛米綏盧比司,就在這裡。它大約有一千公尺高。當然伊秋思斷崖有三千公尺高,奧林帕斯山脈斷崖是六千公尺,你聽過那個小行星先生嗎?不過今天早上有這麼個寶貝也就夠了。」

太陽升得更高了些,照亮斷崖的偉壯曲線。那裡有深谷和火山噴口。「普洛米綏庇護所就在那邊那座大鋸齒狀凹進處,」土狼說,指了指曲線左手邊。「烏追火山口。」

當他們停佇原地渡過白天時,奈加幾乎無時無刻不在瞪視那宏偉壯觀的斷崖,它每個時刻看來都不一樣,隨著陰影的縮短移轉,顯現與隱晦的部位也不停更迭。要把它完全看盡,恐怕得花上數年時間,他發現他強烈感覺到那堵牆垣是如此的不自然,甚至大到不可思議。土狼是對的——那緊密的地平線愚弄了他——他從來沒想過世界可以如此之大。

那天晚上他們駛進烏追火山口,是巨大岩壁上最大的彎狀物之一。然後他們到達普洛米綏盧比司的曲形斷崖。那斷崖筆直矗立在他們之前,彷彿像宇宙本身豎直的部分;極帽跟這個巨石比較起來根本不算什麼。這表示土狼提及的那座奧林帕斯山脈斷崖一定更……喔,他不知道該如何想像。

下到崖腳邊,在一個幾乎是直直掉落平地的完好岩石上,看到一扇上了鎖的暗門。裡面就是稱為普洛米綏的庇護所,所內聚集著層層堆疊如竹節屋房間般的寬廣房室,更有裝了濾鏡的內凹窗戶俯瞰烏追火山口,其後則是大窪地。這庇護所裡的居民講法語,土狼跟他們說話時也講法語。他們雖然不像土狼和其他第一代移民那樣老,但也都相當高齡,而且只有一般地球人的身高,那表示他們大

部分都得抬頭注視奈加，以流暢但帶口音的英語熱烈的跟他說話。那麼你是奈加囉！歡迎！我們聽說過你，很高興見到你！」

土狼兀自忙著，庇護所分派出一組人帶他四處參觀。他們的庇護所跟采塢非常不一樣；簡單說來就是，它除了一間間房室之外什麼也沒有。靠近牆部分是數個大房間，後面的則小些。玻璃房室中有三個做為溫室；這裡所有房間都維持的非常暖和，到處都是植物、垂掛牆飾、雕像和噴泉；對奈加而言，它令人感到禁閉感，也太熱了點，然而怪的是又叫人完全著迷。

但是他們只停留了一天，然後就駕駛土狼的車進入一個大電梯，在裡面待了足足一個鐘頭。當土狼將車子從反向的另一扇門駛出去時，他們來到普洛米綏盧比司後面一座崎嶇顛簸的高原台地。在這裡，奈加又一次感到震驚。當他們在雷觀望台時，那座雄偉斷崖看來有其範圍與極限，他以為他已經能夠吸收暸解它了。但是此時來到斷崖之上回頭俯眺，那距離是如此遙遠，奈加對他所見完全無法領會。那是一團模糊不清、令人暈眩的斑點和色塊——白、紫、棕、淺褐、紅褐、白；這令他反胃。「暴風就要來了。」土狼說，突然間奈加看到籠罩他們上端的色塊其實是一團團高聳密實的雲層，吹嘯橫掃西方懸掛著太陽的紫藍天空——雲朵上方呈淺白色澤，邊緣散裂成無數碎片，底端則是厚重的灰色。這些雲塊下部緊緊貼在他們頭部上方，而其底線平坦得彷彿挨著一塊透明地板而滾動。雲層下面的世界就稱不上平坦了，斑點似的黃褐色以及巧克力色——啊，那些是雲層的陰影，明顯的在移動著。這團東西中有個突出的白色月牙狀物體，是極帽！他們可以看到那裡的家！辨認出那塊冰帽使他豁然開朗掌握住理解事物所需的洞察力，那色塊停了下來形成一大團疏密不均的環狀景色，因天空移動的雲層陰影而色彩斑斕。

這種認知上的迷亂使奈加暈眩了幾秒鐘，當他緩過神來，見到土狼正咧嘴大笑看著他。

「我們到底能看到多遠，土狼？幾公里？」

土狼只咯咯出聲。「問『巨人』去，孩子。或者自己去費心思量！什麼，三百公里？大概是那樣吧。為大的蹦蹦跳跳。為小的建築千百帝國。」

「我想在它上面跑跑。」

「我知道你想。喔，看！看那裡──冰帽上的雲堆裡。閃電，看到沒？那些小小閃爍的光就是閃電。」

啊，在那裡，明亮的光束，悄無聲息的閃亮又消失，每幾秒鐘一至兩道，將黑色雲層跟白色地面連結起來。他終於看到了閃電，用他自己的眼睛。白色的世界閃動著進到綠色，使力搖撼。「沒有什麼能比得上一場暴風，」土狼說著，「在外面領略狂風真是個無可比擬的體驗！我們製造了那暴風，孩子。雖然我認為我還可以製造出一個更大的。」

然而，奈加根本無法想像一個更大的；展現在他們下面的是廣無邊際的巨大──帶電、色彩變幻、強風吹襲的寬廣無垠空間。當土狼把他們的車子轉個方向離開時，他其實暗地裡稍稍鬆了口氣，朦朧模糊的景觀消失了，斷崖邊緣在他們後面形成一道新的天際線。

「再告訴我一次，閃電是什麼？」

「唔，閃電……該死。我必須承認閃電是這世界裡一個我無法在我腦子尋找到解釋的現象。有人告訴過我，但總是左耳進右耳出。電力，當然囉，跟電子或離子有關，正電和負電，電荷在雷雨雲中蓄積，然後向地面放電，或者，我似乎記得，是同時的上和下。誰知道。卡砰！那就是閃電，對不？」

那白色和綠色的世界，纏捲在一起，在摩擦衝撞間爆裂。一定是這樣。

＊　＊　＊

　　普洛米綏盧比司北邊高原台地上有幾個庇護所，其中一些隱藏在懸崖峭壁或火山口邊緣裡，就如同娜蒂雅在采塌外面所進行的隧道計畫；其他的就乾脆坐落在火山口裡，外罩著帳篷似的透明圓頂，任何空中警察都可以看見。當土狼頭一次駛進那些庇護所之一的外緣時，他們在星空下透過清晰的帳篷似圓頂俯瞰底下的村落，奈加再一次感到訝異，不過這份驚詫遠比不上因地形景致所引起的情緒。建築物像學校，以及澡堂、廚房、樹木、溫室等——基本上一切都顯得熟悉，但是他們如何辦到的，這麼公開不忌諱？它著實讓人驚慌。

　　而且裡面還住滿了人——一群陌生人。理論上奈加知道南方庇護所裡的人數很多，根據傳言有五千，全都是二〇六一年戰爭的挫敗反抗人員——但是在這麼短時間內親眼看到如此多的人，知道傳言真正屬實，則又是另外一回事了。另外在沒有隱蔽性的社區內停留，讓他感到極度不安。「他們是怎麼做到的？」他問土狼。「他們怎麼沒有被逮捕帶走？」

　　「問倒我了，孩子。的確很有可能。可是因為還沒發生，他們就認為不值得花費精力隱藏。你知道為了隱藏避護所得費上很可觀的心力——你必須要進行所有熱能回收處理工程，以及電子強化工程，你還得時時注意不要被人發現——實在叫人頭疼煩惱的很。這裡有一些人就是不願意那樣做。他們自稱為戴咪蒙派（譯註：demimonde，法文，原意為低級不正派的人）。他們對可能發生的調查或侵襲是有準備的——他們多數像我們一樣有逃生隧道，有些甚至還貯存武器。不過他們認為就因為他們公開暴露在地表上，所以根本不會成為優先檢查的目標。基督歐波里司的傢伙們就直截了當的告訴聯合國，他們來到這裡就是為了躲避法網。但是⋯⋯在這點上我同意廣子。我們必須要小心些。告訴你，聯合國派人四出追拿登陸首百和他們的家人，這對你們這些孩子來說很不幸。總之，反抗組織包括了地下人員以及那群戴咪蒙派，而且公開城市的存在

對藏匿著的庇護所來說是一大助益，我其實很高興有他們在。就這點來說，我們仰賴他們。」

土狼在這市鎮受到一貫熱烈的歡迎，一如他在其他所有地方受到的待遇，不管該處居民是隱匿著的或公開的。他安適的在火山口邊緣一個大車庫角落，熱絡進行物品交換，其中有種子現貨、軟體程式、燈泡、零件，以及小型機器。這過程是他在跟接待他們的主人進行冗長磋商討論，並以奈加毫無頭緒的議價程序後才完成。接著，在火山谷底短暫參觀過明亮紫藍天幕下，像極采塢的村落之後，就再次啟程離去。

在拜訪各個庇護所間的路程上，土狼試圖解釋他的議價過程，但顯然不怎麼清楚明白。「我盡力使他們不要因為自己愚蠢的經濟觀念而受害，那就是我做著的事！贈與經濟本意非常好，但是就我們目前的處境來說，其運作架構還不夠完備。有些重要的物品是每個人都得用到的必需品，所以人們必須要付出，聽起來很矛盾，對不？所以我在嘗試推行一個合理的系統。事實上是韋拉德和瑪琳娜的研究成果，我試著實施，那表示我接收所有的煩惱和挫敗。」

「那麼，這個系統……」

「嗯，那是一種雙軌制，他們仍舊可以給予他們願意付出的一切東西，但是必需品則得附上價值，並適當的分配出去。老天可鑒，你不會相信我曾經歷過的爭執論辯。人們可以變得非常愚蠢。我盡力確保大家共同形成一個穩定的社會生態體系，就像廣子理論中的一項體制，亦即每一個庇護所都擁有各自的利基，貢獻其專有物產。猜猜看，我的回報是什麼？污蔑辱罵，只有這個！激烈極端的污蔑。我試著停止贈禮活動（譯註：potlatch，散財宴，原是指北美太平洋沿岸某些印地安人獨有的一種制度。主人按照一定儀式邀宴客人並依其社會地位贈送財物，目的是為了確定或重新確立主人的社會地位），他們罵我強盜男爵，我試著停止囤積貨物，他們說我法西斯。一群蠢蛋！萬一他們都無法自給自足，外加半數以上

的人變得瘋狂偏激時，他們要怎麼辦？」他誇張的嘆了口氣。「不管了。我們反正在進步中。基督歐波里司生產燈泡，模司海德培植新種作物，這你都已經看到了，而波格丹諾夫維西尼克製造所有大型困難的物品，像是反應器的燃料棒、反偵測交通工具，以及大多數的大型機器人，而你住的采塢研發製造科學儀器等等。我呢，則是將這些東西分配出去。」

「你是唯一一個做著這事的人嗎？」

「幾乎。事實上，只除了這些少數供給不足的東西之外，大家多半能自給自足。他們全都擁有程式計畫以及種子，那是基本必需品。再說，最好不要讓太多人知道所有隱匿的庇護所，這點很重要。」

奈加在當晚旅程中，心中反覆思量這些話的含意。土狼繼續敘說有關過氧化氫標準以及氮氣基準，這是韋拉德和瑪琳娜想出來的新系統。奈加雖然盡了他最大努力來理解，依舊困難重重，不是因為這些概念不易理解，就是因為土狼花上大部分時間嚴詞譴責他在某些庇護所裡遭遇到的困難。奈加決定等到回家後，再仔細詢問薩克斯或者娜蒂雅，此刻便不再注意聆聽。

他們這時經過的地方全是一圈圈的火山口，新爆發的幾座彼此重疊著，甚至掩埋了舊有的。「這叫飽和火山口群。非常老舊的地形。」很多火山口連一點隆起的外緣也沒有，只有低淺地面圍繞著中心的孔洞。「那些火山外緣怎麼了？」

「侵蝕掉了。」

「被什麼侵蝕的呢？」

「安說是冰，還有風。她說南方高地在一段時間後就侵蝕剝落了將近一千公尺。」

「那應該會帶走一切呀！」

「但是，接著有更多回來。這是個古老地形。」

火山口間的陸地覆蓋著鬆散的岩石，地面於是凹凸崎嶇得難以

想像;有時急降下沈,有時高升揚起,有坑洞、土墩、壕溝、地
塹、隆丘、谿谷;幾乎沒有一處是平坦的,只除了一些火山口邊
緣,以及偶爾出現的低緩脊線,土狼盡量利用這兩者作為行路通
道。雖然如此,他在這片崎嶇起伏陸地所走的路線依然如羊腸小徑
般拐彎曲折,奈加實在無法相信那些是記在心中的路線。他這麼
說,土狼笑了起來。「你說記在心中是什麼意思?我們其實迷路
了!」

　　那當然不是真的,至少沒有太久。地平線那端出現了一座超深
井,土狼朝它駛去。

　　「一直就知道,」他喃喃而語。「這是維西尼克超深井。它是
一個直徑約一千公尺的垂直深井,一直挖到地底岩床。最早在緯度
七十五度附近有四處超深井,其中兩座已經沒有人看管了,連機器
人也沒有。維西尼克是其中之一,目前被生活在裡面的一群波格丹
諾夫份子佔據。」他笑說。「那是個完美的主意,因為他們可以順
著通道橫向挖進邊牆內,毫無顧慮的釋放熱氣,因為沒有人能分辨
出那是不是超深井所釋出的氣體。所以他們大可建造任何想要的東
西,甚至處理鈾元素製造核反應的燃料棒。現在它已經發展成為一
個完善的小型工業城了。同時也是我最喜歡的地方之一,在宴會舉
行上非常大方。」

　　車子駕駛在縱橫地表的無數小壕溝中的一個,之後他踩煞車並
以手指敲著他的螢幕,溝渠邊一塊大石擺盪開來,露出一條黑色隧
道。土狼駛進去,石門在他們身後關合。奈加以為到這時他已經不
會再感到驚訝了,然而在隧道中行進時,他仍然圓睜著雙眼看著緊
貼巨礫越野車外的粗糙石牆。隧道似乎永無止境。「他們挖築了數
條入口隧道,讓超深井本身看起來不起眼。我們大約還有二十公里
要走。」

　　終於土狼將車頭燈熄滅。他們的車子駛離隧道,來到泛著朦朧
紫茄色澤的黑夜;他們在一條傾斜路面上,顯然是盤繞超深井的邊

牆而下。他們儀表板上的燈光猶如超小燈籠，奈加透過其反射的影像看到這條路比車子寬上了四到五倍。超深井的完全尺寸無法看清，但是由通路彎曲程度，他知道它應該極大。「你確定我們的速度沒錯嗎？」他焦慮的問著。

「我相信自動駕駛系統，」土狼說，有些惱怒。「談論它會帶來壞運氣。」

車子往下駛去。持續下降大約一個鐘頭後，儀表板傳來一聲嗶嗶響，接著車子駛進左邊的弧形石牆。那裡有一條車庫通管，碰撞他們外層上鎖的車門，發出叮噹響聲。

車庫裡大約有二十來人迎接著他們，領他們穿過一排高聳房間來到一間巨大石穴般的會議場。波格丹諾夫份子沿著超深井挖鑿出的房間相當大，比普洛米綏的大很多。後面房間一律十公尺高，一些房間則深達兩百公尺；而主要巨穴足可與采堝本身匹敵，它的大型窗子對著深井的井壁。奈加透過窗戶看著兩側井壁，他發現如果從窗外看這些窗戶玻璃，會以為那是岩石表面；其表面的濾光覆膜必定非常高明，因為早上穿射進來的光線異常明亮。透過窗子只能看到遠方正對面的井壁，以及上方一小塊圓凸的天空──但是房間顯得明亮兼且寬廣舒暢，那是一種在天空下的采堝無法想像比擬的感覺。

他們到達的那一整天，奈加由一個膚色黝黑、名叫西拉利的矮小男子照料，他領著奈加穿越不同房室，打斷人們進行著的工作，把他介紹出去。大家都很和善──「你應該是廣子的孩子，對不？喔，你叫奈加！很高興認識你！嘿，約翰，土狼來了，今晚好好慶祝一番！」──接著他們讓他參觀日常的工作，再帶他到離超深井更遠的那些較小房間，那裡有光線明亮的農場，以及似乎向岩石深處不斷延伸的工廠；所有地方都相當溫暖，像是到了澡堂一般，奈加不斷流著汗。「那些開鑿出來的石塊都放到哪裡了？」他問西拉利，因為廣子曾經說過，在極帽下切割穹形圓頂的一個好處，就是

挖鑿下來的乾冰可以就這麼讓它揮發掉。

「都堆積在超深井底端的路面上了，」西拉利回答他，顯然對這問題很高興。他對奈加提出的所有問題似乎都很興奮，每一個人都如此；維西尼克的住民總體來說都很快樂，更有一群喜好熱鬧喧嘩的人總為慶賀土狼的到來而舉行宴會——嗯，眾多藉口中的一項，奈加這樣想。

西拉利從腕錶上接收到土狼的訊號，然後帶奈加來到一間實驗室，在那裡他們從他手指上取下一點皮膚。接著，他們緩緩的走回那間巨穴般的房間，加入成排聚集於廚房窗畔的隊伍後面。

在吃了一頓豐盛的豆子和馬鈴薯之後，他們開始了在巨穴舉行的宴會。一隊大型沒有紀律、成員不斷變動的金屬鼓樂團，演奏著有節拍、旋律卻斷斷續續前後不連貫的樂音，人們隨著跳起幾小時的舞來，期間不時飲用一種名為「卡伐丫伐」的酒，或者加入室內某個角落正在進行著的各種遊戲。奈加試了卡伐丫伐，囫圇吞下土狼給他的一劑歐米茄啡，接著加入樂團演奏低音鼓，最後坐在巨穴中間一墩小草堆上，醉得直不起身來。土狼不停的喝著，卻是沒有酒醉的困擾；他狂亂舞動，高跳飛躍，並且大聲笑鬧。「你永遠不會知道你自身重力的喜悅，孩子！」他對著奈加大喊。「你永遠不會知道！」

大家靠攏來自我介紹，有時要求奈加表演他的觸摸生熱——一群跟他同年紀的女孩們拿起他的手放到她們以飲料弄得冷涼的臉頰，當他把她們臉頰溫熱起來時，她們就圓睜著雙眼大笑，繼而要他溫暖她們身體的其他部分；他卻站起來跟她們一塊跳舞。他有些暈眩撩亂，繞著圈圈小跑起來，試圖釋放他體內的一些能量。他後來回到小草墩上，耳朵嗡嗡鳴響著，這時土狼穿行而來，在他身旁重重坐下。「在這種重力下跳舞感覺真好，我一直都很享受。」他斜眼看著奈加，一綹一綹的銀灰色長髮鳥巢般的盤據在頭上，奈加再一次注意到他臉上似乎有受傷骨頭斷裂的痕跡，也許是下巴部分

曾經骨折過，使得這邊的臉看起來比那一邊要來的寬闊些。可能是那樣。奈加緊盯著瞧。

土狼環繞他的肩膀，用力搖晃他。「看來我是你父親，孩子！」他大聲喊叫。

「你在開玩笑！」他們倆定定凝視對方，一股電流穿過奈加脊髓，從他臉上竄逸而去，他同時震驚於那白色世界是如何全然擺弄著綠色世界，一如電光從血肉肌膚湧動而出。他們抓住彼此。

「沒開玩笑！」土狼說。

他們繼續彼此瞪視。「難怪你如此聰明，」土狼說，開懷大笑。「啊哈哈哈！卡哇！我希望你沒啥意見！」

「當然，」奈加說，咧嘴笑著，但感到有些不舒服。他對土狼的了解並不多，父親的概念比母親還要來的模糊不清，他實在不知道他的感覺是什麼。基因遺傳，當然了，但那究竟是什麼？他們全都從某個地方獲得他們的基因，而且不管怎樣，人工生殖的基因是可以轉移的，至少他們是這麼說的。

但是土狼曾不下千百次的咒罵廣了，但此刻他看來很滿足。「那潑婦，那暴君！母權社會狗屁——她是瘋子！她所做的事情叫我驚訝！雖說在某種程度來講確是有正義公平可言。是的，沒錯，因為我和廣子在這個世代的啟蒙之初是一對，就是我們在英格蘭的那年輕時光。那是我現在之所以會在火星的唯一理由。她密室裡的偷渡者，我他媽的所有歲月。」他狂笑，再次拍打奈加肩膀。「喔，孩子，你將來就會比較知道你對這個消息的感覺。」

他回去加入舞動的人們，讓奈加獨自思索。奈加看著繞轉迴旋的土狼，只能輕輕搖頭；他不知道該怎麼想，而且現在要靜下來想任何一件事都太過困難。最好還是去跳舞，或者找澡堂去。

然而他們沒有公共浴池。他在舞池繞著圈圈，企圖讓他的慢跑變成一種舞蹈，他後來再次回到那座小草墩，一群當地人圍著他和土狼。「喜歡變成達賴喇嘛的父親，是不？他們沒有為那給你取個

名字嗎？」

「去死吧，你們這些人！像我說的，安講過他們停止這些緯度七十五度超深井的挖掘，是因為那下邊的地殼比較薄。」土狼自負的點點頭。「我要找一座廢棄的超深井，重新啟動那些機器人，看看是不是能夠挖得夠深足以引起火山爆發。」

大家都笑了起來。然而有一位女士搖著頭。「如果你那樣做，他們就會來這裡進行調查。你若真想那樣做，就應該往北走，針對那些緯度六十度的超深井。它們也都廢棄不用了。」

「但是，安說那裡的地殼比較厚。」

「沒錯，不過那超深井鑽得也比較深。」

「嗯，」土狼說。

接著，談話內容轉移到比較嚴肅的題目，大多是些無法避免的議題，諸如短缺、北方的發展等等。不過到了週末他們啟程經由另一條比較長的隧道離開維西尼克時，他們駛向北邊，土狼之前所作的一切計畫此時都拋諸腦後。「那就是我生活的方式，孩子。」

行駛在南方崎嶇起伏高地的第五個晚上，土狼減緩車速順著一個又老又大的火山口邊緣繞著圈圈，火山口已經磨蝕得幾乎與周圍平地同高。從此古老火山口邊緣的小徑上可以看到沙土覆蓋的火山口底部，明顯的被人鑽出一個圓形的巨大黑洞。無可諱言的，這是從地表往下看超深井的樣子。深井上方幾百公尺高處停有一團羽狀薄霧，如魔術師把戲般憑空生出。深井邊緣被截成斜角，一條混凝土帶如漏斗般以大約四十五度角伸將下去；要說這條長帶有多大並不容易，因為巨大的深井讓它看來不過只有細片般的尺寸。外環邊緣上有座鐵絲圍成的高牆。「嗯，」土狼說，從擋風玻璃往外看。他把車倒回峽谷停妥，然後滑進一套活動服。「馬上回來。」他說，跳入閉鎖室。

對奈加而言，那是一個不安的長夜。他幾乎沒有闔眼，全副心思因著焦慮而警醒，這種心情一直持續到第二天早晨看到土狼出現

在越野車的閉鎖室外，當時還不到早晨七點，太陽才剛要升起。對這番長時間失蹤他有著滿腹抱怨，只待一吐為快。只是土狼進到車裡取下頭盔後，就看到他顯然籠罩在一股憤怒情緒中。當他們坐在車裡消磨白天時間時，他敲叩他的人工智慧電腦全神貫注其中，不時粗鄙的詛咒，完全忘卻了身旁有個正鬧肚子餓的孩子要照顧。奈加逕自為兩人溫熱食物，然後侷促不安的打盹，接著在車子猛然急行中醒來。「我要試試通過那道隘口駛進去，」土狼說。「他們在那深井上設立了嚴密的安全系統。再試一個晚上應該就有辦法。」他繞著火山口，然後將車停在稍遠的邊緣上。黃昏薄暮時分，他再一次步行離去。

又一次，他整晚未回，奈加也再次無法入眠。他揣想著土狼如果不回來，他該怎麼辦。

土狼竟真的一直到清晨都沒有現身。那接下來的一天，毫無疑問的是奈加生命中最長的一日，白天將盡時他完全不知道該怎麼做。嘗試援救土狼；試著駕車回采堀或維西尼克；爬入超深井，向那吃掉土狼的神祕安全系統投降；看來全部都行不通。

日落後一個小時，土狼叩——叩——叩的敲著車子外殼，然後進到車裡來，他的臉龐像是戴著副瘋狂暴怒的面具。他足足喝了一公升的水，還幾乎灌下另一罐，然後鄙夷的癟癟嘴。「他媽的，我們離開這裡。」他說。

在隨後兩個小時的靜默車程中，奈加想著變換話題，或至少把議題放大，於是他問，「土狼，你想我們還要藏匿多久？」

「不要叫我土狼！我不是土狼。土狼在外頭那些山丘後面，已經開始呼吸空氣，開始做他想要做的事，那個雜種。我，我的名字是德司蒙，你要叫我德司蒙，懂了嗎？」

「是。」奈加說，有些畏縮。

「至於我們還要躲藏多久，永遠。」

他們往回駛向南邊的雷利超深井，那是土狼（實在很難把他跟

德司蒙這名字連在一起）原本想去的地方。這個超深井早已完全廢棄，如今只是高地上一個沒有照明的巨大洞穴，它的羽狀熱雲霧有如飄渺陰魂似的籠罩在井口上方。他們可以直駛進井口邊緣一處沙土覆蓋、空蕩蕩的停車場和車庫裡，就在沙丘與一排帆布覆蓋的自動操作運輸機之間。「這還像話，」土狼咕噥著。「到了，我們得到下面去看一看。來，套上你的活動服。」

站在如此巨大的深井邊緣吹風是個奇特的感覺。他們越過齊胸高的圍牆望去，看到環繞井口的混凝土帶傾斜向下延伸至兩百公尺深處。為了能夠清楚檢視這巨大坑洞，他們必須順著彎路往下走約一公里，切進混凝土帶。在那裡他們終於停住，目光掃過彎路的邊緣，直視下面黝暗深處。土狼就站在邊上，讓奈加相當緊張。他趴著身子，匍匐在地往下看。看不到盡頭；他們很可能正看著這星球的中心點。「二十公里，」土狼透過內部通訊裝置說。他橫過邊緣將手伸出，奈加也照做。他可以感覺到上升的氣流。「好了，讓我們看看我們是不是能夠啟動這些機器人。」他們於是步行回到地面。

過去的旅程裡，土狼花上很多白天時間研究他人工智慧電腦裡的老程式，而現在他把拖車裡的過氧化氫灌注到停車場裡的兩個機器怪獸中，並接通它們的控制儀表盤努力工作著。完成之後他很滿意這兩具怪獸終於能夠聽話的在超深井底部作業。他們看著這兩具光是輪子就比他們的越野車高上四倍的機器，沿著彎曲路線向下駛去。

「好了，」土狼說，再次興奮起來。「它們會使用太陽能控制板啟動它們自己內部的過氧化物炸藥，以及它們自己的燃料，然後緩慢穩定的作業直到也許挖到什麼高溫的東西。我們就有可能引發一場火山爆發！」

「那樣好嗎？」

土狼粗野狂笑著。「我不知道！只不過以前從沒有人辦到過，

那至少值得稱頌一番。」

　　他們繼續既定的旅程，拜訪藏匿以及公開的眾多庇護所，土狼到處訴說，「我們上週啟動了雷利超深井，你們看到火山爆發沒？」

　　沒有人看到。雷利似乎沒有什麼變化，其羽狀熱雲霧沒有受到干擾。「喔，也許沒有成功，」土狼會說。「可能得花些時間。從另一個角度來講，即使那超深井現在已經湧滿了熔岩，你們又如何能夠知道呢？」

　　「我們會知道，」人們如此回答。一些人還會附言說道：「你為什麼做那種蠢事？你乾脆直接呼叫臨時政府，告訴他們到這下面來找我們。」

　　所以土狼不再提及此事。他們從這個庇護所旅行到另一個：模司海德、格蘭西、敖伐杭斯、基督歐波里司……奈加在每一個地方都受到歡迎，通常人們早已因他的名聲而知道他。奈加對如此眾多、種類各異的庇護所感到驚奇，這些庇護所共同組成他們這個奇特的地底世界，其中半數祕密隱藏著，另一半則對外公開。如果這個世界僅僅佔火星上全體文明的一小部分的話，那麼北方那些地表城市會是什麼樣子呢？這實在超乎他的理解範圍——雖說隨著旅程的進行，他的理解範圍似乎因不斷的驚詫而擴大。但你畢竟無法從驚訝中獲得了悟。

　　「嗯，」土狼會在他們行駛當中說（他已經教會了奈加開車），「我們也許已經啟動了一座火山，也許沒有。但不管怎麼說，那都是一個創新的主意。而這正是整個計畫中最棒的一點，孩子，這整個火星計畫是全新的。」

　　他們再一次駛向南方，直到那堵鬼魂似的極帽高牆隱隱約約出現在地平線那端。很快的他們就能夠回到家了。

　　奈加回想他們拜訪過的所有庇護所。「你真的認為我們必需要永遠躲藏起來嗎，德司蒙？」

「德司蒙？德司蒙？這德司蒙是誰呀？」土狼癟癟嘴。「喔，孩子，我不知道。沒有人能夠確定。藏在這裡的人是在一個莫名其妙的年代中遭到排擠而逃來此地，當時他們的生活方式受到了威脅。我不太確定他們在北方建造的那些地表城市現在是不是還是一樣。也許地球上那些掌權者學到了教訓，或者那裡的人生活得比以前更舒適。不過也或者只是因為那太空電梯的功能還沒被取代罷了。」

「那麼可能還會有另一場革命囉？」

「我不知道。」

「或者直到建了另一個太空電梯時才會發生？」

「我不知道！但是那電梯早晚會建好，他們正在那邊建造一些新的大型探照鏡，你有時可以在晚上看到它們閃動的光芒，或是環繞著太陽。所以，任何事都可能發生，我猜。不過革命很罕見。而且他們多數只是反對改革的反動份子而已。你瞧，農夫有他們自己的傳統，有讓他們過日子的價值觀以及習慣。然而因為他們的生活僅僅只是過得去而已，所以劇烈的變動就會擾亂他們，在那時候根本無關政治，只有存活的問題。我在你這個年紀時曾親眼見到過。現在到這裡來的人們不是窮人，但是他們的確有他們自己的傳統，而且就跟窮人一樣，他們沒有權力。隨著二○五○年代的人潮瘋狂湧進，他們的傳統淹沒消失。他們於是為維護自身所擁有的而奮鬥抗爭。事實証明，他們輸了。你再也無法反抗掌權者，特別是在這裡，因為武器變得太過厲害，而我們的庇護所又太過脆弱。我們必須要好好的武裝自己，或之類的。你知道，我們躲在暗處，而他們又將大批人群往火星上塞，那些人在地球上已經習慣了艱困的環境，所以這裡的事物並不會讓他們感到特別難受。他們得到了關照，於是快樂過活。我們沒有看到像我們當年，二○六一年前那樣多的人試圖住到庇護所裡。是有一些，但不多。只要人們仍然有他們的娛樂活動，保有自己的小小傳統，他們是連動動手指都不會肯

的。」

「但是……」奈加說，卻膽怯了。

土狼看到他臉上的表情，笑了起來。「嘿，誰知道呢？他們很快的就會在帕弗尼斯山脈上裝置另一個電梯，然後他們就很可能又會開始重蹈覆轍把事情搞砸，那些貪婪的雜種渾球。而你們這些年輕傢伙很可能不會願意聽由地球人在這裡大呼小叫，爭權掌位。我們就等著看那時機什麼時候成熟。在這同時，我們要盡可能的享受生活，對不？我們要維護那火焰。」

那個晚上土狼停下車子，告訴奈加套上活動服。他們來到車外頭站在沙地上，土狼把他轉向面對北方。「看那天空。」

奈加站著觀看，看到一顆新星從北邊遙遙的地平線那端迸現出來，傾刻間伸展出一條長長的白色尾巴，是顆彗星，從西邊奔向東方。當它飛經中天時，那顆熾熱輝煌的彗星爆裂開來，明亮的碎片撒向四面八方，從白色隱向黑色。

「一顆冰星！」奈加尖叫。

土狼噴噴鼻息。「沒有讓你驚訝，是不是，孩子！那麼，我來告訴你一些你還不知道的事情；那是二〇八九Ｃ冰星，你看到它最後是怎麼在上面爆裂開來的嗎？那是開端。他們那樣做是有目的的。在小行星進入大氣層時將它們炸裂開來，這方法可以應用在較大的小行星上，以避免損及地表。而那是我的主意！是我告訴他們那個方法，當時我在格雷格地方把玩他們的通訊系統，靈機一動便在人工智慧電腦裡匿名存進一個建議，他們就迫不及待的抓住它。現在他們會一直這麼做。每一季都會有一兩個類似情況發生，他們正快速的增厚大氣層。看看天上那些閃爍的星星。他們以前在地球上也都每晚看著星星。啊，孩子……終有一天，那種情況也會在這裡每天發生。天空充滿空氣讓你可以像隻鳥兒般呼吸。也許那可以幫我們把這個世界上的秩序改變一下。這種事你永遠無法預測。」

　　奈加閉上眼睛，看到冰星隕石的紅色餘像撞擊他的眼瞼。如白色煙火般的流星，直直鑽穿地函、火山的孔洞……他轉頭看到土狼在平原上跳躍，矮小瘦弱，他的頭盔在他身上顯得異常的大，就像是個變種人類，或者戴著神聖動物面具的巫師，在沙地上跳著醜怪的矮人舞。這就是土狼，毋庸置疑。他的父親！

　　他們已經繞了世界一周，雖然只侷限於南半球高緯度區。極帽在地平線上升起，並且繼續增長，直到他們來到懸空冰層底下，那冰層似乎不再像剛啟程時那樣高大。他們繞過冰層駛回家，進入棚廠後兩人下了那輛奈加在過去兩個禮拜以來變得相當熟悉的巨礫越野車，僵硬的步行穿過閘門，走進長長的隧道回到穹形圓頂下，突然間他們就被簇擁在所有熟悉的面龐之間，受到熱情擁抱並接受大家的詢問。奈加在眾人的關注中顯得害羞退縮，然而事實上並不需要如此，土狼替他敘說了所有的故事，他只要微笑就好，不用承擔他們所作所為該負的責任。他眼光越過他的至親，看見他的世界原來多麼渺小；穹形圓頂從這頭到那頭不到五公里，而從湖面算起僅二百五十公尺高。一個小小世界。

　　返家歡迎會結束後，他在晨曦裡外出散步，享受舒爽的冷冽空氣，細細觀看山丘樹林間的村落建築物和竹製台屋。它們看起來全都如此奇異窄小。接著他來到沙丘，走向廣子的住處，鷗鳥在頭上翱翔，他不時停步只為看看這個那個。他呼吸水濱伴隨海草鹹水味兒的寒冷空氣；那味道裡強烈的熟悉感，剎那間引動了千百萬個記憶，他知道，他回到家了。

＊　＊　＊

　　但是家有了變化。再不然就是他自己變了。在試圖救治西門以及隨同土狼行旅的這段期間，他已經脫離同伴成為一個青年人；他

曾熱切渴望來一場與眾不同的大冒險，然而夢想成真後唯一的結果則是他遭到朋友群放逐。賈姬和道比以前更常在一起，並且在他和所有其他較年輕的第三代人間築起一面牆。很快的，奈加了解他其實並不真想要跟大家不一樣。他只想要能夠再融入他那親密的小團體，成為他兄弟姊妹的一員。

但是當他加入他們時，大家便靜默下來，接著是記憶中最難堪的一段時間，然後道會領著他們離開。而他則被迫回到成人團體裡，那些成年人則理所當然的開始在他們午後聚會中納入他。也許他們只是善意的補償他在小團體裡遭受到的挫折，然而卻使他的標籤更加鮮明。沒有什麼解決方法了。一天，他沮喪的在一個陰沈灰白的秋天午後散步水濱，突然了悟童年已經遠去。那解釋了他此刻的感覺；他現在處於另一個階段，不是成人也不似孩童，而是個單獨的個體，是家鄉裡的外地人。這份隱含憂鬱的了解有股奇特的喜悅蘊含其中。


有一天午餐後，賈姬留下來要求加入廣子在下午開的課程。「為什麼妳教奈加，不教我？」

「沒什麼理由，」廣子漠然的說。「如果妳上課，可以留下來。拿出妳的電腦資料板，叫出熱工程學，一○五○頁。我們以采塭穹形圓頂為例。告訴我圓頂下的最溫暖的點是什麼？」

奈加和賈姬思索這個問題，彼此競爭卻又並肩靠坐。他好高興她在那裡，高興得幾乎記不住問題是什麼，而賈姬在他還來不及組織想法之前就舉起一根指頭。她嘲笑他，有點輕蔑，但同時又令人歡喜。儘管他們之間發生了這麼多的變化，而賈姬仍然保留著她那容易感染別人的喜悅，從那笑聲中被放逐出去是多麼感傷呵……

「這是下回的題目，」廣子對他們說。「頌讚火星祭典裡所有名稱都是地球人取的。其中大約半數在原來語言中都含有火紅星球的意義，但那仍然是從外界引進的名字。問題是，火星自己的名字

是什麼？」

　　數星期後土狼再次造訪，那讓奈加既興奮又緊張。土狼接了早上教授孩子們的工作，幸運的是，他對待奈加跟對其他所有人沒什麼不同。「地球的狀況很不好，」他們在研究李克歐佛裡液態鈉槽的真空幫浦時，他這麼說，「而且只會變得更糟。那使得他們對火星的控制朝對我們更不利的方向走。我們必須繼續隱藏，直到我們有能力完全掙脫出他們的掌控，一旦他們逐漸陷入瘋狂無秩序狀態時我們才能有備無患。你們記住我的話，這是比真理還要真實的預言。」

　　「約翰・布恩不是那樣說的，」賈姬宣稱。她花了很多晚上時間探究約翰・布恩的電腦，現在她從她腿側口袋中取出那個盒狀物，經過非常簡短的搜尋後盒子裡傳來一個友善的聲音：「除非地球上有真正的安全，否則火星永遠不會有。」

　　土狼沙嘎刺耳的笑著。「唔，是的，約翰・布恩是那樣想，不是嗎？但是妳注意他已經死了，而我還在這裡。」

　　「躲起來誰不會？」賈姬尖銳的說。「但是約翰・布恩站出來領導大家。那就是我為什麼是布恩信徒的原因。」

　　「妳是布恩家族的一員，同時也是布恩信徒！」土狼大聲叫著，揶揄她。「而布恩的信徒連代數學加法都不會做。但是，看這裡，女娃兒，如果妳要稱妳自己為布恩信徒，就必須先多了解妳祖父一些。妳不能把約翰・布恩貼上任何教義信條標籤，對他的話斷章取義。我在外面看過其他所謂的布恩信徒這樣做，而那不是叫我大笑，就是讓我七竅生煙。怎麼說呢，如果約翰・布恩跟妳會面，同妳談上即使僅僅一個鐘頭，他就會是個賈姬專家。而如果他見到道，跟他談談話，那麼他就會變成道家，或甚至毛澤東主義專家。只因為他就是那個樣子。那還不算壞，嗯，因為這把反省的責任推回到我們身上。那強迫我們做出貢獻，因為不那樣，布恩就無法發

揮作用。他的論點不僅僅是每個人都可以做，還是每一個人都應該做。」

「包括地球上所有人。」賈姬回答。

「不要再給我未經思索的反應！」土狼喊著。「喔，妳這女娃兒，妳為什麼不離開妳這些男伴，現在就嫁給我，我的親吻就跟這個真空幫浦一樣，來，這裡。」他對她揮動幫浦，賈姬一拳把它打到一邊，又推了他一把，然後跑開，只為了能夠享受追逐的樂趣。她現在是采塢跑得最快的人，即使連奈加用盡力氣也不能像她那樣衝刺。孩子們嘲笑著追她的土狼；就一個老人來說，他相當迅捷，他迴身、閃躲、轉而追趕他們全部，低聲咆哮，最後倒在一堆疊羅漢的底端，哭喊著：「喔，我的腿，喔，我會要你們付出代價，你們這些男生只是忌妒我，因為我要把你們的女生搶走，喔！停止！喔！」

這樣的揶揄嘲弄讓奈加不很舒服，廣子也不喜歡。她要土狼停止，但是他卻嘲笑她。「過分的是人是妳，給自己建造了一個近親亂倫的小營區，」他說。「妳要怎麼辦，閹割他們？」他嘲笑廣子的陰鬱表情。「很快的妳就得把他們交由他人照顧，那是必然的。我嘛也就乾脆先接收幾個。」

廣子要他退開，那之後不久他就又再一次出發旅行去了。後來，再輪到廣子教課時，她把所有的孩子帶到澡堂。他們在她之後進入浴池，坐在淺處滑溜溜的瓷磚上，浸泡在蒸騰著熱氣的水池裡聽廣子說話。奈加坐在手足瘦長的賈姬裸體旁，他對那副軀體很熟悉，包括過去一年它經歷過的戲劇性的諸多變化，而他發現他無法正視她。

他那古老的母親裸著身體說，「你們知道基因如何工作，我已經教過你們了。你們知道你們之間多數是同母異父或同父異母的兄弟姊妹，或是叔舅、甥姪、表親等等。對你們多數來說，我是母親或是祖母，所以你們彼此不可以性交，不可以有共同的孩子。事情

就這麼簡單，非常簡單的基因基礎法則。」她舉起手來，手心向上，好似在說，這是我們共享的身體。

「但是所有生物都充滿著維力迪塔斯，」她繼續，「那綠色動力，向外性的模擬仿造。所以你們彼此互相愛慕很正常，特別是現在你們的身體正在發育。那一點也沒有錯，不管土狼怎麼說。他只不過是開玩笑罷了。但有一件事他倒是對的；你們很快的就會遇見跟你們同樣年紀的其他外來人，他們終將成為你們的好友、伴侶、妻或夫，跟你們的關係可能比你們的近親還要緊密，你們對族內近親因了解太深而永遠無法像愛另一個人般的愛他們。我們皆是彼此的一部分，而真愛則永遠是為了他人。」

奈加的眼睛固定在他母親上，眼神卻空洞無神。然而他很清楚賈姬什麼時候把她的腿併攏起來，他曾感覺到在他們身邊打轉的池水溫度改變的那一刻。對他而言，他母親所說的話，其中有些地方並不正確。雖然他相當了解賈姬的身體，但大部分時間裡，她仍然如一顆炯炯明星般明亮驕傲，卻又飄渺遙遠、不著邊際的高掛在天上。她是他們這小群體裡的女皇，而且只要她願意，她可以一個眼神就輕易的輾碎他，即使他花上了他所有時間觀察琢磨她的情緒，依然逃脫不了。那樣的差異是他願意費心處理的。他愛她，這點他知道。但是她沒有回應他的愛，沒有以相等的方式回應。他想，她也沒有以那樣的角度來愛道，至少此刻之後再也不是；這給他帶來了小小安慰。只有彼得才得到她像他看著她的那種眼神。但是彼得大部分時間外出遠遊。所以她在采塢其實不像奈加愛她那般的愛任何人。也許對她來說，她早知道情形一如廣子此刻所說，道和奈加以及在場所有人簡單說來是太過熟悉彼此了。不管基因涉入程度如何，都是她的兄弟姊妹。

＊　＊　＊

　　然後有一日，圓頂真真實實的坍落下來。水冰的最高點部分全部自二氧化碳層剝裂開來，紛紛穿過篩網塌陷掉落湖面、水濱岸邊以及周圍沙丘。所幸發生時間是凌晨，沒有人在那裡，但是從村落聽來，第一波的垮裂隆隆聲響一如爆炸般劇烈，每一個人都衝到窗戶邊目睹大部分的坍落過程：巨大的白色冰塊像炸彈般掉落，或如彈跳冰盤似的旋轉而下，接著整個湖面激增暴漲，漫溢到沙丘之上。大家競相衝出房間，在喧囂惶恐中廣子和瑪雅將孩子們聚集在學校，那裡有獨立的空氣系統。數分鐘過後穹形圓頂本身看來還能夠撐得住，彼得、米歇爾和娜蒂雅橫穿滿地殘礫碎片，跳過散佈的白色冰盤，繞過湖水到達李克歐佛，查看它是否受損。萬一真有損害，對他們三人而言會是個要命的任務，對其他人則有致命的危險。奈加從學校窗戶看著湖的對岸，那裡堆積著冰山碎塊。空中尖叫的鷗鳥到處亂竄。那三個身影沿著穹頂邊緣蜿蜒曲折的高聳小徑前行，消失在李克歐佛那邊。賈姬害怕得咬住指節。不久他們傳回訊息：一切沒事。反應器上方的冰層由一組特別緊密的篩網框架支持，它撐住了。

　　所以他們暫時安全無虞。但是接下來的兩天，村落中充斥一股帶有張力的悲傷情緒。坍落原因的調查顯示，覆蓋他們的整座乾冰已經開始微微下陷，壓碎水冰層，碎冰塊掉落穿透篩網。極帽表面的昇華作用顯然以顯著的速度進行，大氣層真是變厚了，世界也因而變得溫暖。

　　接下來一個星期，湖裡的冰山漸漸消融，而散落沙丘上的冰盤仍在原位，以極緩慢的速度融化。年輕的一代再也不准去水濱湖岸，因為對殘留冰層的穩定性無法掌握。

　　塌陷的第十天晚上，他們在食堂大廳舉行了一個村落聚會，共有兩百人出席。奈加環視他們，他的小部落；第三代看來很恐慌害怕，第二代大膽顛覆，第一代茫然若失。老年人已經在采堝住了十四個火星年，毫無疑問的，他們很難記得其他生活方式；對孩子們

來說更不可能，他們從來沒有其他經驗。

不用說他們不可能會向地表世界投降。然而穹形圓頂開始喪失它防護的功能，而他們人數太多，無法全部擠入其他祕密庇護所中的一個。分成小組可以解決問題，但不會是個令人高興的方式。

會議花了個把鐘頭時間把這些問題揭發出來。「我們可以試試維西尼克，」米歇爾說。「它很大，而且會歡迎我們。」

但它是波格丹諾夫份子的地盤，不是他們的。這訊息顯露在老人們臉上。突然間奈加發覺他們似乎是最恐慌的一群。

他說，「你們可以往冰層下最裡端搬遷。」

每一個人都瞪著他瞧。

「你是說，融化冰層再造一座新穹形圓頂。」廣子說。

奈加聳聳肩。這樣提起之後，他了解他其實並不喜歡這個主意。

但是娜蒂雅說，「極帽那邊比較厚，經得起長時間的昇華作用。到那時，世事也許已經起了變化。」

大家靜默了一會，廣子說，「那是好主意。我們熔鑄一座新圓頂時，依舊可以棲息這裡，等到那邊空間準備好了，再進行搬遷。那應該只要幾個月的時間。」

「希卡答・加・耐，」瑪雅譏諷的說。沒有其他選擇了。當然還有其他選擇。但是她看來對一個新大型計畫的前景極為看好，娜蒂雅也是。其他人於是都鬆了口氣，因為他們有了可以在一起，並且繼續隱藏的選項。奈加突然明白，第一代人非常恐懼暴露行蹤。他往後靠坐，對這項發現費心思忖，記起他和土狼拜訪過的那些公開的城市。

他們使用李克歐佛提供動力以蒸汽融冰闢出另一條通到棚廠的隧道，然後再開闢一條極帽卜的長長隧道，直到上面覆蓋的冰層達三百公尺厚的地方。他們在那裡開始以昇華作用進行建造一座新的

覆碗狀巨大洞穴，並且為一座新湖挖掘低淺湖床。大部分的二氧化碳氣體收集後經低溫冷凍使與外面溫度相同，再逐漸釋回地表；剩下的分解成氧氣和碳元素，貯存起來留待日後使用。

　　進行挖鑿的同時，他們掘出巨大雪竹近地表處的匍匐根，將整株植物放在他們最大的台車上沿著隧道拖到新洞穴，沿途一路丟棄葉片。他們拆解村落建物，在新地方重組。推土機器人和台車日夜不斷運轉，掘取老沙丘上鬆碎的沙粒，將之搬運到新穴；那裡面有太多生物量了（包括西門），不能棄置在後。基本上，他們把采堝圓頂支架下的所有東西都帶走。當他們的新穴完成時，那老地方只像是極帽底下一個空泡泡，上面是沙狀冰層下面是冰凍沙堆，裡頭空氣只是包圍火星的大氣，沒有其他成分，氣壓一百七十毫巴，大半是二氧化碳，氣溫是絕對溫度二百四十度。稀薄得足以致命。

　　一天，奈加跟著彼得回去巡視老地方，對他居住過的唯一一個家只剩下這麼一個空殼，感到驚訝不已——頭頂冰層全是裂痕，沙石全部散開，村落原址地上只見一個個竹根孔洞猶如地表上淒慘的傷口，進湖床上的藻類都刮得乾淨。整個地方看起來又小又搖搖欲墜，像是絕望的動物窩穴。土狼曾說過，他們像是洞穴裡的鼴鼠，為了躲避禿鷹而隱藏起來。「我們走吧。」彼得傷心的說，他們於是並肩走入那條照明不佳的長隧道往新住所去，踏在娜蒂雅建造的，現在滿是踩踏痕跡的混凝土道路上。

　　在新的穹形圓頂下，他們設計出新的模型，村落遠離隧道閘門，靠近一條冰層深處的逃生隧道，出口即是奧司垂峽谷上部。溫室建在周邊燈光的附近，沙丘脊背比以前高，而氣候設備安置在李克歐佛旁邊。這樣的細微改進處處可見，為免新家僅是舊家的再版。他們每天都忙碌著建造工作，以致於根本沒有時間考量這番變化的實質意義；學校的晨課自坍方以來就取消了，現在孩子們變成了輪替的工作組員，分配給當日工作最需要幫忙的人。有時監督他

們的大人會試著使他們的實際工作變成一項功課──廣子和娜蒂雅尤其擅長如此──但是他們沒有多少剩餘時間，最後變成只是針對指示所作的註解說明，而通常那些指示根本就非常簡單，無須多做解釋：使用亞倫扳手旋緊牆垣版模、搬運種植容器和藻類廣口瓶到溫室去等等。那只是一份工作──他們是勞動力的一部分。對整個工程來說他們的勞動如九牛一毛，但即使加上那些有如去殼越野車般的多用途機器人，仍屬微薄。而奈加對跑來跑去工作，很感興奮。

　　但是有這麼一回，他離開溫室首先看到的是食堂大廳，而非克雷薛月形排屋那巨大竹節群時，他一下子愣在那裡。他從前熟悉的世界已經遠離了，永遠不見了。那就是時間運作的方式。它帶來一陣心痛，使他雙眼蒙上淚水。他精神恍惚、悵然若失的渡過那天的其餘時間，完全神思不屬、不帶感情的看著眼前發生的事，回到西門剛死時那種疏離心態，被綠色世界放逐到外面的白色世界。沒有任何跡象顯示他會從這種憂鬱狀態中抽離，他怎麼知道自己究竟能不能做到？他的童年已經過了，連采堨也一去不返，永遠無法再回頭。今天也一樣將會過去、消失，這個穹形圓頂也會慢慢的昇華消失、坍塌陷落。沒有什麼可以持久。那麼這一切有什麼意義呢？每次想到這個問題總會困擾折磨他數個鐘頭，淡化了所有事物的風華和色彩。當廣子注意到他如此低沈抑鬱，詢問出了什麼問題時，他簡單徹底的直陳而出。這就是有廣子的好處，你可以問她任何問題，包括這樣基本的問題。「我們做這些幹什麼，廣子？不管付出多少努力，所有一切都會轉成白色？」

　　她瞧著他，鳥兒般將頭翹到一邊。他以為他從這翹首的姿態中看到了她對他的疼愛，但是並不確定；他年紀越長就覺得他越來越不了解她（連同其他所有人）。

　　她說，「舊的穹形圓頂沒有了是件悲傷的事，是不？但我們必須把重心放在將來。這也是維力迪塔斯。不要專注在我們已經建造

的東西上，而是我們將要建造的。穹形圓頂就像一朵花會枯萎凋謝，但是其內蘊含有新植物的種子，它會成長茁壯，然後會有新的花朵、種子。過去已經過去。緬懷其中只會使你沮喪憂鬱。為什麼呢？我曾經是個住在日本的女孩，在北海道！是的，就同你一樣年少！而我無法告訴你那是多久以前的事了。然而，我們此刻在這裡，你和我，周圍有這些植物和這群人，而如果你留意他們，同時留心如何使他們增長繁榮，那麼生命就會灌注到事物中。你只需要在所有事物中感受『卡米』的存在。我們僅僅生活在當下此刻。」

「那麼那些過去的日子呢？」

她笑了笑。「你在成長中。你會不時記起過去的日子。那是段好時光，是不？你有個愉快的童年；那是一種幸福。而眼前這些日子也必定美好。就拿此刻來說，問問你自己，現在缺了什麼？嗯……土狼說他要你和彼得跟隨他下一次的旅程。也許你應該去，再到外頭世界去，你覺得呢？」

於是為了跟隨土狼下一次的旅程奈加賣力準備著，同時他們繼續為建設新采塢而努力，新地方已經非正式的改名為嘎迷特。晚間在重新安置的食堂大廳裡，大人們長時間討論他們目前的處境。包括薩克斯、韋拉德和烏蘇拉在內的一些人主張回到地表世界。他們無法在祕密隱藏的庇護所徹底進行他們真正的工作；他們想回到醫療科學主流，進行地球化、建設。「我們絕對無法偽裝我們自己，」廣子說。「沒有人可以改變他們的基因組。」

「不是我們的基因組需要改變，是記錄，」薩克斯說。「史賓賽就是那麼做的。他把他身體的各項特徵輸入到新的身分記錄裡。」

「而我們對他進行臉部整型手術，」韋拉德說。

「是的，那是最低限度，因為我們年紀的關係，對吧？我們看來都不一樣。不管怎麼說，如果我們如法炮製，就都可以有新身

分。」

　　瑪雅說，「史賓賽真的更改了所有的記錄？」

　　薩克斯聳聳肩。「他留在開羅時，曾經有機會進入到一些現在作為保全用途的資料。那樣就夠了。我也想試試。我們看看土狼怎麼說。任何系統都沒有他的記錄，他應該知道是怎麼辦到的。」

　　「他打一開始就躲起來，」廣子說。「那不一樣。」

　　「是沒錯，但是他也許會有些主意。」

　　「我們可以遷到戴咪蒙派團體中，」娜蒂雅指出，「完全不要沾上任何記錄。我想我會願意那樣做。」

　　瑪雅點頭。

　　一個晚上接著一個晚上，他們如此談論著。「嗯，外表的小部分改變有其必要。你們知道菲麗絲已經回來了，我們必須記住這點。」

　　「我仍然無法相信他們竟然存活下來。她一定有九條命。」

　　「不管怎麼說，我們以前上了太多新聞，所以必須小心。」


　　嘎迷特逐漸一一就緒完成。然而對奈加來說，不管他如何努力將焦點集中在它的建造過程上，它怎麼看都不對。這不是他的地方。

　　其他行旅者帶來消息，說土狼不久即將來訪。奈加的心快速搏動起來；回到群星閃爍的天空下，在土狼巨礫越野車裡連夜趕路，從這個庇護所到下一個……

　　賈姬睜大眼睛看著他仔細聆聽他描述的這一切。那個下午他們結束了一天的工作，她引著他來到新的高聳沙丘，親吻他。他起先相當震驚，待回過神來即予以回吻，然後他們開始熱烈擁吻，緊緊的摟住彼此，熱氣蒸騰在雙方臉上。在兩座高聳沙丘間的低窪處，他們倆在蒼白薄霧中互擁而下，躺臥在他們外套圍成的蠶繭裡，繼續熱情的吻著，撫摸著彼此，剝下對方的內衣底褲，暖熱的體溫圍

裹著他們，彼此呵出的熱氣，融化著他們外套底下的冰凍沙粒。他們一句話也沒有說，完全併吞在一股巨大的奔騰電流中，向廣子以及全世界挑戰。喔，這感覺原來是這樣，奈加想著。沙粒在賈姬黑色髮束下散放珠寶似的光彩，像是蘊含有一朵朵微小冰花。藏身萬物的榮光。

當結束後，他們攀伏在沙丘邊緣往外探看，確定沒有人往這方向走來，然後回到他們的小巢穴，拉起衣服蓋在身上保持暖和。他們互相擁抱，慵懶挑逗的親吻著。賈姬舉起一根手指，戳弄著他的胸脯說，「現在我們擁有彼此。」

奈加無限歡樂的點著頭，親吻著她長長的頸項，將他的臉埋藏在她烏黑髮間。「現在你屬於我，」她說。

他虔誠希望那是真的。那是他一直以來就想要的。

＊　　＊　　＊

然而那天晚上在澡堂裡，賈姬潑濺著水花滑向池子另一邊，一把抓住道，緊擁著他，裸身對裸身。她回頭看奈加，臉上毫無表情，她深黑色的眼睛像兩個黑洞般鑲在她的臉上。奈加在淺處冰凍了似的坐著，全身像為了應付一場暴風似的僵硬起來。他的下體還因著進入她體內而疼痛；而她在那裡，像是幾個月沒見過道似的纏繞在他身上，像怪蛇般的瞪視他。

一份最奇特的情緒席捲著他——他了然他這一生永遠不會忘記這一刻，這決定性的一刻，就在這蒸騰霧氣的溫暖水池裡，在雕像般嚴肅的瑪雅如鷹鴞的眼神下，賈姬極厭惡瑪雅，而瑪雅此時仔細的觀察著他們三人，心中猜疑著。那麼是這樣了，賈姬和奈加也許彼此擁有對方，他確然屬於她——但是她對擁有、屬於的認知顯然跟他的有著差異。這個打擊讓他無法呼吸，那是一種他對事物的基礎認知架構崩潰瓦解似的打擊。他看著她，茫然、受傷，開始感到

憤怒——她更緊緊不放的擁住道——而他瞭解。她已經收服了他們
兩個。是的,這才有道理,沒錯;芮尤、史地夫,還有法朗茲也一
樣都服膺她——也許那只是她為了控制這個小團體所用的一種手
段,或許不是。或許她已經收服了他們全體。而很顯然的,現在奈
加對他們而言已經成了外人,她感覺跟道在一起更舒服些。於是,
他被排除在外,不僅在自己的家中,也在他自己愛人的心中。如果
她真有顆心的話!

　　他不知道這些想法中有哪些是真的,也不懂該怎麼去弄清楚。
他甚至不確定他是不是真的想知道。他起身離開浴池,走到男廁。
感覺到賈姬注視的眼神刺戳著他的背脊,還有瑪雅的。

　　在男廁裡,他從鏡子中看到一張陌生的臉。他愣了一下,隨即
瞭解那是他自己的臉龐,因憂傷而扭曲。

　　他緩緩的朝鏡子走去,再次感覺到那奇特一刻的心緒衝擊著
他。他瞪著鏡中的面貌看了又看;最後他了悟他不是宇宙的中心,
或其唯一的意識,而是跟其他所有人一樣只是一個人,別人看他就
跟他看別人沒什麼不同。而眼前這個陌生的鏡中人,是一個引人注
目的黑髮棕眼男孩,熱情、醒目,幾乎和賈姬是雙胞胎,有著烏黑
濃眉,以及一種……一種神色相貌。他不想知道這些。但是他可以
感覺到那股力量在他指尖燃燒,他並且回想起人們如何看他,更了
解到,對賈姬來說,他或許也代表著一種危險力量。就如同她加諸
於他身上的力量——這或許能夠解釋她為何陪在道身邊,只是為了
能夠抵擋他,為了維持一種平衡,以維護她的權力。為了展現他們
是匹敵的一對——一場競賽。突然間拉扯他全身的緊張狀態消退,
他開始發抖,然後嘴角傾向一邊,咧嘴而笑。他們的的確確互相屬
於對方。但是他仍然是他自己。

　　當土狼出現,詢問奈加是否願意跟隨他下一趟的旅程時,他不
假思索便答應,並對這個機會的出現衷心感激。賈姬聽到這個消息

後臉上閃過一抹憤怒，看到這表情奈加心中並不好過；但是另一部分的他卻對他這種差異性，以及有能力逃開她，或說至少相隔一段距離而感到雀躍萬分。不管是否真屬競賽，他需要那份挑戰。

　　幾天後他、土狼、彼得和米歇爾駛離極帽那片廣疇大地，進入夜幕群星下、破損斑駁的黑色土地。

　　奈加回顧發著光彩的白色斷崖，心裡湧起百樣雜陳的激動情緒；其中最重要的是：解脫。他們在那裡可以挖進更深的冰層裡，直到能在南極地下建造出一個圓形穹頂居住其中——然而在此同時這紅色世界將隨著眾星在星際間狂野的繞轉。突然間，他瞭解自己將永遠無法回去過那穹形圓頂下的生活，永遠回不去了，只除一些短暫的拜訪外；這不是一項選擇，只是個很簡單的必然性。他的緣分或命運。他可以像手握一顆紅石頭般的感覺到。從今而後，他將變成一個沒有家的人，除非有一天整個星球變成他的家，除非有一天他知道每一座火山、每一個峽谷、每一座平原、每一顆巨石、每一個人——在綠色以及白色世界裡的每一件事。但（記得在普洛米綏盧比司邊緣遇見的那場暴風）那是一份奪取了許多生命的試煉。他必須開始學習。

# 第二部　大使

依循橢圓軌道進入火星運行範圍之內的多個小行星稱為阿莫爾小行星群（如若為繞經地球運行軌道範圍的則稱為特洛伊小行星群）。西元二〇八八年，一顆命名為二〇三四B的阿莫爾小行星群在火星後面一千八百萬公里處橫過火星軌道，之後沒多久一群來自月亮的自動登陸艇就陸續著陸其上。二〇三四B是顆直徑約五公里、總質量約一百五十億噸、表面崎嶇的星球。自從那些火箭降落後，這個小行星就易名為新克拉克。

很快的，這顆行星就產生了明顯變化。部分登陸艇一降落到該星球瀰漫塵埃的表面即開始鑽探、挖掘、切割、篩選、搬運。核能電廠安裝妥當，燃料棒亦移至定位。其他地方的各式反應爐也啟動運作，運煤機器人開始鏟挖。一些登陸艇打開了運載室，裡面奔出的機器人各就各位散佈在星球地表，固定於不規則的岩石上。開築隧道的鑽掘機也進駐而來。翻飛的灰塵瀰漫在小行星上空，有些落回表面，另些則逸失於星際間。登陸艇開始安裝連結彼此的管線。這顆行星上的岩石乃屬於碳粒隕石，其岩脈氣泡間蘊含相當程度的水冰。不久那些登陸艇裡彼此連結的整合工廠，開始生產各種含碳物質以及一些混合物。這顆行星的水冰裡每六千單位就有一單位的重水。這些重水經分離後製成重氫。部分零件由含碳物質製成，這些新造零件與另些運載室攜帶而來的其他零件，在整合工廠裡組裝起來。新的機器人因此誕生，而且大部分是由新克拉克本身的材料所製造。因此藉由登陸艇上電腦的主導，一座完整的工業園區於焉

出現，機器數目不斷增加。

　　此後的程序就變得很簡單，並且持續許多年。新克拉克的主要工廠製造了一條由奈米超細絲碳纖維組成的纜線。奈米超細絲是碳原子以鏈狀鍵結而成，其化學鍵將之緊密連結在一起，堅固性較人類所能生產出來者毫不遜色。細絲只有數十公尺長，但細絲末端重疊相連，長度不斷延長，接著多條細絲集合成小股，小股再聚集成束，如此反覆加長加粗，直到幹管直徑達到九公尺。這些工廠製造碳絲，再將之聚成束的速度，快到每小時近四百公尺長，一天即可累積為十公里。一個鐘頭接著一個鐘頭，一天接著一天，一年又一年。

　　當這股綁束成叢的碳纖維旋向空中的同時，小行星上另一邊的機器人開始建造一具巨型傳動機，那是一具以當地水源製造出來的重氫為燃料的引擎器械，用來輾碎小行星上的岩石，速度可達每秒兩百公里。小行星周邊也生產出小型引擎和傳統火箭，同時也都加好燃料，等候發動時機執行定向噴射任務。其他工廠則建造能在逐漸增長幹管上來回奔波的帶輪長形運輸機；而隨著幹管不斷在小行星上製造累積，小型噴射火箭以及其他機件亦隨之附著其上。

　　巨型傳動機啓動了。小行星開始移往另一個新的運行軌道。

　　數年倏忽而過。小行星的新軌道與火星軌道相交，小行星進入火星一萬公里範圍內，上面的火箭群起發動，讓它進入火星地心引力範圍而受之吸引攝取，此時其運行軌道為規律橢圓。噴射引擎不斷發動熄火、發動熄火，以調整運行軌道。幹管繼續生產製造。更多年過去了。

　　到了首批登陸艇降落小行星十年之後，幹管導線已達三萬公里長。小行星質量約為八十億噸，幹管則有七十億噸。小行星橢圓軌道的近拱點（譯註：periapsis，軌道上離重力中心最近的一點，天體在此點上運行的速度最大）與重力中心的距離約為五萬公里。現在新克拉克和幹管上的眾多火箭和巨型傳動機開始啓動，其中一部

分持續不斷的穩定工作，而大部分則以一陣陣迸發衝刺的方式轉動。功能超強的電腦群中的一架，坐鎮一間運載室，協調整合感應器傳來的資料，判定哪些火箭該於何時啓動。這時間一直朝火星伸展的幹管，開始如座鐘樞軸上精細組件般擺盪，指向火星方位。小行星的軌道於是變得越來越小，也越來越規律。

自首批登陸艇著落後，更多的火箭隨後抵達降落新克拉克，運載其內的機器人開始建造一座太空中心。幹管尖端開始朝火星沈落。此時電腦的運算複雜得有如玄學般深奧，小行星及幹管與星球間的重力舞動變得更為精確，一如音樂演奏到了持續漸緩的部位，於是當那巨大幹管愈趨近其適當位置時，其動作也愈形緩慢。如果有人能夠觀察到這奇異景象的全貌，很可能會認為它是芝諾悖論的壯觀物理實證，亦即把距離減半可以使競跑者更接近終點線……然而沒有人能夠觀看這番景觀的全貌，因為沒有一個人具備了必要的感官知覺條件。依比例而言，幹管比一根人類髮絲更細微——即使將它依比例縮小到一根頭髮直徑大小，它仍然長達數百公里——因此只有很小一部分是肉眼能看得到的。或許可以說那引導著它的電腦才有全部的知覺和認識。在火星上，就帕弗尼斯山脈（孔雀山）火山上一個雪菲爾鎮的觀察者來說，幹管首先以一架非常渺小的火箭姿態出現，由一條繫於其上的非常纖細的引線領導降落；彷彿一個神明從更遙遠的一個宇宙星際持竿拋撒而下的一隻明亮誘餌和一條細小釣線。從這海洋底層的角度來看，幹管隨著前端引線沈降到雪菲爾鎮東邊一個巨大的混凝土地下碉堡裡，但是速度卻緩慢得叫人惱怒，到最後大多數人對大氣層上端那條垂直黑線就不再有任何的關心。

然而這一天終究還是來了，在強烈陣風中發動噴射引擎以穩定方位的幹管底部，落入那混凝土地下碉堡頂的孔洞裡，與其軸環接合。現在火星同步自轉點以下的幹管部分被火星引力往下扯拉；火星同步自轉點以上的部分則依循遠離星球的離心力緊緊追隨新克拉

克的軌道；該幹管的碳纖承受著所有張力，全副儀器與星球同速旋轉，在帕弗尼斯山脈上以週期性的持續擺盪來避開迪摩斯（譯註：Deimos，火星第二衛星）；所有動作仍然由新克拉克上的電腦，以及配置於碳纖幹管上火箭的長電池來控制。

電梯回來了。幹管一邊有從帕弗尼斯往上攀升的電梯廂房，另一邊則有從新克拉克沈降而下的電梯廂房，發揮了平衡錘般的作用大大減少了運作所需的能量。太空船開始在新克拉克太空站著陸，而對離去的太空船，另有彈射器輔助其高速升空。火星重力於是有了實質的緩減，而且此後與地球及太陽系其他星球上的人們往來費用也顯著降低。就好像連接起一條臍帶似的。

當他們徵召他並將他送到火星去的時候，他正過著普通至極的
生活。

那份召集令以傳真方式出現在亞特・藍道夫才租了一個月的公
寓裡。當時他和妻子剛剛決定分居。傳真內容相當簡潔：

親愛的亞特・藍道夫：

威廉・福特邀請你參加一場私人研討會。二一〇一年二月二十
二號早上九點鐘，飛機將從三藩市機場起飛。

亞特驚愕的瞪著那張紙。威廉・福特是跨國公司布雷西斯的發
起人，該公司幾年前曾延攬亞特加入。福特年紀相當大了，聽說他
現在已經半退休但仍擔任某些榮譽職位。他主持的私人研討會聲名
狼藉，不過真相如何外界所知甚微。據傳他邀請的都是該跨國公司
所屬部門的人員，還說他們聚集於三藩市，然後搭乘私人噴射機飛
到祕密場所。沒有人知道那裡到底進行著什麼。參與的人在會後通
常被調職，即使沒有也都引人疑竇的三緘其口。所以那一直很神
祕。

亞特對於接到邀請深感訝異，有些憂心但基本上仍感到榮幸。
在此之前他曾是一家名為「擔埔埋」的小公司的聯合發起人，兼任
科技董事。那家公司從事舊掩埋垃圾場的挖掘處理工作，把從前浪
費年代的丟棄物重新掘出，回收其中可用的物資。當布雷西斯延請
他們時，曾讓他們感到驚訝，非常喜悅的驚訝，擔埔埋的每一個人
都從一家小公司的僱員身分一變而為世界上最富有組織之一的見習
會員——依股份受薪，對政策有投票權，得免費使用其所有資源。
那情形就好像榮獲了騎士頭銜一般。

亞特確實感到高興，他的妻子也一樣，不過她同時有些憂愁。
她本身當時是三菱化學合成部門經理。她說，這些大型跨國公司就
像各自獨立的世界。他們倆人一旦各為不同組織工作，彼此的生活

距離就無可避免的會愈形擴大，情形將比他們當時已經存在的狀況還要嚴重。他們將不再需要對方幫忙取得老人療程方式，跨國公司所提供的遠比政府還來的可靠。這樣一來，他們就會像是搭乘不同船隻的人們，從三藩市港灣向不同方向張帆而去。事實上，就如同船隻般航行在黑夜中，彼此擦肩而過。

在亞特看來，如果不是他的妻子對她同船上的某個乘客有著特別興趣的話，他們未嘗不可在不同船隻間通勤往來。那是一位在三菱組織中掌理東太平洋發展的副主席。但是亞特很快就投身布雷西斯的仲裁規劃而忙碌不已，頻頻穿梭於進修課程，以及布雷西斯所屬各小公司間資源回收爭執的仲裁會上，而當他終於回到三藩市時，莎朗卻幾乎從不在家。她曾說過，他們的船隻已經駛出彼此的通訊範圍外，而他則因過於低落消沈而無力爭辯，不久他就在她的建議之下搬了出去。事實上，他可以說是被踢了出去。

現在他摩挲沒有刮鬍子的黝黑下巴，第四次閱讀那紙傳真。他身材高偉孔武有力，只是常常無精打采──笨拙古怪，他的妻子這樣形容過，而他比較喜歡擔埔埋公司秘書所用的辭彙：黑熊般。他確實有著黑熊般臃腫的體態，但同時也有熊般令人驚訝的速度和力道。在華盛頓大學裡他擔任過美式橄欖球後衛，腳下雖然緩慢但方向卻精準無比，叫對手難以阻擋。熊人，他們都這樣叫他。阻擋他是你的不幸。

他研習過工程學，隨後曾在伊朗及喬治亞的油田工作，設計過一系列能在含量極微的頁岩中萃取原油的機器。他從事此項工作期間在德黑蘭大學取得碩士學位，接著遷移到美國加州，與一個朋友合組公司專門製造外海石油鑽探所需的深海潛水設備，一個較易取得的資源耗竭後便移向更深水域的企業。亞特再一次研發創造了一系列的改進機器，這回是針對潛水裝備和水中鑽孔機。但是整整兩年耗在壓縮室和近海大陸棚裡，卻也讓他受夠了。他於是將股權賣給合夥人，再次轉向其他行業發展。不久創立一家寒冷環境住所建

造公司，為一個太陽能源板公司工作，並且建造火箭發射準備台。每一份工作都很不錯，然而隨著時間的流逝，他發覺真正吸引他的不是科技上的問題，而是與人事有關的。他開始越來越涉入企劃經營，然後投身仲裁領域；他喜歡跳入爭論辯證中，圓滿的將問題解決使所有的人樂於接受。那是另一種變相的工程學，比機器那一套要更引人入勝和有成就感。那幾年中他工作過的公司裡有些屬於跨國公司，而他捲入的紛爭中牽扯出的仲介層面不僅僅在他公司和其他附屬於跨國公司的子公司間，還涉及需要第三者參與仲裁的涉外糾紛。他稱之為社會工程學，並覺得它更加使人著迷。

所以在創立擔埔埋時，他選擇了科技管理者的職位。他對他們那具在垃圾掩埋場從事篩選分類，名為「超級洛司頁」的大型自動化機械的確花費了無數心力；然而他也比以前更深入的從事勞工糾紛等事項中。他事業的這番走向，在他被布雷西斯網羅之後更趨明顯。他斡旋成功的那些日子裡，他總是懷著他應該是個法官或外交官的心情回到家。是的——在他心中，他是一名外交官。

也因為這樣，他在自己婚姻協商中無法獲得完滿結果的事實就顯得很叫人難堪。毫無疑問的，福特或不管是誰邀請他到這個研討會的，都肯定知曉這樁婚姻破裂了。甚至對他這間老公寓都有可能進行竊聽，他們很可能聽到了他和莎朗在這最後一個月之間的不愉快，這對他們兩人來說都不會是一段值得驕傲的時光。他對這個想法感到畏縮，一面撫摸著他粗糙的下巴，一面晃到浴室擰開可攜式熱水器。沒有刮鬍子、五十歲、分居狀態、一生中多學非所用，才剛開始回應他最真摯的興趣——他實在不是他想像中會接到來自威廉・福特傳真的那類人。

他的妻子，或者應該說即將變成的前妻來了電話，同樣感到懷疑。「一定是個錯誤，」當亞特告訴她時她這樣回答。

她打電話來說她照相機的一個鏡片不見了；她懷疑是亞特在搬出去時拿走了。「我找找，」亞特說。移身到櫥櫃翻找他兩個還沒

有打開的旅行箱。他知道那鏡片並不在裡面，但仍然大聲翻弄。即使他試圖矇混過去，也瞞不了莎朗。他搜尋著，她則繼續在電話那頭說話，她的聲音在空盪盪的公寓裡微弱的迴盪。「這只顯示出那個福特有多詭異。你會去到一個什麼香格里拉，而他會用可麗舒面紙擦鞋，口說日語，你呢，就會去收拾他的垃圾，學習在空中飄浮，然後我就永遠見不到你了。你找到沒有？」

「沒有。不在這裡。」當他們協議分居時就已經把他們共有財產區分開來了：莎朗取得他們的公寓、娛樂中心、桌上擺設、電腦資訊板、照相機、植物、床，以及所有家具；亞特則只帶走了鐵弗龍煎鍋。顯然不是他最佳的仲裁表現。不過現在他要搜尋鏡片也只有這裡可找。

莎朗有本事把一聲輕嘆變成足能讓人清楚瞭解的譴責批評。「他們會教你日語，然後我們再也不會見到你。威廉‧福特到底要你幹什麼？」

「婚姻諮商？」亞特說。

有關福特研討會的諸多謠傳一一變為真實，亞特深感訝異。他在三藩市國際機場搭上一架馬力強大的巨型私人噴射客機，機上另有六名男女。飛機起飛後，噴射機的窗戶，顯然是雙重偏光玻璃作成，突地轉黑，通向駕駛艙的門上鎖。與亞特同機的兩名乘客正比賽猜飛機的航向。噴射機做了幾個輕微的左轉右轉動作之後，他們認為飛機正向著西南方和北方之間的方位行進。他們七人都得到以下訊息：他們全是來自布雷西斯龐大組織中的科技經理或仲裁者。他們從世界各地飛抵三藩市，其中一些人對能夠獲邀面見這位蟄居的跨國公司發起人感到興奮；其他人則有些憂心。

他們的航程持續六個小時，猜方位的兩人在飛機降落過程中猜測他們目的地的所有可能性，那是一個環繞有朱諾（譯註：Juneau，美國阿拉斯加州首府）、夏威夷、墨西哥市和底特律的一

個圓圈,而亞特指出,如果他們搭乘的是新型的太空噴射機,則可能範圍會更大,也許涵蓋半個地球以上。噴射客機降落停止,他們被領著通過一條小型甬道進入一輛有黑色窗戶的大房車,他們跟駕駛座間隔有一道無窗欄柵。車門從外面鎖上。

他們行進了半小時。房車停住,司機讓他們下車,那是一名上了年紀的男子,穿著短褲和一件印有峇里島風光的T恤。

他們在陽光下眨眼。此地不是峇里島。他們是在一條狹窄的海岸河谷底端,一個環繞尤加利樹的小型柏油停車場。西邊一片海洋或是一座巨大湖泊延展約一哩,視野範圍相當有限。一條小溪從谷地徐徐流向沙灘後的一個潟湖。谷地南方山壁上覆蓋著乾草,北邊長著仙人掌;山脊上是乾燥的棕色岩石。「下加利福尼亞半島?」猜方向的人說。「厄瓜多爾?澳洲?」

「聖路易斯歐比斯波?」亞特說。

司機領他們走下一條狹路,來到一處由七棟兩層樓木造房子組成的小莊園,谷地底端依傍著海岸松樹群。小溪旁的兩棟建築物是住房。他們把行李放到這建築物裡指定的個別房間後,司機帶著他們來到另一棟建築物裡的餐廳,那裡有六名廚工,全都很有些年紀,餵他們簡單的沙拉和一些燉煮食物。然後他們被帶回住房,司機留下他們逕行離去。

他們聚在中心休憩室裡,圍著一個以木頭為燃料的火爐。外面很暖和,爐子沒有生火。

「福特有一百一十二了,」其中一個猜方向的人,森姆說。「老人療程對腦袋的功能沒有助益。」

「本來就沒有用,」另一位猜方向的人,馬可司說。

他們對福特品頭論足一番。他們全都聽過一些什麼,因為威廉・福特在醫學歷史上屬於那些偉大的成功案例之一,是他們那個世代的巴斯德:小報曾籠統的以「擊敗癌症的人」稱之。這個人擊

敗的是普通的傷風感冒。他二十四歲時創立了布雷西斯，專門銷售
對抗濾過性病毒的幾個突破性新發明，到他二十七歲時就已成為億
萬富翁。那之後他全副心力放在擴張布雷西斯上，使之躋身世界最
大跨國企業之林。以森姆的用語來說，乃歷經了八十年的癌細胞擴
散。另外，在使自己變成極端的霍華·休斯（譯註：Howard Hugh-
es，1905-76，美國企業家及飛行家，晚年隱遁）之流的同時，也變
得越來越有權勢，然後就像宇宙黑洞般，完全消失隱遁在自己的權
力網脈之內。「我只希望事情不要發展得太過詭異，」馬可司說。

　　其他與會人──莎莉、愛咪、伊莉莎白，以及喬治──比較樂
觀。然而他們全體對於這種奇特的歡迎，或說根本就沒有什麼歡迎
感到不安。那天晚上沒有一個人過來探訪他們，於是他們各自帶著
滿腹心事回房休息。

　　亞特如往常般睡得安穩，早晨他被一隻貓頭鷹的低沈叫囂給吵
醒。小溪在他窗下潺潺而流。那是個灰濛濛的清晨，空中瀰漫著松
樹群氤氳蒸騰的霧氣。一個聲響從莊園的某處傳來。

　　他穿上衣服走了出去，觸目所見全溼漉不堪。建築物下面一方
狹窄平坦地面上有成排萵苣，還有一排排蘋果樹全被修剪綁束得有
如扇狀開展的灌木叢。

　　色彩慢慢滲入事物，亞特這時來到潟湖那邊一個小小的農場。
一株高聳古老橡樹下，平鋪著如毛毯般的草坪。亞特不自覺移步樹
下，伸手觸摸它滿是裂紋痕溝的粗糙表皮。接著他聽到說話聲，礁
湖旁一條小徑出現了一行人，穿著黑色潛水衣、攜帶衝浪板或者是
長形折疊式滑翔裝。他們走過去時，他認出幾張前夜廚工的臉，還
有他們的司機。那司機揮了揮手，沒有停步繼續往上走。亞特則沿
著他們來路往下走向潟湖。波浪拍岸的低緩響聲迴盪在含有鹽味的
空氣中，鳥兒在蘆葦叢裡戲水。

　　不久亞特沿小徑走回到莊園的餐廳裡，他看到那些上了年紀的

廚工已經回到了廚房，在鍋裡翻弄鬆餅。亞特和其他客人吃過後，前一天的司機帶他們上樓來到一間大會議室。他們坐在排成方形的沙發上。四面牆上的大型窗戶引進了灰濛濛的晨光。那司機坐在兩張沙發間的一把椅子上。「我是威廉·福特，」他說。「很高興你們全在這裡。」

　　近看他是一個長得很奇怪的老人；臉上線條縱橫，像是積聚了百年的憂慮，而此刻的表情卻充滿著平和寧靜。一個黑猩猩，亞特心想，過去在實驗室裡做實驗，現在則研究禪學。或僅僅只是一位年老的衝浪人或滑翔者，乾瘦、禿頭、圓臉、獅子鼻。現在一個接一個的審視他們。森姆和馬可司，先前因誤其為司機伙伕而忽略他，感到有些手足無措，而他像是沒有注意到。「一個指標，」他說，「為計量這世界上人類及其活動有多擁擠，它到底佔了多少陸上光合作用淨產值的百分比。」

　　森姆和馬可司點著頭，彷彿這是會議開始的一貫方式。

　　「我可以記筆記嗎？」亞特問。

　　「請，」福特說。他對放在沙發圍出的方形中心的咖啡矮桌擺了擺姿勢，那上面有紙張文件和電腦資料板。「我想稍後玩些遊戲，所以這裡有資料板和工作板，有需要請自取。」

　　他們大多都帶有自己的資料板，接下來是一陣翻弄啟動的窸窸窣窣聲。他們忙著時，福特站了起來，在他們沙發後開始繞著圈子走，幾句話的時間就走上一圈。

　　「我們現在大約使用陸上光合作用淨產值的百分之八十，」他說。「百分之百也許沒有可能，而我們長程輸送容量一般預估為百分之三十，所以照他們的說法，我們嚴重超用了。我們以任意花費的態度來消耗我們的自然資產，因而面臨了特定資源的幾近耗竭，如石油、樹林、土壤、金屬、新鮮水質、魚類和動物。這使持續的經濟擴張變得困難。」

困難！亞特寫下。持續的？

「我們必須繼續，」福特說，銳利的眼光瞥向亞特，後者謹慎的用手臂把他的資料板遮掩起來。「持續擴張是經濟學上一項基本教條。因此也是宇宙本身基本原理之一。因為所有事物都是經濟學。物理是宇宙經濟學，生物是細胞經濟學，而人道是社會經濟學，心理是精神經濟學等等。」

他的聆聽者無奈的點了點頭。

「因而所有事物都在擴張。然而一旦與物質能量守恆定律相牴觸，那麼這就不會發生。不管你的生產效率有多高，你永遠無法獲得大於輸入的輸出值。」

亞特在他筆記頁上寫下，輸出大於輸入——一切都是經濟學——自然資本——嚴重超用。

「為因應這種狀況，布雷西斯這裡有一組人從事我們稱為飽和世界經濟學的研究。」

「那應該是超飽和世界經濟學吧？」亞特問。

福特像是沒有聽到他。「現在就如達里所言，人造資本和自然資本無法互相替代。這本來是很淺顯的道理，但是因為大多數經濟學者仍然認為它們可以互相替代，所以我們必須強調這點。簡單舉例來說，你就不能把變少了的森林用更多的鋸木廠來替代。如果你要蓋房子，你可以在電鋸和木匠的數目多寡上作手腳，來表示他們可以互相替代，但是不管你有多少電鋸或木匠，你都無法用僅僅一半數量的木材來建房。倘真如此施行，那麼你就是在建造空中樓閣了。而我們現在就處於那種境況。」

亞特搖著頭，俯首盯著他的資料板頁，那上面有他再次填上的字跡。資源資本無法互相取代——電鋸／木匠——空中樓閣。

「請問，」森姆說。「你說自然資本嗎？」

福特頓了一下，轉身看著森姆。「怎麼？」

「我以為資本就定義上而言指的是人造的。亦即經生產而出的

東西便稱為成品，我們所學的定義是這麼下的。」

「是沒錯。但在資本主義世界裡，資本這個字已經使用到更廣泛的範圍了。比如說，一般說到人類資本這類字詞時是指經由教育、工作經驗累積而來的勞動。人類資本與傳統定義的不同在於你無法繼承只能租用，無法買進或賣出。」

「除非你把奴隸算上。」亞特說。

福特額頭皺了起來。「自然資本這個概念事實上比人類資本要更來的接近傳統定義。它可隸屬於某人，可以遺贈出去，亦可區分為可或不可延展期限的，以及可銷售或不可銷售的。」

「但是如果每樣東西都算是一種產能的話，」愛咪說，「那麼就可理解為什麼人們會認為某一種類可為另一種取代了。如果你改進人造資本以減少自然資本的利用，那不也算是一種替代嗎？」

福特搖頭。「那是效率。資本是輸入的數量，效率是輸出和輸入的比值。不管資本的運用多有效率，絕無法無中生有。」

「新能量來源……」馬可司建議。

「但是我們無法從土壤提煉電力。核融合能源以及自我複製器械已經給了我們龐大的能源，但是我們必須對該能量提供基本材料。於是我們走到沒有其他可能替代方案的瓶頸。」

福特瞪著他們全體，臉上仍然是亞特一開始就注意到的那種主教似的鎮靜。亞特瞥了瞥他資料板的螢幕。自然資本——人類資本——傳統資本——能源與物質——電力土壤——沒有替代的期望——他作了個鬼臉，開啟新的空白頁。

福特說，「很不幸的，大部分的經濟學家仍然處於經濟學領域中的空虛世界模型裡。」

「那飽和世界模型似乎蠻平淡無奇的，」莎莉說。「那只是個普通常識。為什麼會有經濟學家忽略了它？」

福特聳聳肩，再一次安靜的繞走室內一周。亞特的脖子開始酸痛起來。

「我們透過模範典型來了解世界。從空虛世界經濟學到飽和世界經濟學間的變化是個重要模型的轉換。馬克斯‧浦朗克（譯註：Max Planck, 1858-1947，提出量子論的德國理論物理學家，獲一九一八年諾貝爾物理獎）曾經說過，一個新模型終能佔有一席之地並不是在它說服了對手，而是當它的對手終於死去的時候。」

「而現在他們還活得好好的。」亞特說。

福特點頭。「那老人療程使人們得以延展生命。他們之間不少擁有終生聘約。」

莎莉露出鄙夷的表情。「那麼他們必須要學著改變觀念囉，對不？」

福特注視著她。「我們現在就試試。至少從理論上著手。我要你們擬定飽和世界經濟策略方針。這是我要玩的一種遊戲。如果你們將你們的資料板接到桌上，我可以把起始資料輸入給你們。」

他們全部向前微傾，接上矮桌。

＊　　＊　　＊

福特要進行的第一個遊戲牽扯到估計世界人口的最大容忍數量。「那不是應該要依據不同生活方式為假設命題嗎？」森姆問。

「我們會做全部的假設。」

他沒有開玩笑。他們進行的假設情節從地球上每一英畝的可耕地都以最有效率的方式耕種，到跟回復打獵採集生活有關的情節假設；從全世界極為奢侈的消費行為，到全世界為生存而進行飲食限制的情狀。他們的資料板設定起始狀況，然後他們輕敲思索，臉上神情或無精打采或緊張或焦躁或全神貫注，使用矮桌提供的公式，或是援用他們自己的。

那讓他們忙到中餐時間，以及接下來的整個下午。亞特喜歡遊戲，他和愛咪總是比別人還要早完成。他們對人口最大容忍數量的

結果從一千萬（不朽的老虎模型，福特如此稱呼）到三百億（螞蟻農場模型）。

「那是個很大的範圍。」森姆評論。

福特點點頭，很有耐心的瞧著他們。

「但是如果你專注在那些最真實的模型的話，」亞特說，「結果通常在三十到八十億之間。」

「當前人口數大約是一百二十億，」福特說。「所以說我們太超過了。現在我們應該怎麼辦呢？我們終究有公司要經營。商業活動不會因為人太多而停止。飽和世界經濟學也不是經濟學的終端，通常只不過是商業的極致。我要布雷西斯在這波時機中領先群雄。就這樣。現在是退潮時候，我要回去了。歡迎你們加入。明天我們玩一個叫過盛的遊戲。」

說完他就留下他們離開會議室。他們各自回房，然後在近晚餐時刻來到餐廳。福特不在，但是有幾個他前夜的同伴；今晚還另有一群年輕男女出現，全都身材修長、神采飛揚一副健康有朝氣的模樣。看來像是同屬一個田徑運動俱樂部或某一游泳隊，女子人數過半。森姆和馬可司兩人睫毛上下閃動，打出簡單的摩爾斯電碼，拼出「阿哈！阿哈！」那群年輕男女沒有理會，將晚餐擺好後就都退回廚房。亞特吃得很快，心中揣測著森姆和馬可司的預想是不是正確。然後他端起他的空盤來到廚房，在洗碗機旁幫忙整理，並對其中一個年輕女子說，「妳為什麼來這裡？」

「來參加有獎學金的課程計畫，」她說。她名叫喬依思。「我們全是去年才加入布雷西斯的見習生，獲選來這裡上課。」

「妳今天是不是碰巧也作了飽和世界經濟學的習題？」

「沒有，排球。」

亞特回到外間，心中兀自希望他獲選來參加的是他們的計畫而不是他自己的。同時猜想這裡是否有什麼可以俯瞰海洋的大型熱水浴池設施。那看來不會不可能；這片海洋的水溫相當冷，而如果每

一件事都是經濟活動，那應該算是一種投資。就說是維持人類基本要求的設施吧。

回到住所，他的同伴正在討論今天的活動。「我對這套東西厭惡極了。」森姆說。

「我們被卡住了，」馬可司沮喪的說。「不是成為信徒就是被炒魷魚。」

其他人沒有那樣悲觀。「也許他只是寂寞。」愛咪提議。

森姆和馬可司眨了眨眼，目光向廚房漂去。

「也許他一直就想當個老師。」莎莉說。

「也許他想要讓布雷西斯每年都維持百分之十的成長率。」喬治說，「飽和世界或者不是也無所謂。」

森姆和馬可司點頭，而依莉莎白看來有些惱怒。「也許他想拯救世界！」她說。

「是喔。」森姆說，而馬可司和喬治在一旁竊笑。

「也許這個房間裝有竊聽器，」亞特說，頓時把談論氣氛像送上斷頭台般，喀一聲切斷了。


接下來幾天跟第一天沒什麼不同。他們坐在會議室裡，福特早上時間都一面繞著他們走圈圈，一面論說著，有時候前後一致，有時互不相連。一天早上他花了三個小時談論封建制度——談論它如何成為支配力學中最顯明的政治表現，它又如何從未真正消失過，以及跨國性資本主義如何在本質上屬封建主義，還有全世界的貴族階級何以應該將資本家的成長納入封建模型裡的恆定穩固性之上。另一個早晨，他談到一個稱為環境經濟學的熱價值理論，很顯然的是火星首批移民率先提出；森姆和馬可司對那則消息頻眨眼睛，福特繼續在角落的一個書寫板上潦草寫著難以辨識的字眼，一邊平板單調的論及坦尼夫和托卡瑞芙方程式。

但這個模式並沒有持久，因為就在他們到達幾天後，一股大浪

從南方湧來，福特於是取消了與他們的會面，卯上所有精力套上滑行裝在巨浪上騰滾翻飛。那是一種輕便的薄板翼翅緊身套裝，由電腦操控的彈性懸吊滑翔設備，可以將飛行人的肌肉動作轉換為適當的半硬式形狀，促使飛翔成功完滿。那群年輕的獎學金得主多半在空中加入他，像一群飄飛的依卡洛斯（譯註：Icarus，希臘神話中穿上蠟和羽毛製造的雙翼飛離克里特島者，後因太過靠近太陽，蠟為陽光所融，墜落大海而死），不時往下墜落，然後藉由每一股巨浪所產生的上升氣墊，輕巧滑行而去，彷如發明這項運動的鵜鶘。

亞特乘上一塊衝浪板，在逆風中破浪嬉耍。海水很冷，但沒有冷到必須穿上潛水衣的地步。他划到靠近喬依思衝浪處，和她交換了幾句話，發現到那些上世代的廚工是福特的好朋友，是布雷西斯開始攀升到卓越地位時的老將。這群年輕學者戲稱他們為不朽十八。這十八人中一部分駐紮在這個營區，其他則偶爾過來加入這種像是沒有終期的團聚，共同協商討論一些問題，在政策上提供建議給現任布雷西斯領導群，主持研討會和課程，再來就是衝浪。那些對水不感興趣的則在花園工作。

當亞特走回莊園，仔細觀察那些園丁。他們以一種類似於慢動作的方式工作著，同時彼此不停說話。眼下主要工作顯然是在那些受損的蘋果樹叢中採收蘋果。

南方來的大浪消退了，福特重新召集亞特那組人。有一天他們的會議主題是飽和世界商機，亞特開始了解他以及其他六人被選中的原因：愛咪和喬治的專長在避孕法，森姆和馬可司是工業設計，莎莉和伊莉莎白是農耕科技，他自己則是資源回收。他們全都已經從事這個飽和世界領域的工作了。那天下午他們在遊戲中證明了他們相當擅長設計新事物。

另一天福特提出一個遊戲，要他們以回復到空無世界的方式來解決飽和世界出現的難題。他們得假設釋放一個瘟疫帶菌者，殺死世界上所有沒有接受老人療程的人。這舉動的正負面會是什麼？

全組人瞪著他們的資料板同感困惑。伊莉莎白宣稱她不願意參與以這麼一個殘酷悚然思想為基礎的遊戲。

「的確是一個令人齒冷的主意，」福特同意。「然而那並不表示不可能。嗯，我聽到一些事情，某種程度的談論。譬如說，一些大型跨國公司領導階層中有過討論與爭執。你聽到各種不同的意見，全都以嚴肅認真的態度提出，其中就包括這類。每一個人都痛惡這種意見，於是改變談話主題。但是從來就沒有人斷言那些主意在技術上不可行。有些人似乎認為這是解決某些難題的唯一方案。」

全組人無奈的思索這個想法。亞特提出那樣一來農耕人手將會短缺。

福特往外向海洋看去。「那是個隱含崩潰瓦解結果的基本難題，」他深思著。「一旦著手進行，就很難有自信的說可以在某一個時段喊停。我們繼續吧。」

他們繼續，非常沈默的進行。他們演練人口減少，使用他們才剛思考過的數種選項，以某種激烈手段進行。他們輪流扮演世界皇帝，那是福特的說法，列出他或她的詳盡計畫大綱。

輪到亞特時，他說，「我會賦予每一個生存下來的人一項與生俱來的權利，亦即他們有權養育四分之三個孩子。」

大家笑了起來，包括福特。但是亞特繼續。他解釋每一對父母將有權利生下一個半孩子；生下一個後，他們可以把剩下一半的權利賣出去，或者安排自其他夫妻中買下半個孩子的權利。的價格則依據市場傳統供需量來訂定。社會影響將為正面；想要養育多個孩子的人必須付出代價，而那些不要的則另有收入來源可以幫助撫養他們已有的那一個。當人口數量已降到一定程度，世界皇帝也許可以開始改變成每一個人有一個小孩的權利，那就會接近人口統計學上的穩定狀態；但是倘若慮及老人療程，那四分之三的限制可能需要持續很長一段時間。

　　亞特陳述完他的提案後，從手上的資料板抬起頭來，發現每一個人都盯著他。

　　「四分之三個小孩，」福特咧嘴而笑並覆述，大家又都笑了起來。「我喜歡。」笑聲嘎然頓住。「那終於將人命標上金錢價值，並且訴諸市場。截至目前為止對那領域的研究還很粗淺。只有終身收入和消費之類的。」他嘆了口氣，又搖搖頭。「其實這些數據都只是經濟學家私自擬定的，並非經濟學的計算結果。嗯，我喜歡這個。我們來看看是不是能夠把半個孩子的價格估算出來。我相信一定會出現投機客、中間人等完整的市場架構。」

　　他們於是花上了整個下午演練這四分之三的遊戲，進展到商品市場，還觸及肥皂劇劇情。當他們結束時，福特邀請他們參加海灘烤肉會。

　　他們各自回房，穿上風衣，沿著谷地小徑走下，來到夕陽餘暉彩光中。海灘上，一些年輕學者搭起一堆營火。他們走近，在營火周圍鋪設的毯子坐下，「不朽十八」中大約有一打人從空中降落，橫過沙灘，慢慢的將舞動的雙翼減緩，然後褪下裝備，撥開遮住眼睛的溼髮，圍聚討論當晚的風力。他們互相幫助卸下長翅，穿著泳衣站在風中，全身起滿雞皮疙瘩冷得發抖：逾百歲的飛人對著火苗伸出瘦削強壯的手臂，女人跟男人一樣的健碩有力，他們臉上佈滿了如同累積百萬年來斜眼迎向陽光以及爐邊笑語而來的縱橫線條。亞特觀察福特跟他老朋友的笑談情狀，看他們互相用浴巾擦去對方身上的水漬。好個名人富豪的祕密生活！他們吃熱狗、喝啤酒。這些飛行人走到一座沙丘後，再現身時已經換上了長褲毛衣，愉快的在火邊待上一段時間，互相梳弄彼此溼淋淋的頭髮。那是個微暗的黃昏，夜間吹向岸上的微風帶有鹹味和冷意。成團的橘紅火苗在風中舞動，光和影在福特猿猴般的面容映現閃爍。誠如森姆早先所說，他看起來根本不像已經超過八十歲的人。

現在他置身於他那群總是黏在一起的七個客人當中，眼看燃煤，又開始說話。營火另一邊的人繼續他們自己的談話，而福特的客人則往前靠，在風聲、浪聲和木頭爆裂聲中努力聆聽，卻因腿上沒了他們的資料板而顯得有些迷惘。

「你無法強迫人們做事，」福特說。「只能改變我們自己。然後人們能看到結果，才做出選擇。在生態學中，有所謂的創立者原則。一座島的人口都是從一小群開拓者開始，所以他們只佔父母群基因的一小部分。這是物種演化的第一步。現在，我想我們需要一個新種類，當然這是就經濟層面而言。布雷西斯本身就是這座島。我們建構它的方式是藉由某種基因工程。我們沒有義務遵守它們此刻所受到的約束。我們可以製造新種類，不是封建制度。我們已經有所有權和政策決定的集合體，屬建設性行為政策。我們正朝著合作國家的目標前進，就如同他們在波隆那（譯註：Bologna，義大利城市）建造的公民國家般。那是一種民主共產主義的島，勝過它周遭的資本主義，建設出一個比較優良的生存方式。你們認為那種民主是可能的嗎？我們必須花個下午試著對此演練一番。」

「全依你。」森姆備註，引來福特對他投去銳利的一瞥。

翌日早晨晴朗溫暖，福特認為天氣太好留在室內太過可惜。所以他們回到海灘，置身前夜火堆附近搭起的大布篷下，周圍環繞著冷卻器以及繫在布篷支架上的吊床。海洋呈明亮的深藍，浪潮微弱卻清晰分明，其中不時閃現穿著潛水衣、乘衝浪板嬉戲的人。福特坐進一個吊床，講述利己主義和利他主義，從經濟學、社會生物學以及醫學倫理中尋找例證。他下結論道，嚴格說來，沒有利他主義這回事。那只是採取了較長遠的眼光來看待事物的自私行為罷了，亦即認知到行為的真正代價，並為了不長期積欠而確實依時給付。事實上，如果能夠妥善引導和應用，這會是個非常健全優良的經濟習慣。接著他藉由利己—利他的遊戲方式以為證明，他們開始進

行，其中有囚犯的兩難、平民的悲劇等命題。

隔天，他們再度集合衝浪營地，漫談閒扯有關自發性單純的題後開始進行福特稱為馬可士・奧里流斯（譯註：Marcus Aurelius，二世紀末葉羅馬皇帝）的遊戲。亞特喜歡這個遊戲，而且成績很好。然而他在他資料板筆記頁上的摘要日趨精簡；就像今天，全部記錄只有：消費──慾望──人造需求──實質需求──實質費用──草編床！環境衝擊＝人口×慾望×效率──在熱帶冰箱不是奢侈品──社區冰箱──冷房──湯瑪斯・摩爾爵士。

那天晚上參與研討會的人獨自用餐，他們疲倦的一面晚餐一面討論。「我想這個地方也可算是一種自發性單純。」亞特評論。

「包括那些年輕的學者嗎？」馬可司問。

「我沒看到那些不朽老人花多少時間跟他們在一起。」

「他們只是喜歡看，」森姆說。「當你到那樣老的年紀時……」

「我在想他打算把我們留多久，」馬可司說。「我們才待了一個星期，我就已經很無聊了。」

「我還蠻喜歡的，」伊莉莎白說。「輕鬆自在。」

亞特發覺自己與她同感。他早上都起得很早；那些學者中的一個每天早晨都用一柄木槌敲打一片木板宣告黎明，那是一種漸行漸快的聲音，每一次都讓亞特睡意全消：的的篤篤……的的篤篤…的篤…的篤‥的篤‧的篤，的篤的篤──的──的──篤。那之後，亞特走到室外進入灰濛潮溼的早晨，周圍盡是鳥鳴啾叫。海浪的聲音一直在那裡，就好像隱形貝殼緊緊貼在耳旁似的。每當他沿著小徑走過農場，總是看到不朽十八裡的幾個，一面手持鋤鎬或修枝大剪，一面聊天，或是坐在那株大橡樹下看著海洋。福特通常跟他們在一起。亞特可以在早餐前走上一個鐘頭，並且知道接下來的一天他會坐在一個溫暖的房間或和暖的海灘上談話、玩遊戲。那樣單純嗎？他不確定。但絕對是輕鬆自在；他從來就沒有這樣活過。

不過事實當然要複雜多了。誠如森姆和馬可司不斷提醒他們

的，那是一種測試。他們在無時無刻不受到評估。那個老人觀察著他們，也許那群不朽十八也是，還有那些年輕學者；亞特開始覺得那些見習生很可能身負重要權力，掌理這莊園人部分日常運作，也許還包括了布雷西斯，甚至最高階層——和不朽十八磋商討論，或者不是。聽過福特的閒談漫語之後，他可以了解何以人們在實際面臨抉擇時會傾向於迴避。洗碗機畔的對話有時聽來像是兄弟姊妹們在爭執著應該如何應付能力不足的父母大人們……

不管怎樣，一個測試：一天晚上亞特到廚房倒一杯睡前牛奶時，經過餐廳旁的一個小房間，裡頭一群人老少皆有，正在觀賞有福特在場的早上課程錄影帶。亞特直接回到他的房間，栽入深深的思考中。


隔天早晨，福特一如往常在會議室中兜圈子。「帶來成長的新機會已不復如往昔般在成長中。」

森姆和馬可司快速簡短的對看了彼此一眼。

「那是飽和世界思想最後必然的結論。所以我們必須確認這新的不成長的成長市場，對它們下工夫。現在回想一下，自然資本可以區分為可銷售的和不可銷售的。不可銷售的自然資本是觸發所有可銷售資產興起的基礎。依據其所具有的稀少性質及可能利益來看，一般的供需理論將其價格設定為無價其實不無道理了。我對所有在理論上價值無窮的事物很感興趣。那是個顯著的投資標的。就實質而言，那是一種基礎建設投資，但是最基本的生物物理學層面。或稱類似基礎建設，或生物基礎建設。這就是我要布雷西斯著手進行的。我們取得因破產清算而耗竭的所有生物基礎建設並予以重建。那是個長期投資方案，但是其投資獲益將超乎想像。」

「大部分的生物基礎建設不是屬於公眾的嗎？」亞特問。

「是的。那表示牽涉到與各政府的密切合作。布雷西斯年生產毛額遠遠超過大部分國家。我們要做的是找 GNP（譯註：gross

national product，國民生產毛額）低，CFI 差的國家。」

「CFI？」亞特問。

「國家未來指標（Country Future Index）。那是 GNP 的另一種計算方式，考慮因素包括債務、政治穩定性、環境健康程度等等。很有用的從多種不同角度與資料來補充 GNP 調查上的不足，而且可以幫我們指出需要我們幫助的國家。我們一旦確認了這些國家，即與他們接洽，提供鉅額資本投資，外加政治建議、保安等任何他們需要的措施。我們以取得他們生物基礎建設的監護權為報償。我們同時有使用他們勞工的途徑。那是很明白的合作關係。我認為那會是將來的情勢。」

「我們如何配合？」森姆問，指指全組人員。

福特一個個輪番看著他們。「我會指派你們每一個人不同的任務。我要你們把它列為機要密件。你們會分別離開這裡，去到不同的地方。你們全都將以布雷西斯聯絡官的身分進行外交任務，同時兼任與生物基礎建設投資有關的特定工作。我會私下把細節提供給你們。現在我們先提早用午餐，隨後我會一個個接見你們。」

外交任務！亞特在他資料板上寫著。


他幾乎整個下午都在花園裡踱方步，觀賞樹棚似的蘋果叢。顯然在福特進行私人會談的名單上，他並不在前頭。他聳聳肩。那是個陰天，園裡的花朵潮溼鮮活。要回到他那間位於聖荷西高速公路下的工作室，不會是件容易的事。他想著不知莎朗都做了些什麼，她有沒有想過他。她肯定是跟她那副主席一起航行到什麼地方去了。

將近黃昏時他正要回房，準備稍後進餐，福特出現在中央通道上。「啊，你在這裡。」他說。「我們到那橡樹下去。」

他們坐在大樹幹旁。太陽在低矮雲層中慢慢下沈，所有物體都披上了玫瑰般的色彩。「你住在一個很美麗的地方。」亞特說。

福特像是沒有聽到他。他正抬頭仰望天上翻滾的昏暗雲層。

這樣思索了幾分鐘後他說，「我們要你取得火星。」

「取得火星。」亞特重複。

「是的。去進行我今天早上提到的任務。這種國家—跨國公司的合作關係即將到來，這是毫無疑問的。老式的那種權宜關係可以作為橋樑，但是必須再好好利用，這樣才能對我們所下的投資有更好的控制力。我們在斯里蘭卡的投資就是一個很好的範例。豐厚的報酬使得其他跨國企業爭相模仿，積極鎖定面臨重重困難的國家。」

「但火星不是一個國家。」

「沒錯。然而它現在有麻煩。當首架太空電梯墜毀後，它的經濟就受到嚴重打擊。現在新的電梯已就位，所有事物都蓄勢待發。我要布雷西斯在這個節骨眼上領先他人。當然其他舉足輕重的投資人還全都留在那裡，為爭取地盤而彼此競鬥，新電梯的建立將使目前的態勢更加緊張。」

「誰控制那架電梯？」

「真美妙領導的一個財團。」

「那不是個問題嗎？」

「嗯，那是他們的利益所在。但是他們不了解火星，以為它只是一個新的金屬礦源。他們看不到其他可能性。」

「什麼可能性？」

「發展的可能性！火星不僅僅只是個空無的世界，藍道夫——以經濟術語而言，它近乎是個不存在的世界。嗯，它的生物基礎建設必須建立起來。有些人確實只想把金屬提煉出來然後棄之不顧，那似乎是真美妙以及其他人的想法。然而那種態度是認定它只不過是另一個大型的小行星而已。那實在愚蠢，因為倘以一般星球運作基地來看待它，其價值將遠遠超過蘊藏其內的金屬。它含有的全部金屬總值二十兆美元，而一個完成地球化的火星價值將超過兩百兆

美元。那大約是現今世界總值毛額的三分之一，我說呢，這樣也還不足以正確估算它的稀有價值。正如我說的，火星是值得投資生物基礎建設的地方。正是布雷西斯所尋找的。」

「但是取得……」亞特開口。「我是說，我們到底要什麼？」

「不是什麼。是誰。」

「誰？」

「祕密地下組織。」

「祕密地下組織！」

福特給他時間思考。電視、小報、網路上充滿了二〇六一年存活者的故事，說他們在南半球的地下庇護所生存著，分別由約翰·布恩及廣子愛領導，在每一處開鑿隧道，跟外星人、死去的名人以及當今世界領袖保持連絡……亞特瞪著福特，一個真實的當今世界領袖，對這些原本以為只是幻想的情節居然有成真的可能，實在驚訝的無以復加。「它真的存在嗎？」

福特點頭。「真的。你要了解，我跟它的接觸並不全面，因而不知道它有多大。但是我確信登陸首百中仍有一些人存活著。你知道你們剛來的時候我提到過的坦尼夫—托卡瑞芙理論嗎？那兩人和烏蘇拉·柯爾，以及那整個生物醫療小組都住在奧林帕斯山脈北方的阿奇龍中。那裡的設備在戰爭期間受到破壞。但是現場沒有找到任何屍體。所以大約六年前，我派了一隊布雷西斯人員進去重建。完成後我們把它命名為阿奇龍研究所，然後讓它空置。一切都已上線就緒可以隨時啟用，但是什麼都還沒有發生，只除了他們每年舉行的環境經濟學小型研討會。而去年當研討會結束後，一位清掃人員在一個傳真槽裡發現了幾頁紙張，評論一份會上發表的論文。上面沒有簽名也沒有資料來源，但是其中有些成果使我確信乃坦尼夫或托卡瑞芙所寫，或是某個對他們工作相當熟悉的人寫下來的。我認為那代表了個小小的問候。」

一個微不足道的問候，亞特心想。而福特似乎解讀了他的心

思：「我剛剛收到了一份大一點的問候。我不知道從誰而來。他們一直非常小心，但是他們確實在那裡。」

亞特吞了口口水。如果是真的，那倒是個大消息。「所以你要我去……」

「我要你去火星。我們在那裡進行著一項計畫，那可以作為你的掩護，回收利用舊時傾覆了的電梯的一節幹管。而當你如此行事的同時，我會安排讓你跟這個與我接觸的人見面。你無需主動做任何事。他們會去找你。但是聽著，剛開始時我希望你不要讓他們太清楚知道你想要進行什麼。我要你跟他們在一起，挖掘出他們的身分，他們運作程度有多廣，他們要什麼，以及我們應該如何與他們交接。」

「所以我會是——」

「一個外交官。」

「我想說的是一個間諜。」

福特聳聳肩。「那要看你是跟誰在一起。這個計畫必須保守祕密。我跟許多跨國公司領導人物有接觸，而他們是一群很容易就受到驚嚇的人。任何對當下秩序的潛藏威脅常會引發相當殘酷的攻擊。他們之中有一些人已經認為布雷西斯就是這麼一個威脅。目前布雷西斯藏有一支軍隊，而這火星調查是其中必要的一部分。所以如果你加入，你加入的是祕密的布雷西斯。你想你可以勝任嗎？」

「我不知道。」

福特笑了起來。「那就是為什麼我選你執行這項任務的原因，藍道夫。你似乎很單純。」

我是很單純，亞特幾乎脫口而出，但是強咬舌頭停住。轉而問道，「為什麼是我？」

福特注視著他。「每當我們獲得一家新公司，檢閱其人事資料是標準程序之一。我讀了你的記錄。我想你可能擁有成為一名外交官的資質。」

「或一個間諜。」

「都是同一件工作，只是角度不同而已。」

亞特皺眉。「你在我公寓裡裝了竊聽器嗎？或者我的舊公寓？」

「沒有。」福特又笑了起來。「我們不做那樣的事。人事資料就已經夠了。」

亞特想起一群人在半夜裡觀賞他們課程的事。

「那些資以及在這裡的課程，」福特補充。「都是為了瞭解你們。」

亞特考慮著。不朽十八中沒有人要這個職務，也許那群年輕學者也都不想要。當然它牽涉到火星，還牽涉到一個沒有人有任何資料的隱形世界，也許一去不返。有人或許因而卻步。但是對某些不知該做什麼好，徘徊在是否要另外尋找同類工作，或是一份有外交潛質工作的人來說……

那麼這一切還真證明了是一種應徵程序。他之前甚至不知道有這麼一份工作存在。擷取火星的人。火星擷取者首領。火星鼴鼠。戰神屋宇下的間諜。派任到火星祕密基地的大使。火星大使。我的老天，他想著。

「你怎麼說？」

「我接。」亞特說。

＊　＊　＊

威廉‧福特一點也不浪費時間。亞特一同意接下派任火星的工作，他的生活就開始像是快轉的錄影帶。那天晚上他回到那輛密閉房車，然後搭上那架噴射機，這次一路上都只有他一個人，最後當他蹣跚搖晃的走在三藩市街道上時，已是清晨時分。

他回到擔埔埋公司辦公室，與那裡的朋友熟人周旋一番。一遍又一遍的敘述，是的，我接下了到火星去的工作。為了回收利用一

截老舊太空電梯幹管。只是暫時的。薪水很高。我會回來。

　　那天下午他回家收拾行李。總共只花了十分鐘。然後他無力的站在那間淨空的公寓。爐子上的煎鍋是他昔日生活的唯一見證。他拿下煎鍋，走近旅行箱想把它裝進去。卻在旅行箱前停住，箱子已經爆滿緊緊關著。他往後退到一張單人椅旁，一屁股坐上去，煎鍋吊在手上。

　　過了一會兒他打電給莎朗，半希望會是答錄機接聽，但是她在家。「我要去火星。」他聲音嘶啞。她起先不肯相信。相信了之後開始生氣。那分明是蓄意遺棄，他遺棄她。可是妳已經把我丟出去了，亞特試著說明，她卻把電話掛斷。他把煎鍋留在桌上，拖著行李來到室外人行道。對街那間提供老人治療的公家醫院如往常般聚集了一群人，那些快要輪到接受治療的人為免出了什麼差錯而紮營等候在停車場上。依法律規定，該項治療必須對全美國公民開放，但是這些公家機關排隊等候的名單長得不得了，能不能在有生之年輪到自己成了個大問題。亞特對眼前所見搖了搖頭，伸手攔下一輛三輪車。

　　他在地球上的最後一個禮拜是在卡納維爾角（譯註：Cape Canaveral，位於佛羅里達州東岸，為美國飛彈與太空船的試驗場所）上一家汽車旅館渡過。那是個悲慘可憐的惜別，因為卡納維爾是個禁區，裡頭住民主要是憲兵和服務員。他們這些等候離去的人在服務員口中是所謂的「死亡者」，他們受到極端惡劣的服務。每日奇特壯觀的起飛只是讓每個人或憂心疑懼或怨恨易怒，而且變得有些耳背。整個下午人們耳中充斥著嗡嗡鳴響，彼此不停重複：什麼？什麼？什麼？為了減低這樣的困擾，當地人多數帶有耳塞；他們會一面跟廚房裡的人談話，一面把餐點丟到客人桌上，再突然間瞥了眼掛鐘，迅速從衣袋掏出耳塞塞到耳朵裡，接著轟的一響，另一架諾非・衣能居亞運載火箭挾帶兩架太空梭騰空而去，整個世界

搖晃得像盤果凍。「死亡者」搗住耳朵，為再一次目睹他們將來命運而衝到街上去，呆若木雞的仰視神柱般的煙霧以及橫過大西洋上空的拱形細微火苗。當地人則站在原地口嚼口香糖，無奈的等待起飛時間過去。他們唯一一次出現的興奮情緒是在一天早晨的漲潮時分，消息傳來，有一群人擅闖禁地游泳到環繞這市鎮的圍牆邊，剪破牆網進來，警衛人員追他們追到當日的起飛區；有人說他們中的幾個被起飛的火焰燃燒而死，這則消息吸引了當地人跑到室外觀望，似乎那神柱般的煙霧和火苗因此有了些不同。

接下來的星期天早晨，輪到了亞特。他醒來後套上送來的不合身工作服，感覺像是在做夢。他和另一個人進到一輛房車，那名男子看起來跟他一樣茫然若失。他們被載到起飛區域，經視網膜、指紋、聲音和外觀確認身分；接著在來不及好好思索這些程序的意義下，他被引進一個電梯，穿過一段短短隧道來到一個小房間，那裡有八張像是牙醫診所裡見到的那種椅子，全坐滿了圓眼睛的人。他經人引領就坐固定，然後門隨即關上，他身下傳來震動聲響，接著感覺受到擠壓，再然後他變得完全沒有重量。他在運行軌道上了。

過了一會飛行員解開鈕子，乘客也跟著照做，他們來到兩扇小窗旁往外看。漆黑的太空，藍色的世界，一切都與照片上的相仿，不同的是，此刻含帶令人屏息的真實感。亞特往下看著西非，一股欲嘔的翻騰浪潮突然席捲他體內每一個細胞。

經過無數次突然泛湧而來的太空暈眩感之後，他開始回復一絲絲的食慾，其實在真實世界中只不過才過了三天；這時一架續航太空梭轟隆隆的駛近，在繞過金星之後以氣阻減速進入地球─月球軌道，它的速度減緩以便讓小型太空渡船能夠追上。在亞特受太空暈眩折磨期間，他和其他乘客陸續轉移到這些渡船上，時間一到它即猛烈噴射追逐一架續航太空梭。其加速前進的衝力比卡納維爾角的起飛過程還要叫人難以忍受，因此結束時亞特再一次有蹣跚暈眩、

頭昏眼花、噁心嘔吐的感覺。再要有更多的無重力經驗肯定會要了他的命；每一次想到這點，他就忍不住恨聲詛咒；幸運的是，續航太空梭裡有一個圓形場以特定速度旋轉，提供幾間他們稱為火星引力環境的房間。健康中心就位於其中，亞特分到裡面的一張床，那就是航程中屬於他的角落。他在火星獨特的輕飄飄重力下，無法很穩固的走路；搖搖晃晃，半跳半走，感覺體內到處淤血青紫，外加仍頭昏眼花。不過他只有泛噁心的感覺而已，為此他頗為慶幸，雖說噁心暈眩本身並不好受。

這續航太空梭很奇怪。由於其經常在地球、金星和火星氣層裡氣阻減速，它有著一種鎚頭雙髻鯊的形狀。旋轉圓形場的房間接近太空船尾端，就在推進器中心和太空渡船進口船塢前方。圓形場旋轉著，人們以頭朝太空船中線，腳指底板下面群星的姿勢走路。

亞特在行程了一個星期後，因為旋轉圓形場沒有窗戶，決定再試一試無重力經驗。他來到從旋轉圓形場到其他太空船不旋轉部分的一間轉換室；那些房室位在一個依隨重力場移動的狹窄圓形場上，其移動速度可以減慢到配合太空船裡的其他部位。這些房室就像運貨的升降機，兩邊都有門；當你進到這樣一間轉換室，按下正確按鈕後它會慢慢減緩旋轉速度，然後停止，遠處另一扇通往太空船其他部分的門就會開啟。

亞特如此試著。當轉換室的速度緩慢下來，他開始失去重量感，咽喉也跟著開始向上揚升。當遠處另一扇門打開時，他全身直冒汗，而且不知怎麼的身體向著天花板射去，為了避免撞到頭部他伸手擋住，卻因此傷了手腕。疼痛和嘔吐感交戰著，而嘔吐感逐漸佔上風；他像撞球般使自己反彈兩下以接近控制板，擊打按鈕使轉換室移動，然後回到重力圓場。遠處那一扇門關閉起來之後，他輕輕回到地板。一分鐘後火星重力恢復，他進來的那扇門再度開啟。他滿心感激的彈跳出去，帶著手腕扭傷的疼痛感。嘔吐感比痛感還要叫人難以忍受，他想了一想——至少就某種程度的疼痛感來說。

他只能將就著透過電視來想像外面的世界。

　　他倒不至於感到寂寞。大部分的乘客和所有工作人員多半逗留在重力場，使那裡變得有些擁擠，一如客滿的旅館，住店客人大多把時間消磨在餐廳、吧枱中一樣。亞特看過也讀過不少有關續航太空梭宛如一座飛行蒙地卡羅的故事，裡頭盡是些富裕卻無聊的永久住客；一個蠻受歡迎的錄影帶系列就以此為背景。亞特的船「蓋尼須號」卻不是那樣。很明顯的，這艘太空梭已經在太陽系中急駛了很長一段時間，而且總是載滿了人；室內裝潢破損老舊，而且因為乘客都受限在圓場裡，所以它看起來比《戰神號》歷史劇中這類太空船給人的印象還要小很多；事實上登陸首百居住的空間比蓋尼須號重力場幾乎要大上五倍，不僅如此蓋尼須號的乘客還高達五百名。

　　還好飛行時間不過三個月而已。亞特於是安定下來，觀賞電視，專注於有關火星的資料影片。他在食堂用餐，那裡裝潢得像一九二〇年代的巨型海上輪船；他也在賭場小賭一番，那裡看來就像一九七〇年代的賭城拉斯維加斯。大部分時間他不是睡覺就是看電視，而這兩個活動交互重疊融合，當那些紀錄片以超現實的邏輯呈現時，總引發他清晰的夢見火星。他看了那場羅素—克萊朋兩人著名的辯論錄影帶，那天晚上他夢到他徒勞的與安·克萊朋爭論，她一如錄影帶般，與《美國歌德》電視劇裡那位農婦的形象沒什麼兩樣，只不過憔悴些、嚴肅些。另一部片子是由一具飛行機器人拍攝，同樣的給了他很深的影響；那具機器人墜入水水峽谷斷崖，往下跌落近一分鐘後才攫住峽谷底部夾雜的冰雪岩石脫身而出。接下來幾星期，亞特重複做著同樣的夢，夢見跌落懸崖的是自己，在撞擊地面之前醒來。這似乎暗示了他有部分的潛意識認為他決定接受這項任務是個錯誤。他聳了聳肩，繼續吃他的食物、練習走路。他在等候良機。不管錯誤與否，他都要盡責到底。

　　福特給了他祕密連絡系統，並指示他定期報告，但是在飛航過

程中他沒有什麼可說。他忠實的送出月報告，每一份都相同：我們在路途中。一切都好。他沒有收到任何回覆。

　　接下來，火星就如一顆柳橙般湧現在電視螢幕上。那之後很快的，他們就因極端猛暴的氣阻減速被緊緊壓在他們的重力躺椅上，接著又被擠壓在他們太空渡船的椅子上；但是亞特像個老鳥般承受這些要把人壓扁了似的減速度。在軌道上旋轉運行了一個禮拜之後，他們來到新克拉克。新克拉克上的地心引力非常微弱，人們幾乎無法停在地面上。火星這時出現在頭頂上方。亞特的太空暈眩感再度襲來，他得等上兩天才會輪到搭乘電梯。

　　電梯廂房看來就像細長高聳的旅館，需要五天的時間才能將塞滿人類和貨物載的廂房運到行星上。行程頭幾天沒有地心引力可言，最後兩天，引力變得越來越強，然後電梯廂房速度減緩，輕輕的降落到接收設備裡，接收設備稱為「套筒」，位於帕弗尼斯山脈上的雪菲爾鎮西邊，此時地心引力與蓋尼須號重力場的引力相當類似。不過一整個星期的太空暈眩感已經將亞特折磨得筋疲力竭幾近癱瘓，當電梯廂房打開，他們依指示來到一個看似機場出境大廳的地方時，他發覺自己幾乎無法走路，也驚訝的發現嘔吐感竟能削弱人的求生意志。自他收到威廉‧福特的傳真到今天為止已經整整過了四個月。

　　從套筒到雪菲爾要經過一個地下道，而即使這段路程中有任何景致可言，亞特也因太過虛弱憔悴而無心欣賞。他形容枯槁、跌跌撞撞的跟在一名布雷西斯人員身後，一腳高一腳低的通過一條很高的走廊，最後滿心感激的橫躺在一間小房間的床上。他倒下來之後，火星引力的堅實讓他感到無比幸福，不一會就睡著了。

　　亞特醒來時有一陣子不知身處何處。他環顧這個小房間，完全失去了方向感，奇怪著莎朗去了哪兒，還有他們的臥室怎麼變得這麼小。然後記憶回復。他在火星上。

　　他呻吟坐起覺得很熱整個軀體似乎不再屬於他，周圍所有一切似乎都輕微的斷續跳動著，然而透過室內光線看來，一切又都好像很正常的運作著。門對面的牆上覆蓋了一片簾幕，他站起來走過去，將簾子嘩一聲撥開。

　　「嘿！」他驚叫，往後退了一步。他再次醒來，或說突然間有那樣的感覺。

　　那景致就如同在飛機上往窗外看去。綿綿無盡的廣闊太空，紫青色的天空，太陽像是一塊火紅的熔岩；下端遠遠的地方延展有一片平坦的岩石平原——又平又圓，就像是一個宏偉遼闊的圓柱狀斷崖的底部——非常的圓。事實上，就自然地形而言，那是個相當引人注目的圓。很難估算斷崖另一邊有多遠。斷崖的形狀可以看得很清楚，不過對面邊緣處的建築物則非常微小；像是一座大小可以穿過針頭的瞭望台。

　　他下結論，這個是帕弗尼斯山脈的破火山口。他們在雪菲爾降落，所以這猜測應該沒有錯。所以橫過這圈圓形到達那座瞭望台應有六十公里左右，亞特回想他看過的錄影帶紀錄片，深度應有五公里。整體看來卻全然空乏，觸目皆是岩石，原始、未經觸碰——那火山岩層像是前一個禮拜才冷卻下來般光禿——絲毫沒有人類活動的痕跡——沒有任何地球化跡象。半世紀以前，約翰·布恩看到的一定就是這番景象。如此的……異形，而且龐大。亞特在德黑蘭時曾利用假期參觀過伊特那火山（譯註：Etna，西西里島上的火山，歐洲最高火山）和維蘇威火山的破火山口，那兩座火山就地球上的標準而言乃列身巨大之林，但是你可以丟下一千座那樣的火山在這裡，這地方，這個洞裡……

　　他合起簾子，慢慢穿上衣服，嘴巴彷彿模擬那外星破火山口般的大大張開。

　　一位身材高得像是火星本土人，但有著濃重澳洲口音的和善布

雷西斯導遊雅得麗恩，帶著他以及其他六名新到者到鎮上參觀。亞特這時才發現他們的房間坐落在這個城鎮的最底端，不過不久它就不會再是最低一層；雪菲爾近來一直不斷的往下鑿挖，建造更多可觀看到破火山口景致的房室，雖然那景觀曾讓他非常惶恐不安。

　　一架電梯載著他們往上攀升近五十樓層高，讓他們來到一棟閃閃生光的新辦公大樓大廳。他們走過高大的旋轉門，置身一條鋪有草皮的寬廣大道；沿著大道走下，經過外觀鋪有晶亮石面和大型窗子的矮厚建築群，之間區隔有綠化的狹窄街弄，還有很多建築工地，顯然多數建築仍處於不同的完工階段。這會是個漂亮的市鎮，建物多為三或四層樓高，越到南邊越形高聳，南邊距離破火山口邊緣較遠。綠色街道滿是人潮，偶爾會有電車從草坪狹窄軌道上行駛而去；大致說來這裡充滿著喧囂吵嚷的熱鬧氣氛，毫無疑問的乃受新電梯的建成吸引而來。一座蓬勃發展的市鎮。

　　雅得麗恩首先帶領他們橫過一條大街來到破火山口邊緣。她領著這七個新來者進到一個窄小彎曲的公園，面對肉眼幾乎無法看見的市鎮帳幕。那透明的覆蓋結構被同樣透明的網格球狀支架撐持著，底端固定於與胸其高的牆垣。「帕弗尼斯這裡的帳幕必須比平常用的要堅固些，」雅得麗恩告訴他們，「因為外面的大氣仍然相當稀薄。它永遠會比低地要來的稀薄些，薄個十分之一。」

　　她帶他們進入帳幕屏障裡的一個觀景罩，往腳下看去，透過透明底板可以直看到五公里下的破火山口底部。人們驚駭的尖叫，亞特在透明地板上不安的跳動。於他而言，破火山口的寬度顯現出來了；北部邊緣看起來就跟坐在緩降三藩市機場的飛機上，往塔馬帕司山以及那帕丘看去那般遙遠。那倒還不算是如何不尋常的距離。但是下面的深度，那深度超過五公里，或大約兩萬呎。「好一個深洞！」雅得麗恩說。

　　架好的望遠鏡以及繪有地圖的展示牌讓他們能夠辨識雪菲爾的最初面貌，此刻安躺在破火山口底部上。亞特先前對破火山口那種

未經觸碰的自然原始態樣的感覺是個錯誤；斷崖底部斜面上那一堆不顯眼、有些亮光的東西其實就是原來城市的遺跡。

雅得麗恩興致勃勃的描述那個城市在二〇六一年的毀滅過程。那倒塌的電梯幹管在傾塌一開始就壓倒了它套筒東邊的住宅區。接著那幹管沿著星球表面纏繞下去，對城市南邊造成第二波轟隆襲擊，這個意外還暴露出隱藏在玄武岩邊上一道未曾被人發現的斷層。這個城市有三分之一建築位在斷層坍塌的那一邊，最後跌落到五公里下的破火山口底部。剩下的三分之二則整個被壓扁。幸運的是，在與克拉克分離到第二波幹管傾塌之間的四個小時中，多數居民都已撤離，所以死亡人數非常有限。但雪菲爾則毀滅得相當徹底。

雅得麗恩告訴他們，事件過後多年這個區域一直棄置不用，就如同在那動盪不安的六一年中遭受破壞的其他許多城市一樣，只餘破瓦殘垣。那些城市多數處在殘敗狀態，但是雪菲爾仍然是銜接太空電梯的理想地點，當真美妙在二〇八〇年代末期開始籌畫新的建造工程時，地面上的建築也迅速跟進。一份詳盡的火星科學研究調查發現南部邊緣上不存在任何其他斷層，於是在同樣地點進行重建就沒有任何異議。拆遷運輸工具已經將舊城殘骸清除乾淨，將大部分鑲入火山口內，只留下城市最東邊，亦即位於舊「套筒」附近的區域，以作為那場災難的紀念遺跡——同時也是小型旅遊業的重點，在新電梯裝設好之前那段慘澹時期，旅遊業顯然是這個城鎮收入的一項重要來源。

雅得麗恩導覽的下一個重點是帶他們參觀這個歷史遺跡。他們搭乘電車來到帳幕東牆上的一堵閘門，然後走過一條透明隧道進到一個小一些的帳篷，裡頭滿是飽受摧殘的遺跡，舊幹管設備的混凝土塊，以及傾倒幹管的底端部分。他們走在已清除乾淨並以繩索隔出的小徑上，好奇的瞪視地基以及扭曲的幹管。它看起來像是飽經密集轟炸的結果。

　　他們在幹管末端停步，亞特以專業眼光觀察著。那黑色的碳質碎段看起來似乎沒有因為墜落而受有損害，雖說無可否認的這是以最輕微力道擊打火星地表的部位。這末端部分曾強力擠壓進套筒的龐大混凝土地下碉堡，雅得麗恩說，然後因為幹管在帕弗尼斯東邊斜坡上墜落而被拖拉了兩公里。對於一個原本就設計成可以承受火星同步自轉點之外的小行星搖動拉力的物體來說，那拖拉力量並不算什麼。

　　所以它躺在那裡，似乎等著重新拉直後再放回太空：圓柱狀、兩層樓高、其黑色體積外圍裹著鋼質履帶和軸環等物。帳篷蓋住的部分只大約有百來公尺；那之外的部分則暴露於外，在東方沿著火山口邊緣那圈寬廣的高原，直到消失於邊緣脊線之外，而那形成了他們的地平線——他們看不到底下的地形。但是來到遠離城鎮的這裡，他們可以比較清楚的了解帕弗尼斯山脈的龐大——光是其火山邊緣就已經廣闊的讓人印象深刻，像甜甜圈般平坦，從突起的破火山口內部脊線到起伏比較和緩的火山側面部位，大約有三十公里寬。從他們這優越地點看不到火星其他部分，所以他們似乎就站在一個高聳環形世界上，頭頂著一片黑紫色的天空。

　　在他們南方新的套筒像一座巨大的混凝土地下碉堡，新電梯幹管從它上端伸展而出，獨自聳立，像是印度人的繩索特技，纖細、黝黑、直立，像是一條從天際墜落而下的垂直絲線——肉眼能看到的部分最多只有幾座摩天樓堆疊起來的高度——而且，比較他們腳下的殘骸以及巨大的火山光禿岩石頂峰，那幹管看起來異常脆弱，就好像它僅僅是由單獨一條奈米（譯註：$10^{-9}$公尺）粗細的碳纖維製成，而不是由兆億條纖細綁束而成的，且是有史以來最堅固的結構組織。「這很怪異。」亞特說，同時感覺空虛不安。

　　參觀了廢墟遺跡後，雅得麗恩把他們帶回新鎮中心的廣場咖啡館，他們在那裡用午餐。在這裡他們跟身處任何地方任何一個時髦

區段的中心地帶沒什麼分別——他們可以是在休士頓、第比利斯（譯註：Tbilisi，前蘇聯喬治亞共和國首府），或渥太華等等那些進行著許多嘈雜建築工程、標示著新興繁榮景象的地方。在回返他們房間途中，地下道系統看起來也同樣的熟悉——而當他們下了車，布雷西斯樓層大廳跟高級旅館亦無不同。一切都熟悉得不得了——也正因為這樣，他才在走回房間往窗外望去，看到令人嘆為觀止的破火山口景象時會再一次感到震驚錯愕——那是火星赤裸裸的呈現，雄偉龐大、巨石嶙峋，似乎醞釀著一股真空吸力從窗的那一邊拉扯他。而事實上，如果窗櫺真的破裂，頓失的壓力肯定會立即把他吸入太空；不太可能發生的事件，但是那影像仍然給他毛骨悚然的感覺。他把窗簾拉上。

那之後，他一直將窗簾闔起，並且盡量待在遠離窗戶的角落。每天早上他很快的穿好衣服離開房間，參加雅得麗恩主持的新人環境適應課程，會中大約有二十來位新到者加入。亞特和他們之間的幾位一起用過午餐後，花了整個下午的時間在城裡遊逛，認真的加強他的走路技巧。一個晚上，他想到送一份密碼電報給福特：在火星，參加新人環境適應課程。雪菲爾鎮很好。我房間有景色可看。但沒有獲得任何回覆。

雅得麗恩的新人訓練課程帶領他們到幾個不是坐落雪菲爾鎮裡，就是在火山口東方邊緣上的布雷西斯建築，並且介紹了這跨國公司的火星工作人員。布雷西斯在火星上，比在美洲還要彰顯自己。亞特每天下午於鎮內走訪遊逛時，試著依憑建築物邊上的小金屬招牌，估算這個跨國公司的相對優勢。所有超級跨國公司都在那裡——阿姆斯科、真美妙、歐洛可、三菱、瑞典七霸、雪拉可、鑴汀等等。每一個都獨佔一個建築群，甚至這個鎮的某特定區域。很顯然的，他們全都隨著新太空電梯的出現而來，新電梯使雪菲爾再度成為這個星球上最重要的城鎮。他們往這城鎮灌入大量金錢，建造火星支部的住宅區，或甚至整個帳幕郊區。這些跨國公司的實質

財富毫無掩飾的顯現在所有建造工程上──還有，亞特心想，顯現在人們走路的方式中：街上有很多人跟他一樣笨拙的亂彈亂跳，新來的商人或採礦工程師等全都皺起眉頭用心專注在走路的動作上。辨認高大年輕的本土人無需什麼特殊技巧，他們有貓一般的協調平衡感；但是他們在雪菲爾很明顯的屬於少數，亞特懷疑火星上任何一個地方是不是都這樣。

　　就建築式樣來說，由於帳幕底下的空間價值昂貴，於是完工的建築物看起來笨拙，且通常呈立方體，空間的使用直逼街道邊緣，往上則直達帳幕。當所有建造工程結束，這裡將只有十個彼此互通的三角形廣場、幾條寬廣大道和沿著火山口邊緣的曲形公園等區段不會受到那些矮厚大樓持續擴張的侵略；這些大樓外牆皆鋪有深淺不一的紅色磨光石板。這是一個為企業打造的城市。

　　在亞特看來，布雷西斯很可能會在這個企業活動中扮演重要角色。真美妙是電梯主要承攬公司，而布雷西斯則一如提供首座電梯般的供應電腦軟體，還有幾架電梯廂房、部分保全系統。他知道這些部署是由一個稱為聯合國臨時政府的委員會所分配，應是聯合國組織的一部分，但跨國公司在其中握有實權；布雷西斯在這個委員會裡跟其他企業一樣積極。威廉·福特也許對生物基礎建設有興趣，但是一般作業顯然也不在布雷西斯運作範圍之外；這裡有布雷西斯區域建物的供水系統、火車用道、峽谷市鎮、風力發電廠，以及火星式熱廠。後兩項一般公認屬邊際事業，因為新型軌道運行太陽能收集器和位於愛森斯的一座核融合發電廠運作情形相當良好，更不用說舊式的整合快速反應器。但是地區性的能量來源是布雷西斯子公司底部能源公司的專屬業務，所以那是他們的工作，在不引人注意的角落努力著。

　　布雷西斯地區性回收子公司，亦即火星上的擔埔埋，名為奧羅波羅司，它跟底部能源公司一樣，規模相當小。事實上根據一天早上亞特和奧羅波羅司人員見面時他們告訴他的，火星沒有生產多少

垃圾；幾乎所有東西都再回收利用，或是用來培養農業用土壤，所以每一個地區的垃圾場其實是剩餘物資的貯存所，等待需要時再次回收利用。因此奧羅波羅司的工作是尋找收集那些棘手的垃圾或污水——或帶有毒性，或屬無主物，或僅因為不方便——然後找出其回收利用的途徑。

在雪菲爾的奧羅波羅司公司工作小組佔據布雷西斯市中心大廈一個樓層。這公司早在廢墟被隨意鏟除棄置之前，就已經開始了它在舊城的挖掘。一位名叫查菲的男子主導墜落幹管回收計畫，他和雅得麗恩陪亞特到火車站，上了一輛普通列車，短短繞過火山口東方邊緣，來到郊外帳篷區。其中一座帳篷作為奧羅波羅司公司的貯藏室，而就在室外眾多運輸工具之間，有一架相當龐大的移動式處理工廠，名喚怪獸。這具怪獸讓超級洛司頁看起來像是一輛小汽車——與其說它是個運輸工具，不如說是一個活動建築物，而且幾乎完全自動化。另一架怪獸已經外出到塔爾西斯西邊處理幹管去了，而亞特的任務是對它進行現場視察。查菲於是和另兩名技師帶他進入訓練場裡走一遭，最後一塊來到頂樓一個寬闊隔廂，那兒有幾間住房供訪客使用。

查菲對西塔爾西斯那架怪獸發現到的東西感到非常興奮。「當然僅就回收碳纖維以及膠質鑽石螺旋狀物就有穩定的基本收入，」他說。「而且在坍落的最後半球上我們也回收了不少角礫岩異變物。不過，你會有興趣的是那些巴克球（譯註：buckyball，一九八五年科學家發現一些碳原子形成中空、網格球形結構$C_{60}$。由於科學家是受到Buckminster Full於一九四○年代網格球頂建築的啟發，才確定此碳原子團的結構，因此稱之為Buckminslerfullerenes。此外 buckyball 或 fullerenes 也都指此類結構）。」查菲是這方面的專家，他此刻興奮的繼續：「秋天時西塔爾西斯區域的氣溫和壓力跟以電弧反應器合成法製造巴克球的氣溫和壓力類似，所以那裡一百公里長的幹管底端的碳全以巴克球的結構存在。大部分由六十個

原子組成，也有些是三十個，以及多種超級巴克球。」一些超級巴克球將其他元素的原子包在裡面，這樣子的「飽和巴克球」在複合材料的製造上很有用處，但是這東西相當昂貴，因為在實驗室製造需要耗費相當多的能源。所以找到它們的確值得興奮。「它正在分類整理不同的超級巴克球，然後就輪到你的離子色層分析法上場。」

「我了解，」亞特說。他在喬治亞進行分析工作時，曾用過離子色層分析法，而這是他被送往偏遠地帶的掩護身分。於是接下來幾天，查菲和幾個怪獸技師訓練亞特使用怪獸。會議之後，他們一起來到火山口東部邊緣上郊區帳篷裡的一間小餐廳。日落時，他們可以觀賞雪菲爾鎮的美妙景致，沿著火山口邊緣彎曲處約三十公里，在昏黃薄暮中閃爍搖曳的燈光，像極了高據黑暗深淵上的熊熊火炬。

他們一面吃喝，一面閒聊，但內容很少轉入與亞特工作有關的事項，亞特後來想想，覺得是他同事們謹守禮貌分寸的表現。怪獸其實可以完全自我運作，而即使就解決新近發現的飽和巴克球分析整理方面的問題來說，也可以在本地找到足以勝任離子色層分析法的人，實在沒有理由把亞特老遠從地球送來。這裡一定另有文章。不過這群人避免提及該項話題，相對的免除了亞特或尷尬說謊，或笨拙聳肩，或無可奈何明言事屬機密不得奉告的難堪處境。

以上任何一種藉口都不會讓亞特感到舒服，因而對這些同事如此的應對技巧銘感在心。不過也因為這樣，他們之間有了某種陌生和距離感。除了在新人環境訓練課程上，他很少見到其他布雷西斯新到人員；他不認識這鎮上或這星球上任何地方的任何人，他於是感到有些寂寞。隨著日子一天天過去，他更感覺不安，甚至抑鬱苦悶。他把覆蓋他房間窗戶的窗簾鎮日拉上，到遠離火山邊緣的餐廳吃飯。日子開始變得與蓋尼須號上那幾個禮拜的悲慘時光幾乎沒什麼兩樣。有時候他得盡力掃除來到這裡是個錯誤的抑鬱情緒。

新人環境適應課程最後一天，布雷西斯辦公大樓舉行了一場午宴，而他超乎慣例的喝了許多，還從一罐高筒中猛吸了幾口一氧化二氮（譯註：nitrous oxide，俗稱笑氣可作為麻醉劑）。吸用娛樂性藥物是本地習慣，一些公共男廁販賣機甚至還販售不同氣體筒罐。這些一氧化二氮很顯然的給香檳添加了一種額外氣泡；令人喜悅的組合，一如花生配啤酒，或冰淇淋配蘋果派。

那之後，他搖搖晃晃沿著雪菲爾街道跳走，覺得一氧化二氮香檳很有些反地心引力的效果，加上火星基準線，更讓他有種輕飄飄的感覺。基本上他體重是四十多公斤，可是走走跳跳的此刻，卻好似只有五公斤。非常奇特，甚至有些叫人不愉快。感覺像是走在抹了奶油的玻璃上。

他幾乎撞上一位年輕男子，比他稍微高些——黑髮青年人，如鳥兒般輕盈優雅，很快的閃躲一側，然後伸出一隻手搭上他的肩膀穩住他，整個動作熟練輕柔一氣呵成。

年輕人迎視他的眼睛。「你是亞特·藍道夫？」

「是的，」亞特說，很感驚訝。「我是。你哪位？」

「我就是同威廉·福特連絡的人。」年輕人說。

亞特倏然停步，努力旋轉身來。那年輕人輕輕施壓讓他站直，他的手熱呼呼的壓在亞特上臂。雙眼定在亞特臉上，嘴角帶著一抹友善的笑容。亞特判斷來人大約二十五歲，或許更年輕些——英俊的年輕人，皮膚棕褐、眉毛濃黑、眼睛微微有亞洲人種的影子，寬寬的橫躺在突出的顴骨上。一張充滿智慧的臉孔，滿盈著好奇心，還有某種吸引人的特質，很難一言以蔽之。

亞特詳詳細細的觀察他。沒什麼特別理由，只是一種感覺。「叫我亞特。」他說。

「我是奈加，」年輕人說。「走，我們到俯瞰公園去。」

亞特跟著他走上草綠大道，來到火山口邊緣的公園。他們沿遮簷圍牆旁的小徑散步，亞特醺淘淘的把不準方向，奈加率直的握住

他的上臂引領著。他的抓握有一種電流滲透似的感覺，而且非常溫暖，就好像這個年輕人正發著燒，只是他黑色眼眸裡一點發燒跡象也沒有。

「你為什麼來這裡？」奈加問──他的聲音，加上他臉上的表情，使得這個問題不像只是隨意詢問而已。亞特思索如何回答，很想了一想。

「來幫忙。」他說。

「那麼你會加入我們？」

這年輕人再一次很清楚的指出他這問題別有用意，是一道基本問題。

亞特說，「是的。任何你想要的時刻。」

奈加牽動嘴角，綻現欣喜的笑容，說，「很好。太好了。但是，聽著，我是一個人獨自進行著這件事。你懂嗎？有些人並不同意。所以我必須神不知鬼不覺的讓你加入我們，比如說一場偶發事件。你認為怎樣？」

「那很好。」亞特搖著頭，有些疑惑。「那反正跟我想進行的計畫一樣。」

奈加站在觀景罩旁握住亞特的手。他的凝視，如此開朗果敢，實在是一種另類接觸。「好極了。謝謝。那麼，就繼續進行你的計畫吧。去進行你的回收利用計畫，有人會在那裡接應你。那之後我們會再見面。」

說完他就穿過公園往火車站的方向離開，優雅的大步移動，一如每一個年輕的本土人。亞特眼光追隨著他，腦海盡力回想這次會面的所有細節，試著將手指放在接收過電流的部位。他認為，單就那年輕人臉上的表情──不只是平常偶爾在年輕人臉上看到的那種毫不拘束非常自然的神態，還有更多的──幽默力量。亞特記起當他說（當他承諾）他會加入他們時，那抹綻放的微笑。亞特自己也咧嘴笑了起來。

他回到自己房間，直直走向窗戶揭開窗簾。來到床畔矮桌，坐下來打開資料板，尋找有關奈加的資料。沒有人叫那個名字。倒是有個奈加峽谷，列在阿爾及爾盆地和水手峽谷之間。是這個星球上水蝕隧道最佳例證之一，該條目下的記載這麼說，複雜又冗長。這個字彙在巴比倫語言裡意指火星。

亞特走回窗畔，把鼻子壓在玻璃上。放眼往下看進火山口深處頸部，看進龐然巨獸本身的岩石心臟深處。視野所及有與地平線同線延展的曲形屏障、遠方底端的寬廣圓形平地、平地與山壁相接處的明顯稜線──綿綿無盡的不同深淺的醬紫色、鐵銹色、黑色、紅褐色、橘色、黃色、紅色──觸目皆是各種不同的紅……他盡情欣賞，頭一次不感到害怕。這回俯看星球巨大核心的同時，一股新興情緒取代了舊有的恐懼，他顫抖、原地跳躍，還小小舞動一番。他可以接受這種景致。他可以習慣地心引力。他見到了一個火星人，一個地下組織成員，一個渾身散發非凡魅力的年輕人，而他將有機會更深一層的認識他，更深一層的認識他們……他人在火星。

幾天後他在帕弗尼斯山脈西邊斜坡上，開著一輛小型越野車，駛在下面鋪有類似齒軌火車軌道的狹窄道路上，平行於一片未曾受過侵擾的火山碎石區，向下前進。臨行前他送了一則密碼訊息給福特，報告將要出發的訊息，而且收到了到目前為止唯一的回覆：一路順風。

他啟程後的頭一個鐘頭，經歷了每一個人都對他描述過的壯麗景致：駛過破火山口西部邊緣，從巨大火山外側斜坡開始往下。這是雪菲爾西邊大約六十公里的地方。然後駛過廣大高原的西南角，再次順坡而下，地平線出現在遙遙底端，非常非常遙遠的底端──彷彿蒙上淡淡薄霧的微曲線條，猶如太空船窗口看去的地球景象──這倒合理，因為帕弗尼斯山峰從亞馬桑尼斯平原算起大約有八萬五千呎高。這是相當壯觀的景致，乃塔爾西斯火山群最了不得的

高度展現。事實上，他此刻還可以見到亞爾西山脈的雄偉景色；而塔爾西斯上排成一線的三座火山口的最南端，出現在他左方地平線上，有如相鄰的另一個世界。遠遠的聳立在西北地平線那端，看起來像朵黑雲的東西很可能就是奧林帕斯山脈！

　　第一天的行程一直是下坡，而亞特的情緒高揚。「哇，我們不再身處堪薩斯州了。我們……尋訪巫師來了！火星上那絕妙巫師！」

　　這條道路與傾塌的幹管平行。那幹管曾以強勁的衝擊力撞擊塔爾西斯西邊，當然沒有傾塌過程最後一波那樣強烈，但是也足以產生讓亞特來此調查的超級巴克球。他前來與之會合的怪獸，已經回收利用了這整個區域的幹管，眼前幾乎已經什麼都見不到了；唯一留下來的痕跡是一組舊式火車履帶，以及中間一條齒輪軌道。怪獸利用幹管裡的碳製造這些履帶軌道，然後利用幹管其他材料，以及土壤中的鎂元素，製造小型自動化齒輪軌道採礦車，這些採礦車把回收利用的物件沿著帕弗尼斯山緣，送到位於雪菲爾的奧羅波羅司處理場。一切看來相當井然有序，亞特心中想著，一面看著一架小型機械車朝他來的方向駛去，沿著上坡軌道回到市鎮。小型車呈黑色，又矮又肥，動力來源是一個連上齒輪履帶的簡單馬達，內部填滿了貨物，其中大部分顯然是奈米碳纖，上面覆蓋的是一塊長方形大鑽石。亞特在雪菲爾聽說過，所以並不如何驚訝。這鑽石是從幹管的雙螺旋強化物中回收製造而來，這些大塊大塊鑽石的價值其實比不上在它下面的碳纖——基本上只是當作一種別緻的艙門蓋子。不過它們看起來的確很不錯。

　　第二天，亞特駛離帕弗尼斯山廣闊無垠的火山錐區域，來到塔爾西斯隆起的地勢上。此處地面比火山側邊鬆散石塊區以及隕石火山口區還要雜亂零碎。而且到處披覆著漂積的雪和沙石，彼此混合，看不出誰多誰寡。這是西塔爾西斯的積雪斜坡，來自西方的風暴經常挾帶大量白雪堆積此處；這些積雪沒有融化過，只一年又一

年的層層積攢，底層雪塊也承受著一年比一年重的擠壓力道。到目前為止，它們仍然只是粒雪，但是如果再經多年的緊壓推擠，最底層就會壓成冰，而在斜坡上形成冰川。

現在這斜坡上仍有大型巨石矗立在粒雪和眾多小火山口間，這些火山口的直徑多半不到一公里，看起來像是才在前些日子爆發成形，只是已經有沙粒混合雪塊填充其間。

當亞特還在數公里外時，就瞥見了正在回收幹管的怪獸。首先是它頭頂部位出現在西方地平線上，接下來一個小時的行程中，其餘部分漸次浮現。它置身於這廣袤空曠的斜坡上，看來比留在東雪菲爾的雙胞胎還要小些，至少直到他駛入它側面腰窩處時依舊如此；然而當它再次清楚浮現時，就有如城市裡一個街區般巨大。連底部一個方形孔洞，也像極了任何一座大型停車場的入口。亞特將他的越野車駛進這個孔洞——怪獸以每天三公里的速度移動，所以要撞上去並不容易——進入後就來到一條彎曲坡道，再經過一條短短隧道之後，閘門出現了。他在那裡用無線電與怪獸的電腦中心連絡，車子後面的門輕輕合上，他很快的下了車，跨過一扇電梯門一路攀升到上面的觀察層。

不需要多久時間就能了解在怪獸裡頭的生活絕對算不上興奮有趣。亞特和雪菲爾辦公室連絡後便到實驗室裡查看離子色層分析的狀況，之後他開著車子來到外頭展開進一步的檢視。查菲告訴過他，這就是與怪獸一起工作的方式；越野車就像是繞游在一條大鯨魚旁的前導魚群，雖然從觀察層看出去居高臨下視野遼闊，大部分人仍然寧願花上多數時間在外頭開車遊逛。

亞特就那樣做了。目前橫躺在怪獸前頭的傾塌幹管，很清楚的顯示了怪獸在這裡的工作遠比起始點要困難許多。此處幹管掩入地表的部分也許有其直徑三分之一深，外罩的圓筒也已經壓扁，邊緣有長長裂痕露出裡面的結構——成束成叢的奈米碳纖，它是已知材

料科學上最堅固的材質之一，不過目前使用中的新電梯幹管材料顯然更為堅固。

怪獸跨站在這堆殘骸旁邊，大約有幹管四倍高；焦黑的半圓柱體消失在怪獸前一個小洞內，那裡發出低沈的轟隆聲響，近乎次音速的震動。然後每天下午兩點鐘左右，怪獸後面會有一扇門滑開伸出輸出軌道，一輛上面覆有鑽石的運輸車就會滾將出來，在陽光下閃閃發光，朝帕弗尼斯滑去。大約十分鐘後就消失在東邊高聳的地平線，進入此刻位於他和帕弗尼斯之間那明顯的「凹陷」處。

看過這例行的出發之後，亞特即駕駛前導魚越野車探查火山口，還有孤立的圓形巨石，而且老實講，也同時在尋找奈加，或說等待著他。這樣過了幾天，他養成每天下午套上裝備到外面走上一圈的習慣，在幹管或是前導魚似的車子旁邊漫步，或信步走到鄰近區域。

這是個奇妙的地形，不僅因為有平均分布的上百萬塊黑色岩石，也因為硬毯似的粒雪被強烈颶風雕刻成各種稀奇古怪的形狀：縐褶、膠塊、凹洞，還有在每一塊暴露岩石後邊的淚珠形尾巴，等等——這些形狀統稱為雪面波紋。在這樣一片滿是放肆飛揚的空氣動力擠壓而出的微紅雪紋上走一遭實在很有趣。

他就這樣過了一天又一天。怪獸緩緩向西移動。他發現強風掃過的岩石光禿頂部，通常留有地衣類的微小鱗片狀色塊，那是一種能快速生長，或至少就地衣而言生長相當迅速的植物。亞特拾起一兩個岩石標本，帶回怪獸，好奇的閱讀研究著。這些很顯然是人工培植的隱芽石內生地衣，意思是指它們生長在岩石裡，而且就這個高度而言，它們幾乎是在完全不可能的環境裡求生——有關它們的文章說，單是為了維持生存狀態，就得花去它們超過百分之九十八的能量，只剩下不到百分之二用來繁殖。而這相較於為它們母體的地球種類來說，已經是很大的進步了。

日子一天天過去，然後是星期；但是他能怎樣？只好繼續採集

地衣。他找到的地衣中有一種是第一個成功存活於火星表面的物種，他的資料板這麼說，而且是傳奇登陸首百中的成員所設計出來。他把一些石塊敲開以便看得更清楚，發現一組地衣生長在岩石表層幾公分處：首先是表面上的黃色長條，然後下面一層藍色長條，接著綠色。有了那樣的發現之後，他就常常在散步途中停下，跪在地上將頭盔面罩貼近從粒雪裡探頭而出的有色岩石，著迷於那表殼鱗片，以及熱鬧的朦朧色澤──黃、橄欖綠、卡其綠、森林綠、黑、灰。

一天下午他駕駛前導魚越野車遠征怪獸北邊地帶，然後下車走一段路採集標本。當他返回時，發現前導魚越野車門無法打開。「什麼鬼呀？」他大聲喊叫。

已經過了那麼久，他幾乎忘了他是在等待應該要發生的某件事。很顯然這場事件乃以某種電子故障來揭開序幕。假設這就是事件的開端，而不是……什麼意外。他用內部通信連絡器呼叫，並且嘗試在門鎖上敲打他知道的所有密碼，但是一點用也沒有。又因為他無法進去，所以也無法啟動緊急系統。他頭盔裡的通信連絡器的有效距離非常有限──僅達地平線那端──而他所處的這個帕弗尼斯山下地區現在成了一個迷你的火星密閉範圍，從任何一個方向看去，地平線只有幾公里遠。怪獸在地平線的另一端，雖然他也許可以走過去，可是如果怪獸或前導魚車在他試圖徒步前行的路程中，消失在地平線的另一端，情形就會變成他自己一個人套著裝備，攜帶數量有限的氧氣……

突然間這片髒兮兮的雪面波紋景觀就蒙上了一片異象，不吉的形貌，明亮的陽光也為之陰沈黯淡。「唉，好吧。」亞特說，努力思索著。他總算走到這裡，走到讓地下組織接去的這一步了。奈加提過事情會進行的像是一場意外。當然這並不一定就是那場意外，然而不管是或不是，張惶失措幫不上忙。最好把它看成一個真實的問題，走一步算一步。他可以試著走回怪獸，或者他可以試著進

到前導魚越野車裡。

他一面竭盡腦汁思考，一面以打字冠軍的速度敲著門鎖上的號碼盤，就在這時，他的肩膀被人重重敲了一下。「啊！」他驚叫，往旁跳去。

眼前有兩個人，套著活動服以及滿是刮痕的舊頭盔。他可以透過他們的面罩看到他們：一位有著老鷹般面孔的女子，對咬上他一口很有興趣似的；另一位是面龐瘦削的矮黑男子，銀灰色的一綹一綹的長髮沿著他面罩邊緣滿滿鋪陳著，像是偶爾可以在一些海上餐廳裡看到的以繩索編就的畫框。

就是這個男子敲了亞特的肩膀。現在他豎起三隻手指，指著他的腕錶控制儀。那是指他們使用的通信頻道，一定是。亞特開啟頻道動。「嘿！」他喊著，比他原本預期的更感到鬆了一口氣，想來這很可能就是奈加設計好的計畫，而他從頭到尾根本就沒有任何危險。「嘿，我好像被鎖在我車子外面了？你們可以載我一程嗎？」

他們瞪著他。

這男人的笑聲很恐怖。「歡迎到火星來，」他說。

# 第三部　長程衝流

　　安・克萊朋沿著日內瓦山岬往下行駛，每逢幾個Z字形彎道就停下來採集路旁標本。水手橫貫公路六一年後就遭棄置，此時消失於覆蓋了髒污冰河和大石頭的科普雷特峽谷底部。這條道路已經成為一項考古遺跡，一個死胡同。

　　安正研究著日內瓦山岬。這山岬是一條相當長的熔岩岩脈終端，大部分掩埋在向南的高原台地裡。該岩脈乃這區域數道岩脈之一——近旁另有美拉斯多薩，遠處向東有非離斯多薩，向西有索立斯多薩——全都與水手峽谷垂直，其起源亦都神祕費解。而美拉斯裂口南邊屏障因崩塌風蝕而消減退卻，暴露出一道岩脈硬石，此即日內瓦山岬；這提供了瑞士人一個絕佳的彎曲坡道，使他們有直下大峽谷山壁的道路，而現在更給安一個暴露程度剛剛好的岩脈基地。它以附近及的其他岩脈，有可能全是在塔爾西斯隆起揚升時造成的集中性裂縫所形成；但是它們的年代也有可能更久遠，在這個星球因著內部熱能而持續擴張延展的諾亞時代初期，遍佈整個星球的古老盆地—山嶺地形的遺跡。鑑定岩脈底層的玄武岩年代，將多多少少可以獲得一些答案。

　　所以她此刻在霜凍道路上，緩緩駕駛著一輛小型巨礫越野車往下走。車子移動的身形從太空中清晰可見，她卻不在意。前一年她就習慣駕著車駛遍南半球，只除了有一次去到土狼的一處祕密庇護所採辦供需品之外，並沒有採取任何預防措施。結果什麼事也沒發生。

　　她接近山岬底端，同時距離峽谷那填滿冰河和岩石的谷底也不遠了。她下車以地質學家用的小鎚輕敲最後一道彎路的地面。她背向巨大冰川，壓根兒沒去想它。全神貫注在玄武岩上。那岩脈聳立在她身前直向天際，從底部到斷崖頂端形成完美的坡道，往她頭頂上方伸展三公里，向南五十公里。美拉斯裂口南邊的大斷崖彎成弧形圍繞在這山岬兩旁，形成一個巨型港灣，然後以較不突出的姿態向外再伸展出去——成為左方遠處地平線上的一個細點，右邊是伸展有六十多公里的大塊突出高地，安稱之為「索立斯岬角」。

　　很久以前安曾經預言在加速進行的侵蝕作用之後，隨之而來的會是大氣的水合作用，而這山岬兩旁的斷崖則證實了她的推測。日內瓦山岬和索立斯岬角之間的港灣一直都很深，而新近幾次山崩現象更顯示出它正在快速加深當中。然而，即使是最新的岩壁，或斷崖上其他凹槽和層理之間都蒙上了一層冰霜。這雄偉山壁因而有著下了雪之後的錫安山（譯註：Zion，耶路撒冷的聖山）及布萊斯山（譯註：Bryce，美國猶他州國家公園，以富色彩與異常的侵蝕石頭著名）的色澤——濃淡不一的紅，其中鑲嵌著一縷縷白色線條。

　　日內瓦山岬西邊一兩公里處的大峽谷谷底上有一條與之平行、非常低矮的脊線。安好奇的向它走去。待靠近一瞧，這低矮脊線大約僅與胸齊高，而且顯然跟山岬的玄武岩同源。她取出鎚子，敲下一塊標本。

　　突然間眼角瞥見一個移動物體，她抬頭探看。索立斯岬角缺了鼻頭部分。一片紅雲在山岬底部翻滾湧動。

　　山崩！她立即啟動腕錶上的計時器，然後把頭盔面罩上的望遠鏡拉下，對準遠處那個岬角調整焦距。這次崩塌斷裂所顯露出來的新岩石表面色呈黑色，看來幾乎與地面垂直；也許是岩脈中的一個冷卻斷層——如果它也是個岩脈的話。它的確看來像玄武岩。而且這個斷裂痕跡似乎貫穿了整個懸崖高度，足有四公里長。

　　斷崖消失在揚起的塵雲裡，那洶湧翻騰的情狀一如巨型炸彈爆

炸後所擾起的煙霧。一聲清晰可聞的轟然巨響，之後跟隨一陣模糊的咆哮吼聲，像遠方傳來的雷聲。她看了看手腕；將近四分鐘。火星上聲音傳送的速度是每秒二百五十二公尺，這就確認了六十公里的距離。她幾乎目睹了這場山崩的開始。

　　港灣深處也有一小片懸岩脫落，應是震波引發。然而，跟岬角那很可能有上百萬立方公尺的岩石崩塌比較，它看來只屬最最末微的落石而已。確確實實親眼目睹大型山崩的經驗很是寶貴——多數火星研究者和地質學家必須仰賴爆破或電腦模擬。在水手峽谷區迂迴複雜的河谷待上幾個星期就可以為他們解決如是問題。

　　來了，一團黑色物體在冰川邊緣貼地滾動，上面舞動飄飛著滾滾塵霧，像極了以縮時攝影法拍攝而成逐漸迫近的雷雨雲，還夾雜著轟隆音效。它已經衝出距離岬角相當遠的地方。她倏然驚覺她目睹的是一場長程衝流的山崩。這是個奇異現象，地質學上一道無解的謎。絕大多數的山崩向水平方向滾動的距離，不會超過其崩落高度的兩倍；但是有非常少數的大型崩山挑戰著摩擦定律，它們會向水平方向衝出其垂直墜落距離的十倍，有時甚至達二十或三十倍。這種現象稱為長程衝流山崩（long runout slides），沒有人知道它們何以發生。現在索立斯岬角坍落了四公里，所以其衝流距離應該不會超過八公里；但是它來了，橫穿過美拉斯底部，直對著安所在的峽谷谷底奔流而來。如果它衝出其垂直墜落高度的十五倍，就一定會滾過她，把她砰然撞進日內瓦山岬裡。

　　她對準滾落碎石的最前端調整望遠鏡焦距，眼前只見上面覆有滾動塵雲的一團激烈翻騰的黑色物體。她可以感覺到按在頭盔上的手正不由自主的顫抖著，然而除此之外，她沒有任何其他感覺。沒有恐懼，沒有悔恨——什麼都沒有，事實上，要有的話，也只是鬆了一口氣。終於要結束了，而且不是她的錯。沒有人可以因此責備她。她一直都說地球化的工作最終會殺了她。她笑了笑，眯了眯眼，再調整焦距以便把山崩奔滑的最前線看得更清楚。對長程衝流

最早的一般假設，是認為崩山底下有一層不及逃逸的空氣，騰起崩塌岩石向前滾動；但是在火星和月球上發現的古老長程衝流，卻在這主張上劃下問號，而且部分人士堅信即使有空氣困在岩石底下也應該會很快的上竄消失，安同意這個論點。不過這其中一定牽涉到某種減少摩擦力的潤滑作用，有些假說提到因山崩摩擦而形成一層熔岩，或山崩巨響而引起聲波，或者是山崩底層有極端活潑蹦跳的粒子。然而這些假說都沒有能夠提供讓人滿意的解釋，沒有人可以確定。而此刻，一樁神祕無解的現象就朝著她奔騰而來。

這團逐漸向她逼近、上面圍有塵雲的龐然巨物，沒有任何跡象顯示支持何種理論。可以肯定的是，它沒有熔岩的灼熱鮮明，而且聲響雖然巨大，也無法判定是否大到足以讓它於本身音爆之上。無論如何，不管是怎樣的結構，它的確奔騰而來。看樣子她有機會親身經歷，提供她對地質學的最後貢獻，同時消失在調查發現的當下。

她查了查腕錶，驚訝的發覺已經過了二十分鐘。長程衝流速度之快眾所皆知；在摩哈維發生的黑鷹山崩時速經測定為一百二十公里，沿著一道只有幾度的斜坡滾落。美拉斯的傾斜度大致說來比那要大些。而眼前滾動著的巨團前緣真的以極快速度湧來。聲響越來越大，像頭頂正上方傳來的轟隆雷電。塵雲向上捲起，遮蔽了午後陽光。

安轉過身來往水手冰川望去。她已經不只一次幾乎死在那裡，那時一個含水層爆發，造成大峽谷洪水氾濫。法蘭克・查默斯就這樣死去，被冰掩埋在下游的某處。是她的錯誤造成他死亡，而懊悔自責從來就沒有放過她。那僅僅不過是一瞬間的疏忽，卻仍然是個錯誤；有些錯誤你永遠也沒法彌補的。

然後西門也死了，被他自己體內失控的白血球所吞噬。現在是輪到她的時候了。這解脫的感覺尖銳強烈得讓人有些虛乏疼痛。

她正面對著這場山崩。下端那看得清楚的石塊似乎正彈跳躍動

著，看來並不像破浪般向前翻滾。它很顯然真是騎乘在某種潤滑層上。地質學家曾經在某些移動到許多公里遠的崩山頂端，發現近乎完整的、未遭破壞的草坪，那麼這是已知事項的確認，然而並不減損它獨特罕見的特質，它甚至看來那樣不真實：一道低矮的壁壘牆垣直直橫掃過地表，沒有滾動現象，簡直就是魔術特技。她腳下傳來陣陣顫動，並發覺她的雙手在不知不覺中已經緊緊握拳。突然間西門的影像闖入腦海，他死前最後幾個鐘頭的掙扎奮鬥，還有他的斥責噓聲；站在這裡如此快樂的迎接結束，似乎很有些不對，她知道他絕不會贊同。為了表示對他的靈魂有個交代，她步下所在的低矮火山岩岩脈，曲下一膝蹲藏在該岩脈之後。其玄武岩表面上的粗糙顆粒，在褐黃光線下有些陰暗。她感覺到地面的震動，於是抬頭看著天空。她已經做了她所能做的，沒有人會怪她。雖然這麼想有些愚蠢；沒有人會知道她在這裡做了什麼，西門也不會知道。他已經走了。然而她內心深處的西門卻永不停止的侵擾她，不管她做了什麼。現在是休息的時候了，同時應該心存感念。塵雲滾過這低矮岩脈，然後一股颶風——

砰！她在巨響撞擊下向後仰倒，被一股力量彈起，再拖過峽谷谷底，然後遭石塊連番擊打。她處身一團黑暗雲霧中；雙手膝蓋觸地，周圍全是塵煙，還有咬牙切齒般的石塊低吼聲，而地面在腳下狂野搖晃……

推擠衝撞消褪遠去。她仍然手膝並用的撐伏在地，感覺岩石穿透手套護膝的冰冷。強風逐漸將空氣中的塵灰吹散。她全身蓋滿了灰塵，以及一堆小碎石。

她在顫抖中站起。手掌膝蓋隱隱作痛，一個膝蓋骨還因寒冷而麻木，左手手腕有扭傷的刺戳感。她走上那低矮岩脈，往前看去。山崩在岩脈前大約三十公尺處停止。那之間的地面滿是碎石土礫，而山崩邊緣則有碎裂玄武岩形成的一堵黑色岩壁，以大約四十五度的斜度向後傾斜，高約二十到二十五公尺。如果她一直站在那低矮

岩脈上，襲捲而來的氣流撞擊力肯定會把她拋下，而且要了她的命。「你該死。」話是對西門說的。

　　山崩北部邊緣夯進美拉斯冰川，融化凍冰，混合冒著蒸汽的圓石群以及溼泥。籠罩的塵雲蒙蔽了視線。安跨過岩脈走到山腳邊。底層岩石的溫度仍然不低。底層岩石上的裂縫似乎並沒有比山崩較高處的岩石多。安瞪著這堵新的黑色岩壁，耳朵迴響著轟轟響聲。不公平，她想著。不公平。

　　她走回日內瓦山岬，有些暈眩恍惚。巨礫越野車仍然停在道路的終點，雖然滿是塵埃但顯然沒有損傷。好長一段時間之後，她仍然無法忍受去碰觸它。她回首望向那長長一條冒著煙的碎岩巨流——一道黑色冰川，就在白色冰川旁邊。最後她終於把車子閘門打開，縮身進去。沒有其他選擇。

　　安每天駕駛一小段路，然後下車走在星球表面上，固執的工作著有如一套自動作業系統。

　　塔爾西斯隆起地形的每一邊都有平緩窪地。西邊是亞馬桑尼斯平原，是延長深入到南方高地的一個低緩平原。東邊是克里斯地溝，它從阿爾及爾盆地開始，穿過瑪格麗蒂佛彎道以及克里斯平原的平緩凹陷地形，後者乃地溝最深點所在處。這地溝比周遭地形平均低了兩公里，屬火星上的渾沌地形，而且大部分的古老爆發性溝渠都位於此處。

　　安往東沿著水手峽谷南緣行駛，直至來到奈加峽谷和奧里姆深淵之間。她在一個叫做都爾門岡的庇護所停下添加補給品，這是米歇爾和加清在他們躲藏於水手峽谷的末段時期，引領他們來到的地方，那是二〇六一年。再一次回到這個小庇護所沒有讓她感到傷感；她甚至不怎麼記得它了。她所有記憶都在消失中，她對此感到安心。她著意如是經營，事實上，有時甚至因為如此全神貫注的集中於眼前時刻，這時刻本身也不見了，每一個事件都像濃霧中乍現的光芒，從她腦中爆裂而出。

　　可以肯定這條地溝比渾沌地形以及爆發性溝渠的年代要古老些，也毫無疑問的，它們便是因為有這條地溝才置身該處。塔爾西斯隆起地形是這星球高溫核心釋放氣體的絕佳地帶，它周遭所有呈輻射狀和同心圓的裂痕縫隙都是這星球內部高溫核心散發氣體的管道。風化層裡的水往低處流，流入隆起地形四邊的平緩窪地。這些窪地可能就是隆起地形造成的直接結果，因為岩石圈（譯註：lithosphere 是指包括地殼與地函的堅硬表層）隆起處的邊緣當是往下彎曲。或者有可能是地函在隆起地形下方突起，在窪地下方陷落。標準對流模型可以支持這個主張——湧起的地柱終究要在某處退減，亦即由湧起處向各方往下滑動，同時拉扯著岩石圈。

　　然後，風化層中的水依循定律往低處流，在地溝匯集成池，直到含水層漲裂爆開，覆蓋其上的表土塌陷：於是造就了爆發性溝

渠，以及渾沌地形。這是個有效模型，合理有力，解釋了很多地形特徵。

所以安每天開著車到處走看，尋找克里斯地溝在地函對流解釋上的證據，漫遊在星球表面，檢查老舊地震儀，撿拾石頭。如今要到達地溝北方並不容易；二〇六一年含水層的爆發阻塞了通道，只在水手大冰川東端，和填滿戰神峽谷全長的較小冰川的西邊之間，留有一道狹窄縫隙。這道縫隙是諾克特斯—拉比林斯特區東邊整個區域中，不經冰封地面而穿過赤道線的第一個機會，諾克特斯則在遠遠的六千公里之外。所以人們利用這道縫隙建造一條雪道和一條道路，還在埃里雷環形丘邊緣上築有一座不小的帳篷市鎮。埃里雷南方，縫隙最窄處只有四十公里寬，是位於海達皮斯深淵東邊和阿拉牡深淵西部之間可以通行的平坦區域。行駛通過這個區域，要把那雪道和道路保持在地平線並不容易，安靠右駕駛，沿著阿拉牡深淵邊緣，往下察看這呈碎裂狀態的深淵地形。

在埃里雷北邊則容易多了。接著她駛出縫隙，進入了克里斯平原。這是那地溝的心臟地帶，重力位能為負零點六五；乃整個星球最輕的地方，甚至比希臘盆地和依稀地還要輕。

有天她駛上一座荒涼孤寂的山丘頂，看到克里斯中間有一片冰海。一條長長冰川從希莫德峽谷流出，匯集在克里斯低窪處，逐漸擴展成一片冰海，覆蓋著北邊、東北邊以及西北邊伸延到地平線那端的地面。她緩緩駕駛在西邊海岸，然後北邊海岸。它大約有兩百公里寬。

另一天她在行程即將結束時停在一處幽靈似的火山口邊緣，放眼一片白茫茫碎裂冰塊。六一年有過許許多多爆炸事件。當時有很多優秀的火星學家為叛亂組織工作，他們尋找含水層並在流體靜壓的最高點處，引爆爆裂物或反應器。而且似乎引用了很多她的數據。

不過那是以前的事了，現在早已淡忘。全都有如過眼雲煙。眼

前此刻只剩下這片冰海。她從一些老舊地震儀讀到的資料全都記錄著近日北方傳來的地震，那兒原本不應該會有頻繁的活動。也許北極帽的融化引發該處岩石圈往上反彈，引發許多小型火星地震。但是這些地震儀記載下來的地震乃個別的短期震動，比較像是爆炸，而不是火星地震。她花了許多長夜研究她車裡人工智慧電腦的訊息，結果仍深感困惑。

每一天她都先駕車，然後走路。她離開冰海，繼續往北來到阿希達利亞。

北半球的大平原在認知上通常認為是相當平坦的表面，與深淵地形或南方高地比較，它們的確是平坦多了。但是它們絕非像遊戲場或桌面般平坦——甚至連近似都談不上。那裡到處呈現波浪般的起伏地勢，有連續上上下下的圓丘坑地、碎裂岩床的山脊、沖積窪地、遍布巨礫的平野、各自聳立的高崗、陷穴……非屬塵世的。在地球上，土壤會填滿坑谷，風、水和生物相會磨蝕光禿山頂，然後整個會因著冰蓋或沈沒或削低或剷平，或因地殼構造活動而上揚，在無限長的期間內經歷無數次毀損再重建的循環過程，而且總是受氣候以及生物的磨損侵蝕。但是這些古老的起伏皺縮平原、墜落隕石造成的坑谷，可以經兆億年而無絲毫改變。它們是火星上最年輕的地表之一。

在這麼一個凹凸不平的地形中行駛實在不容易，而且離車走逛很容易就會迷失方向，特別是當所駕駛的車子看起來跟散落四處的巨礫沒有什麼不同；如果常常分神、心思別屬更是困難重重。安不只一次必須以無線電訊號來尋找車子，而無法以肉眼辨識；有時候她甚至直直來到車子前面了，還沒有認出——這時她會乍然醒來，或回過神來，因著某些已經遺忘的神祕幻想餘波而雙手顫抖。

最好的行駛路線是沿著低矮稜線以及暴露岩床上的岩脈。如果這些玄武岩路面彼此互相連結的話，情況就簡單容易多了。但是它們通常因橫貫斷層而中斷，一開始只不過是裂縫線條，然後越向前

行裂縫越深，其順序一如前端被打開的一袋切片土司麵包，直到斷層大張，其內填滿了碎石瓦礫，這個時候岩脈就又變成了巨礫平野。

　　她繼續往北來到北荒漠。阿希達利亞、博爾亞利斯：這些古老名字實在很怪異。她盡全力不去思考，然而在車子裡得渡過一個又一個鐘頭，有時很難讓人那麼做。在這種情形下，閱讀比試圖讓腦海一片空白還要來的安全些。所以她隨興閱讀她電腦中的圖書館。通常最後會發現自己瞪視著火星地圖。一個黃昏時分，當她又盯著地圖瞧時，開始研究起火星上的各個地名。

　　這些名字大部分出自喬凡尼・斯基帕雷利（譯註：Giovanni Schiaparelli, 1835-1910，義大利天文學家，他曾詳細觀察火星，確認了南極冰帽以及其他特徵，其中他稱一些暗線為「鑿溝」canali，這字在義大利文中有河床的意思，後世一美國天文學家誤解為「運河」canal，開啟火星存有高等生物的長時爭端）。在他望遠鏡地圖上，他為逾百個反照率特徵取名字，大多數就跟他的鑿溝（canali）一樣，是幻想錯覺。然而一九五〇年代的天文學家統一大家都能同意的反照率特徵地圖時——可以拍照呈現的特徵——保留了多數斯基帕雷利的命名。那是為了表達對他曾經擁有的特定能力的尊敬，一種或許稱不上是一致性而是某種召喚的能力；他是一位古典學者和聖經天文學學生，而他取名的參考範圍包含拉丁文、希臘文、聖經及荷馬史詩等全都有。然而他在某種程度上有一雙天生的好耳朵。支持他天分的一項證據，是將他的地圖與同樣是十九世紀的其他火星地圖做比較。舉例來說，一位名叫普拉克托的英國人繪製的地圖，乃依據一位威廉・多斯牧師所描繪的草圖；而普拉克托的這份地圖，則與標準反照率特徵相比連一點可供辨識的關係也沒有，其地圖上有多斯大陸、多斯海洋、多斯海峽、多斯海，以及多斯叉狀港灣。同時還有空氣海、滴拉路海洋和比爾海。最後這個名字無

可否認的是向一位名叫比爾的德國人致敬，這個德國人繪有一幅比普拉克托還要糟糕的火星地圖。拿他們與斯嘉巴瑞里比較，斯嘉巴瑞里是個不折不扣的天才。

然而就一致性而言仍屬不足。而且這多種參考書目的雜燴什錦在某種程度上有潛在性的危險與錯誤。水星的地形特徵皆以偉大的藝術家命名，金星則以著名女人為名；他們有一天會在那些地形地域上駕駛或飛行，感覺他們活在一個前後連貫的世界。只有火星，他們走在一個由過去夢想所拼湊而成的驚人雜集裡，使那些了解字義典故的人在觀看實際地形時有著災難性的錯誤體會：太陽湖、黃金平原、紅海、孔雀山、鳳凰湖、西米里亞（譯註：Cimmeria，希臘神話中之永恆黑暗之地）、阿卡笛亞（譯註：Arcadia，古希臘山區，以人民生活淳樸寧靜著名）、珍珠灣、哥地爾斯難結（譯註：Gordian Knot，古代佛里幾亞國王 Gordius 所結的難結，據神諭，能解此結者即可為亞細亞王，後來亞歷山大大帝拔劍把它砍斷）、冥河、黑帝斯（譯註：Hades，希臘神話中冥界之王）、烏托邦……

她在北荒漠的昏暗沙丘行駛時，必需用品開始短缺。車內地震儀顯示東方每天都有地震，她因而朝那個方向駛去。在車外徒步走逛時，她研究暗紅色沙丘及其層次條紋，那與樹木年輪一樣揭露過去氣候的訊息。但是雪和強風把沙丘外殼剝蝕而去。西風極端強烈，攪起大型顆粒砂石，朝她車身猛擲。沙粒最終總是以沙丘形式穩定下來，這是簡單的物理定律，然而這些沙丘會加快它們緩慢的步伐向前邁進，而它所留存的早期世代記錄將因此毀壞。

她將這個想法全力驅出腦海，把眼前的一切當成未遭新的人為力量侵擾的景像來進行研究。她緊握地質學家用的小鎚，屏氣凝神把全副心思專注在敲打分裂石塊上。過去的記憶像碎石般一片片的粉碎遠離。她把它置諸腦後，拒絕去想它。然而她不只一次從睡眠中驚醒，腦中充滿那朝她奔來的長程衝流。接下來就一直醒著，冒

著冷汗發著抖，看著破曉曙光越來越亮，太陽像一團燃燒的硫磺，熾熱明亮。

　　土狼曾經給她他北方儲藏處的地圖，現在她來到這個位於大片巨礫石群地下大小有如房室的儲藏處。重新補貨，留下一紙簡短的感謝便條。土狼給她的最後一份旅遊圖上寫明他不久會到這個區域走走，但是這裡沒有他的痕跡，等待也不見得有用。她繼續旅行。


　　她駕車，走路。但是她無法控制狂亂的心思；山崩的記憶不斷侵擾她。煩惱她的並不是曾經與死亡只一線之隔，那在過去毫無疑問已經發生過太多次，而且大多發生在她沒有注意到的情況下。困擾她的是它的發生竟如此恣意無常。跟價值或健康沒有關係；只是單純的突發性事件。平衡狀態的中斷，或說從來就沒有過該項平衡。有因不見得有果，人們也不一定會得到應有的後果報應。畢竟她是在室外花上太多時間的人，暴露在較多的輻射線下；但是死掉的卻是西門。她還是那個在車前打盹的人；但是死掉的卻是法蘭克。只是一個單純的偶發可能性，隨之而來的後果不是意外存活就是遭到刪除。

　　這麼一個宇宙中也存在有自然淘汰，實在叫人難以信服。她腳下沙丘間的地溝裡，砂石顆粒上生長著原始細菌；但是大氣層正迅速的累積氧氣，所有原始細菌都將面臨死亡，除去那些碰巧埋在地底，遠離它們本身呼出的氧氣，氧氣對它們來說具有毒性。自然淘汰或僅是意外？你站著，呼吸氣體，死亡朝你奔來──接著不是被巨石掩埋死去，就是全身鋪滿灰塵存活。而你在這樁「不是如此就是那般」的情境中絲毫起不了任何作用。不管你做了什麼，全都與之無關。一個下午，為了使自己在返回車子後到晚餐前的那段時刻不去想太多，她隨意閱讀著電腦資料，讀到沙皇的警察曾經押送杜斯妥也夫斯基至刑場執行死刑，在等待處決的幾個鐘頭之後，他又被帶回。安讀完這段史實，坐上車內駕駛座，抬腳放上儀表板，茫

茫然的瞪著螢幕。另一個燦爛眩目的日落黃昏透過窗子撒落在她身上，太陽在漸漸增厚的氣層下看來奇異的巨大和明亮。杜斯妥也夫斯基在那之後終身改變了，這作家在全能傳記中如此宣稱。一個癲癇患者，傾向於暴力，傾向於絕望。他無法消化整合該次經驗，因而永遠的氣憤、恐懼、瘋狂。

安搖頭大笑，對這白癡作家憤怒起來，他就是不明白。你當然無法整合消化該種經驗。那毫無意義。那經驗根本就不是能夠消化整合的。

隔天，一座高塔從地平線那端升起。她停下車子，透過車子望遠鏡觀察。它後面瀰漫有許多地表塵煙。地震儀上收錄到的震動頻率非常劇烈，顯然是從北方某一點傳來。她甚至可以感受到頻繁震動的其中一次，在車裡裝有吸震器的情況下，那表示震動實在相當猛烈。很可能與那高塔有關係。

她下車。現在幾乎已近日落時分，天際成了一道繁複耀眼色彩的拱形弧線，太陽在西邊朦朧薄霧間隱沒。光線來自身後，使她難以辨認事物形狀。她在沙丘間迂迴繞走，朝一座沙丘高點小心前進，最後幾公尺則匍匐攀爬，末了透過沙丘頂部往那座高塔看去，只在東方一公里遠處。當她發現該基座距離這麼近時，就在一堆同她頭盔一般大小的噴出物中，保持下巴觸地的姿勢。

那是某種移動式的鑽孔作業，工程浩大。它龐大基座兩側有超大型履帶軌道，類似太空站裡用來搬動最大型火箭的那種。鑽孔高塔從這龐然巨獸中往上竄高超過六十公尺，而基座以及高塔底端部分顯然包含有技術人員的住房，以及設備和材料。

在這龐然巨物後方不遠處，向北的一道緩坡下有一片冰海。緊貼鑽孔機的北邊，一座座新月狀的宏偉沙丘聳立於冰海上——先是凹凸崎嶇的海灘，接著是上百個月牙形島嶼。幾公里後沙丘不見了，只剩下一片冰。

那片冰純淨潔然——在日落餘暉下閃爍透明的紫色——比她之前在火星表面上看過的冰都要來的乾淨許多，而且更光滑，不像冰川般有許多裂縫痕跡。表面上微微冒著霜氣，被風捲向東邊。冰上有一群人穿戴著活動服和頭盔在溜冰玩耍，就像一群螞蟻似的。

她一看到冰就瞭解了。很久以前她自己就證實了大撞擊的假說，說明了半球間的二分法：低緩平坦的北半球是個超大型的撞擊盆地，是太古時期火星和一個幾乎同等大小的微行星相撞所造成的。這次撞擊的規模遠超乎想像，那些沒有氣化消失的岩石變成了火星的一部分。隨後在文獻上，有人主張造成塔爾西斯隆起地形的不規則地函活動，就是源自該次撞擊引發動盪的後續發展結果。然而對安來說，這不太可能；而無可爭論的明顯事實是，那次巨大的撞擊確實發生過，並且將北半球的表面整個掃除，使它比南方平均低了四公里。那是一次驚天動地的撞擊，發生在遙遠的太古時期。地球很可能也發生過大小類似的衝撞事件，造成了月球的誕生。不過有些反撞擊論支持者爭辯說如果火星也曾經被相同力道撞擊，它應該會有與月球體積一般大小的衛星。

現在她平躺在地注視著那巨型鑽孔設備，發現北半球甚至比當初形成時還要低窪些，其岩床底部相當深，低於沙丘表面五公里。那爆發的衝撞力擊出如此深邃地勢，然後這低窪處大部分區域又逐漸堆積起混合該次撞擊產生的噴濺物質，以及強風挾帶而來的沙粒，碎裂石礫，撞擊後期物質，從大斜坡順著斜坡滾下的風化物質，還有水。是的，水，依其永遠不變的特性朝最低處竄流；長年冰凍區內藏的水、古老含水層爆發的水、岩床裂縫蒸騰而出的水，以及極帽融解的水，最終都流到這個幽深區域，共同形成一個巨大的地下貯水池，而這個冰與液態水共存的池子，圍繞著星球頂端帶狀延展到幾乎將北緯六十度以北的區域全都含蓋起來，只剩極帽本身的岩床孤島般的聳立著。

安自己許多年前就發現了這處藏身地底的海,依她的估計,火星上大約百分之六十到七十的水都流到那裡。事實上,那就是一些主張火星地球化的人提及的北冰洋——然而這些水都埋藏在地底很深很深的地方,而且泰半呈冰凍狀態,混雜有風化層,以及相當密集的碎石;一個永久凍結的海洋,只在岩床最深處呈現液態。永遠的禁錮在地底,她曾經這樣想過,因為不管主張地球化的人多努力的使這星球地表溫度增高,那永久凍結的海洋仍然只能以每千年一公尺的速度融化——而即使融化了,也只能留在地底,只因為重力的關係。

而現在鑽塔就在她眼前。他們在開挖水源,直接挖鑿至液態含水層,同時以炸藥強力融解這片冰凍海洋,很可能使用核爆方式,然後收集融化液體,汲取到地表上來。其上方的風化層重量則提供壓力推使地下水順著水管往上衝。而逐漸積聚在地表上的水亦轉而提供更多壓力。如果有更多跟眼前這鑽孔設備一樣的器械存在的話,他們就有可能在地表上積聚相當程度的水。到最後他們真能造就一個淺海。當然它將再次凍結成冰海,但一段時間後,隨著大氣層增溫、陽光、細菌活動,以及逐漸頻繁的風——它終會再度融化。到那時,一座北冰洋就將誕生。而那老北荒漠,即隨著層層堆疊其上的深紅沙丘變成海底。沈沒。

她在黃昏微光裡走回車子,跌跌撞撞的移動。困難的打開閘門,褪下頭盔。在車子裡,她呆愣愣坐在微波爐前一個多鐘頭,腦海閃掠過無數個影像。蟻群在放大透鏡下燃燒,一座蟻丘遭吞噬埋沒在一個泥壤裡……她原以為在此刻這種大劫歸來後的死寂心境下,不會有什麼能觸動她心思的事了——但是她現在雙手顫抖,更無法忍受面對微波爐裡逐漸冷卻的米飯和鮭魚。紅火星不見了。她的胃僵硬的變成她體內的一顆石頭。在宇宙間偶發事件隨意變遷的環境下,其實沒什麼事是重要的;然而,然而……

　　她駕駛車子離開。想不出還能做什麼。她轉南駛上一道緩坡，經過克里斯平原及其小小冰海。它終究會變成一個汪洋大海的小港灣。她專注在她的工作上，或說努力嘗試。強迫自己除了石頭外什麼都不看，強迫自己像個石頭般麻木無思。

　　一天她行駛過一片遍布黑色礫石的平原。這片平原比一般的要平坦些，地平線如往常般在五公里遠外，景色一如山腳基地等所有低地看去一般。一個小型世界，完全被黑色礫石掩蓋，像是各種不同的化石塊，只不過全是黑色，而且全都有著小刻面。它們是風稜石。

　　她下了車，繞走一週到處看看。這些石頭吸引著她。她往西走了很久很遠。

　　地平線那端翻滾著一片低矮雲層，強風狂暴的席捲著她。在這乍然來臨的午後暴風驟暗光線下，那礫石平野呈現出一種奇異的美；她站在朦朧幽影中，狂風在凹凸起伏的黑影間穿梭。

　　這些礫石屬玄武岩，暴露在外的表面被風吹磨蝕，直到變得光滑。第一次的磨蝕也許歷經了一百萬年。然後下面的泥土被吹走，或者罕見的火星地震搖晃了這個區域，總之這塊石頭翻轉過來，在空氣中曝露另一個表面。上述過程重新開始。一個新刻面慢慢的經由無數次沒有止歇的細微研磨作用摩擦成平面，直到這石頭的平衡狀態再次產生變化，或另一顆岩石撞擊上它，或有其他力量造成它位置的改變。然後，上述過程再一次重複。那平野上的每一顆礫石，每幾百萬年翻轉一次，然後一天又一天，一年又一年的原位固定，任風吹襲。所以有僅一個刻面的單稜石，或三個刻面的三稜石——四稜石、五稜石——可以一直數到近乎完美的六面體、八面體、十二面體。風稜石。安一個一個將它們拾起，在手中掂秤重量，思索著它們每一平坦面代表的是多少年，同時懷疑她的腦子是不是也顯露出相同的剝蝕刮削痕跡，每一片都被時間的流給磨平

了。

　　開始下雪。剛開始時只是飄飛旋轉的雪花,接著是柔軟雪團在風中傾瀉而下。氣溫相對的提高了些,雪融化成稀泥,接著混著薄冰,再接著混雜有冰雹和溼雪,全都在狂風中連番猛擊。暴風越來越強,雪跟著變得越來越髒;很顯然的,它在空中被上推下擠了很長一段時間,挾帶碎石砂礫、塵土、煙霧等微粒物質,並且使更多溼氣凝結,然後與另一場雷雨雲的上升氣流一同飛升,重新吸收更多物質,直到最後降落地表的幾乎變成完全的黑色,黑色的雪。不久一種冰凍淤泥從空中降落,充填風稜石之間的孔洞和溝槽,覆蓋了石塊頂端,然後往旁崩落,彷如哀號尖叫的狂風引發了上百萬個迷你雪崩。安毫無目標的蹣跚而行,直到扭傷了腳踝方才停下,她急速的呼氣吸氣,套著手套的冰冷雙手緊緊握住一塊石頭。她知道那長程衝流仍在奔流。而泥雪在黑色空中猛烈急降,掩蓋住眼前的平野。

*　　*　　*

　　但是沒有什麼是可以持久的,即使是石頭,甚至情緒上的絕望沮喪都無法持久。

　　安回到車內,不知道該怎麼辦也不知道何以如此。她每天行駛一小段路程,在潛意識引領下回到土狼貯藏食物的所在。她在那裡待上了一個禮拜,在沙丘間散步遊逛,嘴裡喃喃的咀嚼食物。

　　然後有一天:「安,滴答都?」

　　她只聽懂「安」這個字。她雙手放上無線電通話器,試圖說話,卻被自己含糊不清的語言嚇了一跳。

　　「安,滴答都?」

　　那是一個問題。

　　「安,」她說,聽起來像嘔吐。

　　十分鐘後他進到她的車子裡，斜過身去給了她一個擁抱。「妳在這裡多久了？」

　　「不……太久。」

　　他們坐著。她努力振作自己。像是在思索，只是想得太大聲。她一定仍然只是在一字一詞的思索著。

　　土狼繼續說話，速度也許比平常慢了些，同時細細的觀察她。

　　她問他有關冰海──鑿孔設備的事。

　　「啊。我就在猜妳是不是碰到了那些。」

　　「到底有多少個？」

　　「五十。」

　　土狼看到了她的表情，簡短的點點頭。他貪婪的吞嚥著食物，她突然了解他來到這食物貯存所時兩手空空。「他們在這些大計畫上投下了很多金錢。那新電梯，這些汲水裝備，從土星的衛星泰坦取來氮氣……在我們和太陽之間有一張巨大鏡面，把我們照得更亮。妳聽說過嗎？」

　　她試著調整自己。五十。啊，老天……

　　這讓她發狂。她對這個星球憤怒過，因為它不肯給她解脫的機會。在震懾驚悚了她之後，沒有相對應的採取結束行動。但是這個不同，是一種不同的憤怒。此刻她看著土狼的吃相，想著北荒漠將要有的氾濫洪水，她可以感覺到憤怒在她體內扭攪，像是一團洶湧塵雲不斷收縮，直到崩潰起火燃燒。熊熊燃燒的怒火──混合著傷痛。而那是一股熟悉的舊有情緒，對火星地球化的憤怒。那遺忘在過去時光裡的熾烈情緒，再一次引爆開來；她不想如此，真的不想。但是，該死，這星球就在她腳下融化、分解。在一些地球財團肆無忌憚的開採下淪為沼澤溼地。

　　一定得做些什麼。

　　她真的必須做些什麼，即使僅僅只是為了填補眼前這段時間，直到某個意外事件使她脫離苦海。一些可以讓她奉獻餘生的事情。

殭屍復仇——是的，為什麼不呢？畢竟人性中潛藏有暴力傾向，悲劇傾向……

「誰建造的？」她問。

「大半是康撒力代。馬里歐帝斯和布雷貝里點上有工廠製造這些設備。」土狼繼續狼吞虎嚥了一陣，然後瞥了她一眼。「妳不高興？」

「沒有。」

「妳想要阻止？」

她沒有回答。

土狼似乎了解。「我不是指阻止整個地球化的努力。但是有些事是做得來的。比如說炸掉那些工廠。」

「他們很快就會重建。」

「妳無法確定。而那會逼使他們放慢速度。也許這樣可以提供更多時間醞釀全球性事務。」

「你是指，紅黨。」

「是的。我想人們會稱他們紅黨。」

安搖著頭。「他們並不需要我。」

「是沒錯。但也許妳需要他們，對不？而且妳對他們來說是個英雄，妳知道。妳對他們來說不會僅僅只是另一個加入的個體而已。」

安的心思再一次空白起來。紅黨——她從來就不相信他們，也從不認為這種反抗模式會有用。但是現在——喔，即使不會有什麼結果，也許仍然比什麼都不做還好些。拿根樹枝捅他們的眼睛！

而且萬一它有效呢……

「讓我想想。」

他們繼續談論其他事情。突然間安有著崩潰般的疲勞暈眩，那很奇怪，因為她有很長一段時間什麼也沒有做了。但是那感覺就在那裡。談話是項累人的事，她已經不習慣了。而土狼不是個容易對

話的人。

「妳應該去睡一睡，」他說，終止了他喃喃的獨白。「妳看起來很累。妳的手——」他扶她起來。她和衣躺在床上。土狼拉了條毯子蓋住她。「妳累了。我在想是不是到了妳該接受另一次老人治療的時候，老女孩。」

「我不準備再繼續接受治療了。」

「不！喔，真讓我驚訝。不過現在，睡覺。睡覺。」

　　她和土狼一塊往南旅行，晚上一起用餐。他告訴她有關紅黨的事。那是一個鬆散的群體，與其他規束嚴密的運動不一樣。比較像地下組織本身。她認識幾個創始人：依凡娜、金恩，羅爾皆來自農耕隊，他們後來無法同意廣子的頌讚火星儀式以及對維力迪塔斯的堅持；另有加清、道和采塢人工生殖的幾個人；以及阿卡迪的許多追隨者，來自火星衛星弗伯斯，後來與阿卡迪在火星地球化之價值以及革命的觀點上起了衝突。有很多波格丹諾夫份子在二○六一年加入紅黨，其中包括史地夫和瑪麗安，還有生物學家史耐林的追隨者，一些來自沙比希的第二及第三代的日裔美人激進移民，一些希望火星永遠維持阿拉伯世界的阿拉伯人，以及從科羅廖夫逃出的受刑人等等。一群偏激份子。跟她不同類，安如是想，心中殘存有一種她的反對地球化乃植基於理性科學事實的優越感，或至少是以倫理和美學為基礎的抗辯。然而憤怒再一次在她體內迸放燃燒，她搖搖頭，有些羞愧。她有什麼權力去評斷紅黨的倫理觀？他們至少表達了他們的憤怒，他們向外攻擊。也許那樣做讓他們覺得比較平衡，即使實際上並沒有達到什麼目的。然而也許他們真的實現了什麼，至少在過去幾年，在地球化進展到這個跨國公司巨人團體的新紀元之前。

　　土狼認為紅黨很顯著的減緩了地球化過程。他們中的一些甚至保存了紀錄試圖量化他們所造成的不同。他說，紅黨內部一些人也

醞釀著一股主張認清事實並承認地球化終將發生的運動，而不只是致力擬定政策報告，倡導支持帶來最低衝擊的各種地球化方案。「有一些非常詳盡的提案，建議維持以二氧化碳為主的大氣層、溫暖乾旱但是以支持植物生命、戴上面罩的人們等等，而不是把這個世界硬扭轉成另一個地球模型。很有趣。另外有一些提及他們稱為『生態波伊希思』（譯註：ecopoesis，一種人造生態系統，乃於一個前無生命現象的世界，經由生態學上的製作、毀壞、再製作的緩慢過程所創造出來），或火星生物圈的議案。提案中的世界，低海拔處是極寒區，我們僅能勉強生存期間，而高海拔處則維持在大氣層之上，使之保有自然狀態，或相當接近其本然樣貌。在那樣一個世界中，那四座大火山的破火口必須保持原貌，他們這樣說。」

安懷疑這些提案有多少具備執行價值，或有多少能達到預期效果。然而土狼的陳述多多少少啟發了她。他毫無疑問的強烈支持與紅黨有關的所有努力，而且從一開始他就提供了他們相當的幫助，像是給予他們祕密地下庇護所的援助，幫他們彼此互相連絡，協助他們建立自己的庇護所。這些庇護所主要藏身於大斜坡上的台地和風化地帶，在那裡他們與地球化活動保持密切接觸，因而能夠很快的與之交涉。是的——土狼是紅黨份子，或至少是個同情者。「真的，我什麼都不是。一個老無政府主義者而已。我猜現在妳可以喊我布恩信徒了，因為我支持整合所有力量來幫助建造一個自由的火星。有時候我認為可維持人類生存的環境有助於革命的發生這樣的論點是正確的。其他時候卻又不這麼想。不管怎樣，紅黨是一個游擊隊伍。而且我接受他們的觀點，妳知道的，我們來這裡並不是為了複製另一個加拿大，看在老天的份上！所以，我助他們一臂之力。我很擅長躲藏，而且我喜歡。」

安點頭。

「那麼，妳會加入他們嗎？或者至少見見他們？」

「我會想想。」

＊　＊　＊

　　她以往專注於石頭上的神情已不復見。現在她無法不注意到這片土地上有多少生命跡象。在南緯十到二十幾度間的區域裡，爆發冰川的冰在夏季午後裡融化，冷涼的水往山下奔流，在土地上切割出新生原始的分水界，將崩塌的岩屑堆斜面轉變成生態環境學家稱為的荒高地，這些岩石區在冰消退後出現了初始的生物群落，其中包括藻類、地衣與苔蘚類等。她發現，沙質風化層受到流經其間的水和微生物的影響，以驚人速度變成荒高地，而脆弱的地形也急速受到破壞。火星上許多風化層過度乾化，它們乾燥得只要一接觸到水，就立即引起激烈的化學反應——釋出大量的過氧化氫，鹽分形成結晶——簡要而言，地表逐漸分解，隨著沙泥流在下游堆積，形成了零零落落梯田似的地形稱之為土壤潛移邊緣，或嚴寒的親原始荒高地。地形特徵正逐漸消失中。土地不停溶解著。於是有這麼一天，在跨越了歷經這種改變過程的地形之後，安對土狼說，「也許我會同他們談談。」

　　首先，他們回到采塢，或稱嘎迷特，土狼有些事情需要處理。安住在外出遠遊的彼得的房間。她與西門合住的房間已經分配給別人使用了。反正她也不會願意住在那裡。彼得的房間就在哈馬克希斯的下面，一個圓形竹節，裡面有一張桌子、一張椅子、一張放在地上的新月形床墊，以及一扇可以看到湖的窗戶。在嘎迷特，一切事物全都似熟悉又陌生，儘管幾年以來她定期回到采塢，她仍然不覺得與它有什麼關連。事實上，要記起采塢是什麼樣子並不容易。她並不想記得，她固執的勤奮練習遺忘；任何時候某個過去影像閃過她腦海，她就會跳起來尋找需要心神專注的事情，像是研究岩石標本、地震儀記錄，或烹煮複雜食物，或來到室外和孩子們遊耍

——直到閃現的影像淡去，過去得摒除忘卻。持續練習幾乎可以讓人完全躲避過去。

　　一天晚上，土狼從彼得房門探頭進來。「妳知不知道彼得也是個紅黨份子？」

　　「什麼？」

　　「他是。但是他獨自行動，多半在太空。我認為是因為他搭乘電梯下來的經驗讓他產生那樣的興趣。」

　　「我的天，」她說，有些厭惡。那是另一種隨機發生的意外事件；彼得理當喪命在那坍塌而落的電梯裡。當他獨自在火星同步軌道上時，一架從旁掠過的太空船偵查到他的機會有多少？不，那很愚蠢。除了偶發事件之外，什麼都不存在的。

　　但是她仍然感到憤怒。

　　她帶著這些思緒沮喪的入睡，在她極不安穩的睡眠中，她做了個夢，夢到她和西門一同走過坎鐸地墊景致最為壯觀的部分，那是他們第一次結伴旅行，那時一切都還如此純淨沒有瑕疵，億兆年來什麼都沒有改變——首批人類走在層理分明的廣大峽谷地形，以及無垠岩壁間。西門跟她一樣對它由衷讚嘆喜愛，他當時那樣靜默，那樣全神貫注在岩石和天空的實質景色上——再沒有更好的同伴可以一起分享這麼一個深邃壯麗的凝視冥想。然後，在夢中，巨大峽谷的一片岩壁開始坍塌，西門說：「長程衝流。」她立即醒來，全身冒著冷汗。

　　她穿上衣服離開彼得的房間，來到天幕下的小「中型自然系統」（譯註：mesocosm，乃藉複製操縱如溫度氣壓等結構性與功能性參數以模仿自然的一種中型人造系統，原為生物學家、化學家、環境學家以及毒物學家所使用的一種工具），周圍有白色的湖以及低矮沙丘上的高山矮曲林（譯註：krummholz，是指樹木在接近林木生長的高度界限時常因風吹歪扭、發育不全，最後呈水平匍匐生長）。廣子是這麼一個怪異的天才，創建了這麼一個地方，然後吸

引了這麼多人加入。創造出這麼多孩子，沒有那些父親們的同意，沒有操縱竄改基因。不管有沒有神性，那都是一種瘋狂，真的。

　　沿著小湖冰冷水濱，走來廣子的一窩雛雞。他們其實不能再稱為小孩了，最小的也已經是地球年十五或十六歲大了，最大的——唔，最大的已經分散在世界各地了；加清現在也許已經有五十歲，而他的女兒賈姬也將近二十五，是沙比希裡一座新興大學的畢業生，活躍於戴咪蒙派政治圈裡。這群人工生殖的團體跟安本身一樣，只是短暫回到嘎迷特來。他們就在眼前，沿著水濱走來。賈姬領導著這群小團體，她是一個又高又優雅的黑髮年輕女子，相當漂亮也相當傲慢專橫，毫無疑問的她是同輩中的領導者，不然就是那活潑開朗的奈加，或好沈思的道。但是賈姬領著他們——道像隻忠心的狗般追隨她，連奈加也不停注視她。西門曾經非常喜愛奈加，彼得也是，而安可以了解為什麼；他是廣子那群人工生殖團體中唯一一個不會讓她倒胃的。其餘的只專注著自己不管別人，在他們小小世界裡稱王封后。而奈加在西門死後不久就離開采塢，幾乎不曾回來過。他在沙比希讀過書，那觸動了賈姬外出的心思，現在他多半時間花在沙比希裡，或者與土狼和彼得結伴外出，或拜訪北方城市。那麼他也是個紅黨份子囉？很難說。但是他對每一件事都有興趣，對所有事保持警醒，到所有地方走訪參觀，簡直就是一個年輕的男性廣子，如果真有這麼一種生物存在的話，但是比廣子正常多了，跟人群比較有接觸；比較有人性。安從來就沒有辦法和廣子進行正常的普通會話，廣子似乎有外星人的意識，對語言中的字詞有完全不同的詮釋方式，而且雖說她在生態系統設計上有絕佳能力，她其實一點也不能算是科學家，反而像是先知或預言家。從另一個角度來看，奈加似乎可以依憑直覺通向與他談話的人的內心最深處——他會專注在那裡，問上一個又一個的問題，充滿好奇，極富同情心且具有同化的力量。安看著他尾隨賈姬走下水濱，跑這跑那，她想起他那時如何緩慢謹慎的走在西門身旁。還有那最後一個晚

上，他看來那樣驚悚害怕，那晚廣子以她奇特方式接他進來與西門道別。那整個過程對一個男孩來說是太過殘忍了，但是安當時無力反駁；她曾經那樣急切，準備嘗試任何一種可能性。另一個她永遠無法補償的錯誤。

她瞪著腳下金黃色的沙粒，挫折煩亂，直到那群人工生殖團體離去。很可惜，奈加被賈姬那樣釣著走，她根本就不怎麼關心他。賈姬就她的方式而言，是個非凡女子，但是跟瑪雅太像了——喜怒無常外加喜好操縱控制，不願固定在某個男人身上，也許，除了彼得之外——彼得很幸運的（當時似乎並不能這樣形容）曾和賈姬的母親有過戀情，而對賈姬本身沒有一絲一毫的興趣。那真是一團糟，而彼得和加清乃因此而彼此疏遠，愛沙也從來沒有回來過。不是彼得的最好時光。而那對賈姬的影響……喔，是的，是有著影響（那裡，注意看——一些黑色的空白，在她自己深邃過往裡）是的，它不斷的繼續又繼續，他們鄙賤卑微的整個生命全在毫無意義的輪番更迭中不斷的重複……

她試著專心研究這沙粒的組成。在火星上金黃色的沙粒並不尋常，非常罕見的花崗石似的東西。她猜想這些是不是廣子特地找來的，或只是運氣好。

人工生殖團體已經遠去，從湖的另一邊離開。她獨自留在水濱沙丘上。西門就在她腳下某一個地方。要與那分離開來並不容易。

一名男子跨過沙丘向她走來。他不高，剛開始她以為是薩克斯，接著猜是土狼，但又似乎都不是。他看到她時有一剎那的猶豫，這動作讓她認出真是薩克斯。但是眼前這個薩克斯的外表有了很大的改變。韋拉德和烏蘇拉在他臉上進行了整容手術，足以使他看來跟原來的老薩克斯不一樣。他要搬往布若斯，加入那裡一個生物科技公司，使用一份瑞士護照和土狼的一個病原體身分。他要回去加入地球化的行列。她往水面看去。他走過來試著開口同她說話，跟過去的薩克斯不同，現在比較好看，一個英俊的大傻瓜；但

仍然是那老薩克斯，然而她體內積攢的怒氣如此之高，她幾乎無法思想，幾乎完全記不得他們到底都說了什麼。「你看起來真的很不一樣，」是她唯一可以想起的部分。那樣的糊塗愚蠢。注視著他時她想，他永遠不會改變。但是他新臉龐顯出的困擾受傷表情有一股令人驚恐的東西，一種將挑起致命物事的東西，如果她不阻止它……於是她和他爭論起來，直到他做出最後一個鬼臉，然後離開。

她在原地坐了好久好久，感覺越來越冷，心越來越傷痛瘋狂。最後她把臉埋在膝蓋，沈入某種睡眠狀態。

她做了個夢。全體登陸首百圍繞她站著，活著的和死去的，薩克斯處在他們中間，頂著他舊時的面龐，和那危險的新煩惱表情。他說，「複雜裡的淨得。」

韋拉德和烏蘇拉說，「健康上的淨得。」

廣子說，「美麗上的淨得。」

娜蒂雅說，「善行上的淨得。」

瑪雅說，「情緒強度的淨得。」約翰和法蘭克在她身後翻眼。

阿卡迪說，「自由上的淨得。」

米歇爾說，「瞭解上的淨得。」

法蘭克在背後說，「權力上的淨得。」而約翰用手肘捅了捅他，叫道，「幸福的淨得！」

然後他們全都瞧著安。她站了起來，因著交相纏繞的怒火和恐懼而顫抖，知道她是他們之間唯一一個不相信任何東西有任何淨得可能性的人，知道她是個瘋狂的反動份子；而她只能顫抖著搖晃一根手指指著他們全體說，「火星。火星。火星。」


那天晚上晚餐後在大會議室裡，安把土狼拉到一旁說，「你什麼時候要再離開？」

「幾天後。」

「你仍然有興趣把我介紹給你提到的那些人嗎？」

「是呀，當然。」他翹著頭盯著她看。「妳屬於那裡。」

她只點點頭。她環顧這交誼廳，想著：再見了，再見。好一個解脫。

一星期後她和土狼一起乘坐超輕型飛機。在夜間往北飛行，進入赤道地帶，然後朝大斜坡，來到愛森斯北邊的都特昂留司台地——原始狂暴的侵蝕地帶，這些台地像是一群分布在一片沙海上的列島。它們真有可能變成真正的群島，安於土狼忙著在兩座島嶼間降低高度時想著，如果北方的汲水工作繼續下去。

土狼降落在一個短短伸展的灰撲撲沙地上，將飛機滑入鑿刻在這群台地之一的邊上棚廠。下了飛機，他們受到史地夫、依凡娜和其他幾人的歡迎，接著被引入一個電梯，來到台地頂端下的一個樓層。這特殊台地的北端是個尖銳的岩角，在這個高度裡開鑿出一間巨大的三角形會議室。一踏進室內安就驚訝的停步；裡面滿滿的都是人，至少好幾百，全都圍坐在長形餐桌上準備用餐，並橫過桌面為彼此倒水。其中一張餐桌上的人看到了她，立時停止了正進行的動作，然後鄰近餐桌的人注意到且回過頭來，見到她之後也都停下不動——這效果像水面漣漪般的擴展全廳，直到他們全都靜止不動。然後一個人站了起來，接著另一個，最後大家參差不齊的全都站了起來。有這麼一陣子，一切似乎都冰凍僵硬著。然後他們開始鼓掌，他們的手瘋狂的拍打著，他們的臉閃爍著光彩，然後齊聲歡呼。

# 第四部　英雄科學家

　　夾在拇指中指之間，感覺其平順圓滑的邊緣，觀察其光滑的曲線。一片放大透鏡：它外型簡單優雅，具有舊石器時代工具的重要性。在一個晴朗日子裡拿著它來到室外，舉在一堆乾燥細枝上。上上下下移動，直到看到細枝堆中出現明亮的一點。記得那光線？看起來像是細枝堆將一個小小太陽圍了起來。

　　那顆旋進電梯幹管的阿莫爾小行星組成物大半是碳粒隕石和水分。另兩個於二○九一年被成組登陸艇機器人攔截的阿莫爾小行星則多半是矽酸鹽和水。

　　新克拉克上的物質被旋進一股很長的碳管。蘊藏於另兩顆矽酸鹽小行星的物質則被其上的機器人轉換成片狀太陽帆材料。矽蒸氣在十公里長的滾筒與滾筒間凝結，再一片片抽出，覆蓋上一層薄薄的鋁，接著由人類操控的太空船將這些巨大鏡子薄片成圓形陣列展開，利用旋轉和陽光保持形狀。

　　他們從一顆已推入火星極地軌道的小行星「伯區」上將這些鏡子薄片開展成直徑達十萬公里的環狀物體。這環狀鏡子在極地軌道上繞著火星旋轉，鏡子面對太陽並且以特定的角度將陽光反射在火星軌道內靠近「拉格朗日點一」的一個點上。

　　第二顆矽酸鹽小行星，稱為「撒力塔維爾」，被推到這拉格朗日點附近。太陽帆製造者在那裡將鏡子薄片組成一圈圈板條環狀的一種複雜網狀組織，彼此互相連結並調整在特定角度上，看來像是活動百葉窗製成的稜鏡，繞在一個車輪轂軸似的銀色圓錐上旋轉，

圓錐開口處朝向火星。這精緻的龐然大物直徑一萬公里，清亮堂皇的在火星和太陽之間繞轉，名喚撒力塔。

　　照向撒力塔的陽光直射鏡片，向著陽光的鏡面將光反射到相鄰鏡片朝向火星的那一面，接著這鏡面再將光反射到火星之上。而射向環狀鏡子朝極地軌道那一面的陽光則反射回撒力塔圓錐內部，然後再度反射到火星上。因此撒力塔的兩面都承受著光照，使它得以因這些相互抵消的壓力而定向移動；它與火星的距離約有十萬公里——較靠近近日點，離遠日點遠些。這些百葉窗形的細長薄板受撒力塔內部電腦的持續調控，維持其運行軌道及其聚焦點。

　　當這兩座巨大風車從各自小行星上，如岩石蜘蛛吐出矽酸蛛網般建造的十年時光裡，火星上的觀察者幾乎看不到它們。只有一些人偶爾在天際看到一圈弧形白線，或白天黑夜裡偶然閃現的亮光，就好像是一個更為浩大的宇宙其燦爛彩光穿過籠罩著我們星球的薄紗細縫照射而來。

　　然後，這兩面鏡子完成了，那環狀鏡子反射出去的光束對準撒力塔的圓錐。而撒力塔的圓形薄板經重新調整，移到一個稍微不同的軌道上。

　　接著有一天，住在火星塔爾西斯區域的人們抬頭觀望，因為天空變得有些暗了。他們往上看，看到火星從來沒見過的日蝕現象：太陽遭吞噬，就像是有個類似月球體積的星球移來遮住了它的光線。日蝕一如在地球觀看到的那般繼續進行，當撒力塔滑入其於火星和太陽之間的位置，而鏡片尚未調整到可以讓光束穿射而過時，那黑色月牙就越來越擴大深入到圓盤烈焰似的太陽中心：天空呈現一種深黑紫色，黑暗區漸漸佔滿了圓盤的大部分，只留下弦月般的烈焰，而那最後也消失了，太陽變成天空的一輪深色圓圈，周圍鑲嵌著淡淡光華——然後全體不見。日全蝕……

　　一些非常微弱的波紋狀光線出現在那黑色圓盤上，與任何自然發生的日蝕現象不同。火星上處於白天區域的人們屏著氣息，斜乜

著眼抬頭觀望。然後像是有人把那活動百葉窗拉開似的，整個太陽再度完全現身。

刺眼的陽光！

現在比以前更來的刺眼，太陽很明顯的在這奇異日蝕現象發生之後要明亮許多。他們如今走在一個強化光照的太陽之下，那圓盤看來與地球上觀看到的體積無分軒輊，而光線卻比以前要多上了百分之二十——很顯著的明亮許多，連暴露陽光下的頸背也暖和了些——平原上延展的紅色也被日光照射得更加燦爛。一如照明燈突然間打了開來，此刻他們全體正行走於一座大型舞台上。

過了幾個月，比撒力塔小很多的第三面鏡子也進入火星大氣層最高處。它是由圓形細長薄片組成的另一面透鏡，看起來像是個銀色的幽浮。它攫住從撒力塔傾瀉而下的部分光線，將其聚焦於更遠處，即星球表面上不到一公里方圓的區域。它像個滑翔機般飛繞整個世界，將那聚集的光束聚焦，直到無數個小太陽似的光點在地表上綻開照射，於是岩石本身熔化了，從固體變成液體。然後起火燃燒。

　　地下組織對薩克斯‧羅素來說並不夠大。他想回去工作。他可以加入戴咪蒙派,或者到沙比希裡的新大學取得一份教職,那是在組織網外運作,不僅有許多他舊時同事,而且也能對地下組織的許多孩子提供教育機會。然而考慮之後,他決定不教書,也不想滯留在邊陲——他要回到地球化工作,加入計畫核心,盡其所能的接近。那表示必須回到地表世界。近來臨時政府組成了一個委員會,協調各種地球化的工作,而一個真美妙領導的團體獲得了曾由薩克斯主導的合成工作。這很不幸,因為薩克斯不會日文。但是與生物學有關的部分則由瑞士人領導,而且由一些瑞士生物科技公司組成的一個稱為「生物科技」的合資公司來主持,主要辦公室在日內瓦和布若斯,並與跨國公司布雷西斯維持相當密切的關係。

　　所以首先,他需要穩妥的讓自己以假名進入生物科技公司,並務求使自己分派到布若斯。德司蒙負責安排這整個過程,他為薩克斯寫了份電腦個人資料,類似多年前為了讓史賓賽遷移到伊秋思高點所寫的那一份。他的人事資料,以及某種程度的整容手術,使他成功的在伊秋思高點的材料實驗所工作,並在後來進入卡塞峽谷,那是跨國公司保全系統的核心地帶。薩克斯因而對德司蒙的系統很有信心。這份新的人事資料,標明了薩克斯的生理鑑定資料——基因組、視網膜、聲音和指紋——全都稍微改變過,所以它們仍然幾乎與薩克斯本人完全符合,但能躲開網路上進行比對搜尋時的警示。這些資料給了個新名字,配合一個地球人的完整背景、信用等級、移民記錄,以及病原體潛藏要旨,試圖顛覆與該生理資料有關的任何競逐身分,然後將這整套資訊送到瑞士護照辦公室,那裡對這送來的資料不加評論就發出護照。在跨國公司割據稱雄的網路世界裡,這樣的程序似乎相當順利毫無窒礙。「喔,是的,那部分的工作沒有問題,」德司蒙說。「但是你們這些登陸首百全都是大明星。你同時需要一張新面孔。」

　　薩克斯同意。他看得出這種需要,他的臉對他從來就不代表什

麼意義。這些日子以來，那張臉孔的鏡中影像也與他認為應該的樣子不同。所以他找韋拉德進行手術，強調他處身布若斯的潛藏效益。從臨時政府的觀點角度來看，韋拉德乃反抗組織中卓越理論家之一，他很快就同意薩克斯的看法。「我們之中應該有多數留在戴咪蒙派裡，」他說，「但是少數人隱身在布若斯是件好事。所以我當然要為你這種一定成功的人施行整容手術。」

「一定成功！」薩克斯說。「要記得口頭契約也有著一定的拘束力。我可是希望變得好看些的。」

結果真是如此，真叫人意外，雖然在滿臉的紫青瘀腫消失之前尚難以辨識。他們重鑲他的牙齒，填高他窄薄的下唇，還換掉他的扁塌鼻子，另外做了有突出鼻樑並微微彎曲的鼻子。他們削薄他的雙頰，加寬他的下巴。他們甚至還在他眼瞼上的一些肌肉動刀，使他不再那樣頻頻眨眼。當瘀腫青紫消失後，他看起來真像個電影明星，一如德司蒙所言。娜蒂雅說，像退休的專業騎師。或退休的舞蹈老師，瑪雅如是說，她已經忠實的參加「匿名酗酒協會」好多年了。而對酒精效果從來就沒有好感的薩克斯，揮手驅開她。

德司蒙取得他的照片貼到他新的人事資料上，然後成功的把這份資料塞進「生物科技」檔案裡，並附上一紙從三藩市遷調到布若斯的指示。一星期後這份人事資料出現在瑞士護照名單中，德司蒙看到時，忍不住咯咯輕笑。「看看那個，」他說，指著薩克斯的新名字。「史蒂芬・林霍姆，瑞士公民！那些傢伙在幫我們掩飾，毫無疑問。我敢跟你打賭，他們在這人事資料上加了密鎖，另外比對舊有記錄檢查你的基因組，所以即使在我的更改下，我賭他們仍然知道你的真實身分。」

「你確定？」

「不。他們沒有說，對不？但是我相當確定。」

「那是好現象嗎？」

「理論上來說，不是。但就實際層面而言，如果有人懷疑你，

看到他們以朋友態度來表態倒蠻不錯的。而且瑞士人是值得交的朋友。這是第五次了,他們依據我的人事資料核發護照。我甚至有我自己的一份,但我懷疑他們有能力發現我的真實身分,因為我從來就沒有像你們這些登陸首百那樣曝光過。很有趣,你不覺得嗎?」

「的確。」

「他們那群人實在很有意思。他們有自己的計畫,雖然我不知道是什麼,但是我對擺在眼前的事實現狀並不排斥。我認為他們做了掩護我們的決定。也許他們只是想知道我們在哪裡。我們永遠無法確定;瑞士人非常珍愛他們的祕密。不過,你已經得到了結果,那些以為什麼起頭的問題就不那麼重要了。」

薩克斯對這樣的觀感退縮了一下,但是對藏身瑞士庇護的那份安全感讓他很覺欣慰。他們是他那一類的人──理性、謹慎、井然有序。

他與彼得共同往北飛向布若斯的前幾天,他沿著嘎迷特湖散步,那是他待在那裡的幾年中很少做的事。這片湖確然匠心獨具。廣子是個不錯的系統設計師。很久以前當她和她的團隊在山腳基地消失時,薩克斯曾經感到非常困惑;他不懂那樣做有何意義,而且擔心他們會開始抗拒地球化。後來他成功的勸誘廣子在網路上透露些訊息,這才使他稍稍放下了心;她似乎同意地球化的基本目標,誠然,她自己維力迪塔斯的概念其實就是同樣主張的另一種形式。然而廣子很喜歡神祕,那真是非常不科學;而且她在藏匿起來的那些年,放任自己沈湎在資訊毀滅的處境中。即使與她面對面也很難對她有所了解,只有共同生活在同一區域的這些年後,薩克斯才有信心說她同樣的也期望能有一個支持人類生命的火星生物圈。那是他要求的唯一共同點。他無法想像能夠在這特殊計畫中獲得其他更好的同盟人選,除非是這新的臨時政府委員會的主席。也許這主席也是個同盟。事實上,那裡沒有太多反對意見。

　　但是湖畔坐著一個如蒼鷺般憔悴瘦弱的安・克萊朋。薩克斯有些猶豫，然而她已經看到他了。所以他繼續前行，來到她身旁。她抬眼看了看他，然後將視線往白色湖水投去。「你看起來真的很不一樣。」她說。

　　「是的。」他仍然可以感覺到他臉上嘴邊的酸痛部位，雖然那些瘀腫青紫早已消褪。感覺有點像戴著面具，突然間，那讓他有些不安。「還是我。」他補充。

　　「當然。」她沒有抬頭看他。「那麼你要出發到地表世界了？」

　　「是的。」

　　「回到你過去的工作崗位？」

　　「是的。」

　　她抬頭。「你認為科學是為了什麼？」

　　薩克斯聳聳肩。那是他們之間的老議題，不斷重複而且永遠存在，不管他們會話起頭如何。地球化或者不地球化，那是個疑問……他很早以前就回答了這個問題，她也是。他真希望他們至少可以同意他們之間存有不同意見，然後停在那裡彼此適應。但安不懂疲倦為何物。

　　「去了解事物。」他說。

　　「但是地球化並不是去了解事物。」

　　「地球化不是科學。我從沒有說它是。那是人們依憑科學從事的結果。應用科學，或科技。是妳選擇要將從科學得來的知識如何應用。不管妳如何稱呼。」

　　「所以那是一種價值觀。」

　　「我猜是吧。」薩克斯想了一想，試著以這含糊的主題整理他的思緒。「我想我們的……我們之間的歧見是人們稱為事實—價值問題的另一種面貌。科學關心的是事實，依據理論將事實轉化成例證。價值有另一種體系，那是一種人為概念。」

　　「科學同樣的也是人為概念。」

「沒錯。但是這兩種系統的關連性並不清楚。從相同的事實出發，我們到達的價值觀很可能不同。」

「但是科學本身就充滿著價值，」安堅持。「我們簡潔有力的提出理論，提出完整的結果，或一個完美的實驗。而渴望知識本身就是一種價值，說知識比無知或神祕來的重要。對不？」

「我想是吧，」薩克斯說，思索一番。

「你的科學是一組價值，」安說。「你那種科學的目標是要建立規則，或秩序，或正確必然性。你想要解釋所有事物。你想要回答為什麼，一直回溯到宇宙渾沌之初的大爆炸。你是還原主義論者。節儉、精簡和經濟於你而言都是價值，倘若你真能將事情簡化，那就是一種真正的成就，對不對？」

「但是那正是科學方法本身，」薩克斯反駁。「不只是我，那是自然本身的運作模式。物理定律。妳自己就這麼做的。」

「物理定律裡埋藏有很深的人類價值。」

「我不那麼確定。」他伸出一隻手請她暫停。「我不是說科學裡不存在有價值。然而物質和能量逕自做它們要做的。如果妳要談價值，最好就只談價值。沒錯，它從事實裡浮現而來。但那是不同的命題，屬一種社會生物學，或生物倫理學。直接而且光就價值來討論也許比較好。為最多數的人們提供最大的利益，就是那樣。」

「有些生態學家會說那是個以科學來描述的健全的生態系統。顛峰生態系統的另類說法。」

「那是一種價值判斷，我想。一種生物倫理。很有趣，但是……」薩克斯好奇的斜眼看了看她，決定改變策略。「為什麼不在這裡試試顛峰生態系統，安？妳無法在沒有生物的環境裡談論生態系統。我們到來之前的火星沒有生態學。只有地質學。妳甚至可以說這裡在很久以前曾經有過生態學的開端，但是什麼地方出了錯而凍結冰封起來，我們現在再一次從頭開始。」

她對此咆哮，他於是停止。他知道她深信某種火星礦物性實體

的固有價值；那是人們所謂的土地倫理，只是除掉了蘊藏於土地裡的生物相。你可以說那是一種岩石倫理。沒有生命的生態學。好一個固有價值說！

　　他嘆了口氣。「也許那只是個價值論述。與非生物系統相比，比較偏愛生物系統罷了。我猜我們無法逃避價值，就像妳說的。很奇怪……我覺得我最想要做的只是去了解事物。它們為什麼這般那般運作。但是如果妳要問我為什麼想這樣做——或者我想要使什麼發生，我工作的目標是什麼……」他聳聳肩，試圖自我解釋。「那很難去說明。一種資訊上的淨得。秩序上的淨得。」對薩克斯來說，這是以不錯的實用性觀點來敘述生命本身，及其對抗熵值（譯註：entropy 是指一系統的能量不能用來作功的度量。廣義上熵可解釋為混亂的一種度量，熵值愈高愈混亂。宇宙熵值正在增加，這是熱力學第二定律的一種說法）所採取的行動。他對安伸出一隻手，希望她能夠了解他的說明，或至少同意他們辯論的模式，以及科學家終極目標的定義。畢竟他們兩個都是科學家，那是他們共同的領域……

　　但是她卻只說，「所以你要毀滅整個星球的原有面貌。一個有將近四兆年清楚記載歷史的星球。那不是科學。那是製造一個主題公園。」

　　「那是利用科學達成一個特定的價值。一個我相信的價值。」

　　「那些跨國公司也一樣。」

　　「我猜是吧。」

　　「那肯定能夠幫助他們。」

　　「那有助於一切生命。」

　　「除非它把他們殺死。這星球的地形正在瓦解當中；每天都有山崩發生。」

　　「沒錯。」

　　「他們也進行殺戮。植物，人們。已經發生了。」

　　薩克斯搖搖手,安撅頭朝他怒目而視。

　　「這是什麼,必要的謀殺?那是一種什麼價值?」

　　「不,不。那些是意外,安。人們必須留在岩床上,遠離山崩區域等等。一段時間。」

　　「但是很大一部分區域會變成沼澤溼地,或完全沈沒。我們說的是半個星球。」

　　「水會往下流動。產生水流區域。」

　　「你是指淹沒土地。然後一個完全不同的星球。喔,那倒是一種價值!而支持火星固有價值的人……我們會反抗你們,每一步每一個計畫。」

　　他嘆了口氣。「我希望妳不會。在這個時刻一個生物圈要比跨國公司更能幫助我們。那些跨國公司可以在帳幕城市運作,以器械設備鑿挖地表,而我們藏匿躲避,集中我們大部分的努力在躲藏和生存上。如果我們能夠在地表上任何一處居住,將會使各種形式的反抗變得容易許多。」

　　「只除了紅黨抗爭。」

　　「是的,但是現在,重點在哪?」

　　「火星。就是火星本身。一個你從來就不曾了解認識的地方。」

　　薩克斯抬頭看著罩住他們的白色天幕,突然有種類似關節炎乍然襲來的疼痛感。跟她辯論一點用也沒有。

　　但是一些什麼促使他繼續努力。「瞧,安,我是人們稱為『最低限度生存模型』的擁護者。在這個模型下,供以呼吸的大氣層最高只推到二或三公里等高線。再高部分的大氣層維持稀薄不適人居,也不會有多少生命種類──一些高海拔植物,再高些就什麼都沒有,或沒有看得見的生物。火星上的垂直突起地形如此極端,會有廣大區域維持在大氣層以上的。對我來說那是個合理的計畫。那說明了一組可以讓人理解的價值。」

　　她沒有反應。這實在很叫人煩惱,真的。有一回薩克斯因著企

圖了解安，能夠與她談話，他曾研究過科學哲理。他閱讀了相當多的資料，特別著重於土地倫理，以及事實—價值的界面。老天，那仍然未能提供多少幫助；在與她的對談中，他似乎從來就無法有效運用他讀到的東西。現在他俯首看著她，感覺關節裡的疼痛，想起庫恩寫過有關普立司特利的一段——一位科學家在其整個專業理論遭一個相當合理、合邏輯的模式取代後，仍然堅持抗拒。而他再也不能算是個科學家。這段描述似乎可以用在安身上，那麼她現在是什麼呢？反革命者？預言家？

她確然像個預言家——粗暴、憔悴、氣憤、鐵石心腸。她永遠不會改變，而且永遠不會原諒他。那些他曾經想要和她說的話，那些有關火星，有關嘎迷特，有關彼得——有關西門的死，烏蘇拉的困擾似乎更甚於她……全都變得不可能。這正是他不只一次放棄和安說話的原因：他們之間的對話實在叫人氣結，因為永遠無法達成什麼結論；另外就是面對他認識超過六十年的人對他的厭惡。他雖然在每一個爭執項目中都贏了，卻仍然什麼也沒有解決。有些人就是那個樣子；然而這個認知並沒有叫人心情好上多少。事實上，僅僅一個情緒反應就能引發這樣心理上的痛苦不適，也著實叫人難以置信。

隔天安和德司蒙一起離開。那之後薩克斯與彼得一同北上，搭乘一架彼得用以飛繞火星的小型隱形飛機。

彼得飛往布若斯所探的路線需要越過赫勒斯篷特山系，薩克斯好奇的往下俯看希臘盆地。他們瞥見覆蓋「低點」冰原的一角，一片白色的龐然巨物橫躺在黑夜地表上，而低點本身遠在地平線那端。那真不幸，因為薩克斯很想看看低點的超深井到底怎麼了。當洪水填滿那超深井時，它已經有十三公里深，照那深度來看，底部的水應該可以保持液態，而且也許暖和到可以往上竄升到相當高的距離；根據地表上的證據顯示，那冰原有可能就在那片冰海區域範

圍之內。

　　然而彼得不願意為了可以看得更清楚而改變航線。「當你是史蒂芬・林霍姆時可以好好看看它，」他咧嘴而笑。「你可以把它當作你在生物科技裡的工作之一。」

　　他們繼續往前飛。隔天晚上降落在依稀地南邊斷裂丘陵上，仍然在大斜坡的高地上。然後薩克斯走向一個隧道入口，循路來到利比亞車站地下室服務台一個密室之後，這個小小火車站位於布若斯—希臘盆地雪道和新近重闢的布若斯—埃律西姆峰雪道的交叉點上。當下一班往布若斯的火車進站時，薩克斯從一扇服務台門口出現，加入搭乘火車的人群。火車載他進入布若斯的主要火車站，他在那裡與一位來自生物科技的男子會合。從那時開始，他就變成了史蒂芬・林霍姆，才剛抵達布若斯和火星的新人。

　　那位生物科技公司男子是人事部門秘書，他稱讚史蒂芬技巧嫻熟的走路方式，並帶領他來到高據杭特臺地的工作室，靠近舊城中心。生物科技的實驗室和辦公室也在杭特，就位於該臺地高原之下，辦公室有玻璃牆可以往下俯看運河公園。這是租金高昂的地段，因此只適合領導地球化計畫的生物工程的公司使用。

　　從生物科技辦公室窗戶往外看，可以看到大部分的舊城區域，與他記憶中的似乎沒有什麼不同，除了玻璃窗戶排列成的臺地圍牆比以前更形廣大寬闊，同時另有色彩繽紛的古銅色或金黃色或金屬綠或藍的平行細帶，彷彿那些臺地條理分明的堆疊著美妙的礦物層般。還有曾經覆蓋各個臺地的個別獨立帳幕也不見了，他們的建築物現在都挺立於罩住全部九個臺地的超大型帳幕之下，籠罩範圍包括各臺地之間的空間。帳幕科技如今已經達到可以涵蓋廣大的中型自然系統，薩克斯還聽說有一個跨國公司有意建造一個大到足以包含整個希碧思峽谷的帳幕，那是安曾經建議取代地球化的一項計畫——一個薩克斯取笑過的建議。而現在他們就這麼進行著。永遠不該低估材料科學的潛力，這是實話。

　　布若斯的舊運河公園，以及從公園和各臺地之間攀爬而出的眾多寬廣綠草大道，現在是一條條切割橘紅色瓷磚屋頂的綠色長片。那舊時的雙排鹽柱仍然佇立在藍色運河旁。這裡確實多了許多建築物；但城市的外貌結構仍然不變。只有在邊界地帶才可以清楚看出這城市變化有多大，擴展得有多遠；城市圍牆距九個臺地邊緣不能算近，因而周圍不少土地也被圈圍籠罩起來，其上更已經進行著建造工程。

　　那人事秘書帶領薩克斯在生物科技很快的走上一圈，介紹了比他能夠記住的還要多的人。然後要求薩克斯隔天早上到他實驗室報到，當天剩下的時間則留給他自己安頓下來。

　　就史蒂芬・林霍姆的身分，他計畫表現出一個有智能、合群、充滿好奇及情緒高昂的人；所以他做了符合他身分該做的事，花上那天下午的時間對布若斯進行多方瞭解，從一區蹓到另一區。他踏著寬闊的草皮街道四處遊逛，同時思索著這些城市叫人費解的成長現象。那是無法與物質性或生物性類比的一種文化性進展過程。他看不到確切佐證說明何以這依稀地平原低地會變成火星最大城市所在地。沒有一個現成城市建造理論可以合理妥善的對此提供解釋；就他所知，它最初只是個從埃律西姆峰到塔爾西斯雪道上的普通過路車站。也許正因為這地點缺乏戰略地位，所以得能蓬勃發展，因為它是二○六一年唯一沒有遭到破壞的主要城市，因而戰後比其他城市有更好的開始。倘若以此斷續性平衡論（譯註：punctuated equilibrium，部分生物學家認為物種是突然改變，而非逐漸變化。物種經歷一段穩定時期後，被突發狀況打斷）來類推，我們可以說這個特別的物種在一場蹂躪折殺其他多數生物種類的浩劫中存活下來，因而有著幾近全空的生物圈使其繁衍擴展。

　　同時在這杯碗形區域中，綴點有眾多臺地形成的群島，毫無疑問的也提供了叫人印象深刻的景致。他走上寬廣的草地大道，那九個臺地看來分布的甚為平均，每一座臺地樣貌都不盡相同，其粗獷

### 布若斯，C. 2100 A.D.

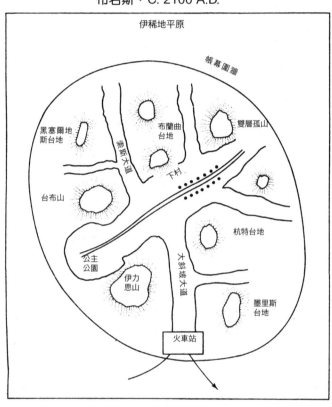

岩牆上因各有特色的塊狀凸起、拱壁扶牆、平滑壁面、垂懸岩石、
裂痕細縫而明顯的彼此區隔著——現在，更有水平方向的一排排多
彩鏡窗、建築物和公園位於每個臺地頂部平坦的高原上。從街道上
任何一點都可以同時看到幾座臺地，有如周遭宏偉的地方教堂，這
也想當然爾的提供了視覺上的享受。如果乘坐電梯攀升到臺地上比
城市地面要高百來公尺的任一個臺地平坦的頂端部分，則眼前將豁
然開展橫跨幾處不同區域的眾多屋頂，以及其他臺地等截然不同的
面貌，然後更遠處有城市周圍向外延展幾公里的土地，其延伸距離
比火星上其他地方來的更廣遠些，這是因為它們處在一個碗狀低窪

處的底部：北邊連結著依稀地低緩平原，西邊銜接塞爾地斯黝暗隆起處，南邊可以看到遙遠的大斜坡，宛如喜馬拉雅山般矗立在地平線那端。

當然，絕佳景致對城市的形成是否重要一直是個公開的疑問，但有歷史學家主張許多古代希臘城市主要建立在特殊景觀上，而不顧方便性之有無，所以這至少是個可能因素。不管怎樣，布若斯現在是個有著十五萬人口的小型熱鬧都會，是火星最大城市，而且仍然在繼續成長。在他下午參觀活動接近尾聲時，薩克斯搭上布蘭曲臺地邊一座巨型戶外電梯，該臺地坐落運河公園北邊中心地帶，從其頂端高原，可以看到城市北方近郊散佈著各種建築工地，一直伸展到帳幕邊牆。甚至距離這群臺地很遠的帳幕之外也有工程進行著。很顯然的，在某種群體心理狀態下，臨界質量（譯註：critical mass 原指可以維持核子分裂連鎖反應的最小質量）已經達到——某種集體的直覺使這個地方變成一個重鎮，一個社交磁石，以及行動中心。群體動力相當複雜，甚至（他扮了個鬼臉）無法解釋。

一如往常般，那其實很不幸，因為生物科技—布若斯的確是個相當有活力的團體，而接下來的幾天，薩克斯發覺要在致力於這項計畫的眾多科學家之中確立地位，並不是件容易的事。即使他過去曾經有在一個新團體中穩住腳步的能力，現在似乎也已經失去了。一個群體中可能發展出的人際關係數目的公式是 n(n-1)/2，n 乃群體人數，依此推衍，生物科技—布若斯裡的一千人中，就有四十九萬九千五百個人際關係發展可能性。對薩克斯來說，這簡直超過了常人可以掌控的範圍——即使在只有一百人的團體中，四千九百五十個人際關係可能性亦已甚難處理，而一百人組成的團體是假設中人類團體大小的「設計極限」。在山腳基地即是如此，當時他們有機會對此測試。

於是在生物科技裡找個小團體就變得很重要，薩克斯決意如此

進行。首先他將心思專注在實驗室裡。他以生物物理學家身分進來，雖很冒險，然而讓他進了他想要的部門；他很希望能夠勝任愉快。如果不行，他會聲稱他是從物理學轉進生物物理的，而那倒一點不假。他的上司是位日本女子，名為克萊兒，外表看來像中年人，是管理他們實驗室非常恰當合適的人選。他一完成報到，她就分派他加入設計北半球冰川地區第二及第三代植物的工作小組。這新近形成的含水環境給予植物設計極佳的新機會，設計者再不用只以沙漠旱生植物為基礎。薩克斯在見到二〇六一年從伊兀斯峽谷轟隆湧進美拉斯的洪水時就知道這狀況終將到來。四十年後的現在，他終於可以真正的實際參與了。

　　所以他很愉快的加入工作小組。首先他必須了解截至目前為止那冰川地區有了多少進展。他一如往常般貪婪的閱讀資料，觀看錄影帶，由此知道大氣層仍然稀薄寒冷，所有釋放到表面的新生冰層持續不斷昇華，直到其接觸空氣的表面開始產生細微蕾絲般的裂紋。由此出現無數個大大小小的氣穴供生命生長其間，就在冰層之上；首批大量播撒分佈的物種是各類的雪藻和冰藻。這些藻類都經人工處理強化了潛水濕生植物的特性，因為當冰開始純化時，它便因著無所不在的風挾帶而來的細粒而裹上鹽層。這些經基因工程改造的耐鹽性藻類適應情況相當良好，在冰川表面細小坑凹處生長著，有時還直接進入冰層內部。由於它們色澤比冰深些，或粉紅或大紅或黑或綠，在它們下面的冰開始有了融化的傾向，尤其溫度高於冰點的夏季時節。所以日間出現的小小溪流開始從冰川或邊緣竄出。這些潮溼冰磧地區與地球兩極和高山環境相當類似。從這些地球環境中採集細菌和較大型植物，以基因工程改造使它們得以在具滲透力的含鹽環境中存活，而首先如此成功播種的乃生物科技工作小組，時間在好幾個火星年前，這批植物中的大部分如同前述藻類般豐富繁茂的生長著。

　　現在設計小組嘗試以這些早期成功案例為基礎，引進更多樣的

較大型植物，以及一些可以忍受高二氧化碳濃度空氣的昆蟲。「生物科技」有詳盡的植物模板清單可以取得不同染色體序列，還有十七個火星年的田野實驗記錄，所以薩克斯花了很多時間在知識補足上。他全頭幾個禮拜全待在實驗室和公司位於杭特臺地上的植物園裡，全心專注在新種類植物群上，決心在適當時機展現自己。

在此同時，他如果不是坐在桌前閱讀，或透過顯微鏡及實驗室裡各樣的火星瓶管觀察學習，或徘徊植物園裡，就是忙碌於以史蒂芬‧林霍姆的身分從事日常應對等瑣事。在實驗室裡新身分與原來的薩克斯‧羅素沒有什麼不同。但是一天工作結束後，他往往需要刻意的提醒自己以新身分加入一群往樓上一家臺地咖啡屋走去的團體，喝上一杯、談談當日工作，或其他等等。

而即使在那裡，他也驚訝得發現成為林霍姆並不困難，他注意到那身分喜歡問很多問題，還常常發笑；那新身分的嘴角似乎很容易就上揚形成笑容。其他人的發問——通常是克萊兒，還有一位名叫潔西卡的英格蘭移民，以及一個叫伯克納的肯亞男子——很少涉及林霍姆在地球上的過去。當他們問問題時，薩克斯發現很容易就可以簡短回應迅速打發掉——德司蒙給了林霍姆一個與薩克斯本身相同的科羅拉多州泊德勒鎮的故鄉背景，明智的選擇——然後他會反問詢問者，運用他觀察米歇爾時學來的技巧。人們往往很願意說話。薩克斯自己從來就不像西門那般特別沈默寡言。他總是在他作莊的談話賭局中使勁下注，如果稍後很少再有什麼貢獻，那也僅是因為他只對最低限度的賭金有興趣。瞎扯閒談常常不具什麼建設性。然而它的確消磨了時間，否則還真無聊到極點。同時它還降低減緩了孤獨隔絕感。而且他新同事通常會將談話帶到一些很有趣的專業領域議題上。所以他盡責扮演他的角色，告訴他們他在布若斯走逛的經驗，詢問有關他觀察到的問題、他們的過去、生物科技，以及火星現狀等等。這些對林霍姆和薩克斯來說皆等同重要。

在這些談話中，他的同事，特別是克萊兒和伯克納，證實了他

走逛時的發現——布若斯在某些角度上的確是火星的實質首都,所有最大跨國企業的總公司都設在這裡。這些跨國公司在現階段是火星上最有實權的統治者。他們使得十一國高峰和其他富足的工業國家在二〇六一年的戰爭中成為贏家,或至少存活下來。現在他們合縱連橫形成一個單一權力架構,所以到底誰在地球上掌控權力很是個疑問,不知是國家還是那些超級企業團體。然而在火星上倒是很明顯。聯合國火星事務委員會在二〇六一年一如許多其他圓頂天幕城市般瓦解了,改由聯合國臨時政府代之,而其行政部門則由跨國公司的執行人員充任,所發出的決定和命令也由跨國公司保全人員來執行。「聯合國說實在跟它一點關係也沒有,」伯克納說。「聯合國在地球上就跟聯合國火星事務委員會在這裡一樣死掉了。所以那名稱只是個掩飾罷了。」

克萊兒說,「大家都說那只不過是個臨時政府而已。」

「他們可以看到誰是誰,」伯克納說。真的,穿上制服的跨國公司保全人員頻頻出現在布若斯各個角落。他們穿著紅褐色工作服,臂上掛著不同顏色的臂章。並沒有多不吉利,不過他們的確存在。

「但是為什麼呢?」薩克斯問。「他們在怕誰?」

「他們擔心波格丹諾夫份子會從山丘那頭出現,」克萊兒笑道。「非常愚蠢。」

薩克斯眉梢揚起,不予置評。他其實很好奇,但那是個危險的話題。最好就只聆聽等待這題目的再次出現。然而那之後,他在布若斯閒逛踱步時,就比以往更詳加觀察人群,察看周遭保安警察臂上的辨識臂章。康撒力代、安美克斯、歐洛可……他發現他們沒有組成一個單一部隊。也許那些跨國公司彼此間除了有合作關係之外,仍然保持著敵對狀態,而彼此競爭的保全系統自然產生。這或許也解釋了辨識系統的繁衍增多,並由此產生漏洞,使德司蒙得以將他的人事資料塞進其中一個系統,再使資料蔓延到別處。瑞士顯

然願意替來歷不明的某些人員進入到他們的系統裡，薩克斯本身的經驗足資證明；而毫無疑問的，其他國家和跨國公司必也做著同樣的事。

　　所以在當前政治環境下，資訊科技創建而出的不是個統合世界，而是群雄割據的局面。阿卡迪曾經預言了這樣一個發展，但是薩克斯當時認為太過無稽，不可能成真。現在他必須承認局面竟是如此。電腦網路無法追蹤事物來源，因為它們彼此在競爭角逐中；也因而街上到處可以見到警察，就為了防止像薩克斯這樣的人的出現。

　　然而，他是史蒂芬‧林霍姆。他在杭特臺地上佔據著林霍姆的房間，他有林霍姆的工作、他的作息、他的習慣，以及他的過去。他的小小公寓與薩克斯可以自己選擇的非常不同：衣服在櫥櫃裡，冰箱、床上沒有進行中的實驗，牆上甚至有畫作包括埃希的、洪督華司的以及史賓賽未簽名的素描，雖鹵莽輕率卻無從追查起。他的新身分讓他很安全。實際上，即使他被發現，他也不認為會有多糟。他甚至可能因而回復他舊有權力。他對政治一向都不怎麼關心，只把興趣放在地球化上，他在六一年那瘋狂年代裡銷聲匿跡，因為當時情勢若不如此則必將毀滅。現時幾個跨國公司毋庸置疑的會採取這樣的觀點來雇用他。

　　然而那全都是揣度臆測。在現實世界中，他將好好扮演林霍姆的角色。


　　他就這麼日復一日的生活著，並且發覺他非常喜愛目前的新工作。在早期當一名整個地球化計畫的頭頭，很難不陷入行政瑣事中，或是橫跨所有研究領域，試圖對每一件事有足夠的瞭解，以便制定周延的政策抉擇。這很自然的導致對任何規劃都缺乏深度認知。而現在他整副心思專注在新植物的培養創造上，以便在這已經開始繁衍的冰川地區裡為簡單的生態系填上一些新物種。過去幾星

期他致力於培養一種新型地衣（譯註：地衣是由真菌和藻類共同組成的一群共生體。真菌構成大部分植物體並保護分布在內部的藻類，而藻類則行光合作用提供食物），專為擴展新生物區界限而設計。他以南極大陸萊特峽谷中緊貼岩石表面或岩縫生長的地衣為基礎。薩克斯打算讓它如常生長，只是地衣原有的藻類組成生長速度慢得叫人咬牙切齒，所以他打算以快速成長的藻類取而代之，使這新共生體能夠比原共生體更迅速的繁衍生殖。他同時也嘗試引進檉柳等耐鹽植物的一些潛水濕生性基因到地衣的真菌裡。這樣一來，地衣即可以生存在比海水鹽分高上三倍的環境中，而其機制應與細胞壁的通透性有關。如果他成功，結果會是一種能夠吃苦耐勞並且生長迅速的新型耐鹽地衣。回首以往他們在山腳基地開始意圖製造能夠在地表上存活的有機體，如今這個研究範疇出現了這樣的進展結果，實在令人興奮不已。當然那時候的地表環境比現在更為艱困。而現在他們在基因工程上的知識以及從事方式的選項上也大大進步了許多。

有個公認難以克服的困難是調整植物接受火星缺乏氮氣的環境。多數的亞硝酸鹽在發現採掘後，以氮氣形式釋放到大氣層裡，這個過程乃薩克斯在二○四○年代中所提出，並獲得廣泛認可，因為大氣層急切需要氮氣成分。然而土壤亦同，隨著大量氮氣釋出到空氣中，植物的生命相對縮短了。這是地球植物從來就沒有面對過的問題，至少沒有到這種程度，所以沒有現成可用的遺傳基因加諸於他們的火星植物相中。

氮氣問題是他們下了班後聚集臺地高原邊緣的樓文咖啡館時，閒聊談天中常常出現的議題。「氮氣非常寶貴，是地下組織人員交換物品的媒介。」伯克納告訴薩克斯，後者點點頭，為這項錯誤訊息感到有些不自在。

他們這群聚集咖啡館的小團體為了表示氮氣的重要性，一個個從繞傳的小金屬容器中吸入一氧化二氮。並以一種雖不甚可靠，卻

含帶相當高昂情緒的聲調宣稱，他們吸入後再呼出的氣體，對地球化的努力有相當助益。當那小金屬容器第一回傳到薩克斯這邊時，他對之抱以懷疑態度。他注意到任何人都可以在洗手間買到這種東西——現在每一間男廁所裡都有著全套藥物，裝設在牆上，一罐罐販賣著一氧化二氮、歐米茄啡、潘多啡，以及其他混著氣體的藥物。很顯然的，由鼻子吸入乃當下攝取藥物的一種方式。他不甚有興趣，可是現在倚靠在他肩膀的潔西卡將小圓筒傳交給他。這可能就是史蒂芬和薩克斯行為的分歧點了。他緩緩呼出一口氣，將小型面具套過鼻嘴，感覺史蒂芬瘦削臉龐壓在塑膠材質底下。

　　他吸入猛然衝出的冷氣，使其停佇胸中一會再吐出，感覺全身重量抽身離去——那是個人主觀印象。看到化學物質催引出這樣一種情緒反應實在很滑稽，姑不論其事實上暗示著人類情緒，甚至神智本身的不穩定性。這番瞭解實在叫人很不舒服。然而在當下，卻一點問題也沒有。事實上，那讓他咧嘴而笑。他越過欄杆往布若斯城市屋頂看去，頭一回注意到西邊和北邊的鄰近新區域正逐漸轉換成藍色屋瓦，白色牆垣，慢慢的染上希臘風采，而城市舊區則有西班牙風味。潔西卡肯定很努力的維持他們上臂相互碰觸的局面，但也有可能是她的平衡感因著歡樂嘻笑而受損。

　　「是撇開高山區域再進一步的時候了！」克萊兒在說。「我煩死地衣了，也厭倦極了苔蘚和草皮。我們在赤道上的荒高地正逐漸變成草坪，我們甚至有了高山矮曲林，它們全都接受著全年照射的陽光，大斜坡底部的氣壓也與喜馬拉雅山同高。」

　　「喜馬拉雅山頂部，」薩克斯指出，然後自我查證了一下；那是薩克斯式的反應，他可以感覺得到。林霍姆會說，「但是那裡有喜馬拉雅高山森林區。」

　　「一點也沒錯。史蒂芬，你來到這裡打一開始就對地衣貢獻良多，你、伯克納、潔西卡和希傑何不開始進行亞高山植物。看看我們能不能造些小小森林。」

他們再吸了口一氧化二氮以示對這主意的慶賀之意，接著這個含水層爆發形成的冰凍鹹性前緣地帶建造濕草原和森林的想法，突然間讓他們全體感到好笑至極。「我們需要鼴鼠，」薩克斯說，努力把臉上的傻笑抹去。「鼴鼠和田鼠在把荒高地轉變成濕草原的過程中扮演決定性角色，我在想我們能不能製造一種耐二氧化碳的極地鼴鼠。」

他的同伴因這主意而歇斯底里的狂笑，他卻神思恍惚了一陣，沒有注意到。

「嘿，克萊兒，你想我們可不可能出去，到一座冰川什麼的去看一看？做些現場實驗？」

克萊兒停止吃吃傻笑，點點頭。「當然可以。事實上那提醒了我。我們在阿雷那冰河有個永久實驗站，裡頭有不錯的實驗室。一個生物科技團體跟我們連絡過，來自阿姆斯科，是臨時政府中握有絕大權力者之一。他們想要參觀那實驗站和那裡的冰。我猜他們計畫在水手峽谷建造類似的實驗站。我們可以跟那團人一起出去，順便帶他們看一看，同時做些田野調查，一石兩鳥。」

這次行旅的計畫從樓文開始一直策劃到實驗室，然後到前面的辦公室。准行來的很快，生物科技的慣例。所以薩克斯勤奮工作了兩個禮拜，為田野調查作準備，在那忙碌階段接近尾聲時，他整理行李，然後一個早上他搭乘地下鐵來到「西門」。在那裡的瑞士車庫中他見到幾位辦公室裡的人員，同行另有幾位陌生人。寒暄介紹仍在進行中。薩克斯靠近，克萊兒看到他，一把將他拉進人群，看起來很興奮。「這裡，史蒂芬，我來介紹我們這次旅行的客人。」一名穿著某種折光衣料的女子轉過身來，克萊兒說著，「史蒂芬，這是菲麗絲·波義爾。菲麗絲，這是史蒂芬·林霍姆。」

「你好。」菲麗絲說，伸出一隻手。

\*　　\*　　\*

薩克斯握住她的手搖了搖。「妳好。」他說。

韋拉德在他聲帶上劃下割痕，使他萬一得接受聲音測試時能夠有個不同的聲紋，然而嘎迷特裡的每一個人都認為他聽起來跟以前一樣。現在菲麗絲微微撅頭好奇的看著他，彷彿因著什麼而警覺。「我非常期待這趟旅行，」他說，瞥了瞥克萊兒。「我沒有耽擱什麼吧？」

「沒有，沒有，我們還在等司機。」

「啊。」薩克斯抽身。「很高興見到妳。」他禮貌的對菲麗絲說。她點點頭，然後帶著最後一抹好奇目光回轉到她原先說話的人群。薩克斯試圖專心聆聽克萊兒講述有關司機的事。顯然現在駕駛越野車橫貫空曠地形屬一種專門職業了。

那實在很酷，他想。當然，酷是薩克斯的特點之一。或許他應該對她裝腔作勢，說他從一些老錄影帶裡知道她，而且對她崇拜多年等等。雖然他完全不懂怎麼可能會有人崇拜菲麗絲。沒錯，她折衷妥協的離開那場爭戰，站在勝利的那一邊；但也是登陸首百中唯一一個做出如此選擇的人。一個內奸，他們不是那樣喊的嗎？反正就是那類字詞。喔，她其實不是登陸首百中的唯一一個；華司立自始至終都留在布若斯，而喬治和愛德華則與菲麗絲同樣待在克拉克上，當時它與幹管脫離開來，從黃道面彈射而出。在那種情況中存活下來實屬奇蹟。他原本不認為有可能——但是她就在眼前，正與仰慕她的接待人員侃侃而談。幸運的是，他早在幾年前就聽說過了她倖存的消息，否則很可能無法掩飾乍然見到她的那份震驚。

她看起來仍然大約只有六十來歲，事實上她與薩克斯同年，現在應該是一百一十五。銀髮、藍眼，戴有黃金、雞血石製成的珠寶裝飾，穿著反射所有色系光譜的襯衫——此刻她背後閃爍著鮮明的藍色，當她轉身朝肩後的他瞥去時則轉呈翡翠綠。他假裝沒有注意到那眼神。

司機來了，他們坐進車子然後出發。感謝老天，菲麗絲坐在另

一輛車上。這些車子乃聯氨動力運輸工具，現在沿一條混凝土道路北上，薩克斯不懂為什麼需要請專業司機，除非是為了掌握車子的行進速度；他們車速維持在大約每小時一百六十公里，對薩克斯通常以該時速四分之一的駕車習慣來說，此刻不僅感覺車行迅捷而且相當平穩。其他乘客卻抱怨行程顛簸且速度緩慢——快速火車現在可以每小時高達六百公里的速度飄飛在雪道上。

阿雷那冰河位於布若斯西北方八百公里處，自大塞爾地斯高地向北綿延至烏托邦平原。它流經阿雷那槽溝地區的部分約有三百五十公里長。克萊兒、伯克納以及車上其他人爭相告訴薩克斯這冰河的歷史，他盡可能的維持專注神情；那真的很有趣，因為他們聽說過娜蒂雅重新訂定阿雷那含水層的爆發順序。當時與她在一起的幾個人在戰後來到南槽溝，故事從那裡開始傳出並廣為流傳。

事實上這些人似乎認為他們很瞭解娜蒂雅。「她反對戰爭，」克萊兒很篤定的告訴他，「她用了所有方式來阻止，隨後甚至在當下又盡力修復它造成的損壞。在埃律西姆峰上見到她的人說她從不睡覺，只靠興奮劑繼續。他們說她在南槽溝活動的那個禮拜，救了上萬條生命。」

「她後來怎樣了？」薩克斯問。

「沒有人知道。南槽溝之後她就消失了。」

「她到低點去了，」伯克納說。「如果她抵達時間恰是洪水襲擊時，就很可能死了。」

「啊。」薩克斯莊重的點點頭。「那是段艱難歲月。」

「非常艱困，」克萊兒熱烈的說。「很具破壞性。我相信那讓地球化倒退了幾十年。」

「然而含水層的爆發卻很有好處，」薩克斯咕咕噥噥著。

「是，不過那本來可以用控制方式發生的。」

「是沒錯。」薩克斯聳聳肩，讓這番對話兀自進行下去。見到菲麗絲之後再接觸到有關六一年的話題，多多少少讓他有些不舒

服。

　　他仍然無法相信她沒有把他認出來。他們所在的乘客廂房窗戶上有亮閃閃的鎂質方格，那上面映照出夾雜在諸多新同事面孔間，那張屬於史蒂芬・林霍姆的小臉。一個禿頭老男人，配上個些微的鷹鉤鼻頭，使得眼睛看起來像鷹，而不僅是一般鳥類。明顯豐潤的嘴唇、強壯的上顎、一個下巴——不，跟他一點也不像。她沒有理由認出他來。

　　但是，外表不是一切。

　　他努力讓自己不去想它。他們繼續北上。他將心思專注在沿途景色上。乘客廂房有圓頂天窗，四面是窗戶，視野很好。他們正順著依稀地西邊斜坡往上行駛，這裡是大斜坡的一部分看起來像被割削過般的崖徑。大塞爾地斯崎嶇的深色山丘在西北方的地平線上湧起，其尖銳程度一如鋸齒。空氣比舊時要清晰明朗些。雖說它比以前要濃上十五倍，不過塵土比較少了，因為暴風雪把細砂石掃去，使之嵌入地表。當然這些地表常因強風而碎裂，卡在其間的細砂石於是又捲進空中。然而這樣的碎裂僅屬地域性，清掃空氣的暴風逐漸佔有優勢。

　　也因為如此，天空顏色開始改變。頭頂上方是濃重的藍紫色，西邊山丘之上有淡淡的白，層層隱沒在淡紫以及處於淡紫和藍紫色之間薩克斯無法稱呼的色澤。人類眼睛只能辨別少數光波頻率，所以人類在紅與藍之間創造出來的少數幾個顏色名稱，實不足以形容此刻景致。然而不管你怎麼稱呼，或無法稱呼，它們與早些年的黃褐和粉紅色澤大相逕庭。當然一場沙暴總能夠將天空顏色暫時回復到太初時期的赭黃色調；但是一旦大氣層清晰明朗起來，其色澤就代表了它的厚度以及其化學組成作用的結果。薩克斯好奇的想知道將來會是怎樣一番光景，他從口袋拿出資料板，試圖做些演算。

　　他盯著那小小板盒，倏忽了然那是薩克斯・羅素的資料板——萬一遭到檢查，肯定會洩漏他的身分。那就像是隨身攜帶一份得能

驗明正身的通行證。

他將那想法逐出腦海,因為此刻沒有辦法做什麼來改變它。他於是專心看著天空的顏色。在乾淨的空氣中,天空顏色乃由空氣分子本身的選擇性光線散射所產生。因而大氣層厚度具決定性角色。他們最初抵達火星時的氣壓為十毫巴,現在平均為一百六十。然而,因為空氣壓力乃空氣重量所致,於是在火星上產生一百六十毫巴所需之空氣,就比地球上任何一個地點產生同等氣壓要多上三倍。所以這裡一百六十毫巴散射光線則等同於地球上的四百八十毫巴;那表示這裡頂上天空應該是深藍色,就像在地球四千多公尺的高山上拍攝出來的湛藍天空照片。

但是填滿他們車子窗戶和天窗的真實色澤卻紅了許多,即使在強烈暴風掃過後的清朗早晨,薩克斯也從來沒有看到它呈現出地球天際般的藍色,連近似也沒有。他更進一步的思索。火星地心引力輕微的另一個結果是氣柱騰空高度比地球要來的高些。有可能一些最細小的塵土懸浮在空氣中,之後被吹到雲層上端,躲過了具橫掃清理作用的暴風。他記起拍攝過的距地表五十公里高的霾層,那高度遠在雲層之上。另一項因素可能是大氣層組成物;二氧化碳分子比氧氣和氮氣分子在光線散射上要來的有效些,至於火星,雖然薩克斯盡了全力,其大氣層中的二氧化碳含量仍然比地球多。這相異的結果應該可以計算出來。他輸入雷利散射法則方程式,陳述光能在空氣每容積單位的散射與亮度輻射能波長的第四力成反比。他在他資料板螢幕上潦草寫著,改變變數,察看手冊,憑記憶填上數據,或依憑猜測。

他的結論是如果大氣層增厚至一巴(一千毫巴),那麼天空就可能轉成乳白色。他同時確認,理論上此刻火星天空應該比較藍些,因為藍光散射力度約有紅光十六倍大。這說明了大氣層高處的微粒有可能真是天空呈現紅色的原因。如果這是正確解釋,那麼可以推論火星天空將來的顏色和不透光率會有不同變化,依據氣候以

及其他影響空氣清淨的因素……

　　他繼續工作著，試著將光線輻射密度納入計算中，以及長瑞司克輻射轉換方程式、染色性度量儀、煙霧的化學組成、佔算不靈活散射強度的雷均得多項式、估算交叉散射的里克狄——貝索函數，等等——消磨前往阿雷那冰河旅程的大半時間，很努力的專注凝神，很堅定的忽略包圍著他的世界和才查覺到的自身處境。


　　當天剛過午後，他們來到布雷貝里小鎮，它籠罩在「尼科西亞等級」的帳幕下，彷彿依利諾州的某處小鎮：柏油路面街道旁植有樹木；一式木瓦鋪頂兩層磚造房子，前方是有圍籬的門廊；一條主要街道，兩旁林立著商店、停車計時收費錶；一個中央公園，在其巨大槭樹下有個白色涼亭……

　　他們往西駛入一條較小道路，橫越大塞爾地斯頂部。這條路乃黑砂鋪就，岩石皆已清除，並噴灑了固定劑。這整個區域相當黑暗——大塞爾地斯是經由地球望遠鏡觀察火星表面第一個看到的地形，由克里斯·惠更斯在一六五九年十月二十八日發現，正是因為這黝黑的岩石讓他得以觀察到。地面幾乎全黑，偶爾泛現紫茄色；路面蜿蜒盤旋繞過的山丘、地塹和峭壁是黑色；磨蝕臺地是黑色，小山脊是黑色，一個接一個；另一方面，巨大的火山噴發物則往往呈紅褐色，猛烈提醒他們方才暫時逃開掉的顏色。

　　然後他們駛過一道黑色岩床脊脈，冰河就展現在眼前，從左到右橫躺著，如一道鑲嵌在地表上的閃電。冰河另一邊的一道岩床脊脈與他們目前所在這道平行，兩道脊脈看起來就像是古老的側磧，事實上它們只是恰好平行的山脊，如溝渠般導引爆發的洪水。

　　冰河約有兩公里寬。看來只有五到六公尺的厚度，然而因為其流穿過一個峽谷，所以裡頭應含藏有更深的厚度。

　　部分表面似乎與尋常的風化層一樣，看來像塵土堆積的岩石地，表面是某種砂礫層，掩蓋住其下冰層。其他部分則看來像是渾

沌地形，只除了顯然是由冰堆積而成，成群如巨礫般挺立而出的白
色冰塔。有些冰塔是碎裂的冰片推擠而成，彷彿劍龍背部骨板般簇
立著，在落日餘暉下閃現黃色透明光彩。

　　所有一切盡皆靜止不動，綿延至環繞四周的地平線──看不到
任何活動。當然沒有；阿雷那冰河已經在原處躺了四十年。但是薩
克斯忍不住要想起他上次看到這種景象的時候，他不知不覺的瞥向
南邊，彷彿一場新興洪水隨時都會爆發。


　　生物科技實驗站位於上游幾公里處，一個小火山口邊緣和裙幅
地帶之上，可以看到冰河的絕佳景致。當一些值勤人員啟動實驗站
時，薩克斯隨著克萊兒以及包括菲麗絲在內的阿姆斯科參觀者，來
到實驗站頂樓的一間大型觀察室，趁著最後一抹夕陽餘光，欣賞逐
漸淡去的冰河。

　　即使像當日那樣相對清朗的傍晚時分，地平線那端的夕陽光彩
仍然將天空染成燃燒似的深紅，冰河表面閃閃生光，新近破裂的冰
塊如鏡子般反射著光線。這些猩紅閃光多數出現在它們和太陽連線
的帶狀上，然而冰上某些反射表面位在奇特的角度，因而使另些閃
光肆意跳動。菲麗絲指出太陽看起來相當大，現在撒力塔已就定
位。「是不是很美妙？你幾乎可以看得到那些鏡子，對不？」

　　「看起來像血。」

　　「肯定跟侏羅紀時期一個樣。」

　　對薩克斯來說，它看起來像個距離有一天文單位（譯註：相當
於從地球至太陽的平均距離，約等於 9300 萬哩）遠的 G 型星。當
然這很有意義，因為他們位於一點五天文單位距離之外。至於紅寶
石或恐龍眼睛的說法……

　　太陽沈入地平線之後，所有角度的紅光瞬間全部消失。一片開
展如扇的朦朧色彩橫亙天際，粉紅光束迎向深紫天空。菲麗絲讚嘆
著變幻的色彩，純淨清晰。她說，「我在想到底是什麼造就了那樣

絢爛的光束，」薩克斯反射性的張口打算解釋山丘的陰影或地平線那端的雲朵，卻在剎那間了然，第一，那只是個驚嘆性問句（也許）；而第二，給予技術性答案非常的薩克斯・羅素。於是他閉上嘴巴，考慮史蒂芬・林霍姆在這種狀況下會說些什麼。他以前從沒有這類自我警醒的經驗，因此覺得相當不自在，但他必須說些什麼，至少因為在某些時候，長時間的沈默也相當薩克斯・羅素，與截至目前為止他展現出來的林霍姆形象並不符合。於是他試圖盡力而為。

「想想這些光子幾乎就要撞擊火星了，」他說，「而現在它們卻飛向宇宙另一端。」

大家對這麼個奇特的說法斜了斜眼。不過同時也在無形中將他納入了這個群體，他最起碼達成了某種目的。

不久他們來到餐廳，吃義大利通心粉加番茄醬，還有剛出爐的麵包。薩克斯坐在主桌，跟著大家喝閒聊，力求顯得尋常，並盡最大努力跟上談話、社交寒暄等捉摸不定的規則。他從來就無法很清楚的了解這套東西，而他越去深入思索就越迷糊。他知道他以前常被人指為古怪；他自己就聽人說過他的腦子被上百隻基因轉移實驗室的老鼠攻佔的笑話——那是個相當怪異的經驗，他站在實驗室漆黑的門外，聽著這個故事被人戲謔的傳播著，一種罕見的不舒服感奔流內心，感覺自己似乎是另一個個體，一個乖僻得引人側目的個體。

但是現在林霍姆是個令人快樂的傢伙。他知道如何與人相處。並且懂得與人分享來自烏托邦的香醇葡萄酒，願意在一場晚宴上與眾人同歡。也能憑直覺瞭解好伴侶的不成文規則，可以不經思考而妥善運用。

薩克斯以一根食指上上下下撫摸他的新鼻樑，一面喝著酒，那酒精壓制了副交感神經系統，使他少了羞怯之情變得口若懸河起來。他認為他與人攀談的努力相當成功，只除了之間幾次被拉進與

菲麗絲的談話中令他有些驚慌不安，她就坐在他對面——還有她看著他的神情——更還有他回看的表情！這類相處也存在有特定禮儀的，然而他對此一竅不通。他想起在樓文咖啡館時潔西卡倚靠他肩膀的情形，然後再喝下半杯酒、微笑、頷首，不太自在的想到性吸引力及其動機緣由。

有人問起菲麗絲那終將必然提出的問題，即她如何從克拉克逃脫。而她陳述伊始，眼光就不斷向薩克斯投去，似乎指明她是在講給他聽。他有禮貌的聆聽著，極力忍住不去擠弄鬥雞眼，那很可能會洩漏他的驚慌狼狽。

「當時沒有任何警訊或什麼的，」菲麗絲對詢問者說。「前一分鐘我們在電梯頂端繞火星軌道而行，才剛對下面地表上發生的狀況感到厭惡，並且盡全力設法穩住動盪局面，而下一分鐘就突然有地震般的扯拉搖晃，接著我們就上路遠離太陽系了。」她微笑，停頓一會等待隨之而來的笑聲，薩克斯瞭解她已經描述過這故事很多很多次了，而每一次都這麼起頭。

「妳一定嚇壞了！」有人說。

「喔，」菲麗絲說，「奇怪的是當人處於緊急狀況時，倒真沒有時間想到那些。我們一瞭解發生了什麼事，就知道待在克拉克的每一秒鐘，都表示著我們以數百公里為單位遠離任何存活機會。所以我們集合在控制中心，點數人頭，相互討論，並且收集可用物資。當時情緒相當激昂狂熱，而非驚慌失措，如果你們懂得我的意思。不管怎樣，棚廠裡有正常量的地球至火星運輸機，中央電腦系統計算出我們將會需要它們全部的推進力，才能讓我們及時回到黃道面上與木星系統相交。我們被推出的方向既朝外又朝上，大約往木星方向而去，真是感謝上帝。無論如何，這就是瘋狂的開始。我們必須把棚廠裡所有運輸機弄出去，靠著克拉克飛行，然後把它們全體聯結起來，將克拉克的空氣、燃料等等盡量塞進運輸機裡。而我們擠進緊急逃生船，那時自發射起僅過了三十個小時，現在我回

想起來，簡直不可思議。那三十個鐘頭⋯⋯」

　　她搖頭，薩克斯似乎看到突然襲入她故事內容的一絲真實記憶，她微微顫抖著。三十個小時是了不起的快速撤退，而且這段時間毋庸置疑的有如夢幻般急速閃逝，而於當時那種非比尋常的心境下，那段時間肯定在記憶之海裡永遠鮮明存在。

　　「那之後，就是盡量填塞兩間工作人員住房——我們共有兩百八十六人，並且進行 EVA（譯註：Extra Vehicular Activities，太空船外活動）切除運輸機外的非必要機件。同時祈禱能有足夠燃料讓我們到達木星。我們得等上兩個月以上的時間才可確定是否能與木星系統交會，到我們真的與之交會則是過了十個星期。我們利用木星本身作為引力把手，朝地球擺盪，當時地球比火星要來的近些。我們在火星附近如此劇烈搖擺，因而需要地球的大氣層以及月球的引力幫我們減速，因為我們在那時幾乎耗盡了燃油，卻在同一時間變成人類歷史上速度最快的人，一件事情的兩個角度。每小時八萬公里，我想那是我們開始撞進大氣層的速度。很有用的速度，真的，因為我們的食物和空氣都幾乎消耗殆盡了。到最後我們肚子都餓得緊。但是我們成功了。我們在這麼近的距離看木星。」將拇指與食指分開約兩公分。

　　大家全笑了起來，而菲麗絲眼中閃動的凱旋光彩與木星一點關係也沒有。然而她嘴角有隱藏不住的僵硬；她故事結局的某些部分似乎在她的勝利中蒙上了一層黑影。

　　「你當時是領頭的人，對不？」有人問。

　　菲麗絲舉起一隻手，就像是在說她雖很想卻無法否認。「那是個團體合作努力的結果，」她說。「不過有時候某個人必須在一些僵局困境中做出決定，或只是得加速做決定。而我在災難發生前就主持克拉克上的事務。」

　　她展開燦爛笑容，相當篤定的認為他們很享受這故事情節。薩克斯跟著眾人微笑，並在她看過來時點點頭。她是個有魅力的女

人，不過不是，他想著，應該是非常聰明。或者也許只因為他不是
很喜歡她。她確然在某些方面相當具有聰明才智，在生物學領域是
個好生物學家，在智力測驗上肯定得高分。但是聰明才智有很多類
型，並不是全都能夠在分析測驗中檢測出來。薩克斯在他學生歲月
中就已經注意到了這事實：有人可以在任何智力測驗上獲得高分，
而且在其專業上有傑出表現，但是卻也有可能在走進一間滿滿都是
人的房間後一個小時內，惹起室內眾人對他譏諷嘲笑，甚至蔑視輕
忽的態度。而那不能算是聰明。另一方面，高中裡最輕浮膚淺的啦
啦隊長，卻能與眾人和善相處，變成最受歡迎的人，對薩克斯來
說，其展現出來的聰明才智與任何笨拙的天才數學家亦不遑多讓
──人類相互作用影響上的微積分學遠比任何物理學還要複雜多
變，有幾分像數學領域裡的串級重組混沌（cascading recombinant
chaos）現象，只不過要更困難些。所以至少有兩種不同的聰明才
智，甚至可能有更多種：空間的、審美的、道德或倫理的、交互影
響的、分析的、整合的等等。只有那些在各個不同層面上都顯露聰
明才智的人才真正得上特別，才屬獨特珍貴。

　　然而菲麗絲滿足於眼前傾聽者的關注，他們多數比她年輕，而
且至少在表面上敬畏於她的史實性──菲麗絲算不上是那些博學者
之一。相反的，她似乎在評斷他人對她的觀感上相當遲鈍蠢笨。而
了解自己有著相同缺陷的薩克斯，一面觀察著她，一面擠出他力所
能及的最好的林霍姆式的笑容。對他而言，她表現出的是一種很明
顯的浮華自負，甚至有些傲慢自大。而傲慢自大永遠是個愚蠢舉
動。或說是一種自卑的面具。很難猜測那份自卑來自何處，尤其是
在這麼一個又成功又有吸引力的人身上。她的確很有吸引力。

　　晚餐後他們回到頂樓的觀察室，在閃爍星幕下生物科技的人放
起音樂。那是一種稱為「諾浮卡里譜索」的舞蹈音樂，正在布若斯
流行著。幾個人拿出樂器一起演奏，其他人則移到中心開始跳舞。
音樂節拍設定在一分鐘一百次的速度上，薩克斯如此估算著，是符

合生理運作可刺激心臟的完美節奏；大多數舞蹈音樂的祕密就在此，他猜。

　　然後菲麗絲出現在他身旁，抓著他的手把他拉往舞動的人群中。薩克斯極力壓抑抽身而走的衝動，他相信他對她的微笑邀請所表現出來的反應，最多只能稱得上膽怯。就他記憶所及，他一生之中從來沒有跳過舞。然而那是薩克斯‧羅素的生活方式。史蒂芬‧林霍姆肯定常常跳舞。所以薩克斯開始輕輕上下跳動，隨著低音鋼鼓節拍猶猶豫豫的在身側擺動雙臂，假裝快活的對著菲麗絲微笑。

　　到了夜深時分，年輕的生物科技人員仍然跳著舞。而薩克斯搭乘電梯下廚房取幾桶冰凍牛奶上來。他回到電梯，菲麗絲恰在裡面，正從寢室樓層要回頂樓去。「來，我來幫忙拿。」她說，從吊在他手指間的四個塑膠袋中取走兩個。一拿到手，她就俯下頭來（她比他要高上幾公分），將嘴唇蓋上他的，親吻著。他回吻，但是因為太過驚訝，他一直到她退去後才開始有感覺；而她的舌頭夾在他雙唇間的記憶像是另一次親吻。他努力振作，企圖使自己看起來不那麼狼狽迷惑，但是從她發出的笑聲中，他知道他失敗了。「我看你不像你外表那樣知道怎樣勾引女人。」她說，在這種狀況下，那只有讓他更形不安。說實話，從來沒有人對他那樣做過。他希望能有重振旗鼓的機會，但是電梯卻在這時緩慢下來，門嘶嘶開啟。

　　吃甜點的時候以及當晚宴會的剩餘時間，菲麗絲沒有再靠近過他。但是當他準備回房而走進電梯時，菲麗絲穿過正在闔上的電梯門，滑了進來，一等電梯開始下降就又開始親吻他。他手臂環抱她回吻，心中兀自想要弄清林霍姆在這種狀況下會怎麼做，或者是否有任何一種既可脫身又不致引起麻煩的方法。當電梯速度減慢，菲麗絲往後倚靠，眼神散發出夢幻朦朧的色彩，說，「陪我走到房間。」有些搖晃蹣跚，薩克斯像捧著脆弱精密的實驗器具般扶著她的手臂，走向她的房間，一間跟其他寢室沒有不同的小房間。站在

門廊上他們再次親吻，雖然薩克斯有著強烈感覺，知道這是他脫逃的最後一個機會，不管優雅溫文與否；但是他注意到他非常激情熱烈的回吻她，而當她稍稍退後喃喃說道，「你還是進來吧。」他尾隨入內，沒有異議；他的陰莖確實在身下半挺舉著，盲目朝向群星摸索探頭，他的染色體全都嘈雜的嗡嗡鳴響著，這些天真愚蠢的傻瓜抓住這個機會在這副不朽身軀裡湧動。他已經有很長一段時間沒有做過愛了，只除廣子以外。然而即使在那些經驗中，也只有舒適友善沒有激情，更只像是他們共浴的延伸而已；而此刻與菲麗絲，一面親吻著撲倒在床，一面笨拙的解開衣服，卻相當興奮刺激，而這股刺激傳給薩克斯使他立即興奮起來。當菲麗絲把他的長褲拉下，他勃起處急切的跳彈而出，彷彿利己基因理論的圖示例證，他一面笑著一面拉扯她褲裝上長長的拉鍊。林霍姆不會有任何憂慮肯定會因這番遇合而興奮起來。那毋庸置疑。所以他也必須如此。再說雖然他不怎麼特別喜歡菲麗絲，他的確認識她；他們之間有著那古老的登陸首百連線；還有在山腳基地共同渡過的那些年年月月的記憶——與他認識了這麼長久的女子做愛，頗有相當程度的挑逗性。而且登陸首百裡幾乎每一個人都多妻多夫，似乎只有菲麗絲和他例外。所以現在他們要將它補回。而她非常具有魅力。更且那實在很不一樣，感覺被人需要。

所有這些合理化解釋本身在當下看來都很簡單明瞭，在性興奮的猛烈動作中更是遺忘得一乾二淨。然而一切動作聲音靜止後，薩克斯又開始擔心。他應該回房呢，還是留下？菲麗絲已沈沈睡去，她的手放在他腰窩處，彷彿要確認他會留下。所有酣睡中的人看起來都像個小孩兒。他看著她裸露的身軀，再一次因著同一種類卻有兩種不同性徵而微微驚奇著。如此靜謐平和的呼吸。只想被需要……她的手指，仍然緊張的橫躺他胸前。他於是決定留下；卻沒有能夠好好入睡。

\*　　\*　　\*

　　薩克斯把自己完全投入冰河以及周遭地形的研究工作上。菲麗絲有時候也外出參與田野工作，但是非常謹慎小心的處理與他之間的關係；薩克斯懷疑克萊兒（或潔西卡）或任何人知道他們之間的事——或知道每隔幾天，那又重複發生。這是另一椿複雜難解的習題；林霍姆該如何回應菲麗絲明顯的保密需求？不過最後證明這根本不成議題。林霍姆出於騎士精神或順服或什麼的，多多少少被迫依照薩克斯的作風行事。於是他們保持祕密，正如他們在山腳基地，或戰神號，或南極大陸上會做的那樣。這叫積習難改。

　　再加上還有冰河岔開心思，使得保持他們之間的祕密關係並不困難。這冰河以及周圍的稜脊起伏地形環境相當迷人，有很多有待研究了解的事物。

　　冰河表面極端破碎凌亂，一如文獻所描述的——混合有洪水時期沖刷而來的風化層，連同凍結其內的碳酸飽和（譯註：carbonation，二氧化碳在一定壓力下溶解於液體中）泡泡穿射而出。表層上的岩石巨礫融解了壓在下面的冰，而該溶解液體復又圍繞著它們再次凍結，日日經過如是循環，終至覆蓋岩石巨礫三分之二的面積。所有冰塔彷彿巨型墓碑似的挺立在混亂的冰河表面上，經詳細審視後發覺上面有深深的坑凹痕跡。冰在極端寒冷環境下變得脆弱易碎，同時因著遞減引力而緩慢下流；不過它的確在往下移動，像是一條動作緩慢的河流；又因為其源頭已經乾涸，眼前這一大片冰最終都將來到北荒漠。這種移動徵兆可以在每天必然發生的新生碎冰上見到——新裂縫、傾倒冰塔、破損冰山。這些新生表層很快的就被結晶的冰花掩蓋住，而其中的鹽分則更加速了這結晶過程。

　　由於深受這個環境的吸引，薩克斯養成每天清晨獨自外出的習慣，依循實驗站人員插著旗幟的路徑而行。日出後的頭一個小時所有冰塊都閃動著鮮明的粉紅和玫瑰色調，反映著天際色彩的濃淡。當陽光直射在冰河碎裂表層上時，縷縷霧氣會開始從縫隙和薄冰覆面的小池蒸騰而起，冰花則閃爍著俗艷珠寶似的光彩。倘若早晨無

風，一個小逆溫層會攫住蒸騰至地表上約二十公尺的霧氣，形成薄薄的橙黃色雲霧。很顯然的這冰川河的水正快速的向世界飄散遠颺。

　　他在寒涼空氣中走動時，發現到許多不同種類的雪藻和地衣。兩條與冰河平行的側脊向著冰河那面的斜坡上，更是生長良好。它們像無數小斑點似的展現著青綠、金黃、橄欖綠、黑、紅褐，以及其他許多不同顏色——也許有三十甚至四十多種。薩克斯在這些假磧上小心行走，彷彿不願意踩踏實驗室裡任何一項實驗般的仔細避開這些植物。雖說多數地衣似乎並不在意。它們生命力相當堅韌，光禿岩石和水分就是它們需求的全部，外加上光線——而且顯然並不需要多少——它們在冰下生長，或者是在冰層裡，甚至多孔的半透明石塊。只要有如冰磧裂縫般的環境，它們就能夠蓬勃茂盛起來。薩克斯觀察每一道裂縫裡的冰島地衣變種，色澤呈黃或青銅，在玻璃底下顯露出細小叉狀柄，邊緣飾有棘狀突起物。在平坦石面上，他發現眾多緊貼表層的地衣：釦子地衣、釘柱地衣、盾形地衣、墾多拉力亞、蘋果綠地圖地衣，還有顯示風化層中含有高濃度硝酸鈉的橘紅珠寶地衣。冰花下生長著茂密成叢的灰綠色雪地衣，在放大鏡下有類似冰島地衣的柄，外觀有如蕾絲花邊般精緻優雅。暖地衣顏色深灰，在放大鏡下其受到風化的叉角顯得極為纖細脆弱。這些組織一旦斷裂脫落，被真菌菌絲包裹的藻類細胞還是會繼續生長，發展出更大片的地衣，並依附在它們能夠到達的任何東西上。以裂片生殖方式來繁衍，在這種環境下確實有用。

　　於是這些地衣豐茂繁衍著，而薩克斯依據他腕錶小型螢幕上的照片來鑑定發現到的種類，發現了許多似乎與列出種類不太相符的物種。他對這些難以分類的部分相當好奇，遂採集了幾個樣本，打算帶回去讓克萊兒和潔西卡瞧瞧。

　　然而地衣只是個開始。在地球上，因冰河後退暴露出來的碎石區，或成長中年輕山脈的碎石地區，稱為巨礫原或碎石堆。火星上

類似的區域則稱為風化層——實際上它佔據了這星球表面的大部分。一個名副其實的碎石堆世界。在地球上，這類區域先是出現微生物和地衣，經過化學風化作用，開始將岩石崩解為薄薄一層未成熟土壤，並且緩緩填補岩石之間的縫隙。經年累月後這基質裡累積出足夠的有機物質可支持他類植物，到達這個階段的區域稱為荒高地（fellfield），fell在蓋爾語中乃石頭之意。這是個石頭平野，地表上綴點散佈著岩石，而岩石間或之下的土壤不足三公分厚，僅能維持小型貼地植物。

　　現在火星上出現了荒高地。克萊兒和潔西卡建議薩克斯跨越冰河，沿著側磧往下游方向走。所以一個早晨（自菲麗絲身畔滑開）他這麼做了。出發半小時後他停在一個與膝同高的巨礫上。在他身下緩緩沒入冰河邊緣岩石地溝的是一小塊潮溼的平坦地面，在午前陽光下閃閃生光。很顯然融化的水曾連續數天流過表面——在這麼個靜寂的早晨，他可以聽到冰河邊緣底下傳來小溪流的滴落聲，彷彿小小木鐘齊聲奏鳴。在這個迷你水流區域上，細絲般流水間，處處可見帶色斑點在眼前湧動——花朵。那麼這是一小塊荒高地了，夾雜其特有的花草圖樣裝飾效果，灰撲撲地在荒野上灑落點點的紅、藍、黃、粉、白……

　　這些花開在苔蘚般小綠墊上，或隱身於絨毛狀葉子之下。所有植物都緊貼深色地面，那裡應該比上面的空氣要來的溫暖些；綠草葉片挺立高出土壤幾公分。他墊起腳跟小心翼翼的在岩石間走動，不願意踩踏任何一株植物。他在砂礫地面蹲下來，審視一些小植物的成長狀況，將他面罩上的放大鏡調整到最大度數。在早晨陽光下盎然煥發的是典型荒高地的有機體：地衣石竹，有著一圈微小粉紅色花朵襯在深綠色的葉片上；一片夾竹桃植物；五公分高的藍牧草嫩枝，看起來像沐浴陽光下的玻璃片，它憑藉夾竹桃的主根來固定自己脆弱的根……還有一株紫紅高山櫻草，具有黃色斑點和深綠色葉子，葉面形成狹窄凹槽引導水滴流入薔薇花形的基座裡。這些植

物葉子上多半生有絨毛。其中一株亮麗的藍色勿忘我，其花瓣因佈滿著溫暖的花青素，色彩幾乎可以稱的上是紫色——火星天空要出現這種顏色，則需要大約二百三十毫巴的氣壓，這是根據薩克斯在前來阿雷那的路上計算出的結果。很意外的這個顏色如此獨特居然沒有一個對應的稱呼。也許那是種氰藍色。

　　早晨時光就在他緩緩從一株植物移到另一株之間流逝，他使用腕錶中的田野指引資料庫辨認蚤綴屬植物、蕎麥、貓掌、矮屬百羽扇豆，矮屬三葉草，還有與他名字同源的虎耳草。岩石破壞者。他以前從來沒有在野地見到過，他花上很長一段時間觀察他找到的第一株上：極地虎耳草（ *Saxifraga hireulus* ），細小枝幹上長著長形葉片，末端有小小淡藍花朵。

　　至於地衣類，有許多植物他無法辨識；它們展現出來的特徵指向不同種，甚至不同屬，要不然就完全無法辨別，它們的特徵是外來生物圈各種特徵的怪異組合，有些看起來像是在水底生長，或是新種的仙人掌。人工培植種類，可能，雖說沒有列在指引上有些奇怪。變種，也許。啊，但是那裡，一道較寬裂縫裡集合了一層還蠻厚的腐植土，以及一條很小很小的溪流，有一團蔻卜雷西亞（kobresia）。蔻卜雷西亞及其他莎草植物只在潮溼處生長，而它們具極端吸水性的草根則快速的引發底下土壤的化學變化，扮演荒高地轉換成高山草地的緩慢過程中重要的角色。現在他注意到它了，於是能夠進一步看到繁生莎草植物標明出來的微小水路，在岩石間流竄。薩克斯跪了下來，關掉放大鏡環視周遭，他盡量彎下身體貼地觀察，於是突然間他看到了一連串的小型荒高地散布在冰磧斜坡上，彷彿波斯地毯般，其間並有穿越冰塊扯裂而出的細片碎條。

　　回到實驗站後，薩克斯花上大把時間待在實驗室裡，透過顯微鏡看植物樣本並進行各種測驗，然後與伯克納、克萊兒和潔西卡討論結果。

「它們大部分是有多倍體植物嗎？」薩克斯問。

「沒錯。」伯克納說。

多倍體生物在地球高海拔地區很常見，不怎麼讓人訝異。植物體內原有的染色體數目變成了二倍、三倍甚至四倍——這實在是個怪異的現象。就雙倍體植物來說，倘若它原本有十個染色體，最後可以成功的培育出二十或三十甚至四十個染色體的植物。多年來育種專家運用這方面的知識栽培出奇特的園藝植物，由於多倍體植物通常比較大——葉大、花大、果實大、細胞組織大——它們的分佈區通常比母株要來的更廣。這種適應性使它們在佔領新領域時有較好的成果，譬如說冰河裡或冰河下的空間。地球北極圈幾處島嶼上有百分之八十的植物屬多倍體。薩克斯猜想那是為了避免過高的突變率造成毀滅性效果的一種策略，那也可以解釋它為何發生在高紫外線照射區域。密集的紫外線照射會破壞不少基因，然而如果它們能夠在另一套染色體中複製，那麼就不太可能發生遺傳基因損壞的情形，在繁衍生殖上也不會有什麼障礙。

「雖然我們有在培育多倍體植物，但其實即使我們不做這類研究，植物本身在幾個世代之內就會自行產生變化。」

「能夠確認導致這種變化的誘發機制了嗎？」

「還沒有。」

另一項迷惑。薩克斯透過顯微鏡瞪著，為這存在於生物科學上這叫人震驚的缺口感到深深的困惑和煩惱。但是沒有什麼可做的；他自己就曾經在二〇五〇年代，於伊秋思高點的實驗室裡對此進行過研究，多倍體看來的確是因有機體接受比過去正常量更多的紫外線照射而誘發，但細胞是如何解讀這個不同，然後確實將它們的染色體數雙倍化，或三倍化，或四倍化……

「我得說，我對於它們繁榮茂盛的程度感到相當驚訝。」

克萊兒快樂的微笑著。「我還擔心你才離開地球會覺得這裡太過貧瘠荒涼。」

「喔，沒有。」他清了清喉嚨。「我本以為會看到一片荒蕪。或者只有藻類和地衣。但是那些荒高地的情況看來似乎相當繁榮茂盛。我以為會需要更長的時間。」

「在地球會是那樣。但你要記得，我們不是只把種子拋撒到外面，然後枯等坐看結果的發生。這裡每一個品種都經過強化改造，以求增加其耐受力和生長速度。」

「而且我們每年春季都重新播撒一遍種子，」伯克納說，「並加入固氮細菌。」

「我以為施放的都是脫氮細菌。」

「那些是特別散佈在深厚的硝酸鈉沈積岩中的，以便將氮氣釋放到大氣層中。而就園藝工作而言則需要土壤中多些氮，所以我們散播固氮細菌。」

「對我來說似乎仍然發展的很快。這一切必定在撒力塔之前就發生了。」

「事實上，」潔西卡從她位於房間另一頭的辦公桌旁說，「在這個階段沒有什麼生存競爭可言。自然狀況嚴苛，但這些植物非常頑強，我們把它們栽植在外頭，那裡沒什麼競爭物種會減緩它們生長的速度。」

「還沒有任何的生態席位。」克萊兒說。

「而這裡的狀況跟火星大部分區域比較起來算是比較好的，」伯克納補充。「南方不僅有遠日點冬季，而且屬於高海拔。那邊的實驗站報告說植物凍死程度叫人駭異。而這裡的近日點冬季比較緩和些，海拔也只有一公里高。算得上相當溫和，真的。從很多角度來看，比南極大陸還要好些。」

「特別是二氧化碳濃度，」伯克納繼續。「我在想那對你提到的速度不知是否提供了某種程度的幫助。那就好像植物被超強補給著。」

「啊，」薩克斯說，連連頷首。

那麼這些荒高地算是庭園了。外力輔助的成長多於自然生長。他當然早就知道了——這在火星上相當普遍——但是這些荒高地岩石又多又亂，看起來如此原始狂野，時時困擾迷惑著他。即使記住它們其實是庭園，他對它們充沛蓬勃的精力朝氣仍然感到驚奇萬分。

「嗯，現在又有這撒力塔將陽光傾瀉到地表上來！」潔西卡喊道。她搖著頭，似乎不表贊同。「自然的日射率平均為地球的百分之四十五，有了撒力塔則估計會高達百分之五十四。」

「告訴我更多有關撒力塔的事。」薩克斯小心翼翼的說。

他們輪番告訴他。由真美妙領導的一群跨國公司建造了一組圓形細長薄板太陽帆鏡子，安置於太陽和火星之間，並調整位置使它對準原本偏離這個星球的陽光。另有一面環狀輔助鏡子，繞著極地軌道運行，將陽光反射回撒力塔，使雙向陽光壓力維持均衡，而那反射光束最後亦被彈回到火星上來。這些鏡子系統跟薩克斯早期爭取支持建造，將陽光反射到地表上的運輸機翼相比真是巨大非凡，而且它們反射到系統上的光線也非常可觀。「建造它們一定花費了相當大的資本。」薩克斯低聲道。

「喔，沒錯。這些巨無霸跨國公司投資的成本大到你不敢相信的地步。」

「他們還沒有結束呢，」伯克納說。「他們正計畫發射升空一組高空透鏡於地表幾百公里高處，這組透鏡會把來自撒力塔的部分光線聚焦起來，將地表某些部分的溫度提高到無可想像的地步，譬如五千度——」

「五千！」

「是的，我想那正是我聽說的。他們計畫把沙土和底下的風化層熔掉，將所有揮發性物質釋放到大氣層中。」

「但是地表怎麼辦？」

「他們計畫在偏僻遙遠的地帶進行。」

「成直線進行，」克萊兒說。「所以他們最後會留下無數溝渠？」

「運河。」薩克斯說。

「沒錯，是那樣。」他們全笑了起來。

「玻璃牆圍起的運河，」薩克斯說，對那些揮發物質而深感困擾。二氧化碳會是其中最為明顯的，或許還是主要部分。

但是他不想表現出對於大型地球化議題過多的興趣。他讓它掠過，很快的這場談話回到與他們工作有關的題目上。「嗯，」薩克斯說，「我猜一些荒高地不久就會變成高山草地了。」

「喔，它們早變成那樣了。」克萊兒說。

「真的！」

「沒錯，不過面積很小。沿著西岸走去大約三公里，你到過那裡沒？你會看見。高山草地還有高山矮曲林。情形沒有那麼困難。我們甚至在植樹時，也無須大幅改造它們，因為雲杉和松樹類植物對低溫的忍受力比它們在地球棲息地生存所需的還更強一些。」

「那倒相當罕見。」

「殘留下來的冰河時代特質，我猜。而現在變得十分便利。」

「很有趣。」薩克斯說。

那天其餘的時間，他雖仍然坐在顯微鏡前觀察事物，但卻近乎視而不見，全然迷失於繁複雜杳的思緒中。生命是這般的奇特昂揚，廣子曾這麼說過。這是一樁奇異現象，生物的氣勢精力，繁衍生殖的趨向，廣子稱之洶湧的綠色波濤，維力迪塔斯。奮力朝著模式挑戰：那使他充滿好奇。

翌日清晨他從菲麗絲的床上醒來，她繾綣纏繞在身側。昨天晚上晚餐後全體人員來到觀察室，這已成了慣例，而薩克斯和克萊兒、潔西卡還有伯克納就當日未完的討論繼續下去，潔西卡一如往常的對他非常親和友善，菲麗絲瞧見，即尾隨他到電梯旁的洗手

間，一把攫住他極其熱情挑逗著擁抱著他。他們於是下到寢室樓層，進入她的房間。雖然薩克斯對於這樣沒有對其他同伴道晚安就逕自消失離開的行為感到不自在，他仍然相當熱烈的與她做愛。

現在他看著她，心中生起一股嫌惡之情，記起他們前夜的悄然離席。即使頭腦最簡單的社會生物學者也能對此行徑提供完滿解釋：異性競逐，非常基本的動物行為。當然薩克斯以前從來就不是這種競逐的焦點，而此刻突然出現的吸引力也實在沒有什麼可以感到驕傲的；事實是，這之所以發生乃因為韋拉德的整容手術，在偶然機緣下將他的臉重新排列成能夠引發女人們注意的形象。而他永遠無法釐清何以面貌特徵的調整，會比其他因素還要具有吸引力。他以前聽過社會生物學家以性吸引為基礎來解釋，而他能從這些理論中的某些部分看出其正確性：男人會以寬臀來選擇配偶，因為那表示可以安全的產下他的孩子，豐胸碩乳可以餵養他的孩子，等等；而女人則以男人是否強壯得足以支持餵養她的孩子，以及是否能夠配合生養強壯的孩子等等為擇偶標準。那在某種程度下有其道理；但是這一切與面貌特徵一點關係也沒有。社會生物學家對此的解釋相當薄弱：兩眼分得很開表示視力佳，牙齒完好可以維持健康，大鼻子可以避免感冒——不。那理由實在不夠充分。那只是一種外貌的偶然構造，恰恰能夠引人注意。一種審美判斷，使得無功能的微小特徵可以造成絕大不同的效果，這說明了對實用性的考量並不是選擇伴侶的重要因素。薩克斯記起他高中時的一對孿生姊妹——她們同卵雙生外觀看起來非常相似，然而其中一個很普通，而另一個很漂亮。不，那只是肌肉、骨頭和軟骨毫釐間的差距，但卻湊巧是討人喜歡與否的界線。韋拉德在他臉上做了些改變，而現在女人們爭相競逐要引起他的注意，他則仍然是原來的那個人，是那個以天生面貌見人時菲麗絲壓根兒就沒有顯露出絲毫興趣的人。很難不對如此情狀噛之以鼻。有人需要自己，那很好；但若只是因著些微不足道的瑣事則……

　　他起身離床，穿上新近的輕便套裝，比老式彈性織品活動服要
舒服多了；當然人們仍然必須與冰點以下的溫度隔離開來，也還要
戴上頭盔和氧氣筒，但是已經不再需要增加壓力以免皮膚瘀傷青紫
了。即使一百六十毫巴也無庸擔心，所以現在只要注意衣服溫暖與
否以及是否套上靴子和頭盔就可以了。也就因為這樣，如今只需幾
分鐘即可整裝完畢。接著他再次外出來到冰河之上。

　　他嘎吱嘎吱的踩踏在插有旗幟的主要道路的霜雪上，穿過冰河
沿著西邊河岸曲曲折折的往下游走，經過繁花盛開的小型荒高地，
覆罩其上的霜雪在陽光下正開始融化。他來到冰河流入一道短小峭
壁邊陲而形成滿是裂紋的冰凍瀑布邊；這道峭壁在此同時出現彎度
轉向左邊，依循邊界脊脈。突然間，一股巨大輾軋聲響徹周遭，伴
隨有一連串震盪著他胃部的低頻率隆隆聲。冰在移動。他停步聆
聽，聽到一條冰下溪流發出像遠方鐘響般的聲音。他繼續前行，踏
出的步伐越來越輕鬆快樂。早晨光線非常清晰，冰上蒸氣如白霧般
籠罩。

　　然後，在一些巨型礫石遮蔽下，他來到一處類似圓形劇場的荒
高地，其上粧點著點點花朵，如遍灑的斑駁油彩；底部是個小小的
高山草地，朝南且油綠得驚人，一叢叢的莎草和綠草由冰封的水道
分隔。在此環形邊緣，隱身縫隙巖石下的是弓形生長的一群矮樹。

　　這是高山矮曲林了，高山地形演化過程中緊接著高山草地之後
的階段。他注意到的矮樹群屬一些尋常的樹種，多為白雲杉（ *Picea
glauca* ），在這樣艱難的環境下，把自己迷你化並在安全的空間裡充
分伸展。或者是人工種植出來的，這比較可能。薩克斯還看到一些
美國黑松（ *Pinus contorta* ）夾雜於數量較為龐大的白雲杉群中。這
些是地球上最耐寒的樹種，而且很顯然的生物科技工作小組還加入
了檉柳等植物的耐鹽基因。所有可能的改造工程都做了只求能順利
成長，然而極度嚴酷的環境仍然壓抑著它們，使得原本能夠長至三
十公尺高的樹木萎縮蹲伏到僅有膝蓋高，猶如被樹籬大剪般的風力

和冬季積雪修剪過。因此命名為高山矮曲林（krummholz），德文的原意為「彎曲歪斜樹林」或者是「小精靈樹」——樹木最先成功利用荒高地和高山草地的土壤形成作用而順利存活的地帶。林木線。

薩克斯在這環狀階梯地形上緩慢移動，佇立岩石上審視苔蘚、莎草、綠草，以及每一株樹木。這些多瘤多節的小東西扭曲纏捲的程度就像是由狂亂的園丁培植出來的一般。「喔，這多好！」他不只一次的如此大聲讚嘆，一邊研究著枝椏、樹幹，或層層剝落樹皮薄片上的圖案。「喔，這多好！喔，再有些鼴鼠就更棒了。一些鼴鼠和田鼠，還有土撥鼠和狐狸。」

然而大氣層裡的二氧化碳仍然幾乎高達百分之三十，也許它的氣壓就佔了五十毫巴。任何哺乳動物在這樣的空氣中都會很快死去。這就是他一直反對兩階段地球化模式的原因，那一開始就召來了大量二氧化碳的堆積。好像把這個星球溫暖起來是唯一目標！但是溫暖不是目標。地表上有動物存在才是目標。這不僅僅對動物本身有好處，對植物也有益處，許多植物需要動物。大部分荒高地上的植物當然都靠自力繁衍散佈，而經生物科技改造施放的一些昆蟲以其頑強的生存方式在外面嗡嗡飛繞，其中有半數存活下來進行牠們傳播花粉的任務。然而就其他許多共生上的生態學功能而言，動物的存在不可或缺，例如土壤通風作用需要鼴鼠、田鼠來協助，種子的散播需要鳥類，沒有牠們植物無法興盛繁榮，更有一些根本就無法存活。不，他們需要減少空氣中二氧化碳的含量，也許退回到他們剛抵達時的十毫巴。當時它是唯一存在的氣體。這就是為何他同事提及那個用飛行透鏡熔化風化層的計畫叫人如此煩惱憂慮的原因。那只會增加他們的麻煩。

另一方面，則是眼前這意外美景。幾個鐘頭過去了，他一一觀察檢視不同標本，尤其驚嘆於一株美國黑松的螺旋狀樹幹和枝椏，斑駁剝落的樹皮，以及盡情舒展的針葉——像極了一件華麗眩目的雕刻品。他跪了下來，把臉埋在莎草間，屁股高高翹起朝向天空，

就在這時，菲麗絲、克萊兒等一組人成群結隊下到這草地上，哈哈
嘲笑著他，同時漫不經心的踩踏活生生的綠草。

＊　　＊　　＊

　　菲麗絲留下來陪著他渡過整個下午，她過去這樣做過一兩次，
然後他們一同走回去。薩克斯起先興致勃勃的扮演起導遊的角色，
指著他前個禮拜才學到的植物。但是菲麗絲沒有對它們提出任何問
題，甚至似乎沒有聽到他說了什麼。好像她只是要他成為她的一名
觀眾，她生命中的一個證人。於是他放棄繼續論述植物，改而發
問、傾聽，然後再發問。畢竟，這是個了解當前火星權力架構的好
機會。即使她誇大了自己的角色，她的回答仍然具有意義。「我很
訝異真美妙這麼快就將新電梯建好並定位。」她說。
　　「真美妙？」
　　「他們是主要承攬人。」
　　「誰授與的契約，聯合國火星事務委員會？」
　　「喔，不是。聯合國火星事務委員會已經被聯合國臨時政府取
代了。」
　　「那麼妳擔任臨時政府總裁時，事實上就是火星的總統囉。」
　　「那個，總統職位是會員輪值的，他的權力不比其他會員高。
那只是為了傳媒以及主持會議而存在罷了，鄙賤的工作。」
　　「但仍然……」
　　「喔，我知道。」她笑了起來。「那是我很多舊同事想要卻永
遠無法得到的職位。查默斯、波格丹諾夫、布恩、妥伊托芙娜──
不知道如果他們看到了會怎麼想。但是他們下錯了賭注。」
　　薩克斯把視線移開。「那麼真美妙為什麼得以建造這新電梯？」
　　「臨時政府指導委員會投票結果。布雷西斯也參與投標競逐，
只是沒有人喜歡布雷西斯。」

「現在電梯回來了，妳想事情會再度改變嗎？」

「喔，當然！當然！那次動盪之後許多事都暫時擱下了。移民、建築、地球化、商業貿易——全都緩慢下來了。我們目前只能重建幾座遭到損毀的市鎮。現在我們處於戒嚴時期，這當然有必要，以目前狀況來說。」

「當然。」

「但是現在！過去四十年以來儲藏積蓄的所有金屬都已經準備好進入地球市場了，那將把兩個世界經濟推展到不可置信的地步。我們會看到更多產品輸出地球，更多資金投進這裡，還有更多移民。我們終於可以開始進行各項事務了。」

「比如撒力塔？」

「正是！那是個絕佳例證。這裡有各種不同的重要投資計畫。」

「玻璃為牆的運河，」薩克斯說。那會使超深井看來微不足道。

菲麗絲繼續述說對地球而言前景有多光明等等，而他搖搖頭試圖澄清光能密度的問題。他說，「可是我以為地球本身有著嚴重困境。」

「喔，地球一直就有不少麻煩。我們必須要能夠習慣。不，我其實非常樂觀。我是說這蕭條不景氣很打擊了他們，特別是那些小老虎，和嬰兒老虎，當然還有那些低開發國家。但是產自這裡的工業用金屬大量湧入後將刺激他們的經濟力，包括環境控制工業。而不幸的是，看樣子從枝頭開始枯死的現象將為他們解決很多他們其他問題。」

薩克斯專心凝神在他們攀爬的冰磧段上。這裡出現坍方，地表冰層在傾斜處日漸融化，引起鬆動的風化層滑落，雖然它看來灰濛濛沒有生氣，但依稀可見的如超小瓷磚鋪面的圖案則顯示了它上面其實掩蓋有一層藍灰色的鱗狀地衣。地面凹陷處有幾團看來像灰燼的東西，薩克斯彎腰拔取一個小樣本。「瞧，」他粗率的對菲麗絲

喊，「是雪地錢。」

「看起來像灰塵。」

「那是因為表面上有寄生真菌的緣故。這植物本身是綠色的，看到這些小葉子沒？那是寄生真菌還沒覆蓋住的新生葉片。」在放大鏡底下那些新葉彷如綠色玻璃。

然而菲麗絲根本不屑一顧。「是誰的設計？」她問，語氣含有那設計者品味很差的意味。

「不知道。可能誰都不是。這裡有相當多的新物種不是人為設計出來的。」

「演化可以進行得這麼快嗎？」

「嗯，妳知道——是多倍體演化嗎？」

「不。」

菲麗絲繼續前進，對那小小灰色的樣本沒有多少興趣。雪地錢，也許經過些微人工改造，或甚至維持原貌。只是試驗樣本，拋撒這裡與其他植物相混，然後等看結果如何。對薩克斯來說，這一切都非常有趣。

但是在途中菲麗絲突然失去興致。她曾經是最富盛名的生物學家，薩克斯很難想像有人會喪失好奇心，那是科學的精髓，一種想揭開事物真相的熱切渴望。然而他們正逐漸老去，在他們此刻非自然的生命中，發生改變是很自然的，而且這種改變也很可能相當徹底。薩克斯並不喜歡這現象，但它的確存在。如同其他剛躋身百歲人瑞一樣，他開始越來越記不起過去某些特定事物，尤其是中間那段年月，那些發生在二十五到九十歲之間的事情。因而六一年前的歲月以及他在地球上的時日，漸漸黯淡遠去。少了完整功能的記憶力，使得他們必定要改變。

所以回到實驗站後他走進實驗室，深感困擾。也許，他想，他們已經邁入多倍體紀元，不是指個別的個體，而是整個文化層面

──一個國際組織隊伍，來到這裡有效的將染色體數變成四倍，提供生存在這外星地域上的適應力，不顧所有壓力引發的突變……

但不。與其說那是異體同形，毋寧說是類比關係。不管人類會如何用一個英雄似的直喻、暗喻，或任何文學類比用語，前提都必須是他能了解這些辭彙本身。類推關係多毫無意義──是表現型，而非基因型（另一種類比關係）。就薩克斯的認知而言，多數詩歌文學，實際上是人文科學──更別提社會科學──乃屬表現型，是遺傳環境互應結果。總結為毫無意義的類比關係繁瑣摘要，對事物的解釋沒有任何幫助，反而扭曲了對它的適當理解。這可以說是一種連續性概念上的酩酊醉態。薩克斯本身比較喜好精確性以及說明性，為什麼不呢？如果外面絕對溫度是兩百度，為什麼不直接這麼說，而不要提女巫乳頭等等，拖拉整個無知過去的包袱使每一個感官現實遭遇變得曖昧難解？那實在荒謬。

那麼，好吧，沒有所謂文化多倍體這回事。只有明確已知的歷史情狀，以及前因所引發的後果──決定一旦做成，而其結果散佈整個星球，以一種紊亂沒有計畫的方式演化，或說發展。毫無計畫。就這點來說，歷史和演化之間存在著相似性，亦即兩者皆為一連串偶發意外事件的結果，同時也存在發展模式。但是其相異處，特別就時間尺度而言，是如此巨大，使得之間的相似處又變成了類比關係。

不，最好還是專注在異體同形上，那些結構上的相似性代表著肉體上的實質關係，那確實解釋了什麼。這當然把人帶回科學裡。而與菲麗絲相遇後，那正是他想要做的。

所以，他再度埋首植物研究中。他在荒高地發現到的有機體不少生有毛茸茸葉片，葉子表面也相當厚實，那保護植物避免受到火星陽光強烈紫外線的破壞。這些適應是很好異體的同形範例，同祖先的物種仍保有家族特徵。或者它們是趨同的範例，亦即隸屬於不同分類的物種，因著功能上的必要而發展出相似形態。另外就當下

而言，它們也可能只是生物工程學的直接結果，培育者在不同植物
上添加相同特徵，以便提供相同的優勢。要發現到底何屬，則必須
辨認該植物，然後核對記錄察看它是否為某個地球化工作小組的設
計成品。埃律西姆峰有個生物科技實驗室，由一位哈瑞·懷特卜克
主持，他們設計出許多非常成功的地表植物，特別是莎草和禾草。
查看過懷特卜克的目錄，往往會發現他的確經手這樣的例子，植物
間的相似性常屬人工趨同演化的結果，懷特卜克幾乎在他培養的所
有有葉子的植物上植入了如絨毛葉片等的特徵。

　　歷史模擬演化的一個有趣案例。而無疑的，既然他們要短時間
內在火星上創造一個生物圈，也許比在地球要快上$10^7$倍，他們就
必須持續介入演化本身行為之中。所以火星生物圈不會是生物種系
演化史重複個體發育史的過程，那是個不足採信的概念，而是歷史
重複演化過程。或者說是模擬，依據火星環境可能允許的範圍極
限。或甚至是指導，歷史指導進化。不過，這是個嚇人的想法。

　　懷特卜克以其豐富才華進行各種差事；譬如說，他培植了潛水
濕生的地衣礁脈，將吸收的鹽分建造成一種像珊瑚般的結構，使得
種出的植物呈現橄欖綠或深綠色的團狀半結晶物體。走在它們一小
塊之間就像走在遭壓碎棄置的小人國迷宮花園，其中有半數遭沙土
覆蓋。這種植物的單獨個體部分似乎依循一種撕裂模式持續破碎分
裂，而且它們外觀呈現腫瘤塊狀，好似染上了某種疾病；這疾病顯
然是為了在其生長期間變得硬挺，強迫它們在孔雀石和玉石的破裂
外皮內掙扎求生。很奇怪的外觀，但是非常成功；薩克斯在西邊的
冰磧脊頂以及較乾燥的風化層後就發現不少這樣的地衣礁脈。

　　他在那裡花了幾個早上的時間研究著它們；一天早晨，跨過冰
脊後他回頭往冰河看去，看到沙塵旋風在冰上旋轉，一個閃閃生
光、呈紅褐色的小龍捲風在下游狂亂奔走。剎那間，他就被強風包
圍住，風速至少達每小時一百公里，接著一百五十；他只好蹲伏在
一片地衣礁脈之後，舉起一隻手試圖估算風速。要得到確切估算並

不容易，因為增厚的大氣層加強了風力，使它們似乎比實際要來的快些。當初在基於山腳基地時累積而來的直覺估算，現在早已生疏不管用了。此刻襲擊著他的強風可能只有每小時八十公里的速度，然而其中滿含砂石不停敲打他的面罩，能見度因而降低到只剩一百公尺左右。他等待沙暴減緩等了一小時終於放棄，準備就此回返實驗站，他於是非常謹慎的從一個旗幟到下一個旗幟慢慢移步橫跨冰河，小心翼翼的不錯失他們闢建的小徑——這很重要，如果你想避開危險的冰隙帶。

　　一跨過冰河，薩克斯很快的往實驗站方向走，一面思索著那宣告強風到來的小小龍捲風。天氣真是奇怪。進站之後他打開氣象頻道，將該日氣象所有相關資訊全部聽過一遍，然後瞪著他們這個地區的衛星照片。一個從塔爾西斯來的暴風胞正來勢洶洶的襲向他們。由於空氣增厚的關係，從塔爾西颳來的風力必定強勁兇猛。那隆起地形將永遠維持火星氣候學的起始點身分，薩克斯如此臆測。多數時候，北半球噴流會在北端旋繞，一如地球北方噴流圍繞落磯山脈一般。但是大團氣流偶爾會橫掃 塔爾西斯火山群間的山脊，在騰起升空時將溼氣拋落在塔爾西的西邊。然後這些脫水後的氣團即沿著東邊斜坡咆哮而下，成了「巨人」的乾燥寒冷西北風或西洛可風（譯註：Sirocco，為從撒哈拉吹向地中海的焚風）或焚風，其狂猛快速的風力在日益增厚的大氣層下，漸漸變成一個問題；有些位於空曠地表的帳幕城鎮逐日受到威脅，大有需要遷移到火山口或峽谷去的必要，或至少需要加強穩固其帳幕建築。

　　薩克斯越思索整個天氣議題，就越覺得有興趣，甚至想要停止目前植物學上的研究全心鑽研它。在過去他很可能就那樣做，一頭埋進氣候學，花上一個月或一年，直到他感到滿足，以及能夠在政策制定上就氣候引起的任何問題貢獻一己意見為止。

　　然而以目前狀況來看，那般態度實在是缺乏規劃的做法，是一種漫無目標的方式，甚至是一種半吊子作風。如今他以史蒂芬・林

霍姆的身分，為克萊兒和生物科技公司工作，他只能遠遠觀看那些衛星照片以及其提示出的新雲系，亦即整個放棄氣候學，最多也只是簡單的向其他人提及那股旋風，以消遣態度讓它成為實驗室或晚餐桌上的閒談資料——全副心力則回到他們的小小生態系統和所擔任的職務上，以及如何幫助植物成長擴展。就在他才覺得探觸到了阿雷那特徵之時，因著新身分而受到的種種限制倒不能算是壞事。那表示他被迫專心致志在單一科目的研究上，而這是自從他從事博士後研究至今還不曾做過的。並且專心致志的報酬，對他來說也越來越顯著。那讓他變成一名比較好的科學家。

譬如說，隔天風力降低到只屬生氣勃勃的輕風，他於是回到當沙暴襲擊時他正觀察研究著的一片珊瑚狀地衣塊。所有結構上的裂紋全都填滿了細砂，這應屬平常。他將一條裂紋清掃乾淨，以他面罩上的放大鏡放大二十倍審視內部。裂紋邊壁覆蓋著非常細微的纖毛，有點像顯露而出的高山洋莓屬植物葉片上的細毛，但更微小。很顯然的，在這樣如此妥善隱藏的表面，無須再有任何保護措施。也許它們的存在是為了釋放半結晶體組織裡所產生出來的多餘氧氣。自然發生的，抑或蓄意培植？他閱讀腕上的所有描述之後，加入了這個新樣本，因為那細微纖毛顯然不甚明確難以辨識。他從大腿側口袋裡掏出一架小型照相機照了一張，拔取該細微纖毛樣本放入一個袋子，再將照相機和袋子放回大腿側口袋，繼續前進。

他往下朝冰河走去，步上其中一個匯流點，其側面斜下並平穩順暢的與冰磧脊的上揚斜坡連接。中午時分冰河相當明亮，彷彿點點破碎鏡面將陽光肆意反射。一團團的冰塊在腳下嘎扎嘎扎響。無數小河紛紛集中到深溝的溪流裡，然後全體忽地消失在冰洞下。這些像裂縫破口的孔洞，呈現深深淺淺的藍。冰磧脊則閃動金色光點，活潑鮮動得彷彿要彈跳到上升熱流裡。眼前這番景象中的某些東西引動薩克斯對撒力塔計畫的思緒，他透過齒縫吹起口哨。

　　他挺起身子、伸直腰，感覺生氣昂揚且好奇興奮，完全得其所哉。好一個工作中的科學家。他在學習著喜歡博物學那種永遠新奇的基本努力，及其對事物本質的密切觀察；記述、整理、分類——嘗試進行最基本的提出解釋，或者說第一個步驟、描述。對他而言，那些博物學家在他們字裡行間總是那般快樂，林奈和他狂野的拉丁文，賴爾（譯註：Charles Lyell 蘇格蘭地質學家，他主張地球的歷史久遠、岩石是經年累月逐漸形成的。其著作《地質學原理》開啟了現代的地質學）和他的石頭，華里士、達爾文和他們從分類整理到提出理論，以及從觀察到建立通例的偉大進展。薩克斯可以感受到它，就在二一〇一年的阿雷那冰河這裡，眼前這些所有新物種，這半屬人類、半屬火星的物種演變繁榮過程——這個過程到最後終須發展出自己的理論，一種演化史，或歷史性的演化，或生態波伊希思，更或者就簡單的是火星科學研究。也可能是廣子的維力迪塔斯。這地球化的理論——不僅在其企圖達到的目的，也包括實際上的運作方式。嚴格說來，這是一種博物學。發生中的事物很少能夠在室內以科學實驗的方式來研究，因之博物學將回返到眾科學間的適當地位，亦即同等的地位。火星上所有階級制度終將注定傾覆，而這不是毫無意義的類比關係，而只是任何人都能夠做到的精準觀察。

　　任何人都可以。他在這裡的生命終結前，能夠了解嗎？安會了解嗎？俯首看著冰河上狂亂破碎的表面，他發覺自己想著她。每一個小冰山、小裂縫都傲然聳立著，彷彿他面罩上那放大鏡仍然開啟著，只不過陪襯著無限廣遠的空間野地——坑窪表層上的每一道象牙白和粉紅色澤，融水的每一道反射閃光，遠處地平線上崎嶇顛簸的小山丘——此刻所有東西都異常清晰集中。而他知道這番景致不是偶然（比如說，是因為眼角膜上淚水的透鏡效果），而是一股逐漸形成中對這片自然景觀的概念性理解。是一種知覺性觀察，而他不禁想起安曾憤怒的對他叫喊：火星是一個你從來就不曾了解認識

的地方。

　　他曾經認為它不過是一種比喻手法。但是現在他回想起庫恩，後者宣稱使用不同範例典型的科學家基本上存在於不同的世界裡，認識論是現實面的主要構成要件。因之亞里斯多德學派人無法了解伽利略的鐘擺，其重力加速度學說於他們而言，只不過是個物體在墜落時含帶些困難而已；而且一般而言，科學家們在爭辯彼此對抗之範例典型的比較優點時，常就簡單的互相直言談論，使用相同字彙探討不同的事實。

　　他曾經認為那也只是個比喻手法而已。然而現在回想起來，伴隨著眼前幻象似清明朗然的冰封世界，他得承認那的確描繪了他和安之間對話時產生的感覺。對他們雙方而言，他們的對話都為對方帶來挫折沮喪，而當安哭喊他從來沒有仔細認識火星，雖說就某種程度而言，這項指控明顯失真，但她也許只是要說他沒有仔細認識她的火星，那個依據她的範例典型的火星。而那毫無疑問的一點也沒有錯。

　　然而，現在他看到他以前從來沒有見到過的火星。而這番改變是因幾個星期來他專注在火星景觀的某些部分而造成，屬一種新的生命形式，卻是安所蔑視輕忽的。所以他不認為他現在看著的火星──有著雪藻和冰地衣，以及如波斯地毯般粧點冰河的迷人小區域，是安的火星。也不是他地球化同事的火星。這是他的信仰的功能目的，也是他所想要的──他的火星，就在他眼前發展推動，而且總是朝新演進的過程走去。他心中升起一股熱烈期望，希望能夠在這個時刻抓住安，拉著她的手臂來到這西邊冰磧地帶，狂喊著：看到沒？看到沒？看到沒？

　　然而他有的卻只是菲麗絲，一個很有可能是他認識的人中最沒哲學素養的。他總是在能夠不引起注意的時候蓄意避開她，將時間耗在冰上，在無垠北方天空下的狂風中或是冰磧上，匍匐在值得探

究的植物間。回到實驗站後，他就在晚餐桌上與克萊兒、伯克納和其他人討論他們日間在外面的發現，及其代表的意義。晚餐後，他們退到觀察室進一步談論，有時候跳跳舞，尤其星期五和星期六的晚上。他們放的音樂總是「諾浮卡里譜索」，同時伴有快節奏的吉他和鋼鼓聲，產生出薩克斯難以理解分析的複雜旋律。音樂節拍通常是四五拍或四四拍互相輪換或甚至同時存在，顯然是一種設計來讓他手忙腳亂的模式。幸運的是，目前流行風格乃某種自由形式舞步，跟節奏反正沒有多大關係，所以當他發覺自己沒有跟上時，他相當確定他本身是唯一注意到的人。事實上，依循四五拍的節奏跳來跳去，倒真是個放鬆自己的絕妙娛樂。當他返回桌旁，潔西卡對他說，「史蒂芬，你真是跳的很不錯，」他忍俊不已，雖然他知道這只顯露了潔西卡對舞蹈沒有什麼判斷力，或僅僅只是為了取悅他而已，他仍然覺得很快樂。也有可能日日在巨礫區遊走增強了他的平衡感和節奏感。任何肢體動作經過適當的研究和習練，即使沒有什麼天賦也毫無疑問的可以累積出相當成熟的技巧。

　　他和菲麗絲談話或跳舞的次數跟其他人沒有不同，只有在他們掩蔽的房間裡，才看得到他們互相擁抱、親吻、做愛。一如所有祕密戀情所遵循的古老形式。一天凌晨大約四點鐘，當他離開她的房間回到他的時，一股懼意突地襲擊著他；他乍然了解他在這關係中表現出來的立即默認共識，必定讓菲麗絲聯想到登陸首百的行為模式。還有誰能夠如此欣然的遵循這麼一個怪異行為，將其以自然行為看待呢？

　　不過，進一步細思之後，覺得菲麗絲似乎對那種微妙之處並不關心。薩克斯幾乎放棄試著瞭解她的想法和動機了，因為所有事實資料全都互相矛盾，而且姑不論他們相當規律的共同渡過一些夜晚，他們相處時間仍然相當零星稀疏。她的興趣似乎多半集中在雪菲爾以及地球上那些跨國公司的策略運作——行政部門人事的更迭替換、附屬公司以及股票價格等等轉瞬即逝又沒有意義的物事，她

卻完全投入。就史蒂芬的身分來說,他聰明的對這些保持興趣,並且在她提及相關話題時,饒有興致的頻頻發出問題;不過當他問及每日發生的變化在較大的戰略意義時,她不是無能就是不願給予他滿意的答案。很顯然的,她對她認識的人所擁有的財富遠比他們事業顯示出的體制要有更大的興趣。一位前康撒力代執行人員,目前在真美妙底下工作的人獲任為電梯運作的頭頭、一個布雷西斯行政人員在偏遠內地失蹤、阿姆斯科打算在北極帽下巨大風化層中引爆數十顆氫彈,以促使北方海洋的發展及加溫;而最後這一項消息對她來說與前兩項並沒什麼不同。

　　或許去注意那些掌管龐大跨國公司的人之個別事業,以及其間謀取權力的政治小手段是有其道理的。畢竟這些人乃當前世局的統治者。所以薩克斯躺在菲麗絲身旁仔細聆聽,時不時提出史蒂芬的評論,嘗試整理出所有名字,猜想布雷西斯的發起人是否真是一個老朽昏庸的衝浪人;雪拉可是否會被安美克斯併吞;為什麼跨國公司行政部門彼此競爭如此激烈,他們已經掌握世界實權,而且已經擁有了他們個人有生之年可以想像到的一切。也許社會生物學確實有著答案,那全是靈長類動物支配動力的緣故,一種在法人組織範疇裡逐日增強的個人繁衍成功的慾望──在考慮到倘若這人將公司視為個人的親族時,也許不能只以類比關係稱之。然而話說回來,在一個人們可能無限期活著的狀況下,這很可能只是簡單的自我保護。「最合適的人存活下去,」薩克斯自來就認為那是個沒有用處的冗言贅句。然而如果社會進化論者握有實權,那麼這概念也許將重拾其重要性,一如統治規則的宗教信條……

　　這時菲麗絲會翻身過來親吻他,引他進入性的領域,而那裡所援用的原理原則似乎非常不同。譬如說,雖然他越瞭解菲麗絲就越不喜歡她,但她對他的吸引力竟似乎與此無關,而是根據神祕原則本身而波動,毫無疑問的乃受費洛蒙(譯註:pheromone,動物為引起其他同種動物的某種特定反應而分泌的一種複雜的化學物質)

的驅使和荷爾蒙的作用；所以有時候他硬著頭皮接受她的撫摸，另些時候他則因著肉慾而生氣勃發，那份慾念似乎因與情愛無關而變得更加熾熱。另一個更說不通的理由，是這份慾念因著厭惡而增高。這後項反應並不多見。當他們繼續停留在阿雷那，而他們關係的新鮮感漸漸褪去時，薩克斯在他們做愛過程中發現自己越來越疏遠陌然，越來越傾向於幻想夢囈，深深陷入到史蒂芬‧林霍姆的性格裡，他似乎喜歡想像愛撫觸弄薩克斯不認識或幾乎不曾聽聞的女人，如英格麗‧褒曼或瑪麗蓮‧夢露。

一天破曉時分，在那樣一個困擾人的夜晚之後，薩克斯起身為外出準備，菲麗絲輾轉反覆，最後決定與他同行。

他們套上裝備，來到純紫色的曙光下，沈靜的走下近側磧來到冰河岸邊，踏上在冰塊切割出的階梯小徑往上攀升。薩克斯取道最南端的旗幟小徑橫跨冰河，企圖爬上西邊的側磧，往上游方向走去，一個早晨能走多遠就多遠。

他們走在與膝同高、彷彿城垛雉堞的冰上，那些坑坑洞洞看來像瑞士乳酪，因雪藻而染上粉紅色澤。菲麗絲一如往常迷醉在這奇妙混亂的景象中，針對一些不尋常的冰塔述說意見，把他們早上經過的那些與長頸鹿、巴黎艾菲爾鐵塔、木衛二的表面等等做比較。薩克斯時時停下察看與冰菌一起穿射而出的綠色冰團。有一兩處的綠色冰團暴露在黎明曙光裡，因著雪藻而轉呈粉紅色；造成奇特效果，彷彿一大片淡綠阿月渾子果實冰淇淋。

他們行進的速度相當緩慢，而當一連串密集而來的小旋風如魔術特技般此起彼落的現身時，他們仍然處於冰河之上：棕褐精靈般的塵土，與冰微粒一塊兒閃閃生光，然後約略形成一條線朝向冰河他們所在的地方襲來。一陣搖擺之後，那些旋風倏地瓦解，然後匡啷一聲，一股狂風猛烈吹襲他們，夾帶洶湧波濤力道，怒吼著順坡而下，他們不得不屈身蹲伏以保持平衡。「好強的風！」菲麗絲在

他耳邊喊著。

「下坡風，」薩克斯說，看著一大片冰塔消失在塵埃裡。「從塔爾西斯向下吹來的。」能見度在縮減當中。「我們應該試著回實驗站去。」

所以他們開始往回沿著旗幟小徑走，從一個翡翠綠點移動到另一點。但是能見度持續降低，直到他們再無法從一旗幟看到下一桿。菲麗絲說，「這裡，我們先躲在冰山下。」

她朝向一個高聳突起的模糊冰影行去，薩克斯在她身後追趕著，喊道，「小心，很多冰塔下面有裂縫坑洞。」伸手想要抓住她，然而就在此時她彷彿陷入一道陷阱般的往下墜落。他攫住她上揚的手腕，兩人一起直落而下，他的膝蓋重重的撞擊在冰面上。而菲麗絲仍然繼續滑落，順著低淺坑洞裡的一個斜槽而下；他當時應該立即放手，但直覺讓他繼續握緊，結果頭朝前的被拉扯到坑洞邊緣。然後兩人同時跌入塞滿雪堆的坑洞底端，接著身下的雪再次陷落，他們於是又往下墜落，最後撞上冰凍沙土，過程雖然短暫，卻是絕對驚險。

薩克斯落地時軀幹大半壓在菲麗絲身上，因而沒有受到任何傷害的坐了起來。無線對講機傳來菲麗絲緊急吸氣聲，不過很快的就澄清原來她只是被風吹暈了。她一恢復正常呼吸，就小心翼翼的檢查手足，隨即宣稱她沒事。薩克斯很欣賞她的堅韌。

他右膝上的織物有著裂痕，除此之外他一切都好。他從大腿口袋掏出修補膠帶將裂痕封上；膝蓋彎曲時沒有疼痛感，他於是不予理會站了起來。

他們頂上那個破洞從他揚舉手臂指尖算去，大約有兩公尺高。他們處身之地是一個拉長的氣泡，有沙漏般的形狀。他們下邊的氣泡邊牆全是冰，上邊則是裹著冰的岩石。頭頂上端看得見的略呈圓形的天際現出不透明的桃紅色澤，周圍微帶藍色的冰牆反射著滿是塵埃的陽光，而總體呈現出一種蛋白石光澤，非常生動。但是他們

被卡住了。

「我們呼叫器訊號會中斷，然後他們就會來找我們。」薩克斯對站立在他身側的菲麗絲說。

「是的，」菲麗絲說。「但是他們找得到我們嗎？」

薩克斯聳聳肩。「呼叫器會留下定向記錄。」

「但是那風力！能見度有可能變成零！」

「我們必須祈禱他們知道如何應變。」

這洞穴延展到東側的部分像是一個狹窄低矮的走廊。薩克斯在一處較低的地方彎下身來，以頭燈光線照射冰層和岩石裡的空間；它延展到視線所及之外，方向為冰河東邊。似乎有可能一直延伸到冰河側端邊緣下的許多小山洞之一，他把這想法說給菲麗絲聽之後，就啟程朝前探看，她留在原地等候，確保發現這孔洞的救援者能瞭解有人就在洞穴底端。

他頭燈錐形光束的照射範圍外，冰層呈現一種強烈的鈷藍光澤，與將天際染成藍色的雷利散射原理屬同一效果。即使將頭燈熄滅，走道上仍然有相當程度的光線，顯示出頭頂冰層並不怎麼厚。也許其厚度相當於他們跌落而下的高度，他此刻回想時如此估算。

菲麗絲的聲音在他耳際響起，問他是否安好。

「我很好，」他說。「我想這空間有可能是冰河流過橫向峭壁而形成。所以它很有可能一路延伸到外邊。」

然而，它沒有。再往前走了一百多公尺，左邊冰牆靠攏過來與右邊接合，就這樣：死巷。

回程中他走得更慢，時時停下察看冰上裂痕，以及腳下可能從峭壁延伸而來的幾塊岩石。一個鈷藍冰壁上的細縫呈現藍綠色，他伸出戴著手套的一根手指往裡掏弄，拉出長長一條深綠色東西，表面冰凍而內部相當柔軟。一團長條形的藍綠藻。

「哇！」他說，拔取幾條冰封植物，然後將其餘部分推回它們的細縫基地。他讀到過有關藻類深入這星球的岩石和冰層裡，細菌

則鑽得更深；但是真正在這個如此遠離太陽的地方找到掩埋著的部分，仍然叫人忍不住要驚呼一番。他再度熄滅頭燈，閃閃發光的鈷藍冰河光線圍繞著他，雖朦朧模糊卻繁茂豐富。如此深幽、如此寒冷，生物如何適應的？

「史蒂芬？」

「我就回來。看，」當他回到菲麗絲身旁時說，「是藍綠藻，下面那裡全都是。」

他雙手捧起朝她伸去，然而她只隨隨便便的瞥了一眼。他坐下從大腿口袋掏出一個標本袋，把一小條藻類放進去，然後透過他二十倍數放大鏡察看。這放大鏡倍數不夠讓他觀察他想要觀察的所有部分，但是它們的確呈現出綠色長條形，解凍之後變得黏稠。他資料板裡的分類資料庫內有相似的放大圖片，然而他找不到跟手上樣本所有細節都符合的品種。「有可能還沒登錄，」他說。「那豈不很有意思。真的讓人不禁要懷疑起這裡的突變率很可能要比標準突變率高上很多。我們應該做些實驗來證實一下。」

菲麗絲沒有反應。

薩克斯因而默不出聲，繼續比對資料庫。不久他們聽到無線電傳來的嘶嘶沙沙聲響，菲麗絲轉到共通頻道呼叫。很快的他們就從對講機裡聽到說話聲，然後一個圓形頭盔伸進頭頂洞穴中。「我們在這裡！」菲麗絲大喊。

「等等，」伯克納說，「我們把繩梯垂下。」

一番笨拙搖晃攀爬後，他們回到冰河表面上來，在佈滿塵煙波動起伏的日光中眨著眼睛，彎下身來迎向仍然相當強烈的狂風。菲麗絲笑著，以她一貫態度解釋著：「我們互牽著手以免分散，然後轟的一響就跌了下去！」他們的救援者則描述這狂猛強風如何肆虐。一切似乎復歸平常；但是他們進到實驗站取下頭盔時，菲麗絲饒富搜尋意味的瞥了他一眼，非常奇怪的眼神，好似他在外面顯露了什麼使她警戒小心——好似他在那坑洞中，不知怎麼的令她聯想

起什麼來了。好像他在那裡的某些行為表現，無可避免的揭露出他其實是她的老同志薩克斯・羅素。

＊　＊　＊

　　整個北地秋季他們都在冰河上工作著，眼見白日越來越短，風越來越冷。錯綜複雜的大型冰花每天晚上在冰河上長出，只在下午三時左右邊緣部分才出現短暫的融解現象，那之後它們變得越來越硬，形成隔天早晨出現的更形複雜的冰花花瓣基石，尖銳的小晶片從底下較大的冰片和叉狀冰枝上迸裂開來，向四面八方飛揚而去。他們無法避免的踩踏在整個小型世界上，因為他們必須嘎扎嘎扎輾壓跨步，尋找現在凍結的植物，觀察它們如何適應逐漸來臨的寒冷。環視周遭起伏不平的白色荒野，感覺刺骨強風撕扯著絕緣材質製成的厚活動服，薩克斯認為植物群將無可避免的遭受非常嚴重的霜凍災害。

　　然而僅憑外觀容易受到蒙蔽。喔，當然會有凍死情形發生；然而植物也變得越來越強韌，一如冬季園丁會說的，植物應該能夠適應冬天的來臨。薩克斯在表層結薄冰的雪堆中挖鑿尋找植物踪跡，他了解這其中涉及了三個步驟。首先，植物葉內的植物色素時鐘（phytochrome clock）會感覺到白日越來越短——現在變短的速度更快了，黝黯鋒面每星期都會襲來，拋擲下從黑色低矮積雨雲攫取而來的髒污白雪。第二個階段，生長停止，碳水化合物運輸到根部貯藏，控制植物落葉的脫落酸累積在一些葉片上使之脫落。薩克斯發現到許多這類葉子，或黃或褐現仍然懸吊在莖上，似擁抱大地般提供活著的植物更多隔絕的空間。這個階段中，水分從細胞移到細胞間的冰體結晶中，細胞膜變得堅韌，而在一些蛋白質裡糖分子取代了水分子。然後第三，亦即最冷的階段，細胞會在外圍形成平滑冰面而不導致細胞破裂，這過程稱為玻璃化作用。

　　到這時，植物可以忍受低到絕對溫度兩百二十度的氣溫，那接近他們到達火星前的火星平均溫度，而現在則是最低溫度。另外，更加頻繁襲來的暴風所夾帶的雪其實為植物提供了一種絕緣體，使冰雪覆蓋的地表比多風的表面要溫暖許多。當薩克斯以凍得麻木的手指在冰上鑽挖時，四周白雪皚皚的環境使他非常著迷，特別是其間還有穿透過三公尺厚雪散發出的幽靈藍光——雷利散射的另一例證。他挺願意花上整整一季六個月的時間親身研究這個冬天世界；他發覺自己很喜歡外出到低沈深暗如波浪般的雲層底下，在積雪冰河的白色表面上低身向風迎去，重重踩踏在冰積物裡。但是克萊兒要他回到布若斯，加入那邊實驗室進行著的試管培植凍原檉柳計畫，他們已相當接近成功邊緣了。而且菲麗絲以及其他阿姆斯科和臨時政府人員也要回去。所以有一天他們離開實驗站，只留下少數研究人員兼園丁留守，其他人搭乘一隊車列一同向南方駛去。

　　薩克斯聽說菲麗絲以及與她同組的人要跟他們一起回去，忍不住呻吟了一下。他曾私下希望因著軀體的互相隔離，就理所當然的結束與菲麗絲的關係，並且遠離那探測的眼神。但是如今他們要一起回去，似乎就必得採取什麼行動了。如果他想要結束，這其實毋庸置疑，那麼他就必須主動斬斷那關係。跟她有任何方面的牽扯打一開始就不是個好主意；實在是一種莫名其妙的衝動！現在那衝動已成過去，他的伴侶變得相當叫人厭煩，那還是比較好的說詞，往壞的一面想，實在相當危險。當然他從頭到尾都不誠不實，那也讓他很不自在。過去的每一個細節似乎都只能算是小事；然而總結起來整件事情就顯得相當不合情理了。

　　所以他們回到布若斯的頭一個晚上，他手腕響起嗶嗶聲，是菲麗絲邀約與他共進晚餐，他同意。結束通話後他對著自己不安的咕咕噥噥叫嚷。這下子肯定會很難堪。

　　他們來到一家菲麗絲熟悉的餐廳，位於杭特臺地西邊的伊力思

山上，可在室外用餐。由於菲麗絲的關係，他們被安排到一張角落桌子，可以欣賞伊力思和台布山之間的高級區域，即公主公園林木外圍的新建華邸。橫渡公園的台布山圍有玻璃牆垣，使它看起來像是一座偉岸巨大的飯店，更遠處的臺地比較沒有這般俗艷。

　　男女服務生相繼攜來一玻璃瓶酒和晚餐，中斷菲麗絲喋喋不休的、多半論及塔爾西斯上新建築工程的說話聲。不過她似乎也很有興致的跟男女服務生交談，應要求在餐巾上簽名，詢問他們何處來、在火星多久了等等。薩克斯規規矩矩的用餐，不時觀察菲麗絲並欣賞布若斯，等待著晚餐的結束。而那似乎進行了幾百個鐘頭。

　　終於晚餐結束，他們搭乘電梯回到山谷地面。電梯帶回他們共同渡過的第一個夜晚的記憶，讓薩克斯感到非常不安。或許菲麗絲也有相同感覺，她移步到電梯另一邊。這漫長的下降過程於是在靜默沈寂中渡過。

　　來到大道的綠草地上，她短暫有力的擁抱他，再在他臉頰上輕啄一口說，「這是個美好的夜晚，史蒂芬，還有在阿雷那的那段時間也一樣，我永遠不會忘記我們冰河底下那小小的冒險經歷。但是現在，你知道，我得回到雪菲爾處理那邊堆積如山的事物。如果你到那裡，我希望你會來看看我。」

　　薩克斯努力控制自己的表情，試著釐清史蒂芬會如何反應、如何回答。菲麗絲是個驕傲浮華的女人，與其讓她反覆思索為何他看來有如甫釋重負，還不如讓她避免去想被她拋下的情人將如何傷心痛楚，那麼她也許會比較容易遺忘整個戀情。所以他將心中那股反對受到如此對待的微小聲音壓抑住，而將嘴角往下一垂，雙眼看著地面。「啊。」他說。

　　菲麗絲像個小女孩般笑了起來，一把抓過他來深情擁抱著。「不要這樣，」她勸告他。「我們曾經很快樂過，不是嗎？而且當我再來布若斯時，我們仍能互相見面，或是你來雪菲爾。否則我們又能怎麼辦呢？不要傷心。」

　　薩克斯聳聳肩。這場景對深受相思之苦的哀哀求告者而言或許非常適合，只是他從來就沒有想要扮演那樣一個角色。畢竟他們兩人都已超過百歲了。「我知道，」他說，朝她丟去一抹哀傷憂鬱的笑容。「我只是遺憾時間到了。」

　　「我知道。」她再次親吻他。「我也是。但是我們會再見面，到時我們再看看。」

　　他點頭，又往地下看，心中對演員們面對的難題有了新的體認。還要做些什麼？

　　不過，輕快的道聲再見後她就離去了。薩克斯在她回頭時表達了他的再見，短暫揚起揮擺的手。

　　他穿過大斜坡大道，朝杭特臺地走去。那麼就這樣結束了。比他想像中的還要容易簡單些。事實上，非常方便。然而他心中仍有些不舒服。走過杭特底下樓層的商店櫥窗時，他看了看自己的反射身影。一個放蕩卑鄙的老頭；英俊？喔，管它是什麼意思。在某些女人眼中是英俊。被其中一個挑中，利用來作幾星期的床畔伴侶，然後時間一到就棄置一旁。可想而知，這種劇情在過去年年歲歲裡不知發生過多少次，而且在女人身上多些，男人身上少些，因為文化上的不平等以及生殖等問題。可是現在，生殖繁衍已經不是問題，而文化早已粉碎破壞……她真的很糟糕又很可怕。然而話說回來，他沒有資格抱怨；他自己毫無異議的同意順服，而且從一開始就存心欺騙她，不僅僅是有關他的真實身分，還有他對她的真實感覺。現在他自由了，也無須再揣想猜臆。更不必隱受威脅了。

　　在一股類似一氧化二氮的輕盈昂揚中，他走上杭特龐大的中庭階梯來到他的樓層，沿著長廊來到他的小房間。

*　　*　　*

　　那年冬季稍後，第二個二月裡，地球化計畫年度會議將在布若斯舉行兩個禮拜。這是第十屆會議，定名為「M-38：新結果和新方向」，參與者乃來自全火星的眾多科學家，將近三十人。會議在台布山大會議中心舉行，而來訪科學家則散居全鎮各旅館中。

　　生物科技—布若斯的每一個人都參加了這場會議，只在需要回實驗室察看進行中的實驗時才奔回杭特臺地。薩克斯自然對會議的所有議題都保持相當高昂的興致。會議的第一天早晨他很早就到運河公園，端了杯咖啡和糕餅走上會議中心，幾乎是報到台前的第一位。他取了他的資料袋，將名牌別在大衣上，閒步在會議室外的走廊上啜飲咖啡，翻看當天早上的議程表，瞥看矗立走廊上的幾處看板。

　　在這裡，薩克斯第一次有著他已經好幾年沒有經歷到的如魚得水般的舒暢感。科學會議全都一個樣，不管什麼時候、什麼地方，連人們的穿著也都沒變：男人穿著保守古舊、微顯寒酸的學究式夾克，皮膚不是淺棕就是棕褐或紅褐；女人約佔總人數的百分之三十，穿著單調簡樸的尋常套裝；許多人仍然戴著眼鏡，即使現在幾乎很少有手術矯正無法改善的視力問題；大多數人隨身攜帶自己的資料袋；每個人都將名牌別在左邊衣領上。較為幽暗的裡邊會議室，情形也一如往常：演講者站在錄影機螢幕前，以配合他們姿勢節奏的誇張韻律聲調講述，用一根指示棒點著螢幕上過分擁擠的圖表、分子結構等等……而聽眾是由對演講主題最有興趣的三十到四十個同事組成，彼此靠在各自友伴身邊成排坐著，仔細聆聽並準備講演後要詢問的問題。

　　對那些喜歡這種世界的人來說，是個非常愉快的景象。薩克斯探頭進入幾個會議室，但是沒有一個演講內容足以吸引他入內就坐，不久他發現自己置身於滿是海報陳列的走廊，他於是繼續瀏覽。

　　「多環芳香烴在單體和膠束的表面活化劑溶液裡的溶解」。

「北荒漠南方下陷地的後灌注狀況」、「第三階段老化現象治療的上皮細胞阻抗力」、「撞擊盆地邊緣輻射裂縫含水層的比例」、「長形帶菌生物細胞質體的低伏特電穿孔傳送系統」、「伊秋思峽谷的下降氣流」、「新仙人掌屬的基因組基礎」、「阿門西斯與第勒那區域裡火星高地的再浮現」、「就分析受污染工作服評估職業上暴露氯石灰酸鹽基的方法」。

這些海報一如以往般乃各類混雜的甜美組合。就各種角度來看，它們其實是宣傳海報而非演講報告——通常是沙比希裡的大學畢業生的成品，或是與這次會議有關的輔助標題——然而內容包羅萬象，因而很能引起瀏覽的興致。而且這次會議沒有企圖以主題來分類組織這些海報，於是「東查利頓山脈多年生草本植物地理分布」，闡述高海拔可活四千年之久的貼地地衣的繁榮成長海報，正對著「北塔爾西斯氣旋旋渦裡卷雲、高層雲以及高積雲中鹼性粒子霰雪的來源」，氣象學上一個重要議題。

薩克斯對一切都有興趣，然而最能夠吸引他的海報仍是那些他主張的從各個角度來描述觀察地球化，或那些他曾參與過的題目。其中一個「山腳基地風車釋放累積熱能的估計」，讓他停下腳步。他讀了兩遍，些許沮喪消沈的情緒自心底緩緩升起。

他們到達火星前的火星平均溫度約為二百二十絕對溫度，而舉世同意的地球化其中一個目標，是將平均溫度提高到高於水的冰點，亦即二百七十三絕對溫度。要把整個星球的平均地表溫度提升五十三絕對溫度以上是個嚇人的挑戰，薩克斯計算過，需要在火星地表每平方公分上應用 $3.5 \times 10^6$ 焦耳電能。薩克斯在他自己的模型裡一直就往平均溫度二百七十四絕對溫度為目標進行，認為以這平均溫度，這個星球一年中大半時間會夠溫暖足以產生旺盛的水圈，然後進階到生物圈。許多人致力於更高的溫度，但是薩克斯覺得沒有必要。

不管怎樣，所有增加系統熱能的方法都以提高多少全球平均溫

度為評斷標準；而這張海報檢測薩克斯的小型風車加熱效果，估計在過去七十年時間裡只使溫度增高不到零點零五絕對溫度。他在海報所簡述的模型上，找不到錯誤的假設和計算。當然加熱功能不是他製作那風車的唯一目的；他同時希望能對他想要在地表上測試的早期人工培植貼地植物提供溫暖和屏障。然而那些有機體卻在暴露於外後全都不是立即死亡，就是稍稍延長一些時間而已。所以整體而言，這計畫不能算是他良好成果之一。

他繼續前進。「加工階級化學資料在水化學模型上的應用：道峽谷流域」、「增加蜂類昆蟲二氧化碳忍受力」、「水手冰河湖中康普頓放射性核種沉積的表水層純化作用」、「清除雪道反應鐵軌的碎片」、「釋放鹵烴產生全球暖化的結果」。

這最後一項又讓他停步。這張海報乃大氣化學家希蒙和他的學生所作，閱讀它使薩克斯好受多了。當薩克斯在二○四二年接任為地球化計畫的主持人時，他曾建議立即建造工廠，生產釋放一種特別溫室混合氣體到大氣層中，其組合物大半是四氟化碳、六氟乙烷，以及六氟化硫，還有一些甲烷、一氧化二氮。海報稱這混合氣體為「羅素雞尾酒」，也是他昔日伊秋思高點工作團隊對其的稱呼。雞尾酒裡的鹵烴是強力溫室氣體，它們最大優點是吸收八到十二微米波長向外散失的行星輻射能，這就是所謂的「窗戶」。鹵烴的吸收力遠遠大於水蒸氣或二氧化碳。當這窗戶開啟時，即會有可觀的熱量逃逸到空氣中，薩克斯很早就決定要試圖關閉它，方式乃依循早期馬克凱等人在此主題上的古典模型，釋放足夠的雞尾酒，使每百萬大氣層就有十到二十單位。所以從二○四二年起，一股主要力量就投注在建造自動化工廠上，讓工廠散佈整個星球，將當地的碳、硫和氟原料加以處理，製成氣體釋放到大氣層裡。如此釋出的數量逐年增加，並且在每百萬有二十單位的目標達到後仍然繼續，因為他們想要在日益增厚的大氣層中維持其一定的比例，同時也因為他們必須補充因紫外線持續照射造成的高海拔鹵烴的損失。

依據希蒙海報上的圖表數據顯示，那些工廠在二〇六一年仍持續運作，直到今天維持每百萬二十六單位的水準；海報上的結論說這些氣體提高表面溫度達絕對溫度十二度之多。

薩克斯繼續往前，臉上有著一絲笑容。十二度！那可算得上什麼了！那是他們理想升高溫度度數的百分之二十強，全靠這早期設計良好的氣體雞尾酒持續不斷的運作。完美簡潔，真的是。簡單的物理作用實在叫人窩心……

現在已經是上午十點了，一場主要演講正由博拉茲佳尼開場，他是火星上最傑出的大氣化學家，演講內容是有關全球溫室效應。博拉茲佳尼顯然要公開他對截至二一〇〇年以來各種增溫方法貢獻度的計算，亦即撒力塔開始操作的前一年為止。在估算個別努力方式之後，他將試圖評斷這些個別努力彼此間可有任何相輔相成的效果。因此這場演講是此次會議重要議程之一，許多人的工作將會列入其中並接受評價。

這場演講在一個大型會議室舉行，室內因此盛會而擠滿人潮，最少有兩千人。薩克斯在演講剛開始時溜進場內，站在最後一排座位的後面。

博拉茲佳尼是個黑膚白髮的矮小男子，在一幅大螢幕前手舉指示棒陳述著，螢幕上正顯示出各種加溫方法的錄影圖片：兩極上的黑色塵埃和地衣、從月球航行而出的繞軌道運行的鏡子、超深井、溫室氣體工廠、在大氣層裡燃燒殆盡的冰小行星、脫氮細菌，以及其他生物。

薩克斯在二〇四〇和五〇年代就曾引進介紹這些程序，此刻他比任何一個聽眾都要來專心緊盯螢幕。他在早期極力避免的唯一一個顯而易見的增溫策略就是釋放大量二氧化碳到大氣層中。那些支持這項策略的人曾經想要開始這種輕鬆易得的溫室效果，創造二氧化碳高達二千毫巴的大氣層，辯稱能夠大幅加溫這個星球、阻擋紫

外線、有利植物繁榮生長。毫無疑問，以上全皆屬實；但是對人類和其他動物來說那具有毒性，雖然這項計畫的擁護者談及第二階段，亦即將二氧化碳從大氣中除去，使之變為適於呼吸，然而他們提出的方式相當模糊，一如他們的時間表，範圍從一百年到二萬年。而天空將持續維持乳白色。

　　薩克斯不認為這是解決問題的精簡方式。他偏好他自己的單一步驟模型，直接迎擊最終目標。那表示他們會永遠短少熱能，而薩克斯判斷忍受這種不便還是值得。他一直盡力尋找可以替代二氧化碳增溫的方法，譬如超深井。可惜博拉茲佳尼估計超深井釋放出來的熱能相當少；它們總共不過提高平均溫度五度左右。喔，那實在沒法子，薩克斯一面往他資料板輸送資料，一面這樣想著——唯一良好的熱能來源是太陽。於是有了環繞軌道運行的鏡子如此激進的建議，而該鏡子自月球飛航而出之後逐年增大，由一種相當有效率的製造過程使用月球上的鋁來建造。博拉茲佳尼說，這些艦隊已經大到足以增加平均溫度達五絕對溫度左右。

　　一個大家從未熱中進行的降低反照率方法，則使溫度增加了二度。分散整座星球大約兩百個原子反應爐則另增加了一點五度。

　　接著博拉茲佳尼提到溫室氣體雞尾酒；不過他沒有使用希蒙海報上的十二絕對溫度，卻是自己估計的十四絕對溫度，並且援引一份二十年前的沃金司報告來支持其論點。薩克斯早注意到伯克納就坐在後排離他不遠處，他側身行去，俯首伯克納耳旁，悄聲道，「他為什麼沒有用希蒙的成果？」

　　伯克納咧嘴一笑，也細語道，「幾年以前，希蒙發表一篇論文，引用博拉茲佳尼一個非常複雜的紫外線—鹵烴交互作用數據。他稍作了些更動。第一次發表時他將之歸功於博拉茲佳尼，但是後來他再提到那數據時就只提他自己早先的論文。那很讓博拉茲佳尼憤怒，而且他認為希蒙就這主題所作的論文是剽取了沃金司的成果，所以他只要談到增溫，就只提到沃金司的成果，假裝希蒙的東

西完全不存在。」

「啊，」薩克斯說。他挺直身子，因著博拉茲佳尼這番迂迴卻情感流露的小動作不由自主的笑了起來。事實上，希蒙就在室內另一端，眉頭重鎖。

此時博拉茲佳尼進行到水蒸氣和二氧化碳釋放到大氣層中的增溫效果，他估計其總值為十度。「這部分效果可稱為增效作用，」他說，「二氧化碳的去吸附作用多半是其他增溫作用的一個結果。然而除此之外，我不認為我們可以說增效作用佔有很大因素。因為個別獨立方式所增加的溫度數量，與全星球各氣象報告中提到的溫度相當接近。」

螢幕上顯示出他最後一張圖表，薩克斯在他資料板上簡單速寫下來：

博拉茲佳尼，二一○二年，第二個二月十四號：
鹵烴：十四
水及二氧化碳：十
超深井：五
撒力塔之前的鏡子：五
降低反照率：二
原子反應爐：一點五

博拉茲佳尼沒有將風車加熱系統加進來，薩克斯在他資料板上寫入。總共數量為三十七點五五絕對溫度，薩克斯認為就他們五十三度強的目標來說，這算相當成功的階段。他們不過進行了六十年，而大部分的夏天白日溫度已經踰越冰點，讓極地和高山植物得以生長茂盛，一如他在阿雷那冰河區看到的那樣。這一切更是在撒力塔開始運作之前，它加入後更將日光提升了百分之二十。

發問時間開始了，有人提到撒力塔，詢問博拉茲佳尼在慮及其

他方法已經得到如此成果的現階段，是否認為其有存在必要？

博拉茲佳尼聳了聳肩，就像薩克斯在這個情形下會有的動作般。「必要的定義是什麼？」他回答。「那完全看你要多暖和。根據羅素在伊秋思高點提出的標準模型，盡可能使二氧化碳維持在低濃度相當重要。如果我們採行這種作法，那麼勢必得同時進行其他的增溫方法，以彌補原本二氧化碳所能提供的熱能。撒力塔可能是個辦法，可以補救為使空氣達到適合呼吸而削減二氧化碳含量所造成的損失。」

薩克斯不由自主的點著頭。

另有人站起說道，「你不認為在考慮到我們知道目前擁有的氮藏量之後，那標準模型已經不適用了嗎？」

「對，不過是在所有氮氣都釋放到大氣層之後。」

但是這不太可能達到，發問者很快的指出。總數量中很大一部分將留存在地下，事實上植物會需要它。所以空氣中仍然缺乏氮氣，薩克斯很早就瞭解到了這點。假如他們盡可能維持二氧化碳在空氣中的最低含量，那將使氧氣的比例增大到危險的地步，因為氧氣具易燃性。另一個人站起提出氮氣的缺乏可以釋放其他鈍氣來平衡，首要為氬氣。薩克斯撅起嘴唇；他早自二○四二年就預見這個問題而引介氬氣到大氣層中，火星風化層裡含有豐富的氬。但是他的工程師們發覺要將它們以氣體形式釋放出來並不容易，此刻其他人也如是提出。不，大氣層中各類氣體的平衡已經變成了棘手問題。

一名女子站起指出一個由阿姆斯科指揮協調的跨國公司資本聯合會，在建造一個連續飛行的太空梭系統，到土衛六泰坦衛星上近乎純氮大氣層中收集氮氣，將其液化後載回火星，散置於上層大氣中。薩克斯斜乜著眼，在他資料板上迅速的計算一番。當他看到結果時，兩道眉毛倏忽上揚。那要相當龐大的太空梭往返次數才可能有任何效果，不然就需要許多極為巨大的太空梭。居然有組織認為

這樣一項投資值得嘗試實在叫人感到驚訝萬分。

　　現在他們又回到撒力塔的討論上。那確然足以補償降低現存二氧化碳含量所減少的五至八絕對溫度的熱能,同時它也有可能增加更多熱能;依理論而言,薩克斯在他資料板上計算著,它能增加二十二絕對溫度。怎麼降低才是個大問題,有人指出。有位站在薩克斯近旁,來自真美妙一個實驗室的男子,挺身宣佈有關撒力塔和飛行透鏡的現場展示演講將在會議稍後舉行,這些爭論將於該場演講中澄清。他坐下之前補說道,單一步驟模式的嚴重瑕疵使得兩階段模式的推出非常必要。

　　人們對此翻眨白眼,博拉茲佳尼宣佈此會議室下一場演講即將開始。沒有人評論他精巧的模型,那模型似乎集合了各種不同增溫方式的所有貢獻。從另一個角度來看,這是一種尊敬──沒有人挑戰這個模型,博拉茲佳尼在這個領域的傑出表現被視為理所當然。現在人們相繼站起,一些人走上去與他交談;另外室內剎那間迸發上千個嘰嘰喳喳的對話,同一時間人們魚貫離開會場,進到室外走廊。

　　薩克斯和伯克納一塊在布蘭曲臺地底部外端的咖啡廳吃午餐。他們周遭全是來自火星各地的科學家,一面用餐一面談論著早上的議程。「我們認為是以兆為單位的」、「不,硫酸鹽的作用相當保守。」聽起來隔桌客人認為改採兩階段模型終將發生。一名女子說什麼要將平均溫度提升到二百九十五絕對溫度,比地球平均溫度還要高上七度。

　　薩克斯斜眼瞥看這些對熱能的草率粗淺以及貪婪的言論。他不懂為什麼要對目前所獲得的進展不滿意。畢竟整個計畫的終極目標不是只在熱能,而是生物可以成長茁壯的表面。目下結果似乎沒有可抱怨的地方。根據事實資料,當前氣層壓力平均為一百六十毫巴,其組成分子等分為二氧化碳、氧氣和氮氣,以及標準限量內的

氬氣及其他氣體。這不是薩克斯想要得到的最後混合結果，但是根據他們一開始就必須面對的揮發物質清單，這已經是他們所能得到的最好結果。這為邁向薩克斯心中的終極組合，提供了相當堅實的基礎。他依據早期法格的公式計算，有了如下的組合：

　　三百毫巴的氮氣
　　一百六十毫巴的氧氣
　　三十毫巴氬氣、氦氣等等
　　十毫巴的二氧化碳

　　總壓力：五百毫巴

　　這些數值乃依據人體需求以及不同氣體的極限來制定。總壓力必須高到足以使氧氣順利進入人體血液裡，而五百毫巴大約是地球上海拔四千公尺高的壓力，近乎人們可以永久生存的高度上限。既然接近上限，那麼在這樣一個稀薄大氣層中的氧氣比例最好就要比地球高些，但是又不能太多，否則一旦起火就難以熄滅。同時，二氧化碳必須保持在十毫巴以下，否則大氣就會具有毒性。至於氮氣則是越多越好，事實上，七百八十毫巴會很理想，然而火星氮氣的總蘊藏量據估計少於四百毫巴，所以三百毫巴是可以釋放到空氣中的合理最大值，也許可以更多。事實上缺乏氮氣是努力地球化者所面對的最大問題之一；他們需要更多，空氣和土壤皆同。

　　薩克斯低頭盯著他的盤子沈默用餐，努力思考所有這些因素。這個早上的討論使他懷疑他在二〇四二年中做出的決定到底對不對──揮發物質調查紀錄是否能夠佐証他意圖以一階段方式達到火星表面適合人類居住的努力是可行的。這並不是說現在能有什麼可以改變的。而且在考慮到所有因素之後，他仍然認為那些決定是對的；沒有其他選擇了，真的，如果他們想要在有生之年自由自在的

走在火星表面上的話，那是唯一可行之路。即使在他們的壽命得以
大幅延長的狀況下亦同。

　　但是，有人似乎對提高溫度比呼吸適合度還要來的關切。他們
很顯然認為他們可以像使氣球變大般提高二氧化碳濃度，大量增溫
後再降低二氧化碳含量，這中間不會有問題。薩克斯對此實在感到
懷疑；任何一個兩階段模型最後都會變得混亂難纏，而那混亂的程
度使得薩克斯不得不懷疑他們會僵持在最早期的兩階段模型所預測
的兩萬年的時間表上。一念及此，他就忍不住眨眼。他想不通為什
麼要這樣做。難道人們真的願意冒這麼長時間的險？他們真的被日
漸成熟的巨形化科技所迷惑，以為任何事都有可能？

　　「你的煙燻牛肉怎樣？」伯克納問。

　　「我的什麼？」

　　「煙燻牛肉。那是你才吃的三明治，史蒂芬。」

　　「喔！很好，很好。應該很好。」


　　下午的議程多集中在探討全球性增溫活動的成功所造成的問題
上。當地表溫度上升，地下生物開始更深入的穿透風化層，永凍土
也一如預期般開始融解。然而這同時也對某些特定區域造成嚴重損
害。這些區域之一很不幸的即為依稀地平原本身。一位來自布若斯
布雷西斯實驗室的火星學科學家詳盡的解釋了這個情形；依稀地是
巨大古老衝撞盆地之一，大小約與阿爾及爾同，其北邊界限已經完
全消失，而南方邊緣現在是大斜坡的一部分。地底的冰億兆年來不
斷從斜坡匍匐而出，向盆地流瀉而去。現在接近表面的冰開始融
化，冬天又再度凍結。這融解—冰凍的循環過程引起霜雪移動隆起
的程度範圍前所未見；幾乎是地球相似現象的兩倍大規模，而比地
球類似地形要大上一百倍的喀斯特和冰核丘則形成巨大孔穴、龐大
山丘。這些佔據依稀地表面的巨大新洞和山丘使整個地形彷如到處
起著水泡。這位火星科學家在報告和放映一系列令人驚詫的投影片

後，她領著一大群有興趣的科學家來到布若斯南端，經過墨里斯勒可斯臺地來到帳幕邊牆，周遭地勢看來像是才經歷過地震的蹂躪，地表某處高高隆起，顯露出光禿圓丘般的上升冰團。

「這是冰核丘的標準典型，」這位火星學家以專業口吻說道。「這些冰團跟永凍土基質相比，較為純淨沒有雜質，它們對形成層造成的影響等同於岩石——當永凍土在晚上或冬季再行凍結時，它就膨脹起來，在這過程中任何夾雜其內的硬物即被往上推舉到表面。地球凍原地帶有許多冰核丘，但是沒有一個有這麼大。」她帶著這群人走上曾是平坦街道如今為粉碎混凝土的地面，他們從一個火山口邊緣看出去，看到一個髒污白冰拱起的圓丘土崗。「我們像對待疔瘡般切割它、融化它然後輸送到運河裡。」

「在郊外這些湧起來的東西會像是綠洲，」薩克斯對潔西卡評論道。「夏天到時它會融化，溼潤周圍區域。我們最好發展一些種子、孢子、根莖類植物，播撒在郊外這樣的地點上。」

「沒錯，」潔西卡說。「不過，就現實層面來說，大多數永凍土地帶最後不免淹沒在荒漠海洋之下。」

「嗯。」

真相是薩克斯暫時忘卻了在荒漠進行的鑽孔鑿挖工程。當他們回到會議中心，他即特意尋找有關那工程的演講。四點鐘有這麼一場：「北極透鏡狀永凍土汲水過程的新近進展」。

他麻木的看著演講者的錄影帶。從北極冠延展至地下的透鏡狀冰層看來一如沈沒於水中的部分冰山，比表面看得到的極冠部分含藏有十倍多的水分。北荒漠的含量更多。但是要將那些水分引到表面來……一如從泰坦的大氣中收進氮氣來補充一般，是薩克斯早期從來沒有考慮過的超大型計畫；那時根本連可能性也沒有。這些大計畫——撒力塔、泰坦運來的氮氣、北部海洋鑽鑿、冰質小行星的頻繁抵達——進行範圍之廣使薩克斯在調適上很有些困難。現在他們淨朝巨大化方向思考，那些跨國公司。在設計和材料科學上發展

出的新能力，以及建造完全自我複製的工廠，很顯然的使那些計畫就技術層面而言無不可行；然而起步的財物投資仍然龐大得驚人。

至於牽涉到的科技能力發展，他發覺自己很快的就適應過來。那是他們過去成就的一種延伸：解決了一些材料、設計、穩定控制上的基礎問題，使一個人的力量可以發展到相當可觀的境地。可以說他們伸展觸鬚的範圍不再逾越他們的能力限制之外。而這種狀況，加上他們伸展範圍的方向，卻又不時在人們心中擾起一股警戒之心。

不管怎樣，現在就有五十座鑽孔台設置在北緯六十幾度間，鑿鑽深井，往底端插入永凍土融解設備，其中包括高熱收集隧道和核爆。如此融化得來的水隨後即抽取至北荒漠沙丘之上，接著那些水在表層再次凍結。然而這層冰片終將融化，部分因為本身重量所造成，於是北緯六十和七十度之間將會出現一圈海洋，一個毫無疑問將一如所有海洋般，非常良好的熱水槽；不過當它維持冰凍海洋狀態時，其增加的反照率很可能會讓它成為全球系統中一個淨熱能散失的地方。他們彼此削弱運作功能的另一例證。而布若斯本身的位置，與這新海洋有著密切的關係；最常提到的是，資料顯示這城市低於海平面。人們論及用一道岩脈阻隔，或創造一片較小的海洋，然而沒有人能夠確知詳情。整件事非常引人注目。


薩克斯就這樣每天全程參與這次年度會議，幾乎全待在禁止高聲交談的會議室和外間走廊上，和同事、海報作者，以及鄰近聽眾低聲交換意見。他不只一次必須假裝不認識他的老夥伴，而這種相遇那讓他緊張得想盡量避免。不過，大家似乎都沒有感覺到他令他們想起了他們認識的某人，而且大半時候他都能夠將心思專注在科學議題上。他因而對此興致勃勃。與會人員或陳述研究結果，或提出問題，或爭論事實細節，或商討應用意涵，全在統一泛著螢光的會議室進行，伴隨在通風設備和錄影機器的嗡嗡聲中——彷彿處於

時間空間之外的一個世界裡，純科學的想像空間裡，實屬人類精神的一個偉大成就——一種烏托邦世界，溫暖明亮又安逸。對薩克斯來說，一次科學會議就是一個理想國經驗。

然而，這次會議期間帶有一種陌生的風氣，一種薩克斯以前從來沒有見識過的緊張拉力，他並不喜歡。演講後的發問多半帶著侵略性，而回答很快的就變成為己辯護。他曾非常欣賞的科學議題間的純對談（大家也承認從來就不是非常單純），現在因完全意見不和的爭執、明顯的角力而削弱失色許多，其動機也已超乎尋常的自負自我情狀。那不是希蒙那種沒有良知的掠奪博拉茲佳尼的成果，或博拉茲佳尼的高雅精巧的反擊；而是一種相當直接的攻擊態度。就如一場有關挖鑿超深井以及觸及地函可能性的演講末端，一個矮小禿頭、來自地球的人站起說道，「我不認為這裡提到的岩石圈模型是正確的。」語畢立即逕行離開會場。

薩克斯無法置信的目睹這一切。「他是怎麼了？」他悄聲問克萊兒。

她搖搖頭。「他替真美妙研究飛行透鏡，他們不喜歡跟他們融化風化層計畫有潛在競爭的任何主意。」

「老天爺。」

接下來的發問時間在這般無理粗野舉動的震撼下，遲疑猶豫的進行著，而薩克斯溜出室外，好奇的瞪看走道一端那位真美妙科學家。他到底在想什麼？

然而這惡棍無賴不是唯一一個表現奇怪的人。大家都顯得壓力重重，緊張兮兮。賭注當然很高；墨里斯勒可斯臺地底下的冰核丘只是個小小案例，意料之外的有害副作用肯定都會在會議上提出討論，然後也會有人為此提出辯護，而副作用得付出金錢、時間、生命。然後另有財源動機⋯⋯

年度會議到此已接近尾聲，議程也從非常專業的主題變換到一

般性的講述和座談，包括在主會議室舉行的有關幾個大型新計畫的演講，人們稱之「龐妖計畫」。這些計畫將產生很大的衝擊，幾乎影響到所有其他計畫。因而他們討論時，總為各自的政策爭辯，事實上，他們談及的是下一步該怎麼做，而不是針對已經發生的狀況。那往往激發更多的口角爭執——現在比往昔更甚，大家開始嘗試從早先的演講中擷取支持自己論點的資料，而根本不管那些演講牽扯到什麼。他們正進入到一個不幸的區域，科學開始往政治靠攏，報告變成補助金提案；看到這種低級黑暗區侵蝕先前會議場中中立地段，實在叫人沮喪失望。

薩克斯在獨自午餐時反省，引起如是局面的部分原因，毫無疑問的是那龐妖計畫的龐大科學本質。它們全都所費不貲，而且困難異常，因此得部分發包給不同的跨國公司。就表面看來，這是個值得喝采的策略，一個有明顯效率的舉動，然而很不幸的，那同時表示對解決地球化問題抱持不同角度的人如今有各自的利益團體加以支持，辯稱自己的方案才是最好的，不惜扭曲資料以捍衛自己的意見。

舉例來說，布雷西斯在相當昂貴的生物工程技術上與瑞士同為領導者，因此其理論代表人即為所謂的生態波伊希思模型辯護，聲稱在這個階段無需更多熱能或揮發物質的灌注，生物進展本身，輔以基本的生態工程，就足夠使這星球地球化達到早期羅素模型預想的程度。薩克斯認為就撒力塔已經開始運作的情況下，以上論述很可能判斷正確，除卻他覺得他們提出的時間表太過樂觀。然而他此刻為生物科技公司工作，所以他本身的判斷也很可能不夠客觀。

然而阿姆斯科的科學家，卻強硬的表示氮的蘊藏量低少將使任何達成生態波伊希思的希望大打折扣。他們堅持繼續工業介入是必要的；當然建造泰坦氮氣運輸太空梭的是阿姆斯科。康撒力代則是主持荒漠的鑽鑿工作，其人員強調旺盛水圈的絕對重要性。真美妙的人員掌控新鏡子的運作，宣揚撒力塔和飛行透鏡在增加熱能及將

氣體灌注到系統上效能絕佳，並加速促進一切發展。要辨認誰又擁護何種計畫非常簡單明顯；你可以從人們別在衣襟上的名牌了解他們的組織關係，也能預測他們會支持或攻擊什麼計畫。看到科學被這些人如此叫囂扭曲讓薩克斯非常心痛，他同時覺得這種壓力使每個人都很感煩惱，即使對那些施加壓力的人亦同。每一個人都知道發生了什麼事，也沒有一個人喜歡這種狀況，然而沒有人願意承認。

　　最後一天早晨就二氧化碳問題的小組討論會上，這種情形更加明顯。這很快的變成撒力塔和飛行透鏡的防禦答辯，由兩個真美妙科學家非常激烈的進行。薩克斯坐在會場後面，聆聽他們對那些大型鏡子的熱情描述，越來越覺得心煩苦惱。他並不排斥撒力塔本身，那其實是他早期將鏡子送上軌道的邏輯延伸。可是低地飛行透鏡無疑的是個極端強力的工具，如果它聚焦於地表任何一點，將足以蒸發掉上百毫巴的氣體到大氣層裡，其中多數為二氧化碳，那根據薩克斯的單一步驟模型是他們不要的氣體，而任何理性措施都會使它繼續留在風化層裡的。不，這飛行透鏡產生的效果，牽扯到好些嚴肅問題，而真美妙人員沒有問詢其聯合國臨時政府橡皮圖章（譯註：rubberstamp，糊裡糊塗蓋章、不加考慮即表贊同的政府機關等）委員會以外的科學家意見，逕行融化風化層的行為，實應受到嚴厲的譴責。但是薩克斯不想把注意力拉到自己身上來，他只能坐在那裡，在克萊兒和伯克納旁邊，拿出他的資料板，侷促不安的兀自希望有人能夠替他提出那棘手的問題。

　　因為那些問題不僅棘手，也相當明顯，因此有人確實提了出來；和真美妙從開始就一直處於世仇敵對立場的三菱旗下一位科學家站起來，很有禮貌的質問過量二氧化碳可能造成溫室效應有如脫韁野馬般難以收拾的問題。薩克斯大大點著頭。但是真美妙科學家回答說那正是他們希望看到的，辯稱熱能越多越好，還有大氣壓力若能達到七或八百毫巴，會比五百要好得多等等。「但如果是二氧

化碳就不好呀！」薩克斯對克萊兒咕噥著，後者點頭。

博拉茲佳尼起來陳述相同觀點。其後有更多人接隨；會場中的許多人仍然以薩克斯的原始模型為行動方針，他們同時以多樣例證堅持要將多餘的二氧化碳從空氣中清除掉相當困難。然而也有許多來自阿姆斯科、康撒力代以及真美妙 的科學家，不是宣稱淨化二氧化碳不會有問題，就是辯解富含二氧化碳的大氣層不是壞事。這生態系統下的多數植物、耐二氧化碳的昆蟲，甚至一些基因改造的動物將可以在那樣溫暖厚實的大氣層中蓬勃繁榮，人們更可以穿著無袖衣飾到處走動，唯一的累贅只是一個面罩。

這讓薩克斯咬牙切齒，並為他不是唯一有這樣表情的人感到欣慰，他於是能夠坐在椅子上，看著其他人紛紛站立迎戰這個與地球化基本目標大相逕庭的說法。這場爭論迅速變得熱烈激昂，甚至滿含仇視忿恨。

「我們來這裡並不是尋求一個叢林星球！」

「你們在暗示人類可以經基因改變而忍受高濃度的二氧化碳，那實在無稽！」

情況很快的變成他們什麼結論也沒達到。沒有人真正在聆聽別人，而每一個人都有著自己的意見，那意見與各自雇主的興趣不謀而合。實在很難看，真的。彼此爭執論說語氣中蘊含著的厭惡，使得眾人紛紛退席，只除那些正在論爭的當事人——薩克斯周遭的人開始收拾議程表，關上資料板，互相耳語，周圍陪襯著仍然站立陳述的人們……太不成體統了，毋庸置疑。過不了多久大家就都了解他們互相爭辯的是執行科學家身分無置喙餘地的政策層面的決定。沒有人喜歡這個發現，而人們就在討論議程繼續當中，開始起立離開會場。那深受打擊的會議主持人，一個過於有禮的日本女子可憐兮兮的在沸騰語聲中揚聲發話，建議結束討論。人們成群結隊來到長廊，一些人仍然熱烈的和其同盟會員論說著，言辭更加斷然剛愎，因為他們的抱怨現在只有他們的朋友聽得見。

　　薩克斯尾隨克萊兒和潔西卡以及其他生物科技公司人員穿越運河進入杭特臺地。乘坐電梯上到臺地頂部高原，在「安東尼歐」午餐。

　　「他們要用二氧化碳來淹死我們，」薩克斯說，無法不再出聲。「我不認為他們了解就標準模型而言，那犯下多基本的錯誤。」

　　「那是個完全不同的模型，」潔西卡說。「兩階段、重工業化模型。」

　　「但是那等於毫無時間限制的把人類和動物圈在帳篷裡。」薩克斯說。

　　「也許那些跨國公司的主持人對那點並不介意。」潔西卡說。

　　「他們可能喜歡呢。」伯克納說。

　　薩克斯扮了個鬼臉。

　　克萊兒說，「有可能只是他們擁有這個撒力塔和透鏡，想要使用而已。就像耍弄玩具般，多像你十歲時拿著放大鏡將陽光聚焦引燃火苗那樣的好奇舉動。只不過這個功能更強、更有效。他們無法忍受不去使用它們。然後造成燃燒運河區域，你知道……」

　　「那實在愚不可及，」薩克斯尖銳的說，當其他人驚愕的看著他時，他試圖緩和語氣：「喔，那真是很愚蠢的想法，你知道。實在是一種模糊不清的浪漫主意。那些運河不會是有效銜接一條水流到另一條的那種，而即使他們試圖使用它們，河岸也將堆滿渣滓殘屑。」

　　「玻璃，他們是這麼說的，」克萊兒說。「不管怎樣，那只是運河而已。」

　　「但是，我們不是在這裡玩遊戲，」薩克斯說。要保持史蒂芬式的幽默感著實不易；因為他內心深處實在憤怒、煩惱。他們的啟頭工作做得那樣完美，六十年的紮實成就——而現在不同的人以不同理念、不同玩具橫砍亂伐，彼此爭論反抗，帶來更強力、更昂貴的方法，而彼此協調配合度更低。他們會毀了他的計畫！

　　下午的最後一場議程草率敷衍，根本無法扭轉他對這次年度會議不公正、不客觀的認知。當天晚上他回到自己的房間，比以前更仔細的觀賞有關環境消息的錄影帶，企圖為他無法釐清的些許問題尋找答案。懸崖峭壁逐日崩塌。不同大小的岩石在融—凍循環中被推擠出永凍土，岩石排列成獨特的多邊形圖案。岩石冰河在山谷斜槽裡形成，亦即岩石被冰脹裂舉起，大量滑落峽谷，造成像冰川一般的衝撞。冰核丘使北邊低地有如到處起著水泡，當然是除了鑽孔台傾瀉而出的冰凍海洋氾濫淹沒的陸地以外。

　　這番變化所及的範圍廣遠，如今到處可見，隨著夏天越來越暖和，次火星相越來越深入，變化速度也越來越快——同時冬天時節一切仍然堅實封凍著，每一個夏天夜晚也有一些凍結成冰。如此密集的凍—融循環能夠將任何地形徹底破壞，火星地形幾百萬年來一直維持在寒冷乾燥的停滯狀態中，將更容易受到影響。巨大的毀滅力量每天造成許多山崩，不幸死亡和無法解釋的失蹤時有聽聞。橫跨荒野的行旅變得甚為危險。深谷和新生噴火口不再是設立城鎮的安全地點，甚至連待上一晚過夜也不是個好主意。

　　薩克斯起身走到窗邊，往下俯看城市夜燈。這全是安曾經對他預言的，很久很久以前。無怪乎她對所有變化的相關報告都抱持著鄙夷態度，她以及所有紅黨成員。對他們來說，每一次崩坍都象徵著什麼地方出了錯，而非順利的往正確方向邁進。過去薩克斯不予理會；耗費巨資將凍土暴露在陽光下以增加溫度，並使蘊藏其中的氮資源釋出等等。現在腦海裡閃現著才參與的年度會議，他不再那樣確定了。

　　錄影帶上似乎沒有人表示憂慮。錄影帶裡沒有紅黨的影子。地形的崩塌只不過代表著一個機會，不僅是為了地球化，因為那似乎只是跨國公司的獨佔事業，而是為了挖礦。薩克斯看著一則論及新近發現的金礦的消息，心情跌落谷底。看到那麼多人心中燃燒著探勘礦藏的慾望，實在令人不解。這就是甫進入二十二世紀的火星；

隨著太空電梯的回返，他們彷彿也回到舊時淘金的狂熱中，好像命定天數般，來到未知領域，手持絕妙工具熟練的左戳右翻：宇宙工程、採礦、建築。地球化一直是他的工作重心，事實上是他生命的唯一焦點，過去六十年或更長的時間，似乎逐漸轉變成另一種東西……

＊　　＊　　＊

　　失眠症開始折磨薩克斯。他以前從來就沒有過這種現象，而現在覺得它令人非常不舒服。他半夜醒來輾轉反覆，腦中齒輪開始傳動，隆隆響聲充斥耳畔。當他知道不可能再入睡時，他爬起來打開人工智慧電腦螢幕，觀賞錄影節目，甚至新聞等等他以前從來沒有看過的東西。他看到地球上某種社會機能不良的徵兆。比如說，他們顯然沒有試圖調整社會運作方式，來因應老人療程引起的人口成長衝擊。那應該是最基本的工作——生育控制、限額分配、結紮手術等等——但是多數國家根本就沒有進行任何類似措施。未接受治療的被定位於社會最低階層比例顯然正在成長中，特別是人口眾多的貧窮國家。統計數據如今因為聯合國功能的沒落而難以獲得，然而一個世界法庭研究聲稱，已開發國家百分之七十人口已經接受了該項治療，而貧窮國家則只有百分之二十。薩克斯想，如果那種趨勢持續下去，將導致一種生理化階級的產生——馬克斯冷酷景象的追溯或重現——只是更為極端，因為現在的階級將是以二項式方配法對實質的生理差異做區分，幾乎是一種同血源的物種形成……

　　這種富與窮的分歧顯然深具危險性，然而地球上的人似乎卻認為是一種當然，屬自然的一部分。他們為什麼看不到危險？

　　如果說他曾經瞭解過地球，現在也已經不再能夠了。他坐在那裡顫抖著渡過他無眠的夜晚，因太過疲倦而無法閱讀或工作；他只好頻頻叩叫一個接一個的地球節目，試圖對那裡發生的事情有些了

解。如果他想要了解火星的話，他必須這樣做；因為那些跨國公司在火星上的行為基本上乃是受到地球上種種因素的驅策。他需要去了解。但是新聞錄影帶似乎超越理性理解力。在那裡，情況甚至比火星還要有戲劇性，那裡根本沒有計畫。

　　他需要歷史科學，卻很不幸的沒有這種東西存在。歷史屬拉馬克學派（譯註：Lamarchian，法國生物學家拉馬克主張，個體的某器官只要常使用便會進化，否則就退化，而這種變異可遺傳給子代。即所謂的用進廢退說），阿卡迪這麼說過，在考慮到因老人療程分布不平均造成的假物種形成之後產生的一個隱含惡兆暗示的理念；但是那並不真的有什麼幫助。心理學、社會學、人類學全都可疑無法盡信。科學方法不應該是以獲得有用資訊的方式應用在人類身上。而是以不同方式來陳述事實——價值方面的問題；人類現實真相只能以價值來解釋。而價值無法以科學方法來分析。將各個因素隔離開來研究，或提出可反證的前提假設，可反覆為之的實驗——這些方式及整個物理實驗儀器在這個問題上根本無法令人接受。價值驅動歷史，而歷史是整體的、無法重複的、偶然的。它可能具有拉馬克學派所描述的特徵，或只是一個渾沌混亂的系統，然而即使是這樣也仍屬猜測臆想，因為什麼是他們談論的因素，哪一方面應該要加以學習並傳承下去，或做為模範而非機械重複般的循環下去？

　　沒有人能說明白。

　　他開始回想阿雷那冰河強烈迷惑他的動植物發展規律原則。利用科學方式來研究世界自然歷史，而那歷史就多方面來說與人類歷史同樣有著費解的方法論上的難題，同樣不可反覆為之，亦無實驗餘地。然而由於沒有人類意識的羈絆，自然發展歷史通常相當成功，即使這個結論是基於觀察和僅能以更進一步的觀察來檢測的假設而來。那是真正的科學；它在偶然性和混亂失調之間發現了有效的一般演化法則——發展、適應、複雜化，以及許多其他特殊原

則，由不同的次要原則一步步確認。

　　他需要的即是影響人類歷史的類似原則。他閱讀過的一些史料沒什麼幫助；它們不是科學方法的差勁模仿，就是簡潔明白的純藝術。大約每隔十年就會出現新的歷史解釋來修正過去的路線，但是修正主義有興趣的方向顯然與過去案例的真實正義無關。社會生物學和生物倫理較有可為，但是它們傾向於提供演化過程時段上的解釋，而他要的是過去百年，以及未來百年的時段。或甚至過去五十年和未來五年。


　　一個又一個晚上他半夜醒來無法入睡，於是起身在螢幕前坐下，一頭栽進這些問題裡，卻又太過疲勞以致無法清晰思考。就在這段夜夜觀看錄影帶的期間，他發覺自己越來越頻繁的重複觀看有關二〇六一年的帶子。有許多錄影帶集中編纂那年的眾多事件，有一些甚至標有名稱：「第三次世界大戰」是其中系列最長的片名，共約六十小時的錄影帶，但剪輯編排手法拙劣不堪。

　　只要稍稍觀看這些影片，就能了解這片名並非完全譁眾取寵。那可怕的一年中戰爭遍及地球每一個角落，而分析家之所以猶豫於將它稱為第三次世界大戰，是因為認為那場戰爭持續得不夠長久。或者那不是兩個全球超級聯盟之間的角逐爭戰，但它更為混淆複雜：不同的資料將其或稱之為北抗南，或年輕對抗年老，聯合國對抗國家，國家對抗跨國公司，跨國公司對抗權宜政策，軍隊對抗警察，警察對抗人民──似乎一下子各種層面的衝突就都風起雲湧起來。大約六到八個月的時間整個世界陷入一片混亂。薩克斯在瀏覽「政治科學」當中，偶然看到赫爾曼・康的擬科學圖表，名為升級階梯。它試圖將各種衝突依據本質和嚴重程度加以分類，階梯共分四十四級，從第一步的表面危機開始緩緩上升，經過政治外交姿態、莊嚴正式的宣言和直接動員等階段，急劇翻升到武力展示、暴力侵擾行為、劇烈軍事抗爭、大規模傳統戰爭，然後進入尚未探究

的領域，如公然的核戰、對物產殺雞警猴式的攻擊、平民毀滅攻擊，最後來到頂級第四十四級，狂熱或酷虐戰爭。這確實是針對分類學和邏輯順序的一項有趣嘗試，雖然在細節上無不有過度甚且迷信之嫌，薩克斯發覺這些類別乃從過去許多戰爭評論中摘錄而來。根據該圖表的定義，二〇六一年直指階梯的最高點，第四十四級。

在那場風暴漩渦中，火星只不過是五十幾場醒目爭戰中的一個。有關六一年的一般性節目裡很少以超過幾分鐘的時段來描述它，即使這樣，其所收集的也只是薩克斯當時看到過的短片：在科羅廖夫冰凍的守衛，破裂的天幕圓頂，電梯的傾塌，然後火衛一弗伯斯的陷落。意圖針對火星情狀所作的分析相當膚淺，而那還是好聽一點的評價；火星乃富含異國情調的餘興節目，有些錄影帶製作不錯，然除此之外，並無法在整幅困窘情狀中單獨區辨開來。不。一個無眠的清晨，他頓然領悟：如果他想要了解二〇六一年，他就必須自己親身從錄影帶提供的原始資料，以及燃燒城市裡憤怒群眾隨機拍攝下的照片和灰心絕望領導人偶爾舉行的媒體說明會中，將所有碎片拼湊起來。

把這些片段依時間順序排列下來就已經不是件容易的工作。於是接下來幾個星期，這變成（根據他的伊秋思風格）他唯一關注的焦點，第一步是將已發生事件依照時間順序排好——隨之而來的是解釋為什麼。

數星期後他開始有了些許頭緒。一般認知顯然沒有錯；二〇四〇年代跨國公司的崛起是肇端，同時也是戰爭發生的根本原因。那十年時間中，薩克斯貢獻所有心力在使火星地球化，而地球形成著一種新秩序，上千個一般性跨國企業開始合併成二十來個超級跨國公司。一如眾多微行星逐漸結合成大行星的行星形成過程般，一天晚上他這樣比擬著。

然而，那不全是一種新秩序。一般性跨國企業多數源起於富裕的工業國家，所以就某個角度而言，超級跨國公司是這些國家的代

言人——乃勢力擴展到世界其他區域的一種表現方式，讓薩克斯想起本質屬它們前身的帝國主義和殖民體系。法蘭克曾那樣說過：殖民主義從來就沒有凋零死亡，他常如是宣稱，它只是換了個名稱並且雇用當地警察。我們全是跨國公司的殖民。

這是法蘭克憤世嫉俗的言論，薩克斯這麼認為（心中兀自希望那顆嚴酷尖酸的心靈就在身旁指引他），因為所有殖民皆不相同。沒錯，這些跨國公司勢力龐大到使得獨立國家政府相較之下只不過是無足輕重的奴僕。而且沒有一個跨國公司對任何政權或聯合國有效忠的傾向。但是它們仍然是西方孕育而出的孩子——雖不再關切，卻仍資助其父母的孩子。根據記錄顯示，工業化國家因跨國公司而興盛繁榮，而開發中國家只能彼此競逐爭得權宜旗幟（譯註：flay-of-convenience，原本是指船東為了逃避本國稅賦等因素，在他國註冊並懸掛該國國旗）註冊國的身分以求得到一些資助。因而二○六○年中，當跨國公司成為絕望的貧窮國家炮轟的目標時，是七國高峰及其軍事力量出面保衛它們。

然而近因是什麼呢？一個又一個晚上他輪番看著二○四○和五○年代的錄影帶，尋找脈絡痕跡。終於他歸結到老人療程乃最後一道催化劑。二○五○年代該項治療已經擴及富有國家，它顯示了世界經濟的不均衡，有如顯微鏡下標本上一塊有色斑點。隨著此項治療的推展，情勢變得越來越緊張，持續爬升到康階梯裡的危機級。

直接引爆六一年事件的卻是火星太空電梯的爭執，這點實在讓人覺得奇怪。該電梯由布雷西斯主控，但是在它開始運作後，也就是二○六一年二月，轉由真美妙接手，交接過程很顯然相當富含敵意。真美妙在當時是未被三菱合併的其他眾多日本公司的集合體，而且勢力逐漸增長，非常激進、富有野心。一獲得電梯——由聯合國火星事務辦公室認可的交接——真美妙立刻就增加移民配額，火星情勢因而急速惡化。那個時候在地球上，真美妙的競爭對手批評其為明顯的火星經濟征服者，而雖然布雷西斯將抗議行動局限於在

倒楣的聯合國上進行法律程序，但是真美妙的一個權宜註冊國馬來西亞，受到雪拉可基地國新加坡的攻擊。到二〇六一年四月南亞大部分地區就都陷入戰爭泥淖中。這些戰爭多數植基於彼此間的長期衝突，比如說高棉對越南，巴基斯坦對印度；而有些則是攻擊掛有真美妙旗幟的，如發生於緬甸和孟加拉者。區域性事件於是因為舊敵意摻雜了跨國公司的新衝突，乃以極不尋常的速度迅疾爬竄「升級階梯」。到六月時戰爭就漫延及整個地球，然後火星。到十月，就造成了五千萬人死亡，而之後因為許多基楚設施遭到摧毀，加上沒能有效預防感染之後又無法治療的新型瘧疾病菌的出現，造成另外五千萬人死去。

　　縱然為時短暫，對薩克斯來說仍足以世界大戰稱之。他結論道，那是跨國公司間的鬥爭，以及眾多被褫奪權力的團體齊而抵抗跨國公司宰割的革命二者致命的加乘組合。但是這場混亂暴動驚醒了跨國公司，他們於是率先解決彼此之間的競爭不合，或至少暫且擱置，所有革命因而全告失敗，特別是七國高峰的軍事介入，化解了眾跨國公司於其個別權宜旗國間分割解體的命運。所有軍事工業強國盡皆倒向一邊，使這場戰爭遠比前兩次要短上許多。短暫卻嚴重——在二〇六一年死去的人數大約是前兩次世界大戰的總和。

　　火星在這第三次世界大戰中僅能視為小型戰役，外表看起來熾熱鮮明，實質上只是某些跨國公司反應過度的一場無計畫的喧囂叛亂而已。當一切結束後火星就被牢牢握在主要跨國公司的掌控中，帶著七國高峰以及跨國公司其他食客的祝福。而地球在少了一億人口後，搖晃挺立著。

　　然而那之後什麼改變也沒有。潛藏的問題一個也沒有提出。所以這一切都有可能再次發生。非常有可能。甚至可以預期一定會再發生。


　　薩克斯的睡眠仍然沒有改善。雖然白天他工作習慣一切如常，

然而看事角度似乎跟年度會議前有了些不同。他快快不愉的猜想，這可能是一種模型建構的另一項視覺理解證據。現在，跨國公司的觸角很顯然地延伸到所有角落。拿權力來說，沒有其他的團體能與之抗衡。布若斯是個跨國公司市鎮，而根據菲麗絲所說，雪菲爾也是。盟約會議以前根本就沒有繁衍增生的國家科學團隊；隨著登陸首百的凋零或藏匿，以整個火星為研究站的傳統消失了。現有的科學全獻身於地球化計畫，而他已親眼目睹這種科學的走向。不，近來的研究只為了能實際應用而已。

舊時定義的國家已經很少見了。根據新聞報導，它們似乎都破產了，甚至包括七國高峰；如果有任何團體握有債權，那也一定只是跨國公司。一些報告讓薩克斯認為就某種層面而言，跨國公司甚至將小國當成一種資產，這樣的企業／政府新型安排，已遠遠超乎舊時權宜旗契約的意義了。

這種新型安排以稍微不同面貌出現的例證，即是火星本身，火星似乎已經落入超級跨國公司的有效掌握之中了。現在新的電梯已經安裝完畢，金屬的輸出和移民、貨物的輸入已大大加速進行著。地球的股票市場因而看不到終點般的歇斯底里膨脹起來，無視於火星只能提供地球限量的特定金屬。所以股票市場的上揚可能只是一種泡沫現象，一旦爆裂很可能再次將一切拖垮。或者也許不會；經濟是個怪異領域，而整個股票市場或許太過虛幻而無法產生什麼衝擊。但是誰敢說會發生什麼呢？薩克斯晃蕩在布若斯街頭上，看著辦公櫥窗的股票市場展示牌，無法斷言。人類不屬理性系統。

一天晚上，這項真理的絕對性因著突然出現於他房門的德司蒙而增強。那著名的土狼本人，或稱偷渡客或「巨人」的小兄弟，就站在那裡。他身材矮小纖細，身上套著色彩明亮的建築工作服，往橫裡斜線刷去的碧綠線條和海軍藍，引領目光來到萊姆綠的靴子上。布若斯的許多建築工人（事實上人數相當不少）總是穿著這種

新型輕便又具彈性的靴子蔚為時尚，同時又全都穿著色彩鮮亮的服飾，但很少有眼前德司蒙這般令人眩目頭昏的螢光綠色。

薩克斯瞪眼對他猛瞧，他卻裂開闊嘴笑了起來。「是喔，非常漂亮，對不？而且很能岔開注意力。」

也沒什麼差別啦，與他那頭全染上或紅或黃或綠的顏色，蓬鬆龐大如一項貝雷帽般的一絡一絡的長髮合起來，是火星上不折不扣的怪異合集。「走，咱們喝酒去。」

他帶薩克斯到運河旁一家廉價酒吧，其乃往一座巨大中空冰核丘深裡挖鑿而成。裡頭已經擠了許多圍繞各個長形台桌的建築工人，聽來多為澳洲口音。酒吧運河邊上那頭有特別吵嚷喧譁的一群人，爭相拿著有砲彈大小的冰球丟向運河，像比賽擲鉛球般；偶爾會遠遠丟到運河對岸草地上，引發酒吧內陣陣歡呼聲，同時伴隨吸用一氧化二氮。對岸閒步的人們紛紛逃離運河邊的這一段。

德司蒙點了四份龍舌蘭酒，一個吸入器。「很快的我們就會有龍舌蘭屬仙人掌生長在地表上了，對不？」

「我以為現在就可以。」

他們入座一張台桌尾端，手肘互撞，附耳談話，同時喝著酒。他有很長一個單子要薩克斯從生物科技偷出來。種籽儲備、孢子、根莖、特定生長培養基、一些很難合成的化學品……「廣子交代轉告你她真的很需要這些，尤其是種籽。」

「她不能自己培養出來嗎？我不喜歡拿東西。」

「生活本身就是個危險的遊戲，」德司蒙說，噴用一大口一氧化二氮為這想法致敬，接著乾了一杯龍舌蘭。「啊……」他說。

「不是危不危險的問題，」薩克斯說。「我只是不喜歡那樣。那些是跟我一起工作的人。」

德司蒙聳了聳肩沒有回答。薩克斯突然意會這樣的猶疑躊躇可能被德司蒙視為人過一絲不苟，因他二十一世紀時乃以偷竊維生。

「你不是從那些人手中拿走的，」德司蒙終於再次開口。「那

是從擁有生物科技的跨國公司來的。」

「但那是一個瑞士集合體，以及布雷西斯，」薩克斯說。「而布雷西斯還不算壞。它是個相當鬆散公平的系統，事實上，它讓我聯想到廣子。」

「不過他們仍然是統治世界的全球系統寡頭政治圈的一部分。你必須記得這種脈絡關係。」

「喔，相信我，我記得，」薩克斯說，同時記起他那些無眠的夜晚。「然而你同時也需要做些區別。」

「是，是。其中一個區別就是廣子需要這些材料，而又不能自己製造出來，因為必須要躲避你那些完美的跨國公司僱用的警察。」

薩克斯惱怒的眨巴著眼。

「再說，偷取材料是這些日子我們能做的少數幾個反抗行為中的一個。廣子同意瑪雅所說，明顯的阻撓破壞只是宣稱了地下組織的存在，等於在邀請他們來報復，以及勒令關閉戴咪蒙派。她說，最好先消失一陣子，讓他們以為我們的數目從來就不多。」

「那是好主意，」薩克斯說。「不過我很驚訝你會聽廣子的。」

「很好笑，」德司蒙扮了個鬼臉。「話說回來，我其實也認為那是個好主意。」

「真的？」

「不。但是她說服了我。也許那樣真只有好處。不管怎麼說，這許多材料得盡快取得。」

「偷取本身難道不會讓警察知道我們仍然存在嗎？」

「不會。這太稀鬆平常，我們的偷竊不會讓人聯想到是地下組織做的。另外還牽扯上很多內部行事。」

「像我。」

「沒錯，但你不是為了錢，不是嗎？」

「我仍然不喜歡這主意。」

德司蒙笑了起來，露出他石質上犬齒，以及他下顎和下半邊臉間的不協調。「那是人質徵候群。你與他們共事，認識他們，因而同情他們。你必須記得他們在這裡為的是什麼。來，把那龍舌蘭喝掉，我帶你去看你沒見過的東西，就在布若斯這裡。」

那邊傳來一陣騷動，一個冰球落到運河對岸，在草地上滾動並撞到一個老人。人們歡呼起來，並且把那名丟擲的女子扛在眾人肩頭上，而對岸那位老人的同伴正快速橫過最近一條橋過來。「這地方太吵了，」德司蒙說。「快，把那喝掉，我們走。」

薩克斯一口喝乾，德司蒙吸掉剩下的一點一氧化二氮。然後迅速沿著運河旁道路離去，避免捲入即將到來的紛亂緊張。半小時後，他們走過成排貝來斯圓柱，進入公主公園，右轉走上索斯大道傾斜寬廣的草坡。來到台布山後面時左轉上一片較為窄小的街草，到達帳幕圍牆的最西邊，乃圍繞黑塞爾地斯臺地的巨大圓弧的延伸。「瞧，他們又回到老式棺木形工人宿舍的路子去了，」德司蒙指出。「那是現在真美妙的標準住宅規劃，看看那些單位是怎樣切入臺地的。黑塞爾地斯在布若斯設鎮早期有放射性鑭元素處理工廠，當時遠離鎮中心。但是現在真美妙就在旁邊建造工人宿舍，而他們的工作就是監督處理過程，還有搬移廢料到北方的尼里槽溝，那裡有些主要快速反應器需要它。那清掃工作以前幾乎是全自動化，不過機器人很難保持連線。他們發覺使用人力進行某些工作比較便宜。」

「但是那輻射。」薩克斯說，眨著眼睛。

「沒錯，」德司蒙臉上浮起他慣有的野蠻笑容。「他們一年受到四十侖目的放射量。」

「你在開玩笑！」

「沒有。他們如實告訴工人，支出困境給付，三年後給予特別津貼，這就是他們的待遇。」

「否則就被刪除嗎？」

「這很昂貴的，薩克斯。而且還有候補名單。這是跳過名單、彌補費用支出的方式。」

「但四十侖目！還有那治療無法保證可以把輻射損害完全治癒呀！」

「我們知道，」德司蒙皺起眉頭。無需提及西門。「但是他們不。」

「真美妙這麼做只是為了減少費用支出？」

「就這麼個龐大成本投資來說這很重要的，薩克斯。各種削減支出方法相繼出現。比如說，黑塞爾地斯的污水處理全是同一套系統——包括臺地裡的診療所、宿舍和工廠。」

「你在說笑。」

「我沒有。我的笑話要比那有趣些。」

薩克斯對他揮揮手。

「瞧，」德司蒙說，「這裡已經沒有管理規劃部門了，更沒有什麼建築法規。那就是六一年跨國公司成功的真正意義——如今他們自己訂定規則。而你知道他們規則其中之一是什麼。」

「這聽起來簡直荒唐。」

「喔，你知道，真美妙這特別支部由喬治亞共和國人主持，而那裡的史達林復辟浪潮牢牢掌控著他們。把他們的國家盡可能治理得亂七八糟乃一種愛國表現。運用到事業上亦同。當然真美妙上層管理階級仍然是日本人，而他們相信日本因強硬頑固而壯大。他們說他們在第二次世界大戰輸掉的，在六一年贏了回來。他們是最冷酷無情的跨國公司，其他的則是為了能與之競爭匹敵而模仿他們。布雷西斯就這個角度來說是個反常，你必須記得這點。」

「所以我們以偷竊來獎賞他們。」

「你是那個為生物科技工作的人。也許你應該換個工作。」

「不。」

「你想你可以從真美妙的一個公司拿到這些材料嗎？」

「不能。」

「但是從生物科技可以。」

「也許。保全系統很嚴格的。」

「但是你辦得到。」

「也許。」薩克斯想了想。「我要些回報。」

「什麼呢？」

「你能載我飛去看看撒力塔燃燒的區域嗎？」

「當然！我自己也想再看看。」

　　於是隔天下午他們離開布若斯，搭乘火車南下大斜坡，在距布若斯七十公里的利比亞車站下車。他們溜進地下室消失在密室門後，走下隧道來到岩石遍佈的郊野。他們在一個低淺地塹裡找到德司蒙的一輛車子，夜色降臨時他們出發往東沿著斜坡行駛，進入都馬色雷火山口邊緣裡的紅黨藏匿小處，緊臨一片紅黨份子用來作為臨時跑道的平坦岩床區域。德司蒙沒有對藏匿處的主人確認薩克斯的身分。他們來到一個懸崖邊上的小飛機庫，坐進到一架史賓賽的老式隱形飛機，然後被拖拉到外面平坦岩床上，經一陣沿著跑道上下起伏的加速度後離地起飛。一騰空，他們就緩緩的在夜幕籠罩下朝東飛去。

　　他們安靜飛行了一會。薩克斯在星球黑暗地表上只看到三次亮光：一次是埃斯卡蘭特環形丘裡的一個車站，一次是繞世界一周火車微弱的移動燈光，最後一次是大斜坡後荒地上一線無法辨識的閃光。「你想那是什麼？」薩克斯問。

「沒概念。」

　　幾分鐘後薩克斯說，「我碰到了菲麗絲。」

「真的！她認出你沒？」

「沒有。」

　　德司蒙笑了起來。「那就是菲麗絲。」

「很多舊識都沒能認出我來。」

「是，不過菲麗絲……她仍舊是臨時政府的總統嗎？」

「不是。她似乎不認為那是個有權勢的職位。」

德司蒙又笑了起來。「愚蠢的女人。不過她的確把克拉克上的那群人帶回文明世界去了。我不否認。我本來以為他們一點希望也沒有。」

「你對那知道的多不多？」

「還好，我跟當時在那上面的兩個人談過。某一個晚上在布若斯那冰核丘酒吧裡。你可沒有辦法讓他們閉嘴不談。」

「他們那趟飛行的最後階段可有發生什麼事？」

「最後階段？喔，是──有人死掉。我猜他們從克拉克撤退出來時，有個女人的手被壓碎了，而菲麗絲是唯一一個懂醫治的人，所以菲麗絲整個旅程中都照顧著她，認為她挺得過，但是我猜他們缺少了什麼，告訴我故事的那兩個人對這點不太清楚，然後她的情況變壞。菲麗絲舉行祈禱會為她祈禱，但她還是死了，就在他們進入地球系統前兩天。」

「啊，」薩克斯說。然後：「菲麗絲似乎不……不再那樣虔誠信仰宗教了。」

德司蒙哼哼出聲。「她從來就不信仰宗教，如果你問我。她信仰的是事業宗教。真正的基督徒在基督歐波里司，或秉恩，你不會在他們早餐桌上聽到有關利潤的談話，也不會恐怖虛偽的以他們所謂的正義公平來作威作福。公平正義，老天──那是人性中最叫人厭惡的特質。你知道那必是個空中樓閣，對不？但是戴咪蒙派的基督徒不是那樣。他們是諾斯底教徒、戰慄教徒、浸信會、拉斯塔法里教等等──如果你問我，我會說他們是地下組織中最叫人喜歡的一群，而我同他們每一個人都有過交易。非常幫忙。沒有那種他們是耶穌最好朋友的氣息。他們跟廣子很緊密，蘇非教徒也是。那裡有一種神祕的網路溝通系統。」他喋喋不休。「但是現在，菲麗絲

以及所有那些企業基本教義信徒——以宗教來掩飾強取豪奪，真令人厭惡。事實上，在我們降落後，我就從未聽過菲麗絲以宗教態度來談話。」

「我們降落後，你可曾有很多機會聽菲麗絲談話？」

另一陣笑聲。「比你想像的還要多！在那些年裡，我看到的比你還多，實驗室先生！每一個地方都有我的小藏匿處。」

薩克斯做出猜疑聲響，德司蒙轟然大笑，在他肩上重重一捶。「還有誰能夠告訴你在山腳基地那些年中你和廣子是一對，嗯？」

「唔。」

「喔，是的，我看到很多。當然，你幾乎可以對山腳基地裡所有男人做下那樣特定觀察結論而不會出錯。那狐狸精把我們全圈在她後宮裡。」

「一妻多夫？」

「腳踏兩條船，見鬼的！或者二十條。」

「嗯。」

德司蒙大肆嘲笑他。


凌晨甫過，他們看到一條使天際群星晦暗難明的白色煙柱。有這麼一會兒的時間，這濃雲是他們在這地形上可以辨認的唯一反常物事。然後當他們繼續前飛，來到星球的明暗界限上時，眼前東邊地平線那端出現了一片寬廣明亮的地表——一條橘紅色狹長地帶或深溝，走向約為東北到西南橫過大地，因其某段團團湧起的煙霧而模糊不清。煙霧下的深溝呈現白色並且看來相當洶湧騷動，似乎有一個小火山位在那一點上爆發開來。其上騰升著一束亮光——或說一束發光煙霧，如此緊密堅實，彷彿一道沖天矗立的實體柱石，然後因雲霧漸散而不再如此觸目鮮明，而當騰空煙霧達其一萬公尺的高度極限時，即逐漸消失。

一開始他們找不到這道天際光束的來源出處——畢竟那飛行透

鏡在頭頂上方約四百公里高處。然後薩克斯認為他看到了幽靈雲朵似的東西，在遠方天上翱翔著。也許那就是，也許不是。德司蒙不敢確定。

然而那道光柱底端，能見度倒沒有問題——那光柱有種神跡顯靈的味道，而下面熔化的岩石確然光亮至極，是非常明亮奪目的白。看來應該有有絕對溫度五千度的高溫，就這麼暴露在空氣中。「我們得小心些，」德司蒙說。「如果飛進那道光束裡，就會跟飛蛾撲火一個樣兒。」

「我相信那煙霧也相當狂亂兇猛。」

「是的。我打算停留在上風處。」

底下發光煙柱與橘紅鑿溝會合處，新生成的煙霧如洶湧波濤般團團奔騰而出，奇異的光亮自下端射出。白點的北端，岩石得到機會冷卻下來之處，有熔融鑿溝，讓薩克斯想起一部有關夏威夷火山爆發的影片。熾烈的黃—橙波浪往北翻滾，湧入岩漿鑿溝中，偶爾遇到阻礙而飛濺散開落在熔融鑿溝的漆黑岸上。鑿溝約有兩公里寬，分兩頭奔向不同的地平線；他們看得到的部分約有兩百公里長。光柱南端，鑿溝底床幾乎完全被冷卻的黑色岩石覆蓋住，間或綴點著斑斑點點深橘紅色的裂縫。鑿溝的筆直度以及光柱本身是唯一的明顯跡象，足以說明它並非自然形成的熔岩壕溝；不過這些跡象已經足夠。再說火星表面已經有數千年沒有火山活動了。

德司蒙再往前飛近些，接著猛然傾斜機身，朝北飛去。「從飛行透鏡射下的光束是向著南方移動，所以沿線而上應該可以讓我們飛得近些。」

那熔融岩漿鑿溝在許多公里內，沒有偏離的往東北延伸。然而當他們離開現時燃燒區域越遠時，橘紅岩漿顏色變深，瀰漫兩岸的部分開始結塊凝成一片黑色表層，夾雜更多橙色破裂細縫。那之後，鑿溝表面呈現黑色，兩岸亦同；一片直長而寬的純然黑色，匍匐在紅褐色澤的赫斯匹里亞高地上。

德司蒙再度傾斜機身轉而朝南，向鑿溝更靠近些。他是個粗魯急躁的駕駛員，將這輕型飛機無情的隨意操縱。當橘紅色爆裂縫隙又出現時，一股上升熱流猛烈撞擊機身，他稍稍往西滑斜而去。熔融岩石的光亮本身照亮了鑿溝兩岸，看出是冒著煙霧的條條土墩，異常黝黑。「我以為它們應該是玻璃，」薩克斯說。

「黑曜石。我其實看過一些不同的顏色。玻璃中有漩渦狀的各種礦物。」

「這燃燒部分延伸多遠？」

「它們切割賽伯路斯到希臘盆地之間的區域，就橫在第勒那和哈德卡火山的西邊。」

薩克斯吹了聲口哨。

「他們說那會是希臘海和北方海洋之間的運河。」

「對，對。可是他們將碳化物揮發得太快了。」

「使大氣層增厚，不是嗎？」

「是，可是那二氧化碳！他們在破壞整個計畫！我們會有好長一段時間無法在大氣中自由呼吸！我們得困在城市裡。」

「也許他們認為當溫度升高時，他們能夠把二氧化碳淨化掉。」德司蒙瞥了他一眼。「你看夠沒？」

「太夠了。」

德司蒙發出他那叫人心驚的笑聲，然後將機身猛烈傾斜。他們開始往西追趕那明暗界限，在籠罩著黎明曙光長條陰影的地形上壓低飛行。

「好好想想，薩克斯。人們會有一段時間被迫待在城市裡，而如果你想要掌控一切，那會相當方便。你利用這飛行放大鏡燃燒切割，很快的你就會有你的一千毫巴大氣層，以及你溫暖潮溼的星球。然後你用一些淨化方法把空氣中的二氧化碳除去──他們肯定有著計畫，不管是工業的或生物的，或兩者的結合。可以肯定的是一個他們能夠販賣出去的計畫。一眨眼間，你就有了另一個地球，

非常快速。這過程也許很昂貴——」

「絕對昂貴的不得了！所有這些大計畫一定讓那些跨國公司花費了龐大資金，而他們兀自進行，無視於我們已經為朝向兩百七十三絕對溫度的目標奠下良好基礎。我實在不懂。」

「也許他們認為兩百七十三太少。畢竟以冰點為平均溫度是冷了些。你可以說那是薩克斯‧羅素的地球化景象。實際上，但是……」他咯咯而笑。「或者他們覺得時間急迫。地球現在一團亂，薩克斯。」

「我知道，」薩克斯尖銳說道。「我有涉獵。」

「好極了！不，真的。所以你知道那些無法獲得治療的人越來越絕望——他們逐年老去，而他們獲得治療的機會似乎越來越渺茫。而獲得治療的人們，特別是那些在社會頂層的人，正嘗試尋找解決途徑。六一年的事件警醒他們一旦超乎控制後果將不堪設想。所以他們有如在商店即將關門休息時購買品質不佳的芒果般，收購各個國家。但是那似乎幫助不大。而地球隔鄰的此處，他們看到一個新生空曠的星球，雖還不到適合佔領的階段，但頗為接近。充滿著潛力，可能成為一個新世界。是未獲治療的兆億人口無法觸及的地方。」

薩克斯深深思索一番。「你是說，像一種逃避處所。有麻煩時的逃難地。」

「沒錯。我想這些跨國公司中有些人要火星盡快完成地球化，而且不計任何手段。」

「啊，」薩克斯說。之後就沒再出聲。


德司蒙陪著他回到布若斯，從南車站走到杭特臺地的路上，他們可以透過運河公園群樹樹端，以及布蘭曲臺地和台布山之間的空地，直看到黑塞爾地斯。「他們真的愚蠢到在全火星那樣做嗎？」薩克斯問。

德司蒙點頭。「我下次會給你帶來一份單子。」

「麻煩你。」薩克斯一面思考一面搖頭。「那沒有道理。那沒有考慮到長程規劃。」

「他們是一群短視的人。」

「但是他們會活得很長很久呀！當這些政策瓦解時，他們很可能仍然是掌權的人！」

「他們或許不那樣看。他們那些在上位的人職務變動很大。他們意圖建立能在很短時間組織一家公司的名聲，然後受到拔擢到他處，再重新進行一遍。他們在那兒玩大風吹。」

「不管他們搶到那一張椅子，椅子所在的房間整個會倒塌下來呀！他們根本忽略了物理定律！」

「當然了！你以前難道沒注意到嗎，薩克斯？」

「……我猜是沒有。」

當然他曾見識過沒有理性、無可解釋的人類行事作為。沒有人會缺少這經驗。但是他現在才了解，他過去一直假設投入管理統治階層的人，是以理性態度真誠賣力的處理眾人的事務，眼光放到人類福祉以及其生物物理支持系統的長程遠景上。當他試圖如是表達時，引來德司蒙的嘲笑譏諷，他因而焦躁喊道，「可是，如果不是要達到那個目標，為什麼要進行這樣折衷妥協的工作呢？」

「權力，」德司蒙說。「權力和利益。」

「啊。」

薩克斯一直以來就對那些東西缺乏興趣，因而很難理解為什麼有人會那樣汲汲鑽營。個人利益除了讓你能夠自由的做你想要做的事，又有何用？權力除了讓你能夠自由的做你想要做的事，更有何用？而一旦你有了那樣的自由，更多的財富和權力事實上將限制個人的選項，減少個人的自由。個體變成個人財富或權力的奴隸，迫使個人花費所有精力去維護保持。從這個角度看，一個科學家能有聽憑其指揮的實驗室，即為其最大自由可能性。比那還多的財富和

權力只會產生干擾和阻礙。

德司蒙傾聽薩克斯描繪這番哲理時，頻頻搖頭。「有些人喜歡命令他人行事。他們對此的喜愛程度更甚自由。階級制度，你知道。以及他們在這階級制度的地位，只要它保持在高點。所有人都受其地位束縛著。那比自由要安全些。很多人是懦夫。」

薩克斯搖著頭。「我想那只是缺乏理解報酬遞減率概念的能力。似乎好東西從來就不會有人嫌多。那真是非常不實際。我是說，自然界中沒有一個過程能夠不顧數量的永遠持續下去！」

「光速！」

「呸。那與此無關。物理真實顯然不是這些計算的因子之一。」

「說得好。」

薩克斯搖頭，有些沮喪。「又是宗教，或意識形態。法蘭克怎麼說的？真實情狀裡的想像關係？」

「那是個熱愛權力的男人。」

「確實。」

「但是他非常富有想像力。」

他們進入薩克斯的宿舍換下衣服，上到臺地頂端，在安東尼歐餐廳吃早餐。薩克斯滿腦子仍然盤旋在他們的討論上。「問題是那些對權力財富有著異常關注力的人，一旦達到任予發揮的地位，便會發現他們其實是不比奴隸好多少的主人。於是他們變得不滿而嚴酷。」

「你是說，就像法蘭克。」

「是的。所以權勢幾乎總是顯得有著官能不良的層面。從犬儒主義到全面性的毀滅。他們並不快樂。」

「但是他們仍然握有權力。」

「是。因此是我們的問題。人類事務」——薩克斯停頓下來，吃掉剛端上桌的一個麵包；他真餓了——「你知道，他們必須依據系統生態學原則而管理。」

　　德司蒙放肆大笑，匆匆忙忙抓起一張餐巾擦拭下巴。他笑得如此張狂，隔壁幾張桌子上的客人轉頭看著他們，使薩克斯有些擔心。「好個論調！」他喊，再次爆笑起來。「啊哈哈！喔，我的薩克斯！科學管理，是嗎？」

　　「咳，為什麼不呢？」薩克斯執拗的說。「我的意思是，在一個穩定的生態系統中，統治優勢種的行為原則是相當簡單明瞭的，至少就我記憶所及而言。我敢打賭，一個社會生態學議會能夠搞定足以達到穩定良性社會的計畫！」

　　「如果你能統治世界的話！」德司蒙喊著，接著又開始大笑起來。他把頭臉貼在桌上哀號。

　　「不是只有我。」

　　「不，我只是在開玩笑。」他努力鎮靜自己。「你知道韋拉德和瑪琳娜已經在他們的生態─經濟學上研究了好多年。他們甚至要我在地下組織的交易上運用他們的理論。」

　　「我倒不知道。」薩克斯說，很是驚訝。

　　德司蒙搖搖頭。「你必須要對周遭多注意一些，薩克斯。我們在南方已經依生態─經濟學生活多年了。」

　　「我應該要看一看。」

　　「是的。」德司蒙咧開大嘴笑著，瀕臨再次大笑的邊緣。「你有很多需要學習的。」

　　他們點的菜送了上來，外帶一玻璃瓶橘子汁，德司蒙注滿他們的杯子。他舉起杯子碰了碰薩克斯的，敬酒般道：「歡迎加入革命！」

＊　　＊　　＊

　　德司蒙返回南方，行前終於從薩克斯壓搾了一項承諾，從「生物科技」盡可能的替廣子偷些材料。「我必須和奈加碰頭。」他擁

抱薩克斯後離去。

那之後一個多月，薩克斯反覆思索他從德司蒙和錄影帶得到的資料，緩慢仔細的審視篩濾，變得越來越煩惱不安。他的睡眠仍然零碎不堪，每晚有數小時清醒著。

然後一天早上，在這麼一個輾轉反覆、無法入睡的夜晚之後，薩克斯從其腕錶上接到一通電話。是菲麗絲，因公來到此間，希望能和他共進晚餐。

薩克斯同意，摻雜著他本身的驚訝以及史蒂芬的興奮。他那天晚上在「安東尼歐」和她見面。他們以歐洲方式親吻對方，坐到角落一張可以俯瞰城市的餐桌。他們在那裡吃著薩克斯幾乎不辨滋味的餐點，絮絮叨叨的談論著雪菲爾和生物科技的最近消息。

享用過起司蛋糕後，他們慢慢啜飲白蘭地。薩克斯沒有急著離去的意思，因為他不確定菲麗絲對稍後有什麼打算。她沒有遞送任何暗示，但似乎也不急著離開。

現在她往後靠坐，快活的看著他。「真的是你，對不對？」

薩克斯將頭微微傾斜表示不解。

菲麗絲笑了起來。「很難相信，真的。在過去那段日子中你從來就不是這樣，薩克斯‧羅素。給我一百年也猜不出來你會是這麼一個情人。」

薩克斯不自在的斜了斜眼，環顧周遭。「我會希望那真切描述妳多過於我，」他以史蒂芬漫不經心的口吻說。鄰近餐桌客人都已離去，侍者也不在身畔。餐廳再過大約半小時就要休息了。

菲麗絲又笑了起來，但是她眼神中有一絲狠意，突然間薩克斯了解她在生氣。或說難堪，因為被一個她已經認識有八十年的男人作弄了。同時為他決定戲弄她而憤怒。然而，為什麼不呢？那畢竟顯示了非常基本的缺乏信任，特別是那個跟你有同床之誼的人。他在阿雷那表現出來的惡意行為，帶著懲罰意味回返腦海，讓他相當反胃。但是能怎麼樣呢？

他回想她在電梯裡親吻他的情形，當時他同樣有尷尬狼狽的感覺。先是因著她沒有認出他來而吃驚，現在則是為著她的指認。有一種對稱感。而兩次他都隨之而行。

「你沒有什麼話要說嗎？」菲麗絲命令著。

他攤開手掌。「是什麼讓妳這樣想的？」

她再一次憤怒冷笑，然後緊抿嘴唇瞪視著他。「現在很容易就看出來了，」她說。「他們只是給了你一個鼻子和下巴，我想。但是眼睛還是一樣，還有頭部輪廓。想想看，你會記得什麼忘記什麼，實在很有趣。」

「那倒是真的。」

事實上這無關乎遺忘，而是無能掏取。薩克斯懷疑那些記憶仍然存在著，在腦海深處。

「我記不清你以前的臉，」菲麗絲說。「對我來說，你總是在實驗室裡，鼻子貼在螢幕上。你乾脆就都穿上白色實驗袍，那是你在我腦中的影像。一種巨型實驗老鼠。」她的眼睛現在閃閃生光。「但是你終究學會了如何模仿人類行為，而且做得非常好，不是嗎？好到可以欺瞞比較喜歡你以前面孔的老朋友。」

「我們不是老朋友。」

「對，」她迅速回道。「我想我們不是。你和你的老朋友們企圖殺害我。而他們的確殺害了成千上百的人，並且破壞了這星球的大部分。很顯然的，他們仍然存在著，否則你不會在這裡，不是嗎？事實上，他們必定分布的相當廣，因為當我拿你的精蟲做DNA分析時，臨時政府的官方記錄顯示你是史蒂芬‧林霍姆。那讓我相信了一陣子。但是你身上有著什麼讓我一直存有疑惑。當我們跌落在那個冰河裂縫裡時，那就是了——那讓我想起我們在南極大陸時發生的事。你、塔蒂亞娜‧杜若瓦還有我上到努司包姆里吉時，塔蒂亞娜滑了一跤扭到腳踝，當時風大天又黑，他們調來一輛直升機載我們回基地，我們等待時，你找到某種岩石地衣……」

　　薩克斯搖頭，真正感到驚訝。「我不記得了。」他的確不記得。那年在南極大陸乾燥谷地的訓練和評估相當密集緊張，而如今那整年時間在他腦海只剩下一片黯淡模糊光影，那意外事件根本就回不來了；連相信那曾經發生都有困難。他甚至不記得那可憐的塔蒂亞娜・杜若瓦長什麼樣子。

　　他如此沈浸在他的記憶中，努力推敲那年發生的事，以致於錯失了菲麗絲繼續陳述的內容，然後他聽到「……再以我人工智慧電腦記憶體裡的舊資料核對一次，你就出現了。」

　　「妳人工智慧電腦記憶體也許需要升級，」他心不在焉的說。「他們發現電路會因為宇宙輻射而混亂，所以不時需要重新補強。」

　　她不理會這微弱的突圍意圖。「重點是，能夠把臨時政府的資料那樣竄改的人仍然值得搜尋出來。這件事我恐怕無法就這樣算了。即使我想要也不行。」

　　「妳的意思是？」

　　「我還不知道。那要看你怎麼做。你可以告訴我你躲在什麼地方，跟誰，還有現狀如何。畢竟你只出現在生物科技不過一年左右。那之前你在哪裡？」

　　「地球。」

　　她的笑容隱含惡意。「如果那是你選擇的方式，我只好被迫要求我同事的幫助。卡塞峽谷有安全人員可以刷新你的記憶。」

　　「不要這樣。」

　　「我不只是在打比方而已。他們不是以屈打成招的方式來逼供。而是比較像一種萃取過程。他們讓你躺下，刺激腦部海馬區和扁桃核，然後問問題。人們會回答。」

　　薩克斯想了想。人類對記憶體運作的了解仍然付之闕如，但毫無疑問的，他們對於目前已知涉及記憶的腦部區域，發展出一些殘忍的干涉方法。快速核磁共振造像、定點超音波掃描，誰知道還有什麼。那肯定相當危險，然而……

「怎樣？」菲麗絲說。

他瞪著她的笑容，如此氣憤又志得意滿。好個輕蔑的表情。他腦海閃過一連串畫面，沒有聲音只有影像：德司蒙、廣子、采塢的孩子們叫喊著為什麼，薩克斯，為什麼？他必須努力控制臉上表情，掩藏一股突然席捲而來對她的厭惡浪潮。也許這種厭惡之情就是人們通常稱為的憎恨。

過了一會他清了清喉嚨。「我想我寧願就告訴妳。」

她滿意的點點頭，似乎這是她自己在這種情況下會做出的決定。她環顧周遭：整個餐廳現在已經全空了，侍者圍坐一張餐桌，飲用義大利白蘭地格拉巴酒。「走，」她說，「到我辦公室去。」

薩克斯點點頭，僵硬的站起。他右腿有些麻木。一瘸一拐的跟隨在她身後。他們對騷動著的侍者們道晚安後離去。

他們進入一架電梯，菲麗絲在地鐵樓層按鈕上捶了一下。門闔上，他們下降。再一次同處電梯內；薩克斯深深吸了口氣，然後低頭往下看，彷彿察看儀表盤上一個奇怪的東西。菲麗絲循著他的眼光看去，他突然快速的朝她下巴擊出一拳。她往後撞上電梯另一邊，一袋軟泥似的跌落，暈眩迷茫，急促喘息。他右手兩個大指節疼痛難當。他按了按地下鐵上兩層的樓層鈕，那裡有一條穿過杭特臺地的長甬道，兩旁滿是這個時候早就關門休息的商店。他一把抓住菲麗絲腋下，扶她起身；她比他高些，全身無力垂靠著。當電梯門打開，他準備好大聲求助。但是門外沒有人，他將她一條手臂繞過他的頸子，把她拖到電梯旁一個小車上，那是為了便利想要快速穿越臺地，或攜帶物品的人們而設。薩克斯把她丟進籃子裡，她呻吟了一下，像是快要醒來了。他坐在她前面的駕駛座上，一腳踏上加速踏板踩到底，這小小工具順暢滑下甬道。他發現自己呼吸急促，全身冒汗。

他經過一兩間盥洗室後，把小車停下。菲麗絲無助的從座位滾到地板上，大聲呻吟著。即使她現在神智還未恢復，但也快了。他

下車，奔跑察看男盥洗室是否沒有上鎖。沒有，他奔回小車，抓住菲麗絲肩膀，把她拉起舉高背在背上。他在她體重下搖搖晃晃前進，直至碰到男盥洗室的門把，然後把她翻下；她的頭咚的一聲敲在水泥地上，呻吟聲頓住。他打開門把她拖進去，然後關上鎖上。

　　他坐在她旁邊的盥洗室地板上，喘著氣。她仍然呼吸著，脈搏微弱但穩定。她似乎沒事，只是比他擊打她時更要昏迷些。她的皮膚蒼白潮溼，嘴巴微張。他感到有些歉疚，然後他想起她威脅把他交給保全技術人員，將他的祕密從記憶裡撕裂開來。他們的方法很先進，但本質仍然不脫折磨拷問。果真讓他們成功，他們就會知道南方的眾多庇護所，一切祕密。一旦他們得到他所知的大概輪廓，他們就能把細節誘哄出來；要抗拒他們藥物和行為改造的雙重效果簡直是天方夜譚。

　　即使是現在，菲麗絲就已經知道太多了。他擁有這麼個完美的偽造身分的事實，暗示了至今仍然隱藏著的整體基礎建設。一旦他們知道了，就可能循線搜尋。廣子、德司蒙，在卡塞峽谷深藏於系統中的史賓賽全都會曝光……奈加和賈姬、彼得、安……全部。只因為他不夠聰明到去避開像菲麗絲這樣一個愚蠢可怕的女人。

　　他四處看了看這男盥洗室。體積為兩間廁所大小，一半是廁所，另一半是洗手槽、鏡子，以及牆上幾個普通販賣機：避孕藥丸、娛樂性氣體。他瞪著這些東西調勻呼吸，同時把整件事想過一遍。當所有計畫在他腦海翻來覆去湧動不休時，他對著腕錶的人工智慧電腦悄聲輸入指示。德司蒙給了他一些極具有破壞力的病毒軟體，然後把他的腕錶接到菲麗絲的，等候傳輸完成。如果運氣好，他可以摧毀她整個系統：個人保全措施根本無法抵擋德司蒙這為軍事用途而開發的病毒，至少德司蒙是這樣說的。

　　但是仍然還有菲麗絲。懸壁式販賣機的娛樂性氣體多半賣的是一氧化二氮，是約含二到三立方公尺氣體的個別包裝吸入器。他估計這間盥洗室大約是三十五到四十立方公尺。通風網柵銜接著天花

板，一條毛巾就可以堵塞住，洗手槽旁有一綑捲起的毛巾。

他把金錢卡塞入販賣機，買盡裡頭所有娛樂性氣體：二十個隨身攜帶大小的瓶子，外附嘴鼻面罩。而一氧化二氮會比布若斯的空氣要稍微重些。

他取出他腕錶上鑰匙箱裡的小剪刀，剪下一段成綑捲起的毛巾。踏上馬桶水箱，把通風網柵蓋住，再把毛巾塞進長條細縫裡。雖然仍舊有著缺口，但是很小。他爬下來走到門旁。門下有空隙，幾乎有一公分高。他剪下更多毛巾。菲麗絲發出鼾聲。他回到門旁邊把門打開，將瓶瓶罐罐氣體踢翻，之後跨到門外。他再看了俯臥地板上的菲麗絲最後一眼，然後關上門。他把幾條毛巾堵住門下缺口，只在角落留下一個小小孔洞。接著察看通道左右之後，他坐下來取出一個瓶子，把可塑面罩弄成他留下的小洞形狀塞進去，把瓶子裡的東西往盥洗室噴去。他重複進行了二十次，把空瓶子裝到他口袋裡，直到再塞不進為止，然後用最後一節毛巾把剩下的包起來。他起身叮叮噹噹的走回小車，在駕駛座上坐下。他踏上加速板，小車猛然向前衝去，跟先前倏忽煞車把菲麗絲震下後座，跌倒地上的衝力剛好相反。那肯定會讓人受傷。

他於是停車。下車往那男盥洗室跑去，一路鏗啷叮嚀作響。他急促打開門，屏住呼吸走進去抓起菲麗絲腳踝把她拖到外面空氣中。她還呼吸著，臉上有一抹笑容。薩克斯忍住踢她一腳的衝動，然後奔回小車。

他全速駛向杭特臺地的另一邊，從那裡搭乘電梯下到地下鐵樓層。他搭了下一列地下火車，穿過城市到南車站。他發現他的手不住顫抖著，右手兩個大指節腫了起來，並起開始變藍，非常疼痛。

他在車站買了張南下車票，但是當他在月台入口處把票和身分證交給收票員時，那男子的眼睛倏忽變圓，然後他和他的同事拔出手槍逮捕了他，同時還緊張的呼叫另一邊的人員。很顯然，菲麗絲比他預期的還要早些醒來。

# 第五部　無家可歸

　　生源論的開端乃精神之起源與發展。這項真理在靈智圈搶先於生物圈存在的火星最為顯然不過——首先，思想層層圍裹住這遙遠沈靜的星球，默默孕育著故事、計畫和夢想，直到有一刻，約翰踏步而來，高呼：我們來了——從那一刻起，點燃啓動的綠色動力就如燎原火勢擴展延伸，直到整個星球因維力迪塔斯而跳湧蓬勃。彷彿星球本身感覺失去了什麼，而從最頂端的心靈對岩石，靈智圈對地殼陸界開始，缺席的生物圈就如魔術師的紙花，令人驚詫的突然迸現於縫隙裂痕間。

　　對米歇爾・杜瓦來説情形即是如此。他將所有熱情奉獻給這紅褐荒原上的每一個生命跡象；並緊緊抓握廣子的火星祭典，一如溺水者對為他拋下的救生圈那樣急切想望。那同時還給了他看待事物一個嶄新的角度。為了能熟悉這個角度，他追隨安的習慣，在黃昏散步；他於斜陽下的長長黑影裡，發現每一寸草地都含藏感動的喜悦。每一團紛亂糾結的莎草地衣都是小「普羅旺斯」。

　　如今他認為這是他的任務：協調普羅旺斯和火星之間離矛盾律的艱難工作。他覺得在這計畫中他屬長遠傳統的一部分。從他近日的研讀裡，他注意到法國思潮歷史乃集中於解決極端矛盾事物的企圖上。如笛卡兒專注於心靈和軀體，沙特於佛洛依德主義和馬克斯主義，帝阿德沙丹（譯註：Teihard de Chardin，1881-1955，*法國古生物學者、地質學家和哲學家*）於基督教和演化論——這個名單可以不斷延伸，而對他來説，法國哲學的特殊本質，其英雄式張力及

其雄心壯志漫長奮鬥最後卻遭遇淒厲失敗的傾向，盡皆來自這種意欲將兩種不可能的極端緊密結合起來的反覆企圖上。也許他們全體，包括他，全都致力於相同的議題，亦即精神與物質連綴起來的考驗爭執上。也許這正是何以法國思潮往往這般歡迎如語義矩形等複雜的修辭學工具，以及足以將這些相對離心元素束合起來的架構的原因。

　　所以現在耐心的將綠色精神和紅褐物質編織起來，以及在火星上探索普羅旺斯就是米歇爾的工作。比方說，緊貼成外殼狀的地衣使這紅色星球部分有如覆蓋了一層蘋果綠。而此刻，沐浴在半透明的靛藍暗夜中（過去那古老的粉紅天際曾經使得綠草呈現棕褐色彩），天空色澤讓綠草每一瓣葉片散放醇厚豐滿的綠，讓小小草坪看來盈然顫動。那色彩的強烈張力映現於視網膜上……如此甜美。

　　同時，看到這原始生物圈快速的往下紮根、開花、蔓延，著實引人心悸靈動。那裡存有一股朝生命湧進的固有脈動，岩石與心靈意識極點間綠色電擊般的爆裂。一道不可思議的力量，在這裡向內觸及基因鏈，插入結構順序，創造出新雜種，幫助它們散播，並改變環境以利它們的生長。生生不息的自然生機觸目皆明，它掙扎奮鬥，它成功盡佔優勢；現在另有導引助手，靈智圈一開始就濡染著全體。這綠色動力以其所有觸角盤繞旋入其範圍所及之自然景觀。

　　人類確實奇特非凡——是有意識的創造者，以新生的年輕神明的面貌踏走在這個新世界中，手握絕大的煉金能力。於是米歇爾在火星上每遇到一個人，就都充滿著好奇，亟思探知在他們通常無害的外觀下，會出現怎樣的帕拉色斯（譯註：Paracelsus，1493-1541，瑞士內科醫生和煉金術士）或荷蘭以撒，還有他們是否能煉鉛成金，或讓石頭開花。

　　米歇爾對土狼和瑪雅救下的那位美國人的第一印象，跟他見過的火星上的其他人沒有什麼差別；或者比較好追究詢問，似乎無邪率真些；身形腫大、步履蹣跚、一張黑黝黝的臉，含有滑稽揶揄的表情。而米歇爾習於穿透那層表面，直視內在有變化能力的靈魂，很快的，他下結論道他們眼前來了個神祕難解的男人。

　　他說他的名字是亞特・藍道夫，他在回收利用傾塌電梯遺留下來的有用物資。「碳？」瑪雅問。他不是沒有聽懂就是決定不理會她語氣中含帶的嘲諷，回答，「是的，不過同時──」接著他喋喋不休的列出一整串外來的角礫岩礦。瑪雅瞪眼怒視他，而他似乎並沒有注意到。他只問很多問題。他們是誰？他們在那裡做什麼？他們要帶他到哪裡？這些是什麼車子？他們真的在太空觀察下隱形？他們怎樣處理他們的熱能信號？他們為什麼需要從太空中隱形？他們是傳說中消失移民地的一部分嗎？他們是火星地下組織的一分子嗎？還有，他們到底是誰？

　　沒有人能迅速回答這些問題，最後米歇爾對他說，「我們是火星人。我們靠自己生活在這裡。」

　　「地底下。不可思議。說實話，我以為你們只是虛構的神話故事。這實在很棒。」

　　瑪雅只頻頻翻轉眼珠，當他們的客人要求在伊秋思高點下車時，她懷有惡意的連連冷笑，「拜託。」

　　「什麼意思？」

　　米歇爾解釋因為他們一放他離開就會暴露他們的存在，他們也許根本無法任他離去。

　　「喔，我不會告訴任何人。」

　　瑪雅又笑了起來。

　　米歇爾說，「對我們來說不去信任陌生人是很重要的原則。而且你可能無法保持祕密。你也許需要解釋你何以能夠用你那輛車子走這麼遠。」

「你可以把我載回去。」

「我們不喜歡那樣浪費時間。如果不是我們發現你有了麻煩，是不會靠近你的。」

「喔，我很感謝，但是我得說這實在不太算得上是一種救援。」

「比另一個選項好些。」瑪雅指明。

「很對。而我真的銘記在心。我答應不會告訴任何人。你知道，人們並不是不知道你們就在這裡某個地方。家鄉電視上都是有關你們的消息。」

即使瑪雅也因此噤聲不語。他們繼續前行。瑪雅通上他們內部通訊器，以俄語連珠炮似的和土狼通話，他和加清、奈加在前面另一部車子裡。土狼相當堅持：既然他們救了這個男子，他們當然要重新部署一下以避免危險。米歇爾把這對話的摘要轉述給他們的囚犯聽。

藍道夫眉峰短短蹙攏一下，然後聳聳肩。米歇爾從來沒有見過有人能如此快速的適應生命裡這麼一個大轉彎；這名男子的沈著鎮定著實叫人印象深刻。米歇爾密切注意著他，同時不忘去看眼前的攝影螢幕。藍道夫已經又開始問問題了，這回是有關越野車的操控法。在看過無線電和內線傳呼儀器後，他對他此刻狀況只再提起了一次。「我希望你能讓我送個訊息給我的公司，讓他們知道我很安全。我在擔埔埋工作，是布雷西斯的一部分。你們和布雷西斯有很多共同點，真的。他們有時也相當神祕。我發誓，你們為自己著想也該跟他們連絡。你們一定有什麼密碼頻道可以作此用途，對不？」

瑪雅和米歇爾都沒有回應。過了一會兒，藍道夫起身到越野車的小盥洗室，瑪雅噓聲道，「他絕對是個間諜。他到那邊是故意要引起我們的注意。」

這就是瑪雅。米歇爾沒有意思要跟她爭論，只聳聳肩。「我們的確把他當間諜對待。」

隨後他回到他們之間，問起更多問題。他們住在哪裡？一直躲藏起來的感想如何？米歇爾開始對這番越來越像上陣表演，甚至一個測試的行為感到有趣好笑；藍道夫看來絕對坦白、率真、和善，他那黑黝黝的面龐像是智能不足的傻瓜——然而他的眼睛卻非常仔細審慎的觀察著他們。而隨著沒有獲得答案的一個個問題的提出，他的興趣似乎越來越高昂，也越來越高興，彷彿他以心電感應的方式讀取了他們的答案。每一個人都代表著一種偉大能力，火星上每一個人都是煉金師；雖然米歇爾很久以前就放棄了精神病學，他仍然能夠辨認大師的手筆。他幾乎要出聲嘲笑自己心中那股愈發強烈的衝動，想對這個臃腫古怪、仍然無法適應火星重力的男子招認一切。

然後他們無線電響起嗶嗶聲，一道為時不過兩秒鐘的壓縮訊號從擴音機嗡嗡而出。「瞧，」藍道夫說，「你可以就送那樣一個訊息給布雷西斯。」

但是當人工智慧電腦完成訊號解碼過程後，再沒有笑話傳出。薩克斯在布若斯被捕。

凌晨時分他們開到土狼車子近旁，花上整個白天時間商討何去何從。他們環坐在起居隔間，臉上鑴刻著憂慮苦惱的深淺縱橫線條——除了坐在奈加和瑪雅之間的囚犯之外。奈加之前與他握手、點頭招呼，就像老朋友般，但是雙方都沒有說一個字。友誼的語彙不在字裡行間。

有關薩克斯的消息來自史賓賽，中間透過娜蒂雅。史賓賽在卡塞峽谷工作，那是個類似科羅廖夫的新地方，一個保安市鎮，非常複雜同時也相當保持低調。薩克斯被押到那裡一個處所，史賓賽知道後隨即通知娜蒂雅。

「我們必須把他弄出來，」瑪雅說，「而且儘快。他們不過逮捕了他兩天。」

「那著名的薩克斯‧羅素？」藍道夫說。「哇。真不敢相信。你們全都是誰呢？嘿，妳是瑪雅‧妥伊托芙娜嗎？」

瑪雅氣憤的用俄語咒罵他。土狼沒有理會他們；自從那訊息傳來後他就沒有說一句話，只忙著撥弄他的人工智慧電腦，盯著顯然是氣象衛星照片的螢幕。

「你們還是讓我走吧，」靜默中藍道夫出聲。「他們從羅素那兒取得的消息會比從我這兒多很多。」

「他不會告訴他們任何事！」加清激動的說。

藍道夫搖搖手。「嚇唬他，也許傷害他一些，或者施刑、電擊、用藥、刺激他腦部正確位置——他們能夠獲得他們想要的任何答案。就我所知，他們已經把科學如此應用了。」他瞪著加清。「你看起來也相當熟悉。不管了！如果他們無法攪擰出，通常會使用更殘酷的手法。」

「你怎麼知道這些的？」瑪雅命令著。

「普通常識，」藍道夫說。「也許全都錯了，但是……」

「我要把他救出來，」土狼說。

「但是他們會知道我們的存在。」加清說。

「不管怎樣，他們都已經知道了。他們不知道的，是我們到底在哪裡。」

「而且，」米歇爾說，「那是我們的薩克斯。」

土狼說，「廣子不會反對的。」

「如果她反對，叫她滾一邊去！」瑪雅尖叫。「跟她說，這是我們唯一的選擇！」

「那會是我的榮幸。」土狼說。


塔爾西斯隆起區西邊和北邊的斜坡與東邊至諾克特斯拉比林斯特區的斜坡比起來，較為荒蕪蒼涼杳無人煙；僅有一些火星熱能站及水井，大部分區域覆蓋著陳年積雪、粒雪以及新生成的冰川。來

自南方的風與源自奧林帕斯山脈的強烈西北風互相碰撞衝擊，可以形成相當猛烈狂暴的大風雪。古冰河區涵蓋地域高自六至七公里等高線，到近乎大火山的底部基座；這不是用來建築的好所在，也不是遮掩隱形車子的好地方。他們行駛過不規則波浪紋的地面，沿著黏稠火山岩層土墩路面，往北越過塔爾西斯圓頂，一個約與模納羅阿（譯註：Mauna Loa，13680呎高，乃檀香山火山國家公園裡的活火山）大小相同的火山，但是在揚起的艾斯克雷爾斯之下，不過是火山灰渣積成的錐狀物而已。隔天晚上他們離開積雪區，往東北越過伊秋思峽谷，白天則躲藏在伊秋思偉壯的東方屏障下，是薩克斯從前總部所在斷崖頂端的北方幾公里處。

　　伊秋思峽谷東邊屏障是大斜坡最壯碩巍峨的部分——高達三公里的斷崖，筆直的從北向南延伸有一千公里。火星科學家至今仍無法斷定其起源，任何變化地形的尋常力量似乎都不足以解釋其形成原因。它像是從什麼結構斷裂開來，切割出伊秋思峽谷底板與月平原。米歇爾年輕時曾到過優勝美地峽谷，他至今仍能記起那些高塔似的花崗岩懸崖；而眼前這座牆垣屏障與整個加州同長，幾乎全都高達三公里：一個垂直陡立的世界，其寬大的紅石平面茫茫然的瞪視西方，如大陸邊緣般在每一個空虛日落黃昏閃現灼熱光芒。

　　這令人屏息的懸崖高度，終於在北端慢慢下降，坡度也緩和了些，進入北緯二十度以上的部位則被一寬深溝壑切斷，那溝壑往東穿過月平原，下到克里斯盆地。這道大峽谷乃卡塞峽谷，是火星古代洪水氾濫最清楚的指標之一。瞥一眼衛星照片，可以很明顯的看出它代表著曾經奔騰瀉入伊秋思峽谷的洶湧大水，直至來到其巨大東邊屏障的斷層為止，那或許是道地塹。大水直湧進這個谷地，以絕大力量沖刷推撞，將入口處侵蝕消磨成平滑曲線，並溢出彎口兩岸漫流四處，遇到石頭阻礙則分岔而去，最後使整區變成縱橫著窄小峽谷的複雜網路。主要峽谷上的中央山脊被水雕琢成一條長雙紐線（譯註：lemniscate，數學上由兩個相交於一個結點的對稱淚滴

形環構成的曲線），或淚珠形島嶼，彷如游魚浮出水面背脊劃過水流的形狀。化石河道的內部河岸乃由幾乎未為洪水侵襲的兩道峽谷分隔，那是尋常般的溝壑，顯示出主要渠槽未遭洪水淹沒前的可能樣貌。內部河岸最高點上有新近兩顆隕石撞擊出的陡峭火山口。

從地面慢慢駛上外部河岸斜坡，是河谷圓形急彎，有著雙紐線稜脊，以及內部河岸漸升處上的圓形火山口壁壘，是相當醒目的特徵。這是個迷人景致，引發對布若斯區域莊嚴空曠時期的懷想，範圍大張的主要渠槽似乎乞求著流水的灌入，而那毫無疑問的該是低淺盤繞的溪流，奔流在卵石上，逐日逐週的切割出新河床和島嶼……

然而現在，它是跨國公司保全系統聚合建物的所在地。內部河岸上的兩個火山口覆蓋在帳幕下，外部河岸以及部分主要渠槽雙紐線島嶼兩岸，則有大範圍的網柵地形；這些工程沒有一個出現在錄影帶上過，或在新聞播報裡提及。它甚至不在地圖上。

史賓賽在建築工程進行之初就在那裡了，他不定期送出的訊息報告了這新城鎮的設立目的。這些日子以來火星上的罪犯幾乎全都送往小行星帶上，在採礦船裡服刑役。但臨時政府有些人要火星本身立一座監獄，而卡塞峽谷即為所在地。

他們把巨礫越野車藏在河谷進口處外面的巨礫堆裡。土狼研究著天氣報告。瑪雅責難如此的遲延，而土狼不予理會。「這事不容易，」他嚴肅的告訴她，「除了在某些特定狀況之下，簡直不可能辦到。我們必須等待援軍到來，還必須等待特定天候。這是史賓賽和薩克斯本人幫我設立的，非常聰明，只是一開始的狀況必須正確才行。」

他回到螢幕上不理會眾人，不是自言自語就是對著螢幕上的煉金師說話，他黝黑的面龐在燈光下閃動。真是煉金師，米歇爾心想，彷彿正對著蒸餾器或坩鍋嘟嘟嚷嚷，進行他對星球的煉金改造……一股絕大力量。而現在專注於天氣。他很顯然的已經發現噴流

中一些盛行風模型，懸留在某定點上。「這是有關垂直範圍的問題，」他率直的對瑪雅說，後者發出問題的口氣已經開始與亞特・藍道夫不相上下了。「這個星球從底到頂伸展有三十公里。三萬公尺！所以會有強風。」

「像乾燥寒冷的西北風，」米歇爾幫忙闡釋。

「是。下降氣流。其中最強烈之一沈降到大斜坡這裡。」

然而這個區域盛行的風乃西風。當吹襲到伊秋思斷崖時，往往造成竄高上升的氣流，住在伊秋思高點的滑翔愛好者於是利用它來運動，套起滑翔機或鳥翼服鎮日飛翔。但是也常常有旋風捲來，帶著東來氣流，當這情形發生時，冷空氣吹過積雪覆蓋的月平原颳起積雪且變得越來越冷也越來緊密，直掃整個流域通過大斷崖邊緣隘口，然後氣流就像雪崩似的墜落。

土狼已經埋首在這下降氣流裡好一陣子了，他的計算結果讓他相信當條件適合——強烈氣溫對比，一個從東到西橫亙高原的暴風——然後在特定地方施以相當輕微的干擾，即能使得下降氣流轉變為垂直颱風，直撲伊秋思峽谷，並以狂猛力道摧殘北方和南方。當史賓賽確認了卡塞峽谷新社區的本質和目的後，土狼立即決定嘗試創造能發生作用的干擾方式。

「那些笨蛋在強風隧道裡建造監獄，」他有一次喃喃而語，像是回答瑪雅的質問。「所以我們建造一個風扇。或者該說一個打開風扇的按鈕。我們在斷崖頂端鑿挖安置一些硝酸銀發散器。大型噴射管。然後一些足以使空氣升溫到循環帶的雷射。那產生一種不利的氣壓梯度，抑制正常流出量，所以當它最後突破而出時力度特強。而爆炸物把所有這一切置於斷崖面下，將塵土推入氣流中使之變得更重。要知道，當風下降時溫度會升高，如果不是充滿了雪和塵土，速度會減慢些。我爬上那斷崖五次把它安裝好，你真應該去看看。也安置了些風扇。當然整個儀器的力量與整個氣流比較起來微不足道，但是敏感的依存關係乃天氣的關鍵，你知道，我們的電

腦模型確定了促成我們想要的起始狀況的理想地點。至少我們是希望的。」

「你還沒有試過？」瑪雅問。

土狼瞪著她。「我們在電腦上實驗過。結果良好。如果我們能有掃過月平原的一百五十公里氣旋為起始狀況，妳就會知道了。」

「他們在卡塞肯定知道這些下降氣流的。」藍道夫指出。

「他們是知道。不過他們計算出來的一千年才出現一次的風力，我們認為只要上面有了起始狀況，我們就可以製造出來。」

「打游擊的氣候學，」藍道夫說，眼睛隆起出去。「你怎麼叫的，攻擊氣象學？」

土狼假裝沒有注意到他，而米歇爾在他一絡一絡的長髮絡間看到簡短露出的笑容。

然而他的系統只有在合適的起始狀況下才有效果。在此之前，除了坐、等、期望之外，什麼也不能做。

在這長長的等待時間中，米歇爾覺得土狼似乎試圖把自己透過螢幕投射到天空裡去。「快呀，」這矮小瘦削的男人把鼻子壓在玻璃上，低聲咬牙催促著。「推呀，推呀，推呀。翻過那座山丘，你這混帳強風。塞轉進來，盤緊。快呀！」

當其他人試圖入睡時，他繞著漆黑的車子踱著方步，嘴裡咕咕噥噥著，「看，對，看呀，」指著衛星照片上的某些特徵自語，周圍沒有人共享。他坐下對著捲起的氣象學資料沈思，咀嚼麵包，低聲詛咒吹哨，如風一般。米歇爾躺在他窄小的輕便床上，手枕在頭下，驚奇的觀看這個狂野男子在陰暗的車裡遊蕩，那是個矮小、朦朧、神祕、巫醫似的線條。而他們那位熊般臃腫的囚犯，一隻眼閃閃發光，同樣目睹著這晝伏夜出的景象，摩挲邋遢下巴的手撥惹出嘎嘎響聲，他瞥了瞥米歇爾，室內仍有不間斷的耳語。「快來呀，該死，快來。咻……像十月颶風那樣吹起……」

終於，他們等待的第二天黃昏，土狼站了起來，像貓一樣伸展

著。「風已經來了。」

他們等待著的那段時刻裡，好些從馬里歐帝斯來的紅黨人員來此參與營救工作，土狼以史賓賽送出的訊息為基礎，做出了攻擊計畫。他們將分批行動，從不同方位進入鎮內。米歇爾和瑪雅的任務是駕駛一輛車到外部河岸的一個裂口處，他們可以隱藏在看得到外部河岸帳幕的一座小台地底端。這些帳幕之一是醫事診療室，薩克斯有時被帶到那裡，根據史賓賽所說，與內部河岸上的拘留處所相較，那裡是個防衛鬆懈的地方。拘留處所乃薩克斯到醫務室之外的留置所在。他的借提時間不定，而史賓賽不能確定他什麼時間會在什麼地方。所以當強風襲擊時，米歇爾和瑪雅將進入外部河岸帳幕跟史賓賽會合，他會帶領他們到醫務室去。另一輛較大的車子，由土狼、加清、奈加和亞特・藍道夫使用，與馬里歐帝斯的一些紅黨人員在內部河岸上集合。其他紅黨車子會盡力使這次突襲看來像是從所有方向進行的全面攻擊，特別是東邊部位。「我們會成功的，」土狼說，對著他的螢幕皺眉。「強風會進行攻擊。」

於是隔天早晨，瑪雅和米歇爾坐進他們的車子，等著強風抵達。他們可以看到外部河岸延展到那大雙紐線稜脊的斜坡。日光下他們看到外部河岸與脊線上帳幕下的綠泡世界——小培養槽裡的植物，俯瞰河谷一大片紅色沙土，彼此間有透明通道連結，以及一到兩座的拱形橋管。看起來像四十年前的布若斯，一個市鎮正一區一區成長著，逐次填滿大沙漠乾枯的河道和峽谷。

米歇爾和瑪雅睡；吃；坐；警戒。瑪雅在車上踱步。她每天都變得比前日更為緊張不安，而現在她像隻嗅到可以飽餐鮮血的母老虎般在籠子裡來來回回踱步。當她撫弄米歇爾頸脖時，靜電從她指尖流竄而出，使她的觸碰夾帶痛感。要想安撫她使她鎮靜下來根本不可能；當她坐在駕駛座位上時，米歇爾站到她身後，如她對他做的那樣摩挲撫按她的頸脖和肩膀，但是那簡直就像在試著把木材揉

搓在一起，而他可以感覺到他的手臂因著這樣的接觸而逐漸繃緊。

他們之間的對話既頭不銜尾又斷續散漫，從一主題隨意彈跳到另一世界。有個下午他們發覺自己談了一個鐘頭的有關往日在山腳基地的歲月——有關薩克斯、廣子，甚至法蘭克和約翰。

「你記不記得一個圓頂室坍塌下來的時候？」

「不，」她暴躁的說。「我不。你記不記得安和薩克斯為了地球化大相爭吵的事？」

「不，」米歇爾嘆了口氣，「我想我不記得。」

他們可以這樣一來一往好長一段時間，彷彿他們根本住在完全不同的山腳基地般。當他們倆同時記起一個事件時，就歡呼一陣。米歇爾注意到，所有登陸首百的記憶逐漸不穩定起來，而且他們記得的在地球上的孩童歲月點滴似乎比剛到火星的開頭幾年還要多些也清楚些。喔，他們各自記得發生在自己身上的大事，以及故事的大致輪廓；然而那些小事件在每個人記憶中不知怎地都不相同。記憶保留和回想變成臨床和理論心理學上的重大課題，而目前史無前例的長壽使問題更形惡化。米歇爾不時研讀這方面的資料，雖然他很早以前就放棄了臨床治療，他仍然以一種非正式的實驗方法來詢問他昔日同志一些問題，正如他此刻問瑪雅：妳記得這個、那個嗎？不，不，不。那妳記得什麼？

瑪雅說，娜蒂雅指使我們這個那個的態度，那讓他臉上浮起笑容。腳下踩踏竹製地板的感覺。還有你記得她對煉金師尖叫的那回嗎？喔不！他說。他們就這樣繼續著，直到他們生存的山腳基地像是截然分開的兩個宇宙；里曼幾何空間的相交，只有在各平面無限大時才有發生的可能，而同時每個平面各自於其個別宇宙中徘徊漫步。

「我幾乎不記得這個，」瑪雅最後陰鬱的說。「我仍然無法忍受想起約翰，還有法蘭克。我試著不。只是某些事情總會引發另些事情，然後在回想中我就又迷失了。那類記憶就像是僅僅發生在一

個小時之前那樣強烈！或者像是又再度發生似的。」她在他手掌下顫抖。「我恨極了。你懂我的意思嗎？」

「當然。不由自主的記憶。而我記得當我們住在山腳基地時，同樣的情形也發生在我身上。所以那不只是因為變老了。」

「不。那是生命。我們不能遺忘的部分。話說回來，我仍然不能直視加清……」

「我知道。那些孩子很奇怪。廣子很奇怪。」

「是啊。不過，你那時快樂嗎？你和她一起離開之後？」

「是的。」米歇爾回想，努力去記憶。回想肯定是環節中最弱的一點……「我是，確實。那是承認我在山腳基地時嘗試壓抑住的事情。也就是我們其實是一群動物。我們是性慾生物。」他在她肩上搓揉得更使勁，她在他手下翻動。

「我不需要那種提醒，」她說，伴隨短促笑聲。「廣子把那還給你了嗎？」

「是的。但不只是廣子。愛芙琴娜、莉雅——全部，真的。不是直接的，你曉得。喔，有時候是直接的。不過那僅代表承認我們有身軀，我們是軀體。一塊兒工作、互視、觸摸彼此。我曾經那樣需求過。我真的曾經有過困擾。他們也把那與火星連結在一起。妳似乎從來沒有過那樣的困擾，但是我有，我真的有。我病過一場。廣子救了我。對她來說，在火星上建造我們的家園、我們的食物是一種感官情事。像是與它做愛，或使它懷孕生產——不管怎樣，一種感官行為。是這個拯救了我。」

「這個還有她們的身體，廣子、愛芙琴娜和莉雅的。」她回頭看他，臉上有一抹詭異笑紋，他笑了起來。「你記得很清楚，我敢打賭。」

「非常清楚。」

現在是正午時分，但是南方伊秋思峽谷長長喉頸部位的天空正逐漸變暗。「也許風終於來了。」米歇爾說。

雲層堆積在大斜坡上，一團高聳激烈洶湧的積雨雲，黑色底部穿閃著電光，擊向懸崖頂端。深坑裡的空氣染有薄霧，卡塞峽谷的帳幕在這薄霧下清楚的顯現出來，建物和奇特靜定的樹上懸垂著的無數清晰小氣泡，彷彿玻璃紙鎮墜落在這多風的沙漠上。現在才剛過正午。即使風真的來了，他們也得等到天黑。瑪雅站了起來，再次躞著方步，散發能量，以俄語喃喃自語，蹲伏下來往他們低矮窗戶看出去。狂風在逐漸增強，吹襲著車子，在他們身後小型高原底端的破碎岩石間穿梭呼嘯。

瑪雅的不耐使米歇爾緊張。真的像是跟一頭狂猛野獸困在一起。他跌坐一張駕駛座，抬頭仰視從大斜坡捲落的雲。火星引力使得雷雨雲能往上竄升到高得驚人的天際，而這些龐大罩有鐵砧頂的一團白色物體，加上下面叫人屏息的斷崖面，使整個世界看來有超現實的壯碩龐巨感。在這樣一個景象裡，他們是一群螞蟻，他們是小小紅人。

他們無疑會在那天晚上進行營救；他們已經等了太久了。在她無休無止的轉圈中，瑪雅再次佇足他身後，抓起他頸子肩膀間的肌肉擰扭擠壓著。這擰扭擠壓產生極大的官感電流，奔逸在他背部、腰際，再順流到他大腿內側。他在她緊握的手下伸展，將輪轉椅子轉過來，伸出雙手環抱她的腰部，耳朵貼在她胸膛上。她繼續揉搓他的肩膀，他感覺他的脈搏增強、呼吸急促。她彎身撫吻他的頭頂。他們漸漸的將彼此拉近自己懷中，直到兩副身軀緊緊纏繞在一起，瑪雅一直沒有停止對他肩膀的揉捏。他們如此這般好久好久。

然後他們移動到車裡的起居隔間，做愛。他們兩人都膠著在緊張情緒中，因而雙方皆激烈的投入。毫無疑問的有關山腳基地的談話起了頭；米歇爾清晰的記起那些年中他對瑪雅那股強烈不義的慾念，將頭臉埋在她銀髮間，盡力與她融合，朝她內裡匍匐前行。她是這麼一個貓科動物，以相同的狂熱後推以引他順利進入，這樣一個動作讓他完全迷亂。只有他們倆人獨處的時光實在甜美，可以自

由的因突起的銷魂狂喜而消失在門後，完全投降於一連串的呻吟叫喊以及官感刺激電流中。

　　之後，他躺在她身上，仍然在她裡邊，她捧起他的臉，注視著他。「在山腳基地時我愛著妳，」他說。

　　「在山腳基地時，」她緩緩訴說，「我也愛著你。真的。我什麼也沒做是因為我覺得自己像傻瓜，在跟約翰和法蘭克之後。但是我愛過你。那就是為什麼你離開時，我那樣生氣。你曾經是我唯一的朋友。你是唯一一個我可以真實面對的人。你是唯一一個真正傾聽我的人。」

　　米歇爾搖著頭，回憶。「我沒有把那做好。」

　　「也許沒有。但是你關心過我，不是嗎？那不是只是你的工作而已？」

　　「喔不是！我愛過妳，是的。跟你在一起從來就不只是工作的關係，瑪雅。不為任何人或任何事。」

　　「拍馬屁，」她說，推開他。「你總是那樣。你總是努力把我做的所有可怕的事情用上最好的詮釋方式。」她笑的短促。

　　「是。不過那些並沒有那麼糟。」

　　「是很糟。」她撅起嘴。「然後你就消失了！」她輕輕掌摑他。「你離棄我！」

　　「我是離開了。我當時必須離開。」

　　她怏怏不樂的緊抿嘴唇，視線越過他看向他們過去深深的衝突裂痕中。滑落情緒的正弦曲線，往更黑更深的境地而去。米歇爾順從隱忍的觀察它的發生。他已經快樂了很長一段時間；就她臉上的那個表情，他看到如果他在這裡停留佇足，他將以他的快樂——至少那種特別的快樂——來交換她。而他的「政策性樂觀主義」將要花費他更多精力，他生命中將會有另一種矛盾需要協調整合，一如普羅旺斯和火星間的離心力般——這回就簡單的是瑪雅和瑪雅。

他們緊靠彼此躺著，兀自沈浸在個別思緒中，看著外間感覺著車子在震盪吸收器上的彈跳。風力仍在增強，塵土如今傾入伊秋思峽谷裡，然後行進到卡塞峽谷，夾雜與昔日切割出這溝壑的相同巨大力道，鬼呼神嚎似的奔移湧動著。米歇爾起身察看螢幕。「達二百公里的時速了。」瑪雅哼哼咕噥著。過去風速遠比現在快多了，但隨著大氣增厚，這些速度較為緩慢的風卻不可信任；今日的強風比昔日沒有實體的號叫其實還要來的強烈狂暴。

很顯然他們今晚必得進入，只是需要等待土狼的信號。所以他們重又躺下等著，同一時刻感到既緊張又放鬆，接著彼此觸摸撫弄以消磨時間兼及鬆緩緊繃的情緒，米歇爾對瑪雅貓般優雅的纖長合度軀體感到驚訝，雖因歲月而滄桑，但從多數角度看來仍與昔日無異。同樣的美麗。

然後落日終於彩染了蒙有薄霧的空氣，以及東邊此刻覆蓋懸崖面的駭人雲層。他們起身吃了一餐，穿好衣服坐在駕駛座位上，又開始感到緊張。車外石英般的太陽已經隱沒，暴風下的黃昏薄暮漸次消逝。

＊　　＊　　＊

黑夜裡的風聲聽來悚慄狂暴，並伴隨著避震器也無法發揮完全功能的頻繁抖動。暴風狂猛的襲擊車子，有時候似乎以千軍萬馬之力壓將下來，重重輾擠著車子達數秒鐘，車子掙扎跳升卻次次失敗，彷彿圍困溪流底端的動物奮力求生般。然後風力倏忽鬆開，車子即失控般的彈起。「我們有辦法在這種情況下走路嗎？」瑪雅問。

「嗯。」米歇爾有過身處暴風的經驗，但於如此暗夜，實在無法確定此刻狀況是否更糟。看來似乎更糟，越野車裡的風力計現在記錄風速為每小時二百三十公里，然而他們此刻位於小高原庇護的

下風處，實在不敢說那是最高時速。

他查了查監測器，果不其然發現它也記錄著充分發展的沙暴。「我們駛近一點，」瑪雅說。「這樣我們可以到的快些，而且回返時也比較容易找到車子。」

「好主意。」

他們在駕駛座上就坐，啟動離去。一離開高原的庇護，風力就變得更加兇猛。有一次彈跳的力道強烈得使他們感到車子似乎要翻了過去，而如果風從側面襲來，他們很可能就真的翻車了；現在風從後面吹來，使得他們十公里的行駛速度變成十五公里，車子因需要頻頻煞車減速而嗡嗡吼叫。「風太大了，是不是？」瑪雅問。

「我不認為土狼對它有多大的控制力。」

「打游擊的氣候學，」瑪雅哼了哼。「那男人是個間諜，我確定。」

「我倒不那樣想。」

攝影機顯示了無星的黑色暗流，除此之外就什麼也沒有。車子的人工智慧電腦以航位推測法導引他們，此刻螢幕地圖顯示他們距離外部河岸最南端的帳幕僅兩公里。「我們最好從這裡開始走過去。」米歇爾說。

「我們回來時怎麼找車呢？」

「我們必須拉出阿麗雅杜妮線。」

他們套上裝備，進入閘門。當外側車門滑開時，內部空氣立刻往外流瀉，猛力拉扯他們。強風在門旁呼嘯狂嚎。

他們跨出閘門，一陣狂風從背後捲襲而至。米歇爾往前傾倒，從漫天塵土間勉強看到瑪雅以同樣姿勢跌倒在他身旁。他反出一手伸向閘門拉出線軸，另一手拉住瑪雅。他把線軸扣在手臂上。

幾次探索實驗後，他們發現彎著腰身，傾頭到半身部位可以維持站立姿勢，而雙手前舉，隨時準備再次跌倒時支撐自己。他們搖晃蹣跚的緩緩前進，當風力太強無法站立時就蹲下等待。他們幾乎

無法看清腳下地面，一不留意一邊膝蓋就會撞上石頭。土狼的風來得太強烈了。然而這實在是沒有辦法的事。卡塞帳幕裡的人顯然不會在這種狀況外出遊蕩。

一陣颶風再次將他們襲倒，米歇爾感覺風力狂烈傾瀉在身上。要保持不被風吹翻都很困難。他腕錶上有一條通話線通到瑪雅，他說，「瑪雅，妳怎樣？」

「還好。你呢？」

「還可以。」

但是他手套拇指根部處似乎有條小裂縫。他彈彈手腕，感覺一陣寒冷順勢流向手腕。還好，那不會造成以前那種立即產生的凍瘡或壓力瘀傷。他從腕錶小隔裡取出補片塞進裂縫。「我想我們最好這樣蹲伏一會。」

「我們爬不了兩公里的！」

「必要時就一定能。」

「可是我想我們還不必那樣。就蹲低些，準備好隨時下去。」

「好，就這樣。」

他們再次站起，將身軀彎成兩截，謹慎小心的拖步前進。黑色塵土以不可思議的速度橫掃而去。米歇爾的方向指示盤就在他嘴前，照亮他的面板：第一座氣泡式帳幕仍然在一公里之外，他驚異的發覺時鐘上綠色數字閃動著11：15：16——已經過了一個小時了。咆哮怒嚎的風聲使他即使把通信器貼在耳邊，仍無法清楚聽到瑪雅。那邊內部河岸上的土狼等人以及紅黨團，很可能正進行著突襲——然而實在無從確定。他們只能祈禱這搖山撼岳的狂風並沒有停頓了這番行動的任何一部分，或者使之拖延太過。

低首彎身互以通話線連接的搖擺拖曳前進委實不易。他們一步步前行，直到米歇爾大腿下腰疼痛難當。終於他方向指示盤顯示他們已經非常靠近南端帳幕了。他們仍然什麼也看不到。暴風更強烈了，最後幾百公尺他們匍匐在尖銳硬實的岩床上蠕動潛行。鐘面上

的數字凍結在12：00：00。那之後不久，他們撞上做為帳幕基石的混凝土的頂蓋。「瑞士時間，」米歇爾巧聲細語。史賓賽在裡面什麼地方等著他們，而他們本以為會需要在牆邊等上一陣子的。他舉起一隻手輕輕放上帳幕最外層。繃得很緊，而脈搏因應周圍環繞著的突襲氣氛而加速跳動。「準備好了？」

「好了。」瑪雅說，語氣緊張。

米歇爾從大腿口袋掏出一把小空氣槍。他感覺到瑪雅也這麼做著。這種槍可以連接許多不同零件發揮不同功能，可以打釘，可以注射；而現在他們想利用來破開既堅韌又具伸縮性的帳幕織料。

他們把聯結彼此的通話線開啟，將手上的槍同時貼上緊繃搖晃的隱形牆。互敲手肘示意後，同時發射。

什麼也沒發生。瑪雅將通話線插進她的腕錶。「也許我們必須割開它。」

「也許。我們把兩把槍合在一起，再試一次。這材料很堅實，不過，加上那風……」

他們切斷通話線，預備，再試一次——他們的手臂被反彈而出，身軀不由自主猛然撞到混凝土牆。一聲轟隆巨響，再一響，接著是一連串的咆哮喧囂，伴隨一系列的爆炸。兩道扶牆間的整整四片帳幕外層紛紛剝落斷裂，也許南端帳幕全都被撕裂開來了，那顯然會將所有物事全都毀掉。漫天塵土翻飛在他們身前光線昏暗的建築物間。窗戶因著建物失去燈光而逐漸黯淡朦朧；有些建物由於突來的減壓而失去了窗戶，不過這與昔日嚴重度相比只屬小巫罷了。

「妳怎樣？」米歇爾透過通信器說。他聽到瑪雅從齒縫擠塞而出的嘶嘶聲。「傷了手臂。」她說。呼嘯狂號風聲中，他們聽見警鈴的高頻鳴響。「走，找史賓賽去。」她粗暴的說。她挺身起立，不由自主的被強風橫掃過頂蓋，米歇爾迅速跟進，往前傾倒，滾向她身旁。「快點。」她說。他們蹣跚跌撞的走入火星監獄城。

帳幕裡面到處一片狼藉混亂。漫天的塵土使空氣變成濃稠的黑色膠質物，湍急激流般傾瀉奔騰於街道間，並夾雜狂喧悲鳴，使得米歇爾和瑪雅即使重新連上通話線也無法聽清彼此。壓力驟減造成些許窗戶甚至牆垣爆裂四散，街道上因而充斥著破碎玻璃和混凝土碎塊。他們邊靠邊移動，小心往前踢動以弄清狀況後才跨出一步，不時以手觸碰來確認方位。「試試你的紅外線抬頭顯示器，」瑪雅建議。

米歇爾打開他的。紅外線顯示器現出惡夢似的駭異景象，炸裂建築物上盡是閃爍騰躍的綠色火光。

他們來到史賓賽提過會留置薩克斯的一棟中央大型建物，發現它一面牆上也佈滿著明亮綠色火光。只希望那裡有防火壁能保護薩克斯所在的那間地下醫務室；如果沒有，他們的援救嘗試可能已經殺死了他們的朋友。米歇爾判斷，全都有可能；建物表層地板已經受到破壞了。

要如何走到下一層變成了個難解的疑問。按理而言，這裡應該有緊急逃生用的樓梯甬道，然而要確認它的位置卻不容易。米歇爾轉到共通頻道，竊聽整個村落此來彼往的緊急討論；內部河岸上蓋住兩個小火山口的帳幕被暴風吹垮了，到處都是要求協助的呼聲。瑪雅透過通訊器說，「我們躲一下，看看有沒有人出來。」

他們蹲伏在一堵牆垣之後，免受風吹的等待著。然後他們前面的一扇門砰一聲被撞開，套著裝備的身影猛衝而出，隨即消失在街道上。他們離開後，瑪雅和米歇爾走向那扇門，進入。

那是一處玄關，仍然處於減壓狀態；但是燈光仍然亮著，而一邊牆上的控制板上亮著紅燈。是緊急氣閘，他們很快的關上外門，回復這小空間的壓力。他們站在內門前，透過滿是塵埃的面罩凝視彼此。米歇爾用手套抹清他的，接著聳聳肩。他們在越野車上曾對這種時刻做過討論，這次行動的核心點；然而當時沒有多少資料可供評斷或計畫，而現在該時刻就在眼前，血液在米歇爾血管內翻滾

飛躍，就好像被外頭的風催逼驅使般。

　　他們將渾接彼此的通話線拉開，從大腿口袋取出土狼交給他們的雷射手槍。米歇爾射擊門上護墊，它嘶嘶滑開。他們碰到三個套上裝備的男子，頭盔尚未戴妥，面上寫滿恐懼。米歇爾和瑪雅朝他們射擊，他們相繼抽搐跌倒。真是從指尖送出了雷電閃光。

　　他們把那三個男子拖進一個邊室，將門鎖起。米歇爾心想他們是否射擊他們太多次，那通常會引起心律不整。他的身體似乎膨脹到他套穿的活動服必須全力緊壓抑止的地步，同時他還感到燥熱難當、呼吸困難、極度神經質。瑪雅顯然處於同樣狀況，她領先朝一大廳以近乎奔跑的速度過去。走廊突然變暗。瑪雅旋開她的頭燈，他們跟隨那灰塵瀰漫的錐形光束走到右邊第三道門，史賓賽說薩克斯會在那裡。門是鎖著的。

　　瑪雅從她大腿口袋掏出一小塊爆裂物，貼在鎖把上，他們後退幾公尺。她引爆炸藥後門轟然往外推開，被裡面外衝的空氣撞破。他們奔進，發現兩個男人正掙扎著閂上頭盔；一看到米歇爾和瑪雅，其中一個立即伸手到腰間的手槍袋，另一個往桌上操縱臺跑去，他們什麼也沒有完成就叫那兩個闖入者射著了。他們倒下。

　　瑪雅回跑關上他們才跨過的門。他們走下另一道走廊，最後一個。來到另一間房室的門旁，米歇爾伸手指示。瑪雅用兩手握住她的手槍，點點頭。米歇爾把門踢開，瑪雅衝將進去，米歇爾緊跟其後。裡頭有個套上裝備和頭盔的身影，站在一個像是外科用的輪床旁，橫過躺在上面的一副軀體的頭做著什麼。瑪雅朝那挺立的身形射了幾槍，那身形鏗啷倒地，接著在地面上翻滾，因肌肉痙攣而扭曲。

　　他們衝向輪床上躺著的人。是薩克斯，米歇爾從他身軀而非面龐把他認了出來，他的臉彷如死亡面具幽靈，兩顆漆黑眼眶，中間一個碎裂的鼻子。他的狀況從最樂觀的角度來說是昏迷不醒。他們把束縛他身軀的物事拉開。他剃光的頭上插有幾個電極管線，米歇

爾在瑪雅直截了當的將它們拔掉時避在一旁。米歇爾從大腿口袋取出一件薄薄的緊急裝備，套上薩克斯沒有生氣的雙腿和軀幹，匆忙急切草率；而薩克斯連哼也沒有哼一聲。瑪雅回身，從米歇爾背袋裡取出緊急織料頭布和小箱槽，他們合力將之扣在薩克斯的裝備上，然後啟動。

瑪雅握住米歇爾的手腕，掐握的力道大得令他有些擔心他的骨頭要碎掉了。她把通話線插進他的腕錶。「他還活著嗎？」

「我想是。先把他弄出這裡，我們稍後再看。」

「看看他們怎麼折磨他的臉，那些法西斯兇手。」

躺在地上的人，是一個女人，在翻轉蠕動著，瑪雅移步過去，在她腰腹間狠狠踢了一腳。俯身過去看她的面罩，驚訝的詛咒著。「是菲麗絲。」

米歇爾把薩克斯拉起，朝走廊走去。瑪雅追上去。有人出現在他們前面，瑪雅舉槍瞄準，但是米歇爾把她的手推開——是史賓塞‧傑克森，他認出他的眼睛。史賓賽出聲，但因為頭盔他們聽不到。他看到這種情形之後，用力大聲叫喊：「感謝老天你們來了！他們不再需要他了——正準備殺他！」

瑪雅用俄語說了什麼，跑回房間往裡面丟了個東西，然後朝他們奔回。爆炸煙霧和殘骸從那間房裡飛出，噴撞在對面牆上。

「不！」史賓賽喊。「那是菲麗絲！」

「我知道。」瑪雅恨恨的尖叫；但史賓賽沒有聽到。

「快，」米歇爾堅持，雙臂舉起薩克斯。他對史賓賽作勢要他戴上頭盔。「在我們還能離開時快些走吧。」沒有人像是聽到他的話，不過史賓賽戴上了頭盔，然後幫助米歇爾搬動薩克斯通過走廊，攀上樓梯來到一樓。

外頭呼嘯聲更形強烈，仍然是一片漆黑。大大小小物件在地面滾動，或翻騰在空中。有什麼乍然飛襲米歇爾的面罩將他擊倒在地。

　　那之後，他對周遭事物就開始感覺模模糊糊，昏昏沈沈。瑪雅把一條通話線插入史賓賽腕錶，開始對他們兩人施發命令，語氣堅硬精準。他們拖拉薩克斯的身軀越過帳幕邊牆，然後來來回回攀爬直到找著連著阿麗雅杜妮線的鐵質線軸。

　　他們立刻明白無法在這樣的風力中挺身行走。他們必須以手和膝匍匐前進，由中間者背負薩克斯，另兩人分在兩邊支撐扶持。他們就這樣沿著線軸趴在地面上行進；沒有線軸他們根本無法確認越野車的位置。他們依循線軸朝目標直線攀爬，雙手和膝蓋因為寒冷而逐漸麻木。米歇爾朝下盯著面罩下飄飛的黑色塵土砂石。他忽然瞭解他面罩上滿是裂紋。

　　他們中途停頓休息，把薩克斯交給另一個背負者。當米歇爾完成他的背負階段時，他跪了下來，把面罩無力的擱在地面上，不住喘息，塵土從他身上飛掠。他舌尖有紅色砂石的味道，苦澀稍鹹又帶有硫磺味——火星的滋味，恐懼，死亡——或者只是他自己的血味；他無法判斷。周遭太過嘈雜喧鬧無法靜心思索，他頸子疼痛，耳畔嗡嗡鳴響，眼睛佈滿紅絲，一群小紅人最後終於從他視網膜外環視覺逐漸舞動到他正前方。他覺得自己隨時都會昏厥過去。他一度以為就要嘔吐起來了，這在套著頭盔的狀況下相當危險，他用盡力氣把它壓抑下去，因而體內每一道肌肉每一個細胞皆痛楚難當而湧汗如雨。掙扎好一段時間後，那衝動總算過去了。

　　他們繼續向前爬行。一個鐘頭的激烈無語奮力前進之後，再另一個鐘頭。米歇爾原本麻木無覺的膝蓋被尖銳石塊刺戳弄得疼痛起來，逐漸赤裸鮮明。有時他們就直躺在地上，等待一股特別狂亂的颶風掃過。即使在如此狂暴速度下，風仍是一陣陣個別襲來；它不是一股持續襲來的壓力，而是一系列間歇性而來的驚人重擊。有時他們必須長時間俯伏地上等待這些錘擊力道過去，而等待時間如此之久讓人甚至感到無聊起來，心思晃蕩遊走，昏昏欲睡。他們似乎會迎上凌晨曙光。然後他看到他面罩上支離的鐘表數字——事實上

才不過凌晨三點半。他們繼續向前爬行。

終於繩線往上延伸，他們的鼻子直直戳進越野車的門鎖，阿麗雅杜妮線就綁在那兒。他們鬆開它，莽莽撞撞的把薩克斯拖過閘門，然後筋疲力竭的爬進。他們關上外門，啟動室內幫浦。閘門地板堆積有相當深的砂石，斷片碎粒旋向幫浦通風孔而出，翻飛在此刻過於明亮的空氣裡。米歇爾眨巴著眼看向薩克斯緊急頭罩上的小型面板；那像是看著一副潛水面具，而他沒有看到一絲一毫的生命跡象。

當內門大開，他們脫下頭盔靴子和裝備，跛行入內，快速關上車門。米歇爾的臉溼溼的，當他擦抹一把後發現是血，在明亮的車內看來異常鮮紅。是他的鼻子流著血。雖然燈光明亮，但他視線周圍卻昏暗朦朧，車內房間看來奇特的靜止沈默。瑪雅腿上有道糟糕的割痕，環繞的皮膚呈現蒼白霜凍色澤。史賓賽看來精力耗竭，沒有受傷但是顫慄抖動。他拉下薩克斯的頭罩，嘴裡一邊嘟嘟喋喋的數落他們。「你們實在不應該就這樣硬將那些探針從他的頭上拉開，你們很可能造成無可彌補的損害！你們應該等我到達，你們根本不知道你們做了什麼！」

「我們不知道你到底會不會出現，」瑪雅說。「你遲了。」

「沒有遲多久呀！你們實在不需要驚慌失措到那種程度！」

「我們沒有驚慌失措！」

「那麼你們為什麼就這樣把他拉開？還有妳為什麼殺了菲麗絲？」

「她是個劊子手，是個兇手！」

史賓賽劇烈搖頭。「她跟薩克斯一樣只是個囚犯。」

「她不是！」

「妳不知道。妳殺了她只因為事情表面看來像是那個樣子！妳比他們好不了多少。」

「去他的！他們是折磨我們的人！你沒有阻止他們所以我們必須！」

瑪雅繼續以俄語詛咒謾罵，一邊踏步走向一個駕駛座，發動越野車。「給土狼發個訊號。」她丟給米歇爾一項指示。

米歇爾努力回想如何操作無線電。他的手敲著發射訊號的機鈕，通知他們已經救了薩克斯。然後他回到薩克斯身邊，後者氣息微弱的躺在長椅上。休克中。頭部有幾處被剃光。他也有流著血的鼻子。史賓賽輕輕的擦抹，一面搖著頭。「他們使用核磁共振造像和定點超音波，」他遲鈍的說著。「將人如此把弄會使得……」他搖搖頭。

薩克斯的脈搏微弱不規則。米歇爾把他身上的裝備慢慢卸下，愣愣看著他自己彷如飄浮海星的手緩緩移動著；它們像是與他意志力完全分離，一如他正試著操作一組毀損的遙控機械人。我被電擊了，他想。我腦震盪了。他有想要嘔吐的感覺。史賓賽和瑪雅仍氣憤的彼此尖叫吶喊，怒火越來越高昂熾熱，而他搞不清為什麼。

「她是個婊子！」

「如果婊子是被殺的原因的話，妳根本就不會活著離開戰神號！」

「停止，」他虛弱的對他們說。「你們兩個。」他並不太清楚他們在說什麼，但顯然的是場爭戰，而他知道他必須調解幹旋。瑪雅因憤怒傷痛而激動，哭喊尖叫。史賓賽也吼叫回去，全身不可遏抑的顫抖著。薩克斯仍然昏迷不醒。我得要再開始心理治療了，米歇爾心想，同時吃吃傻笑起來。他跌跌撞撞來到一張駕駛座，試圖領會儀器控制盤的操作法，其於擋風玻璃外飛舞的黑色塵土襯托下模模糊糊的閃動光芒。「駕駛。」他無奈的對瑪雅說。她坐在他旁邊的椅子上，正瘋狂嚎哭，雙手緊緊抓握方向盤。米歇爾舉起一隻手放到她肩上，被她一把推開；那隻手像是連著一條線而不是他的手臂似的被彈開，他幾乎因此跌落椅下。「等會再講，」他說。

「做都做了。我們現在先回家。」

　　「我們沒有家了。」瑪雅厲聲咆哮。

# 第六部　探索真理之路──塔里夸

　　巨人（Big Man）來自一顆大行星。他同保羅・班楊一樣原只是火星的一名訪客，偶然經過，停下遊觀；當保羅・班楊來到時，他仍然在那裡，因而引起了一場戰爭。巨人贏了，誠如你所知。但是保羅・班楊和他的藍牛寶寶死去後，就沒有什麼可以對談的對象了，而火星對巨人來說就像是企圖在一顆籃球上生活。他花了一段時間到處走逛，拆卸物事，嘗試修補，終於放棄離去。

　　那之後，在保羅・班楊和他的藍牛寶寶體裡隱藏著的所有細菌都離開他們的軀體，到地底深處岩床上的溫暖水域傳播繁衍。它們食用甲烷和硫化氫，禁忍數兆噸的岩石重量，彷彿生存於某種中子星球一般。它們的染色體開始斷裂，突變之後再突變，一天之內可以產生十個世代，因之用不了多久就能依著優勝劣敗的自然淘汰法則，出現最能適應環境的強者。然後幾十億年過去了。次火星演化歷史於焉全程展現，往上推動穿過上岩層的裂縫，以及砂石顆粒間的空隙，直來到陽光下的酷冷沙漠。所有種類的生物，覆蓋著整個區域──只是一切都非常微小。瞧，地底空間有限的很，而到它們終於浮現地表時，特殊模式已然定型。不管怎樣，地表上也沒有多少能夠鼓勵生長的條件。於是一整套緊貼岩石表面或岩縫生長的植物生物圈因而發展苕壯起來，不過一切依舊非常細微。它們的鯨魚只有初生的蝌蚪般大小，它們的美洲杉與他類地衣無異，其他依此類推。彷彿兩個極端的比例，火星上所有一切就一方面來說比地球相對事物都要大個百倍以上，然就另一方面而言，則採取反向極端

演變。

　　這樣的演化產生了小紅人。它們就跟我們一樣——或者說當我們看見它們時它們看起來就跟我們沒什麼不同。然而那是因為我們只能從眼角餘光裡瞥見它們。如果你集中視力專注其中一個，你看到的會是一個挺立著的非常細微渺小的火蜥蜴，顏色深紅，皮膚雖隱然有變色的能力，但通常與周圍岩石色澤相仿。如果你真能很清楚的看到一個，將會發現它的皮膚彷如覆蓋地表的地衣摻雜混合著砂石顆粒，而眼睛有如紅寶石。這實在叫人驚喜，然而不要太過興奮了，因為真相是，你無法如此這般清晰的看清楚它們。太困難了。只要它們靜止不動，我們就根本看不到它們。我們永遠看不到它們，除非它們中的一些人信心十足的認為能夠隨時任意凍結消失時，才會飛舞在你視覺周邊末梢範圍之內，擾亂你的心思。你以為你看到了，但是當你轉動視線迎向它們，它們就停止動作，讓你無論如何不能將它們辨認出來。

　　它們的住所到處都是，包括我們的房室。通常角落裡每個塵埃堆中就存有幾個。有多少人能聲言他們房間角落沒有塵埃？我不認為有多少。不過，當你總算決心清掃角落時總會用力一些的，對不？是的，每當這個時刻，那些小人就全都逃之夭夭。對它們來說，那是一場災難。它們認為我們是瘋狂的巨大蠢蛋，每隔一段時間就要橫衝直撞發作一番。

　　沒錯，第一位看到小紅人的人類是約翰‧布恩。不然你還能認為是誰？他在降落幾小時後就看到了它們。漸漸的他學會即使在它們靜止不動時也能將之分辨出來，然後他開始對著他房間裡的一些說話，直到它們終於投降而回應。約翰和它們互相學習彼此的語言，你仍然可以聽到這些小紅人在它們的英語裡用上約翰‧布恩式的語彙。最後，它們中的一大群寸步不離的跟隨布恩四處旅行。它們喜歡，而且約翰不是個太愛整潔的人，所以它們總能找到存身所在。是的，當他在尼科西亞被殺害時，它們中的數百個曾親眼目

睹。那是當夜稍後那些阿拉伯人死亡的原因——一大群小紅人尾隨他們。恐怖。

　　不管怎樣，它們曾經是約翰·布恩的朋友，而當他遭到殺害時，它們就跟我們一樣的傷心難過。那之後就沒有人類學會它們的語言，或如此深入的了解認識它們。是的，約翰同時也是第一位訴說有關它們故事的人。我們目前知道的相關資料大部分來自於他，因為他與它們有那樣特殊的關係。是的，據說過度服用歐米茄啡，會造成上癮者視覺末梢神經中出現微弱的紅色蠕動圓點。但是你幹嘛要問呢？

　　不管怎樣，自從約翰死去，小紅人就跟我們住在一起，而且不動聲色保持低調，用它們紅寶石似的眼睛觀察著我們，企圖了解我們，以及我們為什麼做我們做的事。還有它們應如何對待我們，得到它們想要的——誰是它們可以交談和交友的對象，誰不會每隔數月就掃蕩它們一次，或毀損這個星球。它們就這樣觀察著我們。所有篷幕城市都攜帶著小紅人來到我們身邊。它們已經準備好再度與我們溝通。它們在決定應該與誰對談。它們問著它們自己，這些巨大蠢蛋中有誰知道卡（Ka）？

　　那是它們對火星的稱呼，是的。它們稱之為卡。阿拉伯人愛極了這項事實，因為阿拉伯語中的火星是夸西拉；日本人也喜歡，因為日文稱之為卡綏。事實上涉及火星的地球語彙有很大一部分含有「卡」的音節——一些小紅人的方言稱之為姆卡，這也大量出現在地球對火星的其他名稱中。有可能這類小紅人早期曾經有過太空計畫，曾經到過地球，化身為我們的妖精、精靈，以及其他小人，當時告訴過一些人類它們的來處，還給了我們那些名字。或者從另一個角度來看，也許星球本身建議這類發音，而以一種催眠方式影響一切有意識的觀察者，不管是駐足其上者，或是從遙遠天際觀看這顆紅星者。我不知道，或許是因為它的顏色的關係。卡。

　　所以卡看著我們，它們更問著，誰知道卡？誰花時間在卡上，

學習卡，喜歡觸摸卡，在卡上四處遊走，讓卡滲入他們，任他們房間的塵土堆疊？這樣的人類才是我們願意攀談的。我們很快的就要介紹我們自己，它們說，對你們當中所有喜歡卡的人介紹我們自己。而當我們這麼做時，你們最好準備著。我們會有一個計畫。當時機來臨，放下一切，逕直走到街道上，迎入一個新世界。那將是解放卡的時候。

　　他們沈默的往南行駛，車子在強風襲擊下搖晃震盪。一個鐘頭接著一個鐘頭，米歇爾和瑪雅之間誰也沒有說話；他們已經安排好連續無線電信號，那聽起來跟閃電引起的靜電非常類似，一為成功，一為失敗。但是無線電只發出嘶嘶聲，在怒吼狂風中幾乎聽不到。奈加等得越久就越恐懼；似乎有某種災難降臨到他們位於外部河岸的同伴身上，而依據今晚截至目前為止他們自身的經歷——在咆哮暗夜裡的絕望爬行，疾馳而過的殘骸，破裂帳幕裡人們向外瘋狂的射擊——可能性相當悲觀殘酷。整個計畫現在看來實在狂妄，奈加開始懷疑土狼的判斷力，土狼研究著他的人工智慧電腦螢幕，喃喃自語，前後擺動他疼痛的脛骨……當然，其他人先前都同意了這個計畫，奈加也是，瑪雅和史賓賽則幫助規劃，還有馬里歐帝斯的紅黨人員。只是沒有人預料到下降颶風會變成這般劇烈。土狼是這場突襲行動的領導人，這點毫無疑問。然而他臉上卻有著奈加從未看到過的煩惱、憤怒、擔憂和恐懼。

　　然後無線電收音機爆裂出聲，彷彿兩道就在近處的閃電，解碼的訊號隨之出現。成功。成功。外部河岸的人找到薩克斯了，而且已經把他救出來了。

　　車子裡的氣氛彷彿乘坐彈射器似的從陰鬱沮喪一轉而為興高采烈。他們語無倫次的尖叫、笑鬧、彼此擁抱；奈加和加清擦去眼角因喜悅和解脫而流下的淚水，而在突襲過程中一直留在車內的亞特，後來主動接過駕駛車子的任務在黑色暴風中將突襲人員一個個接上來，滿車滿室的用力拍打他們的背脊，嘴裡喊著，「幹的好！幹的好！」

　　土狼吞下止痛藥，發出他那特有的瘋狂笑聲。奈加尤其感到體態輕盈，就好像胸臆間的重力倏忽減輕了似的。如此極端的心情——懼怕、焦慮，現在成為歡樂。他恍恍惚惚瞭然這是那種讓他們永遠把彼此鐫刻在彼此心靈的時刻，當人們遇上這般不多見的駭異現實景況時，他的心就連有引信般的點火燃燒起來。他可以在他所

有同伴閃亮的臉上看到同樣全然的榮耀，狂野的動物因熾熱靈魂而奪目耀眼。

　　紅黨人員啟程往北回到他們馬里歐帝斯的庇護所。土狼往南急駛，要同瑪雅和米歇爾會合。他們在巧克力色的朦朧凌晨碰頭，地點是伊秋思峽谷。部署在內部河岸車子裡的人員急速衝進米歇爾和瑪雅的車子，準備重溫歡樂的慶祝場面。奈加跟蹌穿過閘門，同史賓賽握手，那個矮小圓臉皺著眉頭的男人雙手發著抖。不過他很仔細的察看奈加。「很高興見到你，」他說。「我聽過你。」

　　「進行的還真不錯，」土狼正在說，加入加清、亞特和奈加異口同聲的喧鬧抗議中。事實上他們逃得千鈞一髮，在內部河岸蠕動爬行，試圖在颱風肆虐下苟存，躲避帳幕裡惶急慌張的警察，還要努力確認由亞特駕駛前來尋找他們的車子……

　　瑪雅的怒目瞪視硬生生斬斷他們的歡樂。事實上在初會合時迸現的喜悅之後，周遭氛圍便很清楚的顯示出她車裡的狀況並不太對。薩克斯是獲救了，但是也晚了一步。他受到折磨，瑪雅草率地告訴他們。又因為他仍昏迷不醒，所以很難說他受到的傷害有多大。

　　奈加到後面隔間去看他。他不省人事的躺在長椅上，粉碎的臉孔讓人心痛。米歇爾回來坐下，因著頭部受到撞擊而頭昏眼花。瑪雅和史賓賽之間顯然有著爭執，他們沒有解釋但是彼此避開對方視線，互不說話。瑪雅擺明著心情不好，奈加從孩提時期就熟悉她這種表情，而這回似乎更糟，她臉色嚴峻，嘴角下垂成鐮刀形。

　　「我殺了菲麗絲。」她告訴土狼。

　　一陣靜默。奈加的雙手突然寒冷起來。他環顧周遭，發現他們全都目瞪口呆。他們之間唯一的一位女性是兇手，有這麼一陣子，他們都有怪異不舒服的感覺，包括瑪雅——她挺直身軀，蔑視他們的膽怯懦弱。奈加看著他們的面龐時了解到，這全不存在於他們理

性甚至意識裡，而是一種原始的、本能的、生物性的。於是瑪雅更用力的瞪視他們，看不起他們的驚駭，以鷹般陌生尖銳的敵意瞧著他們。

土狼踱到她身畔，墊起腳尖在她臉頰上輕啄一下，堅定的迎視她圓瞪的雙眼。「你做得很好，」他說，將一隻手放上她的手臂。「你救了薩克斯。」

瑪雅抖掉他的手說，「我們把他們用來連上薩克斯的機器炸掉了。但不知道是不是把記錄也一併銷毀了，也許沒有。無論如何，他們知道他們曾經逮到過他，然後有人把他救了出去。所以這裡沒有什麼好慶祝的。如今他們會傾全力來追捕我們。」

「我不認為他們那麼有組織有紀律。」亞特說。

「你閉嘴。」瑪雅朝他大喊。

「喔，好吧，可是你瞧，現在他們知道你們的事了，你們就不需要太怎樣躲藏了，對不？」

「回到正事上來了。」土狼喃喃說道。

他們當下在白日一塊兒啟程往南，因為下降颶風擾起的塵埃足以讓他們在衛星攝像下隱形。氣氛仍然緊張；瑪雅的情緒依舊處在黑色狂暴中，最好避開。米歇爾以面對未爆炸彈般謹慎應對，一直努力讓她專注在眼前實際問題上，使她能夠忘卻他們那駭人的夜襲。然而薩克斯就躺在他們車裡起居隔間的沙發上昏迷不醒，並且因著瘀青看來彷如一頭浣熊，這實在不容易忘記。奈加連續數小時坐在薩克斯身旁，有時把手攤平放在他肋骨間或者他頭頂。除此之外，什麼辦法也沒有了。即使沒有那雙青紫的眼睛，奈加仍然無法把眼前的薩克斯・羅素跟他小時候對他的印象連結起來。看到這樣的肢體折磨實在叫人打從心底感到震驚，這是個堅實的證據，證明這個世界真的存有他們可怕的敵人。奈加這幾年一直就對這番情狀思索不休，薩克斯展現在眼前的事實是如此醜陋，如此叫人難以忍

受——不僅僅是他們確實有著敵人，還有竟然有人會做出這樣的事，而且整個人類歷史還不斷重複上演，實在叫人無法置信。然而它們畢竟是真實的。薩克斯只是千百萬受害者之一。

薩克斯睡著了，他的頭左右搖晃。「我要給他一劑潘多啡，」米歇爾說。「先給他，然後是我。」

「他的肺有些不對勁。」奈加說。

「是嗎？」米歇爾把耳朵貼在薩克斯的胸腔上，傾聽了一會，噓了一聲。「裡頭有些液體，你對了。」

「他們對他做了什麼？」奈加問史賓賽。

「他們在他身上施用藥物然後套問。你知道，他們已經能夠非常精準的確立腦部海馬區幾處記憶中樞，用藥物和非常精準的超音波加以刺激，同時以快速核磁共振顯影監視過程……嗯，人們在這種情況下會回答任何問題的，而且通常回答的細瑣冗長。他們正那樣對待薩克斯的時候，電力因暴風來襲而中斷。緊急發電機立刻啟動，但是——」他朝薩克斯做了個姿勢。「然後，或說當我們把他從那套設備拉出來時……」

那麼這就是何以瑪雅殺害菲麗絲・波義爾的原因了。叛徒的結局。登陸首百裡的兇手……

哦，加清在另一輛車裡嘟嘟嚷嚷，這不會是第一次。有人懷疑瑪雅安排了約翰・布恩的暗殺行動，而奈加聽人提到法蘭克・查默斯的失蹤也可能是出於她的計畫。他們稱呼她黑寡婦。奈加一直就認為這些故事只是一種惡意的謠言，由那些顯然憎恨瑪雅的人散佈流傳，譬如賈姬。可是瑪雅現在確然看來惡毒危險，坐在她的車子裡，瞪視無線電收音機，彷彿考慮要打破沈默，傳送訊息到南方去：銀髮、鷹鼻、嘴像撕裂的傷口……使奈加在進到有她在的車子時感到緊張，他盡力排拒那種情緒。她畢竟是他最重要的老師之一，他曾花上無數個小時吸收她於數學、歷史和俄語課時不耐煩的教學指示，比任何科目都要用心的跟隨她學習；他很清楚她並不願

意變成一名兇手，也瞭解在她又粗魯又陰鬱的情緒下（或說又瘋狂又沮喪），有著一個寂寞的靈魂，高傲而飢渴。所以雖然他們表面上成功了，但是這整個事件從另一個角度來說實在是一場災難。

瑪雅堅持他們應該全都立刻南下到南極區域，告訴那邊的地下組織發生了什麼事。

「事情沒那麼簡單，」土狼說。「他們知道我們在卡塞峽谷，加上他們已經讓薩克斯開口了，他們很可能知道我們會試圖返回南邊。他們閱讀地圖的能力跟我們一樣好，知道基本上赤道線被堵塞住了，從西塔爾西斯一直到渾沌地形的東邊。」

「帕弗尼斯和諾克特斯之間有條槽溝，」瑪雅說。

「沒錯，不過那裡橫穿有幾條雪道和管線，以及電梯的兩紮幹管。我在那下面已經造了些隧道，但是如果他們注意點，也許會找到，或是看到我們的車子。」

「所以你要怎樣？」

「我想我們必須繞路，塔爾西斯北邊和奧林帕斯山脈，然後下到亞馬桑尼斯，從那裡橫過赤道。」

瑪雅搖頭。「我們必須盡快趕到南邊，讓他們知道他們已經曝光了。」

土狼想了想。「我們可以分開走，」他說。「我在靠近伊秋思高點下端的一個藏匿處裡藏有一架超輕型小飛機。加清可以領妳和米歇爾前去，載你們飛回南方。我們則取道亞馬桑尼斯。」

「薩克斯呢？」

「我們直接帶他到塔爾西斯圓頂，那兒有個波格丹諾夫份子的醫療所。只有兩個晚上遠。」

瑪雅和米歇爾、加清討論，但是看也不看史賓賽一眼。米歇爾和加清同意，她終於點點頭。「好，我們往南。你們盡快趕來。」

他們依循舊日習慣夜晚出發，白天睡覺，兩個晚上之後穿過伊

丘秋思峽谷來到塔爾西斯圓頂，是塔爾西斯隆起地形北端邊緣上的一座火山錐。

　　一個稱為塔爾西斯圓頂的「尼科西亞等級」帳幕市鎮就坐落於與其同名的火山錐的黑色側翼。這個市鎮乃戴咪蒙派的一部分：多數居民維持地表網路上的正常生活，但他們多屬波格丹諾夫主義信徒，支援幫助這個區域裡的波格丹諾夫份子，以及位於馬里帝斯裡和大斜坡上的紅黨庇護所；他們還幫助鎮裡那些離開地表網路的人們，或自出生起就不隸屬網路的人。鎮裡最大的醫療所乃波格丹諾夫份子所主持，它曾經協助過許多地下組織。

　　所以他們直接駛入帳幕，進入其車庫後下車。很快的一輛小型救護車來到，儘速將薩克斯送到靠近鎮中心的醫療所。其他的人走下主要草地街道尾隨其後，感覺這些日子以來鎮日處於車內所沒有的空曠感。亞特對他們的公開態度圓瞪雙眼驚奇萬分，奈加對他簡略解釋戴咪蒙派，然後走進一間樓上有安全室的咖啡館，就在醫療所對面。

　　醫療所那兒已經開始診斷治療薩克斯。他們到達後幾個小時，奈加獲准淨身後穿上消毒衣，進到裡面坐在他身邊。

　　他們把他連上一架排氣裝置，將一種液體循環到他肺部。透過透明管線和蓋住他面龐的面具可以看到那像是密佈陰雲的水。這景象看來很讓人不舒服，他們好像是在溺死他。然而那液體乃過氟碳化合物為基礎的混合物，供給薩克斯比空氣還要多上三倍的氧氣，還沖洗積聚在他胸部裡那些黏答答的東西，使崩塌的氣管再膨脹起來，同時又連上許多不同藥物。醫事技術人員一面進行一面對奈加解釋她的每一項動作。「他有些水腫，所以這是一種反論矛盾治療，但是有效。」

　　奈加就這麼坐著，手放在薩克斯臂上，看著貼在薩克斯下半臉部面具裡的液體，循環進出他的體內。「他像是回到人工生殖箱裡了。」奈加說。

「或者，」醫事技術人員說，好奇的看著他，「在子宮裡。」

「是的。像重生。他甚至看來跟以前不一樣。」

「手要繼續放在他臂上。」技術人員指示後離開。奈加坐在那裡，試著想像薩克斯此刻的感覺，想像生命本身掙扎求生，奮力游回世界的過程。薩克斯的體溫令人擔憂的起伏不定。其他醫事人員進來，持著各種器材量壓薩克斯的頭和臉，彼此低聲談論。「有些傷害。前面、左側。我們再看看。」

奈加來到的幾天晚上之後，上一個技術人員回來，說，「托起他的頭，奈加。左邊，耳朵附近。上面一些，對了。托著……是了，像那樣。現在做你做的。」

「什麼？」

「你知道的，將熱量輸送給他。」然後她匆匆離去，彷彿因提出如是建議而難堪或者害怕。

奈加坐著，振作自己。他捕捉體內那團火，試著把它運到手上，再傳輸給薩克斯。熱能，熱能，一道探伸跳躍的純白，送進受傷的綠……然後回復感覺，試圖讀出薩克斯頭部的熱量。

幾天過去了，奈加大多待在醫療所裡。一個晚上他正從廚房回來，那年輕的醫技人員打走廊那邊朝他奔來，一把抓住他的手臂，說，「快來！快來！」接著他發現自己回到病房，托住薩克斯的頭，他呼吸急促，全身肌肉有如鐵絲般僵硬。室內有三個醫生和幾名醫技人員。其中一個醫生對奈加伸出手來，而年輕的醫技人員踱來站在他們之間。

他感覺薩克斯體內有什麼在翻攪著，像是離去或回歸──通行著。他把他所能提振出來的每一點維力迪塔斯輸送給薩克斯，卻突然間驚恐起來，記憶回到采塢裡的診療室，坐在西門身邊的景象。西門臉上的表情，他死的那個夜晚。過氟碳化合物液體從薩克斯身體旋進又旋出，形成一股低淺卻快速的浪潮。奈加看著它，想著西門。他的手失去了熱度，而他無法再將之聚集。薩克斯會知道這雙

溫暖的手屬誰。如果那要緊的話。這是他所能做的全部了……他竭
盡全力，運勁外推，就好像世界整個封凍起來了，就好像他不僅能
將薩克斯拉回，還能拉回西門，而一切端看他推的力道是不是夠
強。「為什麼，薩克斯？」他輕聲對他手邊的那隻耳朵說。「但是
為什麼？為什麼，薩克斯？但是為什麼？為什麼，薩克斯？但是為
什麼？為什麼，薩克斯？但是為什麼？」

　　過氟碳化合物繼續循環流著。過於明亮的室內起著嗡嗡鳴響。
操作儀器以及診療薩克斯軀體的醫生們彼此對視，也看著奈加。
「為什麼」這個詞只具聲形而失去了意義，像是一種祈禱。一個小
時過去了，接著更多鐘頭，緩慢又焦慮，直到他們陷入一種恍惚停
滯的狀態，而奈加無法判斷是白天或夜晚。他心想，這是我們為軀
體付出的代價。我們付出。

＊　　＊　　＊

　　一天晚上，大約是他們來到此間後一個禮拜，他們抽清薩克斯
的肺部，拔掉排氣裝置。薩克斯猛力大聲吸了口氣，然後開始呼
吸。他回復到呼吸空氣的哺乳動物階段了。他們修補了他的鼻子，
一個形狀不同的鼻子，幾乎跟他整容手術之前一樣扁塌。他的瘀傷
仍然觸目驚人。

　　拔掉排氣裝置大約一個小時後，他回復知覺。他眨眼，再眨
眼。環顧周遭，然後非常仔細的盯著奈加，用力招握他的手。但是
他沒有說話。而且很快的沈入睡眠。

　　奈加走到外頭小市鎮的綠草街道上，整個市鎮盡是塔爾西斯圓
頂的錐狀地形，黑褐相間的往北壯麗延展，一如蹲伏著的富士山。
他以有節奏有韻律的奔跑習慣，一圈又一圈的沿著帳幕邊牆奔跑，
發洩掉他多餘的能量。薩克斯與其無法解釋的大疑惑……

　　他們停留在對街一間咖啡館裡的房間，他在那裡看到土狼從這

窗到那窗不安的來回踱步，嘴裡同時還嘟嘟囔囔的哼著「卡里譜索」旋律。「怎麼了？」奈加說。

土狼搖擺雙手。「現在薩克斯已經穩定下來，我們也應該離開了。你和史賓賽可以在車裡照顧薩克斯，我們從西邊繞過奧林帕斯。」

「好，」奈加說。「就等他們准許薩克斯出院了。」

土狼凝視著他。「他們說你救了他。說你把他從鬼門關撿了回來。」

奈加搖頭，對這個想法感到驚恐。「他根本就沒有死。」

「我懂了。不過那是他們傳出來的說法。」土狼若有所思的看著他。「你將來必須小心些。」

＊　＊　＊

他們夜間行駛，循著等高線繞過塔爾西斯北邊斜坡，薩克斯安穩的固定在駕駛座後面的隔間沙發上。他們啟程後幾個小時，土狼說，「我要偷襲真美妙在塞歐尼厄斯的一個採礦營地。」他看著薩克斯。「你不反對吧？」

薩克斯點頭。他浣熊般的瘀傷現在又青又紫。

「你為什麼不能說話？」亞特問他。

薩克斯聳肩，喉嚨滾動發出嘎嘎兩聲。

他們繼續前行。

塔爾西斯隆起地形北邊底端伸展著一列平行峽谷，稱為塞歐尼厄斯槽溝。這些地勢大約有四十來個，全看你如何定義計算，有些窪地確是峽谷，有些只是獨立的山脊，或低深裂縫，或就是平原上的縐褶──全都從北朝南，而且都切入豐饒的金屬層範圍，大片玄武岩被底下的金屬礦脈劈裂分開。所以這些峽谷裡有許多採礦工程以及遙控設備，現在土狼看著他的地圖深思，一邊搓著雙手。「你

被捕反倒使我自由了，薩克斯。既然他們知道我們就在這裡，就沒有理由不讓他們中的一些退出舞台，同時奪取一些鈾素。」

所以一天晚上他停在特客斯卡特納南邊，最長最深的一個峽谷。它的開端很奇特——一片相對而言算和緩的平原，因一段看來像是切入地底的斜坡地形而分裂，那斜坡約有三公里寬，最後達三百公尺深，從地平線那端筆直延伸至北方，絕對的直線。

他們早上睡覺，下午則緊張的坐在起居隔間裡，比對衛星照片，傾聽土狼的指示。

「我們可能錯殺了這些礦工嗎？」亞特問，撓搔他下巴上的大鬍子。

土狼聳聳肩。「有可能。」

薩克斯激烈的前後擺頭。

「不要對你的頭那樣粗暴。」奈加對他說。

「我同意薩克斯，」亞特迅速接道。「我是說，即使把道德因素撇開，而我通常不那麼做的，就實際上來說那仍然愚不可及。因為那是假設你的敵人比你軟弱，在你謀殺他們幾個之後就會乖乖聽命。只是人不是那樣的。我是說，想想看那會是怎樣一個光景。你下到峽谷，殺死一群盡責工作的人，然後其他人過來看到那些屍體。他們肯定會永遠恨你。即使有一天你真的控制了火星，他們仍然會恨你，並且拼全力跟你作對。而那會是你達到的唯一效果，因為他們可以一眨眼間就補足那些失去的礦工。」

亞特瞥了瞥薩克斯，後者在沙發上坐正，仔細觀察著他。「另一方面，如果你下到那裡動了手腳，並且驅使那些礦工逃到他們緊急躲避之處，然後你把他們鎖在那裡，只毀掉他們的機器。他們呼叫支援並在那裡等待，一兩天後有人到來解救他們。他們會生氣，但同時他們也會想他們有可能遭到殺害，那些紅黨人毀掉我們的設備，一眨眼間就不見了，我們甚至根本沒有看到他們。他們有機會殺了我們的，但是他們沒有。而救了他們的人也會有同樣的想法。

然後哪天你控制了火星，或者當你試圖如此進行時，他們會記得，會全都鑽入人質徵候群，開始為你建立基礎，或與你合作。」

薩克斯頻頻點頭。史賓賽看著奈加。接著他們全都開始點頭，除了土狼，他低頭瞧他的手掌像是看手相一般。然後他抬頭，也看著奈加。

對奈加來說這很簡單很清楚，他關心的回看土狼。「亞特是對的。如果我們毫無理由開始進行殺戮，廣子絕對不會原諒我們。」

土狼扭曲面容，彷彿鄙視他們的軟弱。「我們才在卡塞峽谷殺了一堆人。」他說。

「那不同！」奈加說。

「怎麼不同？」

奈加猶豫了，不太確定。亞特很快的說，「那些是一群施暴的警察抓了你的弟兄，用微波刺探他的腦子。他們的行為引起了應得的結果。但是這峽谷裡的傢伙們只是在鑿挖石頭。」

薩克斯點頭。他以最大的專注力瞪視他們全體，很顯然他瞭解進行著的所有事情，而且涉入很深；只因他無法說話出聲證實，很難讓人完全確認。

土狼用力瞪著亞特。「這是布雷西斯的礦坑嗎？」

「我不知道。也不在乎。」

「嗯。喔──」土狼看看薩克斯，然後史賓賽，然後奈加，後者可以感覺他的臉頰正通紅燃燒著。「那麼，好吧。我們就依你。」


所以白日將盡時分，奈加和土狼還有亞特爬出越野車。天色黑暗群星密佈，而西半天仍然呈現紫色，投射帶紅光束，因而周遭一切仍能目視得見，卻又同時決然陌生。土狼領路，亞特和奈加緊緊跟隨其後。奈加透過面罩看到亞特的眼睛緊貼著玻璃。

特客斯卡特納底部一處因一道橫切斷層而裂折，該斷層名為特客斯推移；這區域方格式的裂縫形成了運輸工具無法通過的深坑危

崖系統。特客斯礦工從峽谷邊牆上方以電梯下到他們的營地。土狼
說依據他自己標明的一條連貫深坑危崖的路徑，可以徒步通過特客
斯推移。他本身進行的地下反抗活動有許多牽扯到穿越這樣看似無
可通行的地形地域，由此傳出他一些頗具傳奇色彩、令人難以相信
的探險故事，到達一些甚至沒有人接近過的荒野不毛之地。而自從
有了奈加協同參與某些突襲，他們確然執行了一些真正稱得上奇蹟
的冒險──進出全依徒步行旅。

　　這時他們慢跑走下峽谷底部，奈加以其專擅的火星式穩定輕快
跳躍步伐行進，他教過土狼並且收到了部分成果。亞特則一點也不
優雅──他的步伐太短，而且常常跌跤──但是他沒有落後。奈加
逐漸感覺到奔跑的迷離喜悅，巨礫芭蕾舞似的，以自身力量快速馳
過一大片土地。還有那帶節奏含韻律的呼吸，背上反覆彈跳的空氣
筒，以及經年累月習來的一種恍惚飄飛的狀態，第一代的納諾曾幫
助他達到那樣的境界。納諾在地球時曾受教於一西藏高手學習「攏
─供」（lung-gom），聲稱一些古老的「攏─供─佩」（lung-gom-pas）
必須攜帶重物以免隨風飄逝，而這在火星上似乎很有可能。他飛越
岩石的那種姿態著實讓人興奮著迷。

　　他必須限制自己。土狼和亞特都不知道「攏─供」，他們跟不
上，雖說他們兩人都相當不錯，土狼乃就其年齡而言，而亞特才來
到火星不久。土狼對這片大地相當熟悉，以短促細碎的舞步奔跑，
簡潔而有效率。亞特則像個設計奇糟的機器人般重踏這個地方，時
常跌跌撞撞好像在星光閃爍的夜幕下蹣跚顛躓，不過他仍然精神高
昂的隨步跟上。奈加在他們之間來回奔跑，彷彿跟隨主人遛達的狗
兒。亞特有兩次在滾滾塵雲裡倒地，奈加奔回察看，兩次亞特都自
己站起，只對奈加揮揮手，一句話不說的繼續向前奔跑。

　　如此這般對著峽谷奔跑了半小時，峽谷筆直得好似人工切割而
出，地面上顯現出的裂縫缺口，陡峭低深，彼此互相連接，最後出
現了一片像是聚集起來的群島高原頂端，因而想在峽谷底部上穩穩

橫跨根本不可能。區隔這些島嶼的溝壑只有兩三公尺寬，但卻有三十到四十公尺深。

穿越底部這些還算平坦的縱橫小徑是個奇特經驗，土狼引領他們通過這個迷宮，在叉路上毫不遲疑，依循一條只有他知道的路徑，左彎右轉二十來次。有一條溝壑非常狹窄，他們伸手就能夠同時觸摸左右兩端，轉彎時得硬擠摩擦而去。

當他們終於從這裂縫缺口迷宮的北端穿出時，來到了高原島嶼盡頭的一個劈裂般險峻的峭壁，一個緊貼峽谷西邊山壁的小帳幕出現在眼前。它的拱形結構彷如佈滿灰塵的燈泡般發出薄弱光芒。帳幕裡有機動拖車、越野車、鑽孔設備、重型推土機，以及其他採礦器械。這是鈾礦場，名為瀝青鈾礦巷，因為峽谷此處的低窪區域佈滿了富含瀝青鈾礦的花崗偉晶岩。是個生產率很高的礦場，而土狼聽說處理過的鈾素經年累月儲藏積蓄著，尚未運輸出去。

現在土狼橫過峽谷底部跑向那座帳幕，奈加和亞特跟隨在後。帳幕裡面看不到人；唯一的照明來自幾盞夜燈，眾多物品間有一架窗戶亮著的大型拖車。

土狼逕直走向最近的一個帳幕閘門，另兩人尾隨而來。他將腕錶插座插入閘門鑰匙孔，在他腕錶上敲敲打打，外門不一會兒就打開，似乎沒有引動什麼警鈴；拖車門前也沒有人影出現。他們進入閘門，關上外門，等著閘門準備好，然後啟開內門。土狼跑向拖車旁的小物理工廠，奈加則朝起居室而去，跳過階梯到達拖車門。他拿出土狼的一根「鎖棒」抵住門把下方，撥轉號碼釋出固定劑，將「鎖棒」往拖車的門和牆壓去。那拖車是以鎂合金為材料製成，而化學聚合固定劑會在「鎖棒」和拖車之間產生一種陶瓷般的鍵結，如此一來門就會卡住。他跑到拖車另一邊，對另一扇門做同樣的處理，然後往閘門方向衝去，覺得繞轉體內的血液裡全是腎上腺素。這實在像極了惡作劇，他因而必須時時停醒自己，土狼和亞特這時正在這個處所到處安放炸藥，包括庫房、帳幕架構和車庫裡的採礦

大型器械。奈加加入他們從一架運輸工具跑到另一架，爬上車門旁的梯子，手動開門或電動開門，將土狼拿來的小盒子拋擲到駕駛室或機艙裡。

土狼還想把這裡數百噸處理過的鈾素全數拖走。然而很不幸的，這實在太不可能達成。不過他們還是跑了一趟庫房，在那裡裝填數輛礦場的自動卡車，輸入指令要它們駛到峽谷北方，將負載物埋進富含磷灰石的區域裡，使外界無法偵測到盒裝鈾礦的輻射。史賓賽曾質疑這策略是否有效，但土狼說總比將鈾礦留在礦場好，而他們全體都很願意幫忙，只要他不把數噸的鈾礦放到他們越野車的貯藏所就好，有沒有防輻射容器則又是另外一回事了。

當一切就緒，他們跑回閘門，衝到外頭奮力奔馳而去。在往斜坡奔回的半途中，他們聽到帳幕那兒傳來一連串砰砰碰碰的轟隆響聲，奈加回頭瞥看，沒瞧見什麼不同——帳幕仍然暗沈，拖車窗戶亮著。

他轉頭繼續向前跑，感覺像是在飛行，接著驚訝的看到亞特在他前面競跑奔過峽谷底部，每一個步伐幅度都狂野巨大，如獵豹一熊般一直跑到斜坡那頭，到了那兒反而必須停下等候土狼引領他們穿過那迷宮似的裂縫缺口。一離開迷宮他就又開始奔跑起來，跑得如此快捷，奈加決定試著追上，心中只想知道他到底有多快。他進入全速衝刺的節奏，越來越用力，當他掠過亞特時，他發覺他自己跳羚式的步伐幾乎比亞特的大上兩倍，而他們兩人的雙腿同樣盡可能快的交互運作。

他們回到越野車時，土狼遠遠落在後面。他們在閘門前等著，連連喘氣，彼此對視互相微笑。幾分鐘後土狼到達，他們一起進入車裡，史賓賽早已啟動越野車，而此時剛過時間空檔，這晚還有六個多小時的時間可以駕駛。

他們在車裡大聲取笑亞特那種瘋狂的奔跑，而他只咧嘴笑開，朝他們擺手。「我不是害怕，告訴你們，這是因為火星引力的關

係，我只是用我平常的方式奔跑，可是我的腿卻跟老虎一樣彈跳起來！真是神奇。」

　　他們白天休息，天黑之後再度出發。他們經過一個從塞歐尼厄斯連到耶韋斯圓頂的冗長峽谷口；它相當怪異，既不直也算不上蜿蜒迂迴，因此稱為歪曲峽谷。太陽升起時，他們躲藏在克爾火山口裙幅上，就在耶韋斯圓頂北邊。耶韋斯圓頂是個比塔爾西斯圓頂大多了的火山，事實上比地球任何火山都要來的大些，然而它位於艾斯克雷爾斯山脈和奧林帕斯山脈之間的高偉山背上，兩者皆可自東方和西方看見，彷彿巨大高原大陸般聳立突起，使得耶韋斯相對起來變成只是個小巧、友善、得以在腦海描摹而出的地形——一個你想要就可以攀爬的山丘。

　　那天薩克斯坐了起來，沈默的盯著他的螢幕，遲疑的敲敲打打，隨意叫出各式各樣的主題、地圖、表格、圖片、方程式。他歪斜著頭看著，似乎並沒有能夠辨認出什麼是什麼。奈加坐在他身邊。「薩克斯，你聽得到我嗎？」

　　薩克斯看著他。

　　「你了解我的話嗎？如果你懂，就點點頭。」

　　薩克斯將頭撇向另一邊。奈加嘆了口氣，因那好奇的表情而憂心。薩克斯點頭，猶豫不決的。

　　那天晚上土狼再往西朝奧林帕斯駛去，近凌晨時將越野車引向一片撕裂成麻窩狀的黑色玄武岩山壁。這是遭無數狹窄扭曲的山谷切割分劃的一座台地的一角，與特客斯推移相同，只是更大些，形成了較特客斯推移迷宮更寬廣的荒涼不毛之地。這台地將古老破碎火山岩以扇子形狀撒開出去，是奧林帕斯山脈最早期氾濫奔流之一的殘骸遺跡，覆蓋住更早爆發而出的軟質凝灰岩和火山灰。風蝕山谷從這裡往下深深切割，直到底部穿入一層更軟的凝灰岩，於是有些山谷上面是狹窄溝壑，底部則有地下坑道，而風恆久的兜繞其

間。「就像個頭朝下的鑰匙孔，」土狼說，而奈加從來沒有看過跟這種形狀有一絲絲相似的鑰匙孔。

土狼把越野車駛進這樣一個黑灰交雜的坑道山谷。沿著地下坑道前行了幾公里後停下車子，旁邊有彷如截掉一個坑道栓塞似的帳幕邊牆，是一條加寬的外部曲道。

這是亞特生平親眼目睹的第一個祕密庇護所，他表現出適度的驚訝。這帳幕大概有二十公尺高，涵蓋約百來公尺長的曲線部分；亞特對其面積大小連聲驚嘆，直到奈加忍不住笑了起來。「別人已經住在這裡了，」土狼說，「所以安靜一點。」

亞特很快的點點頭，俯身探過土狼肩膀傾聽他透過通信器傳出的內容。帳幕閘門前停有另一輛車，跟他們的一樣笨重臃腫，狀似岩石。「啊，」土狼說，把亞特推回去。「是斐姬卡。他們會有柳橙，也許還有一些卡伐酒。我們今天早上肯定會有宴會。」

他們駛入帳幕閘門，一條車鉤管線伸來鉗住他們車子外門。當所有所鎖著的門全打了開來之後，他們走入帳幕，彎身拖曳著薩克斯穿過甬道。

裡面有八位高大、深皮膚的人迎接他們，五名女子和三名男子——一個因友伴到來興奮快樂而聒噪的團體。土狼介紹他們，而在沙比希的大學裡就認識斐姬卡的奈加，給了她一個大大的擁抱。她很高興再見到他，然後引著他們全體經過斷崖牆垣的和緩曲線，來到一個活動房屋之間的空地，上面有透過古老火山岩裂縫的一道天光。在這道擴散的陽光裡，以及更多來自帳幕外低深山谷的光線中，訪客們坐在圍繞矮桌的寬大平坦墊子上，他們主人中的幾個忙著準備圓肚的煮茶銅壺。土狼與他熟識的人暢談起來，補充最新消息。薩克斯眨眼環視周遭，他身旁的史賓賽看來也同樣的迷惑無措；他自六一年起就生活在地表世界，對庇護所的認知幾乎全是二手資料。四十年的雙重生活；難怪他看來茫然若失。

土狼趨近銅壺，開始從一架獨立櫥櫃裡掏出小杯子分給大家。

奈加坐在斐姬卡旁，一隻手環繞她的腰，沈浸在她溫暖的熱情裡，一面低聲談話，一面不時以他的腿碰撞摩擦她的長腿。亞特坐在她的另一邊，他寬闊的臉龐像狗兒般插入他們的對話。斐姬卡介紹她自己，並且同他握手；他將她纖長優雅的手指緊緊握在他巨大爪掌中，彷彿意欲親吻它們似的。「這些人是波格丹諾夫份子，」奈加對亞特解釋，取笑他的表情，遞給他土狼分配的小小瓷杯。「他們的父母在戰前是科羅廖夫的囚犯。」

「啊，」亞特說。「我們距離那裡很遠，對不？」

斐姬卡說，「是的，嗯，我們的父母親上了水手峽谷橫貫大道往北而來，就在洪水氾濫之前，最後抵達這裡。聽著，把土狼握著的托盤拿過來將杯子分配出去，同時把你自己介紹給大家。」

亞特依言而行，奈加則就地仔細聆聽斐姬卡提供的最新消息。「你不會相信我們在這些凝灰岩坑道中的一個發現了什麼，」她告訴他。「我們變得不可思議的富有了。」每一個人都有了自己的杯子，所以他們全都停頓下來一齊啜飲第一口，然後在一些歡呼和嘴唇啵的一聲響後，又各自回到方纔打斷了的對話中。亞特回到奈加身邊。

「這裡，你自己喝一些，」奈加告訴他。「每個人都得舉杯，那是他們的方式。」

亞特就他的杯子吸了一口，懷疑的看著杯中液體，色澤比咖啡還深，味道特別難聞。他一陣顫慄。「像咖啡混合了甘草精。有毒的甘草精。」

斐姬卡笑了起來。「這是『卡伐丫伐』，」她說，「乃卡伐酒和咖啡的混合物。非常強勁，但是嘗起來糟糕至極。不容易習慣。只是不要就這樣放棄了。如果你能灌下一杯，你會發現值得的。」

「如果妳這麼說的話。」他充滿男子氣概的勇敢再吞下一口，卻又再次顫抖一下。「恐怖極了！」

「的確。然而我們喜歡。有些人直接從卡伐樹萃取卡伐因，但

是我不認為那樣是對的。儀式禮拜應該要有些不愉快，有些討厭，不然你就無法適當的欣賞感激它們。」

「嗯，」亞特說。奈加和斐姬卡看著他。「我在火星地下組織的一個祕密庇護所裡，」過了一會，他說。「服用一些詭異可怕的藥物來麻醉自己，周圍是一些著名的失蹤的登陸首百成員。還有地球從來不知道存在著的年輕本土人。」

「它發揮效果了。」斐姬卡評論道。

土狼正同一名女子討論，她雖然以打坐方式坐在一個墊子上，仍然幾乎與站著的他的眼睛同高。「當然我想要一些長葉萵苣種籽，」那女子說。「但是你必須拿走跟這麼有價值的東西的等同物品。」

「它們沒有那樣有價值，」土狼以他煞有介事的風格說。「妳已經給了超過我們需要的燃燒用氮氣數量了。」

「是哦，不過你將氮氣給出去之前必須先取得它。」

「那我知道。」

「給之前先要取得，燒之前先給。我們在這裡發現到了龐大的硝酸鈉礦脈，是純的生硝白朗可（caliche blanco），把這整個不毛之地全給填滿了。這東西在凝灰岩和火山岩之間整整佔了一層，大約有三公尺厚，而我們目前還不知道延展了多長多遠。那是多的無法計數的氮，我們必須想法子除掉。」

「很好，很好，」土狼說，「可是也沒有理由開始對我們進行贈禮款宴呀。」

「我們沒有。你們會把我們給的百分之八十消耗掉——」

「七十。」

「喔好吧，七十，然後我們就會有這些種籽，可以在用餐時佐有合乎標準的沙拉。」

「那是假設你們能夠培植成功。萵苣很脆弱的。」

「我們有需要的全部肥料。」

土狼笑了起來。「我猜是這樣。但那仍然不公平。這樣好了，我們給妳那些被我們送去塞歐尼厄斯的其中一輛裝鈾卡車的座標如何。」

「還說什麼贈禮款宴呢！」

「不不，我們無法保證你們找得到那東西。不過妳會知道它的地點，如果妳找到了，妳就可以再多燒個兆分之一巴的氮，我們就拉平了。怎麼樣？」

「對我來說仍然太多了。」

「妳一直都要有這樣的感覺了，因為妳發現了這生硝白朗可。真有這麼多嗎？」

「以噸計呢。有好幾百萬噸。這些不毛之地被一層一層的覆蓋著。」

「好吧，也許我們可以再跟你們拿些過氧化氫。我們往南的旅程上會需要燃料。」

亞特像是被磁鐵吸住似的朝他們斜過去。「生硝白朗可是什麼？」

「幾乎是純淨的硝酸鈉，」那女子說。她闡述這區域的火星科學研究。流紋凝灰岩上——圍繞他們的顏色較淡的岩石——有著重疊覆蓋這裡高原頂端的深色安山岩熔岩。侵蝕作用切割了所有暴露於安山岩裂縫上的凝灰岩，形成底部有坑道的山谷，同時揭露出被圍堵在兩個層級間的生硝豐富礦層。「生硝乃疏鬆岩石和塵土，由鹽分和硝酸鈉膠合黏結起來。」

「是微生物把那層埋葬在下面的。」女子背後的一個男人說，但是她即刻反擊：「那有可能是火星熱量，或是被凝灰岩裡的石英吸引的閃電。」

他們爭執的態度一如人們已經重複同一議題千百次般。亞特插話再提出有關生硝白朗可的問題。那女子解釋白朗可（blanco）乃非常純淨的生硝，硝酸鈉的純度達百分之八十，因此在這個缺乏氮

素的世界極為寶貴。桌上橫躺著一塊，她將之傳給亞特，然後回頭
繼續與她的朋友爭論，而土狼另與一名男子做著交易，談論著蹺蹺
板和壺盆、公斤和卡路里、等價和超載、每秒鐘立方公尺和兆分之
一巴，熟練的討價還價，不時引起傾聽眾人的轟然大笑。

　　有一次那女子喊叫著打斷土狼：「聽著，我們不能就拿這麼一
堆不明鈾礦，還不確定能不能取得到！而依據找得到那輛卡車或找
不到，這不是太有贈禮款宴的嫌疑，就是太剝削我們！那是什麼交
易哦，我是說那兩種都差勁極了！」

　　土狼淘氣的上下左右迅速晃動腦袋。「我必須把它牽進來，要
不然你們簡直就要把我埋進生硝白朗可裡了，對不對？我們是在路
程中，除去一些種籽就沒什麼了──絕對沒有幾百萬噸的新鮮生硝
藏量！而我們的確需要過氧化氫，還有一些義大利通心粉，那不是
萵苣種籽那樣的奢侈品。告訴你們，如果你們能找到那輛卡車，你
們就可以燃燒與其等價的物事，這樣一來你們仍然提供我們不相上
下的價值。如果你們找不到，那麼就算你們欠我們這一次，我承
認，但是如果真是那樣，你們可以燒去一個禮物，這樣一來我們仍
然平等！」

　　「找回那輛卡車要花我們一個星期還有一堆燃料。」

　　「好吧，我們再多拿兆分之十巴，燒去六個。」

　　「成交。」那女子搖著頭，很有些挫折。「你真是個難纏的渾
球。」

　　土狼點著頭，一面起身斟滿他們的杯子。

　　亞特把頭轉回緊盯奈加，嘴張得老大。「跟我解釋一下那裡剛
發生了什麼事。」

　　「喔，」奈加說，感覺卡伐效果流繞全身，「他們在進行交
易。我們需要食物和燃料，所以我們較為不利，但土狼處理得相當
好。」

　　亞特舉起那坨白色物事。「但是這取得氮，給予氮，和燃燒氮

又到底是怎麼一回事？難道你得到錢時就把它燒掉？」

「喔，一些，是的。」

「所以他們雙方都試圖輸掉？」

「輸掉？」

「變成交易雙方買空的一方？」

「買空？」

「給出的比得到的還多？」

「哦，沒錯。當然。」

「喔，當然！」亞特翻轉眼珠。「但是你……你無法付出比你得到的還要多呀，唔，我到底有沒有弄懂呀？」

「是那樣。否則那就變成了贈禮款宴。」

奈加等著他的新朋友把這想法反覆煎煮一番。

「可是倘若你總是給的比你獲得的還多，你還會留有什麼給出去呢，你懂我的意思嗎？」

奈加聳聳肩，瞥了瞥斐姬卡，意含挑逗的抱緊她的腰。「那你就必須尋找囉，我猜。不然就是製造出來。」

「啊。」

「那叫贈予經濟制度，」斐姬卡告訴他。

「贈予經濟制度？」

「那是我們在這裡的部分行事法則。貨幣經濟制度存在於舊式的買賣系統，以過氧化氫作為貨幣單位。但是大多數人盡力依氮標準來進行，亦即贈予經濟制度。最早肇始於回教蘇非教徒，然後奈加家鄉的人。」

「還有土狼，」奈加補道。不過當他往他父親看去時，他了然亞特恐怕很難想像土狼是任何一種經濟制度理論家。這時土狼在另一位男子身旁使勁狂敲一個鍵盤，而當他輸掉他們玩著的遊戲時，他一把將對手推下他的坐墊，然後對每個人解釋他只是不小心手滑了一下。「我加倍賭注和你比賽腕力。」他說，他和那名男子啪的

一聲將手肘擱在桌上，弓起手臂，開始。

「比腕力！」亞特說。「那我懂。」

土狼輸了，只幾秒鐘。亞特坐下挑戰贏者。他贏了，也只幾秒鐘，很快的大家發現沒有人能夠打敗他；波格丹諾夫份子甚至成群結隊衝著他來，三隻四隻手臂的壓住他的手和腕，可是他把每一種組合都砰的一聲壓倒在桌上。「好吧，我贏了。」他最後說，撲通躺倒在坐墊上。「我欠你們多少？」

\* 　 \* 　 \*

為了避開叢集奧林帕斯山北邊碎裂岩層地帶散射的光暈，他們繞道更遠的北方。他們晚上行駛，白天休息。

亞特和奈加在這些夜晚行駛的時間裡一面駕駛一面盡情閒聊。亞特問了上百道問題，奈加也回提了相同數目的問號，對地球有著跟亞特對火星同樣的好奇與癡迷。他們真是調和得當的一對，對彼此充滿著興趣，而那往往是豐饒友誼的堅實基礎。

奈加是在他學生時代首次產生獨自接觸地球人的想法，當時他曾經感到惶恐萬分。那很顯然是個危險的念頭，然而自從在沙比希的一天晚上這想法閃進腦海後，就一直揮之不去。他反覆思索考量了好幾個月，並且詳細推敲研究如果真要付諸行動，應該跟誰連絡。他鑽研越深，就越覺得這是個好主意，與一個地球勢力結成同盟對他們希望的實現具有決定性影響。然而他相當確定登陸首百中他認識的成員裡沒有一個願意冒險嘗試。如果他要進行，就必須獨自行動。風險、利害關係……

他依據閱讀到的資料決定連絡布雷西斯。那實在是一種盲目嘗試，一如多數危險行為。一種直覺反應：旅行到布若斯，步入杭特臺地的布雷西斯辦公室，反覆要求與威廉‧福特連線。

他連上線了，而那本身其實並沒有什麼實質意義。然而後來他

在雪菲爾街上走近亞特的那一刻，他知道他做對了。布雷西斯做得很好。這高大男子身上有某種特質讓奈加立即感到安心——率直、隨和、友善的特質。倘若依他孩童時代的用語，乃兩個世界的一種平衡。這是個他能夠信任的男子。

　一個好行動的表徵之一，就是整個事件在回想追憶時處處顯得無可避免。現在他們以紅外線光束駕駛車子的漫長夜間行旅中，這兩名男子也彷彿以紅外線挖掘對方似的持續互相對談。他們的對話不停進而彼此熟悉——因而成為朋友　奈加衝動接觸地球的舉動顯然出現了良好契機，就在他眼前，就在亞特面龐上的表情，他看到了好奇，看到了關注。

　他們沒有邊際的談論述說一切事物，就如一般人一樣。他們的過去，他們的意見，他們的希望。奈加花上大半時間試圖解釋描繪采塢以及沙比希。「我在沙比希待了幾年。那裡的日本第一代移民創辦一個開放式大學。他們不留任何紀錄。你就去上你想要的課程，只對你的老師負責。沙比希許多行動都不在紀錄之內。那是戴咪蒙派的首都，跟塔爾西斯圓頂一樣，只不過大些。一個很不錯的城市。我在那裡遇到許多來自火星各個地方的人。」

　沙比希裡的浪漫時光流轉在他腦海，記憶中發生的大大小小許多事件、感覺全部一湧而來——每一個事件的個別感覺，雖然各自矛盾不相容，卻全都在同一時間重新經歷一遍，有如複音對位的密集和絃。

　「那肯定很是一種難忘的經驗，」亞特評述，「尤其在采塢那樣的地方長大之後。」

　「喔，是的。實在非常美好。」

　「說給我聽聽。」

　奈加在座位上傾身向前，顫抖一會，然後試圖敘述那時的生活。

　　剛開始時一切都相當陌生奇異。第一世代做了不可思議的事；當登陸首百在這星球上彼此爭執、交戰、分裂，肇造一場戰爭，而現在死的死，藏的藏之時，第一批兩百四十位日本移民就停留在他們降落地點旁建造一座城市，而於登陸首百到達後僅僅七年的時間就建立了沙比希。他們廣納其後隨之而來的所有變化，包括選定他們城鎮附近的一個超深井工程；他們理所當然的承接了挖掘工作，利用挖出物做為建築材料。大氣逐漸增厚時，他們就在周圍地帶開墾造園，那些是岩石密佈又高聳的區域，不容易墾殖。然而最後他們依舊成功的生活在散佈四處的侏儒森林之間，盆栽高山矮曲林，上面高地裡則有高山盆栽。二〇六一年那場大災難中他們從未搬遷離去，而且因為立場中立而沒有受到戰火波及。在那段與外界隔絕的時期，他們以從超深井挖出的岩石建造一條長長的蛇形土丘，其內部佈滿隧道和房間以收容從南方上來的人們。

　　他們就這樣創建了戴咪蒙派，火星上最精緻複雜的會社。城裡的人走在路上時彼此交錯而去，一如陌生人般，到了晚上則群集室內，聊天、製作音樂、做愛。即使那些不屬地下組織的人們也相當有趣。第一世代建立了一所大學，火星大學，就讀的學生中約有三分之一是在火星出生的年輕人。這些年輕的本土人不管是生活在地表世界或地下組織，皆能毫無困難的辨認出彼此，藉由幾百萬種難以捉摸的家鄉人們的行為模式，一種地球出生的人從來就無法模擬的行為模式。於是他們閒談、製作音樂、做愛，很自然的不少地表上的本土人吸收了地下組織的知識，直到最後似乎變成了所有本土人都能夠互相了解，彼此認識，因而自然結為同盟。

　　教授群包括了許多沙比希第一和第二世代人，以及來自火星各地的著名訪客，甚至有來自地球的。學生也來自各個地方。在那個美麗的大城市中，他們共同生活、研讀、遊戲，在街道、花園和展示館裡，在池畔咖啡廳內，在寬廣的草地大道上，在火星的京都裡。

　　奈加第一回進入這個城市是跟隨土狼的一次簡短拜訪中。他曾經覺得它太大，太擁擠，太多陌生人。然而數個月之後，他厭倦了與土狼在南方的漂泊，也厭倦了長時間的孤獨，他想起那個地方，彷彿那是唯一可能的目的地。沙比希！

　　他去了那裡，搬到那裡一個屋頂下的一個房間，比他在采塢的竹節房間小些，只比他的床稍微大一點點。他上課、跑步、參加卡里譜索樂團和咖啡廳聚會團體。他學習著他電腦資料板可以裝填的所有知識。他發現他過去是如何不可思議的狹隘無知。土狼給了他好幾塊過氧化氫，他賣給第一世代換得所需金錢。每一天都是一個冒險，幾乎完全沒有預定計畫，只是一個鐘頭又一個鐘頭的混亂遭遇會戰，持續到他不支倒地，通常是不管他在什麼地方。在那段時日裡，他研讀火星科學和社會生態工程，以他在采塢開始習得的數學性基礎紀律，和伊促指導的課程上所獲得的知識，還有功課本身，他發覺他承襲了他母親能夠清晰看清任一系統中每個構成因子相互影響作用的部分天賦。那些歲月乃全心奉獻給這樣超凡又迷人的課業上。無數人投身於這樣的智慧文明累積！而這智慧文明又給了人們在這世上如此大的力量！

　　到了晚上他也許和一位一百四十歲的貝都因人討論外高加索山區戰爭，然後就地躺在他朋友房間地板上睡去；隔天晚上他或者會同二十來個灌下卡伐丫伐的拉丁美洲人或玻里尼西亞人通宵敲打低音鋼鼓或馬林巴木琴；下一個晚上，可能同一位樂團裡肌膚微黑的美女上床，她們令人愉快舒適，一如賈姬興致昂揚時那般可人，卻單純直爽多了。另一個晚上他也許和朋友觀賞一齣莎士比亞的《約翰王》，評論這齣劇作的廣大X的舞台佈景，浩歎約翰高潮出場，唏噓下場，而壞蛋唏噓出場，高潮下場的命運——並激動顫抖的觀賞那幕橫越X的關鍵性場景，約翰下令處死年輕的亞瑟。幕落後他隨同朋友們遊走整個城市，談論那齣戲劇以及其代表特定第一世代人命運的意義，或有關火星上不同的武力，和火星—地球本身的處

境。然後接下來的另一個夜晚，他們中的一些人花費整日時間在外奔跑，並在他好奇心驅動下，往高處盆地探險，意圖盡可能的看盡目所能及的大地之後，就停留在城市東邊一處高聳的圓形峽谷上的一座小救生帳篷，在群星籠罩的朦朧夜幕下溫煮食物，高山花草往後褪向圍住他們全體的岩石盆地，彷彿圈圍在巨人手掌裡。

一天又一天，他就這樣無止盡的與陌生人相交，而學習到的東西並不比課堂上少。這並不是說采塢使他全然無知，而是城裡居民包含如此眾多複雜的人類行為，使奈加不會因此而產生多少驚訝。事實上，他開始瞭解自己是在一種古怪反常的收容所裡出身長大，那裡的人們在初抵火星的那段過度壓迫的年月中勤奮操勞。

然而驚訝依舊多多少少存在著。比方說，來自北方城市的本土人——不只他們，還有那些不是來自采塢的人——彼此間沒有奈加熟悉的那種頻繁的肉體接觸。他們不常彼此碰觸、擁抱或撫摸，或推擠角力——他們也不共浴，只有少數人學著到沙比希的公共澡堂。於是人們往往驚訝於奈加的碰觸，他說的奇怪事情，他喜歡的整日奔跑；不知出於什麼樣的理由，幾個月後他無休無止的涉入相關團體、樂隊、組織和幫眾，他知道在某種因由下他顯得鶴立雞群，他是某些團體裡的注目焦點——有一群人跟隨他從這咖啡館移到另一間咖啡館，一天接一天。「奈加團」於焉出現。很快的他學會在他不想要這樣的聚焦時把注意力轉移開來。但是他發現有時候會想要那種感覺。

通常那情形發生在賈姬在這裡的時候。

「又是賈姬！」亞特叫道。這不是她出現的第一次，或第十次。

奈加點頭，感覺他的脈搏加速跳動。

賈姬也搬移到沙比希，就在奈加後不久。她的房間就在近旁，選了些同樣的課程。在他們波動起伏的同儕團體中，他們有時互相炫耀——特別是在他們之中有一人挑逗別人或被人挑逗的情況下，

而這狀況還很常發生。

　　不過他們很快的就發現無法如此放任自己，否則就會把其他同伴給趕走。他們雙方都不願意那樣。所以他們互不干擾彼此，除非其中一個特別不喜歡另一個人選擇的同伴。所以就某個角度來說，他們互相評斷對方的同伴，默認彼此對他方的影響力。這些都不是以言語來交流溝通的，而如此罕見的行為乃他們對彼此互有影響力的唯一可見表徵。他們雙方都個別和許多其他的人周旋閒遊，建立新關係、新友誼、戀情。有時不見彼此長達數星期。然而就較深沈的角度言（奈加無奈的搖頭，一面企圖向亞特表達）他們「屬於彼此」。

　　如果他們之一有證實那種連結的需要時，另一方即以熾熱興奮來回應，然後兩人就一頭栽入那激情中。他們共同生活在沙比希的那三年中只發生過三次，而奈加從那些約會中瞭解他們之間的連線──他們共同成長的孩童時期，以及當時所有發生的事件，當然還有更多其他因素。他們一起做過的每一件事都和他們與別人做的都不一樣，都要更激烈、更熱情些。

　　他和其他熟人之間沒有如此充斥著危險或重要的意義。他有朋友──二十個，一百個，五百個。他永遠點頭。他提出問題並且細細聆聽，絕少入睡。他參與過五十種不同政治團體的集會，同意他們所有的觀點，耗費許多夜晚談論，如何決定火星的命運，然後是人類的命運。有時候他與某些人比較契合。他也許跟一位來自北方的本土人談過後立即感到心有戚戚焉，而建立一種能永遠持續的友誼。大多時候是那樣的狀況。不過偶爾他會發現某些與他的認知截然不同的行為，因而全然震驚，這再一次提醒他在采塢受到的教養方式是如何遠遁避世，甚至有幽閉恐懼症之疑──使他就某個層面來說天真單純，彷彿生長在鮑魚殼下的精靈。

　　「不，造成我如今面貌的不是采塢，」他對亞特說，同時往後察看土狼是否真的酣睡著。「你無法選擇你的童年，那只是發生在

你身上的事。但是那之後才是你的選擇。我選擇了沙比希。而那才是真正造就我的地方。」

「也許，」亞特說，摩挲他的下巴。「但是孩童時期不是就只那些年月。同時還包括你後來對它們所形成的觀念或主張。那就是我們童年何以持續如此長久的原因。」

一個凌晨時分，深梅色澤的天際濡染著北邊雄偉壯麗的阿奇龍脊線，隱隱約約出現彷彿尚未切割成個別摩天大樓的曼哈頓區的堅固岩石。脊線下的峽谷地上色彩斑駁，將破碎大地染的豔麗繽紛。「那是一大片地衣，」土狼說。薩克斯爬上他旁邊的座位，傾身向前鼻子幾乎貼住擋風玻璃，但其展現出來的興奮與他自獲救出來之後的並沒有多大差異。

阿奇龍頂端下有一排彷彿鑽石項鍊的鏡面窗戶，而脊線本身上的帳幕亮光裡，有一長串短暫閃現的綠光。土狼驚呼，「看來它似乎又被佔領了！」

薩克斯點頭。

史賓賽越過他們的肩膀看去，說，「會是誰呢？」

「沒有人，」亞特說。他們瞪著他，他繼續：「我在雪菲爾參加新人環境適應課程時聽說過它。那是布雷西斯的一個計畫。他們把它重建起來，一切準備就緒。如今他們在等待。」

「等什麼？」

「基本上是在等薩克斯‧羅素。坦尼夫、柯爾、托卡瑞芙、羅素……」他看著羅素，賠罪似的動了動肩膀。

薩克斯嘎嘎出聲。

「嘿！」土狼說。

薩克斯清清喉嚨，努力再試一遍。嘴巴圈起成一個小Ｏ型，一陣難聽的噪音發自喉嚨深處：「ㄨ──ㄨ──」他求助似的看著奈加，擺動姿勢詢問奈加史否懂得。

「為什麼？」奈加說。

薩克斯點點頭。

奈加感覺他的臉頰燃燒竄流著一股解脫的電流，他跳起熱烈擁抱這小男子。「你真的瞭解！」

「喔，」亞特說，「那只是表達一種態度。福特的主意，那個創建布雷西斯的人。『他們也許會回來，』他恐怕對雪菲爾的布雷西斯人這麼說。我不知道他是否考慮過實用性等因素。」

「這個福特很是奇怪。」土狼說，薩克斯再次點頭。

「是，」亞特說。「但是我真的希望你們能見見他。他讓我聯想起你們告訴我的有關廣子的故事。」

「他知道我們真的存在嗎？」史賓賽問。

奈加的心臟猛然往上提了一提，而亞特卻沒有一點不自在的跡象。「我不知道。他是懷疑。他希望你們真的存在。」

「他住在哪裡？」奈加問。

「我不知道。」亞特敘述他拜訪福特的經驗。「所以我無法確切知道他在那裡。太平洋某處吧。但是如果我能送個訊息給他……」

沒有人有反應。

「喔，也許以後吧，」亞特說。

薩克斯往越野車低矮的擋風玻璃看向遠處岩石脊線，一排亮著燈光的窗戶指示出它們後面是一座實驗室，靜默無人。土狼伸手捏了捏他的頸脖。「你想把它要回來，對不對。」

薩克斯嘎嘎說著。


亞馬桑尼斯的空曠平原上只有少數幾個小型社區。這是個偏僻的荒野，他們快速的朝南橫越，一個晚上接著一個晚上，白天就睡在車裡昏暗的艙房裡。他們最大的問題是找到適當的隱藏地點。在平坦空曠的平原上，這越野車就如一個反常物體，而亞馬桑尼斯除

了平坦空曠的平原外幾乎什麼也沒有。他們通常潛入他們經過的少數幾座火山噴口的噴出物裙幅處。薩克斯有時吃過早餐後練習發音，發出模糊的嘎嘎聲，試圖與他們溝通卻屢屢失敗。這很使奈加受到衝擊，而薩克斯本身似乎並不如何在意，他雖然很氣結沮喪，然而看來沒有痛楚。但是奈加並沒有在西門死前最後幾個禮拜嘗試與他溝通……

　　土狼和史賓賽對即使只是這樣的進展依舊感到欣慰，他們會花上數小時對薩克斯提出問題，以人工智慧電腦資料庫裡的資訊對他進行測驗，試圖釐清問題所在。「失語症，絕對是。」史賓賽說。「那次審問恐怕造成了中風。而某些中風會引發所謂的非順暢失語症。」

　　「有所謂順暢失語症這種東西呀？」土狼問。

　　「顯然有。非順暢指的是患者無法讀或寫，對說或使用恰當字眼有困難，而且非常清楚自己有這項缺陷。」

　　薩克斯點頭，彷彿證實那番說明。

　　「順暢失語症的狀況，患者可以冗長談話論述，卻不明白他們所說前後並不連貫。」

　　亞特說，「我知道的人中有很多有那樣的問題。」

　　史賓賽沒有理他。「我們必須把薩克斯帶到韋拉德、烏蘇拉和米歇爾那兒去。」

　　「我們正那樣在做。」土狼坐回他坐墊前輕輕掐了掐薩克斯的手臂。


　　他們離開波格丹諾夫份子之後的第五個晚上接近了赤道，以及坍落電梯幹管形成的雙重欄柵。土狼過去曾穿越這欄柵，利用曼噶拉峽谷裡一層二〇六一年爆裂含水層形成的冰河。在那段動盪不安的時期中，水和冰滔滔瀉向這長達一百五十公里的古老乾枯谿谷，這股洪水凍結後留下這條冰河，在一百五十二度經線上掩埋住坍落

幹管形成的兩道欄柵。土狼在這平滑得頗不尋常的冰河上尋找出一條能夠橫過雙道欄柵的路線。

很不幸的，當他們趨近曼噶拉冰河——覆蓋有碎石砂礫棕褐冰面的長長一團混亂物體，填滿了狹窄谷地底部——他們發現自土狼上回來訪時，它已經變了樣。「那坡道哪裡去了？」他不停發著牢騷。「它應該就在那裡的。」

薩克斯哇哇嘎嘎著，然後雙手扭攪，全神望向擋風玻璃外的冰河。

奈加有一陣子無法了解眼前的冰河表面；那是一種視覺上的靜止狀態，斑斑點點的髒白色、灰色、黑色和黃褐色全都混亂交雜著，很難分辨出大小、形狀或距離。「也許不是這個地方。」他提議。

「我會知道。」土狼說。

「你確定？」

「我留下標誌的。瞧，那邊有一個。那藏在側磧的小徑。但是那之後應該有一道斜坡直升到平滑冰面，而現在什麼都沒有，只是冰山山壁。可惡！我走這條路走了十年。」

「你該說你很幸運能用上這麼久，」史賓賽說。「它們是比地球上的冰河要緩慢些，但是它們仍然往下游流去的。」

土狼只回以嘟嘟囔囔的埋怨。薩克斯發出嘶啞嘎聲，然後彈敲閘門內門。他想要出去。

「也好，」土狼眼盯著螢幕上的地圖，嘴裡嘰哩咕嚕。「我們反正要在這裡過白天。」

於是薩克斯在清晨拂曉前的黯淡光線中走在被冰河流過攪起的碎石砂礫間：一個微小直立的生物頂著閃動亮光的頭盔，彷彿深海魚兒探找食物般。這景象有一些什麼讓奈加喉嚨一緊，他因而套上裝備，去到外面陪伴這老人。

他閒步遊走在這美好寒冷灰濛的早晨，踏著一塊又一塊的石

頭，尾隨薩克斯穿越冰磧的彎彎曲曲步伐。在薩克斯錐形頭燈照明下揭露出一個個妖魔似的小世界，沙丘巨礫間綴點著長而尖銳的低矮植物，填充岩石下的裂縫和窪地。一切都是灰色，但是植物上的灰微微染有橄欖綠、土黃、棕褐，偶爾帶著亮點的是花朵——陽光下應有色澤，而現在只是發著微光的灰，在厚密絨毛葉片間生動閃爍。奈加從通信器上聽到薩克斯清著喉嚨，接著這小小影子指著一塊岩石。奈加彎身檢視。石頭上的裂痕處長有類似乾枯蕈菇的植物，它們乾涸的傘蓋上佈滿圈圈黑點，並且像是撒有一層鹽分似的。當奈加觸碰一個時，薩克斯嘎嘎出聲，卻無法表達出他想要表達的意思。「几——几——」

他們彼此凝視。「沒關係的，」奈加說，又一次因憶起西門而心痛。

他們移動到另一片葉叢。間隔這些植物的區域看起來像是一個個戶外小房間，由乾燥岩石和沙堆區隔開來。薩克斯在每一塊寒冷的荒高地都花上個十五分鐘的時間觀察，笨拙的搖晃移步。這裡有許多不同種類的植物，在察看過幾個峽谷之後，奈加才開始發覺有些植物不斷的重複出現。然而沒有一個類似采塢裡的植物，也與沙比希植物園裡的不一樣。這裡看來熟悉的只有如地衣、苔蘚、禾草等第一代植物，其與覆蓋沙比希那些高區盆地地面的類同。

薩克斯沒有再試圖說話，而他的頭燈彷彿一根食指似的，奈加也常常調整頭燈射向同一地點以加強亮光。天空慢慢現出玫瑰色澤，他們開始覺得身處這星球的陰暗處，陽光就在頭頂上方。

然後薩克斯說，「嘶——！」並且把頭燈定在一片陡削的碎礫斜坡上，那上面橫有一大片木質枝幹似的東西，好似網住這些碎石砂礫的網篩。「嘶——！」

「森林妖精，」奈加說，一下認出來了。

薩克斯用力點頭。他們腳下的岩石鋪滿著淡綠色的地衣塊，他指著一塊地面，說，「蘋—果。紅。地圖。苔蘚。」

「嘿，」奈加說。「你真說得很好。」

太陽升起將他們的影子投向砂礫斜坡。突然間森林妖精的小花兒迎上陽光，乳白色的花瓣圈圍著金色雄蕊。「森林─妖精，」薩克斯嘶啞道。他們頭燈光束此刻已經看不到了，而花朵們在陽光下炫耀著色彩。奈加的通信器傳來某種聲響，他於是往薩克斯頭盔看去，看到老人正在哭泣，眼淚沿著他的面頰滴落。

　　　　　　＊　　＊　　＊

奈加細細研讀這個區域的地圖和照片。「我有個主意。」他對土狼說。那天晚上他們駛向尼古森火山口，位於西方四百公里。坍落的幹管必定橫過這個大火山口，至少在它第一圈墜落時應該有，奈加認為接近邊緣部分也許會有一些裂縫或溝槽。

果然不錯，他們轉向那屬火山口北邊裙幅部位的頂部平坦的低矮山丘，來到一處侵蝕邊緣看見一條奇特黑線，橫過約四十公里遠的火山口中心，彷彿某種早已令人遺忘的巨人種族的文化遺物「巨人的……」土狼開口。

「的一綹髮束。」史賓賽接口。

「或黑色牙線。」亞特說。

火山口內部山壁比外側裙幅要來的陡峭，然而眼前有數條路線可以選擇，而他們毫無困難的駛下一處已經穩定的古代時期山崩斜坡，然後沿著西邊內部山壁曲線，橫跨火山口底部。他們接近幹管時，發現它浮現在其輾壓火山口邊緣造成的窪地裡，線條優雅的垂下火山口底部，就像一座遭掩埋吊橋的懸吊纜線。

他們緩緩的駛過它下方。它橫過火山口邊緣高處，幾乎離底部七十公尺高，如此沒有觸地的延伸出去大約有一公里遠。他們調整越野車的攝影機鏡頭使之朝上，好奇的觀看螢幕上顯現出來的景象；然而那黑色圓柱體在群星反襯下毫無特色，他們只能憑著觀測

猜想其沈落下降時引發的燃燒對碳質的影響。

「那實在很精巧，」土狼如是評論，當時他們正駛上一道有如風神堆積處的和緩斜坡，越過另一邊緣出了火山口。「現在讓我們希望有方法穿過另一紮幹管。」

尼古森南邊側翼可以看到南方好幾公里遠，眼前到地平線之間躺著幹管第二次落地圈繞的黑色線條。這個區段比第一圈所造成的衝擊力道要大上好幾倍，平行幹管兩旁那寬而長的噴濺物質堆疊得有如圍籬土墩。這圈幹管躺在它衝撞輾壓這塊平原時造成的深深溝槽裡，只微微露出地平面少許。

當他們駛近些，在噴濺而出的巨礫間穿梭時，看到這條幹管碎裂成一團黑色石礫，成為高於平原三到五公尺的碳素土墩，邊緣陡峭筆直，他們的巨礫越野車無法駛上穿越。

不過往東方看去，在殘骸碎堆裡有著一處凹下地面，他們沿線駛去調查，發現幹管坍落之後隨之而來的隕石撞擊也掉在相同落點，並且將幹管和噴出物兩邊壓碎，產生一個低淺的新坑洞，裡面佈滿了斑斑點點的幹管黑色斷片，偶爾還綴有幾塊旋繞幹管內部的稜形結構。這是一個混亂無章的坑洞物體，邊緣沒有任何完好屏障阻住他們的去路；看來有可能找到穿越而去的路徑。

「不可思議。」土狼說。

薩克斯劇烈的搖晃頭部。「ㄈ──ㄈ──」

「弗伯斯，」奈加說，薩克斯點頭。

「你這麼想？」史賓賽驚呼。

薩克斯聳聳肩，而史賓賽和土狼已經興致勃勃的討論其可能性了。坑洞成橢圓形，一個所謂的浴缸形坑洞，這支持了衝撞角度低淺的理論。而猜測在幹管坍塌下來的四十年中在此處掉落的是顆偶然的隕石，也太過巧合；弗伯斯所有碎片全都落在赤道附近，因而其中一片襲擊這道幹管就不怎麼讓人驚訝了。「非常有用。」研究過橫越這坑洞的途徑之後，土狼說道，並且將車子駛向噴濺物南方

區域。

　　他們把車停在最後一塊大型噴濺物旁，套上裝備，下車走回坑洞旁察看。

　　到處都是角礫岩化的岩石塊，所以不容易分辨出何者為隕石碎片，何者乃幹管坍塌輾壓而來的噴濺物。史賓賽相當擅長辨識岩石，他收集幾塊標本，認為是外來的碳粒隕石，很可能就是衝撞岩石的碎片。要完全確認則需要進行化學分析，不過回到車上，他在顯微鏡底下仔細觀察，便很有自信的宣稱這些正是弗伯斯的碎片。「阿卡迪剛下來的時候，曾經給我看過類似的東西。」他們傳看一顆沈重有燃燒痕跡的黑色物體。「衝撞角礫岩化使它變質了，」史賓賽說，當它回到他手上時他再次予以檢視。「我想應該把它命名為弗伯片。」

　　「並不是什麼火星的罕見石頭。」土狼說。

　　尼古森火山口的東南方是梅杜莎槽溝的兩個平行大峽谷，延伸達三百公里以上，直插入南方高地的心臟地帶。土狼決定往梅杜莎東邊駛去，從兩個大裂口較大的那個。「能夠的時候，我總喜歡穿越峽谷，順便看看邊牆上有沒有凸出部分或洞穴。我大部分隱藏食物的貯存處就是這樣找來的。」

　　「如果遇到橫切整個峽谷的斷崖的話怎麼辦？」奈加問。

　　「就退回。我退走過不知多少次了。」

　　所以他們駛入峽谷，那天晚上的行程多在平坦地面上走過。隔天晚上他們繼續朝南，峽谷底部的地勢開始上揚，不過是以他們能夠掌握的角度上升。然後他們到達一層較高的新平坦地面，駕駛著的奈加把車煞住。「那裡有建築物！」

　　他們全都靠過來朝擋風玻璃看去。地平線那頭，峽谷東邊山壁下，靜靜站有一叢小白石建物。

　　以車子裡各種不同的造像儀和觀察用設備探測檢視了半小時

後，土狼聳聳肩。「沒有明顯的電能或熱度。不像是誰人的家。我們過去瞧瞧。」

他們於是朝那群結構駛去，停在一大塊從底部延伸而出的絕壁邊牆旁。從這個距離他們可以看清這群建築物乃自立支撐，周圍沒有覆蓋的帳幕；它們是由略帶白色的堅固岩石造成，像是奧林帕斯北邊荒地裡的生硝白朗可。建築物之間是白色廣場，環有一圈白色樹群，上面站有一些靜止不動的白色小人。全都以石頭做成。

「雕像，」史賓賽說。「一個石頭城！」

「梅，」薩克斯嘎啞著，然後氣憤的搥打儀表盤，砰砰砰砰四下，震驚其他人。「梅—杜—莎！（譯註：Medusa，希臘神話中的蛇髮女妖，凡看她一眼的人都變成石頭）」

史賓賽、亞特和土狼笑了起來。他們相互交疊在薩克斯肩上，像是要把他推倒地上疊羅漢似的。然後他們全部再次套上裝備，來到車外靠近觀察。

星光下這群建築物的白色牆壁閃爍著怪異光芒，像巨人肥皂雕刻品。大約有二十來座建物、許多樹、兩百多個人——也有著二十幾頭獅子，優游自在的混合於人群之中。所有一切都以白石雕成，史賓賽辨認出乃雪花石膏。中央廣場似乎凍結在一個熱鬧生動的早晨；有擁擠的農產市場，一大群人圍觀下著西洋棋的兩個人，棋子有人半身高，立在一張碩大棋盤上。黑色棋子和棋盤上的黑色方格在這環境下顯得戲劇般的耀眼——瑪瑙，在一個雪花石膏的世界裡。

另一堆雕像群集圍觀一個抬頭朝隱形圓球看去的耍把戲的人。幾頭獅子也靠近來觀賞，好似準備當耍戲的人太過靠近時要一腳打落什麼。所有雕像的臉，不管是人類或貓科動物，全都圓滾而幾乎沒有特徵，但是他們每一個都多多少少表現出不同的姿態。

「看看這群建物的圓形擺置，」史賓賽在通信器上說。「這是波格丹諾夫份子的建築形式，或類似的。」

「沒有哪個波格丹諾夫份子跟我提過這個，」土狼說。「我不認為他們有誰到過這個區域。甚至我認識的人也沒有一個到過這裡。這裡相當偏僻。」他環顧四周，面罩裡的臉正咧嘴笑著。「有人很花了些時間在這裡！」

「人類行事常常出人意表。」史賓賽說。

奈加在這建築邊緣繞走，不理會通信器上的談話，只往一個又一個朦朧不清的臉逐次看去，還有白色石門走廊、白石窗戶，感覺他體內血液翻滾湧動。彷彿雕刻者製造出這樣一個地方是為了要與他對話，以他自己的視覺感動他。他孩童時代的白色世界，直直戳入綠色——或，這裡，戳入紅色……

這地方鋪展開來的平和裡有著一些什麼。不單單只是靜定不動，還有每一個形體流露出的不可思議的緩和寬鬆，他們站姿裡流瀉順暢的寧靜。火星可以是這個樣子的。不再有躲藏，不再有征戰，孩子們在市集上奔逐，獅子像貓般在他們周遭踱步……

盡情遊賞這座雪花石膏城後，他們回到車內繼續前進。十五分鐘後奈加發現另一座雕像，這回只是個平面浮雕的白色面龐，浮現在城鎮對面的一座斷崖面上。「梅杜莎本人，」史賓賽說，邊飲用著他每晚必喝的飲料。傳說中那蛇髮女妖的怒目瞪視正對著那座城鎮，而她頭上扭曲的石頭蛇朝斷崖核心蜿蜒游去，彷彿岩石只來得及抓住她的蛇狀馬尾，阻止她完整現身在這星球之上。

「漂亮，」土狼說。「記得那張臉——如果那不是雕刻者的自我素描，我就錯的離譜了。」他繼續行駛，沒有停留，而奈加好奇的盯著那張石頭臉。它看來像亞洲人，不過那也可能是因為蛇髮向後拉扯所造成的效果。他努力記憶這張面孔，感覺那是他早已認識熟悉的人。

曙光展現前，他們就離開了梅杜莎的峽谷，在一隱密處停下躲藏以渡過白日，同時商量他們下一個路線。橫在他們眼前的波頓火

山口之間，有一座麥挪尼亞槽溝從東到西切割橫亙達數百公里，擋住了他們往南的途徑。他們只好往西朝威廉斯和伊几力森火山口去，從那裡轉南朝哥倫布火山口走，那之後穿過賽倫姆槽溝裡狹窄彎曲的裂口繼續往南——等等。南方高地與一連串和緩綿長的北地相比極為凹凸崎嶇——亞特評述著這個不同點，而土狼暴躁的回答，「這是個星球，小子。有各種不同的地形。」

他們每天都被鬧鐘在日落前一個小時叫醒，利用最後一抹天光吃掉剩餘的早餐，看著高地鮮豔閃耀的色彩夾雜些許陰影，投射在凹凸崎嶇的地面上。然後他們每天晚上不斷行駛，一直沒有辦法啟動自動駕駛，一公里又一公里的辨識方向穿越這片破碎地形。奈加和亞特多數晚上共同駕駛車子，繼續他們冗長的對話。然後當群星褪去，拂曉澄紫曙光染上東邊天際時，他們尋找可以讓越野車不突出醒目的地方——在這緯度範圍裡工作的關鍵點，幾乎就是尋找停駐的任務，亞特這麼說——吃一頓從容不迫的正餐，觀賞日出的強烈光束，及其倏忽創出的覆蓋野地的陰影。一二個鐘頭後，討論過下次路線規劃，偶爾下車探勘一番，他們就會將擋風玻璃弄暗，在白天沈沈睡去。

在另一次互相交換述說各自童年時代的尾聲時，奈加說，「我想，一直到待過了沙比希之後，我才瞭解采塌是……」

「不尋常？」土狼從他們身後的睡墊上說。「獨一無二？怪異？廣子似的？」

奈加對土狼醒著並不訝異；這老人睡得很淺，通常夢囈般的喃喃評論奈加和亞特的自述，他們往往不予理會，因為他幾乎總是睡著。不過現在奈加說，「采塌反映出廣子，我想。她是非常低沈富有靈性的。」

「哈，」土狼說。「她本來不是那樣。」

「那是什麼時候？」亞特插入，將椅子旋轉過來把土狼納入他們小小的談話圈裡。

「喔，一切開始之前，」土狼說。「史前時代，在地球上。」

「你就是那時候認識她的？」

土狼咕咕噥噥出聲認可。

過去當他對著奈加講述時，他總是在這裡頓住。但是現在有了亞特，加上此刻全世界只有他們三人醒著，圍成一個小圈圈，周圍是紅外線顯像儀，土狼瘦削扭曲的面龐有著跟平常那種騾子似倔強反叛頗為不同的神色，亞特俯身過去堅定的問，「那麼你們是怎麼來到火星的？」

「喔，老天，」土狼說，翻轉過來側身躺著，一隻手支起頭部。「那麼久以前的事不容易記得清楚。幾乎像是一首我曾經背誦過的敘述史詩，現在卻再也無法覆述。」

他抬眼瞥了瞥他們，然後閉上眼睛，彷彿掏索一個開場白。兩個年輕人俯視著他並等待著。

「當然全都歸結於廣子。她和我是朋友。我們認識時還年輕，都還是劍橋的學生。我們兩人都覺得英格蘭都很生冷，因而相互取暖。那是岩出現前，也距離她成為世界上最偉大的母神很久以前。那時我們分享許多事。我們在劍橋屬外來者，但我們功課很好。我們在那裡一起住了一兩年。跟奈加提到的沙比希很類似。甚至他的賈姬。雖然廣子……」

他閉上眼睛，好似要在他腦海重溫一遍。

「你們仍在一起？」亞特問。

「沒有。她回到日本，我跟她去了一陣子，但我父親過世時我回到托貝哥島。情況於是有了變化。不過她和我仍然保持連絡，並且常在科學會議上碰面，不過我們一見面就爭執吵架，不然就是彼此應承永遠相愛，或兩者皆有。我們還不清楚我們要什麼。或說即使承認要的是什麼，也不知如何取得。然後登陸首百的選拔工作開始。我當時在千里達島的監牢裡，因為抗議權宜旗政策法案而入獄。而即使自由，也不會有獲選的可能。我甚至不確定我想要去。

不過廣子或者記得我們的承諾，或者認為我對她會有用處，我從來就無法判定。不管怎樣，她連絡上我，告訴我如果我願意，她可以把我藏在戰神號上的農場裡，然後一起到火星移民區。我必須說，她一直就是個膽大的思想家。」

「你難道沒有想過那是個瘋狂的計畫嗎？」亞特問，眼睛圓睜。

「它的確是！」土狼笑了起來。「不過所有好計畫聽來都很瘋狂，不是嗎？當時我的前程看來黯淡無光。而如果我不去，也許就永遠見不到廣子了。」他看著奈加，笑的詭異。「所以我同意了。我仍然在牢裡，不過廣子在日本有些不尋常的朋友，一天晚上我發覺自己被三個蒙面客帶出牢房，監獄裡所有警衛全都昏迷不醒。我們乘坐一架直升機到一艘油輪前往日本。日本人當時正在建築太空基地，俄國和美國就在那裡進行戰神號的建造工程，我被帶進一架地球到太空的新飛機，一俟戰神號建造工程完工就溜進戰神號。他們把我塞進廣子先前訂購的一些農場設備箱櫃裡，那之後就全靠我自己了。從那時起我就靠小聰明渡日，直到眼前這個時刻！那表示我曾經有過非常飢餓的時期，直到戰神號開始了它的航程。那之後廣子照顧我。我睡在豬圈後的一個儲藏間以免引起注意。那比你想像的還要容易些，因為戰神號很大。當廣子能夠信任農場組員時，她把我介紹給他們，那就更容易了。困難時期開始於我們降落到地表上的頭幾個禮拜。我和這群農場組員進入一架降落器，他們幫忙我藏在其中一輛拖車的櫃子裡。廣子加快腳步建造溫室主要是讓我能夠脫離那個櫥櫃，她這麼告訴我。」

「你住在一個櫃子裡？」

「住了兩個月。比監獄還要糟糕。不過後來我住進溫室，開始參與我們獨自生活所需的物資材料的儲備工作。岩從一開始就隱藏了兩個貨運箱子的東西。我們用後備零件組裝了一輛越野車，那之後大半時間我就行駛著它遠離山腳基地，向渾沌地形探險，尋找我

們祕密庇護所的地點，同時搬移物品。我到地表上的次數比任何人都多，甚至比安還多。當農耕隊離開團隊搬遷到那裡時，我已經習慣獨自行旅。就我和『巨人』在星球上晃悠。我告訴你，那就像天堂一樣。不，不是天堂——是火星，純淨的火星。我猜就某個角度來說我是瘋了。但是我這麼愛它……我無法真正好好的談論它。」

「你一定吸收了很多輻射線。」

土狼笑了。「喔，是的！那些旅程以及戰神號上的太陽能風暴，我比任何一個登陸首百成員都要多吸收上不少侖目，也許約翰除外。也許那是原因。不管怎樣，」——他聳聳肩，抬眼瞧了瞧亞特和奈加——「我來了。一個偷渡者。」

「不可思議。」亞特說。

奈加點頭；他從來就沒有能夠讓他父親像現在這樣揭開他的過去，連十分之一都沒有辦法；現在他輪流看著亞特和土狼，頗為疑惑亞特是怎麼辦到的。就連他自身也一樣——奈加不僅詳述了發生在他身上的事，還解釋了內蘊的含意，那更是困難。這很顯然是亞特擁有的天賦，然而卻很難加以分析；他臉上的某種表情，也許，那種專心凝神的關注，那些爽直大膽的問題，顯露出精雅靈巧的特質，直搗事物核心——而前提當然是每個人都願意說話，願意去描摹塑造他們生命的意義。即使像土狼這樣神祕古怪的老隱士也一樣。

「喔，事情沒有那樣困難。」土狼的聲音在說。「隱藏從來就沒有人們想像中那樣難，你必須瞭解這點。隱藏中仍然活動著，才是困難的部分。」

說到這裡他眉頭縮皺起來，然後伸出一根手指指奈加。「這就是我們為什麼終將出來的理由，公開爭鬥。這也就是我把你弄到沙比希的原因。」

「什麼？你說我不應該去的呀！你說那會毀了我！」

「那就是我把你弄去的方法。」

他們就這樣晝伏夜出，談天閒聊成為這星期裡最好的生活部分，而接近這星期的尾聲時，他們到達圍繞希帕客斯、由答客斯、托勒密烏斯和李番火山口之間挖鑿而出的超深井的一個小聚落。這些火山口裙幅地帶有些鈾礦場，但是土狼沒有提出破壞計畫，他們直駛過托勒密超深井，盡快的離開這個區域。不多久就來到了索馬西亞槽溝，這是他們旅程上碰到的第五或第六道巨大裂縫缺口地勢。

亞特對此很覺興奮，而史賓賽解釋塔爾西斯隆起地形周圍因著它的上揚造成許多裂缺地勢，並且由於他們基本上是繞著這隆起地形走一圈就當然會遇上許多這種地形了。索馬西亞是這種地勢中較大的一個，同時也是大城鎮山沙尼‧奈的所在地，就在緯線四十度上另一個超深井旁。那超深井乃首批挖鑿的，同時也是其中較深的一個。到這時候他們已經旅行超過兩個星期了，必須到土狼的一個貯存所補足儲備。

他們駛向山沙尼‧奈鎮的南邊，凌晨拂曉前穿梭在古老小土堆岩石間。但是當他們來到一個從低矮坍塌陡坡上崩滑的岩屑堆時，土狼開始出言詛咒。地面有越野車輪痕跡，壓扁的瓦斯圓筒散了一地，其中還雜有食物盒和燃料容器。

他們全都目瞪口呆。「你的貯存所？」亞特問，那引發了另一串髒話。

「他們是誰？」亞特問。「警察嗎？」

沒有人即時回答。薩克斯趨近一個駕駛座察看供應物計量器。土狼不停的憤聲咒罵，同時撲通一聲坐進另一張駕駛座。終於他回答亞特，「不是警察。除非他們開始使用維西尼克越野車。不是。這些小偷來自地下組織，該死。可能是我知道的一群住在阿爾及爾的人。我想不出還會有誰。這群人知道我部分貯存所的舊地點，自從我破壞查利頓的一個礦場後，他們就一直對我很火大，因為那之後礦場就關閉了，他們因此失去了主要的供應來源。」

「你們應該試著站在同一邊。」亞特說。

「滾開。」土狼建議他。

土狼發動越野車離去。「總是這種老掉牙的故事，」他苦澀的說。「反抗組織開始內鬥，因為那是唯一有勝利可能的地方。每次都這樣。你一旦想要組織一個超過五人的行動，就一定至少會出現一個該死的蠢蛋。」

好長一段時間他都處在這種情緒裡。最後薩克斯敲了敲計量器，土狼粗暴的回說，「我知道！」

此刻太陽高照，他於是把車子停在兩座古老小丘間的裂縫，將車窗弄暗，躺在他們狹窄的床墊上。

「到底有多少個地下組織？」亞特問。

「沒有人知道。」土狼說。

「你在開玩笑。」

奈加在土狼再次開口前先出聲。「南半球大約有四十個。他們之間長久存在的不合漸漸開始變得激烈起來。有一些強硬團體。激進紅黨、史耐林分裂組織、不同的基本教義派信徒……引起很多麻煩爭端。」

「但是你們不是全都朝同一目標邁進嗎？」

「我不知道。」奈加回想在沙比希進行的長夜論戰，雖說這群學生基本上是朋友，有時仍然會充斥暴力。「也許不是。」

「但是你們難道沒有討論過嗎？」

「沒有，至少沒有以任何一種正式方式。」

亞特看來很驚訝。「你們應該那樣做。」他說。

「做什麼？」奈加問。

「你們應該召開一個會議，涵蓋所有地下組織，看看你們能不能同意你們想要做的事。如何解決和融合不同意見等等。」

除了土狼猜疑的鼻哼聲之外，沒有人對此有反應。過了一會奈加說，「就我的印象，這些團體中的一部分對嘎迷特相當警覺小

心，因為裡頭有登陸首百。沒有人願意放棄自治自主權，轉去聽命於一個公認為最有勢力的庇護所。」

「但是他們可以在會議上找出解決的方法，」亞特說。「那是會議召開的部分原因呀。你們全都需要一起合作，特別是如果跨國公司警力在得到薩克斯那裡的訊息後，行動變得更加頻繁時。」

薩克斯對此頷首表示同意。其他人在靜默中思索。而眾人正兀自思索時，傳來了亞特的鼾聲；奈加久久無法入睡，不斷反覆考量著。

他們因為補充所需而接近山沙尼·奈。食物藏量還夠，只要他們定額分配，車裡的水和瓦斯由於高效率的回收利用也沒有消耗多少。但是他們少了起動車子的燃料。「我們大概還需要五十公斤的過氧化氫。」土狼說。

他駛上索馬西亞最大峽谷的邊緣；山沙尼·奈就在遠方那道山壁上，透過大片玻璃可以看見拱廊旁挺立了高大的樹木。它前方的峽谷底部上密佈著徒步甬道、小帳篷、超深井工廠的大型器具等；超深井本身是個龐大的黑色孔洞，位於所有建築物的南端，由超深井挖出的碎岩砂石所堆疊成的土墩遠遠展伸向峽谷北方。這是一般公認火星上最深的超深井，深到底部的岩石變得有些軟黏可塑，「壓到裡邊，」土狼這麼說——十八公里深，而這區域的地殼厚度約達二十五。

超深井作業幾乎完全自動化，城裡多數住民從來沒有靠近過它。將井內碎石運出地面的許多自動卡車以過氧化氫為燃料，深井旁峽谷底部的倉庫應該會有他們需要的東西。那裡的保全系統可以往回追溯到那段動盪不安的時期，部分甚至是由約翰·布恩本人設計，所以反對土狼的計畫完全不合理，特別是他人工智慧電腦裡有約翰的全部程式計畫。

然而這峽谷特別長，而對土狼而言從這邊緣下到峽谷底部的最

好路線是抄捷徑下去，距超深井約十公里。「沒關係，」奈加說。「我可以徒步過去。」

「五十公斤？」土狼說。

「我跟他去，」亞特說。「我也許無法做神祕的空中飄浮，不過我能跑。」

土狼想了想，點點頭。「我帶你們下懸崖。」

他那樣做了，然後奈加和亞特帶著披蓋他們氣筒的空背袋於時間空檔時分出發，輕鬆的跑過平順的峽谷底部，朝北邊的山沙尼‧奈奔去。奈加認為這會是個簡單的任務。他們毫無困難的跑上超深井旁一落建築物，這時星光因市鎮玻璃散射出來並反射在對面山壁上的光線而增強。土狼的程式讓他們很快的通過閘門進入倉庫區域，而且似乎沒有觸動任何警鈴，彷彿他們本就有權入內似的。可是當他們進入倉庫裡頭，開始把過氧化氫小容器裝到他們背袋時，這地方的所有燈光突然全亮了起來，緊急門關上。

亞特立刻跑到遠離緊急門的一道牆旁，放置一顆炸藥，迅速移到一邊。炸藥轟隆一聲巨響爆開，在倉庫薄牆上炸出一個大洞，然後他們兩個跑到外面，在四周牆垣的巨大牽引繩索間藏匿潛行。套著裝備的身影從市鎮那邊的徒步甬道閘門出現，這兩個闖入者只好潛藏在一條牽引繩索之後，這結構巨大到他們可以在兩個牽引機凹處之間的細縫中直身站立。奈加覺得他的心臟劇烈跳動到似乎要打到身旁的金屬了。套著裝備的人影進到倉庫之後，亞特跑出設置另一顆炸藥；這顆爆破時的亮光使奈加的眼睛暫時無法視物，他矮身穿過藩籬間的縫隙，目不視物的全力奔馳，也沒有感覺到三十公斤重的燃料在他背上跳動，以及這跳動擠壓氣筒打上脊椎的痛感。亞特又跑在他前頭，在火星引力下失去控制，卻仍然以那快速交替的步伐迅速向前。奈加在努力跟上時幾乎要笑出來了，他讓自己進入節奏，當來到與他並肩同行時，對他示範如何正確使用雙臂，那是類似游泳的動作，而不是時時把亞特撞離平衡感的那種幫浦似的快

速甩動。奈加在這番速度和黑暗下似乎看到亞特的手臂開始緩慢下來。

　　他們就這麼奔馳著。奈加領先，努力挑跑峽谷底部較為順暢、石頭比較少的路線。星光照亮他們的路程。亞特不斷跟上出現在他右邊，迫他屢屢加快速度。這幾乎變成了一種競賽，奈加跑的比他自己獨自奔跑，或任何普通狀況下要快上很多。全都依靠節奏、呼吸，和從軀幹升起的熱氣散佈到皮膚，然後活動服。看到亞特沒有任何這些紀律訓練的幫助，仍然能夠跟上實在叫人驚訝。他是個強壯的動物。

　　他們幾乎迎頭撞上土狼，他從石後跳出，把他們驚嚇得有如九柱戲木柱般往後跳彈。然後他們沿著他在斷崖牆上做的記號攀登上去，來到峽谷邊緣重又站立在整個星幕之下。山沙尼‧奈的明亮光芒如一艘太空船降落在斷崖另一邊。

　　回到越野車裡，亞特仍未從那奔跑中恢復過來而連連喘息。「你必須——教我那個『攏—供』，」他對奈加說。「老天爺，你跑得太快。」

　　「喔，你也是。我不知道你怎麼辦到的。」

　　「恐懼。」他搖搖頭，猛猛吸氣。「這種事很危險。」他對土狼抱怨。

　　「那不是我的主意，」土狼回答。「如果那些混帳沒有偷了我的東西，我們不必這樣。」

　　「是沒錯，不過你大概很常做這種事，對不對？而那很危險。我的意思是，你在偏遠內地應該進行些破壞以外的行動，一些有系統的。」

　　五十公斤是能把他們帶回家的絕對下限，於是他們曲折南下，關掉所有非必要系統；車內因而昏暗又寒冷。外頭也很冷。經過幾次南方早冬逐漸加長的夜晚，他們開始遇到地上積霜和雪堆。雪堆

頂端的結晶鹽乃冰片的中心點，吹雪逐漸於其周圍累積堆疊形成冰花。他們穿梭於這些在星光下發出黯淡光芒的白色結晶平野間，直到平野銜接出一整片白色無垠的雪、霜、白霜和冰花組成的毯子。他們緩緩駛過，直到過氧化氫耗竭的一個晚上。「我們應該拿更多。」亞特說。

「閉嘴。」土狼回答。

他們使用電池能源行駛，但是那無法持久。在沒有亮燈的漆黑車內，外面銀白世界投射而來的光線看來陰氣森森。沒有人說話，除非是有關駕駛的必要討論。土狼很有信心的認為電池能把他們帶回家，但是他們估算的很緊，萬一有任何失敗，如果任何一個雪鏈輪子卡住了──他們就必須試圖徒步，奈加這麼想著。或跑步。而史賓賽和薩克斯跑不了多遠的。

終於在突襲山沙尼‧奈後的第六個晚上，接近時間空檔尾聲時，霜凍地面之前出現一條純白線條在地平線那頭加厚，然後清晰起來：南半球極地冰帽的白色懸崖。「看起來像結婚蛋糕。」亞特說，咧嘴微笑。

他們幾乎耗盡了電池能源，車子速度明顯的減慢。但嘎迷特就在極帽順時針方向幾公里遠處。於是凌晨才過，土狼就引導著快沒動力的車子進入火山口邊緣娜蒂雅建造的建物區裡的偏僻車庫。他們最後一段徒步，嘎嘎吱吱踩響沐浴在晨光投射出的長長陰影中的新生霜雪上，就在白色乾冰籠罩之下。

＊　＊　＊

嘎迷特永遠給奈加相同的感覺：一種極力想要穿上舊衣服，但無奈舊衣已經太小的感覺。然而身旁多了個亞特，所以這次回來有著對新朋友介紹老家的色彩。奈加每天都帶著他四處繞走，解釋這地方的個別特徵，把他介紹給大家。當他看到亞特臉上逐次展現的

各種毫無保留的表情，從訝異、驚愕到疑惑，奈加開始感覺到嘎迷特的整個架構，所有成就其實真的相當怪異。這白色冰凍圓頂世界；它的風、霧靄、鳥類、湖、村落永遠封凍，奇特的沒有影子，主要建築為半月形竹製樹屋的藍白建物群……這是個奇怪的地方。而亞特同樣發覺所有第一世代移民令人驚異；他握住他們的手，嘴裡不斷說著，「我在錄影帶上看過你，非常高興認識你。」在介紹了韋拉德和烏蘇拉、瑪琳娜和岩後，他悄聲對奈加說，「好像來到了蠟像館。」

　　奈加帶他去見廣子，她依舊一如往常般和藹可親卻又冷淡陌生的樣子，以含蓄保守的態度對待亞特，與對待奈加沒有什麼不同。世界母神……他們在她的實驗室裡，感覺到對她有一股難解的氣憤懊惱。奈加帶亞特到人工生殖箱旁，解釋他們的作用。當亞特驚訝時眼睛會圓睜得老大，而此刻它們彷彿碩大的藍白玻璃珠。「它們看起來像冰箱。」他說，然後細細觀察奈加。「寂寞嗎？」

　　奈加聳聳肩，俯頭去看那有如砲門或舷窗的透明小窗。他曾一度在裡面飄浮潛游、做夢和踢腳……過去實在不容易想像，也不容易相信。兆億年的光陰裡他從不存在，然後有這麼一天，在這黑色小箱子裡……乍然現身，白色裡的綠，綠色裡的白。

　　「這裡好冷，」他們退到室外時亞特如此評論。他穿著一件借來的彈性棉質大外套，頭上蓋有兜帽。

　　「我們要維持覆蓋乾冰的一層水冰，因而需要保持低溫。這裡的溫度一直在冰點以下，但沒有下到多少。我本身很喜歡。我覺得這是最佳溫度。」

　　「童年時期。」

　　「沒錯。」

　　他們每天都去探視薩克斯，他會嘶嘎著說出「哈囉」或「再見」等問候語詞，而且盡力嘗試說話。米歇爾每天花幾小時與他一起工

作。「絕對是失語症，」他告訴他們。「韋拉德和烏蘇拉做了掃描，損害發生在左前語言中樞。不順暢失語症，或稱布洛卡失語症。他在尋找字詞上有困難，有時他以為找到了，結果卻是同義詞或反義詞，或禁忌用語。你們應該聽聽他說『壞結果』的方式。這很讓他灰心沮喪，不過這種特殊損害的一般治療改善通常不錯。只是過程緩慢。基本上，腦部的其他部分必須學習接管受損部分的功能。所以——我們在努力。有進展時當然很好，不過有時也有可能變壞。」

薩克斯在一旁目睹他們這番交談，古怪的點點頭。他說，「我要教學。要說話。」


奈加介紹給亞特的嘎迷特裡所有人當中，亞特覺得最對眼的是娜蒂雅。他們一下子就彼此互相吸引，讓奈加很感驚訝。但那也使他很覺欣慰，他歡喜的看著他過去的老師以她自己的坦白方式回應亞特連珠砲似的問題，她的臉看起來很老式，但是她瞳孔周圍繞有綠色斑點的淡棕色驚人眼睛，卻是個例外——那雙眼睛散射出友善的興趣和智慧，對亞特的連番質問感到有趣。

他們三人最後在奈加房間聊了起來，往下俯瞰村莊或者從另一扇窗戶朝湖看去。亞特在這間圓筒小室裡從這扇窗戶躞步到門到另一扇窗，伸手撫摸草質綠木上的刻痕。「你們稱它木材嗎？」他問，雙眼盯著這竹節。娜蒂雅笑了起來。「我是稱它木材，」她說。「住在這些東西裡是廣子的主意。一個好主意，保暖且韌度強得不可思議，除了門和窗戶需要裝設外，無需木工……」

「我猜妳希望在山腳基地時有這種竹節囉？」

「我們那時的空間太狹窄。也許在拱廊街道裏比較可能。不管怎樣，這植物種類是最近才培育出來的。」

現在輪她質詢，問了他幾十個有關地球的問題。他們現在的建築材料是什麼？他們打算把核融合能源商業化嗎？聯合國在六一年

戰爭中受到的損害是否無可彌補？他們要為地球建造一個太空電梯嗎？有多少人獲得了老人療程？哪一個超級跨國公司最有勢力？他們彼此互相競爭嗎？

亞特盡其所能的回答這些問題，雖然他時常對自己的答案不夠圓滿適切而皺眉，奈加倒是學到了許多，娜蒂雅看來也一樣。他們兩人同時發現他們不時開懷笑起。

當亞特再問娜蒂雅一些問題時，她的回答仍然友善親切，深度方面則更廣更長了。比如說談到她目前的計畫時，她會涵蓋許多細節，很興奮的描述她在這南半球努力的二十來個建築地點。不過當他提到有關她在山腳基地那段時期的問題時，雖仍以他那種大膽直率的方式詢問，她也通常只是聳聳肩帶過，即使他問的是關於建築細節上的問題。「我真記不得那麼清楚了。」她會這麼說。

「喔，拜託。」

「不，我真說得實話。那其實是個問題。你多大年紀了？」

「五十。或五十一，我猜。我記不太清了。」

「嗯，我已經一百二十了。不要那麼吃驚的樣子！就老人療程來說，這沒有那麼老——你會知道的！我兩年前才又受過一次治療，我雖不是青少年，但感覺很好。事實上是非常好。不過我想記憶是薄弱的一環。可能頭腦就是無法承載那麼多，或者我沒有試。而我不是唯一有這種問題的人，瑪雅就比我糟。跟我同樣年紀的每一個人都這麼抱怨。韋拉德和烏蘇拉開始擔心了。我很訝異當他們發展出這種治療時沒有想到這點。」

「也許他們想過，而後來忘記了。」

她啞然失笑。

稍後在晚餐上，再次談過她的建築計畫後，亞特對她說，「你們真的應該召集所有地下組織團體開一次會。」

瑪雅在他們桌上，仍舊像在伊秋思峽谷時一樣，以充滿懷疑的眼光盯著亞特。「不可能，」她宣稱。她看起來比跟他們分開那時

要好多了，奈加心想——休憩過，高挑纖瘦、優雅、迷人。她似乎已經將那股謀殺的罪惡感抖掉，一如拋棄一件她不喜歡的外套般。

「為什麼不？」亞特問她。「如果你們能夠住在地表，情況會更好的。」

「這很明顯。而我們可以加入戴咪蒙派，如果事情真有那麼簡單的話。可是你知道嗎，地表上和行星運行軌道上有龐大的警力，上回他們一看到我們就迫不及待的想要趕盡殺絕。這次他們對待薩克斯的方式根本叫我無法相信情況改變了。」

「我不是說他們變了。只是我認為你們可以做些什麼讓反抗行動更有成果。比方說，結合在一起共同謀籌計畫。跟地表上願意幫助你們的組織連絡等等。」

「我們有連絡，」瑪雅冷冷的說。娜蒂雅卻點著頭。奈加腦海裡則不斷搬演他在沙比希那些年的畫面景象。地下組織的會議……

「沙比希人肯定會參加，」他說。「他們已經不斷在進行那種行動了。事實上，那就是所謂的戴咪蒙派。」

亞特說，「你們也應該考慮考慮連絡布雷西斯。我以前的老闆威廉‧福特對這樣一個會議會很有興趣的。而且整個布雷西斯成員都涉入你們會喜歡的革新計畫中。」

「你以前的老闆？」瑪雅說。

「沒錯，」亞特輕鬆笑著。「我現在是我自己的老闆了。」

「你應該說你是我們的囚犯。」瑪雅尖銳的指出。

「當你是無政府主義者的囚犯時，那代表了同樣的意思，對不對？」

娜蒂雅和奈加笑了起來，瑪雅則滿面怒容轉頭而去。

娜蒂雅說，「我想，召開一個會議是個好主意。我們已經讓土狼掌握整個網路系統太久了。」

「嘿，我聽到了！」土狼從另一張桌子那頭喊。

「你不喜歡這個主意嗎？」娜蒂雅問他。

土狼聳聳肩。「我們必須要做些什麼，這點是毫無疑問。他們現在知道我們就在這裡了。」

這引發了沈思般的靜默。

「我下禮拜要往北走，」娜蒂雅對亞特說。「如果願意你可以跟我一起來——奈加，你也是。我會去拜訪很多庇護所，我們可以跟他們討論召開會議的可能性。」

「當然。」亞特說，看來很興奮。而奈加腦海仍然繞轉在種種可能性裡。再次回到嘎迷特讓他思緒中隱伏潛藏的想法重新湧動起來，他很清楚的看到兩個世界合而為一，白色和綠色，分裂成不同層面，彼此交互疊合起來——有如地下和地表世界，蹣跚跟蹌的結合在戴咪蒙派裡。一個沒有焦點的世界……

於是一個禮拜後，亞特、奈加伴同娜蒂雅往北駛去。因為有薩克斯被捕的前車之鑑，娜蒂雅一路上不願意冒任何險停留在任何一個公開城鎮裡，她甚至看來也不信任其他祕密庇護所；她在保守派老人群裡似乎是最嚴守祕密隱私的一位。在隱藏的這些年中，她跟土狼一樣，也建立了她自己的小庇護所網路系統，現在他們就從一個駕駛到另一個，在日照短的白天休息、等待。他們無法在冬天白日裡行駛，因為這些年中防護罩似的雲霧已漸漸變得稀薄輕淺，今年更只像一片輕煙薄幕或斑駁綴點的低矮雲層，繞旋在崎嶇起伏的地面上。有一回在一個多霧的早晨，太陽在十點鐘升起後，他們沈入一道驟降地形中，娜蒂雅解釋安確認過那是早期奧司垂峽谷的殘留遺跡——她說那下面真有二十來個奧司垂峽谷化石，在歲差循環早期不同時點中以不同角度切入。這時雲霧散開，眼前景象乍然綿延數公里，一直延展到現存奧司垂峽谷入口處篷亂的冰牆，遠遠閃爍著亮光。他們暴露出來了——然後雲霧再次迅速圍攏，將他們圈繞在混濁飛旋的白色裡，彷彿他們行駛穿越一場暴風雪，而這場暴風雪的片片雪花細微到可以抗拒地心引力，因而永遠飄浮懸蕩在空

中。

　　娜蒂雅對這般的暴露厭惡極了，即使為時短暫也一樣，所以她繼續在白日躲藏。他們從她隱藏處的小窗看著旋轉飛繞的雲霧，有時攫住幾縷光芒而燦爛閃爍，耀眼得弄疼了觀看的眼睛。太陽光束從雲層縫隙穿越而來，照射在地表那令人眩目的白色綿延山脊和陡坡上。有一次他們甚至因暴露於如此白光中而暫時失明，所有陰影全部消失，所有一切全部消失：一個純白世界，甚至連地平線都看不到。

　　另些時候，結成弓狀的冰散發出一抹粉蠟筆似淡柔色彩，映照這強烈的白；有時太陽穿射而出低懸在空中，周圍環有一圈跟它一樣強烈的白光。大地上這樣猛烈鮮亮的白光，不是整片整幅的籠罩下來，而是斑斑點點的，並在無休無止的風吹裡快速變動著。亞特笑著看著，對冰花沒有停止過驚嘆歡呼，如今這些冰花已與灌木一般大，飾有尖刺以及蕾絲狀物，並在邊緣部分各自延展相互交疊，使得許多區域的地面完全消失。他們就行駛在這些陶瓷碎片般的地表上，一路輾壓而去。渡過那樣的白日之後，長長的黑夜幾乎成了一種安慰。

　　幾日過去了，沒什麼其他變化。而奈加覺得與亞特和娜蒂雅一塊旅行非常舒服；他們兩個脾氣都很溫和，並且平靜、有趣；亞特五十一歲，娜蒂雅一百二十，而奈加只有十二，依地球年計算大約是二十五；然而除去年齡的差異，他們平等的相互影響。奈加可以沒有顧慮的提出他的想法，他們從來就不取笑或嘲弄，甚至當他們看出了明顯的問題時也只是直言提出。事實上，大多時候他們的主意配合的很好。他們是，就火星政治語彙來說，溫和的綠色民族同化者——布恩信徒，娜蒂雅如此稱呼。他們有相似的氣質，奈加從來沒有在任何人身上有過這樣的感覺，不管是他在嘎迷特其他家人中或沙比希裡的朋友圈裡。

　　他們不停的交談，一個又一個晚上，同時簡短拜訪南邊一些大

型庇護所，將亞特介紹給那裡的人，提出召開會議的想法。他們把他帶到波格丹諾夫維西尼克，他對這個建在超深井深處的龐大建築物感到無比訝異，這比其他任何一個庇護所都要來得大。亞特隆起雙眼的面容傳達出跟語言一樣的訊息，讓奈加想起他小時候第一次隨同土狼來訪時一模一樣的感受。

波格丹諾夫份子很明顯的對這樣一個會議感到興趣，而米海·楊格，阿卡迪在六一年動亂中唯一存活下來的夥伴，則詢問亞特這樣一個會議的遠程目的是什麼。

「取回地表。」

「喔！」米海眼睛睜大。「嗯，我確信在那點上你會有我們全力的支持！人們甚至對提出這一項議題感到害怕。」

「太好了。」當他們離開繼續往北方駛去時，娜蒂雅告訴亞特。「如果波格丹諾份子支持這樣一個會議，那它就有實現的可能。大多數祕密庇護所不是波格丹諾份子，就是受他們影響很深。」

他們在維西尼克拜訪了何姆斯火山口附近的幾個庇護所，也就是地下組織口中的「工業心臟地帶」。這些住所的移民也多屬波格丹諾份子，只夾雜幾個不同的小社會團體，受早期火星社會哲學家的影響，如囚犯史耐林、廣子、瑪琳娜，或約翰·布恩。另一方面，普羅米修斯庇護所裡的法語理想家以盧梭和傅立葉、傅寇和涅彌等的理論建構他們的思想體系，這是奈加以前來訪時所沒有留意到的細微處。目前他們受到甫至火星的玻里尼西亞人的強烈影響，而他們溫暖的大場地綴點著棕櫚樹和淺水池，亞特說它看起來更像大溪地，而非巴黎。

在普羅米修斯裡他們遇到了賈姬·布恩，她被旅行經過的朋友留在這裡。她是想要直接回嘎迷特，但不想再等更久，於是跟著娜蒂雅一塊旅行，娜蒂雅同意。所以當他們再次啟程時多了個賈姬。

　　他們第一段旅程中那股輕鬆友愛的氣氛消失了。賈姬和奈加在沙比希分手時，他們的關係仍處於往常那種未明的不明確狀態，而且奈加對他新友誼培養階段被迫中斷感到不悅。亞特則很明顯的流露出對她親臨實地的興奮，並以他自以為不引人注意的方式窺瞧著她，事實上他們都知道，當然包括賈姬。那使娜蒂雅猛翻白眼，她和賈姬如一對姊妹般就一切小事爭吵。有一次她們這樣吵過之後，賈姬和娜蒂雅各自退入娜蒂雅的一個隱藏處所，亞特對奈加悄語道，「她就跟瑪雅一個樣兒！你沒這麼想嗎？那聲音、態度——」

　　奈加笑了起來。「你要是那樣告訴她，她肯定會殺了你。」

　　「啊，」亞特說。他斜眼看了看奈加。「那麼你們兩個仍然……」

　　奈加聳肩。就某個角度來說這實在很有趣；他已經告訴亞特夠多他和賈姬之間的關係，這年紀較大的男子了解他們兩人之間有著一些基本關係。現在賈姬很顯然在挑逗著亞特，一如她對待她喜歡或認為重要男人的習慣般，想要將他納入她的嘍囉群中。這時她還不知道亞特有多重要，可是當她了解後她一定就會表現出她的真實面貌，到那時亞特會怎麼辦？

　　他們的旅程面貌就這樣變了，賈姬以她一貫態度翻騰事物。她和奈加、娜蒂雅爭吵；偶爾激怒亞特，評斷他的同時逗引著他，如結交認識過程中的自然反射應對。她會撩起襯衫拿海綿擦洗娜蒂雅的隱藏處所，或問他有關地球的問題時把一隻手放在他的手臂上——然後其他時候則完全漠視他的存在，改變航向般轉進她自己的世界裡。有如跟一隻貓科動物共同生活在一輛越野車內，一隻美洲豹可以在你腿上舒適的咕嚕咕嚕叫，不然就一把將你揮到房間的另一個角落，而不管是哪一個，都同樣優雅完美的繞走著。

　　喔，那就是賈姬。還有她的笑聲，銀鈴般迴響在亞特或娜蒂雅的語聲中；她的美麗，她對談論火星情勢的狂烈熱誠。當她發現他們這趟行旅的目的時，立刻熱烈支持。生命因她的存在而振奮昂

揚，毫無疑問。而亞特，雖說當她沐浴時圓睜雙眼瞪視著，奈加仍然在他的笑容中發現一抹淘氣神色，一如他享受她催眠似的迷人關注一般；有一回奈加發現他看著娜蒂雅的表情也含有相似的淘氣色彩。所以他雖然很喜歡她、欣賞她，卻並不像是陷入了無邊無助的苦惱折磨的樣子。這可能是因為他和奈加的友誼；奈加無法確定，但是他對這想法不排斥，這在采塢或沙比希並不常見。

就賈姬來說，她似乎傾向於抹殺亞特在組織這個一般會議上的角色，像是她一把接管過來了似的。不過他們後來拜訪了一個新馬克斯主義信徒的小庇護所，就位於米夏爾山脈（在南方高地上這其實並沒有比其他地勢要高大些，以此為名乃望遠鏡時期的一項文化遺物），這些新馬克斯主義者事實上跟義大利波隆那城有著連絡，還有印度的喀拉拉省——以及這兩個地方的布雷西斯辦公室。所以他們跟亞特有好多可談的，而且顯然談得很愉快，在這次拜訪行將結束時，他們其中一個對他說，「你著手進行的這件事，實在令人嘆服，你就跟約翰‧布恩一樣。」

賈姬抬頭轉向亞特瞪去，後者正羞怯的搖頭。「不，他不是。」她機械般的說著。

然而那之後她對他的態度就認真多了。奈加實在覺得好笑。只要提到約翰‧布恩，就像對賈姬佈下了一個魔咒。當她和娜蒂雅討論約翰的理論時，他可以了解她何以如此的部分原因；布恩對火星的許多計畫都很有道理，而沙比希對他來說正是布恩型的特殊地方。然而對賈姬，那遠遠超乎理性的反應——那與加清和愛沙，廣子，甚至彼得有關——在她心裡挑起一種再沒有其他什麼可以辦得到的複雜情緒。

他們繼續朝北，進入的陸地遠比那些留在他們身後的還更要雜亂無章。這是個火山區域，南方高地粗獷雄偉的氣勢因奧司垂圓頂和安妮垂提圓形淺丘的古老嶙峋山峰而更形壯闊。這兩座火山曾將

這個區域的熔岩托住，陸地上色澤深黑的岩石因之凝結成奇特的塊狀，或波浪狀，或流水形。曾有一度這流動的熔岩如熾白液狀般奔瀉傾入這片陸地，現在即使已經變得僵硬濃黑，因歲月侵蝕而碎裂，並且覆蓋著塵土和冰花，那原始的液體狀態仍然有跡可尋。

這些熔岩遺跡的主要特徵是山脊低矮綿長，就像已經化成堅硬黑色岩石的龍尾。這些山脊如蜿蜒長蛇般伸展數公里，分往兩個方向消失在地平線兩端，迫使行旅者改道而行。它們原是古老的熔岩渠道；其形成的岩石經證實比它們奔流撒瀉過的區域岩石要堅硬些，而經過了悠長歲月的侵蝕，原來區域上的地形特徵已經風化磨蝕消失了，只留下躺在地表上的黑色小丘，彷彿坍落的電梯幹管，只是更為大些。

多薩伯雷夫亞區域裡的其中一道山脊新近闢建成一個祕密庇護所。娜蒂雅駕著越野車駛上一條彎彎曲曲的路線，穿越這些偏僻地帶的熔岩山脊，進入他們看到過最大的黑色山丘裡的一個寬廣車庫。他們下車之後，一小群友善的陌生人迎接著他們，賈姬見過其中幾位。從身處的車庫看不出任何跡象顯示它後面的房室會跟他們拜訪過的其他庇護所有任何不同，所以當他們跨過一個圓筒狀的大型閘門出了另一扇門後，眼前景致著實讓他們大大驚訝了一番，這片空地顯然佔據了山脊的整個內部。他們將這山脊挖空，裡頭的空地大約呈圓筒狀，從地上到天花板也許有兩百公尺，邊牆間的距離為三百公里，並且向兩邊延展到目力所及以外之處。亞特張大了嘴合不攏來：「哇！」他不斷驚呼。「哇，瞧瞧這個！哇！」

有不少山脊中間是空的，他們的主人如此告知。熔岩渠道。地球上也有許多這樣的地形，但是如往常般需要加倍增大，事實上這圓筒比地球上最大的類似地形還要大上一百倍。一位名叫阿麗杜妮的年輕女子向亞特解釋，當熔融岩漿奔流時，邊緣部分先行冷卻硬化，然後表面——那之後，熾熱岩漿繼續在中間流動直到全部停止，殘餘岩漿則流入火湖，留下有時長可達五十公里的圓筒狀洞

穴。

　　這種特殊隧道的底部近乎平坦，如今上面覆滿了屋頂、草地公園、池塘，以及上百棵成叢小樹，混合有竹林和松木。隧道頂端一些長形裂縫乃陽光篩濾網的基座，以層層材質製成，提供與原山脊相同的外觀和熱量指標，同時引進長長簾幕似的陽光，使得隧道內即使最昏暗處也有陰天般的亮度。

　　多薩伯雷夫亞隧道長四十公里，阿麗杜妮在引他們走下一道階梯時這麼告訴他們，不過仍有些地方頂部坍陷，還有些段落幾乎塞滿了成堆火山岩。「當然，我們還沒有把整個地方都圈起來。我們不需要那麼多，而且反正也超過我們保暖和抽壓空氣的範圍。我們現在圈起的有十二公里，每節一公里長，之間分隔有帳幕材質做成的牆壁。」

　　「哇！」亞特再次驚嘆。奈加同樣感覺印象深刻，娜蒂雅相當高興。即使維西尼克也沒有這樣壯觀。

　　賈姬已經來到那從車庫閘門下到底部公園的長長階梯的底端。他們尾隨其後，亞特說，「你帶我到過的每一個居住區，我都想那是最大的一個了，而我每一次都錯。你乾脆現在就告訴我下一個會跟整個希臘盆地一樣大或什麼的。」

　　娜蒂雅笑著。「這是我所知道的最大的一個。更大的！」

　　「那麼你們為什麼還留在嘎迷特，那個又冷又小又暗的地方呢？所有庇護所的人難道不能全住到這裡嗎？」

　　「我們不想全都住在一個地方，」她回答。「至於這個地方，幾年前還不存在呢。」

　　下到隧道底部後，他們來到一座森林，頭上是一片黑石天空，夾雜著撕裂成長長彎曲裂縫的亮光。這四個旅行者跟隨他們的主人來到一落建築物，有木質薄牆以及角落翻轉向上的傾斜屋頂。他們在其中一棟屋裡與一群上了年紀、穿著色彩繽紛寬鬆衣飾的男男女女相見，並獲邀共進餐點。

　　他們一面吃一面對這個庇護所了解更多，主要來自坐在他們旁邊的阿麗杜妮的說明。這庇護所的建造者和居住者是來到火星、卻於二〇五〇年代消失的人們的部分後代，他們離開城市在這個區域佔住一些小避難所，自助之下另得沙比希人的支援。他們受廣子頌讚火星祭典的影響很深，他們的社會被一些人描述為一種母權結構。他們研習過幾個古老的母權文化，並從邁諾安文明以及北美洲印地安赫必族文化中採擷部分風俗習慣。他們祭拜一個代表火星生命的女神，一種近似於人格化廣子的維力迪塔斯，或神格化的廣子本身。女子們於日常生活中乃家中事務的主人，並將之傳給她們最小的女兒：幼子繼承制。阿麗杜妮這麼稱呼，乃赫必族的傳統。同時根據赫必族，男人結婚後移居妻子的住所。

　　「男人喜歡這樣嗎？」亞特好奇的問。

　　阿麗杜妮因他的表情而笑了起來。「再沒有比讓男人快樂的快樂女人更好的事了，那是我們的說法。」她看著亞特的眼光似乎要把他從長椅那端吸過來。

　　「有道理。」亞特說。

　　「我們分攤工作——擴展隧道節數、農耕、扶養孩子等等。每個人都努力拓展本身專長以外的技能，那是來自登陸首百傳下的習慣，我猜，還有沙比希人。」

　　亞特點頭。「你們這兒人口多少？」

　　「現在約有四千。」

　　亞特驚聲吹哨。

　　那天下午他們深入隧道幾公里處的幾個環節，多數為森林所覆蓋，一條大河橫貫流穿整個隧道，在其中幾個環節裡，河道變寬形成水池。當阿麗杜妮把他們帶回到名為扎可絡斯的第一個場地時，幾乎有一千人出現在這最大公園裡共同野餐。奈加和亞特遊走四處與人談話，享受麵包、沙拉、烤魚的簡單餐點。那裡的人樂於接受召開地下組織會議的想法。他們幾年前曾經嘗試類似活動，只是當

時參與的人不多——所以他們有這個區域的庇護所名單——一位上了年紀的女子語帶權威的說，他們會很願意接待主持這個會議，因為他們有足夠的空間容納數目龐大的客人。

「喔，那太好了。」亞特說，瞥了瞥阿麗杜妮。

稍後娜蒂雅同意。「那很有幫助，」她說。「很多人會抗拒舉行會議的想法，因為他們害怕登陸首百會試圖控制整個地下組織。如果在這裡舉行，又有波格丹諾份子在背後支持……」

當賈姬走近聽到這個提議，立即擁抱了亞特一下。「喔，這會實現了！這就是約翰‧布恩會做的。就像他在奧林帕斯山脈召集的那個會議一樣。」

＊　＊　＊

他們離開多薩伯雷夫亞繼續往北，沿著希臘盆地東緣。在這段夜晚行旅中，賈姬通常細細研讀約翰‧布恩的人工智慧電腦並予分類。她瀏覽他就獨立國家議題上的思想選錄，內容其實既無系統又散漫凌亂，反應出一名熱誠（或者還混有歐米茄啡）比分析能力還強的男子；可有時他又能提出些珠璣箴言，隨性綴點在其著名的談話中，那倒是很能引人注意。他有自由聯想式的天賦，讓即使不合邏輯的意見聽起來仍然言之成理。

「看看他有多少次談到瑞士人，」賈姬說。奈加突然注意到，她聽起來就跟約翰一個樣兒。她已經廣泛深入研讀電腦很長一段時間了，她的行為態度因此受到了影響。約翰的聲音、瑪雅的姿態；它們挾帶著過去出現在眼前。「我們必須確定有瑞士人參加這場會議。」

「我們有佑金，還有敖伐杭斯的一群人。」娜蒂雅說。

「但他們並不那麼瑞士，不是嗎？」

「妳得要問他們自己。」娜蒂雅說。「但如果你指的是瑞士官

員，布若斯有許多，他們一直在那裡幫助我們，而且從不跟我們提起。如今我們之間大約有五十人有瑞士護照了。他們佔了戴咪蒙派很大一部分。」

「就像布雷西斯。」亞特加入。

「是，是。不管怎樣，我們會同敖伐杭斯的人談談。他們應該跟地表上的瑞士人有聯繫，我確定。」

他們在哈德卡圓形淺丘火山的東北邊拜訪一座由蘇非教徒創建的市鎮。原來的架構乃築進一道峽谷的側壁，使用維德方山的高科技——一排細長建築群，插入邊牆那偉壯懸岩開始向後傾斜並降至峽谷底部的裂點上。徒步甬道裡陡峭的階梯順著下層斜坡延伸到一個混凝土小車庫，車庫周圍冒出水泡般的帳篷和溫室。這些帳篷住著希望跟隨蘇非教徒研讀的人們。他們之中有些來自庇護所，有些來自北方城市；有許多本土人，也有一些甫從地球到來的新人。他們希望能夠為整個峽谷加頂，使用因建造新幹管而研發出來的材料來支撐整個巨大的帳幕結構。娜蒂雅立即加入討論這樣一個計畫會碰到的建築難題，她告訴他們那會相當複雜而且嚴重。諷刺的是，逐漸增厚的大氣使所有圓頂計畫變得越來越困難，因為這種圓頂結構已經無法像從前那樣由底下的空氣壓力來膨脹上揚；雖然新碳質結構有遠超過他們所需的張力和負載力道，但是他們預計能夠承受如此重量的固定點幾乎無從找起。不過當地工程師堅信較輕的帳幕結構和新的固定科技會有用處，而且他們還說這峽谷的側壁非常堅實。他們在盧爾峽谷的最高點上，長時期的磨蝕已經使這個地帶只留下相當堅硬的地質。好的固定點應該隨處可見。

這項工程沒有進行任何隱藏措施以躲避來自衛星的觀察。蘇非教徒的這個圓形方山位於瑪格麗蒂佛，他們南方的主要居住地——盧米，也同樣的沒有遮蔽。然而他們未曾被任何組織以任何方式騷擾過，甚至連臨時政府也沒找過他們。這使得他們領導者之一，一個名喚達烏爾南的矮小黑人認為地下組織的恐懼太過頭而不實在。

娜蒂雅禮貌的表示不同意，當奈加好奇的迫她就這點詳加闡述時，她堅定的看著他。「他們追捕登陸首百。」

　　他思索一番，一面看著蘇非信徒領路走上徒步甬道階梯到他們懸崖上的居所。他們破曉前到來，達烏已經邀請所有人到懸崖上共進早午餐以歡迎訪者。於是他們跟隨蘇非信徒上到居所，在一張長形巨桌旁坐下，那是一間很長的房間，外牆是連綿不斷的大型窗戶可以俯瞰峽谷。蘇非信徒穿著白色衣衫，而住在峽谷帳篷裡的人則穿著普通恤衫，色澤多為紅褐。大家為彼此倒水，一面吃飯一面談天。「你正踏在你的塔里夸（Tariqat）上。」達烏爾南對奈加說。他並且解釋，這是一個人的靈性之旅，通往真理之路。奈加點頭，對這個描述的適當性感到驚訝——那正是他的生命長久以來給他的感覺。「你必須感到幸運，」達烏說。「你必須小心注意。」

　　在飽餐一頓包含麵包、草莓和酸奶酪的餐點，以及稀泥般濃厚的咖啡之後，餐桌和椅子都撤走，蘇非人開始跳一種「希瑪」或盤旋舞，配合著豎琴和幾個鼓樂聲一面繞轉一面吟唱，峽谷居民也同聲吟唱。當舞者經過客人面前時，就以手掌簡短的掬捧客人面頰，他們的觸摸如羽毛拂掠般輕柔。奈加斜看亞特，以為他會像往常面對火星生活不同面貌般隆起雙眼，然而這回他卻熟練的面帶笑容，輕輕依節拍彈打拇指食指並隨聲吟唱。舞蹈行將結束時，他站出去以一種外國語言誦吟著什麼，蘇非人微笑聆聽。誦完後，他獲得熱烈掌聲。

　　「我在德黑蘭的一些教授是蘇非信徒，」他對奈加、娜蒂雅和賈姬解釋。「他們是人們稱為波斯文藝復興的主要部分。」

　　「你吟誦什麼？」奈加問。

　　「一首波斯語詩，回教盤旋托缽僧大師加拉魯丁·盧米寫的。我一直沒有把英文版學好——

　　　我死於礦砂，幻為植物，

死於植物，擷取知覺皮囊，

死於牲獸，彩裝人類衣飾──

瀕於死亡之際，我方緩減需求……

「喔，我記不得後面了。不過那群蘇非信徒很有一些是相當不錯的工程師。」

「他們在這裡會更不錯，」娜蒂雅說，眼光掠過和她討論過在峽谷加蓋圓頂的人們。

不管怎樣，這兒的蘇非信徒對召開一個地下組織會議非常熱心。他們指出，他們的宗教是一種融合的信仰，其中一部分引自伊斯蘭教裡的各個派別和國別，同時還涵蓋了更為古老的亞洲宗教，此外還有如巴海大同教等的新興教派。他們說，這裡需要同樣的彈性和通融。同時他們的贈予經濟制度概念已經廣為地下組織所接受，另有幾位理論家正與韋拉德和瑪琳娜就生態─經濟學的特定議題合作著。上午行將結束時，他們等待著冬天才要升起的日出。一群人站在大型窗戶前，橫過黑暗峽谷往東方看去；他們很快的就這會議提出相當實際的建議。「你們應該盡快跟貝都因人和其他阿拉伯人談，」達烏告訴他們。「他們不喜歡成為徵詢名單上尾端的人。」

東方天際黑色淡去，非常緩慢的從深紫轉成淡紫。對面懸崖比他們站立的這邊要矮些，他們能夠越過黑暗的高臺往東方看到幾公里遠，直達地平線上的一排低矮山丘。蘇非信徒指著那排山丘之間的裂口，太陽將從那兒現身，有些人又開始吟唱。「埃律西姆峰有一群蘇非信徒，」達烏說，「他們往回探溯我們的鼻祖，拜日教和祆教。有人說現在火星上有拜日教徒崇拜太陽，『阿呼拉瑪自達』。他們以宗教藝術的角度看待撒力塔，就像天主教教堂裡的彩繪玻璃。」

當天際呈現清晰緊密的粉紅色澤時，蘇非信徒群集他們四位客

人周圍，並且輕輕的把他們推到窗邊：奈加旁邊是賈姬，娜蒂雅和亞特在他們後面。「今天你們是我們的彩繪玻璃，」達烏悄聲說著。許多隻手舉起奈加前臂直到他的手碰到賈姬的，他握住它。他們快速的瞥了眼對方，隨即往前看向地平線那端的山丘。亞特和娜蒂雅也彼此互握著手，另一隻手則分別放上奈加和賈姬的肩頭。周圍的吟唱逐漸響亮，以波斯語同聲合唱，流暢的長母音拉長有數分鐘之久。然後破曉曙光彩染地平線，旭日陽光如噴泉似灑瀉整個大地，並穿射大型窗戶而來，他們於是斜乜著眼，淚水盈滿眼眶。由於撒力塔和厚實的大氣，太陽比過去大些，青銅似的扁球圓體在遠遠地平線那端閃閃發光。賈姬緊緊握住奈加的手，他一時興起回頭看著背後；白色的牆壁上投射著他們的身影，成為一幅織錦掛毯，黑白交疊，在激烈陽光下他們陰影周圍的一圈白乃最明亮的白，只微微隱現彩虹般繽紛色澤擁抱著他們。

他們離去後採納蘇非信徒的建議，前往位於南緯七十度上四座超深井之一的來爾超深井。來自埃及西部的貝都因人在這個區域設立了許多商隊旅店，娜蒂雅認識其中一位領導者。所以他們決定尋找他。

一路上奈加潛心回想那些蘇非教徒，以及他們頗有影響力的存在，如何對照出地下組織和戴咪蒙派。人們因著眾多不同理由離開地表世界，這是必須銘記在心的重點。他們全都拋下了所有事物，冒著生命危險，卻也都非常專注的在全然不同的各別目標上努力。有些人希望建立一個完全不同的新文化，如采塢、多薩伯雷夫亞，或波格丹諾夫份子等庇護所。其他的如蘇非教徒，企圖抓住他們認為在地球全體秩序下遭到犧牲踐踏的古老文化。現在所有這些反抗組織散佈在這片南方高地上，混居卻又個別獨立。這裡找不到什麼顯明理由要他們全體變成一個個體。他們之間有許多就是特別為了躲避主流勢力而來——躲避超級跨國公司、西方、美國、資本主義

——那些個權力統合系統。這種中央集權系統正是他們費盡心力逃避的。亞特的計畫就這點而言並不適切，奈加提出這個憂慮，娜蒂雅同意。「你是美國人，這對我們來說是個麻煩。」這句話使亞特連翻白眼。不過娜蒂雅接著補充，「喔，美國同時代表了一種熔爐，一種熔爐概念。那是個人們來自全球各地而成為它的一部分的地方。理論上是如此。我們可以從中汲取經驗。」

賈姬說，「布恩最後的結論說道，要從零開始創造火星文化根本不可能。他說必須從來到這裡的所有人中，將最佳的部分融合起來。那就是布恩信徒和波格丹諾夫份子不同的地方。」

「是，」娜蒂雅說，眉頭緊蹙，「但是我以為他們雙方都錯了。我不認為我們可以從零開始，但我也不認為可以順利融合。至少會有很長一段時間不會那樣發生。在這之間，情形會是許多不同文化同時存在，我想。然而這種情形是不是可能……」她聳聳肩。

在未來會議裡他們將面對的問題在拜訪貝都因人的商隊旅店時都提前遇到了。這些貝都因人在南邊更遠處的搭那火山口、來爾火山口、西斯佛卡威和多薩阿根提之間採礦。他們帶著移動式採礦設備旅行遊走，在大斜坡上開挖獲取地表礦藏，然後另覓新地，這生活方式成了他們新的傳統。商隊旅店只是一個小小帳幕，如綠洲般定點留置，提供人們緊急需要，或是當他們想要伸展休憩一會兒時之用。

沒有其他團體能像貝都因人一樣與出世的蘇非人形成如此強烈的對比；這些含蓄而不感情用事的阿拉伯人身著現代衣飾，多數為男性。當這幾位行旅者來到時，正有一輛採礦篷車準備離去，他們聽完這些行旅者此行目的時，皺皺眉頭之後依然走人。「布恩信徒。我們跟那一點關係也沒有。」

行旅者在商隊旅店裡的最大一輛越野車內與一群男人用餐，女人們則出現在隔門另輛車子甬道裡遞送菜餚。賈姬對此緊蹙眉梢，

表情陰鬱一如瑪雅。一個阿拉伯年輕男子坐到她身邊試圖搭訕幾句，發現那不是件容易的差事。奈加忍住不笑，加入娜蒂雅和一位名叫沙易克的貝都因老人的談話。那老人是這團體的頭頭，也就是娜蒂雅認識的那位。「啊，蘇非信徒，」他和藹的說。「沒有人打擾他們，因為他們根本無害，像鳥一樣。」

　　稍後在餐點進行中，賈姬對那年輕的阿拉伯人溫和起來，當然了，因為他是個極其英俊的男子，長長的濃黑睫毛圍裹著晶亮棕眼、鷹般的鼻形、飽滿的紅唇、堅實的下巴，渾身散放輕鬆自信，絲毫沒有因為賈姬的美貌而震懾，他本身其實不遑多讓。他叫安塔，出身貝都因人顯赫世家。亞特坐在他們矮桌對面，目睹如此快速發展的友誼而微感驚訝；奈加在沙比希那些年中的經驗讓他早預見這樣的結果，甚至比賈姬本身還快領悟，並就某種奇特角度來說，觀察她這樣的舉動幾乎帶給他一種莫名的滿足感。好一個場景，真的——她，自亞特蘭提斯之後最偉大的母權體系下的驕傲女兒，而安塔，火星上最極端父系社會裡驕傲的繼承人，一個有著如此純淨的優雅恬適，自認為是世界之王的年輕男人。

　　餐後他們倆人即消失蹤影。奈加幾乎沒什麼感覺的就地坐好，與娜蒂雅、亞特、沙易克談著話，還有過來加入他們的沙易克的妻子娜絲可。沙易克和娜絲可是火星的老人，見過約翰·布恩本人，是法蘭克·查默斯的朋友。跟蘇非信徒預測相反的，是他們對舉行會議的想法相當友善，他們同意多薩伯雷夫亞是很好的舉行地點。

　　「我們需要的是平等而非屈從。」沙易克如是說，細心推敲用字。這與娜蒂雅一路行來的路途中所說所言不謀而和，吸引了奈加全部的注意力。「要如此建立頗為不易，可是我們實在要這樣努力才能避免紛爭。我會在阿拉伯圈裡遞散消息。至少在貝都因人間。我得說北方有些阿拉伯人跟跨國公司的關係很密切，尤其是安美克斯。所有非洲阿拉伯人一個接一個的落入安美克斯組織中。非常怪異的搭配。但是金錢……」他摩擦雙手。「你知道。不管怎樣，我

們會連絡我們的朋友。蘇非人會幫我們。他們逐漸變成這裡的回教神學家，有些人不喜歡，但是我不介意。」

另外有些發展讓他擔憂。「阿姆斯科已經掌握了黑海團體，那是個非常糟糕的組合——舊式南非白人式的領導階層，保全措施來自所有會員國，其中多數是警察國家——烏克蘭、喬治亞、馬多瓦、亞塞拜然、亞美尼亞、保加利亞、土耳其、羅馬尼亞。」他舉起手指逐個兒數去，並不時皺皺鼻頭。「想想那些歷史！他們在大斜坡上建造基地，基本上建築了圍繞火星的一道環節。他們和臨時政府緊緊結合在一起。」他搖頭。「只要能夠，他們會毫不猶豫的輾壓粉碎我們。」

娜蒂雅點頭同意，亞特則對這番評估感到訝異，連番詢問沙易克上百個問題。「但是你們沒有躲藏。」他指出。

「必要時，我們有祕密庇護所可用，」沙易克說。「而且我們隨時準備戰鬥。」

「你真認為事情會到那樣一個地步？」亞特問。

「我很確定。」

稍後，喝了更多稀泥般濃厚的小杯咖啡之後，沙易克、娜絲可和娜蒂雅談及法蘭克・查默斯，他們三人臉上都露出特別鍾愛的笑容。奈加和亞特傾聽著，然而想要將這位奈加出生很久以前就死去的男子具體化並不容易。事實上，這番談話只對照出第一世代人幽幽綿長的年紀，他們對這樣一個應該只出現在錄影帶上的人物竟有如此的了解。亞特終於脫口而出，「可是，他到底是怎樣的一個人？」

三個老人想了一想。

沙易克緩緩說道，「他是個激烈憤怒的男子。不過他傾聽阿拉伯人的心聲，而且尊重我們。他跟我們住了一段時間，學習我們的語言，真格的，很少有美國人做到這點。我們當然熱愛他。不過要

認識他可不容易。而且他一逕憤怒生氣著。我不知道為什麼。他早期在地球上的什麼事吧，我猜。他從來不提。事實上他從來就沒有談過自己。他裡面像是有什麼陀螺儀之類的東西，像一顆脈衝星般盤旋轉動。他情緒陰鬱，非常黑暗。我們讓他加入偵查越野車，看看情況是否能夠改善。但不總是成功。雖然他是我們的客人，仍不時出言不遜。」沙易克微笑，回憶。「有一次他說我們全都是奴隸主人，就在喝咖啡時當著我們的面講。」

「奴隸主人？」

沙易克揮揮手。「他很激烈憤怒。」

「他最後救了我們，」娜蒂雅告訴沙易克，掏掘她記憶深處。「在六一年。」她告訴他們在一次順著水手峽谷的長長旅程中，同時間康普頓含水層爆發造成峽谷洪水氾濫；他們幾乎全體安全遠離時，法蘭克被洪水捲走。「他下車弄開阻礙車子的一塊石頭，如果他反應沒有那樣快，整個車子都會被沖走了。」

「啊，」沙易克說。「快樂滿足的死。」

「我不認為他那樣想。」

第一世代的人都笑了，笑的簡短，然後同時伸手拿起空杯子，向他們逝去的朋友舉杯遙敬。「我很想念他，」娜蒂雅一邊放下杯子一邊說。「我從沒想過有一天我會這樣說。」

她沈默下來，看著她的奈加享受這個夜晚對他們的縱容寵愛和包圍隱藏。他從沒聽她提起法蘭克·查默斯。那次動亂中她失去了很多朋友，還有她的伴侶，波格丹諾夫，後者至今仍有許多追隨的信徒。

「到生命終點時仍然氣憤激烈。」沙易克說。「敬法蘭克，一個滿足快樂的死亡。」

離開來爾，他們繼續反時針繞轉南極，在途經祕密庇護所或帳幕城鎮時稍事停留，交換消息和物資。基督歐波里司是這個區域最

大的帳幕城鎮，是阿爾及爾南邊所有小部落的交易中心。該區大部分祕密庇護所的成員皆為紅黨人士。娜蒂雅要求他們遇到的所有紅黨人員將舉行會議的消息傳給安・克萊朋。「我們彼此間應該是有電話連線的，但是她不肯回答。」許多紅黨人員認為舉行會議是個壞主意，或至少是浪費時間。他們在失密特火山口南邊為波隆那共產主義者聚居處的地方停留，該聚落位於挖空了的山丘之內，隱藏於南方高地最狂亂紛雜的地形裡，這區域非常難以行旅，因為有許多曲折蜿蜒的陡坡和岩脈，越野車根本無法通過。波隆那人給他們一份地圖，標示著他們在這區域建造的隧道和電梯，以便於能穿越岩脈以及上下陡坡。「如果沒有這些，我們的旅程就會是一連串不斷的繞道盤旋。」

　　其中一條岩脈祕密隧道附近有一個玻里尼西亞人的小聚落，是一個短淺的熔岩甬道，他們引水覆蓋地面，只留三座島嶼。這岩脈南邊側翼上堆滿著冰和雪，但是這群多數來自萬那杜島國的玻里尼西亞人仍然將他們庇護所內部維持家鄉溫度，使奈加覺得裡頭空氣太熱、溼氣太重難以呼吸，即使坐在沙丘水濱畔、黑湖和一排斜斜的棕櫚樹之間也一樣。很顯然的，他一面四處環顧一面想著，這些玻里尼西亞人屬那些試圖建立一種容納傳統又富古風文化的一群人。他們同時是地球歷史上各地原始政府的學者，他們對於能夠在一場會議裡將他們所學分享出去感到相當興奮，因而要他們同意參加毫無問題。

　　為了慶賀舉行會議的主意，他們聚集水濱共享盛宴。亞特坐在賈姬和一位叫譚娜的玻里尼西亞美女之間，充滿喜樂的啜飲盛在剖半椰子殼裡的卡伐。奈加懶懶的躺臥在他們前面的沙地上，聽賈姬和譚娜興致勃勃的討論土著運動，譚娜如此稱呼。她說，這並不簡單的只是懷舊之舉，而是企圖創建一種新文化，將早期文明各種面貌納入高科技的火星形式。「地下組織本身即是一種玻里尼西亞，」譚娜說。「一片石頭海洋上的小島嶼，有些標明在地圖上，有些沒

有。有一天會有真正的海洋，我們就會真正存身島嶼，在天空下繁榮茂盛。」

「我為那舉杯，」亞特說，如此做了。顯然亞特希望見到從古老玻里尼西亞文化納入的部分是他們著名的開放性行為。但是賈姬卻淘氣的傾身斜倚亞特手臂，不是挑逗他就是與譚娜競爭。亞特看來既興奮又關心；他已經很快的灌下了他那杯含有些許毒性的卡伐，而在那和女人之間，臉上表情明白顯出失落於歡樂的恍惚迷惘中。奈加幾乎要大笑起來。宴會上其他幾個年輕女子似乎也對富含古風的傳統智慧有著興趣，因為她們頻頻朝他看去。另一方面，賈姬很可能停止挑逗亞特。那無關緊要；這會是個長長的夜晚，而新萬那杜島國的小小甬道海洋與就采塢澡堂一樣溫暖。娜蒂雅早已跳進裡頭，跟一些只她年紀四分之一大的男子們戲水游耍。奈加站起，脫下衣服走進水裡。

入冬了，即使在緯線八十度，陽光也只於中午時分出現一兩個鐘頭，在這些簡短的中場時刻，快速變換的雲霧閃爍著粉蠟筆或金屬色的光澤——有時呈現紫羅蘭、玫瑰或粉紅，有時則為黃銅、青銅或金色。這些精緻優雅的色澤經地上霜雪反射，使得他們有時似乎踏在滿地的紫水晶、紅寶石、藍寶石上。

另些時候狂風暴起，咆哮呼號，掀起漫天霜雪覆蓋越野車，使整個世界猶如浸泡在流竄的地下水裡。陽光現身的短短幾個小時中，他們忙著清理越野車車輪，雲霧裡的太陽像一塊黃色地衣。有一回，一場暴風停止後防護罩般的雲霧也散開，展現出向每一處地平線延伸而去的土地上那些華麗偉壯的複雜冰花。這起伏的鑽石野地北方地平線那頭聳立著一道高聳黑暗的雲柱衝向天際，其來源似乎就在那地平線附近不遠處。

他們停下，潛入娜蒂雅的一個小避難所。奈加瞪視著那黑色雲柱比對地圖。「我想那是雷利超深井，」他說。「土狼啟動了那裡

的鑿挖機器人，那是我第一次和他外出旅行的時候。我在想是不是挖出什麼來了。」

「我在這裡的車庫裡藏有一輛偵查用小越野車，」娜蒂雅說。「如果你有興趣就把那輛開去看看。我也想去，只是必須回嘎迷特一趟。我後天和安見面。她聽說了有關會議的事，有些問題要問我。」

亞特表示想要見見安・克萊朋；他在飛到火星的航程上觀賞錄影帶時對她印象深刻。「那就像跟耶利米亞（譯註：Jeremiah，希伯來的先知）見面一樣。」

賈姬對奈加說，「我跟你去。」

於是他們相約在嘎迷特碰頭，亞特和娜蒂雅駕駛大越野車直接過去，奈加和賈姬進入娜蒂雅的偵查用車。那高聳的雲仍挺立在他們眼前，一道黑灰濃密的凸面柱體，最上層在不同時間往不同方向扯拉成平面。他們越靠近，那雲柱看起來就越像是從這靜寂星球裡翻湧而出似的。然後他們來到一座低矮懸崖邊緣，看到遠處地面上毫無冰雪的蹤影，一如盛暑景象般的盡是怪石，只是更為黑些，一顆近乎純墨色，似球莖又似枕頭般的石頭表面上有長長的橘紅裂縫，從那裡冒出滾滾煙霧。而就在地平線之後六七公里遠處，深黑雲霧翻騰滾繞，彷彿超深井騰升的熱雲正聚攏輾擠形成新星，高溫熱氣向外爆發，然後急速竄升。

賈姬將車子駛到這個區域最高山丘的頂端。從那裡他們可以看到雲柱的來源，一如奈加的猜測，雷利超深井現在是座低緩山丘，除了從基座裂縫怒放而出的橘紅色之外，全是黑色。雲霧即從這山丘洞穴湧冒而出，滾滾煙霧又黑又濃又翻攪洶湧。一塊黑色嶙峋山岬順著斜坡往南延伸，直來到他們近前，然後轉向右邊。

他們坐在車裡靜靜觀察，覆蓋該超深井的低緩山丘的一大塊突然湧起破裂，橘紅色的液態熔岩快速流竄在黑色塊狀物之間，黃色

光芒四處閃爍飛濺。這濃烈的黃迅即轉換成橘紅，接著色澤越來越深。

那之後除了煙柱外，一切靜止下來。在通風設備和引擎嗡嗡聲中，他們可以聽到持續的隆隆低音，時而伴隨煙霧乍然自排氣孔爆破的轟隆聲。車子在它震盪吸收器上微微顫動。

他們繼續停留在山丘上觀看，奈加全神貫注，賈姬興奮的喋喋不休、反覆評論，然後當成塊火山岩從那山丘爆發，釋放更多熔融岩漿時靜默下來。他們透過車子紅外線觀測器看到那山丘披覆著鮮亮的翡翠色澤，雜有奪目的白色縫隙，熔融岩漿以明亮的綠色舔舐著平野。橘紅色岩石變成黑色約時一個鐘頭，但是透過紅外線觀測器，那翡翠色僅十分鐘就轉成深綠。綠色漫天鋪地的捲向這個世界，間或夾雜著迸放的白。

他們吃了一餐，在狹窄廚房清理碗碟時，賈姬用雙手拖拉繞轉奈加，一如她在新萬那杜島國時那樣親暱，雙眼晶亮，嘴唇上掛著一抹笑痕。奈加了解這些跡象，而當她走過駕駛座後面的小空間時，他伸手溫柔撫弄她，對相互間恢復如此罕見珍貴的親密行為感到無比快樂。「我打賭外面一定很溫暖。」他說。

她轉頭注視著他，雙眼又圓又大。

他們不再多言，分別套上裝備進到閘門，互牽彼此戴著手套的手，等待閘門吸入外界氣體然後啟開。他們跨出閘門，走在乾燥突起的紅褐地面，緊緊握住對方的手，在高低起伏的地面以及齊胸高的礫石間蜿蜒穿梭，向著新生火山岩走去。另一隻手則各持一絕緣板。他們保持靜默。氣流時不時迎面而來，而即使被活動服層層圍裹住，奈加仍然可以感覺到襲來的氣流很暖和。腳下地面微微震動，隆隆聲響清晰可聞，翻攪著他的胃；每幾秒鐘就穿插一聲低沈轟鳴或尖銳的破裂聲。毫無疑問的來到外頭並不安全。附近有一座圓頂小丘，與他們車子停放處非常相似，得以更近距離的俯瞰火舌似的熔融岩漿，他們不約而同朝之行去，大步爬上小丘斜坡，牽著

的手沒有一刻鬆開牢牢握住。

　　從這小丘頂上，他們可以看到遠處流動的新興黑色物事，及其迅速變換的熾熱橘紅縫隙網脈。周圍轟隆聲響不可忽視。看火新湧出的岩漿會順著斜坡往下流向黑色巨堆的另一邊。他們所在之處乃這道洪流岸邊的高點，從左到右奔流著交叉水路似的網脈流域。當然倘若突然洪水氾濫似的滾來洶湧浪潮，他們將就此淹沒其中，不過眼前看來那發生的可能性太小，而且不管怎樣，他們目前狀況不比留在車內要危險多少。

　　這樣的計算考慮全因賈姬放開緊握的手，開始剝除手套的舉動而煙消雲散。奈加跟進，捲起伸縮織料露出手腕和拇指。手指跟著彈出。他估計外面溫度約為二百七十八度，寒冷但並不如何特別。一陣溫暖氣流朝他吹來，接著是一股熱浪，也許有三百一十五度絕對溫度，很快的拂身掠過；然後是一湧而來的冷空氣，首先撲擊他暴露在外的手。他剝開另一隻手套，立即感到周遭充斥著各種不同溫度，襲來的每一陣風都明顯的不同。賈姬已經把連著頭盔的夾克拉開，在奈加目光注視下緩緩脫去，直至上身完全坦露。一陣氣流襲來，她全身肌膚冒起雞皮疙瘩，彷彿入水的貓掌。她彎身除下腳上靴子，身後背著的氣筒平躺在脊椎凹處，肋骨在皮膚下突起。奈加跨步上前，將她長褲拉下臀部。她傾身往後拉住他，摔角般的把他壓到地上，他們於是纏繞著一起躺下，並扭轉到絕緣板上；地面相當寒冷。他們褪下衣衫，她仰面躺著，氣筒推到右肩上。他躺在她身上；在周遭冷空氣包圍下，她的身體意外的溫暖，彷如岩漿般散射著熱氣。陣陣暖意從他腳下身畔推來，風輕緩流暢的吹著，她的軀體粉嫩堅實，手臂和雙腳緊緊纏捲著他，在陽光下真實得令人驚異。他們的面罩不住砰砰碰撞。頭盔急速的汲取空氣，以補償肩膀、背脊、胸部以及鎖骨滲漏逃竄的部分。有好一會兒他們定定的注視彼此眼睛，中間隔著兩道玻璃，而那玻璃似乎是阻擋他們合而為一的唯一障礙。這激情升起的如此強烈，感覺像是個危險信號

──他們砰砰互撞又互撞，急切的想要融合在一起；不過內心深處知道他們很安全。賈姬的眼球虹彩和瞳孔之間蒙上一圈生動奇特的邊線。那小小的黑色圓形靈魂之窗比任何超深井都要來得深，是宇宙中心的凹點。他只能轉開視線，他必須轉開視線！他托起她的身子細細瞧看，美麗異常的身軀，然而仍遠遠及不上她雙眼的深度。纖長細瘦的寬肩、橢圓的肚臍、充滿女性美的長腿──他閉上眼睛，他必須閉上眼睛。地面在他們身下顫抖，而伴隨著賈姬的蠕動，他感覺像是對著星球本身猛力戳入，一副狂野矯健的女性身軀──他可以完全靜止躺著，他們倆人可以完全不動的躺著，而整個世界依然猛烈搖晃他們，一種溫柔但濃烈的地震式的銷魂狂喜。活生生的岩石。當他昂揚的神經和皮膚開始律動歡唱時，他轉頭看向奔流的熔融岩漿，然後一剎那間所有事物同時湧到。

　　他們離開雷利火山，回到防護罩似的雲霧深處。第二天晚上他們趨近嘎迷特。就著近午曙光特別濃厚的深灰光芒，他們到達懸垂冰岩之下，突然間賈姬俯身向前驚喊一聲，帕的一響關掉自動駕駛儀器，接著踢動煞車軸。

　　奈加當時正打著盹，急急忙忙在他方向盤前坐定，瞪大眼睛瞧看出了什麼問題。

　　車庫所在的懸崖整個遭到摧毀──一大片冰層從崖上坍落，覆蓋住車庫原來所在之地。斷裂冰層頂部嚴重支離崩塌，乃爆炸物造成。「喔，」賈姬哭喊著，「他們把它炸掉了！他們把他們全殺死了！」

　　奈加覺得似乎有人重重的朝他肚子揮了一拳；同時對恐懼能夠給生理帶來如此強烈的打擊感到驚愕。他全副心思似乎凍結麻木了，無法產生任何感覺──沒有傷痛，沒有絕望，什麼都沒有。他伸手捏住賈姬的肩膀，她發著抖憂慮的凝視濃厚的爆炸塵煙。

　　「有一個逃難處所，」他說。「他們也許不是毫無預警的受到

襲擊。」一條隧道穿過極帽到奧司垂峽谷，在那冰牆裡藏有一個避難處所。

「可是──」賈姬說，嚥了口口水。「可是如果他們沒有得到警告的話呢？」

「我們去奧司垂的避難所看看，」奈加說，接過駕駛工作。

他以最高速在冰花上衝撞彈跳，專注心力在眼前地勢試圖不去思考。他不願意到達另一個庇護所──去到那裡發現它是空的，奪走他最後的希望，他擁有的唯一一個將思緒推離這場災難的希望。他寧願永遠到不了，寧願順時針方向繞著極帽永遠兜著圈子，不顧那攪攪的憂慮讓賈姬不斷的長吁短嘆，以及時而發出的呻吟。至於奈加，他則是完全麻木沒有知覺，失去了思考能力。我什麼感覺都沒有，他迷惘的想著。然而不請自來的廣子影像不斷閃爍眼前，彷彿就映現在擋風玻璃上，或幽靈般站立在外面煙霧瀰漫中。這次攻擊有可能來自太空或北方發射的飛彈，果真如此，他們根本無法事先發覺。掃除宇宙間的綠色世界，只留下代表死亡的白色世界。所有色澤全部淡去，一如這灰濛霧湧的冬季世界。

他鼓起雙唇，將全副心思灌注在眼前地勢，以他從未經驗過的粗心鹵莽駕駛著。幾個小時過去了，他盡可能的不去想廣子或娜蒂雅或亞特或薩克斯或瑪雅或道或其他任何人：他的家人、鄰居、家園、故國，全集中在那小小圓頂下。他俯身向前壓住翻攪不休的胃，一心一意沈入駕駛情狀中，在高低起伏不平的地面上東拐西彎，徒勞的企圖使行程少些動盪。

他們必須順時針方向走上三百公里，然後往上攀升奧司垂峽谷整個長度。這段攀升路程在冬季末尾變得異常狹窄，還堆積壅塞著冰雪，因而只剩一條穿越路徑，由微弱的定向應答器指示方向。他被迫減慢速度，不過在暗黑雲霧下他們可以整日整夜行駛，他們就這樣辛勤趕路，直到出現標示避難所的低矮山壁。自離開嘎迷特大門開始只下過過了十四個鐘頭──實屬一項成就，考慮到一路全是

凹凸參差的冰封地勢——但是奈加根本沒有注意。如果避難所是空的——

　　如果它是空的……他們越靠近深坑頂端的那道低矮山壁，他內心的麻木不覺就退得越快；那裡沒有任何人或物的跡象，而他的恐懼害怕就如黑色火山岩裂縫迸裂而出的橘紅岩漿般竄出原先的麻木不覺，彷彿狂濤巨浪般席捲著他，在他每一個細胞裡無可忍受的撕扯切割……

　　然後一道閃光出現在山壁低處，賈姬哭喊「啊！」，彷彿被針戳到一般。奈加立即加速，車子往冰牆猛然衝去，幾乎要直直撞上去了；他砰然拉下煞車軸，佈滿鐵絲纜線的大車輪失控滑行了一下後停止。賈姬套上頭盔就往閘門衝去，奈加緊緊尾隨，焦急等待閘門調節空氣之後，他們蹦出閘門跳到地上，奔向冰牆上隱藏著的門。門打了開來，四個套著裝備的人手持武器現出身形；賈姬在共通頻道上叫喊著，那四個人立刻熱切的擁抱他們；到目前為止還算好，雖說可以想像他們不過是安慰他們而已，奈加也在這些面罩後看到了娜蒂雅的面龐，奈加的心仍然懸提著。她對他舉起拇指，他才瞭然他似乎在過去十五分鐘裡一直緊張的屏住氣息，當然那不過是他從車裡跳下來到現在而已。賈姬如釋重負的流著淚，奈加覺得他也在垂淚邊緣，只是那原先的麻木不覺，以及隨之而來的恐懼的紛紛解體，讓他全然虛脫力竭。娜蒂雅體貼的牽著他走進避難所閘門。當閘門關上，幫浦開始作用時，奈加才瞭解共通頻道上的話語：「我好害怕，以為你們都死了。」、「我們進到逃生隧道，我們看到他們襲來——」

　　到了避難所裡面，他們取下頭盔，立即陷入迎接他們的上百個興奮擁抱裡。亞特重重敲了他一掌，眼睛雞蛋般圓睜著：「看到你們兩個實在太高興了！」他一把拉過賈姬抱了一下，然後雙手握住她的雙肩，推到一臂之外仔仔細細觀察那張溼漉漉紅通通、涕泗縱橫的孩子似面龐，臉上浮起贊賞的神色，彷彿就在這麼個時刻裡承

認她也是個有血有肉、真真實實的人，而不是什麼貓科女神。

他們一路歪歪斜斜的依循狹窄隧道來到避難所的廳堂，娜蒂雅同時敘述經過，一面回想一面緊皺眉頭怒容滿面。「我們發現他們之後就爬上後面的隧道，然後把兩個圓頂都拉倒，還有其他所有隧道。所以我們也許殺了他們相當多人，我不確定──我不知道他們送了多少人來，或他們進行了多少。土狼正尾隨他們之後看能不能確定。不管怎樣，事情就是這樣了。」

隧道盡頭擠著幾間小房間，牆壁粗略砌起，地板和天花板是絕緣板，直接放置在冰層凹洞處。所有房間都以做為廚房餐廳的較大空間為中心，呈放射狀排列。賈姬擁抱了除瑪雅之外的每一個人，最後來到奈加身前。他們緊緊抱住彼此，奈加感覺到她的顫抖，知道自己也是如此，一種共鳴似的震動。那段靜寂、絕望、恐懼的路程將使他們之間的連線更為鞏固，一如他們在火山邊緣的做愛，或更甚──很難加以細分──他太過疲倦以致無法釐清襲湧他的那份強烈又朦朧的情緒。他放開賈姬，坐下後突然有想哭的衝動。廣子坐在他旁邊，更詳盡的告訴他事情發生的經過。侵襲始於突然出現的幾架太空飛機，成群降落在棚廠外的平地上。所以裡邊得以反應的時間非常少，而棚廠的人惶亂無主驚慌失措，打了電話警告其他人，卻沒有啟動土狼的防衛系統，他們就是忘記了。廣子說，那讓土狼很嘔，奈加可以想像。「你們應該在突擊隊降落的那一時刻進行反擊。」他說。可是棚廠的人撤退到圓頂裡。一陣困惑迷惘後，他們將所有人領入逃生隧道，一過了爆炸範圍，廣子就命他們使用瑞士防禦設施把圓頂弄垮，加清和道聽命行事，整個圓頂就這樣炸掉了，殺死了在裡頭的一部分攻擊武力，他們被掩埋在上百萬噸的乾冰底下。輻射能指數似乎顯示李克歐佛沒有熔毀，不過它顯然跟著一切一起被壓碎了。土狼和彼得從一條旁支隧道消失，前往他自己的避難所，而廣子不確切知道是哪裡。「但我想那些太空飛機要有麻煩了。」

　　所以嘎迷特消失了，連帶著采塌的殼也不見了。也許將來極帽會莊嚴的散去，暴露出那被壓扁了的殘骸，奈加心不在焉的想著；可是現在它被掩埋了，全然無法觸摸得到。

　　而他們僅搶救出一些人工智慧電腦，以及各人背負在後的活動服。現在他們跟臨時政府（應該是）宣戰了，外加這次攻擊他們的部分武力仍然在外邊搜尋著他們。

　　「他們到底是誰？」奈加問。

　　廣子搖搖頭。「我們不知道。臨時政府，土狼這麼說。不過聯合國臨時政府保安部隊有許多不同單位，我們必須確認這是不是全體臨時政府的新政策，或只是某些單位的胡亂行為。」

　　「我們該怎麼辦？」亞特問。

　　沒有人回答。

　　終於廣子說，「我們必須尋找庇護所。我想多薩伯雷夫亞有最大的空間。」

　　「那麼那場會議呢？」亞特問，因多薩伯雷夫亞而聯想起。

　　「我想我們比以前更需要它了。」廣子說。

　　瑪雅緊皺眉頭。「聚集起來可能相當危險，」她指出。「妳已經對太多人提起這個了。」

　　「我們必須，」廣子說。「那就是重點。」她環視全體，即使是瑪雅也不敢反駁她。「現在我們必須冒險。」


　　。

# 第七部　應該完成什麼？

　　沙比希的新型大建築物皆以晶亮岩石為面，並小心選擇火星上不常見的顏色：雪花石膏、翡翠玉、孔雀石、黃碧玉、土耳其玉、瑪瑙、青金石。較小的建築物則以木材建造。行旅者在畫伏夜出的旅程後，於陽光烘照下走入這個市鎮總會欣喜無限，尤其是穿梭在低矮木屋之間，法國梧桐、火紅槭樹之下，穿過石頭園，橫過寬廣的街草大道，經過兩岸植有柏樹，以及河道不時變寬蓄積成百合鋪面池塘的長長運河，最後步上拱形高橋更是身心舒暢。這裡幾乎就在赤道線上，冬天喪失了原有的意義；即使時令為遠日點，扶桑和杜鵑依然綻放，松樹和各種竹子在溫暖和風相伴下，向天際直伸而去。

　　高齡日本人熱誠的以老朋友、珍貴朋友之誼歡迎他們的訪客。沙比希的第一世代穿著黃銅色褲裝、赤足、頭綁長馬尾，並戴有許多耳環項鍊。其中一位禿頭、頷下稀稀疏疏幾縷白鬚、臉上佈滿縱橫皺紋，領著訪客四處走走，讓他們在長程旅途之後得以伸展手足。他名叫建治，是踏上火星的第一位日本人，不過已經沒有人記得了。

　　在市鎮圍牆上，他們留意到附近山丘頂端上平衡置放著的龐大巨礫，鑿刻出一連串絕妙形態。

　　「你到過梅杜莎槽溝嗎？」

　　建治僅僅微笑搖頭。他告訴他們，山丘上的卡米神石內部鑿出有如蜂窩狀的房間和貯存所，加上錯綜複雜的超深井迷宮，他們如

今能夠收容數目龐大的人群，最高可達兩萬人且能維持一年之久。
訪客們點點頭。將來這有可能變得很有必要。

　　建治帶他們回到鎮上最古老的區域，訪客將在這裡幾個最原始
的建築物中安身。這裡的房間比鎮裡多數學生住房還要小，也儉約
些，同時有著古老歲月、長時使用的痕跡，看來更像巢穴而非房
室。第一世代仍然睡在這裡。

　　訪客們穿梭在這些房室之間，互相避開彼此眼神。他們的歷史
跟沙比希人的歷史對照起來差別實在太過懸殊。他們瞪著那些家
具，心情煩亂、困擾、退縮。那天晚餐大夥灌下許多日本清酒後，
一個說，「如果我們曾經也這麼做的話多好。」

　　納諾開始吹奏竹笛。

　　「當時情況對我們來說容易些，」建治說。「我們全都是日本
人。我們有模型。」

　　「這跟我記憶中的日本似乎不太一樣。」

　　「是。不過那並不是真正的日本。」

　　他們攜帶杯子和幾瓶酒，沿著階梯爬上他們建築物旁邊一座木
製高塔頂上的亭台。他們可以觀賞到市鎮裡眾多樹梢和屋頂，以及
黑色天際參差挺立的巨礫。此時是黃昏時分的最後一個小時，除了
西邊一抹淡淡的紫色之外，整個天空是濃濃的深藍，慷慨的佈滿著
大小群星。一排紙燈籠垂吊在底下火紅槭樹叢裡。

　　「我們才是真正的日本人。你們今天在東京看到的是跨國公
司。那是另一個日本。我們永遠無法回到那裡，這用不著多說。那
是一種封建文化，有我們無法接受的部分。不過我們在這裡的所做
所為仍植基於那個文化。我們試圖尋找一個新方向，試圖在這個新
世界裡重新為它定義、重新塑造。」

　　「卡綏（火星）日本。」

　　「正是，不過不僅是為了火星，也為日本。為他們建立一種模
型，你懂嗎？一個他們可以依循的範例。」

　　他們就這樣在星光陪伴下喝著米釀的清酒。納諾吹著笛子，底下公園裡燈籠圍攏深處傳來幾串笑聲。訪客們彼此靠坐，一邊喝酒一邊思索。他們談論關於所有庇護所的話題，以及他們如何不同，卻又如何相似等等。他們醉了。

　　「舉行會議是個好主意。」

　　訪客們點著頭，程度不一的默示贊同。

　　「那正是我們需要的。我是說，我們已經聚集慶祝約翰節有多少年了？那很完美，非常愉快也相當重要。我們為自己著想也實在需要它。然而現在，一切事物變化得太快。我們不能假裝是陰謀集團。我們必須挺身面對他們。」

　　他們進入細節談了一陣：參與這次會議的人、保全措施、議題等。

　　「是誰攻擊那顆蛋——蛋的？」

　　「從布若斯來的一隊保安人員。真美妙和『阿姆斯科』組織了一個他們所謂的破壞調查單位，並且得到臨時政府的同意與合作。他們會再度南下，一定的。我們幾乎已經等得太久了。」

　　「他們得到那些習俗——訊息——是因為我？」

　　一串鼻哼聲。「你應該停止想像你有那樣重要。」

　　「那其實無關緊要。一切都是從電梯的重建開始的。」

　　「他們也開始在地球上建造一個了，所以……」

　　「我們最好有所反應。」

　　然後，互相傳遞的石頭做的清酒酒瓶漸漸空了，他們於是放棄嚴肅話題，開始回憶過去，聊起偏遠地帶的所見所聞，以及針對彼此共同認識的人說長道短一番，還不時穿插新笑話。納諾拿出一袋氣球，他們吹足了氣，交相拋擲到城市裡微微吹送的晚風中，看著它們飄飛到樹叢，到舊區。他們傳繞一罐一氧化二氮，一面吸一面歡笑。閃爍的星星在頭上編織成一片密網。有人說起太空故事，小行星帶。他們拿出衣袋小刀企圖偷割暴露出來的些許木材，卻失敗

了。「這個會議會是我們稱為的內馬—瓦希（nema-washi）。籌建基地。」

　　有兩個人站了起來手挽著手，在搖晃擺盪中互相依恃，直到恢復了平衡，舉起手中的小杯子敬酒。

　　「明年在奧林帕斯。」

　　「明年在奧林帕斯。」另一人重複，一飲而盡。

　　時間是 Ls＝180，火星四十年，他們開始或駕小車或搭飛機從南方各個區域陸續來到多薩伯雷夫亞。一組紅黨人員和阿拉伯篷車在荒地入口處檢查來人身分，更多的紅黨人員和波格丹諾夫份子武裝駐紮在環繞多薩的多處碉堡裡以防發生事端。不過沙比希的情報專家認為這場會議的訊息並沒有傳到布諾斯、希臘盆地或雪菲爾，當他們解釋如此斷定的理由之後，大家就放鬆了一些，因為他們很顯然的已經滲透到聯合國臨時政府核心，以及火星整個跨國公司勢力結構裡了。這是戴咪蒙派的另一項優勢；他們可以雙向行事。

　　當亞特和奈加隨同娜蒂雅抵達時，他們被領到扎可絡斯裡的客房，甬道最南邊的一個環節。娜蒂雅把她的行李丟在一間小木屋裡就到大公園散步閒逛，接著往北穿過幾個環節，遇到了幾位老朋友還有一些陌生人，心中油然升起一股樂觀的希望。看到這些代表著許多不同團體的人們一塊兒晃悠在綠色公園亭台之間，實在很鼓舞人心。她看著圍擁在運河邊上公園的一群人，那一時刻也許聚集有三百人左右，嘴角不禁泛起笑紋。

　　來自敖伐杭斯的瑞士人在會議預定開始的前一天抵達；有人說他們早就來了，只是在外頭露營，就在他們自己的越野車裡等待日期的確定。他們帶來了整套程序和議定書，其中一位瑞士女子對娜蒂雅和亞特描述他們的計畫時，亞特推了推娜蒂雅低聲說道，「我們製造出一個怪物來了。」

　　「不，不。」娜蒂雅也低語道，快樂的環顧這個甬道南端算起第三節，名為拉多的中央公園。頭頂天光來自深黑屋頂上一條長長的青銅裂縫，由此灑瀉而下的晨光填滿了這寬大的圓柱形場地，彷如她渴求了一個冬季的光雨，深黃色的光芒到處都是，而竹林松樹柏樹竄過磚砌屋頂，如綠色流水般閃耀。「我們需要一個架構，否則會變成自由加入的混戰。瑞士人總是永不滿足的追求一種特定形式態樣，如果你懂我的意思的話。」

　　亞特點頭。他反應相當敏捷，有時甚至叫人難以理解，因為他總是同一時間跳出五六步，還假設別人一路跟得上來。「就讓他們跟無政府主義者喝卡伐。」他嘴裡咕咕噥噥著，一面起身繞走會場。

　　事實上，當天晚上娜蒂雅和瑪雅穿過古爾尼亞往運河邊一排露天廚房走去，經過亞特時看到他正那樣做著，拖著米海和幾位強硬派波格丹諾夫份子到瑞士人餐桌旁，那兒圍坐著佑金、馬可司、希璧拉和普莉絲卡，正愉快的和站在他們身旁的一群人閒聊，如人工智慧翻譯電腦般在不同語言之間自由轉換，只是不管何種語言都含有發自咽喉深處的瑞士活潑腔調。「亞特真是個樂天派，」娜蒂雅走過時，這麼對瑪雅說。

　　「亞特是個蠢蛋。」瑪雅回答。

　　到目前為止，這長長的避難所已大約容納了五百名訪客，代表了約五十個團體。會程將於翌日早晨開始，所以這天晚上到處都是嘈雜翻騰的聚會，從扎可絡斯到法拉撒那的午夜時分，全部充斥著狂野的喧鬧歡唱，阿拉伯的啼聲鳴唱伴和著岳得爾歌調（譯註：yodel，乃真聲與高音假嗓交替互唱的瑞士傳統歌唱方式），〈馬蹄達行軍曲〉的旋律越唱越高，最後變成〈馬賽曲〉。

＊　　＊　　＊

　　娜蒂雅隔天早晨起的很早。發現亞特已經在扎可絡斯公園的亭閣裡將椅子重新安排成環狀，那是波格丹諾夫份子的傳統形式。娜蒂雅突然感到一陣心痛與懊喪，彷彿阿卡迪的魂魄正從她體內穿越而出；他肯定愛極了這樣一場會議，這畢竟是他曾經一再呼籲的。她上前幫忙亞特。「你起得很早。」

　　「我醒來後就再睡不著。」他需要刮鬍子。「我很緊張！」

　　她笑了起來。「這要進行好幾個禮拜，亞特，你知道的。」

「沒錯，只是開頭很重要。」

到了十點所有位子都坐滿，座椅後面也站滿了人。娜蒂雅站在采塢楔形區位之後，饒有興致的看著。男性似乎比女性稍微多些，本土人也稍稍多過移民。多數人穿著普遍的連身工作服──紅黨人身著紅褐色──也有不少人穿著色彩繽紛的正式服裝：長袍、禮服、褲裝、西裝、錦織襯衫、露胸禮服，還有許多項鍊耳環和其他珠寶。波格丹諾夫份子全都戴著含有弗伯片的珠寶，那黑色物體的切割表面因上了蠟而閃閃生光。

瑞士人站在場地中央，身著嚴肅的灰色銀行家西裝，希璧拉和普莉絲卡穿的是深綠色洋裝。希璧拉出聲要求與會者安靜，然後她和其他瑞士人輪流詳盡繁複的解釋他們研擬出的計畫，時而停頓回答問題，並於交替之際聽取評論意見。同時一群蘇非信徒套著純白襯衫和褲裝，以其一貫舞蹈似的優雅動作，在圓圈外環遞送水壺和竹杯。每個人都有了杯子之後，坐在前面的每一個團體的代表即分別為他們左方的人員倒水，最後一起舉杯飲用。觀眾群之後，萬那杜人在一張台桌上往一堆小杯子裡傾倒卡伐、咖啡或茶，亞特則忙著分送給想喝的人。娜蒂雅微笑的看著他蹣跚穿梭在人群間，像一名慢動作的蘇非信徒，自己還不時從手中分配出去的卡伐杯裡啜飲一口。

在瑞士人的計畫中開始第一步，是進行一系列針對特定議題和疑問的研討會，以分散在扎可絡斯、古爾尼亞、拉多和馬立亞的開放空間為場地。所有研討會都要記錄下來。會裡提出的任何結論、建議和疑問皆為接下來為時一天的兩場一般性連續會議之一的討論基礎。其中一場一般性會議將粗略集中於實現獨立的議題上，另一場則討論其他部分──方法與目的；亞特短暫停留娜蒂雅身側時如是聽聞。

瑞士人結束其議程計畫的公佈之後，就準備開始進行；全沒想到要有任何開幕儀式。最後一位演說者韋納僅提醒大家第一場研討

會將在一小時後舉行。就這樣，他們結束了。

在人群散去之前，廣子從采堝人後站起，緩緩走入圓形場地中心。她穿著竹綠色的衣衫，身上沒有任何珠寶裝飾——瘦高纖細的體態，銀絲滿頭，毫不吸引人——然而在場每一雙眼睛都被黏住似的盯著她。她舉起手，坐著的每一個人都站了起來。在那隨之而來的靜默中，娜蒂雅倏忽屏住氣息。我們應該現在停止，她想著。不再需要有任何集會了——眼前這個就是了，我們共同出席將尊敬崇仰交付給這個個體。

「我們是地球的孩子，」廣子說，音量大到足使每個人都聽見。「然而我們站在這裡，火星上一個熔岩甬道裡。我們不能忘記命運何其詭異。任何生命都是一道謎題、一個珍貴的奇蹟，在這裡我們更見到了它神聖力量的進一步展示。讓我們現在就記住，讓我們的工作成為我們崇拜的對象。」

語畢平舉雙手，她最親密的夥伴們依次低聲哼唱走入圓形場地中心。其他人跟隨在後，最後場中央瑞士人身旁的空間全都圍滿了大群小群的朋友們，相熟的人以及陌生人。


那些研討會在散置各個公園的露台上，或者在這些公園邊緣上僅三面有牆的公共建築物中舉行。瑞士人分派一些團體主持研討會，其他與會者則自由參加他們有興趣的主題，因而出現某研討會僅有五人出席，另些則有五十人的場面。

娜蒂雅第一天在甬道南端四個環節裡舉行的不同研討會間遊走。她發覺有不少人也像她這樣到處走動，尤以亞特為甚，他似乎想要觀察到所有研討會，在每一個會場捕捉到一兩個句子後就又轉身他去。

她進入討論二〇六一年事件的研討會場上。雖然稱不上訝異，但仍然很感興趣的發現與會者裡赫然出現瑪雅、安、薩克斯、史賓賽，甚至土狼、賈姬‧布恩、奈加和其他許多人。把個房間全擠滿

了。最重要的先來，她心想，六一年有太多糾結不清的疑問：究竟發生了什麼事？出了什麼錯？為什麼？

傾聽了十分鐘之後，她的心就不由自主的沈湎傷懷起來。大家都很傷心難過，而彼此間的控訴指責亦都既誠懇又苦澀。娜蒂雅的胃扭攪著，好幾年沒有這樣子的感覺了，過去反抗行動失敗的記憶如洶湧浪潮般衝擊著她。

她環顧全室試圖專注在各個面龐上，使心思從腦海那些幽靈影像中岔開來。薩克斯坐在史賓賽旁邊，鳥兒般探看著；當史賓賽宣稱二○六一年給予他們的教訓之一是他們需要對火星的軍事武力系統做個完整評估時，他連連點頭。「對任何成功行動而言，這是個必要前提。」史賓賽說。

但是卻遭另一人對這樣普通常識的反擊，該人似乎認為那是一種躲避行動的藉口——很顯然是個火星第一成員，主張立即採取大規模的環保抗爭運動，並以武力攻擊城市。

娜蒂雅很清楚的記得曾經和阿卡迪就這個題目爭執過，突然間她再也無法忍受。她走入會場中心。

過了一會大家全靜下來，沈默的看著她。「我對這件事純以武力觀點來論說感到厭煩至極，」她說。「整個革命模型需要重新架構。這是阿卡迪在六一年沒有做到的，這也是六一年何以如此血腥的緣故。現在聽我說——沒有所謂成功的武力火星改革。生命支援系統太過脆弱了。」

薩克斯嘶嘎著說，「但是如果地表有生——生養能力——那麼支援系統就不——那麼……」

娜蒂雅搖著頭。「地表沒有生養能力的，而且會這樣繼續許多許多年。即使到那時，革命仍須重新思索過。看，即使革命成功，但在過程中牽連到數不清的破壞和仇恨，到頭來總是引發更可怕的動盪不安。那是這種方法的固有性質。如果你選擇暴力，那麼你就製造了會永遠反抗你的敵人。殘忍無情的人成為你革命的領導者，

所以戰爭一結束他們就是掌權者，很可能跟他們替換下來的人一樣糟糕。」

「美國——不是這樣的。」薩克斯說，因努力及時使用適當字彙而成鬥雞眼。

「我不知道那點，但多數時候是那樣的。暴力是仇恨的溫床，最終導致不安。無可避免。」

「沒錯，」奈加以他一貫的專注熱誠說道，那表情跟薩克斯的怪相倒不相上下。「但是如果人們攻擊庇護所並且破壞它們，我們就沒有其他選擇餘地。」

娜蒂雅說，「問題是，誰派遣那些武力？親身加入那些軍隊的又是誰？我懷疑那些個人對我們有任何惡意。在這時點上，他們也許能夠像此刻反對我們那樣容易的站到我們這邊。我們聚放的焦點其實應該是對他們施發號令的人以及其雇主。」

「撤——職——斬——首。」薩克斯說。

「我不喜歡那樣的說法。你必須用另一個辭彙。」

「強制退休？」瑪雅冷言說道。大家笑了起來，娜蒂雅怒視她的老友。

「強迫解職。」亞特從後面大聲說道，他剛剛抵達會場。

「你是指軍事兵變，」瑪雅說。「不去和地表上所有人口戰鬥，而是那些領導人和他們的保鏢。」

「也許還要包括他們的軍隊，」奈加強調。「我們對他們是否不忠誠或甚至無動於衷完全沒有概念。」

「沒錯。可是沒有他們領導者的命令，他們還會繼續戰鬥嗎？」

「可能有些會。那畢竟是他們的工作。」

「是，不過在那之後，他們就沒有任何利益可言了。」娜蒂雅說，一面述說一面思索。「沒有了國家主義或種族劃分，或任何一種家鄉情感的牽扯，我不認為這些人會戰鬥到死。他們知道他們只是奉命來鞏固權勢。相較之下，一個更為平等主義取向的系統會相

當醒目，他們也許會產生應該對什麼效忠的困惑。」

「退休津貼。」瑪雅嘲弄著，大家又笑了起來。

但是亞特從後座說，「為什麼不這麼說？如果你們不想將革命概念化為戰爭，需要另想個辭彙來替代，為什麼不選擇經濟學？就稱它為實務上的變換。那就是布雷西斯裡的人說到人類資產或生物基礎建設時的本質──將一切事物以經濟語彙來詮釋。就某種角度來說，這很荒誕無稽，然而它真的說出那些以經濟學為最重要理念的人的真意。這確然包括了那些跨國公司。」

「所以，」奈加咧嘴說道，「我們開除地區領導者，給他們警力加薪，同時再予職業訓練。」

「對，就像那樣。」

薩克斯搖頭。「無法溝通他們，」他說。「需要武力。」

「一定要有改變才能避免另一次六一事件！」娜蒂雅堅持。「必須要重新架構、重新思考。也許有什麼歷史模型可用，但不是你們談論到的那些。比方說，像結束蘇聯時期的那種不流血革命。」

「但是那牽扯到不快樂的人口，」土狼在後頭出聲，「而且發生在崩潰中的系統裡。這裡沒有相同的狀況。人們過的相當不錯。他們覺得來到這裡很幸運。」

「但是地球──有麻煩，」薩克斯指出。「崩潰中。」

「嗯，」土狼說，然後來到薩克斯身旁坐下論說。同薩克斯說話依舊很叫人洩氣，然而依據米歇爾努力的成果，證實有成功的希望。看到土狼和他商談，讓娜蒂雅感到非常高興。

人們圍繞他們繼續討論。大家爭執著革命理論，但是當話題帶到六一年本身時，他們就都因舊時的怨忿傷痛，以及對那惡夢似的幾個月裡發生的事情缺乏基本認知而停頓。這個狀況特別顯明的時刻出現於米海和一些前科羅廖夫囚犯開始爭論到底是誰謀殺了那些警衛。

薩克斯站起，舉頭揮動他的人工智慧電腦。

「需要事實——首先，」他嘎啞著。「然後昏洗——分析。」

「好主意，」亞特立即接道。「如果這個團體能將那場戰爭的歷史簡約歸納出來，稍後在一般性會議上提出會很有用的。我們可以在一般性會議上討論革命方法論，怎樣？」

薩克斯點頭，坐下。不少人離開了會場，剩下的則平靜下來，圍攏在薩克斯和史賓賽身邊。娜蒂雅注意到，留下來的人多數為那場戰爭的老兵，不過同時還有賈姬、奈加以及一些其他本土人。娜蒂雅見過薩克斯在布若斯就六一年疑問所進行的研究，因而充滿希望的認為加上來自其他老兵親身目睹的細節，他們很可以對那場戰爭拼湊出一些基本瞭解，及其根本原因——戰爭已結束幾乎半個世紀了。而就像亞特聽到她這樣提起時說的，那並非不正常。他走在她身旁，一隻手環在她的肩上，對那天早晨所見所聞看來並不焦慮煩憂，雖說這是他第一次徹頭徹尾親身接觸地下組織乖戾倔強的本質。「他們相互同意的部分並不多，」他承認。「不過開始時總是那樣的。」

第二天下午，娜蒂雅蹀進專門討論地球化的研討會。這很可能是他們面對的議題中意見最分歧的一個，娜蒂雅這麼想，而參與這場研討會的人們也如是反應出來；這間位於拉多公園邊緣的會場如沙丁魚罐般擁擠，所以會議開始前主持人即將之移到公園，一片得以俯瞰運河的草地上。

會場裡的紅黨人員極力堅持地球化本身就是橫在他們希望之前的障礙物。他們辯稱，如果火星地表變得適合人居，就會引來地球對土地的所有價值觀，外加目前地球上嚴重的人口爆增、環境問題，以及那裡正在建造，為將來與火星接合的太空電梯，重力井的問題將可克服，大量移民必定隨之而來，到那時火星獨立的可能性就此灰飛湮滅。

　　贊成地球化的人稱為綠色黨派，或就直稱綠色，因為他們並沒有形成什麼組織——爭執說一個適合人居的地表將使隨意遷徙變得可能，到那時地下組織就能夠現身地表，不再是那樣的脆弱易受控制或攻擊，因而立於較為優勢的斡旋地位。

　　這兩種觀點以各種可以想像得到的組合或變換方式相互爭論。安‧克萊朋和薩克斯‧羅素也在那裡，就在會議的中心，然後兩人互提意見的次數越來越頻繁——最後其他與會者停止了發言，沈靜下來看著那兩個亙古以來即為敵手的權威代表。看著他們再一次爭鋒相對。

　　娜蒂雅快快不樂的眼看這場衝突緩緩發展成形，並為她兩位朋友擔心焦慮。而她不是在場唯一一個對這番景象感到不安的人。此間多數人都看過安和薩克斯在山腳基地的那場著名辯論，他們的故事也無疑地眾所皆知，屬登陸首百的神奇傳說之一——那是一個凡事都較為單純真誠的時代，清晰直率的人格特徵可以代表一絲不苟的議題。而現在，沒有什麼是簡單明瞭的了，眼前這兩個老敵人處於新的混雜團體之間再次爭論的同時，周遭散放著古怪的電流似的興奮氣息，懷舊、緊張和集體性似曾相識的混合，以及一份希望（也許這只存在她自己心裡，娜蒂雅苦澀的想著），希望他們兩人能夠達成和解，不僅為了他們自己好也為了全體。

　　但是他們就在那裡，站在人群之間。安早已於世界現實本身輸掉了這場爭論，她的態度似乎也如此反應著；她沈默壓抑，不感興趣似的，更幾乎全然漠不關心；著名錄影帶上如火燃燒般熾烈的安已不見了。「當地表變得適合人居時，」她說，娜蒂雅注意到她使用「當」，而不是「如果」。「他們會成億成兆的來到這裡。只要我們仍然必須存身於庇護所，後方勤務將使人口維持在百萬之間。有那樣一個數量，才有成功革命的可能。」她聳聳肩。「如果你要，今天就可以那樣做。我們的庇護所隱藏著，他們的沒有。我們可以攻擊破壞他們的，而他們找不到反擊目標——他們死去，你們接

收。地球化只是把那槓桿力矩取走而已。」

「我不贊成那樣，」娜蒂雅無法控制的急切接口。「妳是知道城市在六一年時的慘狀。」

廣子在那裡，坐在後面觀察，此時她第一次開口。「一個因屠殺而誕生的國家不是我們要的。」

安聳聳肩。「妳想要一個不流血革命，辦不到。」

「那是，」廣子說。「一個絲的革命。一個航空膠（譯註：aerogel，乃目前已知最輕的固態物質，擁有極佳絕緣能力）革命。是火星祭典不可或缺的部分。而那就是我要的。」

「好吧。」安說。沒有人能與廣子爭執，不可能。「不過，即使如此，沒有一個適合人居的地表仍然會容易些。這個你們說到的軍事政變策略——我是指，想想看。如果你控制了主要城市的發電廠，然後宣布，『現在由我們指揮，』那麼人們或許會願意順服，出於必要性。但是如果有幾百萬人住在適合人居的地表上，那麼你即使將某些人解職，宣稱由你掌權，他們就比較可能會說，『掌什麼權？』然後根本不理你。」

「這，」薩克斯緩緩說來。「這說明——接收——當地表仍不適人居時。然後繼續發展——獨立的。」

「他們會追緝你，」安說。「一旦地表變得適合活動，他們會來逮捕你。」

「如果他們垮掉了就不會。」薩克斯說。

「跨國公司非常鞏固的，」安說。「不要以為他們不是。」

薩克斯專心一致的看著安，而且似乎不僅不像以前爭論般那樣將她的意見摒除在外，反而把焦點高度集中在那些意見之上，同時還仔細觀察著她的一舉一動，眨著眼思索她的話，在回答時更顯躊躇猶豫，遠遠超過失語問題所能解釋的範圍。再加上他那張變了容顏的面貌，娜蒂雅有時覺得跟她爭論著的是另一個人，不是薩克斯而像是臉上有根斷裂鼻樑的兄弟、舞蹈老師或退休的拳擊手什麼

的，並且因著語言方面的障礙，在耐心辛苦的選擇適當語彙之後還常常失敗。

然而效果並無二致。「地球化──不能取消，」他嘶嘎著。「要開始──要停止──有策略上的困難──有技術上的困難。努力相當於一種──製造。也許不──而──環境可以是──我們案子的利器──我們主張的利器。在任何階段上。」

「怎麼說？」幾個人齊聲問道，薩克斯沒有進一步解釋。他正專注在安身上，後者面現挑剔神色的瞪回去，彷彿被激怒般。

「如果我們往適合人居的可能性上走去，」她對他說，「那麼火星對那些跨國公司來說簡直就代表了不可思議的一塊大餅。也許甚至是當那下面的情況真的變得很糟糕時他們的救贖良藥。他們可以接收這裡，建立他們自己的新世界，讓地球滾到地獄去。果真如此，我們就沒救了。你知道六一年發生了什麼事的。他們手裡有可以隨意調動的強大軍力，那會是他們維持勢力的方法。」

她聳聳肩。薩克斯一面思索一面眨眼；他甚至點著頭。看著他們兩個，娜蒂雅感到一陣心痛；他們看來如此不冷不熱，近乎漠不關心，彷彿心裡屬於關心的那部分只比不關心的部分在比重上微微重些，稍稍傾覆了論說平衡而已。安如早期銀板照片上飽經風霜的農夫般，薩克斯則頗不協調的富含魅力──兩人看來都才七十出頭，使得本身因緊張而脈搏加速的娜蒂雅，無法相信他們實際上都已經超過一百二十了，非人似的古老而且如此……不同，就某方面來說──磨蝕耗損、經驗太過、憔悴蒼白、筋疲力竭──最少最少也是早已喪失了對僅僅口頭上交戰的高度熱情。他們瞭解在這個世界上字詞話語根本就沒什麼重量。所以他們沈默下來，只剩彼此凝視的眼神，鎖固在危險近乎全然流失的論理辯證中。

然而與他們這種深思熟慮相對照的是一群急躁的年輕人激烈開展的舌戰。年輕的紅黨成員爭執地球化只不過是帝國主義過程的一部分；安與他們比較起來還算溫和，他們在盛怒中甚至對著廣子爆

發——「不要叫它火星化。」其中一個對她咆哮，廣子甚為困惑的看著這個高大的年輕女子，一個金髮華爾基莉（譯註：Valkyrie，北歐神話中戰神的婢女，經常巡視戰場決定孰勝孰敗）因著這個詞彙而患有狂犬病般的激烈瘋狂——「妳指的就是地球化，做的就是地球化。叫它火星化是個令人作嘔的謊言。」

「我們把星球地球化，」賈姬對這名女子說，「但是這星球把我們火星化。」

「那也是一個謊言！」

安冷酷的瞪著賈姬。「妳祖父就曾經那樣對我說過，」她說，「很久以前。妳可能早知道了。而我仍然在等看地球化到底是什麼意思。」

「那已經發生在這裡出生的每一個人身上了。」賈姬信心十足的說。

「怎麼講？妳出生在火星上——妳有什麼不同？」

賈姬圓瞪著雙眼。「就像其他本土人，火星是我知道的全部，也是我關心的全部。我生長在一個由多股不同地球先輩合成的文化裡，由此組成一個新的火星事物。」

安聳肩。「我不認為妳有什麼不同。妳使我想起瑪雅。」

「下地獄去！」

「瑪雅就會這樣說。而那就是妳的火星化。我們是人類，將永遠是人類，不管約翰·布恩怎麼說。他說過很多事，但是一樁也沒有實現。」

「還沒有而已，」賈姬說。「而當權力操控在五十年來沒有提供任何新思考、新方向的人手裡時，其過程當然更形緩慢。」不少年輕人笑了起來。「這些人還習慣把多餘又毫無用處的人身攻擊引進政治論爭裡。」

她站在那裡與安對視冷靜而輕鬆，然而她眼中時現的閃光，再次提醒娜蒂雅賈姬的能力。幾乎所有本土人都支持她，那毫無疑

問。

「如果我們在這裡沒有任何改變，」廣子對安說，「妳如何解釋妳的紅黨？妳如何解釋火星祭典？」

安聳聳肩。「那些是例外。」

廣子搖頭。「我們裡邊有個地域精神。地形地域在人類性靈裡扮演著舉足輕重的角色。你是地形地域的學生，是一個紅黨份子。妳必須承認這是真實。」

「對某些而言是真實，」安回答，「但對全體而言則不是。大多數人顯然並沒有那所謂的地域精神。一個城市跟另一個沒有什麼不同——事實上就多方重要角度而言，它們是可以互相取代的。因此人們來到火星上的一個城市，有什麼不同？什麼也沒有。所以他們對於城市外面土地的破壞就跟在地球上進行的一樣沒有顧慮。」

「這些人可以經由教化而採用不同的思想角度。」

「不，我不認為可以。談教化已經太遲了。妳最多能命令他們採取不同行為。然而那不會是被這星球火星化，而是洗腦，再教育。那時你有什麼？法西斯火星祭典。」

「勸說，」廣子反擊。「鼓吹提倡，舉例證明，辯論證明。並不需要強迫壓制。」

「航空膠革命，」安尖酸刻薄的說。「但是航空膠對火箭簡直螳臂擋車。」

幾個人立時同聲說話，好一陣子岔開了討論主題；這場討論即刻分裂成上百個小辯論，眾人急切表達他們壓抑多時的意見。他們很顯然的可以如此繼續一個又一個鐘頭，一天又一天。

安和薩克斯坐了回去。娜蒂雅搖著頭離開眾人。她在研討會一角碰到正嚴肅搖頭的亞特。「真不敢相信。」他說。

「最好相信。」

＊　＊　＊

接下來幾天的會議跟開頭幾天相差不多，各個研討會不管是好是壞都持續到晚餐時刻，伴隨其後的是或討論或宴會的長夜。娜蒂雅注意到那些年老的移民者傾向於晚餐後回到工作上，而年輕的本土人則視會議僅屬白天之務，晚上乃慶祝歡樂之用，通常圍繞在非斯多斯裡溫暖的大池塘邊。當然這只不過是一種趨勢，雙方也都有著例外，但她依舊覺得這種現象很有趣。

她自己則多半坐在扎可絡斯的露天餐廳，筆記當日會議見聞並與人談論，或思索一番。奈加通常跟她一塊兒工作，而亞特如果沒有忙著集合那天交相爭論的人一塊兒喝卡伐，然後慫恿著參與非斯多斯的宴會時，也會加入娜蒂雅。

第二個星期，她開始習慣晚上在甬道裡上下散步，通常一直來到法拉撒那才往回走，加入奈加和亞特在拉多一座火山岩小圓丘的露天餐廳上，針對當日議程做最後的剖析。這兩名男子在從卡塞峽谷回家的那段長長旅程中結成好友，並且在面臨這次會議壓力下更如兄弟般談論一切、交換印象、測試理論，擬定計畫讓娜蒂雅評斷，還自願承擔書寫會議記錄文件的苦差事。她也隸屬在內——一個姊姊，更或許只是一面頭巾——有一回他們結束工作搖搖晃晃準備回房時，亞特提到三頭政治。很可能是以她為龐培（譯註：Pompey，古羅馬大將）。然而她盡力以她就大局做下的分析來影響他們。

外面那些團體之間存在著許多不同的矛盾爭論，她告訴他們，有一些相當基本，如贊成或反對地球化，又如贊成或反對革命暴力。有些人走到地下是為了維護受到侵害的文化，另些人則是為了創造全新的社會秩序。而且娜蒂雅越來越覺得地球移民和火星出生者之間有著明顯的差異。

　　誠然，這裡有各種不同的爭論矛盾，找不到可以依循的清晰準線。一天晚上米歇爾・杜瓦加入他們三人一塊兒飲酒，當娜蒂雅對他描述上述問題時，他拿出他的人工智慧電腦，開始以他所謂的語意矩形為基礎製作圖表。他們利用這個圖例製作上百個多種樣貌的二分法草圖，試圖繪製出什麼能幫助他們了解其間可能存有的準線和衝突。他們造出幾個很有意思的圖案，可仍無法從螢幕上獲得令人振奮的領悟——雖然至少對米歇爾而言，有一個特別雜亂無章的語意矩形含藏某種暗示：暴力和非暴力，地球化和反地球化形成開頭的四個角落，圍繞這第一個矩形的第二環，他放上波格丹諾夫份子、紅黨、廣子的火星祭典，以及回教和其他文化保守派。不過，這樣的組合指出了怎樣的行動並不明確。

　　娜蒂雅開始每天參加專門探討成立火星政府可能性議題的會議。這些會議就跟討論革命方法手段一樣既沒有計畫也沒有系統，只是少了些激動情緒，多了些實證。這些會議在米諾人就馬立亞隧道中一段邊牆鑿刻而出的小環形劇場裡每天舉行。坐在這些隆起的拱形座椅上的與會者，能夠越過竹叢松林和赤陶屋頂看到上下整條隧道，從扎可絡斯一直到法拉撒那。

　　出席這些會談的群眾與爭論革命理論者有些不同。一份小型研討會的討論報告送進各人手中後，參與該次座談會的多數人會加入這個較大的會議，瞧瞧記錄報告會引發什麼評論。瑞士人設立的研討會涵蓋了各個層面，籠統說來皆環繞在政治、經濟和文化上，所以一般性討論的範圍相當廣泛。

　　韋拉德和瑪琳娜頻頻提出他們財政研討會裡得出的紀錄報告，而隨著每一篇報告的提出，他們對環境─經濟學的概念就推演得越行尖銳擴張。「實在很有趣。」娜蒂雅在他們每晚圓丘露天餐廳的聚會上，對奈加和亞特報告。「不少人批評韋拉德和瑪琳娜最初的系統，包括瑞士人和波隆那人，而現在他們基本上漸漸達成一種結

論，說我們在地下組織一開始使用的贈予系統本身不夠充分，原因在於難以維持平衡。在缺乏和貯存兩者之間有些難題，而當你開始設立標準時，情況就會變成強迫人們贈予，而那本身就是一種矛盾衝突。土狼過去老這麼說，也所以他建立他自己的以物易物的網路。他們現在嘗試朝一個更合理的系統走去，亦即基本需求以規劃的過氧化氫經濟來分配，所有事物以其熱值來標價。然後當你基本需求滿足了，贈予經濟制度就上台，使用氮為標準。因此這裡有兩個層次，即需求和贈予，或是那研討會裡的蘇非人所稱的動物和人類，不同基準的表達方式。」

「綠色和白色。」奈加自語。

「那些蘇非人對這樣的雙重系統高興嗎？」亞特問。

娜蒂雅點頭。「今天瑪琳娜描述過那兩個層次的關係之後，達烏爾南對她說，『即使是枚夫拉那本人也無法解釋的更好了。』」

「好現象。」亞特興奮的說。

其他研討會宗旨較不明確，因此收穫不豐。其中一個專注於權利法案的遠景上，居心惡毒得讓人訝異；而娜蒂雅很快的發現這個主題其實敲打了文化關注的響鐘。許多人顯然認為這個主題是一個文化趁機支配其他文化的機會。「打從布恩時期我就說過了，」沙易克大喊。「任何一種將一組價值強加到我們全體的意圖就是凱末爾主義。每一個人都應該有權以自己的方式存在。」

「但是這只在某個程度上有道理。」阿麗杜妮說。「如果這裡有一個團體主張有權主宰他們的奴隸時，那怎麼辦？」

沙易克聳聳肩。「這就無法容忍了。」

「那麼你贊成應該有基本的人權法案了？」

「很顯然的。」沙易克冷淡回答。

米海代表波格丹諾夫份子：「所有社會階級制度都是一種奴隸制度，」他說。「所有人在法律下應該完全平等。」

「階級制度是一種自然事實，」沙易克說。「那無法避免。」

「語氣就像一個阿拉伯男人，」阿麗杜妮說。「只是我們在這裡首先就不自然，我們是火星人。階級制度導致壓迫，必須廢除。」

「公正合理的階級制度。」沙易克說。

「或者平等自由乃第一要務。」

「必要時強力實施。」

「好呀！」

「那麼就強迫自由吧。」沙易克揮著一隻手，滿臉不屑。

亞特推著一輛飲料推車來到舞台。「也許我們應該把焦點放在一些實質權利上，」他建議。「也許比對一下地球的各種人權宣言，看看我們能不能在這裡援用。」

娜蒂雅離開會場，繼續觀察其他幾個聚會。土地利用、物權法、刑法、繼承⋯⋯瑞士人將政府事務劃分成數量驚人的小項目。無政府主義者很是惱怒，米海為其中之一：「我們真的需要經歷這些東西嗎？」他一次又一次的問道。「這沒有一個是值得執行的，沒有一個！」

娜蒂雅以為土狼會是與他爭執的人，但是事實上他說，「我們必須全部加以議論！即使你不想要政府，或要一個最低限度的政府，你仍然必須一點一點加以反駁。特別是那些最低限度要求者會想要維持那些鞏固他們特權的經濟和警察系統。那就是你們所謂的自由主義支持者——想要警察保護其免受奴隸的無政府主義者。不！如果你想要一個最低限度政府，就必須從最基礎一路爭辯上去。」

「但是，」米海說，「我是說，繼承法？」

「當然，為什麼不？這是決定性要素！我主張應該完全除掉繼承，或者除了少許一些私人物件可以傳襲之外。但是其他一切都應該回歸火星。那是贈予的一部分，不是嗎？」

「其他一切？」韋拉德好奇的追問。「那裡面的組成要件是什

麼？沒有人可以擁有土地、水、空氣、公共基礎建設、基因庫、資訊總集──還留有什麼可以傳襲下去的？」

土狼聳聳肩。「房子？儲蓄戶頭？我是指，我們不會有金錢嗎？人們難道不會在有剩餘的狀況下攢聚存積下來嗎？」

「你應該參加財政聚會，」瑪琳娜對土狼說。「我們希望以過氧化氫為金錢單位，以能源價值來標價事物。」

「金錢仍然會存在，對不？」

「是的，不過我們考慮，比方說，在儲蓄帳號上施用反向利息，所以如果你不將賺得的回歸使用，那麼它就會以氮氣形態施放到大氣中。你要是知道在這樣一個系統裡要維持個人平衡正數有多麼困難，會很震驚的。」

「可是如果你做到了呢？」

「喔，那麼，我會同意你──死亡時應該歸給火星，用在公共利益上。」

薩克斯遲疑的反對，說這與人類生物倫理的理論起著衝突，一如所有動物般，人類亦以能夠供養後代為最有效的行為動機。這樣的動力可以在綜觀自然和人類所有文化時處處可見，充分解釋了自利他利的兩種行為模式。「意圖改變嬰兒邏輯──生物學上的──文化基礎──頒佈命令式的……自找麻煩。」

「也許應該允許最低限度的繼承，」土狼說。「足以滿足那種動物本能，但是不夠讓財富菁英永世不滅。」

瑪莉娜和韋拉德顯然極為這點所吸引，開始在他們的人工智慧電腦上敲進新的公式。然而坐在娜蒂雅旁邊的米海，翻閱著他今日的程序表，仍然有挫折感。「這真的是一個憲法產生過程的必要部分嗎？」他說，一面看著目錄。「分區規劃章程、能源生產、廢棄物處理、運輸系統──疫病管理、物權法、申訴系統、刑法──仲裁──健康章程？」

娜蒂雅嘆了口氣。「我猜是。記得阿卡迪多麼努力於建築結構

上。」

「學校課程表？我以為我已經聽說過微政治學了，可這也太離譜了。」

「超微政治學。」亞特說。

「不，是兆分之一政治學！億兆分之一政治學！」

娜蒂雅起身幫忙亞特把飲料車推到在圓形劇場下面村落舉行的研討會場上。亞特仍然遊走在一個個聚會之間分送食物飲料，移往下一站前佇足傾聽幾分鐘。每天有八到十個聚會，亞特在所有會場間走入走出。到了晚上，越來越多的與會代表改將時間花在宴會上，或在全條隧道裡上上下下閒晃踱步，而亞特則繼續和奈加碰頭，以稍快速度運轉觀看錄影帶，錄影帶上每一個人說起話來都像鳥叫，然後只在需要做筆記記錄某點討論或什麼的時候，才放緩速度。娜蒂雅在半夜起床往浴室走去，經過他們兩人專心記錄的那個昏暗大廳時，會看到他們鼾睡在座椅上，而螢幕裡有關吉斯通山岳爭論的閃爍螢光則映現在他們微張著嘴的鬆弛面龐上。

到了早上，亞特隨瑞士人醒來，幫忙張羅準備。娜蒂雅試著跟上他的步調，幾天後卻發現早餐研討會很靠不住。人們有時圍繞餐桌坐著啜飲咖啡，吃著水果鬆糕，殭屍似的彼此互瞪：你是誰？他們朦朦朧朧的凝視彷彿這麼說著。我在這裡做什麼？我們在哪裡？我為什麼沒有睡我自己的床？

可是有時卻恰恰相反：有些早晨人們淋浴過後神采奕奕走進來，因咖啡或卡伐丫伐而警醒，充滿新鮮意見，信心滿滿的準備接受挑戰突破進展。如果所有事物皆如心靈，很有可能就此翱翔起來了。有關財產物權的一個討論會就像那樣，一個小時下來他們似乎已經解決了所有問題，調和了自我和社會，私人機會和公共利益，利我和利他……然而討論會結束後，他們的筆記就跟任何一個爭吵喧鬧的聚會一樣，既模糊難辨又矛盾對立。「只有整個會議的帶子

才能夠表示出來，」亞特在嘗試寫下摘要短評後這麼說。

不過大多數會議並不那樣成功。事實上它們多數只是前日爭論的延伸。一天早晨，娜蒂雅聽到那個賈姬在他們旅程中與之相處過的年輕阿拉伯人安塔對韋拉德說，「你將只會重複社會主義者的大災難！」

韋拉德聳聳肩。「不要太快就給那個階段下結論。社會主義國家外受資本主義的攻擊，內受腐蝕貪瀆，沒有一個系統能夠在那樣環境下存活。我們不應該把社會主義嬰兒連同史達林主義的洗澡水一併倒掉，否則我們就會失去許多必要而明顯的公平概念。地球掌握在擊潰社會主義的主流系統下，而那顯然是一種非理性、毀滅性的階級制度。所以我們如何能夠全身而退的與它周旋？我們必須到所有地方尋找這些答案，包括遭當前秩序擊敗的系統。」

亞特正拉著食物推車往下一個會場走，娜蒂雅跟他一塊離開。

「老天，我真希望福特在這裡，」亞特喃喃說道。「他應該在這裡，我真的認為他應該。」

下一個會場裡的人們爭論著容忍的極限，那些不論宗教教義如何規定都無法令人接受的事情，有人叫道，「去對回教徒說去！」

佑金離開會場，滿臉厭惡神色。他從推車裡拿起一塊麵包，跟他們走在一起一面吃一面說：「自由民主說文化容忍是必要的，但是你根本不必距離自由民主主義太遠，就能讓所謂的自由民主黨人無法忍受你。」

「瑞士人如何解決那個問題？」亞特問。

佑金聳聳肩。「我不認為我們解決了。」

「老天，我真希望福特在這裡！」亞特說。「我不久前嘗試跟他連絡告訴他這些，甚至試了瑞士政府的線路，可一直就沒有得到回應。」


這次會議持續了將近一個月。亞特和奈加因為缺乏睡眠，或者

太過依賴卡伐而形容枯槁、行動蹣跚；娜蒂雅開始晚上過來探看，催促他們上床睡覺，把他們硬推到躺椅上，同時應承幫他們把尚未整理的帶子摘要寫出來。他們會在那個房間裡睡下，一面嘴唇蠕動喃喃自語，一面在窄小的泡沫乳膠竹躺椅上翻轉。一天晚上亞特突然從躺椅上坐起：「我失去了事物的內容，」他對娜蒂雅嚴肅說道，仍在半睡眠狀態。「我剛剛看到了形式。」

「唔，要變成瑞士人了嗎？快回去睡覺。」

他撲通一聲躺下。「以為你們這些人能夠一塊兒做些事真是夠瘋狂的想法。」他嘟嘟囔囔著。

「回去睡覺。」

也許這真是瘋狂，她在他均勻鼻息和鼾聲間想著。她站起來走到門旁。腦海裡呼呼旋動的思緒彷彿告知她今晚別想睡覺了，她走到外面公園裡。

周圍仍然溫暖，黑色的天窗鑲滿了星星。這隧道的長度突然讓她聯想起戰神號上的一間屋子，這裡雖然經過大肆擴充，但援用了相同的審美觀：昏黃的亭台，小森林裡黑黝黝毛茸茸的區段……一個世界建築遊戲。只是現在有一個吉凶難卜的真實世界。剛開始時所有與會者幾乎都對這場會議提供的絕大潛力而頭昏眼花，有一些人仍然如此感受，譬如那些還太過年輕而不受拘束壓抑的賈姬和其他本土人。可是對多數年紀較長的代表們而言，那些頑固、難以駕馭的問題開始顯露潛藏本質，一如逐漸萎縮的肌肉下依舊圓滾怒張的骨頭。登陸首百存活者和沙比希的日本老人——這些日子以來，他們環坐觀察努力思索，態度有瑪雅犬儒式的譏諷，還有瑪琳娜般的焦慮苦惱。

然後眼前出現土狼，於她身下的公園裡醉醺醺的在林子裡踱步，身旁一位年輕女子環抱他的腰。「喔，吾愛，」他朝長長隧道大喊，平舉雙手，「汝與我能否共謀命運——抓牢整副事物的遺憾方案——我們不能將之粉碎支離嗎，然後——將之重新塑造，使更

接近心的欲求！」

　　是的，娜蒂雅想著，一面微笑走回她的臥室。


　　抱持希望是有理由的。其一，是廣子孜孜不倦的全天參與聚會，提供她的意見，讓人們感覺到他們選擇參加了當下最重要的聚會。另外，安也工作著——雖然她看來似乎對一切都抱持批判態度，娜蒂雅這麼想，甚至比以前更為陰鬱——還有史賓賽、薩克斯、瑪雅和米歇爾、韋拉德和烏蘇拉和瑪琳娜。事實上就娜蒂雅看來，登陸首百自從山腳基地時期以來就屬現在最團結一致——彷彿這是他們把事務擺正，從過去損害恢復過來的最後一次機會。為他們死去的朋友做些什麼。

　　他們不是唯一工作著的人。會議持續期間，人們逐漸發現到誰最想要這次會議獲得一些實質成果，而這些人變得習慣參與同樣主題的聚會，努力尋找折衷妥協方案，以建議等形式在螢幕上顯示結果。他們必須忍受那些對環繞會場坐等觀看比提出具體結果還要有興趣的人，而他們繼續艱苦的灌輸溝通。

　　娜蒂雅專注在這些進步跡象，並通知轉告奈加和亞特，同時讓他們進食休息。人們有時過來拜訪：「我們聽說要把這個送到三人組這裡來。」許多認真工作的人很感興趣，其中一位來自多薩伯雷夫亞的女子夏綠蒂，是憲法學者。她正為他們建立大綱架構，一種瑞士型的，需要探討的議題分門條列沒有多餘的條目充斥其間。「快樂一點，」一天早晨她對他們三人說，當時他們快快不愉的坐著。「學說主義的衝突其實是一個機會。美國憲法會議是有史以來最成功者之一，他們經歷過好些個非常強硬的反對勢力。他們創制出來的政府形態反應出這些團體之間存在的互不信任。小州恐懼他們將被大州壓倒，所以有個各州平等的參議院，以及一個大州有多數代表的眾議院。瞧，那架構映照出一個特定問題。與三方檢視制衡系統相當。那是一種對威權制度化上的不信任。瑞士憲法也多方

如此表現。我們在這裡可以那樣做。」

　　於是他們踏出去準備工作，兩個敏銳矯捷的年輕男子和一位年遇遲緩的老女人。娜蒂雅想，看到在這種狀況下誰浮現出來成為領導者，是個相當奇特的經驗。那不一定是最聰明或最博學的，如瑪琳娜或土狼，雖說這兩人的特質很有幫助，而且地位也相當重要，但是領導者是那些人們願意傾聽的人，磁石般吸引人。在一群如此有智慧、有個性的群眾裡，要找出這樣一種吸力並不容易，非常難得。非常強勢的……

＊　＊　＊

　　她參加一場討論「後獨立時期火星—地球間關係」的聚會。土狼在那裡大聲呼叫，「叫他們滾到地獄去！那是他們自做自滅！叫他們自己去處理，如果他們真那樣做了，我們可以偶爾互相拜訪變成鄰居。如果不是那樣，倘若我們試圖幫助他們，結果只會毀了我們自己。」

　　許多紅黨人員和火星第一成員紛紛大力點頭；加清是他們之中最為顯著的一個。加清近日已逐漸彰顯自己，成為火星第一團體的領導者，那是紅黨分離主義的一支，其會員不想和地球有任何關係，並且積極附和顛覆破壞、環保抗爭運動、恐怖主義、武裝暴動——為達目的無所不用其極。事實上是此間最頑強不屈的團體，娜蒂雅很傷心的看到加清被他們擄住，甚至領導那個團體。

　　現在瑪雅站起回應土狼。「好理論，」她說，「但不可能。那就像是安的紅黨。我們必須跟地球周旋，所以我們最好還是想想看要怎麼辦，而不是乾脆躲開。」

　　「只要他們處於混亂階段，對我們都是一項危險，」娜蒂雅說。「我們必須盡我們之能幫助他們。運用影響力引他們往我們要的方向走去。」

另有人說，「這兩個星球其實是一個系統。」

「你那是什麼意思？」土狼質問。「它們是不同的世界，當然可以是兩套系統！」

「交換資訊。」

瑪雅說，「我們的存在是給地球一個模型或一種實驗。一個可供學習的人類思想實驗。」

「一個真實的實驗，」娜蒂雅說。「不再是一場遊戲，我們無法承受只採取動人的純理論態勢。」她一面這樣說著，一面盯著加清、哈馬克希斯以及他們的同志們；但是沒有任何迴響，她清楚的看到。

更多聚會、更多討論、一頓簡便餐點，另一場與沙比希第一世代人的會議，商討戴咪蒙派成為他們努力的起點跳板。然後就是每天晚上與亞特和奈加的聚會；然而這兩個男人已經筋疲力竭了，她於是催他們上床。「我們早餐再談。」

她也累了，可是一絲睡意也無。她決定外出散步，從扎可絡斯往北穿越整個隧道。她最近發現了沿著隧道西邊，一條切入這圓柱邊牆約呈四十五度的玄武岩斜坡曲處上的高垂小徑。她可以從這小徑看到樹梢及公園。小徑在諾塞斯順著一個小支脈轉個彎，使她能夠左右看到隧道全長，目力可達兩方底端，整個狹長世界朦朧昏黃，有環繞在不規則綠色葉片中的街燈，仍然亮著燈光的房間，還有古爾尼亞公園裡松樹下垂吊的一串紙燈籠。好一個優雅的建築物區，讓她在想到那些花費於采堀的歲月中，長期處於冰下、寒冷空氣以及人造燈光中令她有些心痛。如果他們早知道有這麼些火山熔岩隧道……

下一節是非斯多斯，底部幾乎滿滿鋪著綿長低淺的水池，從扎可絡斯緩緩流來的運河在這裡變寬。池塘一邊的水底燈光讓池水泛現奇特晶亮的深色水晶色澤，她看到有一群人在裡面潑濺水花，他們的身軀在水底燈光下閃爍著，忽而消失在暗處。水陸兩棲生物，

蠑螈精靈……很久很久以前在地球上，有這麼一回水棲動物匍匐喘息著攀爬上岸。娜蒂雅昏昏欲睡的想著，牠們在那海洋底下一定有過相當激烈的政策辯論。要浮現或不，如何浮現，何時浮現……遠方傳來陣陣笑聲，群星在參差不齊的天窗裡爭相閃爍……

她轉身沿著一道階梯來到隧道底部，回返扎可絡斯，順著運河走上步道和街草，腦海散佈著快速變換的圖像。回到他們的套間後，她躺到床上立即入睡，夢裡海豚在空中飄飛游泳。

＊　　＊　　＊

正做著夢時，她被瑪雅猛然搖醒，急切的用俄語說著話，「這裡來了些地球人。美國人。」

「地球人。」娜蒂雅重複。接著感到驚恐。

她穿上衣服來到外面。是真的；亞特站在那裡，身旁一小群地球人，男人以及跟她體積一般的女人，還顯然與她一般年紀，因引頸眺望而站立不穩，他們正滿臉驚訝的看著這大型圓柱空間。亞特嘗試介紹他們，同一時間又想要解釋，這即使是他快如馬達般轉動的嘴也無法辦到。「我邀請他們，是的，喔，我不知道——嗨，娜蒂雅——這是我的老上司威廉・福特。」

「說曹操曹操就到。」娜蒂雅說，同那男子握手。他的握手堅實有力；一個獅子鼻禿頭男人，曬黑的皮膚，縱橫的皺紋，一副舒適朦朧的表情。

「——他們才到達，波格丹諾夫份子帶他們進來。我前些日子邀請了福特先生，但是一直沒有得到回音，不知道他要來。我相當驚訝而且高興，當然囉。」

「你邀請他？」瑪雅說。

「對，妳看他很想要幫助我們，那是重點。」

瑪雅憤怒瞪視，但不是對亞特而是對娜蒂雅。「我告訴過妳他

是個間諜。」她以俄語說。

「妳是對的。」娜蒂雅說，然後用英語對福特說。「歡迎到火星。」

「我很高興來到這裡。」福特說。而且看起來他真是如此；他傻傻的咧嘴直笑，似乎因為太過高興而無法保持嚴肅。他的同伴就不那樣確定。他們人數大約有一打，年輕年老的都有，有些微笑但多數看來又迷惑又警覺。

尷尬了幾分鐘後，娜蒂雅領著福特和他的小團體到扎可絡斯的客房，然後阿麗杜妮為他們分配房間。他們還能做什麼？消息已經傳遍多薩伯雷夫亞又轉回來了，來到扎可絡斯的人們臉上混合著不滿和好奇——然而這些訪客畢竟來了，最大的跨國公司之一的領導者，並且顯然單獨前來身上沒有追蹤儀器，至少沙比希人如是宣稱。他們必須想法與之周旋。

娜蒂雅要瑞士人在午餐時間召開一場大集會，然後邀請這群新客人在他們房間稍作梳洗，稍後在會議上致詞。這些地球人滿心感激的接受這項邀請，他們之間原本不確定的幾人，臉上現出了解脫神色。福特本身似乎已經開始在腦海撰寫演說稿了。

來到扎可絡斯客室外面，亞特正面對一大群情緒不好的眾人。「你憑什麼認為你可以為我們做那樣的決定？」瑪雅質問，代表許多人發言。「你，甚至不屬於這裡！你，混跡我們之間的間諜！跟我們做朋友，卻在背後捅我們一刀！」

亞特平舉雙手滿臉赤紅狼狽不堪，彷彿閃躲凌辱般的移動著肩膀，或乞憐於瑪雅身後的人，那些可能只一心感到好奇的人。「我們需要幫助，」他說。「我們無法僅憑自力就達到我們想要達到的一切。布雷西斯不同，比較起來他們更像我們而不是他們，我告訴你們。」

「你根本沒有權力告訴我們什麼。」瑪雅說。「你是我們的囚犯！」

　　亞特斜了斜眼，搖動雙手。「你無法又是囚犯又是間諜的，對不？」

　　「你可以同時是所有騙人的玩意！」瑪雅大叫。

　　賈姬走近亞特滿臉鄙視，冷酷又專注。「你知道這團布雷西斯人也許必須永遠成為火星人了，不管他們願意不願意。就像你一樣。」

　　亞特點頭。「我告訴過他們情形可能會是這樣。很顯然的他們並不在乎。他們想要幫忙，我告訴你們。他們代表著唯一一個行事不同的跨國公司，其目標和我們相同。他們親身來到這裡看看他們是否使得上力。他們很有興趣的。你們為什麼要這麼不高興？這是一個機會。」

　　「我們先看看福特要說什麼。」娜蒂雅說。


　　瑞士人已經在馬立亞圓形劇場召開一個特殊會議，當各團代表們就座後，娜蒂雅幫忙引領新來者穿過環節大門進到會場。他們顯然仍舊對多薩伯雷夫亞隧道的面積肅然起敬。亞特隆起著雙眼慌慌張張的跟隨他們，用衣袖擦抹眉睫上的汗珠緊張得要死。那著實讓娜蒂雅發笑。不知怎地，福特的到來讓她心情變好了些；她不認為他們會帶來什麼損害。

　　她與布雷西斯團坐在前排，看著亞特領福特走到台上並予以介紹。福特點點頭說了一句話，然後微仰著頭看看圓形劇場的後排人群，了解這裡沒有擴音器。他深深吸了口氣重新開始，他平常安靜的嗓音這時含帶身經百戰演員的自信暢流，平穩妥貼的傳到在場的每個人。

　　「我要感謝真美妙的人把我帶到南方這個會議裡來。」

　　要走回座位上的亞特畏縮了一下，轉過身來一隻手圈起嘴巴：「那是沙比希。」他低聲對福特說。

　　「什麼？」

　　「沙比希。你剛說真美妙,那是跨國公司。你經過的那個居住地叫沙比希。沙比希意指寂寞。真美妙指好極了。」

　　「好極了。」福特說,奇怪的看了亞特一眼。然後他聳聳肩開始;一個上了年紀的地球人用著溫和卻響亮的語聲,並帶有一種漫遊的風格。他描繪布雷西斯,它如何創立,如今如何運作。當他解釋布雷西斯和其他跨國公司之間的關係時,娜蒂雅覺得那與火星上地下組織和地表世界的關係類似,毫無疑問的福特在其描述上很有技巧的如此強調。而且從她身後聽眾的靜默中她認為福特做的很好,至少吸引住了大家的注意力。可是當他提到什麼生態資本主義,並且以飽和世界來述說地球,而火星仍然是一個空乏世界時,三到四個紅黨人員砰的一聲站了起來。

　　「你那樣說是什麼意思?」其中一個吼出。娜蒂雅看到亞特的雙手僅僅掐握著他的大腿,她很快的就了解為什麼;福特的回答又長又特異,描述著他稱之為的生態資本主義,在此系統中自然界是所謂的生物基礎建設,人們則為人類資產。娜蒂雅回頭瞧去,看到許多人皺起眉頭;韋拉德和瑪琳娜傾頭談著什麼,而瑪琳娜在她手腕上敲彈著。突然間亞特站了起來打斷福特,提問道布雷西斯現在正做著什麼,以及他認為布雷西斯在火星上的角色是什麼。

　　福特瞪著亞特,彷彿沒有認出他來。「我們正與世界法庭合作。聯合國從來就沒有從二〇六一年中恢復過來,它現在只淪為第二次世界大戰的人文遺物,就像國際聯盟是第一次世界大戰的遺跡一樣。所以我們已經失去了解決國際爭端的最佳仲裁者,而同一時間世界衝突持續升高,有些還相當嚴重。越來越多的這類衝突最後走進世界法庭,布雷西斯已經創立了一個『法庭之友』組織,試圖提供任何可能的支助。我們受它裁決約束,提供它金錢、人員,嘗試研擬出仲裁技巧等等。我們涉身一種新技術,亦即任何兩個國際組織有了爭議並決定交付仲裁後,他們就進入一個與世界法庭合作的為期一年的計畫,而其仲裁者必須裁奪出能使雙方都滿意的行動

步驟。一年期滿後世界法庭即就任何懸而未解的問題提出裁決，如果有效就簽訂條約，而我們就盡一切可能支持該項條約。印度很感興趣，旁遮普和錫克教徒進入是項程序計畫，到日前為止效果不錯。其他案件就比較困難，但很有建設性。半自治的概念吸引了很多注意。在布雷西斯，我們認為國家從來就不真正代表統治主權，其與世界其他部分相較，只能屬半自治。變形跨國公司（metanationals）是半自治的，個人是半自治的，文化就經濟層面來說是半自治的，價值就價格來說是半自治……數學裡有一個新分枝，意圖以正式邏輯名稱來描述半自治。」

韋拉德、瑪琳娜和土狼同一時間既傾聽福特，又彼此徵詢做筆記。娜蒂雅站起朝福特揮手。

「其他跨國公司也支持世界法庭嗎？」她問。

「不。其他各個變形跨國公司都避開世界法庭，並且利用聯合國做為橡皮圖章。我很遺憾他們仍然相信主權神話。」

「但是這聽起來像是一種需要雙方都同意才有效的系統。」

「是。我所能告訴妳的只有布雷西斯對之很有興趣，而我們正試圖在世界法庭和地球所有勢力間建立橋樑。」

「為什麼？」娜蒂雅問。

福特舉起雙手，一如亞特表現出來的一個姿態。「資本主義只有在有成長發展的狀況下才能運作。但是，妳看，成長已經不再是成長。我們必須向內生長，重新編排。」

賈姬站起。「但是你可以在火星上以傳統資本主義形態生長，對不？」

「我想是的。」

「所以也許那是你想從我們這裡得到的，對不？一個新市場？這個你稍早以空乏世界稱呼的地方？」

「喔，在布雷西斯我們已經開始認為市場只是一個社區裡相當微小的部分。而我們有興趣的對象是全體。」

「那麼你想從我們這裡要什麼？」有人在後座吼叫。

福特微笑。「我想要觀察。」

　　集會在那之後很快結束，當天下午常規性集會如常舉行。當然所有聚會至少有一部分是集中討論布雷西斯團的到來。對亞特來說不幸的是當他們那天晚上評論複習當日帶子時，很明顯的看出福特和他人員的到來對這次會議的功能截至目前為止是分離，而沒有發揮聚合的作用。很多人無法接受一個地球跨國公司成為這次會議的合格成員，其他就不用多談了。土狼過來對亞特說，「不要告訴我布雷西斯多麼不同。那是書本裡最古老的遁辭把戲。只要有錢人能夠端正行事，整個系統就會好起來。根本胡說八道。如果系統對所有事情都過於武斷，那麼要改變的是系統。」

　　「福特談過要改變它，」亞特抗議。然而福特在這裡成了自己最糟的敵人，他習慣性的沿用傳統經濟學語彙來闡述他的新主意。對那種方法有興趣的只有韋拉德和瑪琳娜。對波格丹諾夫份子、紅黨人員、火星第一成員──多數本土人、許多移民者──來說，它仍然代表了地球事業，而他們不想跟它有任何關係。不跟任何一個跨國公司有任何接觸，加清在一卷獲得掌聲喝采的帶子裡如是吶喊：不管他們如何措詞，不與地球接觸！福特不是我們的一份子！對這群人來說，唯一的問題是他和他的人能不能自由離去；有些人認為他們就像亞特一樣，現在是地下組織的囚犯。

　　不過，賈姬站立在同一個會議裡，以布恩信徒的姿態表示所有一切皆須應用到正途上。而她蔑視那些在原則上反對福特的人。「既然你要把這些訪客當作人質，」她銳利的對她父親說，「為什麼不用用他們？為什麼不跟他們談談？」

　　所以到後來他們之間又多了一個新的分歧：孤立主義者和兩個世界主義者。

　　接下來幾天，福特採取漠然的方式來面對環繞周遭的爭戰，甚

至到了使娜蒂雅認為他似乎並未察覺到的程度。瑞士人要求他主持一個針對地球現狀的研討會，而這吸引了滿滿的人潮，福特和他的同伴在每一個時段都詳細繁複的回答所有問題。在這些會議裡，福特似乎對他們所獲知的所有火星事務都感到很滿足，至於對它有何倡議主張卻沒有任何表示。他聚焦在地球的議題上，而且僅作描述。「跨國公司已經縮減成兩打最大的，」他回答一個問題時說，「它們全部都和一個以上的國家政府訂立發展契約。我們稱它們變形跨國公司。最大的是真美妙、三菱、康撒力代、安美克斯、阿姆斯科、馬嘉里和布雷西斯。下十個或十五個也相當大，那之後就回到跨國公司的一般型態，但是這些也將很快的會併吞結合成變形跨國公司。大型變形跨國公司是當今世界的主要勢力，到目前為止它們掌握了國際貨幣基金、世界銀行、十一國高峰，以及它們所有的客戶國家。」

薩克斯請他更詳細的定義變形跨國公司。

「約十年前我們布雷西斯接到斯里蘭卡的要求，進入該國接掌該國經濟，並且研究坦米爾人和錫蘭人之間的仲裁方案。我們那樣做了，而結果不錯。在安排的階段中，我們和一個國家政府的關係很明顯的是建立了一種新型態。在特定領域裡很受到注意。然後幾年以前安美克斯和十一國高峰起了衝突，於是將它在這十一國裡的所有資產全部撤走，遷移到菲律賓。安美克斯和菲律賓之間的不搭配表現在兩者年生產總額比率為一百比一，結果是安美克斯基本上接掌了整個國家。那是第一個真正的變形跨國公司，然而當時其成為一種新型態的狀況還不明顯，直到真美妙仿效那種安排將其大部分的營運中心遷到巴西。從此之後這種新趨勢就日趨明朗，與昔日權宜旗幟的關係不同。變形跨國公司接收其客戶國家的外債以及國內經濟，有點類似聯合國當年在高棉所為，或布雷西斯在斯里蘭卡，但具更高的概括性。在這些安排中，客戶國家的政府變成這些變形跨國公司經濟政策的施行單位。基本上它們實施所謂的節約方

式，然而所有政府僱員的待遇都比以前要好，包括軍隊、警力、情報單位。所以到那時，整個國家就被買走了。每一個變形跨國公司都有足夠資金買下幾個國家。安美克斯與菲律賓有那層關係，還有北非國家、葡萄牙、委內瑞拉，以及其他五到六個小國。」

「布雷西斯也這樣做了嗎？」瑪琳娜問。

福特搖著頭。「就某方面來說是的，不過我們試著提供不同本質的關係。我們已經同一些大得足以使合作關係平衡的國家交易過。我們與印度、中國和印尼合作過，這些全是二〇五七年的條約上就火星事務受到欺瞞的國家，所以它們鼓勵我們來這裡進行徵詢調查。我們同時也主動與其他仍然獨立的國家連絡。不過我們並不是以獨佔姿態進入這些國家，我們也沒有試圖指揮它們的經濟政策。我們意圖堅守我們對跨國公司格式的觀點，但目光放在變形跨國公司的範疇上。我們希望提供與我們交易的國家一個變形跨國公司主義之外的另項選擇。一個資源對策，配合世界法庭、瑞士，以及逐漸顯現的變形跨國公司秩序以外的其他組織。」

「布雷西斯是不一樣的。」亞特宣稱。

「但是系統仍是系統。」土狼在會場後面堅持。

福特聳聳肩。「我們製造系統，我想。」

土狼只是搖頭。

薩克斯說，「我們必須偷取它——處理它。」

接著他開始問福特問題。「哪一個是伯大的——最大的？」那是些躊躇的、不完全的、嘶嘎的問題——然而福特忽略掉他的困難，仔細詳盡的回答。於是布雷西斯連續三場研討會的大部分是薩克斯對福特的詰問，而每個人因而知道了很多有關其他變形跨國公司的實質內涵，包括其領導階級、內部結構、客戶國家、它們對待彼此的態度、它們的歷史，特別是它們在二〇六一年那場混亂時期的前身組織的角色。「為什麼回應——為什麼擊垮那些蛋——不，我是指那些圓頂天幕？」

　　福特對歷史細節不太熟悉，對他本身就那時期記憶的流失懊惱的嘆著氣；不過他對地球現狀的說明遠比他們以前所獲得的更為豐實，同時幫助釐清他們全體皆甚為疑惑的有關變形跨國公司在火星上的活動問題。那些變形跨國公司利用臨時政府來消弭他們之間的爭端。他們在疆域議題上有著爭執。他們沒有理會戴咪蒙派是因為他們覺得其地下組織觀點無足輕重而且容易控制等等。娜蒂雅真想親親薩克斯，她真的親了他。她同時也親了史賓賽和米歇爾，為了他們在這些會議期間對薩克斯表現出來的支持，因為雖然薩克斯頑強的穿梭在他語言困境上，卻常常因挫折沮喪而滿臉通紅，也常常握拳敲打桌面。接近尾聲時他對福特說，「布雷西斯要從火人上——」砰！「——火星上得到什麼？」

　　福特說，「我們認為在這裡發生的事，會影響回去。目前我們已經確認了地球上有一股新興的合作進步元素，其中最大的是中國、布雷西斯和瑞士。那之後還有幾十來個小元素，不過力量較為小些。印度會以何種角度進入這種情狀可能具有關鍵性。多數變形跨國公司似乎認為那是一種發展上的泥淖，意思是不管它們投入多少，什麼也不會有改變。我們不同意。我們同時認為從不同角度來說，火星以一個新興勢力而言，也是個關鍵。所以，你看，我們也想在這裡尋找進步元素，以及向你們揭露我們的所做所為。然後看看你們認為如何。」

　　「很有趣，」薩克斯說。

　　就這樣。然而許多人依舊牢不可破的緊守不與一個地球變形跨國公司打交道的態度。同時針對其他所有議題的爭論仍然持續著，而他們談得越多越久，就往往變得越分化越極端。

　　那天晚上在他們露天餐廳的聚會上，娜蒂雅搖著頭，對人們如此善於忽略他們之間存在著的共通點，轉而殘酷的就彼此間那些微小差異相互打壓感到無比訝異。她對亞特和奈加說，「也許整件事情太過複雜，以致無法以單一計畫來涵蓋運作。也許我們不應該試

圖建立一個全球性計畫，而應該只依憑任何適合我們的。然後呢，希望火星能在使用幾個不同系統下和平共存。」

亞特說，「我不認為那能成功。」

「那麼什麼才能成功？」

他聳聳肩。「還不知道。」然後他和奈加就又開始審視評論當日帶子，娜蒂雅突然間覺得他們在追隨一個不斷倒退的海市蜃樓。

娜蒂雅回房睡覺。她一面躺下一面想著，如果這是個建築計畫，她會整個毀掉重新再來。

才剛要進入睡鄉，那傾塌建物的影像讓她猛然醒來。過了一會兒嘆了口氣，她放棄努力入睡的意圖，來到室外在夜間散步。亞特和奈加在放映室睡著了，臉壓在桌面，頭上閃爍著快轉的螢幕燈光。外面一股風力嘶嘶嘘嘘的往北穿過大門進入古爾尼亞，她走上高處小徑跟了過去。撥開竹葉，頭上天窗星星閃耀……接著傳來一陣微弱的笑聲，從非斯多斯池塘一路迤邐而去。

池子的水底燈光亮著，又有一群人在裡面泳浴。不過眼前隧道另一邊，與她這邊曲牆等高處，有一個亮著燈光的平台，大約有八人擠在上面。其中一個拿出像是滑板類的東西蹲伏下來，然後從平台跳下，蹲著腰身握住滑板前端，那滑板顯然沒什麼摩擦力——是一個裸身男子，身後一頭溼漉漉髮絲隨風翻飛，縱身下了隧道黑色彎曲處，加速射出岩石斜坡邊緣，飛到池水之上，翻個觔斗，砰的一聲進到水裡濺起好大一片水花，再衝射而出，伴隨一聲呼叫，引起全場歡呼。

娜蒂雅走近前看。有人正帶著那滑板沿著階梯奔向平台，那個才騎乘而下的男子此刻站在水淺處，往後梳理溼髮。娜蒂雅起先沒有認出他來，直到來到池子邊緣看清了池底燈光照出的身形，是威廉·福特。

娜蒂雅脫下衣服走入池子，池水相當溫暖約同體溫或高些。一

聲大喊，另一個身影斜線射來，彷彿是在極大岩石浪潮上起伏的衝浪者。「墜落速度看來相當劇烈，」福特對他一個同伴說著，「但是因為地心引力如此輕微，你剛好可以掌握。」

現在騎乘滑板上的女子橫衝過水面；她優雅的如一隻天鵝往後弓著身軀，撲通一聲跳入水中，浮出水來後受到熱烈歡呼。另一名女子取回滑板正爬出池外，來到斜坡闢出的階梯底端。

福特對娜蒂雅點了點頭，站在齊腰深的水裡，他覆蓋在縱橫皺紋肌膚下的身軀瘦而有力。臉上掛著與研討會上相同的模糊喜悅表情。「要試試嗎？」他問她。

「也許等會兒。」她說，環視池裡眾人想弄清他們是誰，以及在這次會議中他們代表的組織。當她領會到她正不自覺的這麼做著時，即鄙夷的哼哼出聲，對她自己也對泛政治的這種滲透力感到無比厭惡——如果你任它而去，它將散佈擴充到一切事物之上。

不過她仍然注意到池裡眾人多是年輕的本土人，來自采塢、沙比希、新萬那杜、多薩伯雷夫亞、維西尼克超深井、基督歐波里司。沒有一個是踴躍發言的代表，而他們的勢力讓娜蒂雅所無法正確評斷。或許他們每晚聚集在這裡並不意味著什麼，只不過裸身於溫暖池水，肆意歡樂並享受宴會——他們多數來自公共浴池屬常態的地方，所以他們習慣於與那些也許在其他地點會激烈爭鬥的人，在這裡相互潑灑玩樂。

另一個騎乘者尖叫著滑下斜坡，然後飛出滑入池子深處。人們如鯊魚見血般向她游去。娜蒂雅俯身入水，池水微帶鹹度；睜開雙眼，她看到舞動四處的晶瑩氣泡，游動的身軀如海豚般扭攪，映照池底平滑深黑的表面。一個超現實的景象……

她回身上岸，擰乾溼淋淋的頭髮。福特站在眾多年輕人之間像個老朽的海神，以他不帶情感的奇特鬆弛神態觀察著他們。娜蒂雅想著，也許這些本土人事實上正是約翰・布恩提到過的新火星文化，在他們沒有注意之下湧動周遭。兩代之間傳輸的訊息總是含夾

許多錯誤；那就是演化發生的原因。雖然人們因著各種非常不同的理由進入火星的地下組織，他們仍然似乎全都聚集在這裡，在一種多少帶有舊石器時代層面的生活裡，也許應該反身傾聽他們差異處背後的某些本然，或者往前栽入一些新的綜合物——是哪一個並不重要——但也有可能兩者皆是。所以這裡仍存在著連結的可能性。

不管怎樣，這是福特臉上溫和的喜悅表情給娜蒂雅的感覺，一如賈姬·布恩以發著光華的華爾基莉女神姿態滑下隧道斜牆，彷彿從人體砲筒激射而出似的飛掠他們頭頂。

瑞士人設計的會議程序進入了尾聲。主辦者很快的公佈，休息三天之後即舉行一個大集會。

亞特和奈加在那三天中就待在他們小小會議室裡，一天二十小時的不斷觀看錄影帶，無休無止的談論著，並拼命似的努力在他們人工智慧電腦鍵盤上敲打著。娜蒂雅幫助他們繼續，擔任他們意見不合時的斡旋者角色，替他們寫下他們認為太難的部分。常常當她走進時，他們之中一個會癱倒昏睡在椅子上，另一個則呆呆的瞪著螢幕。「看，」他會啞聲說道，「妳認為這個怎樣？」娜蒂雅會一面看著螢幕發出評論，一面把食物推到他們鼻端，也常常因而吵醒睡著的那個。「看來很有希望。繼續來。」

\* \* \*

大集會那天早晨亞特、奈加還有娜蒂雅一起走上圓形劇場舞台，亞特隨身帶著他的人工智慧電腦。他站住環視聚集的群眾，似乎被那番景象震懾住了。停頓了好一會之後，他說，「我們實際上同意許多事項。」

一陣哄笑。而亞特如舉石板似的高抬他的人工智慧電腦，大聲讀著螢幕上的內容：「火星政府的工作要點！」

他眼光離開螢幕凝視聽眾，他們全都安靜下來全神貫注。

「一、火星社會將由許多不同文化組成。與其說它是一個國家，毋寧以一個世界名之。宗教自由和文化習慣必須受到尊重。沒有一個文化或一組文化可以支配其他文化。

「二、在這多樣化體制下，仍須保證火星上所有個體享有特定不可剝奪的權利，包括生活基本需求、衛生保健、教育，以及法律平等。

「三、火星上的土地、空氣和水乃人類全體共同管理，不能由任何一個個人或團體所擁有。

「四、個人努力的成果屬於個人，不能被其他個人或團體擅用竊奪。同時人類在火星上的勞動屬公共事業的一部分，以公共利益為目的。火星經濟系統必須反應前述兩項事實，平衡個人利益以及社會利益。

「五、當前統治地球的變形跨國公司秩序無能吸納前述第四點的兩個原則，因之無法在此適用。我們必須制定一個以生態科學為基礎的經濟學。火星經濟學的目標不在生養發展，而是就整個生存範圍的生養繁榮。

「六、火星地形本身有特定的『地形權』，必須受到尊重。因此我們改變環境的目標必須採取最低限度主義以及最具生態波伊希思風格，並且能映照出火星祭典的價值。就改變環境的目標，建議僅五公里等高線以下的火星部分為適合人居處。高於該等高線之所在，約為整座星球的百分之三十，將維持其原始狀態成為自然荒野區。

「七、火星上的居住區域有其獨特的歷史過程，乃人類在另一個星球建立的第一個。因之必須以尊重這個星球以及宇宙間生命稀有性的精神行事。我們在這裡的所作所為將成為人類在太陽系另建居住區域時的模範，亦將提供人類與地球環境之間關係的範例。火星在歷史上佔有特殊篇章，我們在做下有關此間生活的必要決定時

必須將之銘記在心。」

亞特把他的人工智慧電腦放在身旁，回身注視眼前聽眾。他們坐在階梯式席位上默默俯瞰著他。「如何，」他說，清了清喉嚨。他對奈加做了個手勢，後者來到台上站到他旁邊。

奈加說，「那是我們從研討會中揀選出來，認為是這裡每一個人都能同意的部分。還有很多我們覺得能為這裡多數團體接受，但少數反對的部分。我們也記錄了那些得到部分同意的要點，我們會將它們全部公佈供大家檢視。我們深信，如果我們能夠從這裡帶回一份即使意義非常廣泛疏鬆的文件，也算是有了相當有意義的收穫。這樣一個會議的趨勢使我們更加意識到我們之間的不同，而我認為這項趨勢就我們目前狀況來說是誇大了，因為在這個時刻一個火星政府仍然只是一個假設性的理論演練。不過當它成為一個實際問題時——當我們必須行動時——我們就必須尋找一個共同基礎，而這樣一份文件可以幫助我們奠定基礎。」

「這份文件的每一個主要項目都有許多特定註解。我們已經與佑金和普莉絲卡談過，他們建議舉行為期一週的會議，一天討論這七項要點中的一個，那樣每一個人都可以提供評論和修正。然後我們最後可以看看留下了什麼。」

一陣微弱笑聲傳來。許多人紛紛點頭。

「那個獲取獨立的根本問題怎麼辦呢？」土狼在後面喊。

亞特說，「我們理不出可以寫下的任何同意點。也許可以另闢一個研討會專門討論它。」

「也許應該要有！」土狼大叫。「每一個人都同意事情要公平，世界有正義。而去到那裡的途徑才永遠是真正的難題。」

「唔，是也不是，」亞特說。「我們這裡得到的是比希望事事公平要更好的成果。至於方法，也許如果我們心中存有這些目標之後再來討論，就真會出現轉機。也就是說，什麼最能夠確定我們可

以達到這些目標？這些目的隱含或暗示了什麼樣的方法？」

他環視全體，聳聳肩。「聽著，我們已經試圖編纂出你們在這個地方以不同方式表達出來的一個組合物，所以如果在達到獨立的方法上缺乏特定建議，也許是因為你們全都僵持在多數人無法達成一致的行動綱領上。我唯一想到可以建議的是，你們應該試著去確認這個星球上的各個不同勢力，評估他們會如何抗拒獨立，據以修改你們的行動去對付那些抗拒勢力。娜蒂雅提到對整個革命方法論重新加以定義，而有些人建議經濟模型，管理階層運用外部資金購買本身公司等等主意或什麼的，但是當我提到這個修改行動的想法時，我聯想到整合疫病管理，你知道嗎——就是農藝學裡的一個系統，以輕重程度不等的多樣方式來處理你們的疫病。」

人們笑了起來，而亞特似乎沒有注意到；他因該概括性文件缺乏贊同而感到既驚異又迷惑，其間還摻雜著失望。而奈加看來氣憤。

娜蒂雅轉過身來大聲說道，「他們在萬難下竟然依舊能夠綜合出這樣的成果，讓我們給我們的朋友一個熱烈的掌聲吧！」

全體鼓起掌來，夾帶一些歡呼。有這麼一陣子聽來非常狂熱，但是很快的就結束了。他們魚貫離開圓形劇場，再一次開始論說、開始爭執。


於是討論繼續，現在圍繞在亞特和奈加提出的文件。娜蒂雅在觀看錄影帶時發現，這份文件上的所有實質要點都很得到認同，除了第六點，關於地球化的範圍程度之外。多數紅黨人員無法接受低海拔適合人居的概念，指出這星球多數面積在五公里等高線之下，而高海拔區將因低海拔區的適合人居而受到可觀的污染。他們提到拆除目前進行中的工業地球化過程，以及回返到激進生態波伊希思模型裡最為緩慢的生物學方式。有些鼓吹稀薄二氧化碳大氣的生成，支持植物而非動物的生存，以求更為接近火星生養細目和其過

去歷史的本然狀態。其他人則倡議盡可能的保持地表原始面貌，只在帳幕村落裡維持少數人口。這些人憤慨的責難批判工業地球化對地表造成的急速毀滅，特別是北荒漠的洪水氾濫，以及撒力塔和飛行透鏡毫無保留的將地形熔掉。

隨著七天期間一天天過去，宣言草約上的這一點也越來越顯示出乃實際上進行爭辯的唯一重點，而其他各點則僅在調整編排上有所討論。許多人在快樂中感到訝異，這草約竟然能獲得如許贊同，奈加不只一次暴躁的說，「幹嘛奇怪？又不是我們捏造出來的，我們只是把大家說的話寫下來而已。」

人們會饒有興致的點點頭，然後回到討論會裡繼續努力磋商。娜蒂雅開始覺得和諧一致正在到處綻放迸發，在渾沌混亂中因亞特和奈加堅稱存在而湧現。那星期有幾個會期是在類似飲用了卡伐丫伐的興奮昂揚情緒中達成共識而結束，一個政府的多層面貌終於敲鑿冶煉成許多團體皆能同意的架構。

然而就方法論的爭執上，卻愈形激烈。討論往往曲折反覆且無休無止，娜蒂雅反對土狼、加清、紅黨、火星第一成員，以及許多波格丹諾夫份子。「你不能經由謀殺來取得你要的！」「他們不會放棄這個星球的！政治勢力肇始於槍桿末端！」

在這樣一場紛爭混亂之後，有天晚上他們一大群人集結浮游在非斯多斯池水低淺處，鬆懈休息。薩克斯坐在水中板凳上搖著頭。「懲罰上的典型問題——不——暴力上的，」他說。「激進的，自由的。從來就無法再次相互同意。以前。」

亞特一頭栽到水裡，抬起頭時濺起四散水花。帶著滿身的疲倦和挫敗，他說，「覺得整合式的疫病管理怎樣？還有那個命令退休的主意？」

「強迫開除。」娜蒂雅糾正。

「撤職斬首。」瑪雅說。

「隨便啦！」亞特說，朝她們潑濺水花。「不流血革命。絲的

革命。」

「航空膠，」薩克斯說。「輕、強、隱形。」

「值得一試！」亞特說。

安搖著頭。「永遠不會成功的。」

「總比另一個六一年好。」娜蒂雅說。

薩克斯說，「最好是我們能夠同意出一個其話。一個計畫。」

「可是我們不能。」瑪雅說。

「前路是寬廣的，」亞特堅持。「讓我們各自前去，去做各自稱心的事。」

薩克斯、娜蒂雅和瑪雅不約而同的立即搖著頭；安看到了，忍不住放聲大笑。接著他們全體坐在池水裡，不明所以的格格傻笑。

最後一場一般性大會在下午舉行，地點在開始一切的扎可絡斯公園。娜蒂雅覺得周圍有一股奇異的困惑迷惘氣氛，如今這份多數人不情不願同意的「多薩伯雷夫亞宣言」，比亞特和奈加的原始草案長上數倍。普莉絲卡大聲誦讀所有要點，每一個都受到一致贊同的歡呼；只是不同團體針對不同要點或大聲或小聲的喝采，而當誦讀完畢，全體給予的掌聲既簡短又敷衍隨便。沒有人感到高興，亞特和奈加看來疲累不堪。

掌聲停止，有這麼一陣子大家就坐在那裡。沒有人知道下一步要做什麼；就實際執行面的缺乏共識似乎深入到這個時刻的核心。下一步是什麼？現在要做什麼？他們就收拾收拾回家去了嗎？他們還有家嗎？這一時刻不斷延長令人不安，甚至微含疼痛感（他們多麼需要約翰呵！），因此娜蒂雅聽到有人驚呼什麼的時候鬆了一口氣──那是一聲打破邪惡咒語的驚嘆。她在人們指指點點中四處觀望。

在那兒高站在黑色隧道牆壁的一道階梯之上，是一名通身綠色的女子。沒有穿衣，肌膚呈現綠彩，在天窗撒瀉而下的午後陽光中

閃閃生光——白髮，赤足，全然裸身沒有珠寶裝飾，只除了一層綠色顏料。在晚間池畔屬尋常的事物，在鮮亮活潑的日光下顯得又危險又撩人——感官上的震驚，挑戰著他們對一個政治會議抱持的當然認知，或可能有的理念。

是廣子。她開始步下階梯，以一個穩定規律的速度。阿麗杜妮、夏綠蒂，以及其他幾位米諾女子佇立階梯底端候著她，另外還有廣子祕密殖民地的親密追隨者——岩、莉雅、愛芙琴娜、米歇爾等那小聚合體裡的眾人。廣子緩步走下時，他們開始吟唱起來。當她來到他們近旁，他們往她身上披掛一串串鮮紅花朵。一個豐饒繁殖的儀典，娜蒂雅如此想著，直直切入他們心靈中舊石器時代傳衍而下的某些部分，與廣子頌讚火星的祭典交纏編織在一起。

當廣子離開階梯底端，身後有一小列跟隨者頌唱火星之名，「阿——夸西拉、阿利斯、安夸庫、巴赫藍，」等等，一部含有古風音節的大合集，其間並穿梭著「卡……卡……卡……」的吟唱。

她領著他們走下步道，穿過樹林再次現身草地上，進入公園會場。她直直穿越群眾，綠色臉龐上是莊嚴又疏離的神色。她經過時有許多人站了起來。賈姬‧布恩離眾而出加入跟隨隊伍，她綠色的祖母牽起她的手。她們兩個撥開群眾領路，這年老的女族長瘦高、驕傲、徹底古老，如樹幹般粗糙多節，如樹葉般濃綠盎然；賈姬仍然高些，如舞者般年輕優雅，黑色長髮柔順披撒身後。一陣沙沙聲橫過眾人，嘆息聲似的；而當她們以及尾隨她們的眾人走下運河旁的中央步道時，大家都站起追隨，蘇非人交疊著手圍繞在他們周圍跳著舞。「阿那爾——哈柯、阿那阿——夸西拉、阿那爾——哈柯、阿那阿——夸西拉……」於是上千人跟隨在前引兩名女子及其身後隊伍走下運河步道，蘇非人吟唱著，另些人哼唱廣子的頌讚火星祭典片段，其餘眾人則心甘情願的尾隨其後。

娜蒂雅牽著奈加和亞特的手隨同走著，心中快樂橫溢。他們畢竟是一群動物，不管他們選擇在何處居住。她滿心都是類如崇敬拜

服的感覺，一個她經驗中相當罕見的情緒——崇拜生命的神性，敬服如此美麗的形式。

在池邊，賈姬脫下她紅褐色恤衫，和廣子站在齊踝深的水中面對彼此，握合的手高高舉起。其他米諾女人們參與這座橋。年老的和年輕的，綠色和粉紅……

祕密移民者從這座拳頭搭建的橋下魚貫穿過，他們之間出現瑪雅本人，與米歇爾手牽著手。所有人排成縱隊通過這座母親橋下，彷彿第一百萬次的重複一個百萬年老的祭典儀式，每一個人都在他們基因裡編碼存藏，終生演練著。在握合手下舞動的蘇非人依舊穿著他們白色如浪潮般的衣衫，而這給了他人以仿造的模型，穿著衣服湧入池水之中，矮身蹲伏在裸身女人之下，沙易克和娜絲可領頭，吟唱著，「阿那阿——夸西拉、阿那爾——哈柯、阿那阿——夸西拉、阿那爾——哈柯，」彷如恆河裡的印度人，或約旦河裡的施洗者。最後許多人褪下衣衫，全體步入池中。他們注視著這個既屬直覺本能，又屬高度知覺意識性的重生，許多人在水面上敲擊，引發有節奏有韻律的水花，伴隨周遭的頌歌和吟唱……娜蒂雅一遍一遍的看到人類是多麼的美麗。她心想，赤身裸體就社會秩序而言太過危險，因為它揭發了太多真相。他們站立在彼此之前，暴露出所有缺點、性徵，以及終將死亡的暗示——然而幾乎全部都有份震懾的美，在這隧道落日紅潤光輝下甚難叫人相信，甚難理解或回答。黃昏裡的肌膚滿是紅彩——不過，很顯然的對一些紅黨人來說還不夠，他們正以尋獲的紅色染料塗抹在他們之間的一名女子身上，顯然是為了製造一個對照廣子的人物。政治沐浴！娜蒂雅呻吟嘆息。事實上所有顏料全都脫落融入池水，把水色染成棕褐。

瑪雅游過水淺處，猛然的一把抱住娜蒂雅，把她推入池子深處。「廣子是個天才，」她以俄語說。「她也許是個瘋狂天才，但確實是個天才。」

「世界的母神，」娜蒂雅說，一面轉換成英語一面撥水穿越溫

暖池水，朝向一小群登陸首百和沙比希第一世代聚集處。那裡安和薩克斯肩並肩站著，安高而瘦，薩克斯短而圓，情形就像他們在山腳基地浴池裡的過去時光一般，為這為那爭論不休，薩克斯論說時，面龐因全神貫注而縮皺起來。娜蒂雅對眼前景象笑了起來，濺起水花潑灑他們。

福特游到她身旁。「應該像這樣運作整個會議，」他評論道。「喔，他要撞下來了。」果不其然，一個滑板騎乘者正從那道曲牆滑落他那急降而下的板子，可恥的墜入池水裡。「聽著，我必須回去才能提供幫助。同時一個曾——曾——曾孫女兒四個月後要舉行婚禮。」

「你能飛得那麼快嗎？」史賓賽問。

「能的，我的太空船很快。」布雷西斯一個太空支部利用改良式代森推進器建造火箭，在加速之後即不間斷的在飛行過程中減速，使得星球間的航程更為直接。

「領導階層的作風。」史賓賽說。

「布雷西斯裡的人都可以使用，只要他們有緊急需要。你也許會想要拜訪地球，看看那邊的狀況，獲得第一手資料。」

沒有人出言接受，只是揚起了幾道眉梢。不過也沒有人再提起要將他拘留下來。

人們在悠緩漩渦水面如水母般的漂浮，因著溫暖氛圍而終於平靜下來，還有盛裝在竹杯中傳繞的水，酒和卡伐，以及完成他們來此目的的一種成就感。並不完美，人們說著——絕對不夠完美——但是有其價值，特別是那非凡卓越的第四點，或第三——事實上，相當不錯的一份宣言——一個開始，一個真正的開始——嚴重的缺失——特別是第六點——絕對不完美——但一定會讓人記得。「喔，可是這裡這個是宗教性的，」有人坐在水淺處說，「我喜歡所有美麗軀體，可是將政府和宗教混合在一起相當危險……」

娜蒂雅和瑪雅手挽著手走入水深處，一路與她們認識的人打著

招呼。一群采塌年輕人看到了她們，瑞秋、逖尤、法朗茲、史地夫，以及其他人大聲喊叫，「嘿，兩個女巫！」然後朝她們一湧而來，又擁抱又親吻。動態現實，娜蒂雅想著，肉體現實，觸感現實——觸摸的力量，喔，吾愛……她幽靈手指震顫跳動著，這已經好久好久沒有發生了。

她們繼續前行，跟隨這群采塌人工生殖眾人，然後遇到亞特，後者跟奈加還有其他幾個男子站在一起，如黏附磁石般目不轉睛瞪著仍然站在半綠色廣子旁的賈姬，她光滑濕髮披覆在她裸露的肩膀上，仰頭笑著，落日餘暉撒瀉在她身上，給予她一種超現實的、先驅者似的力道。亞特看起來很快樂，當娜蒂雅擁抱他時，他舉起一隻手臂環繞她的肩膀，就放著不動了。她的好朋友，一個非常具有實感的肉體現實。

「做得非常好，」瑪雅告訴他。「就像約翰‧布恩會做的那樣。」

「才不是。」賈姬不假思索的說。

「我認識他。」瑪雅說，銳利的瞥了她一眼，「而妳沒有。而我說就像約翰‧布恩會做的那樣。」

她們站著互相瞪視，古代的銀髮美女，和年輕的黑髮美女——娜蒂雅似乎覺得這景象含有一種原始的意味，原始的，太古的，靈長類動物的……這才是兩個女巫，她想這麼對她身後的賈姬的親族說。不過他們當然都已經知道了。「沒有人跟約翰一樣，」她說，試圖打破這道符咒。她捏了捏亞特的腰部。「不過做得非常好。」

加清踏著水花而來；他在近旁沈默站立了一陣子，娜蒂雅也就觀察了他一陣子，這個有著著名父親、著名母親、著名女兒的男人……而他自己也逐漸展現出勢力，在紅黨和火星第一激進派之間，在外間立足於破碎行動邊緣，這次會議已如是證明。不，要能辨別加清如何理解他的生命並不容易。他看了賈姬一眼，神色複雜到難以解讀，帶了些驕傲、忌妒、一種非難譴責說，「我們現在真可以

用用約翰‧布恩。」他的父親——火星上的第一個人類——她開朗
樂觀的約翰，在山腳基地時曾愛極了蝶式，常常就在像這場祭典一
樣感覺的一個午後游著泳，只不過那時對他們而言這樣的感覺是每
日重複的細瑣真實，是那裡一開始的一年左右時間沒有間斷的持續
著的日常生活……

「還有阿卡迪，」娜蒂雅說，仍然試圖解除危機。「還有法蘭
克。」

「我們並不需要法蘭克‧查默斯。」加清殘酷的說。

「你怎麼那樣說？」瑪雅大叫。「如果他還在，是我們的運
氣！他會知道怎樣處理福特，還有布雷西斯，還有瑞士人，你們這
些紅黨和綠色，全部。法蘭克、阿卡迪、約翰——我們現在能夠有
他們三個人就好了。」她的嘴唇僵硬下垂。她睜目怒視賈姬和加清
挑釁似的；然後她鼓起嘴唇，看向別處。

娜蒂雅說，「這正是我們何以必須避免另一個六一的原因。」

「我們會的。」亞特說，同時摟了摟她。

娜蒂雅憂鬱的搖著頭。高潮永遠流逝的這麼快。「那不是我們
能夠選擇的了，」她告訴他。「那不是完全掌握在我們手中的事情
了。所以我們等著看吧。」

「這次會不一樣。」加清堅持。

「我們等著瞧。」

# 第八部　社會工程

你在哪裡出生？

丹佛。

哪裡長大？

絡克。波多爾。

小時候是什麼樣子？

不知道。

告訴我你的印象。

我一直想問一大堆為什麼。

你好奇嗎？

非常好奇。

玩過科學裝備嗎？

全玩過。

你的朋友呢？

不記得。

再想一想。

我不認為我有過許多朋友。

你小時候雙手靈巧嗎？

不記得。

回想一下你那時候的科學實驗。用的是雙手嗎？

我想通常應該是那樣。

你用右手寫字嗎？

現在是。我──我那時也是。是的。小時候。

你曾用左手做其他事情嗎？比如說刷牙、梳頭、吃飯，指東西、擲球？

那些我全用右手。如果不是又怎樣？

喔，你瞧，失語症案例中，慣用右手的人在特定分析資料圖表上全都適應的相當不錯。腦部特定區域主掌行動，或說協調行動。當我們能夠確認失語症患者所經歷的困難時，就可以很精準的指出是腦的哪一部分受到損害。相對亦然。但是慣用左手以及雙手靈巧的人就不是這樣。我們可以說每一個慣用左手以及雙手靈巧的人，其腦部組織使用的模型不同。

你知道廣子人工生殖的孩子們多是左撇子。

是，我知道。我跟她談過，但她聲稱不知何以如此。她說那也許是在火星出生的結果之一。

你覺得這樣的解釋合理嗎？

這個，我們對慣用右手或左手的瞭解本就貧乏，而地心引力較輕微的影響……我們必得花上幾個世紀的時間來研究，不是嗎？

我想是吧。

你不喜歡那樣的說法，對不？

我寧願得到答案。

如果你所有的問題都獲得到解答時會怎樣？你會快樂些嗎？

我很難去想像這樣一個──境界。我所有問題得到答案的部分只佔了非常微小的比例。

不過那會相當完美，你不同意嗎？

不。要同意的話就不是科學了。

你對科學的認知僅只是對問題提供答案嗎？

不如說要一個能夠產生答案的系統。

那樣做的目的是什麼？

……去認識。

你要用你的知識做什麼呢？

……去瞭解更多。

可是，為什麼呢？

我不知道。我生來就這樣。

你問題的一部分是不是應該導向這個方位——去瞭解你為什麼是這樣？

我不認為你可以就有關——人類本質的問題找到好的解釋。最好就把它想成是一個黑盒子。無法適用科學方法。還不足以確定任何答案的精準度。

在心理學上我們相信已經以科學方法證實了某特定病狀，即一個人需要知道一切事務，因為他對不知感到恐懼。波佩爾稱之為「單向戀識癖病症」（monocausotaxophilia），患者對於能夠解釋一切事務的單一理由動機有絕對的狂熱。這可能變成對缺乏理由動機的全然恐懼。因為缺乏也許代表著危險。追求知識基本上變成防禦守勢，當一個人真正感到害怕時的一種抗拒恐懼的方式。最壞的狀況是，到後來甚至已經不再是知識的追求了，一旦答案出現，他們就沒有了興致，因為它們已不再危險。因此現實本身對這樣的人並不重要。

每個人都企圖躲開危險。但誘因動機總有多重層面。也因行為的不同而不同。因時間的不同而不同。任何模型皆屬——觀察者的猜度臆測。

心理學乃觀察者與被觀察者親密牽扯在一起的一種科學。

那正是我認為它不是一種科學的原因之一。

那絕對是一種科學。它其中一個信條是：如果你要知道更多，就必須關心更多。每一個天文學家都熱愛星星。不然幹嘛要那樣研究它們？

因為它們很神祕。

你到底關心什麼呢？

真理。

真理不是個很好的愛人。

我尋求的不是愛。

你確定？

跟任何想到——誘因動機的人一樣確定。

你同意我們有動機目的？

是。但是科學無法解釋它們。

所以它們屬於你所謂的無法解釋的大疑惑之一。

是。

所以你專注在其他事物上。

是。

但是動機理由仍然存在。

喔，當然。

你年輕時都讀些什麼？

都有。

你最喜歡哪些？

福爾摩斯。其他偵探推理小說。思想機器。宋戴克醫生。

你父母在你心情不好時處罰過你嗎？

我不認為有。他們不喜歡我小題大做。可我想他們在那方面與常人無異。

你看過他們心情不好嗎？

不記得了。

你看過他們大喊大叫，或哭泣嗎？

我從來沒聽過他們喊叫。有時我媽會哭，我想。

你知道是為了什麼嗎？

不。

你想過是為了什麼嗎？

我不記得。而即使我想過又怎樣？

你的意思是？

我是說，即使我有某種類型的過去，我仍然可能變成任何人。一切端看我對——事件的反應。而如果我有另一個類型的過去，同樣的變化依舊會發生。所以你的問題毫無用處。解釋度不夠精密。只是仿造模擬科學方法而已。

我想你對科學的概念就跟你的科學活動一樣，簡約概括。基本上你是在說，我們不應該以科學態度來研究人類心靈，因為它太過複雜，要研究並不容易。你膽子還不夠大。外面的宇宙世界也一樣複雜，但你沒有建議避開。何以對內部的宇宙世界如此呢？

因為你無法將因素獨立出來，無法重複狀況，無法進行控制組實驗，無法建立假設。整副科學儀器根本無法供你使用。

想一想第一批科學家。

希臘人？

在那之前。你知道，史前時代並不只是個單純繞轉四季，沒有形式沒有時間的時代。我們傾向於以符合我們自身潛意識心靈的方式來想像當時那些人，但他們不是那樣的。至少有十萬年的時間，人類的智慧一直就跟我們現在的程度一樣。那樣的一段時間也許更長，也許足足有五十萬年之長。而每一個時代都有那個時代的偉大科學家，他們全都必須在他們時代內涵下工作，正如我們一般。在早期，所有事物幾乎都沒有解釋——整體自然就跟此刻我們的心靈對我們而言一樣複雜神祕，但他們能怎麼辦？他們必得從什麼地方著手，不是嗎？這你一定要記得。幾千年的時間就花費在學習植物、動物、用火、石頭、斧頭、弓箭、遮蔽建物、衣飾上。然後陶器、農作、冶金。全都如此緩慢，耗費偌大精力。全都藉由口傳方式遞衍而下，從一個科學家到下一個。在整個階段中，毫無疑問的有人會說，這太過複雜了，根本無法確定任何事。為什麼要試？伽利略說過，「古代人有足夠的理由認為第一批科學家來自眾神之間，因為一般普通的心靈是如此缺乏好奇心。那些啟發偉大發明的

微渺暗示，不是來自瑣碎的心靈，而是超人的心靈。」超人！或稱我們本身的最佳部分，每一個世代中的膽大心靈。科學家。千年來我們已經一塊塊的拼貼組裝出一個世界模型，一個相當精準有力的模範典型，不是嗎？

但是，我們不是已經努力嘗試了這麼多年——只獲有很小的成功——在瞭解我們自身上嗎？

就算是吧。但也許那是因為必須花上更長的時間。不過，你瞧，我們也有相當的進展了。這不只在最近而已。譬如希臘人僅憑觀察就發現了四種性情，而直到最近，我們才對腦有了足夠的認識，可以用神經學為基礎來解釋這種現象。

你相信那四種性情？

喔，是的。如果你要，它們是可以依實驗來證實的。同理可推到人類心靈的許多許多項目上。也許那不是物理，也許永遠不會是物理。有可能我們就是比宇宙更為複雜，更無法預測。

那似乎難以叫人認同。我們畢竟由原子組成。

但有生命，有活力！由綠色動力所驅使，有性靈、有生氣，無法解釋的大疑惑！

化學反應……

但是為什麼有生命？那比反應更為複雜。這裡有一股趨向混亂複雜的動力，與熵的自然法則恰好相反。為什麼會那樣？

我不知道。

你為什麼對你不知道的事物那樣厭惡？

我不知道。

生命是神祕、神聖的。那是我們的自由。我們脫離了物理真實，我們現在是以一種神性般自由的方式存在著，而神祕是它的全部。

不。我們仍屬物理真實。原子在循環反覆。多數階段堅決確定，有時隨意任性。

　　好吧。我們意見不同。但不管怎樣，科學家的職責乃在探查究竟。不管有多困難！保持開放胸襟，接受模糊。嘗試與知識融合。承認整個事業貫穿著價值。去愛它。努力挖掘我們生存所依憑的價值。努力在這世界制定那些價值。去探險──更進一步的──去創造！

　　我得要想想。

　　觀察永遠不夠。再說那並不是他們的實驗。德司蒙來到多薩伯雷夫亞，薩克斯去找他。「彼得仍然在飛嗎？」

　　「是呀，怎樣？他是花很多時間在天空中，這回答你了嗎？」

　　「是。你能幫我跟他連絡上嗎？」

　　「當然可以。」德司蒙線條縱橫的臉上現出怪異滑稽的表情。「你說話能力越來越好了，薩克斯。他們對你做了什麼？」

　　「老化現象研究治療。還有生長荷爾蒙、左旋多巴（譯註：L-dopa，一種治療震顫麻痺的藥物）、血清素、其他化學藥物。海星裡萃取出來的東西。」

　　「給你長了個新腦袋，是不是？」

　　「沒錯。一部分啦。增效突觸刺激。還有許許多多跟米歇爾的談話練習。」

　　「喔──嗯！」

　　「我還是我。」

　　德司蒙的笑聲一如動物噪音。「我看得出來。聽著，兩天後我又會離開，可以帶你到彼得的機場去。」

　　「謝了。」

＊　　＊　　＊

　　長一個新腦袋。不是個精準的描述。損害部分發生於前腦迴下區尾端三分之一的部分。組織壞死的原因乃拷問過程裡超音波集中刺激干擾記憶─語言中樞所產生的結果。一種中風。布洛卡氏失語症。語言動力設備上產生的困難，缺少韻律，不容易以語言來陳述，自我表達方式降低到速寫簡碼的程度，多只用單一名詞以及形式最簡單的動詞，而不是一個前後連貫的完整句子。一連串的測試證實了其他大部分的認知功能沒有受到損害。他自己倒並不那麼確定；他是能聽懂別人對他說的話，他的思考方式就他所知也與昔日

無異，而他就空間及其他非語言上的測試也毫無問題。只是當他試圖開口說話時，就會突然升起一種生理背叛——口與心之間的背叛。事物失去了名字。

奇怪的是，沒有了名字，但事物依然是事物。他能夠以形狀、數目來觀察它們，思考它們。描述的公式。多種組合的圓錐體積、繞轉座標軸的對稱六面體、平面、球體、圓柱、垂曲線面、昂都露得（unduloid）、納多得（nodoid）；以及眾多沒有名字的形狀；然而形狀本身其實就跟名字一樣。空間化的語言。

可是要在沒有字彙的狀況下去記憶，並不是件容易的事。必須借用一個方法，一個記憶宮殿法，從空間開始著手。在腦海建立一個類似伊秋思高點實驗室內部的空間，不管有或沒有名字，他都能夠很清楚的在他腦海中繞走回想一圈。每一個地方都有一個物件。或其他地方。一個櫃台上，是阿奇龍的實驗室。冰箱頂端，是科羅拉多州的波多爾。他就這樣依據這腦海實驗室裡的個別位置記憶他想到的所有形狀。

然後，有時候名字會自己出現。但是當他知道那個名字想要說出來時，他嘴裡吐出的字眼卻常常錯誤。他本來就一直有這種傾向。過去當他花費時間進行精密思考，到達一切事務盡皆明朗清晰的程度，而意圖將之轉換成語言層次時就會發生問題；因為語言無法緊密契合他所進行的思考方式。所以論說敘述曾經是件辛苦的工作。然而並不像現在這樣，躊躇猶豫、不穩定、不可信賴，常常不是失敗就是不對題。極端挫折沮喪、痛苦。不過，與威尼克氏失語症比起來還算好，那是一種口若懸河似的絮絮叨叨，完全不知道自己所說沒有絲毫意義。他有失去描述事物字眼的傾向，而有人即使腦部沒有受到損害仍然有威尼克氏症的趨勢。亞特曾這麼說過。薩克斯寧願要他自己眼前這樣的問題。

烏蘇拉和韋拉德來看過他。「每一個人的失語症都不同，」烏

蘇拉說。「發生在慣用右手成人的特定機能障礙病例中，我們有特定模式的不少症狀可以依循。但是對超凡頭腦而言就有許多例外。像我們就察覺你在這麼一個程度的語言困難下，認知功能竟然依舊運作得相當良好。很可能你在數學和物理上的許多思考方式不是利用語言。」

「沒錯。」

「如果那是幾何學式的思考，而非分析式的，則很可能發生在右半腦而非左半腦。而你右半區沒有受傷。」

薩克斯點頭，依然無法信任自己的說話能力。

「所以，預後狀況可能很不同。幾乎一直在改善中。孩童特別能夠適應。他們腦部即使受到屬外型輪廓的傷害，進而引發嚴重問題，但幾乎總能夠完全恢復。必要時整個腦半球可以從一個孩童頭部移出，但是所有功能仍可依憑剩下的半腦來重新學習。這是因為孩童腦部的成長太不可思議了。對成人來說就不同了。分化已經完成，所以外型輪廓的障礙僅引起特定有限的損害。然而一顆成熟頭顱裡的一項技能一旦遭到破壞，你將很難見到顯著的改善。」

「款待。治療。」

「是的。但是你知道，老人療程上最難的部位之一就是腦部。不過我們已經對那點努力很久了。我們針對腦部損害的病例，設計出一套與老人療程同時進行的刺激方式。那可以變成老人療程的常規部分，不過要看試驗是否持續出現好結果。你瞧，我們還沒有在許多人類實驗上這樣進行過。那種注射會刺激神經細胞軸突和樹突的生長，增強腦部的柔軟可塑性，以及赫伯突觸的敏感度。大腦胼胝體也將受到部分影響，受損部位對邊的腦半球亦同。然後經由學習來建立全新的神經網路。」

「放手去做吧。」薩克斯說。

　　毀滅即是創造。重新變成一個小小孩兒。語言似空間，一種數

學符號，在記憶的實驗室裡以幾何學方式置放。閱讀。製圖。編碼，替換，事物的祕密命名。一個字詞壯麗的竄流闖入。閒聊的喜悅。每一道顏色是以不同數目編排的波長。沙土是橘紅、淺棕、金黃、黃、黃褐、濃赭、焦茶、黃土。天空有深青、鈷、薰衣草色、淡紫、紫蘿蘭色、普魯士色、靛藍、茄紫、午夜藍。看著色表對照名字，色澤厚實強烈，文字聲調鏗鏘──他要更多。每一道可見光譜波長都給一個名字，為什麼不呢？為什麼要那樣吝嗇呢？百萬分之零點五九米的波長，比零點六更要藍些，而零點六一則更要來的紅些……他們需要更多字彙來描述紫色，一如愛斯基摩人需要許多字彙來描繪雪一般。人們總是提出這項例證，愛斯基摩人的確在描述雪上用了約二十個單字；可是科學家卻用了超過三百個的單字來描述雪，又有誰曾提及科學家對世界所投注的關心呢？沒有兩片雪花是相同的。此性。ㄅ，ㄅ。賓，貝爾，捕恩，波爾，賓特，蹦敏。ㄅ。我手臂可以彎曲的部分叫手肘！火星看起來像一顆南瓜！空氣很冷。並且被二氧化碳污染。

　　他內在語言的某些部分滿是陳腔濫調，毫無疑問乃屬米歇爾稱的他昔日「過度學習」的活動積攢而來，它們在他腦海中如此根深柢固，因而雖然經過酷刑依舊殘存下來。清晰的設計，良好的資料，每兆億分之一即存有一個單位，好一個壞結果。而穿越這些舒適的公式化敘述之後的，是一份新的理解力，彷如一個完全不同的語言，新的文字組合摸索著要將它們表達出來。突觸增效。從任一領域發展出來的實際語言仍然受到歡迎。那產生一種正常的興奮刺激。他過去曾經如何認為這些只不過是理所當然的習慣呵。米歇爾日日都來與他對話，幫助他重建這個新腦袋。米歇爾，就一個科學人來說，內心潛藏著一些相當驚人的信仰。四個元素，四種性情，各種形態的冶金公式，以科學姿態展示出來的哲學立場……「你怎麼一次也沒問過我是不是真能把鉛變成金？」

　　「我不認為你可以。」

「你為什麼花這麼多時間跟我說話，米歇爾？」

「我喜歡跟你說話，薩克斯。你每天都有新東西。」

「我喜歡這個練習用左手丟東西的功課。」

「我看得出來。有可能你最後會變成左撇子。或者兩手都靈巧。你的左腦非常發達，不管有沒有損害，我都不相信它會遲滯多少。」

「火星看起來像個古老行星的鐵核心球。」

德司蒙載著他飛到華里士火山口裡的紅黨庇護所，彼得常在那裡停留。那個火星的子孫彼得現在就在那裡，高、快、強壯、優雅、友善卻又冷漠不帶感情，完全浸淫在他自己的工作和生活裡像西門。薩克斯對他說他想做的事，以及為什麼。他說話時依舊偶爾結巴口吃。但是跟以前比較起來已有天壤之別，他因而一點也不介意。繼續向前衝！就像是以一種陌生的外國語言掙扎交談。現在所有語言對他來說都是外國語言。除了他個人語言形式的具體表現之外。但是那並不叫人氣餒——相反的，能夠做到這個程度已經讓他大大鬆了口氣。籠罩在名字上的雲霧已漸散開，心—口之間的連結也恢復了。即使是以一種新的、冒險的方式亦無所謂了。這是一個嶄新的學習機會。有時他喜歡這個新途徑。一個人的現實感也許的確立基於個人的科學模型基礎，但是大部分肯定仰賴個人的腦部結構。改變那部分，則其模型基礎也許就會隨之發生變化。你無法與進步抗爭。也無法抗拒累進的差異。「你懂嗎？」

「喔，我懂，」彼得說，嘴大大張開笑著。「我想那是個非常好的主意。非常重要。我得花上幾天時間來準備飛機。」

安抵達庇護所，看來疲倦蒼老。她草率地跟薩克斯打招呼，她那慣有的厭惡表情跟以前一樣強烈。薩克斯不知道要跟她說什麼。這是個新問題嗎？

他決定等著，看彼得跟她談過之後會有什麼不同。他等待著。

如今他要不說話，就沒有人會來打擾他。處處都是便利優勢。

她跟彼得談過後走回來，與其他紅黨人在他們小小的公共區域用餐，而是的，她好奇的瞪著他。越過眾人的頭往他看去，彷彿審視火星地形上一個新生懸崖峭壁。專注而客觀。評斷。動力系統裡一個狀態的改變，是指向一項理論的資料點。支持或干擾。你是誰？你為什麼要這麼做？

他平靜的迎向她的瞪視，試圖接住擲回以扭轉情勢。是的我仍是薩克斯。我做了改變。妳是誰？為什麼沒有變？為什麼仍然那樣看我？我受過傷。那存有偏見的個體已經不在了，快消失了。我接受一項實驗治療，我感覺很好，我不再是妳知道的那個人了。而妳為什麼沒有變？

如果有足夠的資料點動搖著理論，那理論也許一開始就是錯誤的。如果那理論是一個模型的建立基礎，那麼該項模型也許必須跟著改變。

她坐下吃著東西。她是否閱讀了他這包含許多細節的思緒，是個疑問。然而能夠迎視她的眼神，實屬一樁榮幸！


他和彼得進到小駕駛艙，午夜剛過他們已滑行在岩盤跑道上。奮力加速後，機頭拔起朝向黯黑天際，這流線型大太空飛機在他們身下震動。薩克斯往後躺靠縮進座椅裡，等著飛機攀越過那航程漸近線的最高點；飛機攀升角度變低，速度就跟著減慢，直到它置身於平流層高處的平穩攀升狀態，然後開始從飛機轉換成火箭的程序，此時周遭氣層已達最稀薄程度，高度約為一百公里，那裡的「羅素雞尾酒」混合氣體因日日接踵而來的紫外線照射而散失。飛機外層在高溫下灼熱鮮明。透過駕駛艙的濾鏡看出去，外頭是日落時分的色澤。毫無疑問的影響了他們的夜間視線。下面的星球一片漆黑，只除了希臘盆地裡非常微弱的點點冰河星光。他們仍然在往上攀升。迴轉幅度逐漸增大變寬。星星裝填在看來像一個巨大黑色

半球的黑暗中，挺立在一個黑色的巨大平面上。夜晚的天空，夜晚的火星。他們再一次竄升又竄升。這白化熾熱的火箭呈現透明的黃色，產生夢幻似的柔滑鮮亮感。是維西尼克的最新產物，史賓賽參與部分設計；使用材料是中間組成物（譯註：intermetallic compound，由兩種或多種金屬依不同比例組成的合金），主要為伽瑪鈦鋁合金製成超塑物質，用以生產抗熱引擎零件以及機身外殼，那外殼此刻正因他們揚升的更高而冷卻下來，變得有些陰暗。他可以想像伽瑪鈦鋁合金美麗的方格細工，以「納多得」和垂曲線面的織錦圖案編成鉤和眼的形狀，因高溫而瘋狂顫動。他們近來就建造這樣的東西。地對太空飛機。走入你家後院，即可搭乘一個鋁罐飛往火星。

薩克斯描述完成這個任務之後他想要做的另一件事。彼得笑了起來。

「你想維西尼克能做嗎？」

「喔，沒問題。」

「設計上會有些困難。」

「我知道，我知道。但是他們會解決。我是說，你不必是一個火箭科學家才能做一個火箭科學家。」

「很有道理。」

彼得唱起歌來消磨時光。當那些字閃入薩克斯腦中時，他也加入哼唱——〈十六噸〉，一首令人滿意的歌。彼得說起他如何從傾塌的電梯裡逃脫。套著太空船外活動裝備，獨自飄浮兩天的感覺。「不知怎地，我對它並不排斥。我知道那聽起來很奇怪。」

「我懂。」這裡的形狀如此巨大純然。事物的本然色澤。

「重新學習說話的感覺怎樣？」

「我必須全神貫注努力思索。事物讓我不時感到驚訝。那些我曾經知道卻遺忘了的。還有我從來不知道的。以及受傷前才學到的。通常那段期間會永遠封閉堵塞。但是卻又非常重要。當我在那

冰河上工作時。我必須跟你媽談談那段時期。並不是她想像的那樣。你知道，那土地。那裡有新類植物。黃色蝴蝶般的太陽。不必一定要……」

「你應該跟她談。」

「她不喜歡我。」

「我們回去時跟她談談。」

高度計顯示距離地表有二百五十公里。飛機朝著仙后星座飛去。每一顆星都有獨特的顏色，彼此皆不相同。或說至少有五十種。他們身下，黑色圓盤的東邊出現了明暗界限，籠罩著黃土色和朦朧黑影構成的斑馬線條。太陽光線在火星上照出的新月形，讓他突然能夠清晰看到那個有如巨大扁球體的圓盤。一顆旋轉著穿越銀河星系的球。壯闊的埃律西姆大陸——群山地形，在地平線那端隆起，它的形狀被地平線的陰影描出完美的輪廓。他們俯瞰著它整個綿長的鞍狀山脊，黑卡蒂圓頂幾乎完全隱沒在埃律西姆山脈火山錐之後，艾耳波圓頂則消失在一旁。

「在那裡，」彼得說，從駕駛艙指出去。他們東邊上方，飛行透鏡的東緣在晨曦裡閃動銀光，其餘部分仍隱在星球的陰影中。

「我們夠近了嗎？」薩克斯問。

「快了。」

薩克斯再次俯瞰越來越厚的月牙狀曙光。那邊赫斯匹里亞陰暗崎嶇的高地上，一片煙雲正從明暗界限的漆黑部分往上翻騰洶湧，逐漸擴散到晨曦微光中。即使他們現在這個高度，也依舊圈籠在這道煙雲裡，視野不再明朗清晰。透鏡本身在肉眼不見的上升熱氣流中滑翔，運用熱氣流的上揚作用以及來自陽光的壓力來保持其於這片燃燒區域的位置。

現在整個透鏡暴露在陽光下，彷彿極為巨大的一具銀色降落傘，只是傘下什麼東西也沒有。其銀色外觀夾帶著紫蘿蘭色澤，天空的顏色。杯狀部分是球體的一截，直徑一千公里，中心部位約比

邊緣高出五十公里。彷彿玩具飛盤似的旋轉著。頂端有個孔洞，陽光就從那裡撒落穿瀉。其他形成杯狀部分的圓形長條鏡面，反射來自太陽和撒力塔的光線，再往內朝下輸入，引到下方地表上移動著的點；如此帶來的光芒異常劇烈，足以將玄武岩整個燃燒起來。透鏡鏡面溫度幾乎高達絕對溫度九百度，而下面熊熊的熔岩則幾近五千度。將揮發性氣體釋放殆盡。

　　薩克斯看著這巨大的飛行物體飛過他們上方，腦海中浮現一個景象：放大鏡，高舉在乾草堆和白楊樹枝上。煙、焰、火。聚焦的強烈太陽光束。光子突襲。「我們夠近了嗎？它似乎就在我們正上方。」

　　「還沒有，我們還在遠遠的邊陲地帶。最好不要飛到那東西下面，不過我猜因為它聚焦點在更下面，燒不到我們。它飛越燃燒區域的速度大約是每小時一千公里。」

　　「像我年輕時候的噴射機。」

　　「喔。」操縱台上閃爍著綠燈。「好，來吧。」

　　他拉起操縱桿，飛機以尾端為支點的站了起來，正對稜鏡揚升，而那稜鏡仍然在他們上面一百公里處，而且在他們西方。彼得撳了撳操縱台上的一個按鈕。整架飛機震動了一下，接著粗短的機翼底下出現有翅飛彈，跟著他們升高，然後如爆發鎂光般點火燃燒，高速衝向透鏡。刺眼的黃色火焰對稱著巨大銀色的幽浮，最後消失蹤影。薩克斯等著，嘴唇鼓起同時試圖停止眨眼。

　　透鏡前端邊緣開始鬆開。它其實是個脆弱的物體，只不過是個巨大的杯狀旋轉太陽能航帆板，現在正以驚人的速度支解分離，其前端邊緣往下滾動，牽引全體往前向下翻落，後面拖曳著長排環狀彩帶，看來像極幾個纏捲交雜的破碎風箏尾巴，全部一起墜落。事實上，那裡足足有一點五兆公斤的太陽能航帆物質解體鬆離，在其長長的軌道上忽明忽暗的飄揚翻飛，速度則因體積龐大而看似緩慢，而其本身的主要部分也許仍然以最後的高速移動。在撞擊地表

之前，會有很大一部分完全燃燒掉。矽石雨。

　　彼得將飛機轉過來，跟隨在它之後緩緩下降，同時保持在它東方的位置。他們仍能看得到它，在紫蘿蘭色的晨空中，其主要部分因高溫而散放刺眼白光，並且起火燃燒就像一顆拖曳著糾結在一起的毛茸茸銀色尾巴的彗星，往下墜落到黃褐色的星球上。全部傾塌滾落而下。

　　「射得好。」薩克斯說。


　　回到華里士火山口時，他們受到英雄式的歡迎。彼得婉拒了所有的恭賀：「那是薩克斯的主意，飛行本身沒什麼了不起，只不過是一次偵查行動，外加開砲而已。真不懂我們以前怎麼沒有想到。」

　　「他們會乾脆再放置一個。」安在一個角落說，以一種非常好奇的表情盯著薩克斯。

　　「但是它們那麼脆弱。」彼得說。

　　「地對空飛彈，」薩克斯說，有點緊張。「你們能夠製造——你們能夠盤點清查所有運行物體嗎？」

　　「已經做過了，」彼得說。「還有一些我們無法識別的，不過多數相當明顯。」

　　「我想看看那份單子。」

　　「我要跟你談談。」安陰鬱地告訴他。

　　其他人迅速離開房間，彼此互相上下擺動眉毛，有如一群亞特・藍道夫。

　　薩克斯在一張竹椅上坐下。這是個小房間，沒有窗戶。像早期山腳基地的木桶地下室。形狀沒錯。構造。磚石是如此堅實的主要產品。安拉來一張椅子坐在他對面，上身前傾瞪著他的臉。她看起來更老了。誇張的紅黨領袖，自誇炫耀、憔悴煩憂。他微笑。「妳是不是到了該接受老人療程的時候了？」他嘴巴張吐之間流出這些

字句，嚇了他們兩人一跳。

安漠視這樣的冒昧無理。「你為什麼要射下那個透鏡？」她說，眼神利劍般穿過他。

「我不喜歡它。」

「我知道那點，」她說。「但是，為什麼？」

「那沒有必要。溫度升高得夠快了。沒有理由加速。我們甚至不需要再多的熱能。它釋出太多二氧化碳。將來很難淨化。它會很精巧的卡住——要從碳化物中清除二氧化碳並不容易。只要有人不融化岩石，它就會留著不動。」他搖著頭。「太愚蠢了。他們那樣做只是想證明他們能。運河。我不相信運河。」

「所以只是因為那不是你要的地球化。」

「沒錯。」他平靜的迎向她的瞪視。「我相信多薩伯雷夫亞提出的地球化範圍。妳也簽了名。我記得。」

她搖頭。

「沒有？可是紅黨簽了，不是嗎？」

她點頭。

「啊……我懂了。我以前對妳說過。適合人居的處所鎖定在特定海拔之下。那上面，空氣太稀薄也太過寒冷。減緩速度。生態波伊希思。我不喜歡任何大型的新的重工業方式。也許從泰坦星搬運氮氣過來還好。但是其他一切都不需要。」

「海洋呢？」

「我不知道。看看沒有了抽取幫浦會怎樣？」

「那麼撒力塔呢？」

「不知道。額外日曬表示少些以工業氣體來增溫的需要。或其他方式。但——我們並不需要它。我認為晨曦鏡已經足夠了。」

「然而這已經不是你所能控制的了。」

「沒錯。」

他們在沈默中靜坐。安顯然陷入深深思緒冥想裡。薩克斯觀察

著她歷經風霜的面龐，疑惑著她上一次接受治療是什麼時候。烏蘇拉建議每四十年重複一次，而且是至少。

「我錯了，」他嘴裡如是吐出。她凝視他，他試著跟進她的思緒。那是一種形狀，幾何學和數學式的簡潔高雅。串級重組混沌現象（cascading recombinant chaos）。美麗往往創造引人注目的奇特事物。「我們開始之初實在應該等一等。花幾十年的時間研究原始狀態。應該如何進行的答案會自然出現。我不知道事情會變化得這麼快。我原先的構想是比較接近生態波伊希思的。」

她撅起雙唇。「而現在太遲了。」

「是。我很抱歉。」他翻起一隻手掌，檢視著。所有掌紋皆與昔日無異。「妳必須接受治療。」

「我不想再繼續治療下去。」

「喔，安。不要那樣說。彼得知道嗎？我們需要妳。我是說——我們需要妳。」

她起身，離開。


他下一個計畫更複雜。彼得信心十足，維西尼克人則猶豫不決。薩克斯盡可能的解釋。彼得從旁協助。他們的反對轉成實用性上的爭議。太大？徵募更多波格丹諾夫份子來幫忙。隱形不可能？試試干擾監視網路。科學即是創造，他告訴他們。這不是科學，彼得答覆，是工程。米海同意，也喜歡那部分。環保抗爭運動，生態工程學的一個支脈。然而要安排實施則相當困難。徵募瑞士人，薩克斯告訴他們。或至少讓他們知道。他們反正不喜歡監視系統。告訴布雷西斯。

計畫慢慢成形。不過他和彼得過了很長一段時間之後，才又再次使用太空飛機。這次他們直接發射火箭到平流層，從那裡開始竄升。升到兩萬公里之上，直到逼近迪摩斯。然後與它會合。

那小衛星的地心引力非常微小，說是降落在它之上不如說是靠

岸停泊。賈姬・布恩曾參與籌劃，多半是為了要接近彼得（姿態相當明顯），此時她擔負引導飛機進入的任務。他們飛近時，薩克斯從駕駛艙窗戶看到了絕佳景致。迪摩斯的黑色表面似乎覆蓋著一層厚厚的滿佈灰塵的風化層──所有火山口幾乎全掩埋其下，其柔軟的圓形邊緣在沙塵織毯上推起漣漪。這橢圓形的小衛星形狀並不規則，像是由幾個圓形刻面組合起來。幾乎成三軸橢圓球體。一架古老的機械登陸艇蹲坐在近伏爾泰火山口中心處，登陸墊被塵土蓋住，關節般相連的銅質支架和箱盒因深色塵土而晦暗朦朧。

　　他們選擇了自己的登陸地點，就在圓形刻面之間的隆起脊線處，那裡氈毯似的沙塵上有突出的光裸岩石。這些隆起脊線乃舊時核子分裂蛻變的瘡疤，標示著早期衝撞所引起的衛星碎片斷裂處。賈姬小心翼翼的引導他們朝史威夫特和伏爾泰火山口的西部邊緣。迪摩斯和弗伯斯過去一樣，受潮汐力固定，這對他們的計畫很有助益。次火星點就經度緯度而言皆定在〇度，一個最合理的設計。他們降落的脊線接近赤道，經度九十度。從次火星點過來約有十公里。

　　他們迫近那脊線時，伏爾泰邊緣消失在黑色地平線曲線下。飛機火箭器噴射廢氣時，噴走了覆蓋脊線的塵土。遮覆岩床的塵土僅有幾公分厚。碳粒隕石有五十億年老。他們停泊時發出砰然巨響，彈跳起來之後才又緩緩的飄下。他可以感覺到傳自飛機底部的拉力，但是非常輕微。也許他在這裡的重量不會超過幾公斤。

　　其他火箭開始在他們左右脊線上降落，將大片塵雲揚飛到半空。所有飛機在初次衝撞後都反彈跳起，然後穿越大片塵雲逐漸降落。半個鐘頭內，有八架飛機排列在分別往短短的地平線兩端延展而去的脊線上。這形成了一個奇特景象，金屬化合物製成的各個圓形表面，在手術強光似的未過濾陽光下彷彿幾丁質般閃爍著，澄澈明朗的真空狀態，使得所有邊角全都聚焦過甚。一片如夢景象。

　　每一架飛機都攜帶整個系統的一個組件。自動鑽孔機、挖鑿隧

道機和輾壓機。集水台，為熔化迪摩斯上的冰脈。一座加工廠，用以分離出重水，每六千單位的普通水中約佔一個單位。另一廠則從重水裡處理出重氫。一個小托克馬（譯註：tokamak，物理名稱，一種在高溫電漿產生核融合反應的器具），以重氫—重氫核子融合反應為動力。最後是指揮噴射機，其組件多數為降落在這衛星另一邊的飛機所攜帶。

大部分的架設工程乃帶著設備而來的波格丹諾夫技師完成。薩克斯套穿好機上笨重的壓力裝備，穿過閘門來到地表，想瞧瞧攜帶指揮噴射機到史威夫特—伏爾泰區域的飛機是否降落了。

腳上碩大的保溫靴子相當沈重，他很高興；這裡脫離地心引力的最低速度只需每小時二十五公里，亦即奔跑一段距離後再一個縱躍就可能跳離這個衛星。要維持平衡並不容易。千百萬微小移動物體受牽引一起夾帶前進。每跨出一步，就踢動一團黑色塵雲，緩緩降落地面。塵土上散佈著許多石頭，通常端坐在它們落地撞擊而出的小口袋裡。噴濺而出的物質毫無疑問的在噴發之後，曾繞轉這小衛星好幾圈才又再次落地。他拾起一顆棒球大小的黑色石頭。以正確速度丟擲出去，轉過身來等待它繞轉世界一圈，在齊胸處接住。第一顆出去了。一個新運動。

地平線僅數百公尺遠，並隨著每一個步伐產生明顯的變化——火山口邊緣、核子分裂脊線，以及他拖曳沈重步履朝前走時，前端不斷相繼迸現的礫石。站立在身後脊線上飛機之間的人們，已經以不同於他的垂直角度挺立，並且向外傾斜。就像「小王子」。周遭開始澄澈明朗起來。他的腳印在塵土上刻畫出深深的一條線。飛懸在腳印上的塵雲越遠越低，四五步以外的已經落定。

彼得從閘門出現，朝他的方向走來，賈姬跟在後面。彼得是薩克斯見到的唯一一個真正吸引賈姬的男子，她害相思病似的以運行軌道物體的激烈無助態度，渴慕想望軌道的衰竭。而彼得也是薩克斯見到的唯一一個絲毫不受賈姬多情注目所迷惑的男子。人心乖僻

荒謬的一面。正如他對菲麗絲的著迷，一個他其實並不喜歡的女人。或者他期望安對他的贊同，一個沒有喜歡過他的女人。一個觀點瘋狂的女人。不過這裡也許有合理的解釋。如果有人如夢如痴的愛著你，你必得懷疑這個人的判斷能力。就那樣簡單。

眼前賈姬如一隻小狗般跟隨彼得，而雖然他們戴著銅色面罩，薩克斯仍能從她的動作中知道她正在跟他說話，嬌痴誘哄的。薩克斯轉到共通頻道，加入他們的對話。

「——為什麼把它們命名為史威夫特和伏爾泰？」賈姬問。

「他們兩人都曾預言火星衛星的存在，」彼得說，「早在人們確認這些衛星前的一個世紀，他們就寫在他們書中了。史威夫特在格利佛遊記裡甚至描述了它們與行星的距離以及運行次數，與實際相差不多。」

「你在開玩笑！」

「沒有。」

「他怎麼知道的？」

「不知道。運氣，我猜。」

薩克斯清了清喉嚨。「順序。」

「什麼？」他們說。

「金星沒有衛星，地球一個，木星四個。火星應該有兩個。因為他們看不到，它們也許很小。接近。因此快速。」

彼得笑了起來。「史威夫特一定是個聰明人。」

「或他的資料來源。不過那仍然只是運氣。順序只是巧合。」

他們佇足在另一道核子分裂脊線上，可以看到史威夫特火山口的邊緣，它是下一個地平線上幾乎被完全掩埋的山脊。一個灰色小火箭飛機彷彿一樁神蹟般站立在黑色塵土上。他們頭頂上方，火星幾乎填滿了整個天空，一個橘紅色的廣大世界。夜晚正從東邊以新月狀披覆而去。依稀地在他們正上方，而他雖然無法確認布若斯的位置，卻看到了它北邊鑲嵌大塊白色斑點的平原。各個冰河齊聚成

冰湖，逐漸匯集成冰海。北冰洋。一大片波浪狀雲層堪堪拂過那片土地，突然讓他聯想起從戰神號看地球的景象。那是一道來自大塞爾地斯的冷鋒。這白色雲層的模式與地球上生成的恰恰相同。凝結粒子的旋轉浪潮。

　　他離開脊線往回走向飛機群。又長又硬的靴子是唯一保持他直立姿勢的力道，而他腳踝隱隱作痛。彷彿在海底行走，只不過沒有阻力。宇宙海洋。他彎身在塵土裡挖掘；十公分了，沒有岩床，然後二十；有可能達五或十公尺深，甚至更深。他揚起的塵雲大約在十五秒後落回地表。這塵土如此細微，在任何大氣層中，它們都很可能永遠的飄浮空中。但是在真空狀態中它們如同一切事物般沈降掉落。至於噴濺物質。這裡就沒有什麼能把它們拉回。你或者可以將塵土踢到太空去。他跨過一個低矮脊線，眼前猛然出現另一個刻面的傾斜平地。很明顯的，這小衛星被人刻意塑造成舊石器時代的某種工具，有著舊時衝撞敲搗而出的刻面。三軸橢圓球體。奇怪的是它有這麼圓的運行軌道，是整個太陽系裡最圓軌道之一。不是你能預期的一個遭捕獲小行星會有的現象，也不是火星受到一次巨大撞擊而拋擲到太空的噴濺物會有的現象。剩下的是什麼？非常古老的擷取。有其他軌道上的其他物體，使它規律化。拗斷，敲打。砍碎。核子分裂。語言如此美麗。岩石撞擊岩石，在海洋似的太空。敲扣出一些碎片，四處飛散而去。直到它們全都不是降落在行星上，就是滑掠而過。全體，只除兩個之外。兆億中的兩個。衛星炸彈。槍炮支架。自轉速度比上方的火星還要快，因此在火星地表上任何一點，皆可一次長達六十小時的看到它掛在天上。方便合適。已知比未知更具危險性。不管米歇爾怎麼說。喀喀，喀喀，踏在原始純淨的岩石上，踏在一顆原始純淨的衛星上，伴隨一顆原始純淨的心靈。小王子。地平線那端排列挺立的飛機看來荒謬無稽，彷如夢境裡的昆蟲，幾丁質外殼，相連關節，色彩繽紛，在星夜暗空，塵煙密佈岩石的反襯下，顯得如此微小。他迴身攀入閘門。

　　幾個月之後，他獨自處於伊秋思峽谷，這時迪摩斯上的機器人已經完成了建築工程，並且重氫發動裝置也已點燃了駕駛引擎。那引擎每一秒鐘可以丟出上千噸碾碎的岩石，速度為每秒二百公里。全沿正切線飛到軌道以及軌道面上。預計四個月內，這顆衛星的百分之零點五體積會被噴逐出去，然後引擎熄火。根據薩克斯的計算，屆時迪摩斯將距火星六十一萬四千二百八十七公里遠，並且繼續朝完全脫離火星影響範圍之途而去，再次成為一顆自由的小行星。

　　現在它飛掠它的夜空，一個形狀不規則的馬鈴薯，比金星或地球要晦暗些，不過其邊緣處有顆新生彗星絢麗燃燒而出。好一番景象。消息傳遍兩個世界。惡名昭彰！即使在反抗組織中也有爭論，人們就正反意見相持不下且議論紛紛。廣子將會感到厭惡，進而離開這個疆域，他可以感覺其形式態樣。是，不，什麼，哪裡。誰做的？為什麼？

　　安出現在腕錶上滿是怒容，問著同樣的問題。

　　「它是個絕佳的武器發射台，」薩克斯說。「如果他們把它變成一個軍事基地，一如他們在弗伯斯所做的。我們將無能為力。」

　　「所以你就因著它或許會變成軍事基地的丁點可能性那樣做了？」

　　「如果阿卡迪和他的組員沒有抱著這麼一線希望調整弗伯斯的話，我們根本無法存活下來。我們會被殺戮殆盡。不管怎樣，瑞士人聽說這件事會發生。」

　　安搖著頭，當他瘋了般的瞪著他。一個瘋狂的破壞者。然而從他的角度來看，這簡直就是烏鴉笑豬黑。他毅然決然的面對那個表情。她結束連線後，他聳聳肩，呼叫波格丹諾夫份子。紅黨有一份目錄——繞轉火星軌道上的所有物體。然後我們需要地對空的傳輸系統。史賽賽會幫忙。赤道地下飛彈發射台，停工的超深井，懂嗎？」

他們說懂。無需是一個火箭科學家就能了解。所以如果再有那種狀況，他們將不會受到來自太空的重擊威脅。

稍後，他無法確定多久，彼得出現在薩克斯向德司蒙借來的巨礫越野車裡的小螢幕上。「薩克斯，我跟在電梯上工作的幾個朋友連絡，因為迪摩斯加速運行的關係，幹管為閃避它而排定的擺盪時間表不對了。看起來它下一次的軌道繞轉很有可能會迎頭撞上電梯，而我朋友沒有辦法使幹管的導航人工智慧電腦據此應變。很顯然它嚴密防範外來資料的輸入，你知道，為了要防止破壞干擾。他們就是沒有辦法讓它接受迪摩斯速度改變的事實。你有什麼建議？」

「讓它自己判斷。」

「什麼？」

「把迪摩斯的相關資料輸入。它可能已經有了。而它的程式就是設計來躲避它。輸入資料時盡量強調那點。解釋發生了什麼事。信任它。」

「信任它？」

「嗯，跟它談。」

「我們在試，薩克斯。但是反破壞程式真的固若金湯。」

「它主控擺盪來躲避迪摩斯。只要那是它目標名單上的其中一項就不會有問題。給它那些資料就可以了。」

「好吧。我們就這麼辦。」

在夜晚時分，薩克斯來到車外。黑暗中在大峽谷偉壯懸崖下踱步閒逛。這裡是卡塞峽谷穿入這堵碩大山壁的北邊。「塞」在日語中指星星，「卡」為火。中文亦同，「火」在日文裡發音為「卡」，「星」則為「塞」。中文辭彙稱「火星」：火紅的星星，在天際燃燒。據說「卡」是小紅人據以稱呼這座星球的語彙。我們在火上生活。薩克斯散播著種子，硬實的小堅果恰恰擠入填滿峽谷深

坑裂縫的沙土表層之下。「約翰的火種」。南方天空有燃燒著的迪
摩斯，慢慢偏離群星，以其低緩速度朝西翻滾。此刻正被它東部邊
上的爆發性微小彗星尾巴所推動。騰升於塔爾西斯之上的電梯肉眼
無法得見，新克拉克或許是西南天際上一顆晦暗模糊的星星，難以
正確判斷。他不小心踢動一個石頭，彎下身去撒播另一顆種子。所
有種子全播出去之後，另有幾袋新品種地衣要種植。那是一種緊貼
岩石表面或岩縫生長的植物，非常吃苦耐勞，繁衍速度相當快，也
能快速的釋放氧氣。覆蓋地表的比例非常高。非常乾燥。

　　手腕傳來嗶嗶聲。他將聲音轉接到他頭盔內部對講機，一面繼
續從大腿口袋裡取出小堅果推入沙土，小心翼翼的避免損害任何莎
草根莖，或其他彷如毛茸茸黑色岩石般匍匐綴點地面的植物。

　　是彼得，聽起來很興奮。「薩克斯，迪摩斯正對著他們靠攏，
而人工智慧電腦似乎瞭解到它不在它尋常軌道點上。他們說，它正
認真思索著。所有區段的定向噴射機都較早啟動了，所以我們很樂
觀的認為整個系統開始有所反應了。」

　　「你不能計算出那震盪幅度嗎？」

　　「可以，只是這人工智慧電腦非常頑固。一個倔強的混蛋，保
全程式簡直滴水不漏。我們只能從獨立計算上看出這次交錯距離會
非常接近。」

　　薩克斯直起腰身，在他腕錶上敲敲打打計算一番。迪摩斯軌道
週期至少約為十萬九千零七十七秒。駕駛引擎可能已經啟動了一百
萬秒，他不很確定，不過已經相當醒目的加強這小衛星的速度，同
時也擴大了它的軌道範圍……他在沈靜中默默計算著。通常當迪摩
斯繞經電梯幹管時，幹管那個區段會以最大幅度來擺盪，使彼此距
離超過五十公里以上，足使引力的干擾妨礙小到無需對幹管噴射機
進行分節調整。這回由於迪摩斯速度加快，並且向外移動，因而使
得原定時間表不及因應；幹管擺盪回返迪摩斯軌道面的時間會太早
些。所以必須減緩克拉克的擺盪，而且必須上上下下對整條幹管進

行調整。非常複雜，毋怪人工智慧電腦無法詳細陳列出其行事程序。它很可能正忙著連絡其他人工智慧電腦取得這次運作所需的整體計算能力。這情況的形狀——由火星、幹管、克拉克、迪摩斯構成——一個美麗的默察思索過程。

「好了，它現在朝他們來了。」彼得說。

「你朋友在軌道高處嗎？」薩克斯問，滿心訝異。

「他們在它下面兩百公里處，但是他們的電梯廂房正往上爬。他們把他們的攝影機連到我這裡了，而，嘿，它來了……啊！喔！卡哇！薩克斯，它很可能只距離幹管三公里！它就直直閃過他們的攝影機！」

「九死一生仍是生。」

「什麼？」

「至少在真空狀態中是這樣。」但這回它不僅僅只是顆拂掠而去的石頭。「從駕駛引擎噴出來的噴濺物尾巴怎樣了？」

「我問問……他們說，它們飛到迪摩斯前面了。」

「很好。」薩克斯關掉通訊。必須歸功於人工智慧電腦的先見之明。再繞幾圈，迪摩斯就會高於克拉克，幹管就不用再設計躲避它了。在此之前，只要導航人工智慧電腦相信危險存在，很顯然它的確瞭解，就不會出事了。

薩克斯的心思在這事件上剖成兩半。德司蒙說他會很高興看到幹管再次傾倒坍塌。然而似乎也另有些人同意他的做法。薩克斯決定就這件事不採片面單方行為，因為他不確定他對那條地球連結帶的感想如何。最好還是把片面行為限制在他能夠篤定確認的事物上。於是他彎下腰去，播下另一顆種子。

# 第九部　一時衝動

　　到一個既新鮮又陌生的地區墾殖居住一直就是一種挑戰。奈加峽谷的帳幕搭建工作一完成，賽普雷德拉模司皮爾就設置了幾個中型自然系統裡最大的通風裝備，帳幕因而很快的填滿從周圍空氣中抽取過濾而來，氣壓達五百毫巴的氮、氧、氬混合氣體，外面空氣氣壓目前已達二百四十毫巴。兩個世界的墾拓者於是從開羅和山沙尼·奈等城市陸續搬遷而來。

　　一開始人們住在活動拖車裡，另外加上一些小型輕便的溫室；他們以細菌、農犁翻動峽谷土壤，同時利用溫室培植先驅作物，以及可以建造住屋的樹林竹叢，還有可以散播農場外環的沙漠植物。峽谷底部的黏土很適合轉變成土壤，不過他們仍須添加一些生物、氮、鉀等——這裡一如往常般含有許多磷素，以及遠遠超過他們所需數量的鹽分。

　　就這樣，他們花費大多時日在擴大可耕土壤上，並培養溫室作物，種植耐鹽、耐旱的頑強植物。他們在整條峽谷上下進行交易，幾乎就在人們移入的當天，小型市場村落即如雨後春筍般到處進現，另外還築造了農場之間的小徑，以及一條穿過峽谷中心、沿著溪流的主要道路。奈加峽谷前端沒有含水層，於是一條輸導管就從水手峽谷抽取足夠水源，引到峽谷形成一條奔流小溪。溪流最後聚集在烏左伯伊隘口，再回流到帳幕前端。

　　每一個農場面積約為半公頃，幾乎每一個人都企圖在那空間裡種植他們所需食物。大部分將土地分隔成六個小區，依季節輪番播

植農作物和牧草。每一個人對作物栽植以及土壤增加都有一套理論。多數人種植小型經濟作物、堅果、水果或林木。很多人畜養雞隻，有些畜養綿羊、山羊、豬、牛。那些牛幾乎全是迷你型，比豬大不了多少。

他們盡量在峽谷底溪流旁開墾農場，讓峽谷谷壁下較為粗糙的高處地面維持荒野原貌。他們引進美國西南部落的沙漠動物，於是蜥蝪、烏龜、長腿野兔的蹤影開始在附近出現，而土狼、北美大山貓、老鷹則劫掠他們的雞隻綿羊。還有橫行出沒的鱷魚蜥蝪，以及蟾蜍。族群數目慢慢成長至一個量，偶爾雜有劇烈變動。植物開始自我繁衍。土地開始展現繁榮盛景。紅色岩石壁則沒有變化，依舊陡峭崎嶇的俯瞰底下位於河濱的新世界。

星期六早上為市集日，人們駕駛滿載物品的貨車來到市場村落。四二年初冬的一個早晨，他們聚集在深黑雲層下的圍拉亞柏朗哥販售蔬菜、奶製品和蛋。「你知道怎樣辨別那顆蛋裡面有小雞嗎──把它們全放入一桶水裡，等它們靜止下來。然後那些微微發抖的就表示裡面有活著的小雞。你可以把那些還給母雞，剩下的吃掉。」

「一立方公尺的過氧化氫等同於一百二十萬瓦度的電力！另外它重達一噸半。你不會需要那麼多。」

「我們試圖要它達到每十億就有一個單位的程度，只是運氣還不好罷了。」

「智利在輪耕上的成果相當不錯，你不會相信的。過來看看吧。」

「暴風雨要來了。」

「我們也養蜜蜂。」

「麻亞是尼泊爾人，巴蘭姆是波斯人，模爾斯是威爾斯人。是，聽起來確實像口齒不清，不過也可能是我發音不對。威爾斯的拼音很怪異。他們也許發成模蘇，或模特，或馬斯。」

　　然後消息在市場傳開，彷彿火苗般從這裡延燒到那裡。「奈加來了！奈加來了！他要在亭台演說──」

　　他來了，在聚集群眾之前大步跨走，與老朋友打招呼，跟靠近他的人握手。市集村落裡的每一個人都跟隨著他，蜂擁在市集西端的亭台和排球場上。狂野的叫嚷不時在群眾聚集嗡嗡聲中乍然迸放。

　　奈加站上一條板凳開始說話。他談及他們的山谷、火星上另一個新帳幕土地，以及它代表的意義。不過當他說到兩個世界的情狀時，頭上的暴風雨狂猛爆裂的席捲而來。雷電開始擊向避雷針，接著是變換速度極快的雨、雪、冰雹，然後溼泥。

　　覆蓋谷地的帳幕跟教堂屋頂一樣陡峭，灰塵和細片微粒被具壓電效應外層的靜電排除掉；雨水順流而下，雪紛紛滑落，在邊緣底端堆積起來，這些飄積物被大型機械鏟雪犁上面以特定角度延伸出去的長長吹風機吹開，這鏟雪犁從暴風一來襲就在基地道路上來回滾動的努力工作著。然而溼泥是個問題。由於混合著冰雪，它變成一種如混凝土般堅硬的寒冷物體，堆積在稍高於地基的帳幕上，這類密實物體的重量可以導致帳幕崩垮──北方就曾這麼發生過。

　　所以當這場暴風越來越劇烈，峽谷燈光也變得如樹枝般褐黃時，奈加說，「我們最好到上邊去。」於是他們全都擠進貨車，駛到最近的電梯，沿著峽谷內部山壁上到頂部邊緣。到了上面，知道如何控制鏟雪犁的人，以手動駕駛接管它們，強力吹風機此刻噴出蒸汽到飄積物上，將它們沖離帳幕。其他人則成群結隊的拉出蒸汽手推車，把鏟雪犁推下的成團泥狀沈積物搬離地基。奈加就幫著這部分的工作，手持一條蒸汽管線到處奔走，彷彿進行一種艱辛的新型運動。沒有人跟得上他的速度。不久他們就都陷在與大腿齊深的冷冽溼泥漩渦裡，風速超過一百五十，低矮厚實的黑色雲層仍不斷朝他們吐出更多泥濘溼土。風速已達每小時一百八十公里，但是沒有人在意；強風幫忙清除掉帳幕上的溼泥。他們揮動工具掃了又

掃，隨著強風往東移動，將溼泥小河推擠到沒有覆蓋的烏左伯伊峽谷裡。

　　暴風雨結束，眾人將帳幕維持得相當清潔；然而奈加峽谷兩旁的土地全都埋在深深的結凍泥漿下，而工作人員全都溼得非常徹底。他們相繼走入電梯下到峽谷地端，又疲倦又寒冷；從電梯走出後，呆呆的互相看著彼此除了面罩之外變成全黑的裝束。奈加取下頭盔站在那裡，突然不可遏抑的狂笑起來，接著一把刮下頭盔上的溼泥朝眾人丟去，一場混戰於焉展開。大多數人依舊謹慎的戴著頭盔。就這樣，峽谷裡黑暗谷底上現出了奇異景象，目不視物的泥人互相丟擲成堆泥塊，再競相飛奔到溪水裡，嬉鬧跌撞的又玩角力又潛水躲藏。

　　瑪雅・凱塔莉娜・妥伊托芙娜心情躁悶的醒來，下床後蓄意忘卻驚擾她的那場夢魘，一如用過馬桶後按下水閥沖刷而去的水流。夢很危險。她背朝洗臉台上的小鏡子換好衣服，下樓到公共食堂。整個沙比希充滿著火星／日本化的風格，附近有個富含禪味的庭園，松樹、苔蘚散佈在粉紅光滑的礫石之間。就一種儉約角度來看確實有其美感，但瑪雅總覺不合意，那是對她皺紋的一種譴責。她盡可能的漠視周遭景致，專心用著早餐。無聊至極的日常例行活動。另一張桌子上，韋拉德、烏蘇拉還有瑪琳娜與一群沙比希第一世代坐在一起共同進餐。這些沙比希人全都剃著光頭，穿著工作長袍，彷如禪宗僧人。其中一位打開餐桌那邊的一架小螢幕，出現一節地球新聞報導，一個變形跨國公司在莫斯科製作的節目，其與現實的關係跟昔日的《真理報》無異。某些事情永遠不會變動。這是英語版本，即使過了這麼多年，論說者的英語仍然比她的好。「現在播報二一一四年，八月五日的最新消息。」

　　瑪雅僵在座椅上。在沙比希，此刻是Ls＝246，非常接近近日點——第二個十月四日——白天變短，晚上就這火星四十四年而言還算溫暖。瑪雅完全不知道地球日期，這情形還已經持續了好些年。但是在那裡，今天是她的生日。她——她得要算算……一百三十歲的生日。

　　她皺起眉頭有些反胃，把吃了一半的圈餅丟回盤子，瞪視著。思緒影像如飛出樹叢的鳥兒般四處竄繞；她無法捕捉；與完全空白的情形沒什麼兩樣。這樣恐怖不自然的年齡有什麼意義？他們為什麼偏巧在那一刻打開螢幕？

　　她起身離開那蒙上不祥兆頭的半月型麵包走到外面，投入秋天晨光懷抱中。沿著沙比希舊時建築裡鋪滿綠色街草的美麗主要大道往下走，大道周圍遍植有火紅楓樹——其中一株擋住了尚在低處閃耀著深紅光芒的太陽。他們居住處外面的廣場對面，她看到耶里・祖多夫與一個小孩玩著九柱戲，也許是瑪麗・杜可兒的曾一曾孫

女。現在沙比希住了很多登陸首百，他們和諧融入戴咪蒙派，妥善的藏匿在當地經濟系統中，住在舊時建築裡，使用偽造身分和瑞士護照——所有一切都完美牢靠，讓他們能夠自然加入地表生活。這些都不需要像薩克斯那樣進行整容手術，因為年齡已經幫他們完成了：他們已經變得叫人難以辨認。她可以走在沙比希街道上，而人們看到的只是身處眾多高齡老人中的一個老太婆。如果臨時政府官員擋住她，他們也將只能確認出一位露得米拉·諾沃西比司卡亞。而事實是，他們根本不會擋住她。

　　她穿過城市，試圖躲開自己。在帳幕的北端，她看到城外從沙比希超深井鑿挖而出的岩石堆積而成的大石丘。那是一條又長又曲折的山丘，向上延伸到地平線那頭，橫越第勒那的高山矮曲林高地盆地。他們精心設計過這山丘的圖案走向，從高空看下，它像是一條龍，用腳爪耍弄蛋形帳幕。橫跨山丘的一條陰暗裂縫標示著腳爪脫離這佈滿鱗片的怪獸身軀處。早晨的太陽散放著光芒，一如這條龍的銀色眼珠，回頭瞪視他們。

　　此時腕錶嗶嗶響起，她不耐煩的接聽。是瑪琳娜。「薩克斯在這裡，」她說。「我們計畫一個小時後在西邊的石頭公園碰頭。」

　　「我會到。」瑪雅說，切斷連線。

　　這天很有些熱鬧可瞧呵。她沿著城市西邊遊蕩心神不屬且抑鬱沮喪。一百三十歲。喬治亞共和國黑海邊上有阿布哈西亞人，素稱能夠不經治療即達如此年齡。想來他們仍然無需該項治療——地球上老人療程的分佈極為不均，僅跟隨在金錢和權力之後，而阿布哈西亞人向來窮困。窮困但是快樂。她努力回想當年在喬治亞的情景，高加索山在那區域進入黑海。那個鎮叫「蘇克呼米」。她依稀記得她年輕時到過那裡，她父親是喬治亞人。然而她沒有任何印象，一點也記不得。事實上，她對昔日的地球生活幾乎毫無記憶——莫斯科，拜科諾，從「新世界」看去的景致——什麼都沒有。餐桌那頭她母親的面龐，一面燙衣或煮飯，一面憂鬱的笑。瑪雅記

得那些是因為當她心情低落時，會偶爾在腦中反芻這些記憶圖表。然而實際影像……她母親在老人療程普及前十年過世，不然她很可能還活著。她會是一百五十歲，而這在當下則一點也不奇怪；當前年齡紀錄高達一百七十，而且一直在上升中毫無止盡似的。除了意外、罕見疾病以及醫學上偶見的錯誤之外，沒有什麼能取走接受治療者的生命。當然還有謀殺。和自殺。

她來到西邊石頭公園，一路上視而不見沙比希古老區段上整齊狹窄的街道。這就是何以老人無法記得近日事件的原因——因為打一開頭就根本沒有注意也不去關心。記憶還沒有變成記憶之前就遺落了，因為這人如此專注在過去事物上。

韋拉德、烏蘇拉、瑪琳娜，還有薩克斯坐在沙比希原始住宅區對面的公園長椅上，這公園仍然在使用著，至少被鴨群鵝群使用著。池塘小橋、堆石護坡岸，還有竹叢，乃自古老木刻或絲畫直接取擷而來：陳腔濫調。帳幕邊牆之外，超深井上騰升而起的大團熱雲泛著白光洶湧翻掀，並且隨著洞穴的加深而變得更為濃稠，大氣也潮溼多了。

她坐在她老同伴們對面的長椅上，冷酷的瞪著他們。皮膚如風乾福橘皮的老怪物和老太婆。他們幾乎像群陌生人，一群她從來沒見過的人。只是啊，仍能找到瑪琳娜激烈性感的雙眼、韋拉德的淺笑——就一個同兩名女子生活在一起長達八十年，還顯然維持和諧，並且處於完全獨立親密關係的男人來說，這樣的表情並不讓人意外。雖然謠傳瑪琳娜和烏蘇拉是同性戀，而韋拉德只是某種伴侶或寵物。但是沒有人能夠確定。烏蘇拉一如往常，滿足適意。所有人鍾愛的姨媽。是的——只要集中精神，就可以清楚看見他們。只有薩克斯看來全然不同，一個短小精悍的男子，斷裂的鼻樑依舊沒有矯正拉直。它挺立在他英俊的新臉龐上，彷彿向她指控，說那是她的過錯而不是菲麗絲。他沒有看她，只溫和凝視他腳邊嘎嘎繞轉的鴨子，好像正研究著牠們。工作中的科學家。只不過他現在是個

瘋狂的科學家，破壞踐躪他們所有的計畫，毫無理性可言。

瑪雅鼓起嘴唇，看著韋拉德。

「真美妙和安美克斯增加了臨時政府的軍隊數目，」他說。「我們得到廣子傳來的訊息。他們加強了襲擊采塢的那個單位，使之成為一種遠征部隊，目前正往南移動，就在阿爾及爾和希臘盆地之間。他們不像是知道多數祕密庇護所所在地的樣子，但是他們一個一個的察看熱點（譯註：hot spot, 容易發生戰亂的地方），而且進入基督歐波里司，把它變成行動基地。共計約有五百人，握有強大武力，而且受軌道保護。廣子說她僅僅能夠說服土狼、加清和道不去引領火星第一游擊隊去攻擊他們。如果他們找到更多庇護所，那些激進份子肯定會帶頭攻擊。」

意指采塢的那些狂野年輕人，瑪雅苦澀的想著。他們沒能把他們好好帶大，這些人工生殖的孩子以及整個第三世代——現在幾乎四十歲了，全都渴望一場戰爭。而彼得、加清，以及其他第二世代幾乎七十了，就正常情勢而言，應該早就變成他們世界的領導人；然而在這裡，卻一直生活在他們不死父母的陰影下，他們會怎麼想呢？他們又將如何在那種情緒下行動呢？也許他們之間有人認為另一次的革命將可為他們帶來屬於他們的機會。也許還是唯一的機會。革命畢竟是年輕人的帝國。

這些老人沈默靜坐看著鴨群，陰鬱憂愁、無精打采。「那些基督徒怎麼了？」瑪雅問。

「有些移往西蘭亞格哈。其他的留下不動。」

如果臨時政府部隊接收南方高地，那麼地下組織就可能滲透到各個城市，可是為了什麼呢？散佈的太稀太廣根本就發揮不了作用推翻目前由地球主控的兩個世界秩序。突然間，瑪雅有這麼個感覺，整個獨立計畫只是一場夢，是已經失卻目標的老朽殘存者補償性的幻想。

「你知道這樣的保安策略何以會發生，」她說，怒視著薩克

斯。「就因為那些大型的破壞搗亂。」

薩克斯似乎根本沒聽到她。

韋拉德說，「很可惜我們沒有能夠在多薩伯雷夫亞訂定任何行動計畫。」

「多薩伯雷夫亞。」瑪雅輕蔑的重複。

「那的確是個好主意，」瑪琳娜抗議。

「也許是。不過沒有個行動計畫，全體同意的計畫，那立憲東西只是──」瑪雅揮揮手。「以沙築堡。一場遊戲。」

「那次會議傳出來的觀念是每一個團體都進行他們認為最好最適當的行動。」韋拉德說。

「那正是六一年的觀念，」瑪雅指出。「現在如果土狼和激進份子開始游擊戰，情況將一觸即發，然後六一年事件就會再重新上演。」

「妳認為我們該怎麼做呢？」烏蘇拉好奇的問。

「我們應該接管！我們制定計畫，我們決定該做什麼。透過地下組織散播出去。如果我們不扛起這份責任，那麼將來不管發生什麼都會是我們的錯。」

「那正是阿卡迪想要做的。」韋拉德指出。

「至少阿卡迪試過！我們應該以他工作成果良好的部分為基礎，繼續進行！」她笑了一下。「真沒想到我居然會這麼說。不過我們應該與波格丹諾夫份子合作，以及其他隨之加入的各個團體。我們必須主持大局！我們是登陸首百，是唯一有權威、有勢力完成這件事的人。沙比希人會幫我們，波格丹諾夫份子會跟進。」

「我們也需要布雷西斯，」韋拉德說。「布雷西斯和瑞士人。最好以政變方式行動，而不要釀成一場大戰。」

「布雷西斯會願意幫忙，」瑪琳娜說。「但是那些激進份子怎麼辦呢？」

「我們必須壓制他們，」瑪雅說。「縮減他們的供需品，裁撤

他們的人數——」

「那會引起內戰。」烏蘇拉反駁。

「可是，必須阻止他們！如果他們太快引發一場暴動，讓那些跨國公司在我們尚未準備好之前就來對付我們，那就註定要毀滅了。所有這些沒有經過協調的襲擊必須停止。那什麼目的也沒有達到，只是增強了保安系統，使狀況變得更困難。像把迪摩斯撞出軌道只是讓他們更加注意我們的存在罷了，其他什麼也沒有。」

薩克斯仍然觀察著鴨群，以他奇特輕快的語氣說：「地球—火星的運輸船共一百一十四架。火星軌道上有四十七個物體——火星軌道上。新克拉克是個完整的防禦太空站。迪摩斯有機會變成下一個。一個軍事基地。武器發射站。」

「它只是個空無一物的衛星，」瑪雅說。「至於軌道上的交通工具，我們會在適當時間處理它們。」

再一次，薩克斯像是沒有聽到她的話。他只專心注視著那群見鬼的鴨子溫和的眨著眼，有時瞥一瞥瑪琳娜。

瑪琳娜說，「必須以撤職斬首的方式處理，一如娜蒂雅、奈加和亞特在多薩伯雷夫亞說的。」

「還不知道我們找不找得到脖子呢。」韋拉德諷刺的說。

瑪雅對薩克斯越來越生氣，說，「我們應該每個人都去到一個大城市，把該地的人組織起來，形成統一的反抗力量。我想回到希臘盆地。」

「娜蒂雅和亞特在南槽溝，」瑪琳娜說。「不過我們需要所有登陸首百加入我們，否則成不了事。」

「首三十九。」薩克斯說。

「我們需要廣子，」韋拉德說，「而且我們需要廣子說服土狼。」

「沒有人做得到，」瑪琳娜說。「但是我們的確需要廣子。我去多薩伯雷夫亞跟她談，我們會試著守護南方。」

「薩克斯？」韋拉德說。

薩克斯從他冥想沈思中猛然抬頭，對著韋拉德眨眼。依舊看也不看瑪雅一眼，雖然他們此刻正在討論她的計畫。「整合式疫病管理，」他說。「在野草間培植更為強韌的植物。然後那更強韌的植物自會將它們排除。我到布若斯。」

瑪雅實在氣不過薩克斯對她的漠視，憤然起身繞走小池。最後停在對面池畔，雙手握住小徑旁的欄杆。她怒目瞪視一水之隔的他們，他們就像一群終日坐在長椅上等待領取撫卹金的退休老人，漫無邊際的聊著食物、天氣、鴨群，以及上一場棋賽。該死的薩克斯，該死！他要永遠因為菲麗絲的緣故而反對她嗎？那個卑鄙無恥的女人——

突然間她聽到他們的語聲，細微但清晰。小徑後有一堵彎曲的陶瓷圍牆，幾乎圍繞整個池塘，而她幾乎站在正對著他們的池塘這邊；這堵牆很顯然有某種回聲長廊的功能，她可以很清楚的聽到他們微渺虛幻的聲音，比他們嘴部微小動作慢上個幾分之一秒的時間。

「阿卡迪沒能活下來實在可惜，」韋拉德說。「不然說服波格丹諾夫份子會容易些。」

「沒錯，」烏蘇拉說。「他、約翰，還有法蘭克。」

「法蘭克，」瑪琳娜輕蔑的說。「如果他沒有殺死約翰，這些事就一個也不會發生。」

瑪雅眨著雙眼。緊抓扶手欄杆支撐她整個身體的重量。

「什麼？」她不假思索尖叫。池對面那個纖小軀體輕彈一下，轉頭看她。她把緊握扶手的雙手先後鬆開，繞著池塘半跑半走跌倒兩次。

「妳什麼意思？」接近他們時她朝瑪琳娜咆哮，那些字從她嘴裡毫不停頓的洩出。

韋拉德和烏蘇拉向她迎上幾步。瑪琳娜仍坐在長椅上，表情低

沈陰鬱。韋拉德伸出手來，而瑪雅拉開他們直趨瑪琳娜身前。「妳亂七八糟的什麼意思？」她喊著，痛苦的聲音在喉嚨裡打轉。「為什麼？為什麼？殺約翰的是阿拉伯人，所有人都知道！」

瑪琳娜現出嫌惡表情，搖頭低首。

「怎樣？」瑪雅大喊。

「那只是一種說法罷了，」韋拉德從後面說。「法蘭克在那些年裡做了不少破壞約翰的事，你知道的。有人說他鼓動回教兄弟會反對約翰，就這樣。」

「呸！」瑪雅說。「我們全都互相爭執過，那根本沒什麼！」

然後她注意到薩克斯正面看著她——終於，就在她火冒三丈時——面上帶著奇特表情凝視著她，冷漠、難以解讀——一種控訴的瞪視、報復，或什麼？她用俄語咆哮叫喊，其他人斷續回應，而她不認為薩克斯有說什麼。也許他只是好奇他們何以如此憤怒。但是那持續穩定的目光裡含藏著反感厭惡——彷彿證實瑪琳娜所說為真——像根釘子般直敲錘到她身體裡！

瑪雅轉身逃開。

她發覺自己站在她房門之前，可一點也記不得是如何穿過沙比希來到這裡，她撲向母親懷抱般衝進房間；走近這間美麗木造房室的床，心思因記起其他房間有時幻化為子宮陷阱來捕捉追拿她而駭異著，其他時候則充滿著驚愕或恐怖……沒有答案，沒有錯亂，無法脫逃……小洗臉台上的鏡子裡，她看到一張彷彿鑲嵌在畫框裡的面龐——枯槁憔悴、老邁脆弱，眼珠周遭全是鮮紅血絲，一如蜥蜴。一幅叫人作嘔的圖像。就是這樣——她那時乍然看到戰神號上的那名偷渡者，那張透過海藻瓶的臉龐時就像這樣。土狼：好一場驚嚇，後來證明不是幻象而是真實。

所以有可能是因為法蘭克和約翰的這則消息。

她試著回想。她試著用盡全力回想法蘭克·查默斯，去真正的

想起他。那天晚上在尼科西亞她曾和他說過話，那次會面的氣氛既詭異又緊張，法蘭克一直都表現的像是個被虐待者，一個被拒絕的受害人……當約翰被打得昏迷不醒，拖到農場等死的那一刻，他們正相處在一起。法蘭克不可能曾……

可是，當然有指派別人的可能。你當然可以付錢要別人替你動手。並不是說那些阿拉伯人對錢有興趣。不過尊嚴、榮譽——以榮譽給付或是某種政治報復，那是法蘭克相當擅長製造的一種貨幣形態……

可是，她對那些年的記憶如此貧乏，尤其是特定事件。當她努力回想，甚至強迫自己回想，浮現而出的點滴仍然少得驚人。斷簡殘篇；片段時刻；整個文明的陶器碎片。她曾一度憤怒的一把掃下桌上一只咖啡杯，斷裂的杯耳如早餐桌上那塊吃了一半的圓餅。然而那是哪裡，何時，又是跟誰？她無法確定！「啊！」她不禁呻吟哭喊起來；鏡裡那張形容枯槁的上古時期面容突然夾帶屈辱的痛楚，讓她反胃作嘔。如此醜陋。而她曾經那樣美麗，她曾為之驕傲過，也曾將之當作手術刀般的揮灑自如。現在……她的頭髮已經從純白變成暗灰，最近一次治療後不知怎麼的變了顏色。而現在更是變得又稀又薄，老天，而且只在某些部位。噁心極了。過去一度是個美人。鷹般莊嚴華麗的面貌——而今——就像貝莉森男爵夫人，她年輕時亦傾城傾國，後來變成患有梅毒的女巫伊莎克·丹尼森，並以此面貌活了好幾世紀，如吸血鬼或殭屍般——一具潛藏屍體裡遭蹂躪迫害的活蜥蜴，一百三十歲，祝妳生日快樂，祝妳生日快樂……

她移步到洗臉台，猛然拉開鏡子，裡面現出擁擠的藥櫃。指甲剪橫放在最上一層。火星某處製造這種指甲剪，無疑乃以鎂為質。她拿下剪刀，另一手抓起一股頭髮用力拉扯，直到疼痛難當，然後貼著頭皮割掉。剪刀刀刃粗鈍，不過倘若她拉扯的夠力仍會有效果。她必須小心不去割傷頭皮，她心底那份殘存的虛榮不允許她這

麼做。於是這變成一個冗長、沈悶、費力又疼痛的工作，然而同時卻又是一種安慰，心思岔開，如此規律，毀滅。

剛開始的結果參差不齊，需要大大修飾一番，那花了更長的時間。一個小時。而她仍然無法修的平整，最後只得取出剃刀，開始剃髮，然後用衛生紙擦拭流著血的傷口，故意不去理會顯露出來的傷疤，以及光禿頭皮下醜陋的坑洞腫塊。只是很難不看到頭殼下那張怪物似的臉龐。

全部完工後，她冷酷的瞪著鏡子裡的怪物——雌雄不分、枯萎憔悴、瘋狂。老鷹變成了兀鷹：光禿的頭、鬆垮的頸子、腫泡的眼睛、鐵鉤似的鼻子，幾乎無唇而下垂的嘴。瞪著這張可怕的臉，有好長好長一段時間她無法記起有關瑪雅・妥伊托芙娜的任何一件事。她凍結似的站在那裡，一個完全的陌生人。

門上傳來敲扣聲，她嚇了一跳，就此回到現實。她猶豫躊躇，突然感到羞怯，甚至恐懼。另一個她嘶嘎著，「進來。」

門打開。是米歇爾。他看到她，在門旁頓住。「怎樣？」她說，突然有全身赤裸的感覺。

他嚥了嚥口水，抬抬頭。「跟以前一樣美麗。」同時詭異的咧嘴而笑。

她必須要笑一笑。可是卻一屁股坐到床上開始啜泣。她吸氣又吸氣。「有時，」她說，一面抹去眼淚，「有時我真希望不是妥伊托芙娜。我實在煩透了，厭煩我所做的每一件事。」

米歇爾坐在她身邊。「我們被鎖在我們自己裡面，直到生命的盡頭。這是為了能夠思想而付出的代價。不過，想想妳寧願當什麼——一個囚犯或傻瓜？」

瑪雅搖搖頭。「我和韋拉德、烏蘇拉、瑪琳娜，還有討厭我的薩克斯在公園裡，看著他們——我們必須做些什麼，真的必須做些什麼，可是看著他們就想起一切——試圖想起——突然間我們全都

像是受到傷害的一群人。」

「發生了太多事。」米歇爾說，握著她的手。

「你在記憶上有困難嗎？」瑪雅哆嗦著，彷彿抓到救生筏似的緊緊掐住他的手。「有時我好擔心我會忘記一切。」她又哭又笑。「我猜那是說我寧願當個囚犯也不要是傻瓜。如果你遺忘，便會從過去解脫出來，然而接著卻表示空無將接管一切，所以無處可逃。」她又開始哭泣，「記起或遺忘一樣糟。」

「記憶問題就我們年齡來說很正常，」米歇爾溫和的說。「特別是發生在不遠不近的事件。有一些演練方式能夠提供些許幫助。」

「那不是肌肉。」

「我知道。但是回想的能力似乎也可以因著使用和演練而加強。記憶活動顯然能夠鞏固記憶本身。只要想想就會覺得有道理。突觸可確實加以強化或取代等等。」

「可是，如果你無法面對你記起的──喔，米歇爾──」她急促的深深吸了口氣。「他們說──瑪琳娜說法蘭克謀殺了約翰。她對其他人那樣說，以為我聽不到，口氣好像他們全都早已知道似的！」她緊抓住他的肩膀，彷彿要把真相擠出來。「告訴我實話，米歇爾！那是真的嗎？你們全都那樣認為嗎？」

米歇爾搖搖頭。「沒有人知道真相。」

「我在那裡！那天晚上我在尼科西亞，他們沒有！事情發生時我跟法蘭克在一起！他毫不知情，我發誓！」

米歇爾斜著眼，不確定，而她說，「不要那樣！」

「我沒有，瑪雅，我沒有怎樣。那不代表任何意義。我得把我聽到的全告訴你，我自己也要試著全部回想起來。對那天晚上曾經傳出許多謠傳──各種不同的謠言！是真的，有人說法蘭克──牽扯在內，或者與殺害約翰的沙烏地阿拉伯人有聯繫。說他與其中之一會過面，那個人在隔天被人發現死掉了等等。」

　　瑪雅哭泣得更厲害。她彎身壓住絞痛的腹部，把臉貼在米歇爾肩上，胸部上下起伏。「我真不能忍受。如果我不知道到底發生了什麼事……我怎麼記得起來？我甚至不知道該怎麼想？」

　　米歇爾抱住她輕輕安撫，並且不斷揉搓她的後頸。「啊，瑪雅。」

　　過了好一陣子，她站了起來蹀步到洗臉台，用冷水沖臉，躲開鏡子的逼視。她回到床邊坐下，情緒消沈沮喪，陰鬱黑暗瀰漫到體內每一條肌肉。

　　米歇爾再次執起她的手。「我想去瞭解內情也許會有幫助。或者至少盡妳所能的去瞭解、去調查。去閱讀有關約翰和法蘭克的資料。現在有書了。去問問當時在尼科西亞的人，特別是那些在沙里姆‧哈易爾死前見過他的阿拉伯人。像那樣的事等等。妳瞧，那能給妳一種控制力的。雖說算不上是回憶，倒也不是遺忘。不過那些還不是唯一的兩種選擇，這聽起來也許很奇怪。我們必須去臆測去想像我們的過去，懂嗎？我們必須藉由想像力，使它成為我們現在的一部分。那是一種創造，一種主動。過程並不單純。可是我知道妳，當妳主動行事時表現總是特佳，尤其當妳或多或少掌控局面時更是如此。」

　　「我不知道我能不能，」她說。「我無法忍受不知道，可是我又害怕知道。我不想知道。特別是如果那是真的。」

　　「看看妳的感覺會是什麼，」米歇爾建議。「先試過了，再看。想想那兩種選擇都不好過，妳也許寧願採取主動。」

　　「嗯。」她吸吸鼻子，瞥眼看著另一面牆。鏡子裡，一個拿著斧頭的兇手瞪視著她。「老天，我實在好醜。」她說，突湧而來的厭惡感幾乎讓她嘔吐起來。

　　米歇爾起身，走向鏡子。「有種東西叫軀體形態失調，」他說。「與過度強制失調有關，還有沮喪抑鬱。我在妳身上看到相關徵象已經有好一段時間了。」

「今天是我生日。」

「啊。喔，那是可以治療的。」

「生日？」

「軀體形態失調。」

「我不要用藥。」

他用一條毛巾蓋住鏡子，轉過身來看著她。「為什麼？也許只是缺少血清素。生化物質的不足。一種疾病。沒有什麼要感到羞恥的。我們都服用藥物。三環抗抑鬱劑對解決這種問題非常有用。」

「我要想想。」

「還有不要用鏡子。」

「我不是孩子！」她露齒咆哮。「我知道我長得什麼樣子！」她跳起一把拉下罩住鏡子的毛巾。瘋狂卑下的兀鷹，翼龍似的殘忍兇暴──然而就另一方面來說，很讓人印象深刻。

米歇爾聳聳肩。他臉上掛著一抹微笑，她極想一拳打去或上前親吻。他喜歡蜥蜴。

她搖搖頭，抖去這些思緒。「嗯，採取行動，你說的。」她想了想。「就我們目前處境來看，我確定我寧願主動而不做別的選擇。」她告訴他南方的消息以及她的提議。「他們叫我那樣生氣。就坐在那裡等著災難再次降臨。薩克斯是例外，然而依據他那些破壞行動，簡直不可理喻，而且他只跟那些追隨他的人商量討論──我們必須協調合作！」

「好，」他加重語氣。「我同意。我們需要協調合作。」

她看著他。「你肯跟我到希臘盆地嗎？」

他微笑，充滿喜樂的露齒微笑。很高興她竟然這樣問了！看到他這樣的表情讓她心中一陣刺痛。

「當然，」他說。「這裡有些事我必須完成，但要不了多久。幾個星期就可以了。」他再次微笑起來。她知道，他愛她；不只是以一個朋友或精神治療師的立場，還是愛人。然而同時還保有一種

距離，米歇爾的距離，一種治療師的直覺。所以她仍能夠享有一定空間。被愛的同時仍能自由呼吸，還依舊擁有一個朋友。

「這麼說來，即使我變成這副鬼樣，你仍然能夠忍受跟我在一起。」

「喔，瑪雅。」他大笑。「是的，而且如果妳想知道，妳依舊美麗。感謝老天，妳仍然想知道。」他抱住她，然後後退省視她。「是有些嚴肅。不過沒關係。」

她推開他。「而且沒有人認得出我來。」

「不認識妳的人是認不出來。」他站起。「來，妳餓嗎？」

「餓。我要先換衣服。」

他坐回床上看她更衣，目不轉睛的看著她，這頭老山羊。令人感到驚奇的是，即使在這麼個非人類的荒唐年齡下，她仍有一副人類軀體，一副毫無疑問的女性軀體。她可以走過來，把乳房壓在他的臉上，而他會像個小孩兒般吸吮著。不過她沒那樣做，只換上衣服，並且知道她跌落谷底的心情又開始揚升；來到整個正弦波的最佳高點，一如舊石器時代的冬至時節，當你終於瞭解太陽將於某時段回返的那一刻所感到的解脫。「這很好，」米歇爾說。「我們需要妳再次領導行動，瑪雅。妳有那種權威，妳知道。自然權威。另外將工作分擔出去，妳專注在希臘盆地，會更有好處。一個非常好的計畫。但妳知道——光是憤怒生氣不夠的。」

她套頭穿上一件上衣（頭皮光禿生嫩，感覺很是奇怪），然後看著他，充滿驚訝。他朝她訓誡似的舉起一根手指。「妳的怒氣會有幫助，但是那不夠。法蘭克除了憤怒什麼都沒有，記得嗎？妳瞧瞧那給他帶來了什麼。妳不僅僅需要反抗妳所憎恨的，同時也要為妳所愛的奮鬥，妳懂嗎？所以妳得去找找妳愛什麼。妳必須記起，或創造它。」

「是，是，」她說，突然有些惱怒。「我愛你，但是現在閉嘴，」專橫的抬高下巴。「我們吃東西去。」

＊　＊　＊

從沙比希出發到布若斯——雪道上的火車僅有四節車廂，一個小火車頭以及三節只半滿的乘客車廂。瑪雅穿過所有車廂來到最後一節的最後一個位子；人們抬眼瞧她，不過就瞧那麼一眼。沒有人在意她的光頭。畢竟火星上有許多兀鷹女子，事實上這列火車就有幾個，也都穿著鈷色、紅褐或淡綠的工作服，也同樣又老又長期暴露在紫外線下：幾乎變成一種陳腔濫調了，高齡的火星老兵，打一開始就在這裡，什麼都見過，也隨時可以講述一個個有關沙暴和卡住閘門的故事，引起你無休無止的縱橫涕淚。

也好，這樣也好。要人們彼此輕推驚呼「那是妥伊托芙娜！」可一點好處也沒有。可是她仍然忍不住要感覺醜陋和被遺忘。實在很愚蠢。她希望人們忘了她，醜陋幫了一點忙；世界傾向於遺忘醜怪。

她跌坐椅上，雙眼直勾勾往前看。看來偶然拜訪沙比希的地球日本遊客，全都聚集在最前一節車廂面對面的座椅上，一面嘰嘰喳喳聊著天，一面用攝影機鏡頭觀看周遭，毫無疑問的在攝錄他們生活的每一分鐘，製成沒有人會願意觀看的錄影帶。

火車輕輕的向前滑去，他們啟程了。沙比希仍是山丘裡一個小小的帳幕城鎮，城鎮與主要雪道之間的圓丘土地，散佈著削頂的礫石，以及嵌入斷崖的小避難所。所有面北的斜坡全都蒙上秋天第一場暴風夾帶而來的雪堆，而太陽在他們飄過封凍池塘時跳躍於鏡面似的滑溜冰上，反射出刺眼的亮白閃光。低矮黝暗的樹叢有北海道祖先遺跡的影子，植被給予土地一種長而尖的深綠質感；那是盆栽花園的集景，每一個都像是被碎岩形成的粗獷海洋所區隔而出的不同島嶼。

日本遊客自然認為這景致嫵媚迷人。雖說他們有可能皆為來自

布若斯的新近移民，來到這裡參觀日本人首度登陸的地點，彷彿東京到京都的朝拜之旅。或者他們是本土人，從來沒有看過口本。她得等到看見他們走路的方式時才能確定；不過那沒什麼關係。

雪道沿杰瑞—德斯羅格火山口北邊劃去，從外邊看來那火山口像是一個又大又圓的台地。裙幅處扇狀撒下披著霜雪的廣闊斷石殘礫，之間粧點有緊抓地表的樹群和一大片斑斑駁駁的深綠鮮亮地衣、高山花朵和石南屬植物，各有其獨屬的顏色符號；整個平野上散落著不規則的大小礫石，乃火山口形成時噴射天際再墜落而下所形成。這是個紅石平野，被一股從地底洶湧而出的彩虹浪濤所淹沒。

瑪雅凝視這片活潑生動的山坡，微微感到暈眩驚異。雪、地衣、石南屬、松：她早知道在她隱藏極帽下的那段時光，世界產生了變化——以前是不一樣的，她曾住在一個石頭世界裡，經歷那些年中各種激烈緊張的事件，她的心因而遭輾壓粉碎。然而要與那些過往重新連結並不容易。剛想要努力回想記憶，一轉念間又認為只能去感覺她可以記得的點滴。她往後靠坐閉上眼睛試著放鬆，任憑思緒翻飛。

……不是對特定事件的特定細節的記憶，而是一種混合：法蘭克・查默斯，憤怒的攻擊、嘲笑或嚴詞譴責。米歇爾是對的：法蘭克一直都是個充滿怒氣的男子。然而那無法涵蓋他整個人格特徵。她比任何人都要瞭解，也許她曾見過他平靜的樣子，如果不能說是平靜——也許她從來沒有見到過——至少是快樂的。因她受驚、為她擔憂、深愛著她——她全看到了。還有因她小小的不忠行為而憤怒咆哮，有時甚至沒有任何理由；她確然也看到過了。因為他愛過她。

然而他真正的樣子又是如何？或者該說，他為什麼是那個樣子？而他們又為什麼成為他們現在的樣子呢，這可曾有過什麼樣的解釋？她對他們認識前的他，瞭解實在不多，他在美國生活的那段

歲月她未及參與。她在南極大陸遇見到的那位龐大黝黑的男子——她幾乎連那時候的他都遺忘了，那個時段的記憶與戰神號以及火星上發生的事件全部混淆在一起。而對他在那之前的生命階段的瞭解，則什麼都沒有近乎付之闕如。他曾經主持過美國太空總署，推動火星計畫，他當時的風格與後來展現出的腐蝕化特徵毫無疑問的無分軒輊。在她記憶中，他有過短暫的婚姻。那是怎樣一番光景？可憐的女人。瑪雅不由自主微笑起來。可是接著她又聽到瑪琳娜的聲音說，「如果法蘭克沒有殺害約翰，」她開始全身顫抖。她瞪著橫放腿上的電腦資料板。前面的日本乘客唱起歌來，一首助酒歌，因為他們正輪著喝一瓶酒。杰瑞—德斯羅格已經落到身後，此時他們正沿著艾匹基亞窪地北部邊線滑行，那是個橢圓窪地，可以看到橫穿而過的清晰路線伸向地平線那端。窪地裡佈滿著火山口，每一個火山口裡是各自微微獨立的生態環境；往裡探看，則如探看被轟炸過的花店般，有凌亂置放的花籃，並且多數已遭破壞，然而仍能這邊那邊的看到黃色錦畫織就的籃筐、粉紅羊皮紙，以及或白或藍或綠的波斯地毯……

她輕敲腿上的電腦資料板，鍵入查默斯。

其目錄極多極廣：專文、訪談、書籍、錄影帶、他就地球的全套公報、實況報導全集、外交的、歷史的、傳記體的、心理學上的、心理傳記的——有歷史，有喜劇悲劇，使用各種不同媒體，無疑包括歌劇形式。亦即地球上有這麼些邪惡的花腔女高音唱出她的思緒。

她關掉資料板，心下膽寒驚駭。花了幾分鐘深呼吸之後，她再一次啟動，打開檔案。她無法忍受觀看任何錄影帶或靜照；於是選擇採自通俗雜誌裡最短的傳記體專文，隨意抽取一篇開始閱讀。

＊　＊　＊

　他一九七六年出生於喬治亞州塞瓦拿，然後在佛羅里達州傑克遜維長大。七歲時父母離異，大多時候與父親住在傑克遜維海灘附近的公寓，一個滿是一九四〇年代廉價海灘灰泥建物的區域，周圍是陳年老舊的小棚屋和兼賣漢堡的破爛酒吧。有時他住到城裡叔嬸家，那裡全是保險公司建造的摩天大廈。八歲時他母親搬到愛荷華州。父親曾三次加入酗酒者匿名協會。他是高中時期的班代表，美式橄欖球校隊隊長；同時也是棒球校隊隊長兼捕手。還領導一個清除聖約翰河畔令人窒息的風信子的計畫。「他畢業紀念冊裡的記載事項如此冗長，你就知道一定有什麼地方出了錯了！」他得到獎學金進入哈佛，一年後轉入麻省理工學院，獲工程與天文學位。整整四年的時間他單獨住在劍橋一座修車廠樓上的房間，而有關他那時的資料多數已不存在；很少人認識他。「他如遊魂般渡過波士頓那段歲月。」

　大學畢業後他加入位於佛羅里達州堡壘沃頓灘的國家服務團，也就是在這裡一躍而入全國舞台。他主持了與國家服務團有關的一項最成功的平民計畫，即為朋沙科拉的加勒比海移民建造房舍。這裡有成千上萬的人們知道他，至少知道他的工作。「他們全都同意他是個能夠激勵人心的領導者，全心奉獻給移民並夜以繼日的幫助他們融入美國社會。」那些年中他和裴絲希拉‧瓊斯結婚，她是個美麗女子，出生於朋沙科拉的望族世家。人們談論著其政治事業。「他站在世界頂端！」

　然而二〇〇四年國家服務團解散，他在二〇〇五年加入阿拉巴馬州杭茲維爾的太空計畫。他的婚姻在同年破裂；二〇〇七年他成為太空人，很快的升遷到飛航行政職位。他有一次在美國太空站上進行為時六個禮拜的太空航行，是他最長航程之一，同行有才竄起的新星約翰‧布恩；二〇一五年他主掌美國太空總署，布恩變成該太空站站長。查默斯和布恩共同主持由美國政府監督的火星阿波羅計畫，而當布恩在二〇二〇年首次登陸之後，他們兩人一起加入登

陸首百的行列，於二〇二七年來到火星。

＊　　＊　　＊

　　瑪雅凝視著那些羅馬字母組織起來的黑色明朗字體。這些通俗專文依憑簡短妙語和感嘆要點，的確拼湊了些戲劇化的高潮時刻。一個自幼失母跟著酗酒父親的男孩；勤力工作又充滿理想的青年浮霄直上，然後在同一年失去工作和婚姻；那個二〇〇五年值得更進一步去詳加了解。那之後他自己似乎很清楚的朝一個方向穩穩行進。每一個太空人都是這樣的，不管是在美國太空總署或蘇俄的宇宙航行委員會；永遠企圖獲得更多太空時數經驗，進入管理行政領域以取得更多外飛機會的權力……他生命中那個階段的簡短描述與她所知道的法蘭克似乎一致。是的，難以描繪的是青年時期、孩童時期；難以想像法蘭克那時的情景。

　　她再次回到目錄，察看傳記體資料的條目。有一篇文專名為〈破碎的承諾：法蘭克・查默斯和國家服務團〉。瑪雅輸入點叫號碼，這篇文章隨即出現。她往下捲動，直到看到他的名字。

　　　　一如許多在生命基礎建構上存有矛盾的人們，查默斯在朋沙科拉的那些年月中，以無休無止的活動來填滿日常生活。如果沒有時間休息，那麼他就沒有時間思考。這種策略可以一直追溯到他高中生涯，當時除了他學校裡的所有活動之外，他還每週花費二十小時的時間在讀寫能力課程上。在波士頓期間繁重的學校課業使他成為同學眼中的「隱形人」。我們對他這段時期的生活，所知甚為匱乏。有報告顯示他在波士頓的第一年冬天都住在車裡，使用學校健身房的浴室。一直到他確定轉學至麻省理工學院後，我們才有他的住址——

瑪雅按下快轉，卡搭，卡搭。

　　佛羅里達州那塊狹長地帶在二十一世紀初期乃全國最窮困區域之一，隨著加勒比海的移民、地區軍事基地的關閉，以及黛爾颶風等因素聚合起來造成相當困窘的狀況。「你會以為你是在非洲工作，」一名國家服務團工作人員說。他在那裡的三年時間，我們看到查默斯以一名辛勤的社會工作者身分，力爭就業擴展計畫補助金，影響了整個海岸線，幫助因黛爾颶風而暫居臨時性簡陋住所的數千難民。訓練計畫教導人們自建住屋，同時提供就職教育。那些計畫在受訓者這邊獲得衷心的歡迎，然而在地區工業發展方面卻受到阻力。

　　查默斯因而成為頗具爭議性的人物，新世紀的頭幾年，他常常出現在地區媒體上熱切的護衛這些計畫，宣稱是民間社會運動主流的一部分。在堡壘沃頓灘期刊為特約編輯時，他寫道，「最為顯然的解決方案乃傾我們所有能力灌注在議題上，並以制度化系統化統籌之。我們必須建立學校來教導我們的孩子讀和寫，輔助他們變成醫生來治療我們，或成為律師來防衛我們的權力，此乃相輔相成，相得益彰。我們必須建立我們自己的家園、自己的農場，以餵養自己。」

　　這些在朋沙科拉和堡壘沃頓灘的努力使這裡的國家服務團地區機構從華盛頓得到大額的補助金，以及贊助團體的等額補助。最盛時期的二○○四年，朋沙科拉海岸線國家服務團雇用了二萬人，乃所謂海灣復興的主要推動力。查默斯和裴絲希拉‧瓊斯，來自巴拿馬市金錢世家的女兒的婚姻，似乎象徵著佛羅里達州貧窮和財富特權之間的新組合，而這一對夫妻足有兩年的時間獨佔加佛海岸的社交

場合。

　　二〇〇四年的選舉結束了這個階段。國家服務團的驟然解散乃新政府新政策之一。查默斯花了兩個月時間遊走在華盛頓參眾兩議院小組委員會上，提供證據並試圖遊說通過恢復計畫的法案。法案通過了，可是佛羅里達州的兩位民主黨參議員，以及朋沙科拉地區的國會議員沒有支持它，國會無法推翻行政否決權。新政府宣稱國家服務團威脅了市場動力，於是它終於被迫結束。對十九位國會議員（包括朋沙科拉的代表）因營造業發起的違法遊說所進行的起訴和判決直到八年後才達成，這時國家服務團已是個過時議題，其資深人員早已各奔東西。

　　對法蘭克‧查默斯來說，這是個轉捩點。他因而隱退到某種獨居離群的狀態，不再顯露自己。他的婚姻在移居杭茲維爾之後破裂，裴絲希拉不久改嫁一位她在查默斯來到這個區域前就認識的家族朋友。查默斯在華盛頓過著簡樸的生活，太空總署成為他唯一的志向；他因其每日工作十八小時，及其對太空總署引來的財富影響而著名。這些成功事蹟讓查默斯成為舉國皆知的人物，然而太空總署或任何地方都沒有人聲言瞭解他。過度緊湊的日程表再次成了他的面具，墨西哥灣區那個有理想、有抱負的社會工作者永遠消失了。


　　車廂前端一陣騷亂，瑪雅抬起頭來。那些日本人正紛紛起立取下行李，此刻可以很明白的看出他們是布若斯出生的本土人；多數達兩公尺高，全是瘦高身材的孩子們，他們咧嘴笑著並統一似的披著亮麗黑髮。地心引力、飲食，不管是什麼，出生火星的人長得特別高。這群日本人讓瑪雅想起了采塢的人工生殖孩子，那些如野草般成長的奇特孩子們⋯⋯現在散居整個星球，那集體的小小世界消

失了，就像其他所有一切。

　　瑪雅露出苦相，心中油然升起一股衝動，快速前轉她資料板上的專文插圖。發現一張二十三歲的法蘭克照片，那時他才剛開始在國家服務團工作：黑髮男孩，帶著一抹狡黠自信的笑容，目光射向世界，彷彿在說他準備好要對它傾訴它還不知道的事情。如此年輕！如此年輕又如此博學機敏。一開始瑪雅以為是那無邪的年輕面龐透露出的機敏慧黠，然而事實上那張面龐並不天真。他並沒有一個無邪天真的童年。他一直是個戰士，早已尋到了方法，而且不斷的勝利。一股不屈不撓的力量，那抹微笑似乎這麼說著。

　　然而腳踢世界，折腿斷足。他們在堪察加半島如此說過。

　　火車速度減緩，最後平穩停住。這是佛尼爾車站，乃沙比希支線會合布若斯—希臘盆地主要雪道之處。

　　布若斯的日本人魚貫下車，瑪雅關掉資料板跟隨。這火車站只有個小帳幕體積，位於佛尼爾火山口南端；內部設計很簡單，乃T形圓頂建物。約有幾十個人在這三層建物裡走動，或成群或單獨，多數人穿著簡樸的工作服，然而也有不少穿著辦公套裝或變形跨國公司制服，不然就是當下流行的寬鬆長褲、襯衫、平底鞋等一般休閒裝。

　　瑪雅為這麼多人齊聚在此有些不安，她在雪道前的成排攤販和擁擠咖啡館之間笨拙的移動。沒有人注意這麼個光頭憔悴的雌雄同體。她排隊等候南下火車，一陣人工微風吹著她光裸的頭皮，她在心中重溫專文裡的那張照片。他們真的曾經那樣年輕過嗎？

　　火車在一點鐘從北方疾馳進站。安全警衛從咖啡館旁的一個房間走出來，她把手腕伸到他們厭煩眼神下的輕便檢查機之後，踏上火車。一個新程序，簡單迅速；而她一面找尋座位，心臟一面急速跳動。很顯然的，沙比希人在瑞士人的幫助下，擊敗了臨時政府的新保全系統。但是她仍然有理由感到害怕——她是瑪雅‧妥伊托芙娜，歷史上最著名的女人之一，火星上通緝首犯之一。就座的乘客

們在她沿著車廂走道走過時反射性的抬眼瞥她，一個頂著光頭穿著藍色棉質罩衫的女子。

赤裸但隱形，因為沒有引起注目的理由。事實是，這節車廂裡至少有一半以上的乘客跟她一樣老，這些火星老兵看起來像只有七十，事實上卻有可能是那歲數的兩倍，臉上滿佈縱橫線條，灰髮，稀疏，長期暴露於放射線下，戴著眼鏡，置身瘦高鮮跳的本地年輕人之間，猶如常綠植物周遭飄落的深秋黃葉。那邊眾人之間，有個看似史賓賽‧傑克森的男子。她把袋子拋到上面的行李架，一邊看著前三排的座位；那男子光禿的腦門告訴不了她多少，然而她很確定是他。運氣不好。依據不成文規則，登陸首百（首三十九）盡量避免一塊旅行。不過總有這麼偶然的機會，他們發現碰巧搭上同一班列車。

她坐在靠窗座位，猜想史賓賽在做什麼。她上回聽到的消息是，他和薩克斯在維西尼克超深井組織了一個工業技術隊，進行武器研究，並對其他所有人保密，韋拉德是這麼說的。那麼他是薩克斯瘋狂非法的環保抗爭運動成員之一了，最起碼就某種程度來說是這樣。那似乎與他一貫形象不合，她懷疑薩克斯最近活動中出現的明顯溫和態勢，會不會是他發揮了某種影響力。希臘盆地是他的目的地，還是他在往南方庇護所的路上？唔──不到希臘盆地她是不會知道的，因為那不成文規則建議他們在有私下獨處機會之前漠視彼此。

所以她不去理會史賓賽，如果那真是他的話，她同時也不理陸續上火車的其他乘客。她旁邊的座位仍然空著。走道那邊有兩個穿著西裝的男子，看樣子像是移民，而且顯然與坐在她前面跟他們一個樣兒的另外兩個旅客一塊外出旅行。火車緩緩離開帳幕車站，他們開始討論他們一起玩過的遊戲：「他擊出一哩遠！後來居然能夠找到，真是奇蹟！」高爾夫球，不會錯。美國人或什麼的。變形跨國公司的行政管理人員到希臘盆地監督什麼，他們沒有指明。瑪雅

拿出電腦資料板，戴上耳機。她叫出《諾非真理報》，觀賞來自莫斯科的微縮影像。要專注在聲音上並不容易，還讓她昏昏欲睡。火車往南飛馳。採訪記者對阿姆斯科和真美妙之間因西伯利亞發展計畫而持續升高的衝突感到痛心不已。這其實是鱷魚眼淚、貓哭耗子，因為俄國政府好多年來就一直希望這兩個巨人能夠彼此爭執，好為西伯利亞油田拉抬拍賣情勢，根本不願意面對一個團結的變形跨國公司來統轄支配所有細節。事實上，看到這兩個變形跨國公司如此爭論也真叫人驚訝。瑪雅不認為這種狀況會繼續太久；因為團結起來對變形跨國公司才有好處，才能確定它們之間只有如何分配可用資源的問題，而永遠無需面對互相爭奪資源的局面。如果它們爭吵，脆弱的權力均衡很可能就此分崩離析，它們肯定對這樣一種可能性很有警覺。

　　她睡眼迷濛的向後仰靠，看著窗外飛逝的景致。他們此刻正滑入艾匹基亞窪地，遠遠的西南景致盡入眼簾。一如她才觀賞的新聞節目裡描繪的西伯利亞永凍土和針樹林交界地帶──廣闊雜亂的霜凍斜坡，上面蒙有一層糖霜似的冰雪，裸露的岩石表面蓋滿地衣以及橄欖綠、卡其黃等漫無章法交錯互疊的苔蘚，每一個低窪處都填滿珊瑚仙人掌和矮樹叢。低矮和緩的山谷裡斑斑點點的冰核丘像是地表的粉刺腫瘤，還塗抹著一層骯髒軟膏。瑪雅打了一會兒盹。

　　法蘭克那張二十三歲的影像驚醒了她。她睡眼朦朧的回想讀到的東西，努力拼湊整理。那父親；什麼原因讓他參加酗酒匿名協會三次，失敗兩次（或三次）？聽起來著實不祥。那之後彷彿與之映照似的，法蘭克沈入狂熱工作的習慣，並且不論該項工作屬法蘭克理想主義範疇或否，一如她所知道的他。社會正義不是她知道的法蘭克所信仰維護的。在政治上他一直抱持悲觀態度，僅不斷的投身於後衛行動以防止狀況變得更糟。一種損害控制的事業──以及，如果要取信其他人，一種個人權力擴張的努力。這實在毋庸置疑。雖說瑪雅認為他總是為了能夠有效控制損害程度而追求權力，然而

沒有人能把那兩項動機區分清楚的；它們交織纏繞在一起，一如那窪地裡的苔蘚和岩石。權力有許多層面。

只是如果法蘭克沒有殺害約翰……她瞪視資料板，打開，輸入約翰的名字。參考目錄長得無止無盡。她算了算總共五千一百四十六道條目。而這還是精選目錄。法蘭克最多有數百條。她啟動索引程式，查閱死因條目下的資料。

數十道條目……幾百個！瑪雅冷汗直流，逐條看去。伯恩關連、回教兄弟會、火星第一、聯合國火星事務委員會、法蘭克、她、海默特·布朗斯基、薩克斯、莎曼珊；光看名稱她就可以瞭解他的死用上了所有解釋理論。當然陰謀論最受歡迎，一直都是這樣，也永遠會這樣。人們需要將這樣的災難用更深一層的意義來解釋，而不僅僅是單獨個體的瘋狂愚蠢行為，如此一來，狩獵緝捕行動方能繼續。

她幾乎因憎惡這含盡所有狂想的目錄而關上檔案。但是再又一想，難道是她害怕了嗎？她打開眾多傳記中的一個，螢幕上出現約翰的照片。昔日記憶中所有幽靈似的傷痛竄跑全身，只留下蒼白孤寂的冷漠。她點出最後一章。

　　　尼科西亞的暴動乃形成於火星社會的緊張狀態的早期徵兆，稍後在二〇六一年爆發。當時已經有許多阿拉伯技術人員住在極為簡陋的住屋環境，與有歷史傷痛情結的族群比鄰，同時靠近那些明顯享受住屋行旅活動服等特權的行政人員。數個團體的爆炸性組合來到尼科西亞，參加奉獻慶祝儀典，因而有好幾天的時間整個城鎮極端擁擠。

卡搭卡搭

　　這場暴亂從未有人能完整的解釋。真森的理論提及阿

拉伯世界因爭取從敘利亞獨立的黎巴嫩戰爭而引發內部衝突，是尼科西亞暴亂的導火線，這理由並不充分；因為有證據顯示，攻擊行為同時也發生在瑞士人身上，還有發生在高層的任意暴力，獨以阿拉伯的內部衝突來解釋實無法涵蓋全貌。

另外那晚出現在尼科西亞的人所做的官方記錄依舊無法釐清這場神祕的衝突。數份報告暗示有某個煽動媒介存在，然而從未經過證實。

## 卡搭卡搭

午夜正當時間空檔開始時薩克斯‧羅素在城裡一家咖啡館，莎曼珊‧賀爾在城牆上參觀，法蘭克‧查默斯和瑪雅‧妥伊托芙娜在數小時前演說場地的西區公園見面。城裡已經爆發爭鬥。約翰‧布恩前往中央大道調查騷動原因，薩克斯‧羅素則從另一個方向著手進行。大約在時間空檔過後十分鐘，布恩遭到一群三到六個年輕人的襲擊，有人確認該群人為阿拉伯人。布恩受傷倒地，並且在任何目擊證人來得及反應之前被人快速帶離現場，立即發起的搜索隊找不到任何跡象。直到凌晨十二點二十七分，才由大型搜索隊在城裡農場找到，他被送往最近的柏樹大道上的醫院。羅素、查默斯和妥伊托芙娜幫助抬送──

車廂裡傳出的騷動聲再一次引開瑪雅的注意力。她的皮膚溼冷，身軀微微顫抖。一些記憶永遠不會真正消失離去，不管你多努力壓抑阻止：瑪雅仍能清楚記得當時街道上的玻璃，玻璃上一個形影的背部，法蘭克臉上的迷茫疑惑，以及約翰臉上如此不同的茫然。

　　幾名官員出現在車廂前端,沿著走道緩緩移步檢查旅客身分和旅行證件;車廂尾端另外站有兩個。

　　瑪雅關上資料板。她看著那三名移動著的警察,感覺脈搏急速跳動。這是新的,她以前從沒有見過,車上其他人也似乎沒有。整個車廂噤聲不語;大家全觀望著。車廂裡任何一個人都可能持有違規證件,這項事實反應在他們一致的沈默中;所有眼睛全都膠著在警察身上;沒有人環視周遭看有誰臉色變得蒼白。

　　三名警察對這樣的觀察視而不見,對他們正查問著的人也同樣的漠不關心。他們彼此開著玩笑,談論敖得薩裡的各家餐廳,並且在一排一排座位間快速移動,彷彿查票員般做手勢要人們把手腕放到小型閱讀機上,然後馬虎地察看結果,花幾秒鐘核對照片。

　　他們接近史賓賽,瑪雅心臟加速跳動。史賓賽(如果真是史賓賽)穩定地舉起一隻手,目光顯然直視他前方椅背。突然間他的手有著什麼顯露一股熟悉感——皮膚底下的靜脈、紅褐色的斑點,是史賓賽‧傑克森,絕對是。她熟悉那具骨架。他正在回答問題,聲音低沈。持拿語音—眼睛閱讀機的警察把儀器簡短舉到史賓賽面前,然後等待。終於閱讀機上出現幾行字,然後他們離開去檢查下一個乘客。再隔兩位就輪到瑪雅了。那些精力充沛的商人也保持緘默,臉現譏諷互相瞥視,揚起眉梢彷彿認為車廂裡出現這樣一個檢查舉動實在荒謬可笑。沒有人喜歡;如此進行不啻一項錯誤。瑪雅據此重振勇氣,眼光瞥向窗外。他們此刻正沿窪地南方邊緣往上攀升,火車滑上橫跨低丘雪道的和緩斜坡一節節升高,火車速度一直維持不變,彷彿被魔術地毯推動,橫越綴有花草圖飾、更為神奇的魔術地毯似的大地。

　　他們來到她身旁。最靠近的那個在他紅褐制服上纏有一條腰帶,上面掛有幾副儀器,包括一支電擊槍。「請驗證手腕。」他別著一個名牌證件上有照片和放射量測定器,以及一個寫著聯合國臨時政府的標籤。他年約二十五歲,是個臉龐瘦削的年輕移民,從照

片上比較容易猜出來，因為眼前的那張臉看來如此疲倦不耐。這名男子轉過去對身後的女警說，「我喜歡那裡做的小牛乾酪。」

閱讀機溫溫的靠著她手腕。女警細密的觀察她。瑪雅不去理會只凝視著她的手腕，兀自希望她有武器。然後她盯住語音—眼睛閱讀機的鏡頭。「妳的目的地是哪裡？」年輕男子問。

「敖得薩。」

一陣靜默。

然後一聲高頻嗶嗶。「旅途愉快。」然後離開。

瑪雅努力調勻呼吸，減緩心跳速度。那手腕閱讀機讀取脈搏，如果超過一百一十即發出警告；就這點來說，那基本上是個測謊器。很顯然的她沒有超過。然而她的聲音、視網膜；那些從沒有改變過。瑞士護照身分肯定相當有效，足以推翻早期身分記錄，至少在這套安全系統裡確然如此。是瑞士人的功勞嗎？或是沙比希人，或土狼、薩克斯，或者她不知道的勢力？還是她真實身分已遭揭穿，只是為了要從她身上追蹤其他逃亡的登陸首百而先放行？這似乎與戰勝大型資料庫有同樣的可能性，甚至更為可能。

不過就當下而言，她沒惹上任何麻煩。警察離開了。瑪雅的手指又開始敲彈電腦資料板，不假思索的叫回她先前閱讀的文章。米歇爾沒有錯；她因為被迫回到這樣的處境而再次感到頑強堅韌。解釋約翰‧布恩死亡的理論。約翰被謀殺，而她才剛在一列旅行火星的普通火車上被幾名警察檢查證件身分。很難不去想像這之間沒有某種原因結果關係，亦即如果約翰還活著，事情不會是這個樣子的。

　　那天晚上在尼科西亞的所有主要人物都遭指控是這場暗殺的幕後主持者：羅素和賀爾就火星第一政策上有強烈的相反意見；妥伊托芙娜有戀人之間的爭執；城裡不同的民族或國家團體在政治議題上存在有或真實或想像的爭

議。而幾年以來最為人所猜疑的是法蘭克·查默斯。雖然有人舉證事件發生的當時，他正和妥伊托芙娜在一起（因此一些理論稱妥伊托芙娜為從犯或共犯），然而他與那個晚上出現在尼科西亞的埃及人和沙烏地人的關係，以及他和布恩長期存在的衝突，無可避免的使他常被指為布恩謀殺事件的終極因素。幾乎沒有人反對沙里姆·哈易爾是那三個最後在自殺／謀殺之前自首的阿拉伯人的帶頭者。而這只更增加對查默斯的猜疑，因為他與哈易爾的相識眾所皆知。山米茲達特和某些傳聞密件曾流傳偷渡者現身於尼科西亞的故事，而且那個人還看到查默斯和哈易爾那天晚上曾有過一場對話。由於偷渡者乃一般火星人隱匿名姓傳遞所獲領悟的一種神祕機制，所以這樣一則故事很可能表達出不願成為證人的人之觀察結果。

瑪雅卡搭轉到尾端。

　　哈易爾在致命疫病發作最後階段衝到埃及人佔住的旅館，自承謀殺了布恩，宣稱由他帶頭領著回教兄弟會亞哈德支部的拉西帝·阿保，和卜蘭·貝塞所。阿保和貝塞所的屍體當天下午在城裡一個房間裡找到，因自己或互相施打的凝血劑中毒而亡。真正執行謀殺布恩行為的兇手死了。他們何以如此，還有誰牽扯其內將成為永遠的疑惑。這事件不是第一次發生，也不會是最後一次；因為我們隱藏起來的與尋求的一樣多。

瑪雅轉動註解，因這主題而再次感到驚訝，有許許多多歷史學家、學者還有持各種陰謀論的瘋子針對這個主題進行過反覆辯論思考。她滿心厭惡卻又忍不住打了個冷顫，啪一聲關上電腦資料板，

轉頭面對雙層窗戶，用力閉上眼睛試圖重組她所認識的法蘭克以及布恩。這些年來她很少想到約翰，那傷痛如此強烈；而因著不同理由，她同時也避免思及法蘭克。而現在她想要他們回來。那傷痛已經變成一種幽靈疼痛，她需要他們回來。她必須知道。

那「神話般的」偷渡者……她咬磨牙齒，回想起第一眼看到他時那股失重般虛幻的恐懼，他透過玻璃的棕褐色的扭曲面容和大眼……他知道什麼嗎？他真的在尼科西亞嗎？德司蒙・霍金斯，偷渡者、土狼──他是個奇怪的人。瑪雅從來就無法跟他好好談話。不知道像她如此需要跟他談談的此刻情況會不會好些，不過她自身依舊抱持懷疑態度。

那是什麼？她曾那樣問過法蘭克，當他們聽到尖叫聲時。

反應是用力聳肩，眼光望向別處。一時衝動做下某事。她以前在什麼地方聽到那句話？他眼光望向別處時這麼說過，彷彿無法與她的目光接觸。彷彿他已經說得太多了。

希臘盆地西邊呈新月形的山乃該盆地環繞群山最寬的部分，名為赫勒斯篷特山脈，也是火星上最能讓人聯想到地球山脈的部分。北邊，沙比希和布若斯雪道進入盆地處乃環盆山脈較為狹窄低矮的地方，形成的地形稱不上是連綿不斷的山勢，毋寧說是以不均衡的力道高高低低的墜落到盆地底部；這片土地看來像是依著低矮同心波痕向北推擠而去。雪道穿越這多丘的險峻斜坡循線而下，並且常常需要迴轉幾道一層比一層低的切割岩石波痕邊緣的長長斜坡。火車在轉彎處須得大大減低速度，瑪雅往窗外看去，有許多次不是直視著他們依循下降的光裸玄武岩波痕，就是展望仍然在他們身下三千公尺的廣闊無涯的希臘盆地西北部：一個寬廣平坦的平原，前景有赭黃、橄欖綠、卡其黃，然後地平線那端是一團混亂髒污的白，如一張閃爍光芒的破裂鏡面。那是「低點」上的冰河，大部分仍然封凍，但在逐年融解中，如今表面上已有融化的池塘；底下是較深

的水窪──充滿生命的水窪，偶爾會挣破到冰層表面來，甚至到鄰近土地上──因為冰層這圓形突出部分擴展得很快。他們從周圍群山下的含水層抽取水源灌注到這個盆地。盆地西北邊的低窪處，即「低點」以及舊時超深井所在地，是這片新海洋的中心點；新海洋的長度將超過一千公里，而其最寬處就在「低點」上，有三百公里。坐落於火星最低點。一個充滿應承諾言的情勢，自他們初次登陸伊始，瑪雅就一直如此堅持。

　　敖得薩鎮建立在盆地北坡，高度為負一公里，是計畫中海平面穩定下來的最終點。因此這是個等待水來的港鎮，城鎮南邊角將成為長長的海濱木板行人步道或海岸道路，一個位於帳幕下的寬闊草綠遊憩廣場，受高聳護岸防波堤的保護。這道防波堤已經挺立在光禿地表上了。火車駛近時，這道防波堤給人半個城鎮的印象，其南邊部分分岔而去，末端蹤影則消失不見。

　　火車滑入鎮上火車站，景色因而中斷。火車停穩後瑪雅取出行李下車，跟隨在史賓賽之後。他們沒有看對方一眼，但一起雜在一群人之間步出火車站，來到電車站牌下接著又魚貫進入同一班藍色小電車。這電車行駛在鑲繞防波堤邊緣的海岸道路公園的後面。接近鎮上西邊某站時，他們兩人又一塊下車。

　　在那裡一個綠樹成蔭的露天市場後面上方，有個圈在圍牆裡的三層樓公寓庭園住區，邊牆成排種植著小柏樹。建築物每一層地板都築的比前一個要高些、後退些，因此二樓三樓前面都有設置陽台的空間，陽台欄杆垂掛著盆栽小樹和花盒。瑪雅走上階梯來到庭園大門，發現這建物的結構讓她聯想到娜蒂雅那個已遭掩埋的拱廊；然而這個位於市場後的地方沐浴在午後的陽光中，洗白的牆垣和藍色的百葉窗散發出濃厚的地中海或黑海風情──與地球敖得薩鎮裡的一些時髦海邊公寓沒有多大不同。她在大門旁回轉身來眺望群樹掩映的市場；太陽往遠處赫勒斯篷特山脈西邊的冰層落下，閃爍的光束發出燦爛如奶油般的亮黃。

　　她跟在史賓賽後面穿過花園進入建築物，並於他之後在大廈管理室辦理住宿登記，取得鑰匙後便尋找分配給她的公寓。這整個建築物屬於布雷西斯，其中一些公寓是用來作為祕密連絡場所，包括分配給她的在內，史賓賽的亦同。他們踏入同一架電梯上到三樓，彼此一句話也沒說。瑪雅的公寓與史賓賽的相隔四道門。她進房。兩個大房間，其中一個角落有廚房，一間浴室，一個空陽台。廚房窗戶可以看到陽台以及遠方的冰層。

　　她把袋子扔在床上，轉身離房來到下面市集用晚餐。她從架有大傘的攤販買了食物，在海岸道路沿線草地上的一張長椅坐下，吃起串燒羊肉，喝一小瓶葡萄酒，看著傍晚來到海岸道路悠閒踱步的人群。冰海與這裡的最短距離大約有四十公里，現在這片冰層除了最東之外，全都籠罩在赫勒斯篷特山脈的陰影中，色澤從東邊的朦朧深藍到高山常見的粉紅晚霞，次遞變換著。

　　史賓賽坐到她旁邊。「景色不錯。」他說。

　　她一面吃一面點頭。她把那瓶葡萄酒遞給他，他說，「不，謝謝。」舉起一個吃了一半的墨西哥角黍。她點點頭，同時嚥下一口食物。

　　「你在忙些什麼？」吃完後她問。

　　「薩克斯要的零件。生物陶器等等。」

　　「給生物科技公司的？」

　　「一個姊妹公司，她製貝殼。」

　　「什麼？」

　　「那是公司的名字。布雷西斯的一個支部。」

　　「談到布雷西斯……」她瞥了他一眼。

　　「是的。薩克斯急著要這些零件。」

　　「製作武器用？」

　　「是的。」

　　她搖搖頭。「你能不能擋他一陣？」

「我可以試試。」

他們看著日落陽光從天際一點一滴褪去，如液體般朝西方流逝。身後市集樹燈逐次亮起，周遭空氣開始轉涼。瑪雅很感激身旁坐有一個老朋友，並且圍擁在一種舒適愜意的靜默中。史賓賽對她的態度與薩克斯截然不同；他的友善裡含有那次離開卡塞峽谷，在車上對她指責控訴的歉意，以及他原諒她對菲麗絲所做的事。她很感激。不管怎樣，他終是這個主幹家庭的一員，在下一波行動來臨前有這樣一個同伴實在叫人安慰。一個新的開始，一個新的城鎮，一個嶄新的生活——這是第幾次重複了？

「你跟法蘭克熟嗎？」她說。

「不怎麼熟。並不像妳和約翰對他的了解那樣多。」

「你想……你想他曾涉入約翰的謀殺嗎？」

史賓賽還是看著黑色地平線那端泛著藍光的冰層。最後他拿起她放在身旁長椅上的葡萄酒瓶，喝了一口。緊緊看著她。「那還重要嗎？」

\* \* \*

她早期花了好幾年時間在希臘盆地工作，堅信這低海拔地域會是建立居住社區的良好場所。如今繞轉這盆地負一公里以上等高線的部分已經定點建立了各個社區，而她是早期探險隊裡的成員之一。她人工智慧電腦裡仍然存有以前針對它們寫下的所有筆記，而現在以露得米拉・諾沃西比司卡亞的身分，她可以實際運用那些資料。

她的工作是管理負責施放水源到盆地的水利公司。這個隊伍是發展這座盆地的眾多組織集合體的一部分，另外還有黑海經濟團體的原油公司，曾經嘗試復甦裡海和鹹海的俄國公司，以及她所屬的公司——深水，這也是布雷西斯旗下的一支。瑪雅的工作包括協調

這個區域的許多水利運作，所以她再次有機會接觸希臘盆地計畫的核心部分，過去她曾是整個計畫的驅動力。就不同角度來看，這或多或少給了她些許安慰，雖然有些很怪異——比如說她的低點鎮（她得承認，坐落於錯誤地點）正一天天下沈。不過那沒有關係：淹溺過去，淹溺過去，淹溺過去……

　　就這樣，她有工作，有公寓；她把公寓填滿二手家具，並且吊掛廚房工具和盆栽植物。敖得薩是個舒適愉快的小鎮。全鎮的基本建築材質是黃石、褐磚，坐落在盆地邊緣向內彎曲幅度比他處更大的斜坡上，因此鎮裡每一個角落都可以俯瞰乾涸海濱的中心，還可以看到盆地南方的絕佳景致。地勢較低的區域規劃成商店、公司和公園，高處為住宅區和條狀花園。這座鎮位於南緯三十度之上，所以她等於從秋天直接進入春天，這裡有熾熱豔陽照耀著上城的斜坡街道，有融化冰層邊緣堆積的冬雪，還有赫勒斯篷特山脈的峰頂形成的西方地平線。一個美麗宜人的小鎮。

　　她到達後約一個月，米歇爾也從沙比希來到這裡，住進她隔壁公寓。在她的建議下，他在他們起居室的隔牆上裝了一道門，如此一來兩間公寓變成一間，他們於是彷彿已婚配偶般過著普通的家庭生活，這對瑪雅來說是個全新的經驗，一個她發現非常平靜穩定的常規生活。她對米歇爾的愛沒有激情，但他是個好朋友、好愛人，還是一個不錯的精神治療師。生活中有他，就好像她心中有了個可以依靠的船錨，使她不至因水利學或狂熱革命的興奮而喪失理智，同時也不至沈降到因政治絕望或自我厭棄的恐怖淵藪裡而一蹶不振。她對她情緒裡那種無助的上下擺幅深深感到厭惡，因而對米歇爾所有的調整振幅的努力都衷心感激。他們公寓裡沒有裝設任何鏡子，再加上三環抗抑鬱劑對她情緒的穩定甚有助益。然而鍋盆底部、晚間的窗子則在她蓄意尋求時，毫不留情的朝她遞出壞消息。而她卻又常常如此蓄意尋求。

　　這棟樓有了他們，樓梯那頭另有史賓賽，這地方因而開始有一

些些山腳基地的味道,這種感覺因不時有來自鎮外,利用他們的公寓作為祕密場所的訪客而增強。當其他登陸首百到來時,他們會一起到無水的水濱散步,觀賞地平線那端的冰層,彼此一如任何地方的老傢伙般忙著互嚼舌根交換訊息。由加清和道領導的火星第一變得越來越激進。彼得在電梯上工作,如飛蛾撲火般受到吸引。薩克斯暫時停止了他瘋狂的環保抗爭運動,真得感謝老天,而他目前全心貫注在維西尼克超深井上的工業進展,建造地對太空飛彈等等。瑪雅聽到這裡,忍不住搖搖頭。軍事武力無法幫助他們達成目標;在這點上她和娜蒂雅、奈加、亞特站在一邊。他們需要一些別的什麼,一些她目前仍無法設想的什麼。她思想裡的這條鴻溝正是能夠把她情緒波動推到最低點的催動劑,一個讓她瘋狂的理由。

她那份協調不同層面的施放水源計畫的工作開始變得很有意思。她搭乘電車或走路到鎮上的辦公室,處理來自許多探尋水脈和操作鑽鑿的工作人員遞送進來的報告——全都充滿著熱切的估算,估計他們能夠施放多少水到盆地裡,而且全都伴隨著需求更多儀器設備和人員的申請,直到最後所有申請加起來已經大大超過深水公司可以支援的能力。判斷這些要求申請不是件容易的事,她的技術組員往往兩眼往上一翻,聳聳肩。「就像是擔任謊話競賽的評判者。」一個說。

同時有些報告來自盆地周圍各個建造中的新興居留地,而建造這些居留地的人員並不全都來自黑海團體或變形跨國公司。有許多身分根本就不明——她轄下一個探尋水脈工作人員有時會標明一個官方文件上並不存在的帳幕城鎮,註明後就撒手不管了。另外有兩個大型峽谷計畫:道峽谷和道—盧爾系統,顯然住有比官方記錄還要多的人。因此必定有人像她一樣使用假造身分,不然就是完全在網路之外生存。這實在很有意思。

希臘盆地雪道的周邊部分已在年前完成,這項工程相當困難,

因為盆地邊緣全被深淺裂縫、大小山脊撕扯劈裂，並且堆積有高低不平的沈重火山噴積物。但是雪道如今以就定位，瑪雅決定滿足自己的好奇心，親身啟程視察深水公司所有計畫，並且進入觀察一些新興居留地。

她要求公司裡一位火星科學家隨行，一個名叫黛安娜的年輕女子，其送進的報告乃有關盆地東部的發展。她的報告簡潔平凡，但瑪雅從米歇爾處得知她是愛沙兒子——保羅的孩子。愛沙在離開采塌不久後就有了保羅，就瑪雅所知，她從來沒有對任何人透露保羅的父親是誰。所以有可能是愛沙的丈夫加清，這樣一來，黛安娜就變成賈姬的姪女，是約翰和廣子的曾孫女；或者也有可能是彼得，許多人這麼猜想，那麼她就等於是賈姬的半個姪女，是安和西門的曾孫女。不管是哪一個都激起瑪雅的好奇心，再說這名年輕女子是火星的第四代，這點與她的家族氏譜同樣讓瑪雅感到有興趣。

同時她本身也有足能引人探詢的本質，瑪雅在她們啟程前幾天在敖得薩辦公室裡發現到這點。她身材相當高（超過兩公尺，而且依舊豐滿結實），加上她流暢的優雅魅力和高顴骨的亞洲人特徵，整個人看起來像是新人類種族的一員，在這裡將伴隨瑪雅遊走這個世界的新角落。

後來她發現黛安娜對希臘盆地以及掩藏其下的水源有絕對的狂熱迷戀，她可以連著幾個小時不斷敘說，而內容冗長複雜到讓瑪雅逐漸相信已經解開她的出身之謎——這麼一個火星狂必定與安·克萊朋有著關連，接著即可推出保羅的父親是彼得。上了火車瑪雅坐在這個年輕高大的女子旁邊，有時觀察著她，有時看向窗外盆地北邊陡峭的斜坡，嘴裡不時吐出一堆疑問，還注意到黛安娜不時移動抵住前座椅背的膝蓋。他們沒有為本土人著想而把火車座位之間的距離加寬。

吸引黛安娜的其中一件事是希臘盆地證實了其周圍環繞的地下

水源，比火星科學研究模型預估的還要多上許多。過去十年的田野調查揭露出的這項發現，引發了當前的希臘盆地計畫，讓假設中的海洋從一個好主意變成一個有實現可能的實體。同時也強迫了火星科學家重新省視早期火星歷史的理論模型，鼓勵人們開始調查這星球上其他大型衝撞盆地的邊緣；探險隊伍正在環繞阿爾及爾的查利頓和涅瑞伊德山脈，以及圈圍依稀地南方的山丘裡進行勘查行動。

　　希臘盆地周圍的清單調查已近完成，而他們已經找到要求的三千萬立方公尺，然而一些水脈探尋者依舊爭執他們離完成還很遠。「有沒有方法知道他們到底什麼時候完成？」瑪雅問黛安娜，心中想起湧向她辦公室的所有資源申請。

　　黛安娜聳聳肩。「工作一段時間之後，你就會不斷往四處擴大找尋。」

　　「盆地底部本身呢？朝它灌水可不可能毀掉我們通向那下面含水層的途徑呢？」

　　「不會。」她告訴瑪雅，盆底本身幾乎沒有什麼水。那底部因為原來的衝撞而乾枯，它現在的組成是約一公里深的原始沈積物，上面是一層質地緊密堅硬的角礫巖岩石，乃短暫卻驚人的衝撞壓力所造成。同一股衝撞壓力也形成了盆地周遭邊緣上的縫隙裂痕，也正是這些裂痕釋放出多得超乎尋常量的星球內部蒸騰氣體。從底下傳來的揮發物質向上瀰漫滲透然後冷卻，揮發物質裡的水分蓄積在含水層裡，以及許多高度飽和的永久凍結區域。

　　「好一個衝撞。」瑪雅歎道。

　　「的確不小。」黛安娜說，就一般規則而言，衝撞體本身體積大約是其所造成的火山口或盆地大小的十分之一（一如歷史數據，瑪雅想）；所以衝撞這裡的小行星直徑約為兩百公里，墜落在一片佈滿火山口的古老高地。它的信號痕跡指出它有可能是顆普通的小行星，大半是碳粒隕石，含有許多水分和少許鎳─鐵。衝撞速度為每小時七萬二千公里，角度微微向東，因此解釋了希臘盆地東邊遭

受巨大破壞踐躪的原因，以及比較說來相當齊整的朝赫勒斯篷特山脈西邊而去的同心脊線。

然後黛安娜描述另一個讓瑪雅聯想到可以與人類歷史類比的法則：衝撞物體本身越大，能夠在衝撞之後留存下來的殘骸遺跡就越少。因此這顆小行星所有碎片幾乎都在那場巨大撞擊下蒸騰散逸而去——格雷得西爾火山口下有個重力小火流星，一些火星科學家宣稱幾乎可以確定是那顆被掩入地下的超小行星遺骸，也許是原體積的千分之十或更小，並認為其中含有超過他們所需的鐵和鎳，那是說如果他們願意去挖掘的話。

「那可行嗎？」瑪雅問。

「沒有。直接到小行星挖掘還便宜些。」

那正是他們如今做著的，瑪雅陰鬱的想著。那是如今囚犯服刑的意義，在最近聯合國臨時政府體制下——花費數年在小行星帶上操作嚴格受限的採礦船和機器人。有效率，臨時政府如是說明。把囚犯送至偏遠地區，同時又有利益可收。

而黛安娜依舊沈思於這盆地壯觀的誕生。那衝撞發生於三十五億年前，當時這星球的地殼還很薄弱，內部更為灼熱。因衝撞所釋出的能量大到無可想像：人類歷史上人為創造出來的能量總和與之相較仍有如小巫見大巫。因此接續而來的火山活動必定非常驚人。希臘盆地周遭有一系列古老火山，乃繼衝撞之後才生成，其中包括西南方的奧司垂圓頂，南方的安妃垂提圓形淺丘，東北方的哈得德卡圓形淺丘和第勒那圓形淺丘。這些火山區域附近已經證實都蘊藏有廣大含水層。

這些含水層中的兩個在上古時期曾爆發到地表來，在盆地東邊斜坡上留下兩個頗為明顯的彎曲迂迴水蝕峽谷：道峽谷，它源自哈德卡圓形淺丘波浪狀折疊斜坡；另一個較為偏南，由兩個峽谷連綴而成，名為哈馬克希斯—盧爾系統，整整長一千公里。這些峽谷源頭處的含水層自爆發後至今這段漫長的時間中又再次填滿，現在有

許多建築人員在「道」築起帳幕建造城鎮，同時也開發著哈馬克希斯─盧爾，並且自含水層抽引水源流經這些包圍起來的長形峽谷，最後流入盆地。瑪雅對這些在地表上拓展而出的新興居住區域有著極大的興趣，而對這些地方瞭解甚深的黛安娜則將領著她到「道」拜訪一些朋友。

　　頭一天整天，她們搭乘的火車就沿著希臘盆地北部邊緣駛行，盆地底部的冰層景象連綿不斷盡入眼簾。她們經過一個山腹小鎮塞波斯托波耳，泛黃石牆在午後閃爍，那之後她們來到訶爾門，坐落於道峽谷尾端的市鎮。她們在傍晚時分踏出訶爾門火車站，往下俯瞰這又大又新的帳幕市鎮，就在一道龐大無比的吊橋之下。這座橋撐起火車雪道，橫越道峽谷出口處之上，其橋墩相距約逾十公里。橋邊的峽谷邊緣就是火車站所在處，她們在此可以俯瞰峽谷連結盆地底部那越來越寬的出口，頭上是混亂糾結、邊緣鑲有陽光的雲朵。另一個方向的視野則是一直往上延伸到峽谷陡峭窄小的世界。她們沿著鋪有階梯的Ｚ字形道路走下，覆蓋峽谷的新帳幕除了特定朦朧深紅以及晚霞般的色彩外，難以肉眼辨識，那些色澤乃隨風飄來堆積在帳幕上的碎粒所反射出的顏色。「我們明天沿環谷道路往上游走，」黛安娜說，「可以看到整個輪廓。然後下到谷底感覺一下住在下面的情景。」

　　她們沿著共有七百級的階梯道路往下走。到達訶爾門市鎮中心後，四處繞走一番就去用晚餐，接著往上走回就在橋下峽谷山壁上的深水公司辦公室。她們在那裡住了一宿。隔天早晨她們到火車站旁的車庫，借了一輛小型公務越野車。

　　黛安娜把著方向盤朝東北駛去，道路與峽谷邊緣平行，緊臨帳幕厚重碩大的混凝土地基。雖說帳幕的結構組織透明到幾乎消失的程度，然而整個頂部重量依舊相當巨大，需要絕大力道來固定。形成地基的龐碩混凝土塊擋住了她們俯瞰峽谷的視線，所以瑪雅一直到了第一個觀望點，才於離開訶爾門之後再一次看到峽谷面貌。黛

安娜駛入寬闊地基上的一個小停車場，停妥後她們戴上頭盔下車，沿著木造階梯往上攀爬，那道階梯乍看之下似乎毫無任何支架支撐似的向天空伸展，仔細察看之後首先發現撐住階梯的航空膠橫樑，然後是向外延展到肉眼不見之處的帳幕層。階梯盡頭是四周圍有欄杆的小觀察台，峽谷上下游數公里遠的景致盡收眼底。

下面真有一道溪流；道峽谷有溪河流淌。峽谷底部綴有斑斑點點的綠，若要說得更精確些，是一堆綠色的合集。瑪雅辨認出檉柳、美洲白楊、歐洲山楊、柏樹、無花果樹、灌木橡樹、雪竹、鼠尾草——然後，峽谷山壁底端的陡峭碎岩礫石斜坡上，有許多不同種類的灌木叢以及攀緣植物，當然還有蘆葦、苔蘚、地衣。流淌穿越這片雅緻植物園的是一條河。

它不是一條泛現白色急湍的藍色溪流。水流緩和之處黯淡沒有光澤呈紅褐色，急流處以及瀑布濺起的水珠泡沫形成鮮亮的粉紅。典型的火星風味，黛安娜說，乃懸浮水裡如冰河淤泥的泥沙所造成——再加上反射天空的顏色，今天天空的顏色是一種朦朧的淡紫，而被遮掩住的太陽周圍現出薰衣草色，一如老虎眼睛虹彩般的黃。

但是水的顏色無關緊要——它是一條鮮動活潑的河流，奔流在一個顯然的河濱山谷裡，有些地方平靜安和，有些地方竄跳洶湧，有碎石灘，有沙洲，有穗帶區段，有碎裂的雙紐線島嶼，還有又大又深又和緩的河套，頻繁的急湍，以及上游遠方的一兩個小瀑布。她們看到最長的那條瀑布底端翻轉飛濺的粉紅泡沫幾乎轉成純白，一塊塊的白於是移到下游，被巨礫和從岸旁突出水面的沉樹攫獲。

「道河，」黛安娜說。「住在下面的人則稱它為紅寶石河。」

「有多少人？」

「幾千吧。多數住在靠近訶爾門的地方。上游有家庭農場等。當然還有峽谷源頭的含水層工作站，有幾百人在那裡工作。」

「那是最大含水層之一嗎？」

「是的。大約有三百萬立方公尺的水量。所以我們抽取出來形

成水流——喔，就是妳看到的這個。一年大約汲取十萬立方公尺。」

「這麼說，三十年後就不會有河流了？」

「沒錯。不過他們可以用水管把水抽到上游，再讓它回流。誰知道呢，也許到時候大氣就夠潮溼，哈德卡的斜坡或者能夠收集足夠的積雪而形成一片流域。那麼河流就會隨著季節而有起落，不過多數河川都是這樣的，不是嗎？」

瑪雅低首俯瞰，下面的景致與她年少時期的如此相似，一些河流……上里歐尼，在喬治亞共和國嗎？還是在科羅拉多州，某次造訪美國時看到過一次？她想不起來了。那段生命竟如此迷濛模糊。「很漂亮，而且如此……」她搖搖頭；這景色有一種她無法記起的一種不知過去是否見過的特質，彷彿其與時間無關，是朝遙遠的將來的一種預言式的瞥視。

「來，我們再沿路往上走一點，去看看哈德卡。」

瑪雅點點頭，她們回返車內。繼續往上行駛的過程中有這麼一次兩次，路面突起到高於地基一定程度之上，使她們能夠有機會再往峽谷底部看去，瑪雅看到那條小河繼續切割穿越岩石和植被。黛安娜沒有停車，瑪雅沒有看到任何人煙跡象。

有帳幕蓋頂的峽谷上游盡頭有一個以混凝土建造的巨大工廠，裡面有氣體交換機械裝置以及抽水站。工作站北方突起的山坡上聳立一片風車群，主要部分全都向西挺立緩緩轉動。這一切的上方升起寬廣低矮的錐狀哈德卡圓形淺丘，一座火山，其周邊因密集交叉以及新起部分再切割舊有熔岩渠道網路，而顯得異乎尋常的佈滿深淺溝槽皺痕。如今冬季積雪填滿了這些渠道，但渠道之間暴露在外的黑色岩石，則因暴風雪夾帶而來的強風吹掃而依舊光禿。於是出現了一個巨大的黑色錐形物體，飾以成千上百條糾纏繞結的白色絲帶，挺身戳向黑青的天空。

「非常壯觀，」瑪雅說。「他們能從峽谷底端看到嗎？」

「不能。但是住在那頭的許多人都在這邊緣上的井邊或發電廠工作。所以他們每天都看得見。」

「這些居民——他們是誰？」

「讓我們去看看他們再說，」黛安娜回答。瑪雅點頭，欣賞黛安娜的風格，那仍然讓她想起安。第三和第四世代對瑪雅來說都很怪異，不過黛安娜比多數人好些——也許是因為有些隱密，然而比較起其他外來色彩更濃的同齡世代以及采塢的孩子們，她實在有分叫人欣喜的平凡普通特質。

就在瑪雅如此觀察著黛安娜，心中兀自如是思索時，黛安娜駕著車子把她們帶入峽谷，沿著一條橫過近道城鎮源頭處的巨大古老碎石斜坡的陡峭道路。這是原始含水層的爆發所在，然而這裡幾乎沒有什麼渾沌地形——只有龐大的碎石斜坡，永久停留在休憩的角度上。

峽谷底部基本上平坦無痕。她們很快的就行駛在一條灑有固定劑的風化層路徑上。這條路徑盡可能沿河而建。大約一個鐘頭之後，她們經過一片綠草，就在一個寬廣和緩的河套裡。這片草地中間的矮松和白楊樹群中，聚集著一堆低矮房頂，獨有的一根煙囪冒出微紗炊煙。

瑪雅凝視著這個地方（畜欄、牧地、貨車場、穀倉、養蜂盒），震懾於它的美麗，整體散放著古代風味，似乎與峽谷上端紅石沙漠高原完全隔絕——事實上與所有一切，與歷史，與時間本身完全隔絕。中型自然系統。住在這些小屋子裡的人，他們是怎麼想火星和地球，以及所有的爭端煩惱呢？然而他們又為什麼要關心呢？

黛安娜把車停下，有幾個人現出身影跨過草地看看來人是誰。帳幕下的壓力是五百毫巴，幫助支撐帳幕的重量，如今外面整體大氣平均約為二百五十毫巴。所以瑪雅啟開車子閘門，沒有戴上頭盔就走出去，感覺赤裸狼狽。

這些住民全都是年輕的本土人。多數在過去幾年中從布若斯和埃律西姆峰來到這裡。他們說，峽谷裡也住有一些地球人，人數不多但是布雷西斯有個計畫是將人們從幾個小國家帶到這裡，而他們最近也在峽谷這裡歡迎一些瑞士人、希臘人，和納瓦荷人（譯註：Navajo，新墨西哥州和亞利桑那州的一族印地安人）。另外靠近訶爾門處有個俄國區。所以他們在峽谷裡可以聽到一些不同的語言，但英語是共同語言，同時也幾乎是所有本土人的第一語言。他們的英語有瑪雅以前沒有聽過的腔調，而且在文法上有奇怪的錯誤，至少在她聽來是如此；比如說，幾乎所有動詞除了第一個之外，全部都以現在式完成。「我們去過下游，看一些瑞士人在河上工作。用植物或岩石固定幾處河岸。他們說幾年之後，河床就能將河水沖洗乾淨。」

瑪雅說，「它仍然會是懸崖和天空的顏色。」

「是，當然。不過清晰的水看起來比滿是淤泥的水要好多了。」

「你們怎麼知道？」瑪雅詢問。

他們斜了斜眼，皺起眉頭考慮一番。「就是掬起一把水，捧在手心看的那種感覺，是吧？」

瑪雅微笑。「你們這裡有這樣多的空間實在很棒。真是不可思議，他們如今竟然已經能夠籠罩這麼大的地方了，是不是？」

他們聳聳肩，彷彿他們從沒有想過用這種角度來看待事物。一個說，「我們其實在等帳幕拆除的那一天。我們想念雨和風。」

「你們怎麼知道？」

他們就是知道。

她和黛安娜繼續往前駛去，途經幾個非常小的村落。孤立的農場，羊群牧地，葡萄園，果園，開墾的田野。擁擠的大溫室，如實驗室般散放些許光亮。有一次一隻土狼穿過她們車前。接著在一處碎石斜坡底端一個又高又小的草地上，黛安娜瞥見一隻棕熊，稍後又看到一些達爾綿羊。一些小村落裡，人們在露天市集上交易食物

和工具，並且閒聊家常。他們不關心地球發生的事件，而且瑪雅驚訝的發現他們對地球狀況幾乎毫無瞭解。只有一個俄國人聚集的小社區，告訴瑪雅地球正在瓦解崩潰中，而他們使用混雜的俄語，更讓瑪雅溼了雙眼。他們很快樂的沿襲舊習，滿足在這峽谷裡的適意生活。

在這小村落的一個露天市集裡，擁擠人群中赫然出現了奈加，一邊咬嚼蘋果，一邊神采奕奕的朝對他說話的人點頭。他看到下車的瑪雅和黛安娜急切迎來，一把抱住她舉離地面。「瑪雅，你在這裡做什麼？」

「旅行，從敖得薩開始。這是黛安娜，保羅的女兒。你又在這裡做什麼？」

「喔，來看看這個村莊。他們有些土壤問題，我來試試幫些忙。」

「告訴我。」

奈加是生態工程師，而且從廣子那裡繼承了一些天賦才幹。這村莊的中型自然系統才剛起步，全村仍處於幼苗種植的階段，土壤是已經準備好了，然而氮和鉀的缺乏卻造成許多植物興旺不起來。他們一面繞走市集，奈加一面如此敘述，同時指出何為土產作物，何為輸入貨品，還解釋這個村莊的經濟狀況。「這麼說他們不是自給自足了？」瑪雅問。

「不是。連邊緣都談不上。不過他們倒是種了許多自己吃的食物，然後以之交換其他作物或免費提供。」

他似乎也為生態—經濟學努力。他在這裡已經有了許多朋友；人們不斷前來擁抱他，而由於他一直把手臂環繞在瑪雅肩上，她也不免被拉進這些懷抱裡，並且走馬燈似的與一個又一個的年輕本土人見面，這些年輕人全都因為再次見到奈加而興奮。他記得所有人的名字，頻頻問詢他們近來狀況，隨時跟進問題的方向，一面繼續繞走市集；他們經過麵包蔬菜攤、大麥和肥料袋、漿果李子籃，直

到後來他們身旁圍繞著一群人，有如走動聚集的宴會人潮，這時他們來到一個酒店，在外面的松木長桌上坐下。整個下午奈加一直讓瑪雅坐在他身邊，她觀察著所有年輕的面龐，既輕鬆又愉快，同時注意到奈加有多像約翰——人們熱情對待他，因而也熱情溫暖的對待彼此——每一個場合都因為他優雅魅力的觸碰轉化成一場盛宴。他們為彼此傾倒飲料，為瑪雅端來一份豐富食物「全是土產，全是土產。」並且互以特殊的快速火星英語，細數小道消息、描繪夢想。喔，他確實是個特殊的男孩，與廣子一樣古怪卻又絕對正常，兩者同時同地存在。黛安娜就緊緊依附在他另一邊，許多年輕女子看來似乎極為渴望取代她的位置，或瑪雅的。也許她們以前真坐過這些位置。咳，身為一個高齡者也有些許好處的。她可以毫無顧忌的疼惜憐愛他，而他只會回以露齒傻笑，她們則一點辦法也沒有。是的，他的確散發著某種神采魅力：瘦削的下巴、活潑幽默的嘴、分得開開的微含亞洲人特徵的棕色眼睛、濃眉、傑傲不馴的黑髮、高偉優雅的體格，只是沒有眾人那樣高。沒有什麼特別突出的地方。是他的態度，親切友善，充滿好奇，而且總是保持愉悅欣喜。

「政治呢？」那天晚上稍後，他們一塊兒從村莊沿河走下時，她問他。「你怎麼跟他們說？」

「我援用多薩伯雷夫亞的文件。主張我們應該在日常生活中立即反應出來。這村莊裡的多數人都離開了官方的系統網路，妳知道，而且採取另類經濟學。」

「我注意到。那是吸引我前來的原因之一。」

「是，嗯，妳知道發生了什麼事。第三和第四世代喜歡這樣。他們認為是一種自產系統。」

「問題是，聯合國臨時政府會怎麼想。」

「可是他們又能做什麼？就我所知，我不認為他們關心。」他一直在不斷的旅行，而且已經旅行了好多年，親眼見到火星的許多地方——比瑪雅還多，她知道。「我們隱藏在幕後不容易看到，加

上我們沒有要挑戰他們的樣子。所以他們不會來騷擾我們。他們甚至不知道我們分布的有多廣。」

瑪雅懷疑的搖頭。他們站在溪畔，溪水在這低淺處熱鬧的嘩啦嘩啦流過，晚紫的表面幾乎無法映照出群星夜空。「塞了太多淤泥。」奈加說。

「你們怎麼稱呼自己？」她問。

「妳是說？」

「是一種政治團體，奈加，還是社會運動。你們一定有個稱呼的。」

「喔，嗯，有些人說我們是布恩信徒，或火星第一的某種支派。我認為都不怎麼對。我自己是沒有取什麼名字。要有的話，也許就叫『卡』或『自由火星』。我們把那當作一種招呼用語。不管是動詞還是名詞。自由火星。」

「嗯，」瑪雅說，感到一股冷涼潮溼的風掃過她的面頰，奈加的手臂環繞在她的腰上。另類經濟，不受法律規則束縛，極為吸引人卻也相當危險；它有可能變成由幫匪集團掌控的黑色經濟，而任何抱持理想主義的村落對此將一點辦法也沒有。她判斷以這作為解決臨時政府的方案多多少少有些不切實際。

她對奈加表達這些保留態度，奈加同意。「我不以為這是最後一步。但我想它能提供些幫助。我們現在只能這樣。然後當時機到來……」

瑪雅在暗夜裡點頭。突然覺得這就像另一個克雷薛月形排屋。他們一起回返村莊，那裡的宴會仍然喧鬧亢奮。宴會近尾聲時，至少有五名年輕女子競逐爭取成為奈加身畔最後停留的一位，瑪雅微微牽動嘴角笑著（如果她還年輕，她們一點機會也不會有），然後離開他們逕自上床睡覺去了。

她們離開市集村落繼續往下游行駛，兩天後在距離訶爾門仍有

四十公里的地方，轉過峽谷裡的一個彎路，眼前豁然開朗視野可以
一直延展到雪道吊橋的兩座橋墩高塔。就像是來自另一個世界的物
體，瑪雅心想，使用完全不同的工業技術。橋墩高塔約有六百公尺
高，彼此相距十公里——一條真正極長、極大的吊橋，使訶爾門鎮
相形見絀，訶爾門鎮一直到她們繼續前行了一個小時後，才從地平
線那頭顯露出來，接著慢慢從懸崖邊緣往下展露全貌，鎮裡建物沿
著峽谷陡峭邊緣層層而下，猶如西班牙或葡萄牙一些引人注目的濱
海村落——然而全都隱在吊橋巨大的陰影下。龐大，是的——不過
在克里斯另有兩倍大的橋，隨著材料科技不斷的改進，其發展可能
性將永無止盡。組成新電梯幹管的奈米碳絲，其抗拉強度甚至遠遠
超過電梯本身所需。有了它，你大概就能建造任何地表長橋了；人
們提到在水手峽谷上造橫越大橋，還有笑話說要在塔爾西斯上的幾
個主要火山之間建築纜車，以省卻三個山峰之間落差十五公里的旅
程。

　　回到訶爾門後，瑪雅和黛安娜把車還給車庫，在橋下半腰處一
家餐廳享用一頓豐盛晚餐。然後黛安娜去拜訪朋友，瑪雅則回到深
水辦公室裡的住宿房間。但是她房間玻璃門外頭，小陽台之上龐碩
偉巨的吊橋昂揚拱起穿越群星，再加上她腦海裡不斷搬演著道峽谷
以及住居其間的人們，還有黑色哈德卡上填滿白雪的溝渠所形成的
白色絲帶，使她一直無法入睡。她來到室外蜷曲在陽台裡的一張椅
子上，蓋著一張毯子，抬頭凝望巨橋底部，想起奈加和那些年輕的
本土人以及他們代表的意義，就這樣過了大半夜。


　　隔天早晨她們原本計畫搭乘下一班環繞希臘盆地的火車，不過
瑪雅要求黛安娜載她到盆地底端，親自視察循著道河順流而下的水
最後景況如何。黛安娜愉快的遵從。

　　河水在市鎮低處流入一個窄小的水庫，堤壩乃厚實混凝土築成
坐落帳幕邊牆之上。帳幕外的水流依著一條架設在三公尺高鐵塔群

上的粗大絕緣管線，奔流到盆地底部。管線順著盆地東邊和緩寬闊的斜坡而下，她們駕駛另一輛公司越野車循線而去，直到訶爾門那細碎山崖消失在車後低矮沙丘間。一個小時後吊橋橋墩依然在得以目視的遠方，向著天際昂揚挺立。

往前繼續幾公里，管線橫穿過一片遍佈破碎冰層的微紅平原——那冰層其實是一種冰川，只不過它呈扇形從右至左延展在這片廣闊無垠的平原上。此處是他們新海洋的海岸地帶，或至少是一個圓形濱海處，只是依舊冰封冷凍。管線橫過這片冰層，逐漸沈落最後消失在海岸之後兩公里的地方。

一座近乎完全浸沒冰層之下的小火山口，其圓形邊緣突出於冰層之外形成兩個彎曲半島，黛安娜順著路徑駛上其中一個，直來到半島終端。眼前世界完全被冰層覆蓋；身後則是一片逐漸揚起的沙坡。「這圓形濱海現在已經向外延展到很遠的地方了，」黛安娜說。「瞧──」她指著西方地平線一道銀色閃光。

瑪雅從儀表盤上取出一個雙筒望遠鏡。她看到顯然是這圓形冰封區域北角的地平線，銜接著揚起的沙丘。忽然這片冰層外環邊緣上有一團巨冰緩緩搖動起來，繼而瓦解崩塌彷如格陵蘭冰川陷落海洋，只是當這團冰掉落在沙地上時，破裂成千百片碎冰。接著出現一小條流水，顏色深沈漆黑一如紅寶石河般流過沙地。塵煙揚起飄離這條小溪，隨風掃向南方。這條新興溪流的邊緣開始變白，不過瑪雅認為其與六一年氾濫水手峽谷洪水的驚人凍結速度比較起來實在算不上什麼。它仍呈液態，上面幾乎看不到冒出的冷氣，時間一分分逝去而它就在曠野的那頭！喔，這世界的確變得暖和些了，大氣也變厚變稠了；這盆地裡的氣壓最高可達二百六十毫巴，此刻外面的溫度是絕對溫度二百七十一度。多麼美好的一天！她透過望遠鏡觀察這片圓形冰封區域，發現到處都是再次凍結的冰雪融化匯成的池塘，潔淨平坦且泛起閃亮耀眼的白光。

「事事都在改變中。」瑪雅說，與其說是對著黛安娜敘述，毋

寧說是自言自語;而黛安娜沒有回應。

那道新興黝暗溪流表面終於全鋪滿了白冰,同時不再移動。「它現在從別處湧出,」黛安娜說。「其作用就像河流三角洲的沈積作用。這片圓形冰區的主要水路就在南方這裡。」

「我很高興親眼目睹。我們回去吧。」

她們駛回訶爾門,當晚就在橋下同一家餐廳再次共進晚餐。瑪雅問了黛安娜一大堆有關保羅、愛沙、加清、奈加、瑞秋、愛蜜立、芮尤,以及廣子其他小孩的問題,還有他們的孩子和他們孩子的孩子。他們現在都做些什麼?他們想做什麼?追隨奈加的人多嗎?

「喔,是的,當然。妳看到的。他一直在旅行,北方城市裡有個本土人組成的完整網脈在照顧他。朋友、朋友的朋友等等。」

「你想這些人會支持一個……」

「另一場革命?」

「我想的是獨立運動。」

「不管妳怎麼稱呼,他們都會支持。他們會支持奈加。對他們來說地球是一場惡夢,一個試圖把他們拖下水的惡夢。他們不想那樣。」

「他們?」瑪雅說,微笑著。

「喔,我也是。」黛安娜回以笑容。「我們。」


在她們繼續順時針方向繞轉希臘盆地的旅程中,瑪雅回想起那段談話。一個來自埃律西姆峰,沒有瑪雅知道的任何變形跨國公司或聯合國臨時政府人員涉入的團體,剛剛完成了哈馬克希斯—盧爾峽谷的造頂工程,利用與建築「道」圓頂同樣的方式。如今這兩個互相連結的峽谷裡住有好幾百人,忙著裝設通風設備、培養土壤、播種栽植這峽谷中型自然系統的初始生物圈。他們當地的溫室和製造廠生產出足能配合他們完成這項工程的所需物品,而金屬和氣體

則從赫斯匹里亞到東邊的荒地上採鑿之後，運送到哈馬克希斯峽谷口一個名為蘇克呼米的城鎮。這些人有起始計畫和種子，並且似乎沒有在臨時政府裡存放多少資金；他們從事其計畫之前根本沒有想要得到它的准許，而且明白顯露出對黑海團體正式組員的厭惡，那些組員通常是地球變形跨國公司的代表。

不過他們亟需人手，很希望能從深水公司獲得更多技師和一般事務人員，以及能從其總公司討來的任何設備。瑪雅在哈馬克希斯—盧爾地區碰到的每一個團體幾乎都開口要求支援，而多數乃年輕的本土人，並且似乎認為他們跟任何人一樣有相同的機會獲得裝備，即使他們不屬於深水或任何公司的分支機構。

哈馬克希斯—盧爾整個南方，亦即盆地邊緣之後的火山噴濺物聚成的崎嶇山丘裡，全都是探尋含水層的工作人員。他們就像那些住在加蓋峽谷裡的人一樣多數出生於火星，其中更有許多是在六一年後出生。他們很不一樣，而且是截然不同；他們彼此之間共享的興趣和熱情與其他世代的人毫無關連，就好像遺傳漂變或分歧化選擇產生了一種雙峰分布，於是這顆星球上共同棲息著屬於舊人類成員的智人（*Homo sapiens*）與新的火星人（*Homo ares*），這批新人類高大、瘦長、優雅，而且絕對的輕鬆自在，相互以一種顯而易見的專注態度閒聊或論述，一如他們把希臘盆地轉成海洋的工作態度般。

這樣大規模的計畫於他們而言乃屬最自然不過。瑪雅和黛安娜在這條雪道上的一個停靠點下車，與黛安娜的幾位朋友一起來到基亞多薩一條伸向盆地底端東南區位的山脊上。如今這些山脊已大多成為延伸到另一片圓形冰封區域上的半島，瑪雅低頭左右瞧看這些處處顯露破裂崩潰的冰川，試圖想像海平面升高到幾百公尺之後的景致，到那時這些參差不平的玄武岩山脊將只成為一些船隻聲納雷達器上出現的嗶嗶聲，以及海星、小蝦、磷蝦，還有種類繁多的人工培植細菌的家。那時刻已經不遠了，想來真是不可思議。然而黛

安娜和她的朋友們，特別是這些有希臘血統或土耳其的——年輕火星水脈探勘者，對這即將來臨的未來或這項工程的浩大，沒有任何震懾崇仰的情緒。那是他們的工作、他們的生活——對他們來說這實在只是人類範圍以內的工作沒什麼不自然。簡單說來，在火星上人類工程即以這些巨大計畫為內容。創造海洋。建築能使金門大橋看起來像是玩具的長橋。他們甚至沒有好好看看這個山脊，這個不久之後就再也見不到的脊脈——他們談論著其他事情，如蘇克呼米的共同朋友等等。

「這是個了不起的行動！」瑪雅嚴厲的朝他們喊。「這比人類過去建築出來的一切都要來的偉大！這片海洋將和加勒比海一般大！地球上從來就沒有這樣的計畫——沒有！連邊也沾不上！」

一個有著美麗肌膚的鵝蛋臉女子笑了起來。「我才不管地球呢。」她說。


新雪道繞過南方圓形邊緣，橫切一片稱為阿西烏司峽谷的陡峭山脊和狹谷。這些蜿蜒曲褶的地形從邊緣嶙峋山丘一直延伸到盆地裡，迫使雪線棧道在巨型拱橋、深鑿捷徑，或隧道之間輪番變換。他們離開基亞多薩之後搭乘屬於敖得薩辦公室的一列私人小火車，瑪雅於是要求小火車在這段路程上的眾多小車站停駐，使她有機會與水脈探勘人員和建築組員見面談話。其中一站的工作人員全是地球出生的移民，瑪雅發現他們比無憂無慮的本土人還要容易了解些——體型一般，滿是驚異狂熱或沮喪抱怨，總體而言非常清楚知道他們工作的奇特處。他們帶領瑪雅走下一座山脊裡的隧道，這山脊赫然屬從安妮垂提圓形淺丘延展而來的熔岩隧道，其中空的圓柱體積與多薩伯雷夫亞一般大小，不過以一個尖銳角度傾斜著。工程師正抽取安妮垂提含水層裡的水往內灌注，利用它權充管線將水引到盆地底部。這些咧嘴而笑的地球水文學者帶她踏入鑿進熔岩甬道邊牆的一個觀察平台，黑色的水流奔淌在這巨大隧道底部，然而注水

速度雖然為每秒二百立方公尺，仍然只能勉強的覆蓋整個底部，不過水花飛濺的咆哮聲響在空洞的玄武岩圓柱管裡充耳可聞。「棒吧？」身旁伴隨的移民詢問著，而瑪雅點點頭，為這些她能夠理解的反應感到興奮。「像一條暴風雨排水管，對不對？」

不過回到火車上，那些年輕的本土人對瑪雅的讚嘆只點頭應對──熔岩甬道管線，當然很大，是的，應該是那樣的，不是嗎？替她省下更多水管以提供給運氣沒這麼好的地方，對不？如此這樣那樣一番後，就逕自回到論說他們認識的，而瑪雅連聽都沒聽說過的人們的話題上。

火車繼續往前帶他們繞過盆地西南弧線，雪道在這裡轉而向北。他們越過了另外四到五個大型管線，盤旋蜿蜒繞出他們左邊高據在赫勒斯篷特山脈的峽谷，這些峽谷兩旁盡是成鋸齒狀起伏的岩脈，一如內華達州或阿富汗的景致，山峰因雪而呈現白色。右邊窗外，盆地底端出現更多髒污破碎冰片，周圍則通常有新興水流再次凍結後形成的白色平坦塊狀區域。他們在雪道旁的山頂上進行建築工程，於是有類如「塔斯卡尼文藝復興」（譯註：Tuscany，義大利中西部區域）似的一個個小帳幕市鎮。「這些丘陵地帶會是個很受歡迎的居住環境，」瑪雅對黛安娜說。「它們會變成山脈和海洋的中間地帶，而這些峽谷出口處應該會變成小港口。」

黛安娜點頭。「啟航會很順利。」

他們來到環盆一周的最後一個彎路時，雪道來到必須橫越尼斯騰冰川的地方；這是六一年大規模爆發淹沒「低點」的殘存冰凍者。橫越它並非易事，因為這冰川最狹窄處仍有三十五公里寬，截至目前為止還沒有人有時間、有設備來建造一座橫越如此寬度的吊橋。因此這裡建有幾個深入冰層，固定在底下岩石的支撐鐵塔。這些鐵塔立於上游的那面有著如破冰船船頭的構造，而下游面則依附有一種浮筒橋，能夠在有冰川流動的冰上運用智慧型緩衝盤來平衡

乍起乍落的冰團。

　　火車經過這浮筒橋時速度減慢，瑪雅藉機朝上游看去。她看到這條冰川從相當靠近尼斯騰火山口的兩座尖牙似山峰之間奔流出。從未經證實的反叛組織曾以熱核爆炸來爆破尼斯騰的含水層，造成六一年中發生的五或六個超大型含水層爆發中的其中一個，幾乎與切割水手峽谷群的那個一樣大。它們之下的冰層仍然微含放射性物質。但是現在它封凍著，靜躺在這座橋下；當年那場驚人洪水的結果，如今只剩下奇特的滿是冰塊的破碎平野。她身旁的黛安娜說有些登山者喜歡沿著冰川上的冰凍瀑布攀登而上，乃一種閒暇嗜好。瑪雅厭惡的起了一陣戰慄。人們竟如此瘋狂。她想起被水手峽谷洪水捲走的法蘭克，不禁大聲詛咒。

　　「妳不贊同？」黛安娜問。

　　她再一次詛咒嘀咕。

　　冰層中間躺著一條絕緣管線，穿過浮筒橋直往低點而去。他們仍然抽取著那破裂含水層底端的水源。瑪雅曾俯視過低點上的建築物，她在那裡住過好多年，跟一個她如今記不起名字的工程師住在一起——而現在他們汲取殘留尼斯騰含水層底部的水源，往已經淹沒的城市灌注更多的水。六一年爆發的大洪水，如今只剩下一條細長管線即可疏通的水。

　　瑪雅感受到體內翻湧騰攪的狂亂情緒，受激於這次環盆旅程中的所見所聞，還有那些過去發生的，以及將要發生的事件……啊，那體內狂捲的浪濤洪水，淹沒了她的思緒！如果她能夠像他們面對這含水層般的掌握她的靈魂——汲取，控制，驅使它往清明朗然走去。只是流體靜壓如此沈重，一旦爆發卻又如此狂野。沒有什麼管線能夠予以疏導。

＊　　＊　　＊

　「事事都在改變的過程中，」她這麼告訴米歇爾和史賓賽。「我想我們不再能夠瞭解它們了。」

　她回到敖得薩的常規生活裡，雖然對回返感到高興，卻也同時煩亂苦惱兼及滿心好奇，以全新角度再次觀察省視一切。她辦公桌牆上掛有一幅史賓賽的畫作，一個煉金術士對著洶湧狂暴的大海拋擲一本大部頭的書冊。畫作底端寫著，「我將淹溺我的書。」

　她每天早晨都很早離開住處，沿著海岸道路往下走到近乾涸海濱的深水辦公室，隔壁是布雷西斯旗下另一個稱為賽普雷德拉模司皮爾的公司。她在辦公室裡鎮日主導綜合性工作小組，協調田野工作單位，並專注於繞走盆地底部的機動性小型運作工程，這些操作主要在進行最後一刻的盆底採礦工程以及重新安排冰層的任務。偶爾她會放下心力在這些漂泊機動小隊的改進設計上，享受回到人體工學課題上的樂趣，那是她最早擁有的技術之一，另一個則是身為俄國太空人。有一天她正專心研究改變房室櫥櫃，盯著她畫出來的草圖，突然間一陣似曾相識的感覺浮湧而來，彷彿她過去曾經做過這部分，那被遺忘的過去裡的某一個時刻。同時她也疑惑何以這些技能仍記憶的匣裡如此強韌活潑，而學識經驗卻如此脆弱。她不管怎樣努力，就是無法想起她習得這人體工學專長的教育過程，可是技藝本身存在著，雖然有幾十年沒有動過手了，它仍然存在著。

　心靈是奇妙的。有時候那種似曾相識的感覺會以一種近似渴望或搔癢的方式向心靈撞來，然後那一整天所有事件就都會覺得像是以前盡皆發生過似的。她發現這種情境如果拖的愈長，就愈讓人感到不舒服，到最後整個世界變成一座極端醜惡的監獄，而她只是一個受命運擺弄的小丑，一種機械發條裝置，無法超出如今早已忘卻的過去所作所為。有一回這情況持續了幾乎一整個星期，她幾乎因而癱瘓痲痹；她生命的意義從來沒有像這樣遭到殘酷的攻擊，從來沒有。米歇爾相當關心，向她保證也許是生理問題的一種心理徵候；瑪雅多多少少相信了，只是他開出的藥方並沒有能夠減輕那種

感覺，其產生的實質效果實在有限。她只能忍耐並且祈禱這種情境盡快離去。

當它終於離去，她就盡可能的把那段經驗忘掉。當它再次重複，她就對米歇爾說「喔老天爺，那感覺又回來了。」而他回以「這狀況以前發生過沒有？」接著兩人相視而笑，然後她盡力承受這種折磨。她會一頭栽入手邊正進行著的工作細節，為探勘水脈的工作單位擬定計畫，依據來自盆地邊緣的火星地質專家報告，以及其他探勘水脈單位工作結果報告來指派任務。那是個很有趣，甚至令人相當興奮的工作，彷如一種尋找巨人寶藏之旅，使火星地質的教育就次火星水源祕密地點而言，需要更進一步的努力。如此這般埋首工作能讓似曾相識的感覺隱遁淡去，一段時間之後，它就與她心靈上一直折磨著她的某些怪異情境沒什麼兩樣，雖較愉快興奮情緒要來得糟糕些，但比沮喪挫折好些；偶爾情況會從感覺事事似曾相識，轉變成這以前從來沒有發生過，即使她可能只是一如往常般踏入一節電車。「加枚夫」（譯註：jamais vu，法文，意為昔日未曾發生過的），米歇爾如此名之，滿臉關切。這顯然相當危險。但是無法可想。與一個在心理問題上受有專業訓練的人住在一起，有時實在沒什麼益處，因為很容易就變成他的一樁醒目的個案研究。他們會需要用上幾個假名來描述她。

不管怎樣，在她感覺不錯、運氣很好的那些日子中，她的心思即完全從工作上岔開來，於四點到七點之間停止工作，疲憊卻滿足。她在敖得薩傍晚時分的特殊光彩下一路散步回家，整個城鎮籠罩在赫勒斯篷特的陰影下，對比之下，天空滿是密集的亮光和色彩，雲朵染得晶亮朝東飄過冰層，其下諸物皆因反射光芒而鮮亮華美，色澤在藍與紅之間變換著，每天、每個鐘頭都不一樣。她悠閒適意的走在公園群樹之下，穿過鎖著的大門進入布雷西斯大廈，上到她的公寓，然後與米歇爾共進晚餐；而他通常則已結束了一整天的工作，治療一些患有思鄉情結的地球新人，或老人們各種繁多的

抱怨，如瑪雅的似曾相識感覺或史賓賽的心靈游離狀態——記憶喪失、行為反常、幽靈嗅覺等等，全是怪異的老化現象問題，壽命較短的人們很少有這樣的困境，這對老人療程提出了不祥警訊，該項治療可能沒有如他們預期或需要的那般完整影響腦部。

　　不過第二、第三或第四世代很少有人去拜訪他，這很讓他驚訝。「毫無疑問的這就長久居住火星來說有著正面意義，」一個晚上當他結束他一樓辦公室的工作後，這麼說著。

　　瑪雅聳聳肩。「他們可能已經瘋了還不自知。在我看來情形有可能就是那樣，這是依據我繞走盆地的經驗。」

　　米歇爾瞥了她一眼。「妳是指瘋狂還是只是與眾不同？」

　　「我不知道。他們就是看來對他們正在進行的事情沒有感覺。」

　　「每一個世代都是它自己的祕密社會。妳可以稱之為阿如格司（areurges）。管理經營這座星球是他們的天性。妳得接受那點。」

　　通常瑪雅回到家時，公寓裡已經傳來米歇爾嘗試烹煮普羅旺斯食物的香味，桌上並放有一瓶打開了的紅酒。那年大半時候他們在陽台上用餐，有時史賓賽會加入他們，還有他們的頻繁訪客。他們會一面吃一面談著當日工作、世界新聞以及地球。

　　就這樣她過著一般日常生活（la vie quotidienne），而米歇爾以其淘氣笑容分享著，這個禿頭男人，有一張優雅的高盧人面孔，幽默反諷、絕對客觀。黃昏餘暉集中在赫勒斯篷特參差不齊的黑色山峰之上的天空，亮麗的粉紅、銀白和紫蘿蘭逐漸濡染成靛藍和青紫，他們說話的聲音就飄揚在這米歇爾稱為「狗與狼之間」的最後一抹薄暮彩光。然後他們會端起盤子回到室內，收拾廚房——所有一切都習以為常，熟悉，那深藏於似曾相識記憶裡的自我認定和自我滿足。


　　其他夜晚史賓賽會安排她參加一些聚會，通常在上城裡的一個公社舉行。這些多多少少與火星第一有著聯繫，然而參與的人們並

不像加清帶到多薩伯雷夫亞會議裡那些激進的火星第一成員——他們更像是在「道」見到的那些奈加的朋友，年輕些、少些專斷、較為自私、並且快樂多了。雖然瑪雅很願意與他們會面，聚會前一天也花時間預想，她仍然因此感到煩亂憂慮。就這樣有時候用過晚餐之後，一小群史賓賽的朋友就來到布雷西斯大廈，伴隨她搭乘電車穿過城鎮，走一小段路進入敖得薩地勢較高的區段，那裡坐落著更形擁擠的建築群。

這裡整個建築群逐漸成為另類堡壘要塞，住在此間的居民給付租金，在市中心工作，除此之外，與官方經濟系統完全隔絕；他們在溫室、陽台、屋頂墾殖，從事程式設計、建築、小儀器和農業工具製造，彼此間販賣交易或免費給予。他們的聚會在公共起居間、上城小公園，或花園的樹下舉行。有時一些城外的紅黨團體也來加入。

瑪雅首先要求人們自我介紹，她因而知道更多：他們年齡多半為二十多、三十多或四十多，出生於布若斯、埃律西姆峰、塔爾西斯，或阿希達利亞以及大斜坡地區營地。同時也有些火星老將、一些新移民，通常來自俄國，這很讓瑪雅很高興。他們之間有農藝學家、環境工程師、建築工人、技師、科技主義者、都市技工、服務人員。全圍攏在他們發展中的另類經濟系統裡。他們的公共建築一開始時只是一房公寓，浴室在走廊另一頭。他們或走路或搭電車到市中心工作，途中會經過海岸道路後面堡壘似的華邸，由來訪的變形跨國公司行政主管佔住。（布雷西斯裡的每一個人都住在和他們一樣的公寓裡，他們注意到這點也相當贊成。）他們全都獲得老人療程機會，認為那屬常態——他們聽到地球上以該項治療做為統治工具感到萬分震驚，不過也只是把這加入他們列出的地球諸端邪惡中的一項而已。他們有絕佳的健康體態，對疾病以及擁擠的醫療診所沒什麼概念。他們之間有一種偏方療法，即套上活動服到外面，深深吸　口周圍的空氣。據說這樣可以除掉任何疾病。他們高大健

壯。有一天晚上瑪雅還在他們眼睛裡辨認出一種表情：那種出現在年輕法蘭克臉上的表情，她在電腦資料板上看到過的那張照片——那種理想主義、憤怒邊緣的情緒、知道事情不對的理解力，以及能把事情矯正過來的信心。這麼年輕，她心裡想著。革命的自然轄區。

現在他們就在眼前，擠在他們的小房間裡，準備爭論手邊的議題，看起來疲倦但是快樂。這種聚會與宴會沒什麼不同，是他們社交生活的一部分。瞭解這點很重要。瑪雅會直接走到場內中心，可能的話就坐在一張桌上說，「我是妥伊托芙娜。我打一開始就在這裡。」

她會就此延伸——談論山腳基地的情景——努力回想，直到她的態度蘊含有與歷史本身同樣的迫切性，並嘗試解釋何以火星諸事會是現在這番面貌。「聽著，」她對他們說，「你們永遠回不去了。」生理上的改變使得通往地球的大門永遠對他們關閉，移民與本地出生的人皆同，只不過對本土人尤然。不管將來如何，他們如今是火星人了。他們需要成為一個獨立國家，也許主權國，或至少半自治。根據當下兩個世界的現實狀況，半自治也許夠用；而半自治的狀態即可稱得上是自由火星。然而就目前態勢看來，他們只不過是一項資產，對自己的生命一點實權也沒有。決策的制定是在幾億公里之外。他們的家園遭大肆挖掘精煉成金屬片運載出去。這實在是一種無謂的浪費，而從中獲得實質利益的只有如封建地主般主掌兩個世界的一小撮變形跨國公司菁英，除此以外，對任何其他人一點好處也沒有。不，他們需要自由——並非如此他們就能遠離地球的可怕狀態，不是那樣——而是能夠對發生在那裡的事件運用一些實質的影響力。否則他們就只能無助的目睹災難的發生。然後緊接在第一批受害人之後捲入一場大漩渦。那實在叫人難以忍受。他們必須付諸行動。

這群人對這則訊息非常認同，其中包括較為傳統的火星第一團

體以及都市波格丹諾夫份子，甚至一些紅黨成員。每一次的聚會瑪雅都對他們全體強調協調各自行動的重要性。「革命裡沒有無政府主義的空間！如果我們試圖各自填補希臘盆地，我們很容易就破壞彼此的工作成果，甚至可能漲滿負一等高線，摧毀我們所有的努力。這件事也是這樣。我們需要合作。六一年我們沒有這麼做，因此徹底失敗。那是一種互相抵觸、互相干擾，而不是協調協力，你們懂嗎？那實在很愚蠢。這次我們必須一起行動。」

跟紅黨成員說去，波格丹諾夫份子會這麼回答。而瑪雅就銳利的瞪視他們，喊道，「我現在是在對你們說。你們不會想要聽我對他們怎麼說。」他們也許就笑了起來，寬心的去想像她會怎樣去譴責別人。她那眾所周知的黑寡婦身分——能發咒語的邪惡巫婆，兇狠的希臘神話人物梅迪亞——是她掌握他們非同小可的武器，所以她不時展現這柄利刃。她問他們一些艱深的問題，雖說他們通常天真無助，但是有時他們的回答卻讓人印象深刻，特別是提到有關火星本身的題目時。他們之中有人收集了數目龐大的資料：變形跨國公司武器廠的細目、機場系統、通訊中心的規劃、人造衛星和太空船的目錄和地點計畫、網路、資料庫。有時候聽著他們，心下會油然升起整件事大有完成可能的情緒。他們很年輕，當然就許多角度而言令人驚詫的無知，所以很容易就會認為高他們一等；但是他們有種動物性活力，健康強壯、精力充沛。再說他們畢竟是成人，因此其他時候看著他們，瑪雅瞭解那些自誇吹嘘的年齡累積經驗，也許只是一種傷口和疤痕——年輕的心靈和老邁的心靈很可能就像年輕的身軀比對老邁的身軀：較強壯，更有生氣，少了因過去傷害累積而產生的扭曲。

她因而將之牢記在心，即使以教訓采塢孩子們般的嚴厲態度面對他們時亦同。講述完畢後，她強抑傷痛混在他們之間，談話、共食、聆聽他們的故事。這樣過了一個小時後，史賓賽會宣佈她必須要離開了，暗示她只是從另一個城市前來拜訪而已——雖然她在敖

得薩的街道上見到過他們中的一些人，他們肯定也看到她了，而且至少知道她花上許多時間在這個鎮裡。但是史賓賽和他的朋友們仍然會領她走過一段苦心經營的路線，以確認他們沒有被跟蹤。在他們接近西邊區域，布雷西斯公寓大廈之前，大半的與會團體就早已經消失在上城階梯巷弄之間了。然後他們悄聲溜過大門，大門匡嘟一聲關上，提醒她那間與米歇爾共享的陽光滿室的雙間公寓其實是一個安全處所。

　　一天晚上在會議裡與一群年輕工程師和火星科學家尖銳爭辯過後，她一面對米歇爾描述，一面在她電腦資料板上彈敲，不經意發現那篇文章裡的年輕法蘭克的照片，隨即順手列印出來。這張照片是從當時一份報紙上翻拍的黑白照片，畫面顆粒頗粗。她把照片隨意貼在洗碗槽上的櫥櫃，心情怪異狂亂。

　　米歇爾從他的人工智慧電腦上抬起頭來，朝它瞥了一眼，贊同的點點頭。「從人們臉上可以讀出的東西多得叫人不得不訝異。」

　　「法蘭克不那麼想。」

　　「他只是害怕那種能力。」

　　「嗯，」瑪雅說。她記不得。她轉而回想那天晚上參加聚會的人們臉上表情。是真的，它們洩漏了一切——就像是一字不漏的表達出它們主人想說卻未出口的一種面具。變形跨國公司是批脫韁野馬。他們破壞毀損了一切。他們自私，只關心自己。變形跨國公司主義是國族主義除卻任何家鄉情結的一種變貌。那是金錢崇拜主義，一種疾病。人們正在受苦，這裡還好，但地球則深受其害。如果情況不予改變，就會很快的在這裡上演。他們會傳染我們。

　　這一切都寫在這張照片的表情上，那股智慧自信正義的火焰。這很容易就轉變成犬儒主義，毋庸置疑；法蘭克就是最佳例證。在如此具傳染性的犬儒主義裡，那樣的熱情很有可能受到折損，或失去。他們必須在那發生之前就起而行動；不能太早，也不能太遲。時間代表一切。如果他們能夠掌握時機……

　　有一天，辦公室收到赫勒斯篷特傳來的一則消息。他們發現了新的含水層，與其他地方比較起來埋得比較深且離盆地也遠多了，但是蘊藏量相當龐大。戴安娜猜想可能是早期冰河時代的冰川往西奔流到赫勒斯篷特地區，最後停駐在那裡的地底下——估計約有一千兩百萬立方公尺，比任何含水層都多，使目前已知用來填滿盆地至負一公里等高線的水量，從原來的百分之八十增加到百分之一百二十。

　　這是個很叫人興奮的消息，總部裡的人全聚集在瑪雅的辦公室熱烈討論，並在地圖上標示出來，火星地質學家甚至開始規劃橫越群山的輸水管路線，還爭論不同種類輸水管的相關價值。在辦公室裡他們暱稱低點海為池塘，那裡面已經有了以南極大陸燐蝦食物鏈為主的強韌生物群落，底部另有擴張中的融化區域，熱源來自超深井以及上方幾噸冰塊壓將下來的重力。不斷增加的空氣壓力和越來越暖和的氣溫表示會有更多融解中的地表；冰山將滑落，彼此碰撞而碎裂，暴露出更多表面，而摩擦力和陽光提供熱力，使它們最後慢慢轉成浮冰，然後碎冰。屆時新引進的水源，以加強離心力的目標適當噴發，將能造成一股反時針方向的海流。

　　他們就這樣不停的論說敘述，越來越超出現有範圍，直接浸淫在將來遠景之中，因此當他們終於決定以豐盛午餐來慶祝而離開辦公室時，看到海岸道路仍然挺立在滿是亂石的空曠盆底平原之上不禁大大吃了一驚。不過他們決定今天不要受到眼前狀況的干擾。他們一面午餐一面互相勸酒敬酒，灌下大量的伏特加，然後在這許多酒精的影響下又決定給自己放半天假。

　　所以當瑪雅回到公寓時，她實在沒有精力也沒有情緒面對已經來到他們起居室的加清、賈姬、安塔、亞特、道、瑞秋、愛蜜立、法朗茲，以及其他幾個他們的朋友。他們正在往沙比希的途中，計畫在那裡和一些多薩伯雷夫亞的朋友碰頭，然後進入布若斯工作幾個月。他們對新含水層的發現全都敷衍隨便的恭喜了事，亞特除

外；他們對那真沒有多大興趣。這樣的反應，加上她公寓突然出現的擁擠嘈雜讓瑪雅情緒更糟，而她仍然處在伏特加的影響之下，還有賈姬表現出其一貫的輕浮調笑則更是一點幫助也沒有；賈姬忙碌的雙手不是挑逗那個驕傲的安塔（前回教史詩上從未被擊敗的騎士，他曾經這樣對她解釋），就是愛撫不愛講話的道——這兩個人在她撫觸下伸展軀體，看來並不在意她有時在另一人身旁，或與法朗茲嬉戲。瑪雅不予理會。誰知道這些人工生殖、像一群小貓般養大的孩子們會墮落到什麼程度。現在他們是漂泊者、吉普賽人、激進份子、革命派等等——像奈加，卻又不像，他有專業也有計畫，與這群人比起來——唔，她強迫自己暫緩作出任何評語。可是她實在懷疑。

　　她同加清說話，他通常比人工生殖而來的年輕人要嚴肅些——頂著一頭灰髮的成熟男子，體格上有約翰的影子，但自有獨特的表情，當他陰鬱的瞪視他女兒的行為時，嘴裡那顆石頭犬齒即如狼牙般暴露出來。不幸的是，他這回帶著一整套計畫，要除去整個卡塞峽谷保安場所。他很顯然認為科羅廖夫遷移重置到與他同名的山谷裡是一種侮辱，而他們突襲營救薩克斯時對當地造成的損害，並沒有能夠對他起到什麼緩和作用——的確，那似乎只讓他想更進一步的嘗試。一個好沈思的男子加清，同時有著脾氣——那也許來自約翰——然而他並不真的像約翰或廣子，瑪雅對此感到很寬慰。可是他計畫毀滅卡塞峽谷是個錯誤。他和土狼顯然已經研究出破解卡塞峽谷建築所有閘門密碼的程式，現在他計畫突襲哨站，把整個城鎮的住民全塞到越野車依鎖定路線朝雪菲爾鎮駛去，然後炸掉山谷裡的所有建築。

　　這有可能成功也可能失敗，然而不管怎樣，都擺明了宣戰姿態；自從史賓賽成功阻止薩克斯擊落天空物體以來，他們勉力維持住一個粗糙的策略方案，如今再次面對一次嚴重打擊。那策略方案乃簡單的從火星表面消失掉——不報復，不破壞，沒有人會在他們

適巧到達的任何庇護所裡坐以待斃……甚至連安也多多少少對這樣的計畫表示關切。瑪雅如此提醒加清,同時一面稱讚他的主意,一面卻慫恿他等待更適當的時機來實施。

「但是我們很可能再無法解開那些密碼了,」加清抱怨。「這機會可遇不可求。而且他們不是不知道我們就在這裡,尤其是在薩克斯和彼得對飛行透鏡和迪摩斯所進行的行動之後。他們也許以為我們比實際上要來的強大些!」

「但是他們並不知道。而我們要保持那種神祕性、那種隱形狀態。看不到就無法征服,這是廣子的話。記不記得薩克斯的胡亂行為之後,他們增加了多少保安武力?如果他們失去了卡塞峽谷,他們可能會帶來更強、更多的替代武力。這樣一來只會增加我們最後接收的困難。」

加清頑固的搖著頭。賈姬從室內另一端快活的喊,「不要擔心,瑪雅,我們知道我們在做什麼。」

「一些妳會感到驕傲的事!問題是,其他人是不是也那樣想?或者妳現在是火星公主了?」

「娜蒂雅才是火星公主,」賈姬說,起身往廚房角落走去。瑪雅憤怒的朝她背影看,並且注意到亞特正好奇的看著她。她轉而朝他瞪過去,但他這回沒有退縮的勇敢迎視,她於是離開走到臥室更換衣服。米歇爾正在裡面打理出足夠讓客人睡覺的地板空間。這會是個叫人高興不起來的夜晚。

隔天早晨,她早早起床往浴室走去,整個頭因宿醉而昏沈。亞特已經起來了。越過眾人猶在酣睡的身軀悄聲道,「要不要到外面吃早餐?」

瑪雅點頭。她穿好衣服後,他們一起走下階梯,穿過公園沿著因破曉晨光而火紅的海岸道路。最後來到一間剛沖刷過門前行人道的咖啡館。沐浴在黎明曙光中的建物白牆上,橫有一行整齊小巧的印刷字體,通體鮮紅:

　　你們永遠回不去了

　　「老天！」瑪雅驚呼。

　　「怎麼了？」

　　她伸手指向牆上那行字。

　　「喔，是了。」亞特說。「這些日子以來你可以隨處在雪菲爾和布若斯看到那些字眼。簡潔扼要，呃？」

　　「卡哇。」

　　他們在冷涼空氣中一張小圓桌旁坐下，吃糕餅，喝土耳其咖啡。地平線那端的冰層如鑽石般閃爍，冰下顯然並不平靜。「好一個奇妙景色。」亞特說。

　　瑪雅細細觀看這個笨重的地球人，對他有這樣的反應感到高興。他跟米歇爾一樣是個樂天派，但多了些精明自然；就米歇爾來說，那是一種策略，而亞特，則是他特質之一。她以前一直認為他是個間諜，從他的車子那麼碰巧的在他們路途中拋錨開始：一個為威廉・福特工作的間諜，或著布雷西斯，更也許是臨時政府或其他組織的間諜。但是現在他跟他們在一起這麼久了——是奈加的親密好友，也是賈姬和娜蒂雅的……而事實上他們現在全都與布雷西斯有著程度不一的合作關係，並且仰賴它的供應、保護，以及有關地球訊息的提供。她因而再也無法確定——不僅在於亞特到底是不是名間諜，而是間諜的定義到底是什麼。

　　「你一定要想辦法阻止他們攻擊卡塞峽谷。」她說。

　　「我不認為他們在等待我的批准。」

　　「你知道我的意思。你可以說服他們。」

　　亞特滿臉訝異。「如果我可以那麼容易就說服人們，我們早已經自由了。」

　　「你知道我的意思。」

「喔，」亞特說。「我猜他們害怕不會再有破解密碼的機會了。不過土狼似乎很有信心的認為他已經取得他們的關鍵資料。薩克斯幫的忙。」

「就對他們那樣說。」

「讓我這麼說吧，他們比較聽妳的。」

「是哦。」

「我們可以比賽一下——賈姬最不聽誰？」

瑪雅大聲笑了起來。「每個人都會是贏家。」

亞特咧嘴而笑。「妳應該把妳的建議忠言丟給電腦。讓它用布恩的聲音說出來。」

瑪雅再次笑了起來。「好主意。」

他們談論希臘盆地計畫，她描述引進赫勒斯篷特西邊新發現的水源細節。而亞特和福特連絡過，他於是描述瑪雅在此之前沒有聽說過的世界法庭最近判決引發的紛亂。布雷西斯控告康撒力代在哥倫比亞進行鏈栓其地球太空電梯的計畫，因為它太過靠近布雷西斯原先計畫在厄瓜多爾使用的地點，所以兩個地點都將受到負面影響。法庭裁決布雷西斯勝訴，但是康撒力代根本不予理會兀自繼續進行，在他們新客戶國家裡建造了一個基地。其他變形跨國公司幸災樂禍在旁觀看世界法庭受到挑戰，並且盡可能的從所有角度支持康撒力代，憑空添加布雷西斯許多不必要的麻煩。

瑪雅說，「不過這些變形跨國公司彼此間一直都不合，對不對？」

「沒錯。」

「那麼在他們之間引發一場大爭鬥會是個好法子。」

亞特兩道眉毛倏忽揚起。「一個危險計畫！」

「對誰而言？」

「對地球。」

「我才不管地球呢，」瑪雅說，品嚐這些字眼在她舌尖繾轉的

感覺。

「歡迎加入。」亞特悲哀的說，她於是再度笑起。

※　　※　　※

幸好賈姬那群人很快就離開前往沙比希了。瑪雅決定現場探視新近發現的含水層。她搭乘逆時針方向繞轉盆地的火車，越過尼斯騰冰川，朝南滑下西邊的大斜坡，經蒙他普西阿挪山丘市鎮，直來到一個名為堯尼斯帕拉茲的小車站。她從那裡駕駛一輛小車沿著一條穿過赫勒斯篷特狂亂脊脈的山谷道路前行。

這道路其實只稱得上是胡亂鑿刻風化層的一道切痕，由固定劑鞏固，另標示有定向應答器，陰暗處則蓄積又髒又硬的夏雪漂積物。路旁景致相當奇特。從天際俯瞰可清晰看出赫勒斯篷特，其就火星形態學而言亦屬一致，舊時盆地噴濺而出的物質呈同心環落回地表。然而身處地表之上，這些簡略粗糙的圓環幾乎無法辨識，眼前只見隨意堆疊的岩石，以及飛噴天際再掉落的石頭。當初因撞擊而產生的絕大壓力造成了各種各樣怪異的地質變形，其中最尋常的是碎裂錐形大石，乃該次衝撞對錐形大石的每一個刻面造成的挫傷裂折；於是有些地方就出現斷層可以讓人行駛而過，其他的就只是散置地表的錐形巨石，外殼則如老舊瓷器般滿是細微裂紋。

瑪雅駛過這片破碎大地，因屢屢出現的卡米石而微感陰森恐怖：有些碎裂錐形大石穩穩挺立；另些躺在逐漸侵蝕剝落的柔軟物質上，最後變成極大的桌形石；還有一排巨大狼牙；覆有蓋帽、狀為陽具的高聳石柱，其中一個有「巨人的勃起」之稱；瘋狂疊積的地層，其中最顯著的名為「洗槽裡的碗盤」；圓筒玄武岩形成的寬廣山壁，上面佈滿六角形圖案；其他山壁則如極大極厚的碧玉般平順光滑。

噴濺物所形成的同心圓的最外一道邊環，乃最類似傳統山脈的

部分，在午後時分的此刻看來就像阿富汗東北部的興都庫什山，陪襯於飛馳而過的雲朵下，顯得光禿挺拔。穿越這個山區的道路是採取在兩座山峰間架起高橋的方式來建造。瑪雅在這多風的高架橋上停下車子回頭眺望，來路盡是崎嶇山脈，彷彿擴展延伸到整個世界——山峰稜線因雲朵陰影和白雪而呈黑白雜色，加上這裡那裡偶爾冒出的火山口環，整個景致有著非塵世的神祕意味。

繼續前行，地面陡降到諾吉司平原的蜂窩狀火山口，那裡有個採礦越野車組成的營隊，如鐵路貨車般圈圍起來。瑪雅儘量快速通過這條凹凸參差的路面，終於在傍晚時分抵達這個營地。她在那裡受到一小群貝都因老朋友的歡迎，還有娜蒂雅，後者是為了新近發現的含水層而前來商議鑽鑿裝置。他們全都為這新水源的發現而興奮。「它延展到普拉克托火山口之外，可能到達楷色，」娜蒂雅說。「看來它一直朝南伸到很遠的地方，可能和奧司垂圓頂的含水層同時同地擴張開來。你們丈量了其北方疆界沒有？」

「應該有，」瑪雅說，開始在她腕錶上敲彈確認。他們晚餐的話題就圍繞在水源上，只偶爾停下來交換其他消息。晚餐後他們坐在沙易克和娜絲可的越野車裡，悠閒的吃著沙易克遞來的果露，看著小小炭盆裡的火光，沙易克稍早在上面炭燒串烤羊肉。話題無可避免的轉向當前局勢，瑪雅把她對亞特說的話重複一遍——他們應該盡可能的煽動地球變形跨國公司之間的衝突。

「那表示世界大戰，」娜蒂雅嚴厲的說。「而且如果情況不變，那會成為歷史上最嚴重的一場戰爭。」她搖頭。「一定有其他更好的方法。」

「根本不需要我們來挑撥，」沙易克說。「他們現在就自己往那方向走。」

「你真這麼想？」娜蒂雅說。「唔，如果真這樣發生了……那麼我猜，我們這裡就有機會了。」

沙易克搖頭。「這裡是他們的逃生艙門。要有權有勢的團體放

棄這樣一個地方，施加的脅迫壓力就必須很大很強才行。」

「脅迫壓力有諸多樣貌，」娜蒂雅說。「在這麼一個地表仍死氣沈沈的星球上，我們應該能夠找到不需要牽扯到彼此互相射殺的計畫的。應該可以發展出一整套應用在實際戰爭上的新科技。我跟薩克斯談過，而他同意。」

瑪雅哼了哼，沙易克露齒而笑。「就我所知，他的新方法和舊時的類似！射下飛行透鏡——我們愛死了！至於迪摩斯被擊出軌道，喔。不過就某種程度而言，我可以瞭解他的想法。當巡弋飛彈出來……」

「我們必須確定事情不會演變成那樣。」娜蒂雅臉上現出當思緒固定在某一點時那種騾子似的倔強神態，瑪雅驚奇的瞧著她。革命策士娜蒂雅——瑪雅實在無法相信這有可能。嗯，她毫無疑問的認為這保護了她的建築計畫。或者這本身正是一個建築計畫，只是這回採用了不同素材形式。

「妳應該到敖得薩的公社談談，」瑪雅建議。「他們基本上是追隨奈加的人。」

娜蒂雅同意，俯身向前用一根迷你火鉗把煤塊推回火盆中央。他們看著燃燒的火苗；這在火星實屬罕見，而沙易克對火的喜愛讓他如此不辭辛勞。絲絲灰燼在火星橘紅色熱煤之間跳動。沙易克和娜絲可低聲談論著這星球上阿拉伯人的狀況，而其錯綜複雜一如往常。他們之間的激進份子幾乎全都駕著篷車在外旅行，探勘金屬、水源和火星熱源場地，看似無害也從來沒有顯露出他們不屑遵守變形跨國公司訂下的秩序規則。但是他們在那裡，等著準備行動。

娜蒂雅起身上床睡覺，她一離開，瑪雅即躊躇猶豫的說，「告訴我有關查默斯的事。」

沙易克看著她，冷靜鎮定。「妳想知道什麼？」

「想知道他怎樣涉入布恩的謀殺事件。」

沙易克不安的瞇了瞇眼。「那天晚上的尼科西亞非常複雜，」

他悲歎。「阿拉伯人之間對它的談論無休無止。實在叫人疲累不堪。」

「他們都怎麼說？」

沙易克瞥了眼娜絲可，她說。「問題是他們全都說得不一樣。沒有人真正知道發生了什麼事。」

「但是你們在場。你們看到一部分。告訴我你們看到了什麼。」

沙易克緊緊盯住她，然後點點頭。「好吧。」他深吸一口氣整理思緒。彷彿證人似的莊嚴正身說，「你們演講之後，我們聚集在哈吉爾拉米沙。大家對布恩很生氣，因為有謠言傳來說他阻止了在弗伯斯建造一座清真寺的計畫，而他那晚的演說沒有能夠幫上任何忙。我們正在恨聲抱怨時，法蘭克走來。老實說，他那時候的出現很叫人興奮。對我們來說，他是唯一一個能夠反對布恩的人。所以我們崇仰他，而他鼓勵我們——他以一種迂迴的方式貶抑布恩，說一些笑話讓我們對布恩更加憤怒，同時使法蘭克成為對抗他的唯一堡壘。我其實很氣法蘭克把那些年輕人的氣燄鼓動得更高更盛。沙里姆・哈易爾以及他一些亞哈德支部的朋友也在那裡，他們都陷入一種高昂情緒——不只對布恩，還有對費塔支部。你知道亞哈德和費塔在許多不同議題上意見分歧——泛阿拉伯主義對抗國家主義，還有與西方的關係，面對蘇非信徒的態度……這些都是存在於回教兄弟會年輕一代的基本衝突。」

「正統派——什葉派教徒？」瑪雅問。

「不是。比較類似保守對自由，一般認為自由派是世俗的，而保守派是宗教的，不管正統派或什葉派。哈易爾是保守派亞哈德的一個頭目。他那年曾和法蘭克共乘一輛篷車旅行。他們常常互相對話，法蘭克問了他許多問題，而且是真正深入核心，他有那樣的特質，一直到你覺得他真的瞭解你或你的黨派組織。」

瑪雅點頭，很能領會這番描述。

「所以法蘭克了解他，那天晚上哈易爾在某一個時刻幾乎要開

口說什麼，最後卻在法蘭克給了他一個臉色後決定閉嘴。我看到
了。然後法蘭克離開，哈易爾也立即離去。」

沙易克頓下喝一口咖啡，深思一番。

「那是之後兩個鐘頭的時間裡我最後一次看到他們。布恩被謀
殺前整個城市的情況就已經鬧得不可開交。有人把城裡建物窗口上
的標語割裂，亞哈德認為是費塔幹的，一些亞哈德派的人襲擊一群
費塔人。那之後整個城市就爆發大大小小的爭鬥，也與美國建築組
員產生衝突。有事情發生了。同一時間出現許多暴力抗爭。彷彿所
有人突然間都瘋掉了。」

瑪雅點頭。「我記得。」

「然後，嗯，我們聽說布恩失蹤了，就往敘利亞門檢查閘門密
碼，看他是不是往那邊去了，到達後發現真有人出去了還沒有回
來，可是當我們繼續朝那邊搜尋時，就聽到有關他的消息。我們簡
直不敢相信。回到阿拉伯人聚集處，所有人都在那裡，他們對我們
證實了那則消息。我花了半小時的時間穿過擁擠的人潮來到醫院。
我看到他。妳在那裡。」

「我不記得。」

「喔，妳在那裡，而法蘭克則已離去多時。所以我看到他，然
後回到外頭告訴其他人那是真的。連亞哈德成員都感到震驚，我很
確定——那西爾、阿給耳、阿布都拉……」

「是的，」娜斯可說。

「但是哈易爾和拉西帝・阿保，還有卜蘭・貝塞索沒有跟我們
在一起。我們回到面對著哈吉爾拉米沙的住所沒有多久，門上傳來
重重的敲擊聲，而門一打開哈易爾就跌進房間。他的狀況已經很不
好了，全身直冒汗，還不斷想要嘔吐，皮膚發紅，到處是大塊斑
點。他喉嚨腫脹起來，幾乎無法開口說話。我們把他帶到浴室，發
現他因嘔吐而近乎窒息。我們把尤瑟夫叫來，把沙里姆搬到篷車上
往診療所送去，而他阻止我們。『他們殺了我。』他說。我們問他

什麼意思，然後他說：查默斯。」

「他說什麼？」瑪雅厲聲問道。

「我問，『是誰做的？』而他說，『查默斯。』」

娜絲可的聲音彷彿從一個遙遠的地方傳到瑪雅耳裡，「還有更多呢。」

沙易克點頭。「我說，『你是什麼意思』而他說，『查默斯殺了我。查默斯和布恩。』他一個字一個字的吐出來。他說，『我們計畫謀殺布恩。』娜絲可和我聽到這裡不由得嘆了口長氣，然後沙里姆緊緊抓住我的手臂。」沙易克伸出雙手，抓住一隻隱形的手臂。「『他想把我們踢出火星。』他說得如此認真——我永遠忘不掉。他真的那樣相信。真的相信布恩要把我們踢出火星！」他搖著頭，仍然滿臉疑惑。

「然後發生了什麼事？」

「他——」沙易克鬆開手。「他突然發作。先握住喉嚨，然後全身肌肉——」他再一次握緊拳頭。「他全身僵硬起來，接著停止呼吸。我們嘗試讓他恢復呼吸，但他再沒有醒來。我不知道——氣管切開術？人工呼吸？抗組織胺劑？」他聳聳肩。「他在我手臂上死去。」

接著是一陣冗長的靜默，瑪雅看著沙易克努力回想。距尼科西亞那天晚上到今天已經過了半個世紀，沙易克那時年紀已經不小了。

「我很驚訝你記得那麼清楚，」她說。「我自己的記憶，即使是那天那樣一個晚上⋯⋯」

「我記得所有事情，」沙易克沮喪的說。

「他跟別人的問題正好相反，」娜絲可說，看著她的丈夫。「他記得的東西太多。他根本就睡不好。」

「嗯。」瑪雅想了想。「另外那兩個人又怎樣呢？」

沙易克鼓起雙唇。「我不確定。娜絲可和我那個晚上就忙著處

理沙里姆。他遺體如何處置，大家有許多意見。是帶到篷車上去把一切隱瞞起來，還是立刻前往當局。」

或帶著已死的孤獨殺手向當局報案，瑪雅心想，望著沙易克謹慎的表情。也許這在當時也曾提出來討論過。他沒有把故事全盤托出。「我不知道發生在他們身上的實際狀況。我一直不知道。那天晚上城裡有許多亞哈德和費塔，尤瑟夫聽到了沙里姆的話。他們也在那天晚上稍後死去，在阿拉伯人聚集處的一個房間。死於凝血劑。」

沙易克聳聳肩。

另一陣靜默。沙易克嘆了口氣，再往他杯子傾倒。娜絲可和瑪雅謝絕。

「但是妳看，」沙易克說，「那只是個開始。那是我們親眼看到的，能肯定告訴妳的。那之後，咻！」他扮了個鬼臉。「爭論、猜臆——各種陰謀論。這乃尋常現象，對不？再也沒有所謂單純的暗殺了。從你們的甘迺迪開始，就一直有杜撰虛擬的故事來解釋同一椿事實。那正是陰謀論最能滿足人的部分——不是解釋，只有敘述。就像薛拉莎德（譯註：Scheherazade，講述天方夜譚故事的女子）。」

「你全都不相信？」瑪雅問，突然間感到絕望。

「不。我沒有理由去相信。亞哈德和費塔之間有著衝突，我知道。法蘭克和沙里姆互有牽連。而那如何影響了尼科西亞——是否真的——」他吁了一口氣。「我不知道，我也不知道有誰能夠全盤瞭解。過去的事……阿拉真主原諒我，過去就像一個惡魔專在晚上跑來折磨我。」

「我很抱歉。」瑪雅站了起來。這個明亮的小房間突然變得狹窄鮮紅。看了一眼窗外夜空，她說，「我想出去走走。」

沙易克和娜絲可點點頭，娜絲可幫她套上頭盔。「不要去太久。」她說。

　　天空一如往常綴滿壯麗群星，西方天際捲出一條淡紫長帶。赫勒斯篷特向東邊揚長而去，高山霞光將其山峰染成粉紅和靛藍，如此純柔潔淨，兩色交接處似乎微微顫動著。

　　瑪雅緩緩向著也許有一公里遠的地面走去。腳下縫隙裡生長著什麼東西，地衣或苔蘚，色澤暗綠。她盡量踩在石頭上。火星上的植物已經很艱難的掙扎求生了，實在不忍再踏足其上。一切有生命的東西。昏黃薄暮裡的寒冷氣息瀰漫全身，她可以感覺到她長褲上的X加熱絲線在她跨步時不停抵住膝蓋部位。她蹣跚顛躓的走著，用力眨眨眼睛以便看清眼前途徑。天空佈滿了朦朧星群。北方某一個地方，就在奧里姆深淵裡，法蘭克・查默斯的軀體就躺在冰雪和沖積物之間，他的活動服就是他的棺木。因保護他們不被沖走而犧牲自己。不過他很可能會不屑的鄙斥這樣的說法。只是碰巧罷了，他會這樣堅持，就那樣而已。比任何人都充沛的精力，他的忿怒點燃的精力——對她的忿怒、對約翰、聯合國火星事務委員會，以及地球上所有勢力。他的妻子、他的父親、他的母親，還有他自己。所有一切。一個充滿怒氣的男人；人類歷史上最忿怒的一個人。她的愛人。她另一個愛人的兇手，她生命中的深愛——約翰・布恩，一個有可能拯救他們全體的人，一個可能成為她終生愛侶的人。

　　而她讓他們憎恨彼此。

　　此刻天空已變黑，只剩西方天際一抹深紫。她的眼淚乾了，思緒也遠颺了；只剩全黑的世界，以及一抹苦澀的紫，彷彿夜空流淌鮮血的傷口。

＊　　＊　　＊

有些事你必須忘掉。希卡答・加・耐。

　　回到敖得薩，瑪雅以唯一可能的態度去對待那些訊息——遺忘，同時全力埋首於希臘盆地的工作計畫，長時間待在辦公室裡細

讀報告，指派人員到不同的鑽孔和建築工地。西方含水層的發現使得探勘水源的工作失去了急迫性，於是更多的心力集中在開鑿汲取已發現的含水層，以及建造盆地邊緣住宅區的基礎建設。所以鑽孔人員跟在探勘水源人員之後，然後輪到架設管線的人員，設立帳幕的隊伍則在雪道上四處繞走，到哈馬克希斯上方的盧爾峽谷，幫助蘇非信徒處理侵蝕嚴重的峽谷山壁。新移民抵達「道」和哈馬克希斯之間的太空站，遷移至「道」的上流地段，幫助轉變哈馬克希斯—盧爾，同時在盆地邊緣建造新的帳幕市鎮。就後勤來看這是個大規模的運作，而且幾乎在每一個層面都符合瑪雅舊時對希臘盆地的發展夢想。現在真的發生了，她卻感覺極端混亂和怪異；她不再能夠確定她要希臘盆地，或火星，或她自己變成什麼。她常常覺得受到自己情緒起伏的操控，而拜訪過沙易克和娜絲可幾個月後（雖然她並沒有把這兩者牽在一起）它們變得更加激烈，毫無規則的可以一下子從興高采烈擺盪到沮喪挫折，她就這樣隨之上下起伏。

　　那幾個月中，她常找米歇爾的麻煩，常常因他的冷靜鎮定而惱怒，他似乎總是能夠與他自己和平相處，輕鬆哼唱渡過每一天，似乎他和廣子在一起的那些年解決了他所有可能的問題。「都是你的錯，」她對他吼，任性的要擠出一些反應。「當我需要你的時候，你就不見了。你沒有把你的工作做好。」

　　米歇爾對那樣的指控不予理睬，只一再撫慰勸解，最後卻使得她更加生氣。他不是她的心理醫師，而是她的愛人，如果你沒有辦法激怒你的愛人，那麼他到底算是什麼樣的愛人？她看到當一個人的愛侶同時也是那個人的心理醫師時的尷尬困境——那客觀的雙眼、撫慰的語聲如何變成專業態度上的疏離。一個盡著工作職責的男子——被那樣的眼光評比判斷實在難以忍受，就好像他高高在上本身沒有任何問題，也沒有任何他無法控制的情緒。這點絕對無法忍受，因此（忘了要去遺忘）：「我殺了他們兩個！我張網捕捉他們，為了提高我自己的權力，我唆使他們彼此競爭。我故意那樣做

而你卻一點忙也沒幫上！那也是你的錯！」

　　他會低聲嘟囔並且開始擔心，因為他知道接下來會是什麼，那情形就像是從赫勒斯篷特往盆地頻繁襲來的暴風雨，她會狂笑，用力朝他臉上摑去，而他一旦開始往後退走，拳頭即更加密集的揮來，同時伴隨尖叫：「來呀，你這膽小鬼，為你自己辯護呀！」直到他衝到陽台，以後腳跟把門用力抵住，眼望公園群樹，嘴裡大聲以法語咒罵，她則用力拍門。有一次她甚至把玻璃門框給拍斷了，飛濺的碎玻璃撒了他整個背部，他啪一聲把門推開，仍然以法語大聲詛咒著，掃過她身邊奪門而出，離開這棟建築。

　　但是通常他就等著，等到她崩潰下來開始哭泣，這時他走近用英語撫慰，這舉動表示他已回復到原有的鎮定冷靜。然後開始進行那難以忍受的治療程序。「聽著，」他會說，「我們那時全都處在巨大壓力之下，不管我們是不是能夠辨認。那是個極端人為的情狀，同時相當危險——如果我們失敗了，就可能全都死去。我們必須成功。我們之中有些把那些壓力處理的比別人好。我自己沒有，妳也沒有。但是我們現在走到這裡了。而壓力仍然存在，有的不一樣，有些仍然保持相同面貌。但是如果妳要問，我會說我們比較懂得如何面對它們了。大多數時候。」

　　接著他會離開，到海岸道路上的一家咖啡館，花上一兩個小時慢慢啜飲黑醋栗酒，在他電腦資料板上素描臉孔，全都是些尖酸刻薄的諷刺漫畫，而往往才下了最後一筆就立即刪除掉。她知道這個是因為某些夜晚她會跑出來找他，然後握著一杯伏特加靜靜的坐在他身旁，用肩膀碰碰他表示抱歉。要怎麼告訴他有時候治療真的幫助了她，說她的情緒又開始往上揚升了——又能同時避開他嘲諷似的聳肩動作和憂鬱壓抑的表情呢？不管怎樣，他知道。他知道也諒解。「妳愛他們兩個，」他會說，「以不同的方式。他們身上也有妳不喜歡的部分。再說不管妳做了什麼，都沒有義務對他們的行為負責。他們選擇去做他們想做的事，而妳只是一個因素而已。」

這番話對她很有助益，幫助她抗拒。一切都會沒事；她會恢復過來的，也許幾個星期甚至幾天。過去反正充滿了坑洞，是殘缺不全的意象合集——到最後，她一定能夠真正的遺忘。不過最深刻的記憶似乎總是因黏膠般的傷痛悔恨而充斥著痛苦悲戚。要能夠遺忘還需要一些時間，即使它們如此具有腐蝕性，如此疼痛，如此無用。無用！無用！還是專注在眼前好些。

一天下午她一個人在公寓裡，心思一邊那般盤旋著，一邊瞪視著洗碗槽上那張年輕的法蘭克照片許久許久——想著她要把它取下丟棄。一個兇手。專注在眼前。然而她也是一名兇手。同時也是把他驅趕到謀殺途徑的人。前提是如果任何人能夠驅使任何人的話。不管怎樣，就那點而言他是她的伴侶。所以長長一番思索之後，她決定把照片留在原處。

幾個月過去了，時間流逝的那些天和六個月一季的冗長週期規律，那張照片變成只是一件裝飾物，一如架上的鉗子和木製攪拌湯匙，或成排吊掛的銅底鍋碗瓢盆，或帆船形的小胡椒、小鹽瓶。就像一場舞台劇的背景，她有時這樣想，雖然它就某個時點看來似乎會永遠存在——然而終將徹底消失，就像以前所有的背景，在她踏往另一階段的輪迴轉世時消失蹤影。又或者不會。

星期過去了，然後月，一年有二十四個月。某個月份的第一天會碰巧是星期一，接下來連著好幾個月都是如此，直到讓人產生會永遠這樣的錯覺；然後一個火星年的三分之一逝去了，嶄新的季節終於登場，接著走過一個有二十七天的月份，然後突然間每個月份的第一天變成星期天，一段時間之後那也開始變得好像是無窮盡的形式，一個月又一個月。如此不斷重演又重演；巨大的火星年輪緩緩繞轉。而外面的希臘盆地現實世界，他們似乎已經發現了大部分的重要含水層，整個工程於是轉向開鑿和輸送。瑞士人近日發展出他們稱為步行管線的新型設計，專門為配合希臘盆地的工程而製

造,最遠可達北荒漠。這些奇妙的機器可以隨意滾動,把地下水平均分佈在盆地底部,而不再有以前固定管線終端會出現的堆積成山的冰群。

瑪雅和戴安娜一同外出觀看這些管線的運作情形。從飄浮空中的飛船上,她們看到地面上其中一條管線就如花園裡的灑水管,因噴激而出的水壓像蛇一般的前後左右扭動。

來到地面則景觀更為驚人,甚至透著古怪;那輸水管線相當巨大,由架設在龐大浮筒滑雪板上的矮胖鐵塔撐離地面兩公尺,莊嚴堂皇的滾動在已經蓄積而成的平滑冰層上。這管線受管口噴濺而出的水壓推擠,以幾公里的時速扭動,噴發角度則受電腦控制。當管線滑向其弧形範圍的極限時,引擎會調轉管口,然後整條管線速度減緩,停止,變換方向。

洶湧如湍流似的水從管口帶著白色霜氣與紅色塵埃在空中劃出一道弧線,噴灑飛濺在地面上。然後水流繼續向前滑動,分裂成數支泥濘支流,漸行漸緩,蓄積成池,表面平坦,接著轉成白色,慢慢的轉變成冰。不過轉變而出的並不是純冰狀態;坐落濱海處的巨大生物水庫添加有營養劑和數種冰菌,於是新成的冰層略含粉紅色澤,融化速度要比純冰快。廣闊的融化池水,數平方公里的低淺湖面,是夏天以及春秋晴天裡常見的景致。水文學者同時報告表層底下有更大的融化池塘。隨著全球溫度的持續上升,盆底蓄積冰層逐漸增厚,壓在最下面的冰顯然因著壓力而逐漸融解。因此覆蓋在這些融化地帶上的巨大冰層會順著即便角度極小的斜坡而下,衝撞聚集在盆地底部所有低窪處,形成壓力脊線、冰塔、每晚凍結的融化池塘,以及狀如傾塌摩天大廈的冰塊。這些極不穩定的碩大冰塊因日間溫度造成移動現象而彼此撞擊破裂,發出打雷似的轟隆聲響,遠遠傳到敖得薩以及所有邊緣市鎮。然後每天晚上這些冰又再凍結起來,噼哩啪啦,轟轟隆隆,直到盆地底端許多地方變成難以想像的破碎渾沌地形。

　　這樣的地形根本不容橫越，要想觀察盆地大部分的發展過程只能從空中俯瞰。火星四十八年秋天裡的某一個星期，瑪雅決定伴同戴安娜、瑞秋等幾人到盆地中心的一個小小居留地去。這地方已經命名為「負一島」，只是還不能真稱的上是一座島嶼，因為基亞多薩尚未完全被水覆蓋。然而只要再幾天的時間，最後一部分的基亞多薩就會完全浸沒，戴安娜和辦公室裡其他幾位水文學者認為應該要來看看這項具歷史意義的事件。

　　就在他們計畫要離開之前，薩克斯出現在他們公寓門口，就他一人。他來自沙比希正往維西尼克的路上走，順道前來拜訪米歇爾。瑪雅暗自欣喜她就要外出旅行無需與他周旋，而且他此番停留時間應該不會太長。有他在的場面依舊使她不舒服，很顯然這種感覺是雙向的；他繼續避開她的眼神，只跟米歇爾和史賓賽說話。對她則一語不發！當然在他復建過程中，他和米歇爾曾花上幾千幾百個小時練習會話，但是她仍然感到憤怒。

　　所以當他聽到她意欲前往負一島的計畫，詢問他能否同行時，讓她既驚訝又滿心不悅。但是一旁的米歇爾懇求似的看了她一眼，快速簡短一如閃電，而史賓賽隨即問道他能不能也一起去，毫無疑問他的目的是想阻止她把薩克斯推出飛船。她同意了，非常不情不願。

　　於是兩天之後啟程隊伍多了史蒂芬・林霍姆和喬治・傑克森，瑪雅沒有意思向其他人解釋他們，而戴安娜、瑞秋和法朗茲似乎都知道他們是誰。這些年輕人踏上飛船又平又長的機艙時全都保持靜默，那讓瑪雅煩躁的緊緊抿住嘴唇。這趟旅行因為薩克斯的出現而失去了原先預期的風貌。

　　從敘得薩到負一島共需二十四個小時。這艘飛船比早期老式的箭簇形巨獸要小些呈雪茄形，名為三鑽號，機艙又長又寬。它的超輕型推進器使它能以穩定速度飛行，即使進入強風亦無大礙，但是

瑪雅依舊覺得晃蕩不定，引擎嗡嗡聲在咻咻西風掩蓋下幾乎渺不可聞。她走到窗畔往下眺看，背對薩克斯。

窗外風景從飛船一開始攀高就令人驚異，敖得薩北坡帳幕裡有一序列美麗的葉片——花磚景致。奮力往東南穿越氣流的兩小時航程後，盆地覆滿冰層的平原蓋住視野所及的世界，他們彷彿正飛越北極海或一個冰凍世界。

他們飛行高度約為數千公尺，速度每小時五十公里。第一天的整個下午他們身下到處都是碎裂冰柱，之間並雜有呈髒白色和天空紫色的融化池塘，偶爾反射陽光射出刺眼亮光。過了一會，他們看到西方有螺旋紋的冰湖，而又長又黑的一道水紋標示著低點上被淹沒的超深井。

黃昏時分冰層染上一團不透明的粉紅、橘紅、象牙白，邊緣鑲有又長又黑的陰影。然後他們整夜飛行，上面有眾星下面則是泛著朦朧光輝的破碎純白。瑪雅輾轉反側躺在窗底下一個長板凳上，天亮前就睜開了眼睛，窗外色澤又是一番驚奇，天際薄紫比下面粉紅冰層要暗些，如此倒置的景象，使得一切看來頗不真實。

不到中午他們就又再一次看到陸地；冰層地平線那端浮起一排赭黃橢圓的山丘，約一百公里長，五十公里寬。乃等同希臘盆地中型火山口的中心圓丘，高度高於計畫中的海平面，為未來海洋增添一座堅實的中心島嶼。

目前負一島上僅西北高地有人們居住的痕跡，不過也只是許多跑道、火箭台、飛船桅桿和一些分散的小建築物——有些罩在小帳幕下，另些則孤獨光裸的矗立著，彷彿天空隨意丟棄而下的混凝土塊。住在這裡的人們不是技師就是科學家，偶爾會有火星科學研究者前來拜訪。

三鑽號旋繞進來，拴在一根桅桿上，然後拖曳到地面。乘客們魚貫下船，由站長領著參觀了機場和居住區段。

在住區食堂用過簡略晚餐後，他們套上裝備到外面參觀，穿梭

於散置的實用建築物，走下山丘到達當地人口中將成為海岸線的地段。他們發現那裡還看不到任何冰層；平原上滿是砂質碎石，一直延伸到附近的地平線，部分距離有七公里遠。

　　瑪雅漫無目的的在戴安娜和法朗茲身後蹀步，他們倆人似乎正發展出一段戀情。他們旁邊是另一對住紮此站的本土人，兩個都比戴安娜年輕，非常親愛的手牽手散步。他們身高都超過兩公尺，但不像多數年輕本土人般盈巧柔軟——這對情侶顯然做過舉重訓練，肌肉一如地球舉重選手般隆起。他們屬高頭大馬的人類，只是腳步依舊輕盈靈巧，如芭蕾舞者般在這片空虛海岸亂石堆間跳躍行走。瑪雅看著他們，再一次因這新興人類而感覺驚奇。她身後跟著薩克斯和史賓賽，她甚至調準登陸首百頻道把這想法化成言語。但史賓賽只說了什麼遺傳環境互應結果，以及遺傳基因型等等，而薩克斯根本不予理會，並且轉身沿著平原斜坡走下。

　　史賓賽跟著他，而瑪雅尾隨在後，緩慢移動於其他所有新生物種之上：碎石沙堆間綴有草叢，還有低矮開花植物、野草、仙人掌、灌木，甚至有一些捲曲在岩石旁的多瘤小樹。薩克斯小心翼翼的踏步，不時蹲下身去檢視植物，直起身來後則往往滿臉迷惘，好像先前蹲伏而下時血液自腦中離散而去。或者那只是薩克斯驚訝時的表情，瑪雅不記得以前見到過。她停步環視四周，很驚訝的發現這生氣盎然的區段竟遭如此浪費揮霍，這裡沒有人墾殖耕種什麼。或者駐紮機場的人員努力過。這盆地低沈、溫暖、潮溼……那些年輕的火星人在上面舞動跳走，優雅的避開腳下植物，卻沒有對它們多加注意。

　　薩克斯停在史賓賽身前，抬起頭來注視史賓賽的面罩。「這些植物都會被淹沒掉。」他不滿的說，幾乎是在提問而不是陳述。

　　「沒錯。」史賓賽說。

　　薩克斯朝瑪雅簡短看去。他戴著手套的手狠狠握拳。什麼，難道他現在又要指控她謀殺植物？

史賓賽說，「可是那些有機物能夠幫助維持後來的水棲動植物，不是嗎？」

薩克斯沒有回應，只四顧游看。當他視線越過她時，瑪雅看到他傷痛似的瞇著雙眼。然後他再一次在這片植物岩石織就的複雜織錦上邁開步伐。

史賓賽迎向瑪雅的目光，舉起他套在裝備裡的手，意在為薩克斯冷落她的行為道歉。瑪雅轉身循坡回走。

最後整群人終於踏上螺旋脊線往上走，來到就在站台北方負一等高線上的小山丘，這裡可以看到延伸至西方地平線的冰層。飛機場坐落他們下方，讓瑪雅想起了山腳基或南極站台——沒有規劃，沒有結構，沒有任何線索可以想像將來這座島嶼上的城鎮風貌。年輕人優美的踏足岩石，相互猜臆城鎮將來的可能景象——一個濱海勝地，他們很確定，每一公頃都要加以開發，海岸線上每一個小海灣都是船埠港口，還有棕櫚樹、海灘、亭台樓閣……瑪雅閉上眼睛試著想像這些年輕人描繪的景致——再睜開雙眼看著岩石、沙土、茂盛的小植物。腦海裡什麼也沒有。不管將來會是什麼樣子，於她而言都將是一項驚奇——她無法組聚任何意象，那是一種「加枚夫」，頑固的朝她壓迫而來。一股死亡徵兆突然席捲著她，而她掙扎著搖頭撇去。沒有人能夠想像未來的。她腦海裡的那片空白不代表什麼；那很正常。困擾她的只是薩克斯的在場，提醒她此刻無能控制的事項。不，未來是一片空白其實是一種運氣。是脫離似曾相識感覺的自由。一個特別的恩惠。

薩克斯隨後到達，俯瞰他們身下的盆地。

隔天他們進入三鑽號，再次啟航向東南飄飛；然後船長在基亞多薩西邊拋下船錨。自瑪雅上回跟戴安娜和她一些朋友從陸地駕車到這個地方以來，已經過了好長一段時間；現在這些原來全都突起於破碎冰層之上的山脊只剩窄窄的，往負一島方向延伸過去的岩石

半島群還看得見，但沈入冰下的過程並沒有減緩，仍是一個個逐次消失──不過最大那個除外，其脊線依然完好沒有中斷，並將粗糙冰層區隔兩處，西邊冰層顯然比東邊的要低上兩百公尺。戴安娜說，這會是連結負一島和盆地邊緣的最後一塊陸地。當這最後一條地峽也被淹沒，中心揚起的那塊土地即成為一個真正的島嶼。

堆疊在這條殘存山脊東邊的冰層有一度非常靠近峰頂。飛船船長拋出更多船錨，他們在盛行風吹襲下往東飄移，直來到山脊正上方，他們於是很清楚的看到露出冰面的岩石只剩幾公尺。再往東看去，一條步行管線的藍色管口正緩慢的依附浮筒滑雪板前後滑動，不斷朝地面噴射水柱。他們偶爾在推進器的低沈響聲下，聽到爆裂和類似呻吟的聲音，還有模糊的轟隆聲響，以及如砲彈射擊的刺耳聲。戴安娜解釋，冰層底下有液態水，而新增水源的重量，則推壓著一些冰層區段，使之摩擦刮削才沈入冰下的脊脈。船長向南指去，瑪雅看到一列冰山騰空揚起，受爆炸推力的影響而往前飛越，然後呈弧形向各個方向落回冰面，散成千百片碎冰。「也許我們應該退後一些，」船長說。「如果能保持不被飛濺的冰山擊中，於我的名聲較有好處。」

步行管線的管口就對著他們。然後伴著一陣微弱的地震似怒吼，最後一條完整山脊被水完全淹沒了。陰暗洶湧的水流漫天蓋地的爬上岩石，然後淌下山脊西邊，形成寬約數百公尺的瀑布，懶洋洋的落到兩百公尺下的冰面。不過相較於這片浩瀚無垠的冰世界，那不過是涓涓細流罷了──但它持續穩定的傾瀉而下，東邊水流此刻在其冰層上鑿闢渠道，瀑布雷電般轟隆響動，而傾瀉西邊的水流則散成百股支流穿梭在破碎冰層上──瑪雅頸上細毛因懼怕而聳立。也許受水手峽谷洪水記憶的影響，她兀自這樣猜測，只是連自己也不敢確定。

瀑布水量逐漸減少，不到一個鐘頭全都凍結成冰，至少表面如此；雖然當天太陽鎮日高照，底下溫度仍然處於零下十八度，而一

片參差不齊的積雨雲從西方迫近，顯示著一道冷鋒即將襲來。所以瀑布最後完全靜止。留下一片新生的冰凍瀑布，岩石山脊上因而平鋪著上千條平滑的白色導管。所以現在這道山脊變成兩個互為獨立的岬角，一如基亞多薩其他所有山脊般，彷彿一組組匹配肋骨般泅泳在冰層裡：互相匹配的半島。訶勒斯海現在已成連綿不斷的汪洋，而負一島變成一座真正的島嶼。

那之後搭乘環繞希臘盆地一週的火車旅程，以及各種飛航讓瑪雅有了不同的感受，因為盆地裡互相交纏的冰川和渾沌冰層在她看來都是新海洋本身，揚起、填補、劈拍濺灑。事實上低點附近表面冰層下的液態海洋在春夏的擴展速度遠遠超過秋冬兩季的縮減。夏季強風掃過冰湖擾起的波浪，打碎它們之間的冰團，形成區域碎冰，這群漂浮冰團碰到陡峭斜坡時發出的巨大吼聲，使適巧飛航其上的飛船對話變得異常困難。

火星四十九年，從所有開鑿的含水層汲取的水流量達到了巔峰，每天共抽取二千五百立方公尺的水灌入這個海洋，估計依此速度把盆地灌滿到負一公里等高線，需要六個火星年。對瑪雅來說，這一點也不長，特別是從敖得薩就可以目睹這些進展。冬天席捲山區的黑色暴風會以驚人的白雪覆蓋整個盆地；到了春天那些積雪就會融化，而冰封海洋的新邊緣也總比前一年秋天要更近些。

北半球的情形亦相差無多，新聞報導以及她頻頻拜訪布若斯時的所聽所聞皆如是證實。北荒漠北邊的巨大沙丘正快速的淹沒中，荒漠和北極區域底下的廣大含水層，由浮在冰層上的鑽孔平台抽取而出，灌注到地表上來，而這些平台亦隨著聚積的冰層逐次浮高。北半球的夏季，大河從融化中的北極帽奔湧而出，切割薄片沙土，流入那片冰層。負一島變成島嶼之後幾個月，新的影像報導顯示荒漠裡一片無遮蔽的地面消失於來自西、東、北邊的陰暗洪水之下。這顯然創造了圓形冰區之間所需的最後一道連結線；所以北方現在

有了一座圍裹世界的海洋。當然它目前依舊零散，而且只覆蓋了緯度六十和七十之間的土地，但是衛星照片顯示，大片冰封海灣已經向南延伸到克里斯和依稀地的深凹窪地了。

　　淹沒整個荒漠大概仍然需要二十個火星年，因為填滿北荒漠所需水量遠遠超過填滿希臘盆地所需。但是那裡的抽取工程更為浩大，一切進行的相當迅速，在這種情況下紅黨實施的所有破壞行動只不過是在整個過程中敲出一個凹痕而已。事實上，不論環保抗爭運動或破壞行動如何頻繁，整個進展仍在加速，這是因為引用了一些相當激進徹底的新型採鑿方式，效率非常高。新聞節目展示這種最新方式的錄影帶，其中牽涉到引爆深埋荒漠底下的熱核反應。大規模融化永凍土，提供汲取作業更多的水源。這些爆炸反應傳至地表時形成乍起的冰震，使表面冰層變成冒泡的泥漿；液態水的表面部分很快就凍結成冰，但底下部分則趨向於保持液體狀態。另外發生在北極帽底下的類似爆炸引發了相當於六一年大爆發的巨大洪水。所有水源全都順流引入荒漠。

　　在敖得薩的辦公室裡，他們全都以專業眼光關注這樣的發展。北方地下含水量的最新評估鼓勵了荒漠的工程師努力朝向非常接近已知材料本身所建議的最後海平面，亦即天際火星科學研究時期所訂定的零公里等高線。戴安娜和深水公司的其他水文學者認為荒漠的地面因含水層及永凍土的挖鑿而下陷，所以將來的海平面會比預估的要低。但是那裡的工作人員似乎很有信心的表示他們已經考慮到該項因素，認為那不至造成問題。

　　辦公室的人工智慧電腦依據不同海平面高度模擬計算，對未來海洋提供了可能的形狀和範圍。不少數據顯示大斜坡將成為南方海岸線。有時那表示了一道和緩的斜坡；而在侵蝕起伏的地勢裡，表示了群島的出現；其他特定區域則有壯觀的濱海斷崖。鑿穿的火山口將是港口的好所在。埃律西姆峰的中央山塊會變成一個大陸塊，殘留的北極帽亦同——極帽下的土地是北方唯一高於零公里等高線

的部分。

　　不管他們選擇以怎樣的海平面來模擬展示，這片海洋的南方部分都將掩沒低於荒漠大部分地區的依稀地平原。依稀地周圍的高地含水層水源也將抽取出來灌注。所以這古老平原終會成為一個大海灣，也因為這樣，建築人員開始在布若斯外圍建造一條長長的弧形堤防。這個城鎮雖然相當靠近大斜坡，但是它的高度卻低於已知資料本身所建議的最後海平面。因此它將成為類似敖得薩的海港城市，一座臨近環繞世界海洋的港都。

　　建築中的布若斯堤防高兩百公尺，寬三百公尺。瑪雅覺得這樣一個以建築堤防來保護城市的觀念叫人很不安，雖然從航空照片看來，那堤防將會是另一個高聳浩大的偉大紀念碑。它將呈馬蹄型，兩邊銜接大斜坡的斜坡，而且巨大到可以在上面另行實施其他計畫，如使它變成一個時髦的海濱浴場，包括小船港。瑪雅記得曾經站在荷蘭的一道堤防上，左手邊的土地比右手邊的北海還要低沈；那讓她迷惑的失去了方向，比無重環境還要令人喪失平衡感。另外就更為理性的角度來看，則如地球新聞節目報導的，地球上所有堤防如今都受到海平面微微升高的威脅，而海平面升高的原因乃兩個世紀以前就開始的全球暖化現象。只要上升一公尺就會對地球上許多低海拔地區造成危險，而火星北端的海洋預料將在下一個十年中上升一公里。誰能保證他們能夠如此精準的調節海平面的最後高度，使這樣一道堤防足以抵擋？瑪雅在敖得薩的工作經驗讓她對這樣的控制深感懷疑。雖然他們在希臘盆地也進行著同樣的嘗試，不過他們的情況比較有利，因為敖得薩地理位置的關係，出錯可能性不至太大。而這裡的水文學者也提到必要時可以使用飛行透鏡之前燃燒出來的「渠道」，將海水疏導到北地海洋。於他們這當然不成問題，只是北地海洋則沒有相同的補救方法。

　　「喔，」戴安娜說，「他們總是可以把多餘的水抽到阿爾及爾盆地去。」

　　現在，讓目光暫且回到地球上：暴動、縱火和破壞已經成為沒有機會接受老人療程的人們的日常武器——他們是所謂的「凡人」。所有大城市周遭築起圍有高牆屏障的市鎮、碉堡郊區，使獲得治療的人們可以終生居住其內，使用遠距連線、遠距作業、輕便發電機，甚至溫室食物，以及空氣濾淨系統：事實上就如火星上的帳幕城鎮。

　　一天晚上瑪雅實在厭煩極了米歇爾和史賓賽，於是獨自外出用餐。她常常有想要獨自行動的慾望。她走到面對海岸道路人行道上的一間角落咖啡館，在一張露天餐桌上坐下，上面是綁有一串燈光的樹木，點了開胃前菜和義大利通心粉，一面心不在焉的吃著，一面啜飲一小瓶義大利吉安酒，同時聆聽一小隊音樂家的現場演奏。帶頭者彈奏一種手風琴，上面只有一堆按鈕，名為「班都尼昂」，他的同伴使用小提琴、吉他、鋼琴和一個直立貝斯。一群乾枯憔悴的老傢伙，與她同齡的老先生，歡樂輕快的演奏既華麗又略帶憂鬱的曲調——吉普賽歌曲、探戈、他們即興合作的小曲……她用完餐後在原位坐了好長一段時間，傾聽音樂演奏，啜飲最後一杯紅酒，接著一杯咖啡，瞧看其他用餐客人，欣賞頭上樹葉和海岸道路之後的遠方冰柱，以及赫勒斯篷特上方翻滾的雲層。腦中盡量不想心事。起先很成功，她充滿喜悅的逃遁到舊時的敖得薩，心靈上的歐洲，心情一如小提琴和手風琴二重奏般又甜美又略含愁思。

　　然而隔桌客人開始爭論地球人口中接受治療的比例——一個爭說百分之十，另一個說四十——資訊戰的徵兆，或就只是獲取途徑的渾沌程度。當她將注意力轉開時，瞥見吧台上方新聞螢幕的頭條消息，字句從右至左滾動而出：世界法庭為了從海牙移往伯恩而暫時停止運作。康撒力代趁此機會意圖蠻橫接收布雷西斯在喀什米爾的股份，那表示了從康撒力代的巴基斯坦基地，發動一場對抗喀什米爾政府的大型軍事政變或小型戰爭。而印度當然會牽扯在內。印度近來也與布雷西斯有著聯繫。印度對抗巴基斯坦，布雷西斯對康

撒力代——世界人口的多數沒有受到治療，他們急切拼命……

那天晚上當瑪雅回到家裡，米歇爾說起這次的突擊標示了世界法庭獲得尊重的新里程碑，因為康撒力代小心計畫在法庭休會時採取行動；然而考慮到喀什米爾的艱難處境，以及布雷西斯的倒轉，瑪雅根本沒有心思聽他。米歇爾是如此無可救藥的樂天派，有時真顯得愚蠢，或至少讓人厭惡他的在場。一個人必須承認；他們如今生活在一個向黑暗趨近的環境裡。地球的狂亂週期再一次降臨，偏巧迎上一個殘酷無情的正弦波，一個比瑪雅的狀況還要糟糕的正弦波，很快的，他們就會困在其中一次的抽搐發作之中無法控制，掙扎著逃開被塗抹刪除的命運。她可以感覺到。他們正在倒退。

她開始定期來到角落咖啡館用餐，聆聽樂團演奏並享受孤獨。她背對吧台坐著，然而要將諸事驅逐腦海很不可能。地球——他們的詛咒，他們的原罪。她嘗試去瞭解，嘗試以法蘭克的眼光去看，嘗試傾聽他分析的語聲。十一國高峰（舊時的七國高峰加上韓國、亞沙尼亞（譯註：Azania，南非別名）、墨西哥和俄國）仍然是地球上多數勢力的名義統帥，基於他們握有的武力和資產。唯一能夠真正同這些老恐龍對抗的是組織龐大的變形跨國公司，這些合併跨國公司而成的龐大變形跨國公司——依定義而言，兩個世界的經濟體系只能容有大約十二個這樣的組織——它們當然對接收十一國高峰有著極大興趣，一如它們已經擁有的許多小型國家一般；能夠在這個領域成功的變形跨國公司或許就能在它們之間贏得支配地位。因此它們中的幾個就很努力的企圖個別征服十一國高峰，盡可能的挑撥離間或賄賂唆使某些國家違反規範。它們之間一直處於競爭狀態，有些與十一國高峰裡的會員國結成同盟，企圖將之納入其範圍之內，另些則專注於貧窮國家，或處於嬰兒階段的經濟老虎國家，依此建立它們的勢力。所以造成了一種複雜的權力平衡關係，一邊是最強的老國家，一邊是最大的新變形跨國公司，另外伊斯蘭聯盟、印度、中國，以及存在形態為獨立地區勢力的小型變形跨國公

司，則屬不可預期的勢力。所以這樣的權力平衡一如任何暫時的平衡狀態，是相當脆弱的——必須如此，因為地球上半數人口集中在印度和中國，一個瑪雅一直無法真的相信或領會的事實——歷史真是一門奇怪的學科——沒有人知道這半數人類全體人口會往平衡桿的哪一邊落下。

當然這一切終會引出一個基本問題，這麼多的衝突是怎麼開始的？為什麼，法蘭克？她一面坐聽引人憂思的探戈樂聲，一面想著。那些變形跨國公司統治者的動機究竟是什麼？然而她幾乎可以看到他憤世嫉俗的露齒嘴型，她很瞭解熟悉的表情。帝國有很長的半衰期，他曾經這樣對她論述。以及在所有帝國中佔有最長半衰期的想法。所以每個世代都有希望成為成吉思汗的人，意欲統治世界而不計代價——變形跨國公司的主管、十一國高峰的領袖、軍隊的將軍……

或者她腦海中的法蘭克沈著卻殘忍的建議——地球有其承載容量。而如今人們已經超過了。因此他們之間有許多將會死去。每個人都知道。奪取資源的爭戰相當激烈。這些爭戰者是絕對理性，但是急切又拼命。

演奏音樂的人繼續著，他們的懷舊曲調隨著月份的消逝更添愁思；長長的冬季來了，他們在多雪的薄暮黃昏演奏，伴隨著越來越黑暗的世界。「班都尼昂」的氣息聲中有著微弱卻勇敢的色彩，那些小曲輕快的飛揚穿梭在平凡生活中，如此固執的依附在透過光禿樹群灑瀉而下的光暈裡。

這番領會是如此熟悉。這正是六一年前的感覺。即使她無法記得戰前時段的任何個別事件和危機，她仍然能夠記得那種感覺，如某種氣味刺激而生的感覺；好像任何事都不重要了，而即使是最美好的日子也似乎那樣蒼白寒涼，陪襯在捲向西方的黑色雲層裡。城鎮生活的喜悅是怎樣的鑲上一種奇異、失望的邊，每個人都背對著吧台，盡力抗拒那種縮減、無助的感覺。喔，是的，這的確似曾相

識。

＊　＊　＊

當他們再次環繞希臘盆地地區行旅，與自由火星各個團體見面時，瑪雅就由衷感激的看著這些前來的人，這些即使面對強勁漩渦仍然相信他們的行動能夠改變世事的人們。瑪雅發現不管奈加到什麼地方，他都對其他本土人堅持地球狀態對他們自身的將來佔有舉足輕重的角色，不管它看來有多遙遠。而這開始產生了一定的效果；如今來到聚會場所的人都熟悉有關康撒力代、安美克斯和真美妙的消息，還有聯合國臨時政府警力新近入侵南方高地，他們被迫放棄敖伐杭斯以及其他許多祕密庇護所的消息。南方逐漸淨空，所有躲藏著的人們全都湧向西蘭亞格哈、沙比希，或敖得薩以及希臘盆地東邊的峽谷。

瑪雅遇到的一些年輕本土人似乎認為聯合國臨時政府的侵佔南方基本上是一件好事，因為那使行動時間開始進入倒數計時。她很快的反擊這種想法。「對時間表有控制力的不應該是他們，」她告訴他們。「我們必須掌握時間的選擇，我們必須等待時機。然後全體共同行動。如果你們不瞭解這個——」

那麼你們就都是笨蛋！

然而法蘭克總是對他的聽眾大加撻伐。這些人需要一些別的東西——或更精確的說，他們應該得到更多。一些積極的，一些能夠吸引他們又能引領他們的。法蘭克也曾經這樣說過，只是他很少起而行之。他們需要有人誘導，一如海岸道路上每晚出現的舞者。或許這些人每天晚上也都曾出現在他們居住地方的濱水地區。政治需要收納一些那樣的性愛能量，否則它將只是一種憤懣不滿和損害控制。

所以她誘導他們。即使在她憂慮恐懼，甚至心緒不佳時也一

樣。她站在他們之間，心中想著與這些又高又輕巧自如的年輕男子的性愛，然後坐在他們之間詢問問題。她一個一個迎視他們的眼睛，他們都如此高大，使坐在桌上的她剛巧可以與坐在椅子上的他們的眼睛平視；她盡可能親暱愉快的同他們對話。他們對生命，對火星有什麼期許？通常她會對他們的反應大笑出聲，因他們的天真無知或聰慧機伶而驚訝。他們已經想像出一個她從未相信過的更加徹底的火星，一個真正獨立、平等、合理而喜樂的世界。就某種層面來說，他們已經將這些夢想落實了：目前已有許多人把他們的小住區變成廣大的公有公寓，生活在與臨時政府或變形跨國公司越來越無關連的另類經濟體系中——一個受瑪琳娜的生態經濟學、廣子的頌讚火星祭典、蘇非教義，以及奈加領導的年輕人吉普賽式漂泊政府等所規範管理的經濟體系。他們認為他們將永遠存在；他們認為他們住在一個具感官美的世界裡；他們受限於帳幕城鎮乃是一種常態，但這種常態只是一個階段，一種孕育於溫暖中型自然系統子宮的限制階段，最後終將不可避免的要浮顯在自由鮮活的地表之上——他們的誕生，是的！他們是「阿如格司」的胚胎，套用米歇爾的辭彙，年輕的眾神管理他們的世界，知道他們應該自由並堅信終能抵達彼岸，而且時間不遠了。壞消息會從地球傳來，與會者會起立聆聽——然而圍聚在這些聚會裡的氣氛不是恐懼而是決心，是她家中洗槽上那張照片裡法蘭克的表情。前同盟阿姆斯科和真美妙之間因奈及利亞引發的爭端，導致了生物武器的施用（雙方皆否認負有責任），所以奈國首都拉哥斯的住民、動物、植物以及附近區域都受到怪異疾病的蹂躪破壞；那個月裡的聚會場面，年輕的火星人雙眼噴火，憤怒發言，指責地球失去了法律規範——失去了有公信力的權威當局。全球性變形跨國公司秩序太過危險，絕不允許出現在火星上！

　　瑪雅讓他們繼續發洩一個小時，只不斷的穿插「我知道。」她的確知道！看著他們因為殘暴不公的行為如此震驚憤怒，幾乎讓她

傷心落淚。然後她會逐條讀過多薩伯雷夫亞宣言,描述每一個重點如何經過眾人討論過,它代表的意義,以及在真實世界執行時將如何影響他們的生活。他們就這點知道的比她還多,而且就這些部分的討論比埋怨地球諸事還要激動興奮——少了憂慮,多了熱情。當她企圖描繪基於這項宣言所可能帶來的前途遠景時,卻常引來他們的大笑:集體和平融洽,每個人都幸福美滿等等,好一個荒謬可笑的情節——他們知道爭執口角束縛了他們共享公寓的現實,所以這遠景此刻聽來實在滑稽荒唐。這些笑著的年輕火星人眼裡閃動著的光芒——即使是從沒有笑過的她,也感覺到她佈滿皺紋的臉上正浮現一個小小的,幾乎無法察覺的笑意。

她會在這樣的情況下結束聚會,心中有著大功告成的感覺。烏托邦理想國沒有了歡樂,要它何用?沒有年輕人的笑聲,他們的掙扎奮鬥有什麼意義?法蘭克從來沒有瞭解這點,至少他最後幾年沒有。所以接著她會不理睬史賓賽的保安程序,領著大家離開房室走下乾涸海濱,或走入公園或咖啡館,散散步再喝一杯或吃頓宵夜,不時認為她已經找到了通往革命的一把鑰匙,一把法蘭克從來就不知道存在著的鑰匙,而只在盯著約翰時如此猜疑過。

「當然,」她回到敖得薩試圖對米歇爾敘述時,他說,「不過法蘭克本來就不是革命的信徒。他是個外交官、犬儒學派之徒、反革命者。歡樂從來就不是他的本然。一切對他來說都是損害控制。」

米歇爾近來常與她意見相左。他學會在她顯示出需要打一場仗時爆發開來,不再安慰勸撫,她對這樣的態度非常欣賞兼且感激,因而不再有頻繁爭鬥的需要。「拜託,」她抗議米歇爾對法蘭克這樣的性格刻畫,然後將他一把推倒在床巫山雲雨一番,純為取樂,只想把他拉到狂喜境界,再逼他承認。她非常清楚他把將她情緒擺盪振幅拉回到中線當成了他的責任,她也比任何人都瞭解他的用意,而且衷心感激他嘗試提供的定錨功能;但是偶爾任由曲線攀升

到頂端，盡情享受那種無重力飛行的簡短時刻並沒有害處，那是一種類如靈魂高潮的狀態……她就如此引他爬升到頂，讓他無法停止微笑一到兩個小時。然後他們一起走下樓去，穿過大門走過公園，心情輕鬆平和的來到她的咖啡館，背對著吧台坐下，聆聽佛拉明哥吉他手的彈奏，或探戈老樂團。話家常似的談著盆地周遭的工作，或者什麼都不說。

火星四十九年夏末一個傍晚，他們和史賓賽一同走到那家咖啡館渡過長長的黃昏，觀賞高掛紫色天空的深銅色雲朵在遠方冰層上發出光芒。盛行西風掃過赫勒斯篷特，在冰上形成已為他們日常景觀的雲層，但有些雲朵很特別——彷彿帶有金屬裂痕的堅實物體，如礦質雕像般無法隨風飄移。雲層黑色的基部吐出閃電，擊向底下的冰層。

就在他們看著這些別緻的雕像時，遠方傳來一陣低沈的轟隆聲，腳下地面微微震動，桌上銀製餐具互相碰撞。他們抓起杯子，跟著咖啡館裡的每一個人站了起來——在這目瞪口呆的靜默中，瑪雅看到每個人都不由自主的往南邊冰層看去。從公園裡湧出的人們來到海岸道路上，一語不發的站在帳幕邊牆朝外看去。遠方日落逐漸褪去的藍靛色澤中，深銅雲朵下，勉強可見一股騷動，邊緣閃動黑白光芒的一團黑白物事。橫過平原朝他們奔來。「水！」隔桌有人這麼說。

每一個人都像是受到拖曳光束牽拉似的，手握杯子走到覆蓋濱海區的帳幕邊緣，貼在齊胸高的圍牆上，其他所有思緒全部消失，只瞇眼盯著平原上的暗影：黑色上面的黑色，不時泛湧白色圓點，這邊那邊的騰跳翻滾。有這麼一剎那的時間，瑪雅再次想起水手峽谷的洪水，不禁全身發起抖來，強迫自己把那項記憶如食道裡半消化的食糜般嚥下推回，盡全力把那部分的思緒抹掉，卻又因隨之泛起的酸味而微感窒息。訶勒斯海正對著她奔湧而來——她的海，她

的主意，如今正迅速淹沒盆地斜坡。百萬棵植物將因而死去，薩克斯曾如是提醒她。低點裡的融化水坑越變越大，與其他液態水窪相連，並融化周圍和之間的碎冰，再有長長夏季、細菌和安置冰群附近的爆炸物爆發後產生的洶湧水蒸汽而溫暖起來。北方眾多冰牆中的一個必定坍塌碎裂了，現在洪水正使敖得薩南方平原的顏色變暗。最靠近這裡的邊緣部分不到十五公里。此刻他們能夠看見的盆地部分乃一團像黑胡椒與鹽的混亂物事，前景裡醒目的黑胡椒部分快速的轉換成鹽——同一時間陸地亮出燈光，而天空逐漸黯淡，如此景致總是給人有非塵世、非自然的感覺。霜氣從水面上蒸騰而起，反射敖得薩點燃的燈光而閃爍。

半小時過去了，每一個人都直挺挺的站在海岸道路上往外看去，一大群人靜默著直到那洶湧洪水再次凍結，這時黃昏也退去了。接著突然人聲沸騰起來，一家咖啡館放出電子音樂。這裡那裡填滿響亮的笑聲。瑪雅到吧台點了瓶香檳，心情興奮昂揚。她的情緒終於有這麼一次與事件相合，而她準備好慶祝這個因他們本身的努力而釋放出來的奇異景象，現在就平躺在那裡等待檢視勘查。她對咖啡館眾人舉杯：

「敬訶勒斯海，以及所有未來的水手，避開冰山暴風，航向遠方！」

大家熱烈歡呼，海岸道路上上下下的人們也同聲歡呼，好一個狂野的時刻。吉普賽樂團奏起一首探戈腔調的水手歌，瑪雅整個晚上都止不住浮現頰上僵硬肌膚的一抹笑紋。即使周圍出現了「另一狂濤可能淹沒敖得薩堤岸」的冗長討論，也沒能夠讓那抹笑意消失。辦公室裡的工作人員很謹慎的計算過所有可能性，而所謂的外溢發生可能性非常微小近乎不可能。敖得薩會沒事的。

＊　　＊　　＊

　　然而壞消息不斷從遠方洶湧傳來，隱含傾覆淹沒他們的威脅意味。地球上，奈及利亞和亞沙尼亞兩國之間的戰爭引發了阿姆斯科和真美妙之間嚴重的世界性經濟衝突。基督教、回教和印度教的基本教義派信徒全不可避免的轉入邪惡行動，宣稱老人療程是撒旦的傑作；數目龐大的未獲治療者紛紛加入這些運動，接管地方政府，對範圍所及的變形跨國公司活動進行直接的人海攻擊。與此同時，所有大型變形跨國公司都意圖復興聯合國，使之成為世界法庭的另項選擇；許多有力的變形跨國公司客戶，即如今的十一國高峰，皆支持這樣的走向。米歇爾認為這是一種勝利，因為它再一次顯示出對世界法庭的懼怕。他說，有任何一個強化的國際組織，如聯合國，總比什麼都沒有好。但是現在有了兩個彼此競爭的仲裁系統，一個由變形跨國公司控制，使他們更容易避開他們不喜歡的另一個。

　　而火星，亦無任何好轉跡象。聯合國臨時政府警察不斷在南方遊走，除了偶爾發生在他們機器人運輸工具的神祕爆炸之外，沒有受到任何阻撓，而普羅米修斯是最近一個被發現後強迫關閉的祕密庇護所。大型庇護所中，只有維西尼克仍然隱藏著，而他們全力保持潛伏靜止狀態。南極區域不再是地下組織的一部分。

　　正因為如此，看到有些參加聚會的人們那樣膽戰心驚就不怎麼叫人驚詫了。加入如負一島般明顯縮減的地下組織，需要決大的勇氣。人們受憤怒的驅使前來，瑪雅這麼猜測，還有憤慨和希望。但是他們也驚駭不已。畢竟這樣的行動步驟能有什麼樣的成果，誰都無法擔保。

　　另一方面，要在這些新人之間佈置一名間諜，實在容易至極。瑪雅有時很難去信任他們。他們真是他們所宣稱的人嗎？根本就無法肯定答覆這個問題，不可能。一天晚上的一場會議裡，在眾多新來者之間，有一個坐在前排的年輕男子，臉上的表情很讓瑪雅產生疑慮，結束那場平凡無趣的會議之後，她隨同史賓賽的朋友直接回

到公寓，把所感所覺告訴米歇爾。「不要擔心。」他說。

「什麼意思，不要擔心。」

他聳聳肩。「那些會員互相保持著聯繫。他們試圖確定他們熟知彼此。而史賓賽的人配備有武器。」

「你從來沒有告訴過我。」

「我以為妳早知道了。」

「拜託。別把我當傻瓜。」

「我沒有，瑪雅。再說，我們只能做到那樣，除非我們整個消失隱藏起來。」

「我沒有要那樣提議！你以為我是什麼，懦夫？」

他臉上掃過一抹乖戾表情，用法語說了句什麼。然後他深吸一口氣，再次以法語朝她大叫詛咒。但是她看得出來這是個他蓄意做出的決定——他認為爭執吵鬧對她有好處，於他本身而言也具有宣洩作用，是一種治療方式——這當然叫人難以忍受。一種表演，為了操縱控制她——她不假思索的衝向廚房角落，抓起一個銅鍋，高舉著朝他揮去，而他如此訝異，幾乎沒有能夠阻擋。

「見鬼！」他咆哮怒吼。「為什麼要這樣？為什麼？」

「我不需要憐憫施捨，」她告訴他，心裡一方面雖因他真的發起火來感到滿足，另一方面卻仍怒火高張。「你這該死的縮水腦袋，如果你有好好做你的工作，登陸首百不會全部瘋掉，這世界也不會這麼一場糊塗。全是你的錯。」然後她砰的一聲甩門出去，來到那家咖啡廳，心思不斷反芻生活伴侶是一個精神醫師的可怕情狀，同時也反省自己的醜惡行為，這麼容易就失去控制的攻擊他。那回他沒有出來找她，而她一直坐到咖啡廳關門。

然後她回家橫躺在沙發上很快的入睡；接著門上傳來敲打聲，急促輕微，讓人立即感到恐懼，米歇爾奔過去透過窺視孔往外看。然後開門讓來人進門。是瑪琳娜。

　　瑪琳娜重重坐在瑪雅身邊的沙發椅上，雙手顫抖著握住他們，說，「他們攻下沙比希了。安全部隊。廣子還有她那一圈人碰巧在那裡拜訪，還有所有在南方受到突襲後去到那裡的人。土狼也是。他們都在那裡，納諾、伊促，整個第一世代……」

　　「他們沒有反抗嗎？」瑪雅說。

　　「他們試過。火車站有一堆人被殺。那讓他們緩了一緩，我想部分的人可能進到超深井土墩迷宮。但是他們包圍了整個區域，而且從帳幕邊牆進入。就像六一年的開羅，我發誓。」

　　突然間她開始哭泣，瑪雅和米歇爾分坐她左右，她把臉埋在手掌中飲泣。這與瑪琳娜一貫的冷酷嚴峻如此不同，使她帶來的訊息的現實面一下子真實起來。

　　她直起身子擦拭眼睛鼻子。米歇爾遞給她一張面紙。她平靜的繼續：「恐怕有許多人被殺了。我和韋拉德、烏蘇拉在一個偏遠僻靜的巨石區待了三天，然後去到一個祕密車庫，分別駕駛幾輛巨礫越野車離開。韋拉德到布若斯，烏蘇拉到埃律西姆峰。我們試圖盡可能的告訴所有登陸首百，特別是薩克斯和娜蒂雅。」

　　瑪雅起身批上外套，走到長廊另一端去敲著史賓賽的門。她回來後逕往廚房煮水泡茶，拒絕抬眼看法蘭克的照片，照片裡的人正盯著她說，我告訴過妳。事情會這樣發生。她捧著茶杯回返客廳，看到她自己的手不可遏抑的抖動著，熱茶因而流淌到她手指之間。米歇爾臉色蒼白、冒著冷汗，他沒有聽到瑪琳娜還說了什麼。當然——如果廣子整個團體都在那裡，那麼他整個家人就都不見了，不是被逮捕就是被殺害了。她遞送茶水。然後史賓賽進來，聽取整個故事時，她取來一件長袍披在米歇爾肩上，同時痛責自己先前竟選了這樣一個時刻無理攻擊他。她坐在他身旁輕輕觸捏他的大腿，嘗試著以撫弄告訴他她就在旁邊，她也是他的家人，而她所有遊戲都結束了，她會盡全力控制自己——不再把他當作寵物或出氣筒……告訴他她愛他。只是他的大腿猶如一具溫暖的瓷器，而他顯然沒有

注意到她撫弄的手，甚至忘了她就在那裡。她突然瞭解正是在那樣一個人們深切需求的時刻，卻也是人們最無能為彼此做些什麼的時刻。

她站起來為史賓賽準備熱茶，依舊避免朝那張照片看去，或廚房玻璃窗映出的她的臉，她永遠無法直視那憂戚喪氣兀鷹似的眼睛。你永遠無法回視。

現在除了坐在這裡渡過夜晚什麼也做不了。試圖吞嚥這則消息，試著去接受忍耐。他們就這麼坐著，談著，聽著瑪琳娜以更多更長的細節覆述整個故事。他們以布雷西斯的線路向外連絡，意圖獲得更多訊息。他們筋疲力盡的靜坐著，禁錮在他們自己的思慮，他們孤獨的宇宙中。分鐘如小時般緩慢逝去，小時則如年月：這是個寒顫扭曲的無眠夜晚，人們努力的想要在每一個任意發生的大災難裡擰攪出意義，卻又往往失敗的一種最古老的人類儀式。

清晨終於降臨，帶來滿天烏雲，點點雨珠灑在帳幕上。憂心如焚的等了緩慢如蝸牛拖步的幾個小時之後，史賓賽開始連絡敖得薩裡的所有團體。兩天之後他們就把這消息散佈了出去。而這消息起初雖然在芒加拉佛和其他訊號網路上受到壓抑，然而顯示有事發生的跡象到處可見，譬如平常會議裡，沙比希人突然毫無理由的缺席了，甚至一些普通商業活動也不見他們蹤影。謠言漫天飄飛，由於缺乏確實消息而不斷發展，從沙比希獲得獨立到其已被夷為平地。接下來一個星期的緊張會議中，瑪雅和史賓賽把瑪琳娜傳來的消息轉告所有人，然後花上數小時的時間討論應該如何行動。瑪雅盡力勸服大家，說他們不應該在準備好之前就貿然行事，但是這番話很難讓人下嚥；他們非常憤怒而且懼怕，那個星期希臘盆地到處有事端發生，事實上，整個火星都是——示威運動、小型破壞、對保安據點和人員的攻擊、人工智慧電腦故障、工程受阻。「我們必須讓他們知道他們會受到懲罰！」賈姬在網路上說，並且立刻得到廣泛

回應。連亞特都同意：「我認為盡可能召集大眾進行人民抗爭能夠阻擋他們一陣子。讓那些混帳再想這麼做時三思而行。」

然而一段時間之後情況穩定下來。沙比希回返網路，火車時刻表，以及那裡的生活也恢復止常，不過一切都跟以前不一樣了。龐大警力仍然留駐監視著所有閘門和車站，並試圖揭露土墩迷宮的所有洞穴。這段時間裡瑪雅和停留南槽溝工作的娜蒂雅有過幾次長談，還有奈加和亞特，甚至安，她從她在奧里姆深淵的一個避難所主動連絡。他們全都同意不管沙比希發生了什麼，他們現在都不適合貿然啟動一場大規模的暴動。薩克斯甚至跟史賓賽連絡，說他「需要時間。」瑪雅很感安慰，這支持了她時機未到的本能反應；也支持了她認為此時是被挑撥煽動在未及準備之下，過早實施反抗行動。安、加清、賈姬和其他激進份子——道、安塔，甚至沙易克並不樂意等待，同時對等待背後含藏的意義感到悲觀。「你們不瞭解，」瑪雅告訴他們。「外面正有一個新的完整的世界在不斷生長壯大中，而我們等的越久，它就變得越強大。要有耐心。」

然後沙比希事件過去後大約一個月，他們從腕錶上獲得一個來自土狼的簡短訊息——他不對稱的面容，罕見的嚴肅表情，告訴他們他藉由超深井土墩的祕密隧道迷宮逃脫，現在在南方他自己的一個隱匿處躲藏。「廣子呢？」米歇爾立時問道。「廣子和其他人呢？」

但是土狼已經消失了。

「我不認為他們抓到廣子了，」米歇爾隨即說道，不自覺的在房裡踱著方步。「廣子，或任何其他人！如果他們被捕，我相信臨時政府一定會公佈。我敢打賭廣子領著她的團體再次隱遁到地下去了。從他們在多薩伯雷夫亞開始就一直不是很高興，他們不善於折中妥協，那正是他們離開的根本原因。那之後發生的每一件事，只使他們更堅信我們無法建造他們想要的那種世界。也許發生在沙比希的鎮壓事件迫使他們在未及警告我們的情況下消失了。」

「也許真是這樣，」瑪雅說，小心謹慎的讓她語氣有真是如此相信的口吻。那聽起來其實更像是米歇爾拒絕接受真相，但是如果這樣能夠幫助他，誰管它呢？再說廣子的確有能力做出任何事。但瑪雅還必須讓她的反應有瑪雅似的色彩，否則他會看出她只是在安慰他：「但是他們會去哪裡呢？」

「回到渾沌地勢裡去，我猜。許多舊避難所仍然在那裡。」

「但是你呢？」

「他們會讓我知道的。」

他想了一想，看著她。「或者他們認為妳現在是我的家人了。」

那麼他感覺到她的手嘍，那恐怖的頭一個小時她撫摸他大腿的手。可是他看著她的表情含有那樣悲傷歪曲的笑容，讓她畏縮了一下，然後她向他迎去緊得像是要壓碎他肋骨般的抱住他，告訴他她多愛他，還有她多不喜歡他那樣陰鬱蒼白的表情。「他們沒有錯，」她粗魯的說。「但是他們實在應該要跟你連絡。」

「會的。我相信他們一定會的。」

瑪雅實在不知道該怎麼去想米歇爾的這個推論。土狼藉由土墩迷宮脫逃了，那他一定也盡可能的幫助了他的朋友。廣子應該是他單子上的第一個。下次見到土狼時，她一定要好好拷問他一番；不過他以前從來就沒告訴過她任何事。不管怎樣，廣子和她那圈人消失了。不是死去就是被捕或隱藏起來，然而不管是哪一個，都叫人難以接受，畢竟廣子在多數反抗組織裡代表了一種道德中心指標。

然而她一直那樣奇特怪異。瑪雅心中有一部分，潛意識或不承認的部分，對廣子的消失以及如何消失並不全然感到憂戚傷心。瑪雅從來就無法與廣子溝通或瞭解她，而她雖然鍾愛她，但是她代表的那種四處飄搖、複雜事端的隨意龐大力道一直就讓她感到緊張不安。同時女人這邊有這樣一股決大勢力，一股她毫無影響力的佫大勢力，也著實讓她氣惱急躁。當然如果她那一整圈人全被逮捕，甚至被殺害將會是個恐怖可怕的事件。但是如果他們決定再次隱藏起

來，那就一點也不是壞事了。許多事將因此而暫時單一化，而他們此時正急切需要單一化，瑪雅對將來因而有了更多的控制力。

　　所以她全心希望米歇爾的推論沒有錯並朝他點頭，假裝有保留的同意他的分析。接著他們前往下　場聚會，去平息另　群憤怒的本土人。幾個星期過去了，然後幾個月；看來他們渡過了那場危機。然而地球狀況仍然持續惡化，而沙比希，他們的大學城，戴咪蒙派的一顆閃亮寶石，處於一種戒嚴法的控制下；而他們的靈魂指引廣子消失了。即便是瑪雅，剛開始時就某些層面而言對擺脫掉她感到喜悅，現在也為著她的缺席而越來越感到消沈困頓。自由火星的概念畢竟是頌讚火星祭典的一部分——如今卻簡約到僅存政治概念，適者生存等……

　　世事似乎盡皆喪失了靈魂，沒有了意義。當冬天過去，而地球傳來的消息訴說著越來越嚴重的衝突時，瑪雅發現人們更迫切的企求轉移心思標的。宴會變得愈來愈嘈雜狂野；海岸道路每天晚上都有慶祝會，而像節慶或新年等特別夜晚全城到處充滿人潮，狠命的唱歌跳舞飲酒尋歡，應對著每一面牆上漆的紅色箴言。你們永遠回不去了。自由火星。但是怎麼做呢？怎麼著手呢？

　　那年冬季的新年尤其瘋狂；那是火星五十年，人們豪華氣派的慶祝該紀念日。瑪雅和米歇爾沿著海岸道路上上下下散著步，好奇的看著如起伏波浪似的舞群拂掠他們身畔，她猛盯著這些纖長舞動的年輕軀體，臉上戴著面具，多數裸露著細腰，彷彿一幅古老的印度插畫，隨著鋼鼓敲擊出的「諾浮卡里譜索」樂音優雅的擺盪……喔，多奇妙呵！這些年輕的外星人如此天真無知，卻又這麼美麗！在這個她幫助建造的城市裡，聳立在其乾涸海濱上……她感覺體內有一部分飛揚起來，越過晝夜平分點，滑入安樂幸福的燦爛激流中，就現下兩個世界恐怖猙獰的情狀而言，這也許只是她偶然的生物化學反應，然而它這麼真切的存在著，她全身細胞都感覺到它的存在。於是她拖著米歇爾加入舞群，隨著音律舞動又舞動，直到她

全身汗水淋漓。這感覺真棒。

有這麼一陣子，他們坐在她的咖啡館裡——好一個登陸首百首三十九的小團聚，包括她和米歇爾和史賓賽、韋拉德和烏蘇拉和瑪琳娜、耶理‧祖多夫和瑪麗‧杜可兒，他們在沙比希關閉一個月之後溜出來、來自多薩伯雷夫亞的米海‧楊格，以及從南槽溝來的娜蒂雅，共十個。「每十人殺一人。」米海評註。他們叫來一瓶又一瓶的伏特加，彷彿要把其他包括他們可憐農場組員在內的另外九十人的記憶淹沒在大醉一場中，那些人也許再次消失了，或者最壞的狀況全被謀殺了。那天晚上他們之中很碰巧的佔有多數的俄國人，開始喊起家鄉的罰酒祝令。讓我們大快朵頤一番！祝我們健康些！讓我們在地窖後灌酒！把我們塞到杯子裡去呀！讓我們盡情的喝呀！喝到醉眼迷離！把它舔乾淨呀！把頸子後面灌濕呀！讓我們一口喝三人份唷！讓我們吸它，倒它，敲它，抓它，打它，鞭它，搖它——等等等等，直把米歇爾、瑪琳娜和史賓賽聽得目瞪口呆。就像愛斯基摩人和雪一樣，米海這麼告訴他們。

然後他們回到舞群，十個人圍成一條線，在眾多年輕人間搖搖晃晃的穿梭。五十個冗長的火星年，而他們依舊活著，依舊跳著！真是一項奇蹟！

但是一如往常般，瑪雅那可以輕易預測的情緒波動再次停在最高點，接著突然間往下滑落——今晚始於注意到藏在面具後面的麻醉眼神，看到每一個人掙扎於遺忘一切，盡可能退縮到各自的隱密世界裡去，除了當晚的愛人之外，不想和任何人有任何接觸。而他們自己並沒有不同。「我們回家吧，」她對米歇爾說，後者仍然按著節拍上下彈跳，享受所有瘦長火星年輕人的圍繞。「我受不了了。」

但是他不想走，其他人也不想，最後她一個人舉步回家，穿過大門、花園，走上長梯來到他們的公寓。喧鬧的慶祝聲在她身後大肆翻騰。

洗槽上櫥櫃前的年輕法蘭克對著她的苦惱微笑。當然會這樣，那年輕人專注的面容如是說著。我也知道這類故事的——我學得很辛苦。週年紀念日、婚姻、快樂時光——都會遠走、消失。它們從來就沒有什麼意義。那笑容嚴謹、粗暴、堅定；而那雙眼睛……彷彿穿過空虛屋子的窗戶般凝望著。她打翻料理台上一個咖啡杯，咖啡杯順著邊緣滾落地板，砰的一聲碎裂四散；支離的把手兀自轉動，而她大聲哭了起來，跌坐在地板手臂箍緊膝蓋，悲歡嚎哭。

然後消息隨著新的一年一起到來，敖得薩本身的保安系統將更為嚴厲。看來聯合國臨時政府得到了教訓，打算以較迂迴狡猾的方式對其他城市進行鎮壓限制：新護照，每一道閘門和車庫設立安全檢查，管制火車使用。傳言他們將重心特別放在獵捕登陸首百上，控訴他們企圖推翻臨時政府。

不過瑪雅依舊希望繼續參加自由火星的會議，而史賓賽同意帶她。「只要我們還能，」她說。所以這天晚上他們一起走在上城長長的石頭階梯。米歇爾也在，這是他自從發生在沙比希的攻擊事件之後第一次隨行，瑪雅認為他從那次打擊中，從瑪琳娜敲他們公寓門的那個恐怖夜晚中恢復的很好。

只是這次會議出現了賈姬‧布恩和她那群人，安塔以及采塌眾人，他們搭乘環繞希臘盆地火車抵達敖得薩，躲避聯合國臨時政府在南方的部隊，對發生在沙比希的攻擊事件有狂犬病似極度熱切的憤怒，比以前更好戰、更激進。廣子和她那圈人的消失已經讓這些人工生殖的孩子們失去了控制力；廣子畢竟是他們多數人的母親，他們似乎全都同意現在是出來進行全面反抗的時候。賈姬在會議上大聲疾呼，如果他們想要拯救沙比希人和躲藏著的人們的話，就必須分秒必爭。

「我不認為他們抓到了廣子的人，」米歇爾說。「我想他們和土狼一起躲到地下去了。」

「你想的美。」賈姬說，瑪雅鼓起上唇。

米歇爾說，「如果他們真有麻煩，一定會對我們發出信號。」

賈姬搖搖頭。「他們不會再去躲藏起來，現在已經是關鍵時刻了。」道和瑞秋點頭。「再說，沙比希人呢？還有雪菲爾的封鎖？同樣的情況也將在這裡發生。不，臨時政府在接管所有地方。我們必須現在行動！」

「沙比希人已經控告了臨時政府，」米歇爾說，「而他們全都仍舊好好的在沙比希生活著。」

賈姬滿臉鄙夷不屑，意指米歇爾不過是個傻瓜，一個既軟弱又過分樂觀的受驚傻子。瑪雅血脈賁張，咬牙切齒。

「我們不能現在行動，」她尖銳的說。「我們還沒有準備好。」

賈姬對她怒目瞪視。「要依妳的話，我們永遠都準備不了！我們會一直等，等到他們在整個星球上裝了個大鎖，到那時，即使我們想要做什麼也都做不到了。我確定妳就想要那樣。」

瑪雅從椅子上猛彈了起來。「再也沒有所謂的他們了。有四到五個變形跨國公司正為火星而彼此爭鬥，一如他們因地球而互相爭鬥。如果我們夾在中間，就只會被戰火波及而減少抗鬥能力。我們必須等待我們的時機，在他們互相傷害之後，我們才能有真正成功的機會。如果我們貿然行事，就只會重演六一年事件，只是憑空亂揮亂打造成一場混亂，而人們夾在中間被無辜殺戮！」

「六一年，」賈姬喊道，「妳就只知道六一年──什麼都不做的完美藉口！沙比希和雪菲爾已經封鎖了，布若斯也封鎖了，西朗亞和敖得薩是下一個，電梯每天都送來增援警力，他們已經或殺或監禁了數百人，像我祖母，她才是我們真正的領導人，而妳，妳就會說六一年！六一年把妳變成了一個懦夫！」

瑪雅衝過去，朝她的頭重重一把摑去，賈姬跳了起來，瑪雅因而往後撞上一張桌子的邊緣，發出嘶嘶氣喘聲。她被拳腳擊中，百忙中抓住賈姬的一隻手腕，俯頭狠狠一口咬去，真正用力咬囓撕

裂。然後她們倆被其他人迅速拉開擋住，整個會場喧囂吵嚷，每一個人都叫喊著，包括賈姬，她尖聲說道「婊子！婊子！婊子！兇手！」而瑪雅也聽到自己在急促呼吸之間，從喉嚨深處嘶嘎喊道，「愚蠢小蕩婦，愚蠢小蕩婦！」她肋骨跟牙齒都疼痛難當。有人搗住了她的嘴，賈姬嘴上也橫有一隻手，周圍噓聲四起「噓，噓，安靜！他們會聽到，他們會報告，警察會來！」

　　終於米歇爾把搗住瑪雅嘴唇的手拿開，而她嘶嘎最後一聲「愚蠢的小蕩婦！」然後坐倒在一張椅子上，雙目圓睜怒視他們全體，至少有一半的人因而僵硬挺立。賈姬被鬆了開來，她開始以低沈的語聲詛咒著，瑪雅突地大吼，「閉嘴！」如此兇殘，使得米歇爾跨出一步站到她們中間。「牽拉妳所有男人圍繞在身邊就以為自己是頭頭了，」瑪雅低聲咆哮，「妳那空乏的腦子裡什麼都沒有——」

　　「我不能忍受這個！」賈姬大喊，而每個人都說「噓！」她於是大步離開，走到外面長廊。那是一項錯誤，一種撤退。瑪雅重新站起，利用機會低聲以撕裂般的痛苦語聲嚴詞批評他們的愚昧——然後當她能夠稍稍控制她激動的情緒時，即就事論事的請求他們多等一段時間，她憤怒痛責之下含藏的理性請求，請求多些耐心，多些計畫和控制力，實在叫人無法反駁爭辯。在這些陳述的過程中，現場人們當然緊盯著她，一個渾身帶血的羅馬鬥士、黑寡婦；她的牙齒仍然因為用力咬進賈姬手臂而隱隱作痛，她實在無法假裝是這場理性辯論的完美模範；她感覺整個嘴唇都腫泡起來，血脈卜卜跳動，但是她強力抗拒心中升起的一股恥辱感，繼續陳述辯論，冷酷，狂烈，又專橫。這場會議在低潮中結束，多數默認必須延遲任何大規模的暴動，同時繼續隱伏埋藏；接下來她發現自己跌坐在一節電車裡的座椅上，左右兩邊各有米歇爾和史賓賽，努力壓抑哭泣的衝動。只要賈姬和她那群人待在敖得薩，他們就必須繼續忍受他們——他們的公寓畢竟是祕密棲息場所。所以這不是她逃得開的狀況。同時鎮裡物理廠和辦公室前面都有警察站崗，檢查手腕確認身

分後才准入內。如果她不再去工作，他們就很有可能循線找來詢問原因，但是如果她去了，必然會受到檢查，而她的手腕身分和瑞士護照無法肯定是否能夠掩護她。傳聞六一年後遭分割的資訊已經開始回流到一些較大的整合系統中，一些戰前資料也恢復了；所以有新護照的需要。如果她闖進那些系統中的一個，一切就都完了。她會被押往小行星或卡塞峽谷，施以嚴刑拷問，一如發生在薩克斯身上般受盡折磨、心智損壞。「也許現在是時候了，」她對米歇爾和史賓賽說。「如果他們封鎖了所有城市和雪道，我們還能有什麼選擇？」

　　他們沒有回答。他們並不比她知道的多些。突然間，整個獨立計畫再次看來像是一個幻想，當初阿卡迪那樣擁護支持時顯得毫無可能性，而現在再次提出，也同樣的只是一場夢境，阿卡迪曾經如此雀躍，卻又同時如此錯誤。他們永遠無法從地球掌握掙脫出來變成自由地區，永遠不能。他們在它之前完全無助。

　　「我得先和薩克斯談談。」史賓賽說。

　　「還有土狼，」米歇爾說。「我要問他更多有關發生在沙比希的事。」

　　「還有娜蒂雅。」瑪雅說，她喉嚨隨之一緊；如果娜蒂雅看到她在那場會議的表現一定會很難堪，而那讓她難以忍受。她需要娜蒂雅，如今在火星上娜蒂雅的判斷力是她唯一還能夠信任仰賴的。

　　「大氣層裡有奇怪的事情發生，」他們換乘電車時，史賓賽對米歇爾抱怨。「我真的很想聽聽薩克斯的意見。氧氣比例升高的速度比我預期的要快很多，特別是塔爾西斯北部。好像有什麼相當成功的細菌在散佈擴充當中，而裡頭沒有任何自殺基因。薩克斯基本上已經重組了他在伊秋思高點的舊時工作團隊，每一個人都還活著，他們已經在阿奇龍和達文西進行了一些不讓我們知道的計畫。有點像那些該死的風車加熱器。我反正要跟他談談。我們必須在這點上合作，否則──」

「否則就是另一個六一！」瑪雅堅持。

「我知道，我知道。妳是對的，瑪雅，我是說我同意。我只希望有足夠的人這樣想。」

「我們不能只是希望。」

那表示她要到外面去親身力行。完全走入地下，在城鎮間遊走，從一個祕密棲身場所到下一個，奈加已經如此進行了好幾年，沒有固定的工作也沒有家，盡可能的會見許多革命團體，嘗試穩固他們。或至少讓他們不要太早曝光。專注在訶勒斯海的計畫已經變得不可能了。

這樣的生活因而就此宣告結束。她下了電車簡短瞥向海岸道路那頭的公園，然後回頭穿過大門、花園，走上階梯進入熟悉的長廊，步履沈重老邁而且非常非常疲累。她不假思索的把鑰匙塞到鑰匙孔裡，走進公寓環視屬於她的事物，看著米歇爾成堆的書本、沙發上橫掛著的康定思基畫作、史賓賽的素描、老舊的咖啡矮桌、餐桌餐椅、廚房凹處安穩端坐的鍋碗瓢盆，以及洗槽上櫥櫃前的小照片。多少世代以前她就知道那張臉孔了？所有家具都會有它們的夫處。她站在屋子中間，筋疲力竭，淒涼孤獨，哀戚悲歡那些在這裡渡過的悄無聲息的年年月月；將近十年富有創作生產力的工作，真正的生活，現在全因著這股歷史風潮而掃淨滌清，一種週期性發作，她必須試著引導或至少挺住不被吹刮而去，必須試著盡全力將它推開，給予他們繼續生存下去的空間。該死的世界，該死的闖入者，該死的愚蠢管理方式，還有一直貫穿到此刻的冷酷殘虐角色，所到之處盡是摧殘踐躪……她曾經那樣熱愛這個公寓，這個城鎮，這裡的生活，有米歇爾、史賓賽、戴安娜和其他同事，她的習慣，她的音樂，她每日小小的喜樂。

她鬱鬱不樂的回視米歇爾，後者站在她身後門邊也對內環視，彷彿試圖把這個地方埋在記憶深處。高盧人式的聳肩：「預先的懷舊憶想，」他說，試著擠出笑容。他也感覺到了——他瞭解——這

不僅僅是她的心情，這次是現實本身。

她振作一下，回以笑容，走過去握住他的手。樓下傳來采塢眾人走上階梯的鏗鏘絮叨聲響。那些渾球可以待在史賓賽的公寓裡。「如果順利，」她說，「我們一定會再回來。」

\*　　\*　　\*

他們在乍現晨曦光暈中往下走到火車站，穿過所有咖啡館，裡頭椅子仍然疊放在桌上。到了火車站，他們冒險出示舊證件，沒有麻煩的拿到車票，搭上反時鐘繞轉的火車到蒙他普西阿挪，在那裡套上出租的活動服和頭盔，走出帳幕下了山丘，離開地表世界圖示範圍，進入一列山丘裡的一個陡峭山谷。土狼在一輛巨礫越野車裡等著他們，載他們穿過赫勒斯篷特心臟地帶，往上駛入複雜的交叉河谷，穿過一條又一條山徑，這片山群鋪滿彷如從天際任意墜落的岩石，惡夢似的荒山貧野迷宮——最後他們尋西邊斜坡而下，橫過雷伯火山口，駛上諾吉司高地邊緣鑲有火山口的山脈。他們就這樣再次離開網路，再次漫遊漂泊。

土狼在這段時間的早期幫了許多忙。然而他跟以前不一樣了，瑪雅心想——因沙比希事件而沈默壓抑，甚至擔憂煩擾。他不肯答覆有關廣子和其他隱藏移民的問題；然而他如此頻繁重複的回說「我不知道」，使得她逐漸開始相信他真不知情，特別是當他的臉終於出現人們承受壓力時會有的扭曲表情，那著名的無法擊破的漫不經心終於摧毀殆盡。「我真的不知道他們究竟有沒有逃出去。接管一開始，我就在土墩迷宮裡了，我盡快的進到一輛車子，想我可以從外面幫最大的忙。但是沒有人從那個出口出來。我當時在北邊，而他們有可能從南邊出去。他們那時也藏在土墩迷宮裡，廣子跟我一樣有緊急避難所。只是我不知道罷了。」

「那麼，我們去看看能找到什麼。」她說。

於是他駕著車子帶他們往北走，其中一段路程就在雪菲爾—布若斯雪道底下，一條只比他車子大一些些的長隧道裡駛過；他們從這條黑色狹槽似的凹處密室填補所需，然後如洞窟探勘者般渡過難眠的一晚。接近沙比希時，他們沈降到另一條祕密隧道，行駛數公里後來到一個小車庫洞穴；那屬沙比希土墩迷宮的一部分，後面有方形石頭鋪成的山洞，彷如新石器時代的墓穴甬道，而今燃有細長光芒，還因排氣孔而溫暖。他們在那裡受到第一世代納諾‧那卡亞馬的歡迎，他似乎跟以前一樣快樂。沙比希已經或多或少還給了他們，雖然城裡到處有聯合國臨時政府的警察，尤其是閘門和火車站，不過他們仍然無法察覺土墩綜合區的全部情況，因而無法完全停止沙比希對地下組織的幫助。沙比希不再是公開的戴咪蒙派，他這麼說明，但是他們仍然在運作中。

不過他也不知道廣子的下落。「我們沒有看到警方帶走他們之中的任何一個，」他說。「但是風聲淡下來之後，我們也沒有在這裡找到廣子和她的人。我們不知道他們去了哪裡。」他拉拉耳下的綠松石耳環，顯然百思不解。「我想他們也許獨自離開了。廣子一直都很小心的在她所到之處預留一處避難所，有一次岩和我在鵝池旁喝了許多清酒後這麼告訴過我。對我來說，廣子有消失的習慣，臨時政府沒有。所以我們可以推論說她選擇那樣做。不談那個了——你們應該泡個澡、吃些東西，然後如果你們能夠和那些跟我們一起躲藏起來的第三、第四世代的人談談，會對他們很有好處的。」

他們就這樣在迷宮裡待了一兩個禮拜，瑪雅跟新近隱匿起來的幾個團體見了面。她花上大半時間鼓勵他們，並且保證他們能夠很快的回到地表，甚至回到沙比希本身；保安措施是加強了，但是網路很容易滲透，加上另類經濟體系太過龐大，要完全施以控制根本不可能。瑞士會提供他們新護照，布雷西斯會給他們工作，他們不

多時就能回到崗位上。此刻重要的是他們必須協調他們的努力，抗拒過早衝出的誘惑。

　　納諾在這樣一場會議之後告訴她，娜蒂雅在南槽溝也進行類似的呼籲，薩克斯的人也請求給他們多一點時間；所以在政策上有著某種程度的協議，至少在老兵之間。奈加和娜蒂雅緊密合作，也支持這種政策。因此最難控制的是比較激進的團體，而土狼在這點上有最大的影響力。他想親自探訪一些紅黨的庇護所，瑪雅和米歇爾搭他便車朝布若斯行去。

　　沙比希和布若斯之間的區域滿是火山口衝撞地形，他們夜間蜿蜒穿梭於頂部平坦的圓形山丘之間，拂曉前停在住滿紅黨成員的邊緣小避難所裡，這些成員對瑪雅和米歇爾並不表示歡迎，但是很仔細傾聽土狼的話，同時與他交換二十來個瑪雅從來沒聽過的地點的消息。第三個晚上他們來到大斜坡的陡峭斜坡，穿過眾台地形成的群島地勢，驟降到依稀地的和緩平原上。他們可以循著這盆地斜坡看到很遠的地方，直看到一條如沙比希超深井土墩般的物體橫過大地，從大斜坡的都馬色雷火山口轉個大彎，往西北直指塞爾地斯。這是個新堤防，土狼告訴他們，由埃律西姆超深井調來的機器人集合體所建造。這道堤防的確壯觀，像是南方的一條玄武岩山脈，只是其柔軟光滑的質地顯露出它其實是挖鑿而出的風化層，而非堅硬的火山岩石。

　　瑪雅瞪著這條長長脊線。兀自心想，他們行動上的串級重組（cascading recombinant）結果遠遠超乎他們控制能力之外。他們可以築防波堤來保護防禦——問題是這樣的防波堤有用嗎？

＊　　＊　　＊

　　他們回到布若斯，以瑞士身分證從最南邊的閘門進入，棲身於來自維西尼克的波格丹諾夫份了管理的祕密場所，如今他們為布雷

西斯工作。這祕密場所位於杭特臺地北邊半山腰一個既通風又明亮的公寓裡，可以俯瞰中央山谷以及布蘭曲臺地和雙層孤山。公寓樓上是個舞蹈工作室，白天有好幾個鐘頭的時間可以聽到微弱的砰，砰，砰砰，砰砰砰聲。北方地平線那端蒸騰著不規則的塵雲和霧氣標示出仍然在築造堤防的機器人；瑪雅每天早晨向它看去，想著從芒加拉佛和布雷西斯的冗長訊息中得來的新聞報導。接下來就是一天的工作，完全暗中從事而且通常限制於在公寓裡舉行的會議，或研究錄影帶傳來的訊息。這裡的生活與敖得薩完全不同，也不容易發展出任何習慣，這讓她感到陰鬱不安。

　　然而她依舊在這大城市的街道間散步遊逛，一個無名氏躋身於成千上萬公民之間——沿著運河漫步或坐在公主公園附近的餐廳裡，或一個比較不時髦的臺地頂端。所到之處她都可以看到牆上整齊的紅色版模印刷字體：自由火星或者準備好。或是彷彿她在幻想她的靈魂對她吶喊而出的一句警言：你們永遠回不去了。就她觀察，普通老百姓沒有理會過這些訊息，從不見他們討論，而且這些標語往往很快的就被清潔人員洗去；但是他們不斷的出現，整齊的紅色字體，通常是英語，偶爾俄語，後者那古老的字母像個久已失去連絡的老朋友，從他們集體潛意識裡翻飛而出，如果他們真有這樣一個集體潛意識的話；不管怎樣，這些訊息一直都帶來一種電擊似的小小震駭。這麼一個簡單的方式居然能夠傳遞出如此強大的影響力，著實叫人不得不訝異。如果人們有足夠的時間討論，他們就有可能出來從事任何活動。

　　她和不同反抗組織小團體的會議進行得很順利，雖然她越來越清楚的瞭解他們之間存在著來自心底深處的各種不同意見，尤其是紅黨和火星第一成員對波格丹諾夫份子和自由火星團體的厭惡，後二個團體被紅黨標為綠色，因此認定為是敵人。那很可能引發爭端麻煩。不過瑪雅盡其所能平息安撫，而每一個人都至少願意聽她說話，她於是覺得有些微進步。慢慢的，她開始熟悉布若斯，以及她

在那裡的祕密生活。米歇爾和瑞士人、布雷西斯，以及如今隱伏在
這個城市的波格丹諾夫份子對她安排的謹慎例行程序——一種例行
保安程序，使她能夠頻繁的與不同團體聚會，同時不致危害他們已
經建立起來的祕密場所的整體性。每一場會議都似乎提供了一些正
面意義。唯一無法妥協的問題是有太多團體似乎想要立即發動抗爭
——不管是紅或綠，他們傾向於追隨遠在偏僻地區的安所領導的激
進紅黨，和圍繞賈姬的那群急躁的年輕人，同時各個城市出現了越
來越多的破壞事件，造成相對警力的增加，到後來情形似乎很可能
一觸即發。瑪雅開始覺得自己像是一種煞車系統，常常為人們如何
不願意聆聽這樣一道訊息而夜不成眠。另一方面，她同時也必須讓
老波格丹諾夫份子和其他老兵認識本土人引發的運動的影響力，並
在他們情緒低落時鼓舞他們。安在偏遠地帶領著紅黨，冷酷的破壞
外圍站台：「事情不應該那樣進行，」瑪雅不斷重複的告訴她，可
是沒有跡象顯示這項訊息是否真進入過安的腦子裡。

　　幸運的是，鼓舞人心的徵象仍然存在。在南槽溝的娜蒂雅，建
立了一個受她影響的強大運動網，並且與奈加和他的追隨者密切合
作。韋拉德、烏蘇拉和瑪琳娜重新佔據了他們在阿奇龍的舊實驗
室，受布雷西斯生物工程公司名義上管理的保護。他們與薩克斯保
持固定連絡，後者在達文西火山口一個庇護所與其舊時地球化工作
小組在一起，受居住多薩伯雷夫亞的米諾人的支持。那個巨大熔岩
甬道住區已經比當時舉行大型會議時還要再往北延伸擴張許多，新
闢出的區段大多用來提供給來自南方受到攻擊或棄置的庇護所難民
使用，另外還包括一整系列的工廠。瑪雅看著那邊的錄影帶，人們
駕著小車從一個帳幕區段到另一個區段，在過濾天窗灑洩而下的明
亮褐色光芒中忙碌工作，從事於顯然只能稱為軍事生產的工作；他
們在製造隱形飛行物、隱形車、地對太空飛彈、固化區域阻斷避難
所（有些已經裝設在熔岩甬道裡頭，為將來可能遭受的攻擊做準備）
——同時還有空對地飛彈、防運輸工具武器、手槍，還有各種薩克

斯親自設計的生態武器，米諾人如此告訴瑪雅。

　　這類工作及南方庇護所的毀滅，使多薩伯雷夫亞從遠處看來像極了陷入一種戰爭的狂熱中，瑪雅因而甚為擔憂。薩克斯基本上是個頑固私密、很有才華但腦部受損的破壞狂，一個實實在在的瘋狂科學家。他仍然不肯直接和她對談；他對飛行透鏡和迪摩斯的攻擊雖說相當有效，然而就她而言，那番行動引起了聯合國臨時政府對南方的激烈突擊。她不斷傳出抑制忍耐的建議，直到阿麗杜妮惱怒的回應，「瑪雅，我們知道。我們正在這裡跟薩克斯一起工作，我們瞭解我們抗爭的對象，而妳所說不是太顯而易見，就是錯誤。倘若你真想幫忙，跟紅黨談去，我們不需要。」

　　瑪雅對著錄影帶低聲詛咒，並且告知史賓賽。史賓賽說，「薩克斯認為真要進行，就很可能需要武器，即使只是為了儲備。我覺得很合理。」

　　「不是堅持要撤職斬首嗎？」

　　「也許他認為他在建造斷頭台。聽著，跟奈加和亞特談談。甚至賈姬。」

　　「是喔。你知道，我想跟薩克斯談談。他終有一天要直接面對我的，該死。叫他跟我說說，好嗎？」

　　史賓賽同意試試，一天早晨他使用自己的私人線路跟薩克斯連絡。回答的是亞特，他答應叫薩克斯來接聽。「他最近很忙，瑪雅。我倒很樂意。人們稱呼他薩克斯將軍。」

　　「老天。」

　　「沒關係的。他們也提及娜蒂雅將軍跟瑪雅將軍。」

　　「他們才不會那樣稱呼我。」黑寡婦還比較可能些，或母狗、兇手。她知道。

　　亞特斜匕的眼睛告訴她真是如此。「唔，」他說，「管它的。對薩克斯來說那只是個玩笑。人們還說那是實驗老鼠室的復仇等等。」

「我真不喜歡這樣。」另一種革命的主張似乎正逐漸醞釀出它自己的生命，一種現實邏輯的獨立動量；而他們似乎只不過是一頭栽進去，也似乎將永遠這樣埋頭從事。它超乎了她的控制能力，超乎了所有人的控制能力。即使是他們如此分散隱密的集體努力，也好像無法協調或孕育出任何清晰的概念，任何他們想嘗試達到的概念，或是為什麼他們要努力那樣達到的概念。事情就很單純的逕自發生了。

她試圖對亞特解釋，而他點著頭。「那就是歷史，我猜。雜亂無章。你就只能騎在虎背上想盡辦法持久。這場運動涵蓋了許多截然不同的人群團體，而他們都有自己的想法。不過我想我們是比上回做的好。我正在研究一些可以應用在地球的行動方案，並且夥同瑞士以及世界法庭裡的一些人進行討論協商等等。布雷西斯一直提供我們有關變形跨國公司在地球活動的詳細資訊，那表示我們不會只坐等一些我們不瞭解的勢力襲擊我們。」

「那倒沒錯，」瑪雅同意。布雷西斯送上來的新聞和分析資料比任何商業網路還要徹底詳盡，當那些變形跨國公司盲目的往彼此衝突競爭之途漂流而去，他們在火星上，在他們庇護所和祕密場所裡仍然能夠一步一步的追蹤。真美妙接收了三菱，然後它的老敵人阿姆斯科，再接著和安美克斯失和，而後者正努力將美國從十一國高峰離間出來；他們從內部獲知所有這些消息。現在確實比二〇五〇年代要好很多。雖然這只代表了很小很小的不同，卻仍然是個安慰。

接著薩克斯出現在螢幕上，就在亞特身後，注視著她。他看清對方後說，「瑪雅！」

她困難的嚥了嚥口水。他原諒了她嗎？菲麗絲事件已經過去了嗎？他瞭解她為什麼那樣做嗎？他的新面孔找不到任何線索——跟他舊時面貌一樣不冷不熱，甚至因為仍不為人熟悉而更難解讀。

她振作自己，問起他的計畫內容。

他說，「沒有計畫。我們仍然在準備當中。我們必須等待導火線。一個引爆事件。這點非常重要。我正在密切注意一兩件可能性。不過都還沒有發生。」

「好吧，」她說。「但是，聽著，薩克斯。」然後她對他傾訴她擔心的每一件事——臨時政府部隊的勢力，一直受到大型中立派變形跨國公司的支持；地下組織激進派不斷朝暴力邊緣湧進；感覺他們掉回與舊時無異的模式。她敘述時，他像以前一樣不斷眨著眼睛，她因而知道那新面貌底下有個真正的他在仔細聆聽——終於又再次聆聽她的陳述，所以她繼續又繼續，比她原先預計的還要冗長仔細，毫無保留的傾倒一切，她對賈姬的不信任，她待在布若斯的恐懼，一切一切。像一個自白者的陳述，或說祈請懇求——乞求他們純潔理性的科學家不要再讓情況往瘋狂一途邁去。他本身不要再瘋狂。她聽到自己絮絮叨叨含糊不清，也因此了然她有多麼恐懼駭怕。

他眨著眼，傳達一種中立的、小老鼠似的憐憫贊同。最後他聳聳肩，簡單吐出幾個字。這就是薩克斯將軍了，疏遠、沈默寡言，從他新生心靈裡的奇特世界與她對話。

「給我十二個月，」他告訴她。「我還需要十二個月的時間。」

「好，薩克斯。」不知怎的，她不再擔心。「我會盡力。」

「謝謝妳，瑪雅。」

他走了。她坐在那裡盯著小小的人工智慧電腦螢幕，筋疲力竭，想流淚卻又寬慰安心。有被寬宥的感覺，至少在那個小時。

所以她帶著一份目標回到崗位，幾乎每個星期都和不同團體會面，偶爾還脫開網路往埃律西姆峰和塔爾西斯山旅行，與高緯度城市的小組織進行談話。土狼負責伴隨她，駕駛飛機在夜間橫跨這個星球，讓她想起六一年的情景。米歇爾負責她的安全，得到一隊本

土人的幫助來保護她，其中包括幾個采塢人工生殖的孩子，在每一個過訪的城市中陪同他們移動於各個祕密場所之間。而她不斷的演說又演說再演說。不僅僅是說服他們耐心等待，還同時協調他們合作，強迫他們同意彼此都站在同一邊。有時她似乎看到了某種效果，從那些前來聆聽的眾人面貌上。另些時候，她整個努力只是在對激進份子提供煞車作用（耗損疲倦、兩頭燃燒的煞車系統）。這樣的激進份子如今數目變得相當龐大，而且每天還在增加：安和紅黨、加清的火星第一、米海下的波格丹諾夫份子、賈姬的布恩信徒、由安塔領導的阿拉伯激進份子，安塔是賈姬眾男友之一——另有土狼、道、瑞秋……整個情勢變成彷彿試圖阻擋一場雪崩，一場連她也捲了進去的雪崩，只是她仍一路不死心的想要緊緊抓住什麼。在這種狀況下，廣子的消失開始變成一場災難。

似曾相識的毛病回來了，而且更為強烈。她以前住過布若斯，時間空間就跟現在一樣——也許事實真是如此。但是這樣的感覺著實令人不安，所有一切似乎在過去全都一成不變、無休無止的重複發生過，那感覺如此真切強烈無可動搖……她會從睡眠中醒來走進浴室，而這在過去好像也曾如一如實的搬演過，包括所有的僵硬和小傷小痛；然後她會走出去，和奈加以及他一些朋友見面，因而領會這並不是一個巧合而是真實。或者所有一切以前確然發生過，全只是機械發條裝置下的產物。搏動的命運。好吧，她會想，不要理它。這其實是現實。我們受著命運的擺弄。至少你不知道下一步會發生什麼。

她不停的和奈加說話，嘗試去瞭解他並且讓他瞭解她。她學習他，模仿他的會議技巧——他爽朗友善寧定的自信，很顯然的吸引著人們。他們兩個都很有名，都在新聞上出現過，同時也在聯合國臨時政府追緝名單上。他們兩個也都不得出現在街頭。所以他們之間有著某種連結，而她盡可能的從他身上學習，並且認為他也從她那兒學到了東西。她畢竟有她的影響力。這是個很好的關係，是她

與年輕人之間最好的橋樑。他讓她快樂，還給了她希望。

　　但是這一切都發生在命運壓倒性的殘酷掌控中！那種以前見過，再見一次；已經有過，卻又一直反覆：一種腦部化學反應而已，米歇爾說。只是一種神經中樞的延遲或重複，帶來現在跟過去重疊的假象。也許真是這樣。所以她遵從他的診斷，服用他開出的任何藥物，既不抱怨也不報希望。每天早晚各一次，她馴服的打開他為她準備的一週藥袋裡面的盒子，服下裝在裡邊的藥丸。她不再對他發脾氣；已經沒有那種衝動了。也許那天晚上在敖得薩的守夜治癒了她。或者他終於調出了正確藥方。她希望真是這樣。她和奈加一同外出參加聚會，然後回到舞蹈工作室底下的公寓。疲倦不堪，卻常常無法入睡。她的健康狀態轉壞時常生病，消化不良、坐骨神經痛、胸痛……烏蘇拉建議進行另一次老化現象治療。總有些幫助的，她說。配以最新的整組基因錯配掃描技術，治療時間比以前短。她最多只要一個星期。然而瑪雅不認為她可以給自己放這麼一個星期的假。以後再說吧，她告訴烏蘇拉。當一切結束後。

　　在一些無法入睡的夜晚，她會起來閱讀有關法蘭克的資料。她把敖得薩公寓裡的那張照片帶來，此刻就貼在杭特臺地祕密棲息場所床邊牆上。她仍然能感受到那目光電擊似的壓力，因此在一些無眠的夜晚她就閱讀著他，試圖知道他更多的外交成果。她希望能找到並模仿他擅長的技巧，同時確認她以為他做錯的地方。

　　一天晚上在公寓裡，探訪過沙比希以及依舊隱藏在那邊土墩迷宮裡的社區之後，她躺倒在電腦資料板旁，而板上依舊兀自顯示著一本有關法蘭克的書。然後一場有關於他的夢把她驚醒。她不安的走到客廳，給自己倒了一杯水，回去繼續閱讀那本書。

　　它專注在二〇五七年條約會議和二〇六一年亂事爆發之間的時段。那些年是瑪雅與他最接近的時候，然而她的記憶相當凌亂，只是一堆閃光的合集──強力電擊迸放的火光，各道閃光之間並隔有

綿長的純然黑暗。雖然這本書敘述著當時的點滴細節，她的名字亦屢屢出現，卻仍然沒有能夠在她記憶深海裡激起任何火花。一種歷史性的「加枚夫」。

土狼睡在沙發上，在夢中輾轉呻吟，醒來後環顧周遭探看光線來源。他慢慢拖著腳步往浴室走去，經過她身後時，俯頭越過她的肩膀。「啊，」他若有所思的說。「他們談他談得很多。」說完逕向走廊而去。

他回來時，瑪雅說，「我猜你知道的比較多。」

「我是知道一些他們不知道的有關法蘭克的事，那一點也不假。」

瑪雅瞪著他。「別告訴我，你當時也在尼科西亞。」然後她想起似乎在什麼地方讀到過。

「妳倒是提醒我了，是的，我是。」

他重重跌坐在沙發上，盯著地板瞧。「我那天晚上看到法蘭克，朝窗戶丟磚塊。他一手挑起那天晚上的暴亂。」

他抬眼，迎視她的目光。「他和沙里姆·哈易爾在公園說過話，那時距離約翰被襲擊大約有半小時。剩下的，妳自己去想吧。」

瑪雅緊緊咬住牙齒，一塊木頭般視而不見的瞪著資料板，沒有理他。

他在沙發上伸伸懶腰，隨即傳來鼾聲。

這是舊聞了，真的。誠如沙易克所說，沒有人能夠把那個結解開，不管他們看到了什麼，或以為他們記得看到了什麼。沒有人能對過去那麼久的事件有任何的確定，即使是他們本身的記憶也不能，因為每一次重溫都會狡猾巧妙的發生些微改變。唯一能夠信任的記憶是那些從腦海深處不期然迸現出來的部分，不由自主的記憶，因為它們如此鮮活蹦跳，所以必定是真的——只是它們常常不過是一些無關緊要的片段。不。土狼只是眾多不可靠解釋來源的其

中一個罷了。

當螢幕上的字眼又開始變得有意義時，她繼續讀下去。

　　查默斯企圖阻止二〇六一年動亂爆發的努力沒有成功，乃因其對事件全貌所知不清。一如多數登陸首百，他一直無法想像二〇五〇年代火星的實際人口，當時已經超過了一百萬；當他以為反抗組織是由他認識的阿卡迪·波格丹諾夫領導協調之時，並不瞭解歐斯卡·史奈林在科羅廖夫的影響力，或如解放埃律西姆峰等範圍廣泛的紅黨運動，或自登陸首百所建立的移民社區離去的無名人眾。由於無知以及缺乏創造力，他只針對整個問題的微小細節著手。

　　瑪雅向後仰靠伸伸懶腰，朝土狼看去。真是那樣嗎？她試著回想那些年，試著去記憶。法蘭克知道的，不是嗎？「根部生病卻把玩針尖。」法蘭克在那段時間裡沒有這樣對她說過嗎？

　　她不記得了。「根部生病卻把玩針尖」。這項聲明就懸掛在那裡與一切脫離獨立存在，沒有前後文給予它特定意義。但是她有一股強烈感覺，認為法蘭克根本就知道外邊存在有看不見的怨恨和反抗；事實上，沒有人比他更清楚了！這個作者怎麼可以忽略掉呢？依此延伸，任何歷史學家怎麼可能就坐在椅子上，翻閱各種文件資料，即宣稱瞭解他們當時所知道的一切呢？或甚至捕捉他們當時的感覺，當時五花八門如萬花筒般每日危機的瑣碎事件？他們曾在那場風暴的每一分每一秒掙扎奮鬥……

　　她試著回想法蘭克的面孔，一個影像浮現出來，可憐兮兮的趴倒在一間咖啡館的餐桌上，一柄白色的咖啡杯把手在他腳下不住轉動；是她打破了那個咖啡杯；但是為什麼呢？她記不得了。她把螢幕上那本書往下轉動，飛快跳過每一段落敘述的月份，那些枯燥無

味的分析與她記憶中的一切完全不相符合。接著一個句子攫住了她的目光，她讀下去感覺有一隻手緊壓在她喉嚨上，強迫著她：

> 　　自他們初次於南極大陸發展了關係之後，妥伊托芙娜就一直對查默斯有著他無法掙脫的支配力，不論那關係會如何破壞了他自己的計畫。因此在那場動亂爆發前最後一個月，他從埃律西姆峰返回，妥伊托芙娜在布若斯與他會面，他們在該處共處了一個禮拜，其他人則很清楚的知道他們在那段時間曾不停的爭吵交戰；查默斯想留在布若斯，那裡的衝突已達臨界點；妥伊托芙娜要他回到雪菲爾。一天晚上，他出現在運河邊的一間咖啡館，臉上滿是憤怒痛心，使得侍者膽戰心驚；當妥伊托芙娜到來時，他們以為他會爆發開來。但是他就坐在那裡，聽著她細數他們之間的點點滴滴，舊罪新債，他們的過去等等；終於他降伏在她的願望之下，回到雪菲爾，也因此無法控制在埃律西姆峰和布若斯日漸升高的暴力。革命於焉發生。

　　瑪雅凝視著螢幕。錯了，錯了，錯了，全錯了──那些根本就沒發生過！南極大陸的關係？沒有，從來沒有！

　　但是她曾經在某間餐廳裡與他爭鋒相對……毫無疑問的有人確實看到他們……太難說了。但是這本書實在愚蠢──填滿了無根無據的推測臆想根本不是歷史。而也許所有歷史都是這樣產生的，除非書寫者真正在現場，否則根本不可能提出適當的評論。全都是謊言。她企圖將過去喚回──緊咬牙齒，全身僵硬，手指捲曲，彷彿要把過去記憶鑿挖出來。但是那簡直就像在岩石上搔刮一樣。現在當她嘗試回想咖啡館裡的那次爭執，腦海中卻描繪不出任何影像；那本書裡的字句撲天蓋地席捲而來，她細數他們之間的點點滴滴，不！沒有！一個身影趴倒在桌上，就這樣，那影像──它終於抬頭

看她——

　　而那是她敖得薩廚房牆上的那張年輕面龐。

　　她呻吟，開始哭泣，咬囓著緊握的拳頭啜泣。

　　「妳還好嗎？」土狼睡眼朦朧的從沙發椅那頭說。

　　「不好。」

　　「找到什麼了？」

　　「沒有。」

　　法蘭克被書本抹去，還有時間。那些年已經過去了，對她而言，甚至是對她而言，法蘭克・查默斯變成眾多歷史人物中的一個，彷彿從望遠鏡錯誤的那端看出去的小小身影。書本裡的一個名字，一如俾斯麥、塔列拉（譯註：Talleyrand，1754-1838，法國政治家）、馬基亞弗列（譯註：Machiavelli，1469-1527，義大利政治家）。而她的法蘭克……走了。

　　她幾乎每天都花幾個小時和亞特討論布雷西斯送來的報告，企圖尋找模型並且嘗試瞭解。他們經由布雷西斯所接獲的資料數量如此龐大，因而面對與六一午危機恰恰相反的難題——亦即資訊並非太少而是太多。每一天情況都因著繁多複雜的危機而更趨緊張，瑪雅常常感到挫折失望。有幾個加入聯合國的國家，不是康撒力代的客戶就是真美妙的，不斷要求廢除世界法庭，宣稱其為冗贅機構。多數變形跨國公司立即發表聲明支持是項提議，另又因世界法庭當初是以聯合國下的一個組織躋身國際舞台，因此有人主張是項提議乃屬合法，並有其歷史根據——由此產生的第一個結果是瓦解了一些正在進行的仲裁事件，其中之一為烏克蘭和希臘之間的戰爭。「誰該負責？」瑪雅朝亞特大喊。「真有人玩起這種把戲來？」

　　「當然。一些變形跨國公司有總裁，另外它們全都有行政領導委員會，他們聚集在一起討論重要事項，然後決定該發佈什麼命令。就像布雷西斯裡的福特和不朽十八，只不過布雷西斯比大部分

要來的民主些。然後那些變形跨國公司委員會指定臨時政府的行政委員，而該政府行政人員對地方事務有一定的決定權，我可以給妳他們的名字，不過我不認為他們跟家鄉的那些老傢伙們一樣有權有勢。」

「那不重要。」當然人們要負起責任。但是沒有人真正掌管著什麼。想來兩邊都一樣。至少反抗行動這邊是如此。破壞顛覆，尤其針對荒漠的海洋工作台，現在已經變成一種流行，而她知道那是誰的主意。她跟娜蒂雅提過要同安連絡，娜蒂雅只搖搖頭。「不可能。我從多薩伯雷夫亞之後就沒有辦法跟安說上話。她是最激進的紅黨人。」

「老樣子。」

「唉，我以為她以前不是這樣的。不過那已經不重要了。」

瑪雅一面搖頭一面回去工作。她花上越來越多時間跟奈加一起合作，接受他的領導也相對的提供他指示和教訓。他仍然是她與年輕人之間最好最有力的橋樑，甚至比以前更為重要，同時也是個可以激勵的溫和派；他跟她一樣，也想等待適當的導火線，然後組織一個協調一致的行動，而這當然也是她受他吸引的原因之一。另外還因為他的人格特質，他熱情昂揚的精神，他對她的尊敬。他實在跟賈姬非常不一樣，不過瑪雅知道他們倆個有著非常親密複雜的關係，可以追溯到他們孩童時期。但是他們近來顯然越行越遠，而她對那樣的發展卻一點也不覺得不妥，他們倆個之間就政治意見方面來說相當不一致。賈姬正如同奈加，是個有政治魅力的領導者，吸納了許多新群眾加入她的布恩信徒，火星第一的支翼，鼓吹採取立即的行動，因此使她在政治上與道更成一線，而非奈加。瑪雅盡其所能的在本土人間這樣的分歧點上支持奈加：在每一場會議裡，她都極力宣揚綠色的、溫和的、非暴力的，並且受中央統轄協調的政策與行動。但是她可以看到新近參與政治的多數城市本土人，很受賈姬及火星第一的吸引，那基本上屬於紅色、激進、暴力、無政府

主義的──至少從她眼中看去是如此。而不斷增加的罷工、示威、街頭抗爭、破壞顛覆，以及環保抗爭運動則傾向於支持她如是做成的分析。

　　另外，不僅多數新近徵募的本土人朝賈姬靠去，眾多滿腹牢騷的移民，那些最新到來者也一樣。這種趨勢讓她深感挫折迷惑，有一天在和亞特討論過布雷西斯的報告後，她對他抱怨。

　　「喔，」他很外交的說，「這麼多移民加入我們這邊是件好事。」

　　當然當他不與地球連絡時，就花很多時間來回穿梭在反抗組織之間，試圖取得他們的同意，所以這是他慣用的社交用語。「但是他們幹嘛加入她？」瑪雅質問。

　　「嗯……」亞特說，搖搖手，「妳知道，這些移民來到這裡，其中一些聽到有關示威的消息，或者見識過一次，他們會彼此詢問並傳遞故事，有一些聽說如果他們出去參加一場示威，那些本土人就會因此喜歡他們，妳知道嗎？也許還包括一些年輕的本地女子，他們聽說她們有時很友善，對吧？非常友善。所以他們去了，心裡想著也許如果他們幫一些忙，說不定這些高大女子中的一個會在結束時帶他們回家。」

　　「拜託。」瑪雅說。

　　「唉，妳知道，」亞特說。「那的確發生在他們一些人身上。」

　　「那麼我們的賈姬就當然收攏了這些新兵。」

　　「喔，我雖不敢肯定，但這也可能是他們靠攏奈加的原因之一唷。而且我不知道人們是不是真在他們之間分出那樣明顯的區隔。那個界限相當微妙，妳比他們任何人都知道的多些。」

　　「嗯。」

　　她想起米歇爾告訴過她，為她所愛而堅持固然重要，而為她所憎惡的反抗到底亦同。她愛奈加，毋庸置疑。他是個非常優秀的年輕人，本土人中最好的一個。當然她無權鄙斥那種動機，那種吸引

人們走上街頭的性愛能量⋯⋯只是如果人們能夠多些理智。賈姬正如此荒唐的領著他們走入另一個沒有計畫、心血來潮似的暴動，而最後很可能導致悲慘的大災難。

「那也是人們追隨妳的部分原因，瑪雅。」

「什麼？」

「妳聽到了。」

「拜託。別傻了。」

不過那樣也沒什麼不好。或許她也能夠把她為控制所作的努力延伸到那個層面。但是她不會佔有什麼優勢。除非是創設一個老人黨派。但是事實上，他們正是這樣一個團體。而那也一直就是她所堅持的，回想在沙比希的時候——應該由第一世代來掌理反抗組織，將它導向正確途徑。他們之間有許多人就朝著這個目標貢獻出他們生命裡的許多年年月月。然而那其實沒有成功。他們數量太過稀微。如今佔多數的是一群新人類，他們有自己的新理念。第一世代只能騎在老虎背上。盡其所能。她嘆了口長氣。

「累了？」

「累極了。這工作會殺了我。」

「休息一下。」

「有時跟這些人談話，我覺得我像是個膽戰心驚、保守迂腐、只會說不的懦夫。總是不要這樣，不要那樣。自己都厭惡極了。有時候我會懷疑賈姬真的錯了嗎？」

「妳在開玩笑吧？」亞特說，雙眼圓睜。「妳是那個一手撐住整場表演的人，瑪雅。妳、娜蒂雅、奈加，還有我。而妳，妳是那個帶有電流的人。」身為一個兇手的名聲，那才是他的意思。「妳只是累了。休息一下。現在幾乎是時間空檔了。」

一天晚上米歇爾把她搖醒。在這星球的另一端，傳說中整合進到真美妙的阿姆斯科保安單位已經從真美妙常規性警力中接管了電

梯的控制權,在那一小時的不明確狀況中,火星第一的一組人員試圖襲擊雪菲爾外面的新「套筒」。那項嘗試失敗了,襲擊隊伍大多數遭到殺害,而真美妙最後收回控制權,包括雪菲爾、克拉克,以及之間的 切,還有塔爾西斯大部分。現在那裡已近黃昏,雪菲爾街上湧現大批示威人潮抗議暴力或抗議接管,示威目的不甚明確;或者根本沒有目的;瑪雅東倒西歪的隨同米歇爾看著套上活動服和頭盔的警方人員把示威群眾截成數節,以催淚瓦斯和橡皮警棍驅趕他們。「一群傻子!」瑪雅哭喊。「他們為什麼要這麼做!他們把整個地球部隊引到我們頭上來了!」

「看來他們正在解散,」米歇爾一面盯著小螢幕一面說。「誰知道,瑪雅。這樣的影像也許能夠激勵人心。他們或許贏了那場仗,但是他們會失去所有的支持。」

瑪雅攤在螢幕前的沙發上,還不夠清醒到可以思考。「也許,」她說。「但是現在要比以前更難說服人們等上薩克斯需要的時間了。」

米歇爾揮揮手,轉回螢幕。「他希望妳能控制到什麼時候呢?」

「不知道。」

他們看到芒加拉佛的記者們以恐怖份子所策劃的暴力來描述這場暴動。瑪雅呻吟著。史賓賽對著另一個人工智慧電腦螢幕,與沙比希的納諾說話。「氧氣竄升得相當快,外面一定存在著沒有自殺基因的東西。二氧化碳濃度?是的,也下降得很快……一串良質固碳細菌就在外頭,像野草一樣蔓延擴散。我問過薩克斯,他只對我眨眼……是,他跟安一樣是脫了韁的野馬。她到處破壞範圍所及之內的一切工程計畫。」

史賓賽離線後,瑪雅對他說,「薩克斯到底要我們拖多久?」

史賓賽聳聳肩。「直到我們有了他要的導火線吧,我猜。或一種整體性的策略。不過如果我們阻止不了紅黨成員和火星第一,薩克斯想要怎樣就根本無關緊要了。」

慢慢的幾個星期過去了。雪菲爾和南槽溝開始出現常規性街頭示威的宣傳活動。瑪雅認為這只會引來更多的保安部隊,但是亞特為他們爭辯。「我們必須讓臨時政府知道反抗勢力有多廣布,這樣一來等到時機降臨,他們就不會盲目的試圖輾壓抹殺我們,妳懂我意思嗎?在這個階段,我們要他們感覺到遭唾棄,而且在人數上敵不過我們。你瞧,街頭出現大規模人潮是唯一能夠嚇阻政府的事,我想。」

不管瑪雅同不同意,她一點也使不上力;她只能每天努力工作,不斷旅行會見一個又一個團體,她可以感覺她體內肌肉隨著緊張情勢而緊繃,她現在幾乎無法完全入睡了,只在拂曉之前勉強閉上眼睛一兩個鐘頭。

公元二一二七年,火星五十二年,北國春季的一個早晨,她醒來時感覺前所未有的清新蓬勃。米歇爾仍睡著,她穿上衣服獨自外出,穿過中央公園來到運河邊的咖啡廳。這是布若斯的一個好處;不管閘門和火車站的安全警衛有多嚴謹,進到城市裡面人們仍然可以在特定時段優游自在的踱步閒逛,而且身處群眾之間亦無需太過擔心會受到特別注意。所以她坐下來喝著咖啡吃糕餅,抬頭仰望翻滾著的低矮灰雲,或塞爾地斯的斜坡以及往東延伸的堤防。帳幕下的空氣循環設置在高處,以配合頭上景致的動能。那很新鮮;她已經非常習慣帳幕裡風向流動感覺與天空景致的無法配合。伊力思山和杭特臺地之間細長拱形天橋甬道裡填滿了色彩繽紛小如螞蟻的人群,匆匆趕赴他們的晨間工作。正常普通的生活;她乍然起身付了帳單,就獨自外出散步。經過一排白色的貝來斯圓柱,穿過公主公園朝上面新的帳幕群走去,最後來到坐落有當前時髦公寓的冰核丘附近。從這裡的西邊區域高地可以回首俯瞰整個城市、樹叢、屋宇,以及之間的廣場公園和運河,臺地本身巨大寬廣,彷彿巨型大教堂。它們陡峭的岩石邊緣佈滿細縫溝槽,而水平方向延展的閃亮

窗戶是標示它們裡面被掏空的唯一線索，每一座臺地都是一座城市，一個小世界，共同生活在這片紅色砂質平原上，籠罩於極為寬廣的隱形帳幕下，彼此以高空人行橋相連，遠遠看來像是發著光彩的肥皂泡。啊，布若斯！

她跟著雲朵往回走，穿過兩邊夾有公寓大廈和花園的狹窄小徑，回到杭特臺地他們舞蹈工作室底下的家。米歇爾和史賓賽不在，她就佇立在窗前好長一段時間，看著城市上空競跑似的雲朵，試圖自己進行米歇爾的工作，丟出繩索圈住她的情緒，把它們拉回到馬廄中心。天花板傳來不一致的微弱砰砰砰聲。另一個課程才剛開始。然後那砰砰聲移往門前走廊，重重的敲擊著。她前去應門，心跳一如天花板般怦怦響動。

是賈姬和安塔，還有亞特、奈加、瑞秋、法朗茲以及其他采塢人工生殖孩子們全部一湧而入，高聲快速的談著話，她一時不太能夠領會。雖然他們之間夾了個賈姬，她仍盡可能誠懇和藹的招呼著，收拾起自己的心緒，抹去眼神含藏著的所有憎厭，親切的與他們全體談論他們的計畫，包括賈姬。他們來到布若斯幫忙組織要在連河公園舉行的示威遊行。消息已經在各個團體之間廣為流傳，而他們希望許許多多未加入的市民也能參與。「我只希望那不會引來任何形式的鎮壓。」瑪雅說。

賈姬對她微笑，帶有勝利意味的微笑，當然。「不要忘了，你們永遠回不去了。」她說。

瑪雅翻起白眼，走到爐灶邊起火煮水，努力壓抑心中油然升起的尖酸苦澀。他們將與城市裡所有團體的領導會面，主持人賈姬將勸勉他們發動立即抗爭，既無理性更無策略可言。然而瑪雅一點也使不上力——把那堆愚蠢想法從她腦中一把打將出來的時機已經過了，這真是很不幸。

所以她只能穿梭在這群不速之客間，取走他們的外套，遞香蕉給他們，把他們擱在椅墊上的腳踢開，不時感覺像一隻擠在眾多哺

乳動物之間的恐龍，全新氣候下的恐龍，一群鄙棄她的短視又狂熱的生物，他們在她遲緩的步伐前紛紛逃竄，卻在她拖曳的長尾後端嬉戲遊耍。

亞特懶洋洋的幫她整理杯盤，一如往常般邊邊愜意。她問他有關福特的消息，他給她地球傳來的每日新聞。真美妙和康撒力代受到基本教義信徒軍隊的攻擊，一支像是基本教義信徒聯盟的軍隊，然而那實在只是一種幻象，因為基督教和回教基本教義信徒仇視彼此，而且瞧不起印度教基本教義信徒。大型變形跨國公司已經利用新聯合國發出警告，表示他們會使用必要武力來保護他們本身的利益。布雷西斯、安美克斯和瑞士催促恢復世界法庭的功能，印度也加入，但是除此之外就沒有其他國家或組織了。米歇爾說，「至少他們仍然懼怕世界法庭。」然而在瑪雅看來，這個變形跨國公司之間的衝突正轉換成一種富人和「凡人」之間的戰爭，那將更具爆炸性──全面戰爭，而不只是撤職斬首。

她和亞特一面談論如此趨勢，一面供應公寓裡的人茶水。不管間諜不間諜，亞特瞭解地球，擁有她發現相當有用的敏銳政治判斷力。他就像法蘭克，但是個柔軟溫和的法蘭克。那樣對嗎？她不知怎麼的老是想起法蘭克，雖然不能清楚知道為什麼，她仍或多或少的因而感到滿足。沒有人可以在這個動作笨拙的頑皮男子身上看到任何相似處，這只是她自己的觀感，完全屬於她個人的觀感。

越來越多人湧進這間公寓，團體領導、來自城外的訪客。瑪雅坐在後排，聽著賈姬對他們演說。瑪雅一面聆聽一面想著，反抗組織裡的每一個人全都有自己加入的理由。賈姬以她祖父為一種象徵，如旗幟般高舉他的形象來整合她部隊的方式著實令人厭煩。她得能聚集她的追隨者的原因不在約翰，而是她白色低領恤衫，這個蕩婦。無怪乎奈加與她逐漸疏遠。

現在她以她一貫煽動性的言論勉勵他們，狂熱的鼓吹立即的抗爭行動，根本不管一致同意的策略是什麼。對這群所謂的布恩信徒

來說，瑪雅只不過是那位偉人的老情婦，或者可能就是他被殺害的原因。一個女婢化石、歷史的難堪、男人慾望的客體，一如浮士德喚回的特洛伊城的海倫，無足輕重又荒誕古怪。哈，這實在令人發狂！但是她保持一副鎮靜表情，站起身來目不斜視的進出廚房，做著情婦該做的事，讓每一個人感到舒適飽足。到了這樣一個階段，沒有其他什麼可以做的了。

　　她停在廚房，凝視窗外的層層屋瓦。不管她曾經在反抗組織裡有過怎樣的影響力，此刻全都消失了。整個事件即將爆發，不管薩克斯或其他人是不是準備好了。賈姬興高采烈的在客廳狂嘯怒號，組織一場可能吸引萬人的示威遊行，人數或者會高達五萬，誰知道呢？而如果保安部隊對群眾施以催淚瓦斯、塑膠子彈和警棍權杖，就有可能造成傷害，甚至死亡；在沒有任何戰略意義下死去，那些人也許本來可以活到一千歲。然而賈姬繼續著，活潑熱情，如烈焰般燃燒。頭上太陽在雲層縫隙間露臉，明亮的銀盤，龐大的猶如預示惡兆。亞特來到廚房，在餐桌旁坐下，打開他的人工智慧電腦埋首螢幕。「布雷西斯送了個訊號到我腕錶。」他細細讀著螢幕上的字句，鼻子基本上就貼在螢幕上。

　　「你近視嗎？」瑪雅惱怒的說。

　　「我想沒有……喔，老天。卡砰。史賓賽在不在外面？叫史賓賽進來。」

　　瑪雅走到門口喊來史賓賽。賈姬沒有理會繼續演說。史賓賽坐到廚房餐桌亞特身旁，後者現在往後靠到椅背上雙眼圓睜，嘴巴大張。史賓賽讀了五秒鐘也往後坐靠，橫眼看向瑪雅臉上表情奇特。「就是它了！」他說。

　　「什麼？」

　　「導火線。」

　　瑪雅走近他，站著從他肩上看去。

　　她緊緊攀住他，整個人有失重般的怪異感覺。不用再努力勸說

躲開這場雪崩了。她已經完成了她的工作,她幾乎要支持不住了。就在面臨失敗的最後一個時刻,命運轉了個彎。

奈加受他們低沈語聲的吸引,來到廚房詢問發生了什麼事。亞特告訴他,他的眼睛驟然迸現光采,無法掩藏他的興奮。他轉向瑪雅,說「這是真的嗎?」

她真可以為此大大親吻他一番。不過,她只點點頭,不敢信任自己訴諸言語的能力,然後走到門口進到客廳。賈姬仍然陷在她大聲疾呼的狂熱中,而打斷她給了瑪雅絕大的滿足。「遊行取消了。」

「妳什麼意思?」賈姬說,滿臉錯愕不滿。「為什麼?」

「因為我們要改以革命上場。」

# 第十部　變相

　　當見習生在沙灘跳上跳下對他們發出警報時，他們正在進行鵜鶘似的衝浪運動。他們飛回海濱在淫地著陸並聽取消息。一個小時之後他們來到機場，搭乘一架稱為「格崙姆」的史岡式太空梭型小飛機往南飛去。到達五萬呎高度時，即已抵巴拿馬上空；這時飛行員拉高機身，啟動火箭引擎，他們被猛然往後推擠到坐著的重力座椅上，持續了將近數分鐘之久。機上三名乘客就半在正副飛行員身後的駕駛艙裡；從機窗往外瞧，可以看到飛機外殼，白蠟質地似的，開始發出熾灼光芒，接著很快的轉成夾有一絲青銅色澤的灼熱鮮亮黃光，而且越來越明亮，直到他們像是坐在炯炯燃燒煉獄裡的沙得拉、米煞和亞伯尼歌（譯註：Shadrach, Meshach and Abednego，聖經故事，但以理書第三章，尼布甲尼撒王將三名希伯來俘虜，即沙得拉、米煞和亞伯尼歌扔進烈火窯，他們卻神奇逃出倖免於死），所幸最後毫髮無傷。

　　當機身外殼白熱光芒逐漸淡去，飛行員拉平機頭，這時他們約在地球上空八十哩處俯瞰亞馬遜河，以及蜿蜒起伏的壯麗安地斯山脈。他們繼續朝南飛去，其中一位乘客，一名地質學家，開始對另外兩人陳述狀況。

　　「南極大陸西部大冰原坐落在低於海平面的基岩上。不過那是大陸延伸出去的陸地，不是海床，而南極大陸西部底下地形屬盆地山脈區域，地熱活動相當旺盛。」

　　「南極大陸西部？」福特問，斜了斜眼。

「那是較小的半邊，包括對著南美洲延伸而去的半島，以及羅斯冰架。西部大冰原就在半島群山和坐落南極大陸中央的南極橫貫山脈之間。這裡，瞧，我帶了個地球儀。」他從衣袋裡拉出一具孩童玩具似的充氣式地球儀，吹足氣後，傳繞於駕駛艙裡。

「因此，西部大冰原，那裡，就躺在低於海平面的基岩上。但是那下面的陸地很溫暖，而且存在有些許冰下火山，冰層底部於是融化了一些。那些液態水和火山裡的沈積物混合起來，形成一種叫冰磧的物質。密度與牙膏類似。壓在這種冰磧上的冰移動速度比平常快些，所以西部大冰原裡有著冰河，一如流動迅速的冰川夾在兩岸流動緩慢的冰層之間。打個比方來說，冰河乙每天往前流動兩公尺，而周圍冰層則每年兩公尺。而冰河乙寬約五十公里，深一公里，是一條大得不得了的河；同時另外約有半打其他類似冰河伴隨流入羅斯冰架。」他用手指畫出那些肉眼看不見的河流。

「現在這些冰河和整體冰原不停的從基岩流出，開始漂浮在羅斯海上——那稱為基礎線。」

「啊，」福特的朋友說。「全球暖化效應？」

地質學家搖搖頭。「我們的全球暖化效應對這種變化的影響力相當有限。它的確稍稍提高了溫度和海平面，然而如果只是那樣，不會對這裡造成多少變化。問題是我們仍然處於上次冰河時代結束之後開始的冰河期與冰河期之間氣溫回升的溫暖時期，而這溫暖時期將我們所謂的熱氣脈衝帶往極地冰原。那脈衝已經往下移動了八千年。西部大冰原的基礎線也因而隨著往內陸移動了八千年。現在那下面有一座冰下火山正在往外噴發。一場大型的爆發。到目前為止已大約過了三個月。另外基礎線幾年以前就開始加速撤退，因而非常靠近火山噴發地點。有跡象顯示那次爆發把基礎線直帶到火山之上，於是如今海水在大冰原和基岩之間竄流，並且直接流入尚在活動中的爆發火山。也就是說，那大冰原現正在崩垮瓦解當中。往上拱起揚升，接著滑入羅斯海，然後隨海流漂浮。」

　　他的聽眾盯著那小小的充氣地球儀。這時他們已經來到巴塔哥尼亞上空。地質學家回答他們的問題，一面手指地球儀。這類情況以前就發生過，他告訴他們，而且不只一次。南極大陸西部曾經是海洋，也曾經是乾燥陸地以及大冰原，自從地殼結構運動把那塊大陸沈積在那個地點之後幾百萬年來已經發生了許許多多次。而且在長期氣溫變化狀態之下，顯然出現了幾個善變點——「易變導線」他如此告訴他們，在幾年之內就足以引發巨大變動。「對地質學家來說，這氣候學玩意兒基本上是一眨眼間的事。譬如說，有證據顯示在格陵蘭的一片大冰原有一次就在三年之間從冰河時代轉成間冰期。」地質學家搖搖頭。

　　「而這些大冰原崩潰了？」福特問。

　　「嗯，照慣例我們認為可能要花個兩百年的時間，得提醒你，這仍然算是相當快速的了。一個導火線事件。但是這回那個爆發的火山使狀況變得更糟。嘿，瞧，那是『香蕉帶』。」

　　他往下指點；橫越得墨克海峽之後，他們看到覆滿冰層的狹窄半島群山，與火地群島（譯註：Tierra del Fuego，南美最南端的群島，分屬智利和阿根廷）的尾骨往相同的方向延伸。

　　飛行員往右傾斜，然後再將機頭緩緩朝左，開始一個線條舒緩的大型迴轉。他們下方出現了熟悉的南極大陸衛星照片圖像，只不過此刻色彩更為明亮清晰：鈷藍色的海洋，雛菊花環似的氣旋雲系朝北繞轉，水面上陽光絢麗的光澤紋理，冰層反射的奪目閃光，小型船隊似的微渺冰山，在深藍陪襯下如此白皙。

　　這塊大陸從天際俯瞰像極了Q字母，然而如今形成這Q字母那一撇的狹長南極大陸半島的周圍呈現出奇異的雜色斑點，在純白間雜有藍黑縫隙似的洞穴。羅斯海更形破碎，出現長形海藍色峽灣，以及輻射狀綠藍色縫隙；羅斯海海面上有扁平冰山朝南太平洋漂去，彷彿大陸本身的塊狀支離部分，正起錨遠航而走。最大一塊約如紐西蘭南島，甚至可能要更大些。

他們互相指出最大塊的扁平冰山，以及破裂成各種形狀的西部大冰原（地質學家指出他認為冰下火山爆發的地點，但是其與冰原他處沒有什麼不同），接著安靜的坐回椅子朝下觀望。

「那裡，那是朗尼冰架。」過了一會地質學家說，「那是威得爾海。是的，也有些滑動到那裡面……那上邊，羅斯冰架遠方那端，是麥克墨道以前所在處。冰層被推擠過海灣，將居住區完全覆蓋住了。」

飛行員開始繞轉大陸第二圈。

福特說，「再說一次這會造成什麼影響？」

「喔，理論模型顯示這會使世界海平面升高約六公尺。」

「六公尺！」

「嗯，要達到那樣的高度當然需要幾年的時間，但是它確然已經開始了。這災難性的崩潰會使海平面在幾個星期內升高二到三公尺。剩下的冰原會繼續漂移幾個月，最多幾年，然後那會另外增加三公尺。」

「它怎麼有辦法使全部海洋增高那麼多呢？」

「這些冰的體積很龐大的。」

「不可能有這麼多冰呀！」

「喔，很有可能的。全世界大部分的淡水就都聚集在那下面。我們還得感謝南極大陸東部大冰原仍然穩定平靜。如果那也開始崩落，海平面會升高六十公尺。」

「六公尺已經夠多了。」福特說。

他們再繞轉一圈。飛行員說，「我們必須回去了。」

「全世界所有海灘都完了，」福特說，把貼在機窗上的臉拉回。然後說，「我想我們最好趕快去取我們的裝備。」

當火星革命第二度展開時，娜蒂雅正在水手峽谷北方沙爾巴塔納峽谷的上峽谷裡。就某種角度來說，她是發動革命的人。

她暫時離開南槽溝，前來監督沙爾巴塔納的建築工程，其與奈加峽谷和希臘盆地東邊谷地上的頗為類似：一頂長長的帳幕覆蓋一個溫和適中的生態環境，峽谷底部有條溪流，這裡的溪水是從南方一百七十公里處的路易司含水層抽取而來。沙爾巴塔納是個蜿蜒舒緩的Ｓ形峽谷，谷底風景如畫，但是築頂工程相當複雜。

然而娜蒂雅只以很小一部分的心力專注在這項計畫工程的主導上，其他部分則專注在地球急速惡化的情勢。她和她在南槽溝的人員維持每日通訊，還有布若斯的亞特和奈加，他們一直提供她所有最新消息。她對世界法庭的活動特別有興趣，它企圖在真美妙這個變形跨國公司連合十一國高峰以對抗布雷西斯、瑞士，和發展中的中印聯盟的持續升高衝突案件上，建立其仲裁者的角色──試圖扮演，套用亞特的話，「世界法庭的角色。」那樣的努力因著基本教義信徒暴亂的發生以及變形跨國公司準備自立救濟等狀況而蒙上失敗的陰影；娜蒂雅不情願的結論道，地球狀況將再次指向渾沌混亂的局面。

不過所有這些危機在薩克斯來話通知她南極大陸西部大冰原崩塌的消息後，立刻變得無足輕重。她在一輛建築拖車裡的辦公室接到他的這則消息，此刻她緊盯著他出現在螢幕上的小小臉孔。「什麼意思，崩塌？」

「它已經滑離基岩了。那裡有火山爆發。然後被海流支離瓦解。」

他送來的錄影帶影像顯示出一個智利海港普它阿雷那的碼頭不見了，街道漂著海水；然後影像轉到亞沙尼亞的依莉莎白港，情況大致相仿。

「速度有多快？」娜蒂雅說。「海嘯嗎？」

「不是。比較像漲得相當高的海潮。而且永遠不會消退。」

「那表示有足夠的時間撤退，」娜蒂雅說，「但不足以建造任何東西。而你說六公尺！」

「但是那需要幾……沒有人能確定多久。另外我看到估計數值，大約四分之一的地球人口會受到——影響。」

「我相信。喔，薩克斯……」

往高地逃竄的世界性蜂擁潮流。娜蒂雅盯著螢幕，因著這場越來越清晰明白的災難幅度而目瞪口呆。海岸城市都將淹沒。六公尺！她發現去想像湧來這麼多冰使全地球海洋升高到一公尺已經很不可思議了——而現在六公尺！這項事實實在叫人難以吞嚥，地球，畢竟沒有那樣大。要不然就是南極大陸西部冰原體積太過龐大。它曾經覆蓋了一個大陸的三分之一，而且根據報導，有三公里厚。那真是很多很多冰。薩克斯提到什麼南極大陸東部冰原，那部分顯然沒有帶來什麼威脅。她搖搖頭撇去這嘈嘈喋喋的語聲，專注在新聞上。孟加拉將必須整個撤離；那是三億人口，更不用提印度其他海岸城市了，像加爾各答、馬德拉斯、孟買。然後倫敦、哥本哈根、伊斯坦堡、阿姆斯特丹、紐約、洛杉磯、紐奧爾良、邁阿密、里約、布宜諾斯艾利斯、雪梨、墨爾本、新加坡、香港、馬尼拉、雅加達、東京……而那些還只是大城市而已。許多人住在海岸線，在一個人口已經嚴重膨脹、資源嚴重短缺的世界裡。而現在許許多多的基本必需品將淹沒在鹹水之下。

「薩克斯，」她說，「我們必須幫助他們。不只是……」

「我們做不了什麼。而且我們只有在獲得自由後才能提供最好的協助。第一步先來，然後再說下一步。」

「你保證？」

「當然，」他說，看起來甚為驚訝。「我是說——我會盡力去做。」

「那正是我想要的。」她想了一想。「你那邊都準備好了？」

「是的。我們打算先以飛彈炮擊所有監視系統和衛星武器。」

「加塞峽谷呢？」

「我正在處理。」

「你想什麼時候開始？」

「明天怎樣？」

「明天！」

「我必須儘快處理卡塞。目前狀況很有利。」

「你要怎麼做？」

「我們明天就發動。沒有理由浪費時間。」

「我的天，」娜蒂雅說，狠狠思索一番。「我們快要走到太陽後面了？」

「沒錯。」

這種與地球面對面的位置近來只成為一種象徵符號而已，因為傳訊系統如今穩定的在數目龐大的小行星接力傳遞上；但那的確表示即使搭乘最快捷的太空梭，從地球到火星仍然需要幾個月的時間。

娜蒂雅深深吸了一口氣再吐出來。她說，「讓我們開始吧。」

「我就希望妳這麼說。我會連絡布諾斯的人，把消息傳給他們。」

「我們在山腳基地碰頭？」這是他們當前的緊急聚合點；薩克斯在達文西火山口的一處避難所裡，他許多地下飛彈發射室就設置在那邊，所以他們兩人都能在一天之內到達山腳基地。

「是的，」他說。「明天。」說完就離線了。

她就這樣發起了一場革命。

＊　　＊　　＊

她找到一個播放南極大陸衛星照片的新聞節目，甚為困擾的看著。螢幕裡細瑣的聲音喋喋不休的談著，其中一個指稱這場災難是

環保抗爭運動行為，乃布雷西斯的人員所為，並說他們在大冰原上鑿孔穿洞，往南極大陸基岩上安置氫彈。「還在這樣說！」她喊，感覺噁心極了。沒有其他新聞節目如是宣稱，但也沒有為其辯駁反擊——這無疑只是這場混亂的一部分，很輕易的就被其他洪水氾濫細節所掩蓋。不過變形跨國公司之間的衝突依舊持續。而他們也扮演著部分角色。

所有存在意義迅速簡化，而且就某種角度而言，令人強烈的回想起六一年。她胃部又感受到昔日緊張情緒引發的糾結擰攪，並且在她體內滾成一塊鐵殼核桃，帶來痙攣似的絞痛。她近日一直服用藥物來防止潰瘍，然而那些藥物對眼前這種狀況卻全然不管用。振作些，她告訴自己。冷靜下來。時機到了。妳期待過，妳努力過。妳已經把基礎打穩了。現在混亂降臨。任何變象核心都存在著串級重組混沌區域。會有方法去解讀它，處理它的。

她橫過這小小的活動住所，簡短瞥看沙爾巴塔納田園詩般悠閒美麗的峽谷底部，其間流倘一條鵝卵石粉紅溪流，環有新栽樹木，河岸島嶼上更有成排的白楊。然而如果情況徹底轉壞，沙爾巴塔納峽谷就可能永遠無人居住，成了一個空乏的氣泡世界，直到有一天泥雪風暴把帳頂壓垮，或其中型自然系統的生態環境失敗了。唉——

她聳聳肩，把她的組員弄醒，要他們準備前往山腳基地。她告訴他們原因，而由於他們基本上都算是反抗組織的成員，全體因此歡呼喝采起來。

天才剛亮，看來會是個溫暖的春日，他們只需要穿上寬鬆的活動服、兜帽和面罩；只有腳下套著的堅硬絕緣長靴使娜蒂雅聯想起早年必要的臃腫行頭。星期五，Ls＝101，第二個七月二號，火星五十二年，地球日期（她查了查腕錶）十月十二號，公元二一二七年。接近他們抵達此間一百週年紀念日，一個沒有人有慶祝意圖的日期。一百年！想想真是怪異。

看來這是另一個七月革命，更也是另一個十月革命。布爾什維克共產革命兩百週年紀念日到今天已經過了十年了，她記得。另一個怪異的比照。然而他們都努力過。所有人類歷史上的一切革命份子。多數是絕望的農夫，為他們下一代而奮鬥。一如她的俄國。那段苦澀的二十世紀裡，有過許許多多犧牲一切，只為創造更美好生活的改革者，然而即便抱持如此高遠理想，結局依舊導向不幸和災難。這實在令人驚恐──彷彿歷史只是人類迎擊悲慘境遇的一系列奮鬥，失敗，再奮鬥，再失敗的合集。

而她體內的俄國人，西伯利亞人的小腦，依舊決定把十月當成一個好預兆。最低限度是一種提醒，提醒她不要重蹈覆轍──重蹈六一年的覆轍。在她西伯利亞人的心靈裡，她可以把這次機會獻給他們全體：蘇維埃悲慘結局裡受苦受難的英雄們，她六一年死去的所有朋友，阿卡迪、亞力克斯、莎夏、羅德、珍娜、愛芙琴娜、莎曼珊，他們仍然不斷出沒在她夢裡，在她失眠下逐漸稀薄黯淡的記憶中，彷如繞轉她體內的那顆鐵殼核桃的電子，警告她不要再出錯了，要她把握這次機會，回贖他們存在與死亡的意義。她記得有人對她說過，「下一次再要有革命，你最好採行其他方法。」

他們現在就這麼做著。只是外邊仍有加清領導的火星第一游擊單位，與布若斯總部不相聯繫，另外還將有成千成百個，完全超乎她控制能力的變因。串級重組混沌現象。所以這次到底能有多少不同呢？


她和她的組員駕駛越野車來到他們北方幾公里處的一個小雪道車站。從那裡搭上一輛運輸火車，使用為沙爾巴塔納工程而鋪設的機動雪道，往雪菲爾─布若斯主要軌道行去。那兩個城市都屬變形跨國公司大本營，娜蒂雅擔心要保衛它們之間的通路雪道得要付出一番代價。就這個道理來看，山腳基地頗具戰略地位，因為佔據它即表示切斷了該連結雪道。然而也正因為這樣，她想遠遠逃離山腳

基地，甚至離開整個雪道系統。她想要停留在空中，就像她六一年那樣——她在那幾個月中習得的所有直覺此刻似乎試圖操控主宰她，彷彿前後之間相隔的六十六年沒有任何意義。那些直覺要她躲藏起來。

他們朝西南滑過荒漠，飛掠歐菲爾地塹和祖文特峽谷，這段過程中，她一直讓她的腕錶與薩克斯達文西火山口總部保持連線。薩克斯組裡的技術人員嘗試模仿他那種無情冷漠的風格，而事實上，他們就跟她年輕的建築工程組員一樣興奮。大約有五人同一時間爭相對她報告他們已經發動一系列地對太空連續飛彈，這些飛彈是薩克斯在過去十年設置於赤道上地下祕密飛彈發射室之中的，而目前這一系列飛彈像煙火展示般在太空爆炸，已經把他們知道的所有變形跨國公司在軌道上運行的武器發射台打了下來，還有他們許多通信衛星。「在第一波攻擊裡，我們擊中八成目標！——我們把我們自己的通信衛星送上去了！——現在我們以個案方式為基礎來處理它們——」

娜蒂雅打岔。「你們的衛星管用嗎？」

「我們認為沒有問題！不過要進行完全測試後才能百分之百確定，每一個人現在都在忙著。」

「我們現在就來試試。你們分派些人手把這當作第一要務，懂嗎？我們需要一個充足的系統，一個非常充足的系統。」

她卡嗒一聲切斷原來系統，輸入薩克斯給她的一個頻道和編碼代號。幾秒鐘後她和沙易克連絡上，後者正在敖得薩幫助協調希臘盆地周圍的活動。他說，到目前為止一切都依照計畫進行著；當然他們不過才開始了幾個小時，但是米歇爾和瑪雅在那裡的組織工作看來終於展現出成果，因為敖得薩所有團體成員全都湧入街頭，傳告人們發生了什麼事，激發自然而生的大規模停工和示威。他們目前正在關閉火車站，佔據海岸道路以及大部分的公共空間，起先是以突擊方式進行，但很快的會轉為接管。城市裡的臨時政府人員正

往火車站或物理廠撤退，沙易克就希望他們會那樣做。「一旦他們大部分進到裡面去，我們就改寫物理廠的人工智慧電腦，它就會變成一個監禁他們的牢獄。我們已經控制了城裡的備用生命支持系統，所以他們能做的事相當有限，除非他們決定把自己炸掉，而我們不認為他們會那樣做。這裡的聯合國臨時政府人員有很多是尼亞積領導的敘利亞人，當我們從外面破壞物理廠的正常功能時，我會跟拉敘談談，確定那裡面沒有人會想當個烈士。」

「我不以為變形跨國公司裡會有多少烈士。」娜蒂雅說。

「我希望如此，但是妳永遠無法確定。不過到目前為止，這裡狀況一切都好。希臘盆地附近其他地方甚至更容易──那裡的保安武力很有限，而且大部分的住民不是本土人就是激進移民，他們就直接包圍保安人員向他們挑釁叫戰。結果不是相持不下，就是保安部隊繳械。道和哈馬克希斯─盧爾都已經宣布為自由峽谷，並且歡迎任何需要庇護的人前往安頓。」

「好極了！」

沙易克聽到她語氣裡的驚訝，警告道，「我不認為布若斯和雪菲爾的情況會這樣容易。而且我們必須停止電梯的運作，這樣他們才不會從克拉克襲擊我們。」

「至少克拉克被困在塔爾西斯上空。」

「是沒錯。只不過佔領那東西絕對對我們有利，而且還得小心不讓電梯再次崩塌。」

「我知道……我聽說紅黨成員已經跟薩克斯合作研究一份攻佔計畫…」

「願阿拉保護我們。我得走了，娜蒂雅。告訴薩克斯那個運用在物理廠的程式相當完美。還有，我想，我們應該可以很快就到北方加入你們。如果我們能夠很快穩住希臘盆地和埃律西姆峰的話，對布若斯和雪菲爾會有很大幫助的。」

就這樣希臘盆地一切按照計畫進行。而且一樣重要的，甚至更

為重要的是他們仍然能夠互相連絡通訊，這是個關鍵；有關六一年的，不時以閃電般乍現她記憶底層的恐懼傷痛夢魘影像中，最難以忍受的是當她瞭解他們的通訊系統遭摧毀而中斷時從心底湧上的一股全然無助感。那之後不管他們做什麼都失去了意義，他們就像被摘去了觸鬚的昆蟲，毫無用處的跌撞懵懂行事。所以這幾年來，娜蒂雅不斷堅持薩克斯提出強化他們通訊系統的計畫；而他已經建造完成一整個艦隊般的通信小衛星，如今發射到軌道上，並盡可能的隱密強化。到目前為止，它們運作情形一如預期。而她體內那顆鐵殼核桃，雖然還在，但已經不再鬥牛似的猛烈撞擊她的胸肋了。冷靜，她告訴自己。此性。時機已經來臨，而且是唯一的機會。專心凝神。

　　他們循著機動雪道來到赤道線，這是年前為避免克里斯冰層而重新規劃的路線，然後換上地區火車雪道，繼續往西前進。他們的火車僅有三節長，娜蒂雅全體組員共三十來人，全部聚集在第一節觀看不斷傳至火車螢幕的報導。設置在南槽溝的芒加拉佛播報著官方新聞，這些新聞不僅混淆不清還彼此矛盾，結合氣象報告等常規性節目，另夾帶發生在許多城市的罷工活動的簡短敘述。娜蒂雅一直保持和達文西以及布若斯自由火星祕密連絡場所的腕錶連絡。所以他們一邊滑行前進，她一邊看著火車螢幕上的消息，兼及注意她腕上的儀表盤，猶如聆聽複音音樂似的同時接收此起彼落的訊息，發覺她可以毫無困難的消化兩邊傳來的消息，而且還渴求更多。布雷西斯不斷傳送有關地球狀況的報導，這些報導很使人紊亂困惑，但不是六一年那種毫無條理或不可探知的神祕；因為第一，布雷西斯持續告知他們所有發展情狀，另外，目前發生在地球上的多數行動全都投入在遷移海岸線人口到洪水氾濫所及範圍之外，這場氾濫一如薩克斯先前所說，非常類似漲潮，漲得很高的潮水。變形跨國公司之間的衝突仍然以罷工和政變形式出現，以及對各個公司場地

區域和總部的突襲和反突襲，並伴隨法律抗爭以及公共關係等等——包括終於引進世界法庭的一系列控訴反訴等程序；娜蒂雅對此甚感欣慰。不過這些戰略性突襲和行動計畫在全球洪水氾濫危機之前減弱淡化下來。而即使在最糟糕的狀況下（錄影帶顯示出爆炸的場地、飛機墜毀現場、受途經轎車丟擲炸彈而滿是坑洞的道路）它們仍然比任何節節升高擴大的戰爭要好上幾百倍，那種戰爭倘若掉入生物戰形式，造成的傷亡將何止千百萬。然而不幸的，火車螢幕上播報一則傳自印尼的震驚消息——東帝汶島一個激進解放團體，仿效祕魯反抗組織光明之路的模式，在爪哇島上施放如今尚不明確的病毒，因此除去那裡正發生著的洪水氾濫災害之外，他們還因病疫而失去成千上萬條人命。這樣的瘟疫在這樣一個大陸極有可能造成一場終極災難，而這還不擔保同樣事件不會再次發生。不過在此同時，除了這麼一件可怕的例外，發生在那裡的戰爭仍以上層爭鬥的形態而持續發展。事實上，與他們企圖在火星推動的形式頗為類似。這就某種層面來看很令人感到安慰，但是如果那些變形跨國公司熟練精通了這種類型的爭鬥，他們也許就能在火星上從容行事——如果不是現在，那麼也將是稍後他們重新組織起來之後。從日內瓦布雷西斯不斷送來的報告之中出現一項不吉利的訊息，顯示出他們可能已經如是回應了：一群龐大的保安專家部隊搭乘一艘快速太空梭，三個月以前就離開了地球軌道往火星飛來，預計將在幾天內抵達火星系統。根據聯合國媒體播報指出，現在釋出這則新聞是為了鼓舞遭暴動和恐怖份子包圍的保安部隊。

　　娜蒂雅投注螢幕上的注意力因他們旁邊雪道上出現一列繞行世界的大型火車而分散開來。前一秒鐘他們正平緩順暢的滑過歐菲爾平原的崎嶇高原，下一秒鐘一列五十節的大型高速火車呼嘯著接近他們。不過它行進速度沒有減慢，而且無法透過它黑色的玻璃窗看裡頭是不是有人或誰坐在裡面。它越過他們，很快的消失在前方地平線不見了。

　　新聞節目繼續其狂熱的播放速度，那些播報記者們顯然對當日的發展感到無比驚訝——雪菲爾的暴動、南槽溝和赫菲斯托斯的停工——這些報告陳述不停的、快速的彼此重疊反覆，使娜蒂雅幾乎懷疑起這些事件的真實性。

　　他們抵達山腳基地時，娜蒂雅心底那份不真實感持續存在著；那個本已呈半遺棄狀態的舊移民地，如今哄哄鬧鬧的滿是人聲噪動，彷彿回到火星第一年的情景。反抗組織支持者整日從岡吉斯卡特納、希碧思峽谷以及歐菲爾地塹北部山壁等區域的小車站湧來這裡。當地的波格丹諾夫份子顯然已經將他們組織起來包圍住駐紮於火車站裡人數不多的聯合國臨時政府安全單位。現在正於火車站外、帳幕覆蓋住的舊時拱廊，以及如今看來相當微小離奇的原始四分圓拱形屋頂之下，形成僵持局面。

　　娜蒂雅的火車一進站，就聽到一個手中握有擴音器、周遭約圍有二十來名侍衛的男子，面對一堆混亂的群眾大聲爭執著。娜蒂雅一等火車停妥就迅速跳下，來到包圍在站長和他隊員的群眾前面。她從一個滿臉驚訝的年輕女子手上強行取下一具手提擴音機，大聲喊著。「站長！站長！站長！」輪番使用英語和俄語，直到所有人靜默下來，察看她是誰。她的建築組員已經滲入群眾之間，當她看到他們已各就定位，就直直走向那一小撮穿著防彈衣的男女。那名站長是一名火星老前輩，滿臉風霜，額頭劃有瘡疤。他年輕的隊員配有臨時政府徽章，面上滿是恐懼驚惶。娜蒂雅放下擴音機說，「我是娜蒂雅‧車妮雪斯基。我建造了這個鎮。現在我們要接管。你為誰工作？」

　　「聯合國臨時政府。」站長堅定的說，他的眼神像是看到一個從墳墓裡踱步而出的幽靈。

　　「但是哪個單位？哪個變形跨國公司？」

　　「我們屬馬嘉里單位。」

　　「馬嘉里如今與中國合作，而中國與布雷西斯合作，布雷西斯

與我們合作。我們屬同一邊，只是你還不知道而已。而不管你怎麼想，你們現在是以寡擊眾。」她朝群眾大喊。「有武器的人舉手！」

群眾裡所有的人都舉手，她所有組員手裡也都握有電擊槍、釘槍，或焊接主樑槍。

「我們不想發生流血事件。」娜蒂雅對她身前擠成一團的侍衛說。「甚至不想囚禁你們。我們的火車就在那裡，你可以拿走，到雪菲爾加入你們的隊伍。在那裡你們會了解最新發展狀況。不採取那條途徑，則我們全體離開這個車站，把它整個炸毀。不管怎樣，我們一定要接管；這場叛變已經成形，再發生任何殺人事件就太過愚蠢了。所以拿走那列火車。我建議到雪菲爾，如果你們願意，可以從那裡上到電梯。或者如果你們願意為一個自由火星效力，可以現在就加入我們。」

她冷靜的看著他們，全身有著整天以來最放鬆的感覺。行動是這麼一個解脫良方。那名男子低頭和他的隊員協商討論，他們低聲談了足足五分鐘。

那名男子再次抬首看她。「我們拿你的火車。」

就這樣山腳基地成為一個自由的城鎮。

那天晚上娜蒂雅走到靠近新帳幕頂蓋圍牆旁的拖車區。兩個沒有改建成實驗室的區域仍然充滿著原始住宅裝備，檢視它們之後，她離開，來到半圓拱形屋頂房室，還看了煉金師區，最後返回她最早以前住過的地方，隨身躺在置放地板上的一個床墊，頓時感到精疲力竭。

獨自一人躺在過去所有鬼魂之間，試圖再次喚回殘存她體內那段距離遙遠的時光，這種感覺實在怪異。太奇怪了；儘管她疲倦萬分卻無法入睡，近破曉時分，她腦海出現了朦朧幻影，擔憂運輸火箭裡沒有裝箱的貨物，為砌磚機器人規劃程式，接收阿卡迪從弗伯斯傳來的訊息。她在這種狀況下歇息了一會，一種輾轉反側的不安

淺眠，直到那隱隱作痛的幽靈手指驚醒了她。

然後掙扎一番呻吟起身，很難想像她醒來面對的世界正處於喧囂擾嚷中，成千上萬的人們正等著看結果。她環視這個曾經是她火星上第一個家的狹窄空間，突然發現四周的牆似乎在移動——微微搏動——一種雙重影像，好似她處於低矮晨光中，正朝時光實體幻燈機望去，在振動著的夢幻燈光下看到全四度空間。

*　　*　　*

他們在半圓拱形地窖裡吃早餐，就在安和薩克斯一度相互爭執地球化優缺點的那個大廳堂裡。薩克斯已經在那場爭執中獲勝了，但是安仍然在外面抗拒，彷彿這議題依舊懸而未決。

娜蒂雅收起心神專注眼前，專注在她人工智慧電腦螢幕上，這星期天的早晨充斥著洪水的消息：螢幕上端是瑪雅在布若斯的祕密場所，下端是布雷西斯傳送有關地球的新聞。瑪雅一如往常般表現出英雄式的生氣蓬勃，威嚇強迫視野所及的每一個人遵服她認為的理想計畫步驟，面容雖然枯槁憔悴，卻由著內部動力而勤奮活動。娜蒂雅一邊聽著她描述最新發展狀況，一面機械性的咀嚼早餐，渾沒留意山腳基地麵包的甜美鮮醇。布若斯現在是下午，而那裡整天都很忙碌。每一個火星城鎮都陷入騷動。而在地球上所有海岸區域如今都已淹沒，大規模的遷移造成內陸的混亂。新聯合國譴責火星暴徒是冷血無情的投機主義者，利用史無前例的災難遂行其自私自利的目的。「一點不假，」娜蒂雅對薩克斯說，後者正跨入門內，甫從達文西火山口抵達。「我打賭，他們稍後一定會持那個理由打擊我們。」

「如果我們幫助他們的話就不會。」

「嗯。」把麵包遞給他，同時細細觀察他。撇開他改變了的容貌，他每天看來都比前日更像他們熟悉的薩克斯，面無感情的站在

那裡，眨眼環視這間古老的磚牆房室。彷彿革命在他腦海裡僅佔有最末微的角色。她說，「你準備好往埃律西姆峰飛去了嗎？」

「我正想這樣問妳。」

「很好。我去收拾我的袋子。」

當她往她老舊的黑色背包塞進衣服和人工智慧電腦時腕錶嗶嗶響起，是加清，他長長的灰髮狂野纏繞著他刻滿皺紋的臉，那張臉孔是約翰和廣子最奇特的組合——約翰的嘴，此刻正大大咧開笑著；廣子的東方眼睛，此刻正開心的瞇著。「哈囉，加清，」娜蒂雅說，無法掩飾她的驚訝。「我不記得曾在我腕錶上見過你。」

「特殊狀況，」他說，毫不在乎的樣子。她過去一直認為他是個陰鬱倔強的男子，但是這場革命的爆發顯然是個精神振作補藥；她從他的表情裡突然瞭解，他全部生命一直就在等待這一刻。「你看，土狼和找還有一群紅黨成員住北峽谷這裡，我們已經取得反應爐和水壩；在這裡工作的每一個人都很合作——」

「太棒了！」他身旁有人大叫。

「是的，我們在這裡獲得許多支持，除了一隊安全人員，大約一百人躲在反應爐裡。他們威脅要熔化它，除非我們同意讓他們安全回到布若斯。」

「所以呢？」娜蒂雅說。

「所以？」加清重複，笑了起來。「所以土狼說我們應該來問妳怎麼辦。」

娜蒂雅哼了哼。「我為什麼覺得那實在很難相信呢？」

「嘿，這裡也沒有人相信！但是土狼是這麼說，而我們很願意不時縱容一下那個老渾球。」

「所以，那麼就讓他們安全前往布若斯。布若斯多個一百名警察不會有什麼不同，反應爐遭銷毀的事件越少越好，我們還在頭痛該如何處理上回釋放出的輻射。」

加清正考慮著，薩克斯來到房裡。「好！」加清說。「既然妳

這麼說！嘿，稍後再跟妳連絡，我得走了，卡。」

娜蒂雅瞪著她空洞的腕錶螢幕，皺著眉頭。

薩克斯說，「怎麼了？」

「問倒我了，」娜蒂雅說，一面描述適才的對話，一面嘗試連絡土狼。沒有回音。

薩克斯說，「喔，妳是協調者。」

「他媽的。」娜蒂雅將背包甩到肩上。「走吧。」

他們搭乘新型 51B 很小，但是速度很快。他們繞了個大圈，計畫往西北飛過荒漠冰海，避開變形跨國公司要塞阿斯奎斯，以及伊秋思高點。起飛後不久看到向克里斯北方延伸鋪展的冰層；骯髒破碎的冰山之間點綴有粉紅雪藻和紫色融化池塘。那設有定向應答器、通往北峽谷的舊時道路當然早已不存在，將水源引到南方的整個籌劃系統也早已束諸高閣，只成為歷史書籍裡的一筆技術註解。往下俯瞰這片渾沌冰勢，娜蒂雅突然想起第一次航程旅途中看到的景致，綿綿無盡的山丘坑洞，宏偉巨大的黑色新月狀尖銳沙丘，極帽前最後沙層形成的壯觀薄板狀堆疊地形……全不見了，全被冰層掩蓋掉了。而極帽本身則是一團混亂，到處是大型融化區域、冰河、雪泥溪流、覆有薄冰的液態湖——各種面貌的泥漿，順著斜坡滾落極帽所在的高聳圓形台地，流入圍繞世界的北地海洋。

如此一來，要想在航程中著陸休息就變得不可能了。娜蒂雅緊張的守著飛機儀表，心中明白危機時期因為維修效率降低、人為錯誤升高，新機器很可能會有各式各樣的突發狀況。

西南地平線突然出現洶湧翻滾的黑白煙霧，在強風吹襲下橫掃東方。「那是什麼？」娜蒂雅問，移到飛機左側以便看清。

「加塞峽谷。」坐在飛行員座椅上的薩克斯說。

「發生了什麼事？」

「起火燃燒。」

　　娜蒂雅瞪著他。「什麼意思？」

　　「那河谷裡的植物林相非常茂盛。而且沿著大斜坡腳下。大部分是經樹脂加工處理的樹林和灌木。同時還有火種樹——妳知道。需要火來繁衍的種類。生物科技培植出來的。多刺松脂常綠灌木、山楂、美洲巨杉等等。」

　　「你怎麼知道？」

　　「我種的。」

　　「而你現在起火讓它們燃燒？」

　　薩克斯點頭。眼光瞥向那團煙霧。

　　「但是薩克斯，大氣層裡的氧氣比例現在不是很高嗎？」

　　「百分之四十。」

　　她眼光停駐在他身上好一會，突然疑心起來。「你也把那提高了，對不對！老天，薩克斯——你很可能燒了整個世界！」

　　她俯瞰洶湧煙柱的底端。卡塞峽谷寬廣的谷地如今變成一排火苗，大火前端熊熊燃燒成白熱而非黃色的灼熾光芒——彷彿熔融的鎂金屬。「沒有可以撲滅的方法了！」她喊著。「你燒了整個世界！」

　　「那冰層，」薩克斯說。「下風地帶除了鋪滿冰層的克里斯之外什麼都沒有。它應該只會燃燒幾千平方公里。」

　　娜蒂雅瞪著他，又震驚又膽寒。薩克斯仍然時不時俯首瞥看那場火勢，不過多數時候他緊盯著飛機儀表盤，他臉上表情奇特：爬蟲類似的，石頭似的——全然不像人類。

　　變形跨國公司位於卡塞峽谷彎處的警衛駐區出現在地平線上。所有帳幕全都瘋狂的燃燒著，像一個個高舉的火把，火山口內部猶如濱海火坑，對著天空吞吐白色火苗。強風顯然從伊秋思峽谷而來，掃過卡塞峽谷，煽動火苗。一個大火風暴。薩克斯定定看著它，下顎肌肉在皮膚下隆起。

　　「朝北飛，」娜蒂雅命令。「避開它。」

他傾斜機身，她搖搖頭。幾千平方公里，燃燒——所有那些植物，如此勞心勞力的引介種植——全球氧氣比例顯著提升……她小心翼翼的留意起坐在她身旁的這個奇特生物。

「你先前為什麼沒有告訴我？」

「我不想妳阻止。」

就那麼簡單。

「所以我有那樣的權力了？」她說。

「是的。」

「那表示我對許多事情毫不知情？」

「只有這個，」薩克斯說。他下顎肌肉鼓起又放鬆，那律動突然讓她想起法蘭克‧查默斯。「所有囚犯都被押往採礦小行星。這是他們訓練所有祕密警察的場地。都是些永遠不會放棄的傢伙。施酷刑的人。」他把那雙蜥蜴般的眼神轉向她。「少了他們對我們會比較有利。」然後繼續他的飛行工作。

娜蒂雅仍然轉頭追隨那條熊熊燃燒的白熾大火風暴，飛機無線電響起她的密碼。這回是滿臉憂慮的亞特。「我需要妳的幫忙，」他說。「安的人奪回沙比希了，許多沙比希人從迷宮出來重新佔據，但是那裡掌控的紅黨人員要他們滾開。」

「什麼？」

「我知道，不過，我想安還不知道這裡的情形，可是她不回我的呼叫。那裡的紅黨成員正在使她變成一個布恩信徒，我發誓。我連絡上伊凡娜和羅爾，要求他們約束沙比希紅黨成員的行為，直到聽到妳的指示。我只能做到這樣了。」

「為什麼是我？」

「我想安告訴過他們要聽妳的。」

「他媽的。」

「喔，還能有誰呢？瑪雅過去幾年為了控制局面樹立了太多敵

人。」

「我以為你是這裡的大使。」

「我是！只是我所有的努力只夠讓每一個人同意聽候妳的判斷。我已經盡力了。很抱歉，娜蒂雅。我會照妳吩咐全力協助。」

「你最好如此，尤其是在替我設下了這樣一個圈套後！」

他咧嘴而笑。「大家信任妳可不是我的錯。」

娜蒂雅喀啦一聲結束連線，然後嘗試紅黨各種無線電頻道。剛開始時她怎麼也找不到安。而她一個個變換他們的頻道時，聽到許多消息，因而瞭解外頭有些安絕對會極力譴責的極端激進年輕紅黨成員，或者說她希望安會譴責的——那些人在這場暴亂仍然維持在平衡狀況的這個時候，忙於炸毀荒漠的工作台、割裂帳幕、中斷雪道、威脅終止和其他反抗組織的合作，除非他們都加入環保抗爭運動，達到他們的要求等等。

最後安終於回答了娜蒂雅的呼叫。她看起來像復仇女神，秉持正義卻又略帶瘋狂。「聽著，」娜蒂雅直搗中心，「一個獨立的火星是妳達到妳想要的目標唯一機會。妳把革命人質的安危放在心中，人們會記得的，我警告妳！一旦我們把整個狀況控制下來之後，妳要怎樣爭論都隨妳，不過在那之前，這種做法簡直就是在背後捅刀。妳可以把它當作一種恐嚇威脅。妳讓那些在沙比希的紅黨成員把那座城市還給它原來的住民。」

安生氣的說，「妳憑什麼認為我可以要求他們做什麼？」

「不是妳還能有誰？」

「妳又憑什麼認為我不同意他們的行動？」

「在我印象中妳是個神智健全的人，就那樣！」

「我從不命令別人行事。」

「如果不命令，那麼就跟他們講道理！告訴他們比我們這樣的運動還要強烈的反抗失敗了，就是因為有這種愚蠢行為從中作梗。告訴他們腦筋放明白些。」

安一聲不響切斷連線。

「他媽的。」娜蒂雅說。

她的人工智慧電腦繼續播報新聞。聯合國臨時政府的探險部隊正從南方高地退回，顯然在往希臘盆地或沙比希的途中。雪菲爾仍然在真美妙的掌握裡。布若斯處境懸而未決，然而表面看來保安部隊依舊保有控制力；但是難民從塞爾地斯以及其他地方紛紛湧入該城市，同時裡面也進行著一般性罷工。錄影帶顯示大部分民眾花費整日在大道上，公園裡，舉行抗議臨時政府的示威遊行，或者就等著看接下來會發生什麼事。

「我們得對布若斯做些什麼。」薩克斯說。

「我知道。」

他們再次朝南飛行，越過埃律西姆峰中央斷層北端黑卡蒂圓頂上的顛簸氣流，飛到南槽溝的太空站。整個航程共十二個小時，不過他們往西穿過九個時區，橫過經度一百八十度換日線，所以當他們搭乘機場巴士到南槽溝邊緣，穿過屋頂閘門時，時間是星期天中午。

南槽溝和埃律西姆峰其他城鎮，赫菲斯托斯和埃律西姆槽溝全都熱烈支持參與自由火星的運動。它們形成一種地理單元；荒漠冰層如今橫鋪在埃律西姆峰中央斷層和大斜坡之間，而雖然埃律西姆峰架設有浮橋雪道，它正逐漸變成一座大陸島嶼。它上頭的三座大城市裡的群眾全都湧入街道，佔領城市辦公室和物理廠。城裡臨時政府的少數警力由於沒有軌道攻擊威脅的支援，不是紛紛改換平民服飾融入群眾，就是搭上火車往布若斯逃去。埃律西姆峰毫無疑問的成為了自由火星的一部分。

在芒加拉佛辦公室裡，娜蒂雅和薩克斯發現一團配備武器的反抗人員已經佔領了站台，此刻正一天二十四點五小時忙著為全部四個頻道大量製造報導錄影帶，立場全都站在暴亂這邊，內容有對所

有獨立市鎮站台的人們的冗長訪談。時間空檔時刻則播放前天事件的蒙太奇剪輯。

　　埃律西姆峰輻射狀裂縫裡以及菲雷葛拉山脈裡的一些偏遠採礦站，是變形跨國公司的運作計畫之一，多屬於安美克斯和真美妙。工作人員泰半為新來移民，他們躲藏在營地，不是保持靜默盡量不引人注意，就是威脅任何嘗試前來襲擊他們的人；一些人甚至宣稱意圖奪回整個星球，或者靜待地球援軍的到來。「不要理會他們，」娜蒂雅建議。「避開他們，忽略他們。可以的話干擾他們的通信系統，然後讓他們自行其事。」

　　火星其他地區傳來的報導則相當鼓舞人心。山沙尼‧奈落入自稱布恩信徒的人們手中，不過他們與賈姬無關——乃第一、第二、第三和第四世代的組合，他們立即重新命名他們的超深井為約翰‧布恩，並且宣稱索馬西亞是多薩伯雷夫亞和平中立地點。廖羅廖夫，如今只是個採礦小鎮，其內部產生的暴亂卻幾乎與六一年相仿，它的市民多為舊時囚犯的下一代，重新命名該鎮為塞給‧帕佛維契‧科羅廖夫，宣稱它是一個記錄外的無政府主義自由區；舊時的監獄場所將改造成一座巨型商場和公共生活空間，聲明特別歡迎來自地球的難民。尼科西亞也成為一座自由城市。開羅處於安美克斯保安部隊的控制下。敖得薩和希臘盆地周圍城鎮仍然堅守獨立，不過環繞希臘盆地的火車雪道有幾處遭截斷。磁浮火車系統就有這樣的難處；要維持雪道運作和火車行進，磁鐵系統必須持續運行，而這些系統很容易就受到破壞。因為如此，許多火車不是空無一人就是班次取消，人們則使用越野車或飛機旅行，以確定他們不至於在搭乘沒有輪子的交通工具時意外的在什麼地方擱淺。

　　娜蒂雅和薩克斯那個星期天就忙著監看發展，提出建議，以及回答就目前情狀所提出的各方詢問。大致說來，娜蒂雅認為事情進行的還不錯。但是星期一沙比希傳來了壞消息。聯合國臨時政府南方高地探險部隊到達那裡，與掌控該城市的紅黨游擊隊發生激烈戰

鬥，一整個晚上纏鬥下來，他們重新佔領了該城市的地表部分。紅黨人員和沙比希原來住民撤退到土墩迷宮，或偏遠避難所，情況顯示在迷宮繼續血腥爭戰將不可避免。亞特預估保安部隊無法滲入迷宮，所以終將被迫放棄沙比希，或搭火車或乘飛機前往布若斯，與那裡的武力合併起來。但是這項臆測無法獲得確定；可憐的沙比希受這場爭戰嚴重蹂躪，而且回到保安部隊手中。

星期一黃昏時分娜蒂雅和薩克斯外出用餐。南槽溝峽谷底部滿是厚實成熟的樹林，巨大的美洲杉覆罩在松木和杜松之上，峽谷低處則有歐洲白楊和橡樹。他們順著溪畔公園走著，娜蒂雅和薩克斯在芒加拉佛人員介紹下，會見一個又一個團體，幾乎全是面孔陌生的本土人，但是顯然很高興見到他們。看到這麼多人毫無保留的興奮快樂是個奇特的經驗；娜蒂雅了然，在尋常日子裡，人們就是看不見——笑容到處存在，陌生人互相攀談……當社會秩序消失，事事進行的方向可以多端。無政府狀態和渾沌混亂全都確然可能；然而同時還是有共事共有的可能性。

他們在中央溪流旁的露天餐廳用餐，然後回到芒加拉佛辦公室。娜蒂雅回到螢幕前端，盡可能的與許多組織委員會聯繫溝通。她覺得自己像六一年的法蘭克，瘋狂的陷於通訊工作；不過他們現在能夠與整個火星連線，而且她清晰體會到雖然她就任何角度來看都不是主掌全局的人，但她至少很清楚的知道情勢的發展狀態。那是黃金重點，真的。她胃裡那顆鐵殼核桃開始轉成木材質地。

兩個小時之後她開始在通話間的幾秒鐘空檔時段打起瞌睡；山腳基地和沙爾巴塔納現在時間是午夜，而她自從接獲薩克斯通知南極大陸情狀到現在幾乎沒睡過什麼覺。那表示四到五天沒有睡眠——不，等一等——她算出來了——三天。但她感覺像是已經過了兩個星期。

她才剛剛在一張沙發椅上躺下，外面就傳來一陣喧鬧，所有人奔向長廊來到外面豎有石頭圍繞芒加拉佛辦公室的廣場。娜蒂雅睡

眼惺忪的蹣跚跟隨薩克斯，後者抓住她的臂膀助她穩住身形。

頂頭帳幕顯然出現了一個孔洞。人們指指點點著，但娜蒂雅看不出來。「我們還是這樣好，」薩克斯滿足的噘著嘴唇說。「帳頂下的壓力只比外面壓力高上一百五十毫巴。」

「所以帳頂不像脹足的氣球般凸出去，」娜蒂雅說，腦海閃出六一年一些圓頂火山口，不禁微微一震。

「即使外面一些空氣湧進來，也多半是氧氣和氮氣。雖仍有許多二氧化碳，不過並不足以讓我們立即中毒。」

「但是如果那個洞大了一些。」娜蒂雅說。

「倒是真的。」

她搖搖頭。「我們必須鞏固了整個星球才真正談得上安全。」

「沒錯。」

娜蒂雅回到裡面，打著呵欠。她坐回螢幕前開始觀看芐加拉佛的四個新聞台，快速切換頻道。多數大城市不是公開表示獨立，就是處於各種僵持狀態中，保安部隊控制著物理廠，但除此之外沒有其他動作，而許多群眾湧到街上，等看接下來會發生什麼。有不少公司市鎮和營地依然支持他們所屬的變形跨國公司，但是像布雷貝里點和火星峽谷等大斜坡上鄰近市鎮，它們的母公司 安美克斯和馬嘉里等變形跨國公司正在地球上互相爭鬥。那會對這些北方市鎮造成什麼影響還不甚明朗清楚，但娜蒂雅相信那對他們的處境不會有什麼幫助。

有幾個重要城鎮仍然掌握在真美妙和安美克斯手裡，而且像磁石般吸引孤立的變形跨國公司以及聯合國臨時政府保安單位。布若斯顯然是這些市鎮裡的龍頭老大，然而對開羅、拉斯維茲、薩得伯瑞和雪菲爾而言，情況亦同。在南方那些尚未遭棄置或受探險部隊破壞的庇護所紛紛湧現，維西尼克波格丹諾夫在它超深井旁的舊器械運輸工具停車場上建造一個地表帳幕。因而毫無疑問的，南方將回到其反抗組織堡壘的原始身分；然而娜蒂雅並不認為那能提供多

大價值。而北地極帽環境如此紊亂渾沌，誰控制它幾乎無關緊要
——它上面的多數冰塊都往下流入荒漠，不過極地高原每年冬天都
會覆蓋一層新雪，是火星上最不適合人居的區域，那裡幾乎沒有留
下任何永久居留住所。

所以爭執衝突區域基本上發生在溫帶以及近赤道的緯度，是北
到荒漠冰層，南到兩座大盆地間一條圍繞星球的環帶。當然還有軌
道太空；不過薩克斯襲擊變形跨國公司運行軌道上物體的策略顯然
相當成功，而且他把迪摩斯從鄰近區域移開的舉動現在看來著實明
智。然而電梯仍然在變形跨國公司操控之下。而且從地球飛來的援
軍馬上就要抵達了。薩克斯在達文西的工作小組已經幾乎在首回攻
擊中耗盡了所有武器。

至於撒力塔和環狀鏡子，因為它們如此龐大又脆弱，本就很難
加以防衛；倘若有人想要毀壞它們，成功可能性相當大。但是娜蒂
雅認為沒有理由這麼做。如果真那樣發生，她會立即懷疑乃紅黨成
員所為。果真如此——那麼沒有那多餘亮光對人們也不會造成太大
影響，至多回到以前習慣而已。她或者需要問問薩克斯的想法。跟
安談談，看看她的立場如何。也許最好不要往她腦中灌入太多想
法。她還是靜待以觀比較好。現在還有什麼……

她就這樣倒在螢幕上睡著了。再次醒來時發現自己躺在沙發
上，肚子空空的很難受，薩克斯正在讀著她的螢幕。「沙比希狀況
看來很糟，」他看到她掙扎起身時說道。她去了一趟浴室，回來時
越過他的肩膀一面閱讀一面聽他說。「保安部隊無法處理迷宮。所
以他們離開前往布若斯。但是，瞧。」他在螢幕上設定並排顯示
——上面是沙比希的圖像，一如卡塞峽谷般熊熊燃燒著；底下是部
隊潮水般湧入布若斯火車站，身穿輕便盾甲，攜帶自動武器，拳頭
高舉在空中。看來布諾斯充滿了這些保安武力隊伍，並且佔據布蘭
曲臺地和雙層孤山當作住所。所以城市裡原有的聯合國臨時政府部

隊之外，現在更增加了真美妙和馬嘉里的安全人員——事實上，那代表了所有大型變形跨國公司，這使娜蒂雅疑惑起他們之間目前在地球上的關係究竟如何——他們是不是還沒有在危機中達成任何協議或特別聯盟。她連絡在布若斯的亞特，詢問他的意見。

「也許這些在火星上的單位遭徹底截斷，只好自己獨斷行事，」他說。「他們很可能完全孤立。」

「但是，如果我們仍然跟布雷西斯有著連絡……」

「沒錯，但我們讓他們深感意外。他們不瞭解反抗組織獲得的支持同情到什麼樣的程度，所以我們讓他們措手不及。就這層面而言，瑪雅的隱忍策略有了效果。是的，這些部隊此刻很可能完全依靠著自己。從這個角度來看，我們事實上已經可以認為火星獨立了，只是處於誰應該在這裡有控制權的內戰中。我是說，如果那些在布若斯的人這時跟我們連絡說，好吧，火星是一個世界，而這世界大到足夠容納一個以上的政府，你有你的，而我們有布若斯，不要試圖把屬於我們的搶走——我們要怎麼回答？」

「我不認為變形跨國公司安全人員裡會有人有那樣偉大的想法，」娜蒂雅說。「自從事件爆發到目前為止只不過三天而已。」她指著電視螢幕。「瞧，那是德瑞克·海斯汀，臨時政府的首腦。當初我們飛出來的時候，他是休斯頓的任務控制主管，他很危險——聰明且絕對頑固。他會一直堅持到那些援軍著陸。」

「那麼妳想我們該怎麼辦呢？」

「我不知道。」

「我們不能就把布若斯撇在一邊嗎？」

「不能。如果我們能夠在太陽從後面繞出來之前獲得全面控制，對我們會比較有利。如果有被圍困的地球部隊英雄式的佔據布諾斯，他們肯定會送援軍過來拯救他們。名目上稱為援救任務，實際上卻朝控制整個星球而來。」

「要拿下布若斯不容易，有那麼多部隊。」

「我知道。」

薩克斯睡在房間另一頭的沙發上，此刻睜開一隻眼睛。「紅黨說過要淹沒它。」

「什麼？」

「它比荒漠冰層表面低。而冰下有水。沒有了堤防——」

「不，」娜蒂雅說。「布若斯裡有二十萬人，保安部隊只有幾千。那裡面的人該怎麼辦？你沒有辦法撤離這麼多人。這實在瘋狂。那只是重演六一年事件而已。」她想的越多就越生氣。「他們到底在想什麼？」

「也許只是一種威脅，」亞特在螢幕上說。

「威脅，除非你讓你的對象相信你真會如此執行，否則一點作用也不會有。」

「也許他們會相信。」

娜蒂雅搖頭。「海斯汀沒那麼笨。該死，他可以用太空站把他的部隊撤走，讓其他人口淹死！然後我們就變成野獸，而地球就更可以有藉口來追捕我們了！不！」

她站起來找食物當早餐；然後看著廚房裡成排的糕點，突地發現完全沒了胃口。她拿起一杯咖啡回到辦公室，盯著她兀自顫抖的雙手。

二○六一年時阿卡迪曾經面對一個分裂小團體，該團體遣送一顆小行星企圖迎撞地球。剛開始時只是一個威脅。但是最後那顆小行星難逃遭爆破的命運，這是人類歷史上毫無前例的巨大人為爆炸。那之後火星上的衝突轉變成以前沒有過的那種不共戴天的死命戰爭，而阿卡迪完全沒有能力阻止。

那事件很可能再次發生。

她再次走回辦公室。「我們必須到布若斯去。」她對薩克斯說。

＊　＊　＊

　　革命不僅懸宕習慣，也中止了法律。但正如自然痛恨真空，人類痛恨無政府狀態。

　　所以習慣在這片新地勢中開始它們第一波的入侵，彷如入侵岩石的細菌，接著程序、條約跟隨其後，形成社會結構的整個荒高地，再續往法律興茂之林行去……娜蒂雅看到人們（有些人）確實走到她面前要求仲裁以求解決爭端，並且服從她的判斷。她也許不是掌控的人，卻是他們中最有可能接近掌控的人：宇宙溶劑，亞特這麼稱呼她，或娜蒂雅將軍，瑪雅冷冷的透過腕錶這麼稱呼。那使娜蒂雅渾身顫抖，而瑪雅早知道她會那樣。娜蒂雅寧願她冠的是薩克斯的用語，她聽到他透過腕錶同他那群忠實的技術組員，那群年輕的薩克斯們說：「娜蒂雅是指定仲裁人，去跟她談去。」名義的力量；寧取仲裁人而非將軍。主掌亞特稱之為變相階段的磋商協議程序。她聽過他使用這個辭彙，在一次芒加拉佛的冗長訪談中，他臉上慣有的不動聲色令人難以判斷他是不是在開玩笑：「喔，我不認為我們面對的真是一種革命，不。只是個非常順乎自然的下一步動作，所以比較像是演化或發展，或他們在物理學上所稱的變相。」

　　娜蒂雅在他隨後的評述中瞭解他事實上並不知道這到底是什麼。但是她知道，並且發覺這個概念極具吸引力。地球勢力氣化蒸發，地區勢力凝結聚合，熔化現象終於展開……不管你怎麼想它。熔化發生於分子熱能大於將之定點固定的內結晶力。所以如果把變形跨國公司秩序比擬成結晶狀結構……然而這裡將因為其固定內結晶力究竟發生在離子間抑或分子間而大有區別；氯化納，屬離子間，在攝氏八〇一度時熔化；甲烷，屬分子間，攝氏負一百八十三度。那麼究竟要用上什麼程度的力度？溫度又要多高呢？

在這點上該類比本身在此融化了。然而名稱在人類心靈中一直扮演著重要的角色,這無可置疑。變相,整合式疫病管理,選擇性撤職解雇;她寧願使用這些字眼,而不是老式的隱含致命觀念的革命,她很高興見到這些字眼廣為傳播,不僅在芒加拉佛也在街道上。

然而她提醒自己,布若斯和雪菲爾仍然存在著五千名配備重武器的安全部隊,依舊認為他們是一群警察正面對著武裝暴徒。那不是僅靠語意形態就可以解決的。

不過從大角度著眼,事情已經遠比她預期的還要好多了。就一方面來說,這是一種人口統計學;幾乎所有在火星出生的人,此刻都出現在街頭,或佔據城市辦公室、火車站、太空站——他們全體,根據芒加拉佛的訪談報導,徹底(用語不切實際,娜蒂雅心想)反對來自另一個星球的勢力企圖以任何形式控制他們。而那幾乎已達當前火星人口的半數。資深老前輩中站在他們這邊的也佔有很大比例,新移民亦同。「稱他們為遷入移民,」亞特在電話中建議。「或新來者。根據他們是否站在我們這一邊,把他們區分為墾拓者或殖民主義者。奈加一直這麼做,我想那能幫助人們思考。」

地球形勢比較不明確。真美妙帶頭的變形跨國公司團依舊和南方眾變形跨國公司起著衝突,但是當前影響廣遠的洪水使它們變成只是一場苦澀的附屬枝節。至於地球對火星事件的一般看法如何,則難以判斷。

不管他們怎麼想,一艘快速太空梭就快抵達了,攜帶增援保安部隊。所以各地反抗團體動員齊聚布若斯。而亞特則從布若斯內部盡其所能的努力協助,連絡所有意欲前來的團體,告訴他們他們主意不錯,唆使他們抗拒持相反意見的人。娜蒂雅心想,他是一個敏銳靈巧的外交家——高大、溫和、樸實內斂、和藹親切、不裝模作樣、笨拙——他和人們磋商時低垂著頭,讓他們自認為是主導過程的人。不知疲倦的勞心勞力,而且非常聰明。不久他就召來了許多

團體，包括紅黨和火星第一游擊隊，後者仍然以襲擊圍攻為策略。娜蒂雅尖銳的感覺到當她認識的紅黨和火星第一——依凡娜、金恩、羅爾、加清——跟她保持連絡，贊同她仲裁者身分的同時，另有更為激進的紅黨和火星第一單位根本不理會她，甚至認為她是一個阻礙。這著實讓她憤怒不已，因為她確定如果安盡全力支持她，那些更為激進的成員終會回轉心意。她看到一份安排於布若斯西半邊聚合的紅黨公報後，強烈的對亞特抱怨，亞特連絡上安再把她轉給娜蒂雅。

於是她再次出現，猶如法國革命時期的兇暴狂人，冷酷嚴厲一如以往。她們上回有關沙比希的對話依然在她們之間劃出深深鴻溝；雖然在聯合國臨時政府奪回沙比希並且將之付之一炬之後，該項議題變成懸而未決，但是安顯然依舊充滿怒氣，使得娜蒂雅很是氣惱。

無關緊要的招呼寒暄之後，她們的對話迅速退化成爭執。安顯然認為這場暴亂是毀損一切地球化努力的機會，並且盡可能從這星球上移走越多城市和人口越好，採行直接攻擊亦在所不惜。震驚於這般啟示錄似的觀點，娜蒂雅先是嚴酷的與她爭辯，繼而狂怒咆哮。但是安完全縮進她自己搭建的世界裡。「如果布若斯遭到摧毀我會很高興。」她冷冷宣稱。

娜蒂雅咬牙切齒。「如果你摧毀布若斯，就等於摧毀了一切。住在裡面的人該怎麼辦？你不會比一名兇手好到那裡去，一個謀殺庶民的兇手。西門會感到羞愧。」

安蹙額攢眉。「權力腐化，哼。叫薩克斯來，可以嗎？我受夠了這種歇斯底里。」

娜蒂雅把線路轉給薩克斯，大聲踏步離去。腐蝕人類的不是權力，是笨蛋腐化權力。唉，有可能是她太容易生氣、太粗魯了。只是她實在恐懼安黑暗的那一面，那一面有可能做出任何事；而恐懼腐蝕人心的力量遠比權力要大。而結合兩者……

　　希望她帶給安的震訝嚴重到足以擠逼那黑暗面隱藏到角落去。不太好的心理戰略，娜蒂雅連絡布若斯對米歇爾陳述整個過程時，他溫和的下了這個結論。一個源自恐懼的策略。但是她藏不住，她是害怕。革命代表粉碎一個架構再創建另一個，只是粉碎遠比創建容易，所以這行動的兩個屬級不一定都能達到同樣程度的成功。依此延伸，肇造一場革命即如建築一道拱門；非得直到兩根廊柱都在了，拱心石也就定位了，才有成功的可能，否則任何干擾妨礙都有可能崩陷整個架構基礎。

　　所以星期三傍晚，即娜蒂雅收到薩克斯傳來那則消息之後五天，大約有一百人搭乘飛機前往布若斯，因為一般認為雪道太容易受到攻擊破壞。他們整夜飛行，最後來到都馬色雷火山口牆垣裡頭一個波格丹諾夫份子大庇護所旁，滿是岩石的降落場，就在布若斯東南邊的大斜坡上。他們拂曉降落，初升的太陽在濛濛晨霧中猶如一抹水銀，逐次照亮北方依稀地低緩平原上白色崎嶇的山丘：另一座新的冰凍海洋，南方被一條微微拱起的堤防阻擋，一條橫躺大地，彷彿綿長低緩的蜿蜒土製水閘——而它其實正符合這樣的描述。

　　為了能夠看得更清楚，娜蒂雅爬到都馬色雷火山口庇護所頂層，那裡有偽裝成火山口邊緣下一條水平裂縫的觀察窗，視線包括下面的大斜坡，新堤防以及推擠著堤防的冰層。她久久俯首凝視這番景色，同時啜飲混有一劑卡伐的咖啡。北邊是那座冰海，上面有成叢成串的冰塔，長長的壓力脊脈，以及表層冰封的巨大融湖的白色平坦冰原。她身下躺著大斜坡首排低矮山丘，上面斑斑駁駁的綴點著又長又尖的阿奇龍仙人掌，彷彿珊瑚礁般匍匐蔓延在岩石上。黑綠凍原苔蘚鋪成的階梯似草地順著大斜坡墜落而下的冰凍小溪延展；那些小溪流從這個距離看去像是長長的矽藻叢，安適的疊進岩盤上的摺痕裡。

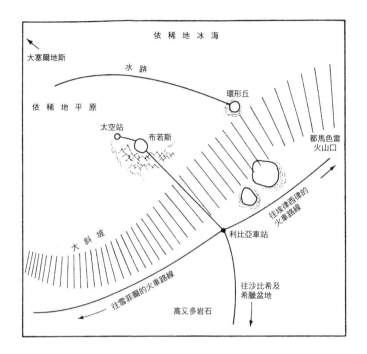

依稀地冰海

大塞爾地斯

水　路

環形丘

依稀地平原

太空站

布若斯

都馬色雷
火山口

往埃律西律的
火車路線

大斜坡

利比亞車站

往沙比希及
希臘盆地

往雪菲爾的火車路線

高又多岩石

　　然後中景部分，將沙漠荒原和冰層區分開來的是那條新堤防，彷彿一條新生的棕黃大地傷疤，將兩個獨立實體縫合在一起。

　　娜蒂雅花上好長一段時間透過望遠鏡觀察。它南端是風化層堆成的土墩，一直延伸到烏格火山口的裙幅地帶，最後中止於烏格的頂部邊緣，高度遠在預估的海平面之上。這道堤防從烏格向西北展開，而娜蒂雅站在大斜坡上大約可以看到它四十公里的長度，其他部分則消失在地平線之後，就在兮呵火山口西邊。兮呵周圍的冰層幾乎高達其頂部邊緣部分，因而使它圓形內側看來像是一個奇特的紅色排水口。娜蒂雅放眼望去，堤防每一個地方都被冰海緊緊推壓著。堤防沙漠荒原的這邊看來約有兩百公尺高，不過很難確定，因為堤防底下有一道寬廣的溝槽。另一邊冰層堆積的相當厚，達堤防一半以上的高度。

堤防頂端寬約三百公尺。那麼多被搬動的風化層——娜蒂雅佩服的吹了聲口哨——這表了好幾年的工作，由數量龐大的牽引機和運河挖鑿機器人完成。但是鬆散的風化層！那道龐大的堤防遠遠超乎人類的想像，然而很可能依舊無法包納一座冰凍海洋。而冰凍部分還算是簡單的——當它轉成液體時波浪、海潮會像腐蝕塵土般撕裂風化層。冰層已經開始融化；據說極大的融化水窪就位在這片髒白色表面下的每一處，包括緊貼堤防的邊緣部分，緩緩的滲入瀰漫。

「他們沒有打算把那整條土墩換成混凝土嗎？」她問加入她的薩克斯，後者也舉起他自己的望遠鏡觀察著。

「塗敷表層，」他說。娜蒂雅準備聽取壞消息，但他繼續說，「在堤防外面塗上一層鑽石。那可以維持很久。也許幾百萬年。」

「嗯，」娜蒂雅說。這很有可能。也許底層還是會出現滲透現象。但是不管怎樣，它們應該可以永久維持。這之間沒有任何迴旋空間，因為布若斯就在堤防南邊二十公里處，而且低了一百五十公尺。一個吊詭的位置。娜蒂雅調整手上的望遠鏡朝城市方向看去，它剛巧在地平線的另一頭，西北邊約七十公里遠的地方。堤防當然會有效；荷蘭的堤防已經維持了幾個世紀，保護了幾百萬人和幾百平方公里的土地，直到最近的洪水——而即使到現在，那些大堤防依舊挺立著，崩洩處會首先出現在側翼，潮水會先流向德國和比利時。當然堤防會有效。然而命運是個奇怪的東西。

娜蒂雅將望遠鏡轉向大斜坡嶙峋起伏的岩石。遠處看起來像是花朵的部分，其實是成團成塊的珊瑚仙人掌。一條溪流看來像是睡蓮葉子鋪成的階梯。粗糙的基岩斜坡形成一幅非常僵硬、超現實、卻又美麗的景致……娜蒂雅突然間因完全出乎意料的恐懼而有被刺戳的痛感，如果事情出了什麼差錯，她突然被殺就再也無法繼續目睹這個世界的發展和革命的結果。這很可能發生，一顆飛彈有可能隨時劃過紫色長空奔騰而來— 如果布若斯太空站有這麼個膽戰心

驚的指揮官知道了這庇護所的存在，決定先發制人予以處置的話，它就有可能變成射擊目標。他們有可能在這樣一個決定下，短短幾分鐘內死去。

然而這就是火星上的生活。在如此困難重重的事件中他們有可能在任何分鐘內死去，一直都是這樣的。她拋下這種想法，跟著薩克斯一塊下樓。

她想進入布若斯觀察，想親臨現場體驗判斷：在城市居民之間四處走動，看看他們都在做些什麼、說些什麼。星期四她對薩克斯說，「我們到裡面瞧瞧。」

但是那顯然不可能。「所有閘門的安全檢查都很嚴格，」瑪雅透過腕錶這麼告訴她。「進來的火車也在火車站受到嚴密的檢查。到太空站的地下道也一樣。整個城市都封鎖起來了。事實上我們變成人質了。」

「我們可以在螢幕上看到狀況的發展，」薩克斯指出。「沒有關係的。」

娜蒂雅怏怏不樂的同意。顯然是希卜答・加・耐。可是她實在不喜歡這種情況，對她而言情況似乎正快速的朝僵持困局走去，至少是區域性的僵局。而她極為渴望知曉布若斯的內部狀況。「告訴我情況是什麼樣子。」她在電話上這麼要求瑪雅。

「喔，他們掌控了公共建設，」瑪雅說。「物理廠、閘門等等。不過他們人數不足以迫使所有人留在室內，或繼續工作，或任何事。所以他們似乎不知道下一步該怎麼辦。」

娜蒂雅可以了解，因為她自己也有些迷惘。這座城市每一個小時都湧進更多保安部隊，從他們放棄了的帳幕城鎮搭乘火車前來。這些新到者加入他們的同伴，駐紮在物理廠和城市辦公室附近，佩戴重武器成群結隊巡視四方，目前平安無事。他們住在布蘭曲臺地、雙層孤山和黑塞爾地斯臺地裡，他們的領導者幾乎沒有間斷的

在台布山的聯合國臨時政府總部舉行會議。但是沒有頒佈任何命令。

所以情況陷入不安的膠著狀態中。位於杭特臺地的生物科技和布雷西斯仍然對他們全體扮演資訊中心的角色，傳播來自地球和火星其他地區的消息，透過告示板和電子看板朝整個城市散佈出去。這些媒體以及芒加拉佛及其他私人頻道，使得城內每一個人都清楚了解狀況的最新發展。大道上、公園裡不時出現群聚的廣大人潮，不過大部分時間人們通常散成幾十來人的小團體，呈現一種旺盛卻又含帶停滯的現象，乃大規模罷工和人質危機之間的一種現象。每一個人都在等待下一步會發生什麼事。人們情緒似乎高昂興奮，許多商店餐廳依舊繼續營業，訪談錄影帶裡的人們都很友善。

娜蒂雅一面看著他們一面往嘴裡猛塞食物，心裡實在希望能夠親自到現場與人們攀談。那天晚上十點鐘左右，她知道自己還無法躺下睡覺，因而再次呼叫瑪雅，問她是否願意戴上攝影機眼鏡，帶領她在城市裡面遊逛。而瑪雅呢，即使不比娜蒂雅更糟，至少也跟她一樣無法放鬆安靜休息，很高興的同意了。

很快的瑪雅離開祕密住所，戴上攝影機眼鏡傳送她看出去的事物影像給娜蒂雅；娜蒂雅憂心忡忡的坐在都馬色雷庇護所的公共休息室一架螢幕前的椅子上。薩克斯和其他數人走近，圍攏在娜蒂雅身後看著瑪雅攝影機眼鏡傳送而來的上下跳動影像，聆聽她一路而去的評述。

她敏捷的走下大斜坡大道，朝向中央谷地來到運河公園上端聚集的推車攤販群時放緩腳步，慢慢的環視周遭讓娜蒂雅清楚看見她所處的環境。人們到處走動，群聚閒談享受一種喜慶節日的氣氛。瑪雅身邊有兩名女子生氣勃勃的談論著雪菲爾。一群新到者直直往瑪雅走來，詢問接下來會發生什麼事，顯然很有信心的認為她會知道，「就因為我這麼老了！」瑪雅在他們離去後厭惡的如此註解。

幾乎使娜蒂雅忍俊不禁。然後一些年輕人認出瑪雅，很興奮的奔前
致敬。娜蒂雅從瑪雅的角度觀看這邂逅場面，注意到人們多麼熱烈
的仰望著她。這就是瑪雅看到的世界囉！無怪乎她會認為她如此特
殊，人們用那樣的眼神注目著她，彷彿她是滿具危險性的女神，才
從一則神話傳說化身而出……

　　不少場面看來頗為動亂不安。娜蒂雅深為她老夥伴的安危擔
憂，她似乎隨時有被安全人員逮捕的可能，她透過腕錶這麼說。不
過螢幕上的影像從左到右擺動著，瑪雅正搖著頭。「看到沒有，周
圍沒有一個警察？」瑪雅說。「安全人員全都集中在閘門和火車
站，而我跟他們保持一定距離。再說他們幹嘛要逮捕我？從實際角
度來說，他們已經逮捕了整個城市。」

　　她跟隨一輛駛下草地大道、穿盔戴甲的運輸工具，而它毫不減
速逕自駛離，為她的論點提供例證。「那是為了對所有人展示槍枝
武器。」瑪雅陰鬱的說。

　　她走下運河公園，然後轉身走上通往台布山的路徑。那天晚上
整個城市相當寒冷；運河上反射的燈光顯示出河水正凍結成冰。不
過如果安全人員曾有過嚇阻群眾的意圖，則　點也沒有成功；公園
裡人潮湧動，而且數量不斷膨脹。人們擁擠在涼亭裡、咖啡館中，
或巨大的橘紅暖氣線圈上；不管瑪雅眼光佇足何方，盡是不斷湧進
公園的人群。有些傾聽音樂家的演奏，另些聆聽使用肩上型小擴音
機演講的人們；還有人觀看他們腕錶，或電腦資料板螢幕上的新聞
報導。「午夜集會！」有人喊道。「時間空檔集會！」

　　「我完全不知道有這麼一回事，」瑪雅憂心的說。「一定是賈
姬的作為。」

　　她快速的環顧四周，使娜蒂雅螢幕上的景象昏亂得令人暈眩。
到處都是人。薩克斯走到另一個螢幕，呼叫杭特臺地的祕密住所。
亞特回答，但是除了他之外，住所內幾乎全空。賈姬的確召集了一
個大規模的時間空檔示威集會，消息已經散佈在城市裡所有媒體

上。奈加跟她在一起。

娜蒂雅告訴了瑪雅，瑪雅猛烈詛咒。「這類事太過反覆無常，太具爆炸性了！她真該死。」

然而現在已經來不及做什麼了。成千上萬的人潮傾入大道，湧進運河公園和公主公園，當瑪雅四處繞看時，臺地頂端邊緣出現微小身形，而架設運河公園上的甬道天橋也擁擠不堪。「演講人會出現在公主公園上。」亞特在薩克斯那邊的螢幕上說。

娜蒂雅對瑪雅說：「你應該上去那裡，瑪雅，而且要快。你也許能夠把狀況穩住。」

瑪雅即時起步，她一面穿過人群往前行進，娜蒂雅一面對她說話，建議她一旦得到演講機會時該說些什麼。那些字眼滔滔不絕從她口中吐出，她停下思考時，亞特插進來提供意見，直到瑪雅說，「停停，停停，這都是真的嗎？」

「不要管它真不真。」娜蒂雅說。

「不要管它真不真！」瑪雅朝她腕錶吼叫。「我要對這群十萬人，還有兩個世界裡的每一個人說，卻不要管它真不真？」

「我們會讓它成真，」娜蒂雅說。「就放手一試吧。」

瑪雅開始奔跑。其他人朝著相同方向，穿過運河公園往上走著，目標伊力思山和台布山之間的高地，她攝影機傳出人們上下跳動的頭的影像，偶爾出現回頭觀看一路喊著讓路的她的幾張興奮面孔。前面轟隆隆的喧鬧歡呼聲波浪似擴散到後面，而且越來越密集強烈，最後瑪雅迫得必須放緩腳步，然後在群眾間左推右擠的努力尋找前進縫隙。這些人多半年輕，並且比瑪雅高上許多；娜蒂雅移步薩克斯的螢幕看芒加拉佛拍出的影像，那些影像是從兩架攝影機來來回回切換剪輯而成，其中一具架設於公主公園上一座老舊冰核丘邊緣，對準講台的攝影機，另一具則架設於甬道天橋上。兩個角度都顯示出群眾人數不斷的增加——也許有八萬人，薩克斯猜測，他的鼻子距離螢幕僅一公分遠，彷彿他正一個個數著數兒。亞特與

瑪雅和娜蒂雅形成三方通話，他和娜蒂雅繼續對她提供意見，而她奮力在群眾之間擠出一條路。

安塔結束他以阿拉伯語頗具煽動性的簡短演說時，瑪雅來到群眾邊緣，而賈姬此時走上演講台，站到一排麥克風前透過安置在冰核丘的巨型喇叭演說，那些演講內容再經由無線電傳送到公主公園四周的輔助喇叭擴大出去，同時傳送到肩上型擴音機，電腦資料板、腕錶等，使得她的聲音充斥在所有地方——然而儘管如此，由於每一句話都稍微在台布山和伊力思山產生回音，並且夾雜著熱烈鼓掌歡呼，所以只能斷斷續續聽到她的演講內容。「……將不允許火星成為一個替代世界……一群對發生在地球上的災難負有最根本責任的行政統治階級……橫行惡鼠企圖離棄一艘沈沒中的船……會在火星上製造同樣的混亂，如果我們不抗拒的話！……不會發生！因為這裡現在是一個自由火星！自由火星！自由火星！」

她高舉一根手指戳向天空，群眾高聲大喊那些字眼，聲音越來越大，很快的形成一種節奏，他們同聲狂喊——「自由火星！自由火星！自由火星！自由火星！」

伴著這群廣大而且還不斷增加的群眾喊唱之間，奈加爬上冰核丘走上講台，人們看到他，許多人開始叫喊「奈——加，」有時與「自由火星」同聲而出，有時獨立出現在「自由火星」的空檔間，所以整個群眾呼號變成「自由火星（奈——加）自由火星（奈——加）！」浩大的合唱。

奈加來到麥克風前，揮動一隻手要群眾安靜。那同聲合唱並沒有停止，反而完全轉變為「奈——加！奈——加！奈——加！奈——加！」一股極為明顯的熱情擺盪在這浩大的同聲吟唱裡，彷彿在場的每一個人都是他的朋友，而且對他的出場感到極端興奮——娜蒂雅心想，他生命中大半光陰都花在行旅上，所以這番猜測很可能與真相不遠。

喊唱緩緩減輕，最後群眾發出的響聲變成一股嗡嗡鳴響，相當

大聲，但奈加透過擴音機的歡迎詞仍然清晰可聞。在他開口時，瑪雅繼續擠過人群往那座冰核丘走去，而因為人們定點站立，她的前進變得容易些了。但他一開始演講，她也停下步伐看著他，只在突然記起來時，才於每一個句子停頓後群眾的歡呼鼓掌聲中前移幾步。

他演說風格淺緩低沈、平靜、友善、緩慢。比較容易聽清他的演講內容。「對我們這些出生在火星上的來說，」他說，「這是我們的家。」

他幾乎得停頓一分鐘時間等待群眾歡呼聲淡去。他們多半是本土人，娜蒂雅再次注意到；瑪雅幾乎比所有在場的人都要矮上許多。

「我們的身體是由一直到最近還存在於風化層的原子所組成，」奈加繼續。「我們是徹徹底底的火星人。我們是火星活生生的片段部分。我們是對這個星球許下生物學上的永恆承諾的人類。它是我們的家，而我們永遠回不去了。」這已廣為人知的標語引來更為熱烈的歡呼。

「現在我們之間那些出生在地球上的——這裡有許多不同的類型，對不對？當人們遷移到一個新地方，有些意圖永遠停留，把它當作他們的新家，我們稱這些人墾拓者。其他人前來工作一陣子，然後回到他們來處，那些人我們稱為訪客或殖民主義者。

「本土人和墾拓者是自然同盟。本土人畢竟是早期墾拓者的子孫。這是我們全體共同的家。至於訪客——火星也有他們存在的空間。我們說火星自由獨立，並不表示地球人不能夠再來到這裡。絕對不是如此！我們全都是地球的孩子，不管從什麼角度來看。那是我們的母親世界，而我們很願意全力幫助它。」

群眾聲響降低下來，似乎對這項聲言感到訝異。

「然而一個明顯的事實是，」奈加繼續，「發生在火星這裡的事件不應該由殖民主義者來決定，或地球上的任何人。」歡呼聲再

次響起，淹沒了他接下來的幾句話。「——我們欲求自決權的一個簡單明瞭的陳述……我們的天賦人權……人類歷史的驅動力。我們不是殖民地，我們也不願意接受殖民待遇。再也沒有所謂的殖民地了。我們是自由火星。」

更多的歡呼，比以前更大聲，流竄著更為響亮的「自由火星！自由火星！」

奈加打斷歡呼聲。「我們現在，以自由火星人身分，意圖進行的是歡迎所有願意加入我們的地球人。不管是短期停留這裡然後回去，或在這裡永久居留。我們同時也願意盡可能的幫助地球渡過當下的環境危機。我們在洪水氾濫議題上有相當的專業知識」（歡呼）「我們能夠幫忙。但是這種幫助從今而後不再由變形跨國公司居中斡旋，在交接中索取它們自己的利益。這種幫助是一個自由贈禮。這對地球居民的利益將遠遠超過把這裡當作殖民地所能夠強力汲取的。這就嚴格的字面意義來說絕對真實，而且是依據火星能夠轉移到地球的資源以及工作成果數量來看的。所以我們希望也信任兩個世界的每一個人都會歡迎一個自由火星的出現。」

他退後一步，揮動一隻手，歡呼喊唱聲再次爆發。奈加站在講台上，微笑揮手滿臉喜悅，然而同時也微感迷惑不知下一步該做些什麼。

他演說的整個過程中，瑪雅繼續在歡呼聲中龜步前進，現在娜蒂雅經由她戴著的攝影機看到她已經來到講台邊緣，與首列群眾並排。她的手臂一再阻擋攝影影像，接著奈加注意到她揮動的雙手，看到了她。

他一看清楚後就微笑朝她走去，幫助她攀上講台。領她走到麥克風前，當瑪雅摘下她攝影機眼鏡之前的剎那間，娜蒂雅瞥見賈姬・布恩驚訝不悅的神情。娜蒂雅螢幕上的影像狂野掃動，最後出現講台底板。娜蒂雅低聲詛咒，奔向薩克斯的螢幕，心猛然竄上喉嚨懸吊著。

　　薩克斯仍然接收芒加拉佛的圖像，目前切換到架設在伊力思山和台布山之間的拱形甬道天橋上的攝影機。從這個角度，他們可以看到圍繞冰核丘的人海，填滿城市裡的中央谷地，一直深入到運河公園；布若斯裡的大部分住民一定都在這裡了。在那臨時講台上，賈姬顯然在奈加耳邊叫喊著什麼。奈加沒有回應，並在她的勸誡聲中走近麥克風。瑪雅在賈姬身邊看來又纖小又老邁，但是她如一隻老鷹般挺立著，而當奈加對著麥克風說，「這是瑪雅・妥伊托芙娜。」歡呼聲震天嘎響。

　　瑪雅氣勢洶洶的往前踏步，對著麥克風說，「安靜！安靜！謝謝！謝謝。請安靜！我們也有些重要聲明要在這裡公佈。」

　　「老天，瑪雅。」娜蒂雅說，緊緊招握薩克斯的椅背。

　　「火星現在獨立了，是的。安靜！但誠如奈加所言，這並不表示我們要排除地球而獨自存在，那根本不可能。我們依據國際法要求獨立國家主權，我們請求世界法庭立即確認這個合法地位。我們已經簽訂肯定這項獨立的初步條約，並且與瑞士、印度和中國建立了外交關係。我們同時也與布雷西斯組織擬定了非獨佔性的經濟合作關係。這個以及我們往後將進行的所有安排協商，全都屬非營利性質，並且將以兩個世界的最大利益做為目標指向。所有這些條約結合起來象徵我們與地球各個政治實體之間正式的、合法的、半自治關係的創立。我們全心期待世界法庭、聯合國，以及其他所有相關實體，能對這些所有協議立即予以確認並予簽署。」

　　這項聲明之後響起了大眾的歡呼聲，雖然比之奈加的要為遜色，瑪雅依舊停頓下來讓他們繼續。當他們稍稍平靜下來之後，她再陳述。

　　「至於火星這裡的情況，我們希望立即在布若斯召開會議，以多薩伯雷夫亞宣言為建立一個自由火星政府的起始基礎。」

　　歡呼聲再起，比前次更為熱烈。「是的，是的。」瑪雅不耐煩的說，試圖再次打斷他們。「安靜！聽著！在走到那一步之前，我

們必須解決反對陣營的問題。大家都知道，我們在臨時政府保安部隊總部之前集合，他們這個時候正與我們一塊傾聽觀看整個過程，就在台布山裡。」她指出。「除非他們出來加入我們。」歡呼，叫囂，喊唱。「……我在這裡對他們說，我們沒有意圖傷害他們。現在這是臨時政府的義務，看清『臨時』已經有了新的形式。並且命令它的保安部隊停止控制我們。你們無法控制我們的！」瘋狂的歡呼。「……沒有意圖傷害你們。而且我們保證提供你們前往太空站的安全途徑，那裡有飛機可以讓你們全部前往雪菲爾，從那裡上到克拉克，那是，如果你們不願意加入我們奮鬥的新行列。這不是圍攻或封鎖。這是很簡單的──」

她停頓高舉兩隻手，群眾大聲為她接下去。

在喧囂的歡呼聲中，娜蒂雅試著與仍然站在台上瑪雅連上線，但是她顯然聽不到。終於瑪雅低頭看她的腕錶。影像劇烈擺動著；她的手臂在發抖。

「太棒了，瑪雅！我真為妳感到驕傲！」

「是，喔，任何人都可以杜撰故事的！」

亞特大聲說，「看看妳能不能夠叫他們解散！」

「好。」瑪雅說。

「跟奈加談，」娜蒂雅說。「叫他和賈姬去進行。要他們確定不會對台布山貿然行動或任何類似的事情。叫他們去進行。」

「哈，」瑪雅驚叫。「是哦。我們就叫賈姬去進行，對不對。」

接下來她腕錶上的小螢幕就到處擺盪，而喧囂嘈雜的噪音如此響亮，使連在線上的觀察者無法猜測現場狀況。芒加拉佛的攝影機照出台上一落人正在討論協商。

娜蒂雅走開，撲通坐在一張椅子上，彷彿剛在台上發表演說的是她那樣的疲憊不堪。「她實在很棒，」她說。「她記得我們告訴她的每一件事。現在我們就只需要讓它成真。」

「把它說出來就讓它變成真的了。」亞特說。「瞧，兩個世界的每一個人都看到了。布雷西斯應該已經依之行事了。瑞士也毫無疑問的會支持我們。瞧，我們會讓它出現結果的。」

薩克斯說，「臨時政府可能不會同意。這裡，沙易克傳來一則消息。紅黨游擊隊已經從塞爾地斯下來。攻佔了堤防西端。正朝東方移近。他們距離太空站已經不遠。」

「那正是我們想要避免的！」娜蒂雅喊。「他們到底想做什麼！」

薩克斯聳聳肩。

「保安部隊不會喜歡這樣的發展的。」亞特說。

「我們應該跟他們直接對話，」娜蒂雅說，努力思索一番。「當初海斯汀還是任務控制主管時我常跟他談話。我對他記憶不深，但我想他不是那種會哇哇大叫的瘋狂人物。」

「看看他在想些什麼不會有壞處。」亞特說。


於是她走進一個安靜的房間啟開螢幕，連絡台布山的聯合國臨時政府總部並表明她的身分。雖然現在大約是凌晨兩點鐘，她不到五分鐘就與海斯汀連絡上了。

雖然她會說她早已經忘了他的面孔，卻依舊立刻認出他來。短小瘦削的臉，有著懊喪神情的技術專家政治主義者，很有些脾氣。他看到螢幕上的她時，臉部扭曲了一下。「又是你們這些人。我一直就說，我們錯送了一百人。」

「毋庸置疑。」

娜蒂雅研究他的面孔，試圖想像什麼樣的人可以在一個世紀裡擔任任務控制主管，另一個世紀中主掌臨時政府。過去在戰神號，他經常被他們激怒，對他們偏離規則的每一丁點行為都滔滔不絕的痛罵訓斥，有一回因為旅程延誤，他們暫時停止傳送錄影帶回去，他真的狂暴憤怒到了極點。一個聲聲念叨法律規則的行政官僚，阿

卡迪輕侮蔑視的那種人。但同時也是一個你可以持理辯論爭執的人。

　　至少剛開始時她是這樣想。她和他爭論了十到十五分鐘，告訴他方才目睹的公園示威集合只是發生在火星各地的一部分而已——告訴他整個星球已經揭竿起義反抗他們了——還告訴他他們可以去到太空站，自由離開。

　　「我們不會離開。」海斯汀說。

　　他告訴她，他的聯合國臨時政府部隊控制了物理廠，因此這座城市屬於他。紅黨可以佔據堤防，但是他們不可能鑽孔破壞它，因為城裡有二十萬人，基本上全都是人質。增援專家部隊很快就會抵達，接下來二十四小時內就會進入運行軌道。所以演說根本沒有意義，只是一種姿態而已。

　　他很冷靜的那樣告訴娜蒂雅——而如果他不是那樣討人厭的話，娜蒂雅甚至會說他相當自滿。看來他很顯然收到了來自地球的指示，告訴他穩住布若斯並等待援軍。毫無疑問的聯合國臨時政府在雪菲爾的支部也接獲如是告知。如今布若斯和雪菲爾仍然落在他們手中，加上增援部隊會隨時到達，無怪乎他們認為他們佔了上風。持平而論，他們的理由至為充足。「當人們恢復理智，」海斯汀斷然指出，「我們會重新取得控制。現在唯一真正重要的事是南極大陸水災。在地球緊急時刻支持它是個關鍵點。」

　　娜蒂雅終於放棄。海斯汀顯然是個極端剛愎自負的人，而且他有他的理由，還不只一個。於是她盡可能禮貌的結束這場會談，要求稍後再與他連絡，心中兀自希望她表現出亞特那種外交風格。然後她踱出房間加入其他人。

　　那天晚上他們繼續監督來自布若斯以及其他地方的報告。這麼多事情不斷發生，娜蒂雅心情緊張的根本無法入睡，薩克斯、史地夫、瑪麗安以及其他都馬色雷的波格丹諾夫份子很顯然的也有相同

感覺。所以他們癱瘓在椅子上，隨著時間慢慢消逝而雙眼通紅，全身酸痛，螢幕上的影像也閃爍不明。一些紅黨成員確然脫離了主要反抗聯合組織，追尋他們自己的某些議題，逐節擴大他們在整個星球上進行的破壞和直接攻擊的行動，武力奪取小站台，然後將原佔有人塞進幾輛車子，再把站台整個炸掉。另一支紅軍也成功闖入開羅的物理廠，殺了裡面許多安全警衛，迫使剩下的人投降。

這場勝利鼓舞了他們，但是其他地方的結果就沒這麼好；竄逃各地的許多殘存者傳來的訊息指出，一隊紅黨成員攻擊拉斯維茲的物理廠，已經將之完全摧毀，並且對帳幕造成巨大破壞，因此許多來不及逃入安全建築，或進入車裡的人就此死去。「他們到底在做什麼？」娜蒂雅哭喊。沒有人能夠回答她。那些團體沒有回應她的呼叫。安也沒有。

「我希望他們至少能夠和我們談談他們的計畫，」娜蒂雅憂愁的說。「我們不能讓事情超出控制，那樣太危險了……」

薩克斯鼓起嘴唇，看來頗為不安。他們去公共休息室用早餐，然後有些人休息。娜蒂雅強迫自己吞下食物。自從薩克斯那通電話以來已整整過了一個星期，而她記不得那個星期中她吃進肚裡的任何東西。事實上，在回想中她開始覺得飢餓萬分。於是她把炒蛋盡數掃進嘴裡。

當他們快要用完早餐時，薩克斯俯過身來說，「妳提到談論計畫。」

「什麼？」娜蒂雅說，手中叉子停在眼前半空中。

「喔，這艘就要到達的太空梭，有保安戰略部隊在裡面？」

「怎樣呢？」飛掠過卡塞峽谷之後，她開始懷疑起薩克斯是不是夠理智；她手上的叉子開始明顯的顫動著。

他說，「哦，我有個計畫。事實上，是我達文西團員想到的。」

娜蒂雅嘗試穩定手中的叉子。「告訴我。」

＊　　＊　　＊

娜蒂雅模模糊糊的渡過那天，她拋下任何休憩的念頭，試圖與紅黨團體連絡，與亞特商討遞送地球的訊息草稿，通知瑪雅、奈加和布若斯裡的其他人有關薩克斯的最新計畫。看來原本已經加速前進的事件發展速度，如今更瘋狂的轉進更高檔速，遠遠出乎所有人的控制能力，讓大家沒有時間吃飯睡覺或使用浴室。然而那一切日常所需都得一一完成，所以她蹣跚跌撞的走到女盥洗室，沖了個長長的澡，然後吃了頓斯巴達式的簡單午餐，麵包和乳酪，然後橫躺在沙發上閉上眼睛小睡一下；但是那是個輾轉反覆低淺的睡眠，她的腦子繼續滴答滴答走動，朦朦朧朧歪歪曲曲的回想當日發生的所有事件，室內此起彼落的說話聲。奈加和賈姬兩人不和；這對他們會是個問題嗎？

然後她醒來，感覺一樣的困頓疲憊。室內的人依舊談論著賈姬和奈加。娜蒂雅走到浴室，接著尋找咖啡。

沙易克和娜絲可還有一大群阿拉伯代表在她睡著的時候抵達都馬色雷，此時沙易克伸頭到廚房說：「薩克斯說那艘太空船就要到達了。」

都馬色雷就在赤道北邊六度處，所以他們位於良好位置觀賞這將於日落後發生的特別氣阻減速的景象。天氣很配合，整個天際空曠無雲非常清晰明朗。太陽降落，東邊天空黯淡下來，塞爾地斯上空往西的拱形色帶呈現光譜圖案，有黃色、橘紅、一條狹長蒼白的綠、藍綠，和靛藍。然後太陽消逝在黑色山丘之後，天空色澤轉深，透明清晰彷彿穹蒼突然間膨脹了百倍。

在這色澤當中，兩顆夜星之間，乍然迸現第三顆白色星星燃亮天際，留下一道又短又直的凝結尾巴。這是連續太空梭氣阻減速時在高空引發燃燒現象的特有戲劇性展現，白天黑夜都看得見幾無二

致。這樣的太空梭只需一分鐘即能從一端地平線劃過長空,消逝在另一端,緩慢明亮的流星。

然而這回當它仍然高據西邊天際時,色澤即變得越來越淡,直至成為一顆微弱小星。然後消失。

都馬色雷觀察室裡擠滿了人,其中有不少對這史無前例的景象尖聲驚叫,而他們之前已先接到通知了。當它蹤影完全消逝之後,沙易克請薩克斯對那些不及聽取整個故事的人解釋。薩克斯告訴他們,氣阻減速太空梭的軌道引入視窗相當窄小,與早期飛到的戰神號相似。因而對錯誤狀況的發生幾乎沒有多少反應空間。薩克斯在達文西火山口的技術人員裝置了一個裝滿金屬片的火箭——猶如一桶鐵質碎塊斷片,他說——在幾個小時前發射出去。那艘太空梭抵達前幾分鐘,這個火箭在太空梭的 MO1 路程內爆炸,將內藏金屬碎片拋擲成一個水平方向很寬,垂直方向很窄的環帶。軌道引入完全依賴電腦控制,所以當太空梭的雷達辨認出這塊碎物區,太空梭的人工智慧電腦導航儀器只有非常少數的幾個應變選項。俯衝到碎物區下面,將使太空梭暴露在密度較高的氣層中,很可能就此燃燒殆盡;而穿過碎物區則將冒著太空防熱罩穿孔的危險,同樣可能起火燃燒。因此沒有別的選擇;根據它程式裡的危險指標,人工智慧電腦必須放棄氣阻減速,轉而飛越碎物區上端;而那將使它跳出氣層之外。這表示太空梭仍然以其接近每小時四萬公里的最高速率朝外飛往太陽系的星際之間。

「除了氣阻減速之外他們還有其他任何降低速度的方法嗎?」沙易克問薩克斯。

「應該沒有了。那就是它們何以需要氣阻減速設備的原因。」

「所以那艘太空梭注定毀滅了?」

「不一定。它們可以利用另一座星球做為重力把手擺盪迴轉,然後返回此間,或地球。」

「這麼說來他們正在往木星的航程上?」

「喔，木星目前處於太陽系的另一邊。」

沙易克咧嘴微笑。「所以他們往土星去了？」

「他們很可能會連續接近幾個小行星，」薩克斯說，「改變他們墜落方向——他們航程方向。」

沙易克大笑，而薩克斯繼續解釋航程調整策略，卻由於大家開始嘰嘰喳喳說長道短，而根本無人聽聞。


所以他們再也不用擔心來自地球的保安增援部隊，至少立即警報解除了。然而娜蒂雅擔心這樁事實可能使身處布若斯的聯合國臨時政府警察有被圍困的恐慌，因而變得更加危險。在此同時，紅黨成員持續移往城市北方，那毫無疑問的將給予安全人員更大的威脅感。那艘太空梭凌空飛掠的當天晚上，搭乘武裝運輸工具的成群紅黨人員完全佔領了堤防。那表示他們相當接近布若斯的太空站，太空站就坐落於城市西北邊十公里處。

瑪雅出現在螢幕上，神情與她那場偉大演說之前很不一樣。「如果紅黨佔據太空站，」她對娜蒂雅說，「安全人員就會被困在布若斯了。」

「我知道。我們就是不想發生這種狀況。尤其是現在。」

「我知道。妳有沒有辦法控制那些人？」

「他們不再諮詢我的意見了。」

「我以為妳是這裡的主要領導人。」

「而我以為是妳。」娜蒂雅快速反擊。

瑪雅笑了起來，刺耳、冷酷。

布雷西斯送進另一份報告，從維司塔轉播而來的一份地球新聞節目合集。大部分是洪水的最新消息，在印尼造成的災難，以及其他許多海岸區域，同時還含有一些政治新聞，包括南半球集團中幾個變形跨國公司客戶國家依憑軍事力量將變形跨國公司持有股份國有化，布雷西斯分析家認為是國家政府起而對抗變形跨國公司的開

始。至於在布若斯舉行的那場大規模示威集會，已經上了許多國家的新聞網，並且成為許多政府辦公室和會議室的討論議題。瑞士已經證實其與「將於稍後指定」的火星政府建立實質外交關係，亞特咧嘴如是述說。布雷西斯也有相同回應。世界法庭宣佈其將審理多薩伯雷夫亞和平中立聯盟對聯合國臨時政府提出的控訴——地球媒體標題為：火星對地球的訴訟——並且將儘速處理。另外那艘連續太空梭已經回報它太空軌道引入失敗的訊息；它計畫利用小行星群迴轉。娜蒂雅對這些事件並沒有在地球媒體上以頭條新聞方式報導感到極端放心，顯然洪水造成的混亂仍然是眾人的首要議題。全球出現了數百萬難民，其中許多人需要緊急援助……

　　這正是他們選擇此時發動暴亂的原因。火星上的大部分城市掌握在獨立運動組織手裡。雪菲爾仍是變形跨國公司大本營，不過彼得‧克萊朋在那裡指揮帕弗尼斯上的所有起事者，協調他們的活動，布若斯目前還無法與之比擬。部分原因是反抗組織裡最激進的份子根本就避開塔爾西斯區域，另外還因為雪菲爾的狀況極端困難，調遣空間極為狹小。起事者如今控制了亞爾西和艾斯克雷爾斯，以及奧林帕斯山脈上吉普火山口的小型科學站；甚至控制了雪菲爾城的大部分。但是電梯套筒以及環繞它的整個城市的四分之一依舊堅實的掌握在保安警力之下，他們配備有重武器。所以彼得被困在塔爾西斯，無法抽手幫助布若斯。娜蒂雅跟他簡短通過話，描述布若斯的狀況，同時請求他跟安連絡，要安約束紅黨成員的行為。他答應了，可是似乎對成功說服他母親沒有多大信心。

　　那之後娜蒂雅再次嘗試連絡安，但是依舊無法接通。然後她再試著連絡海斯汀，他接聽了，只是這場對話仍然沒有多少意義或價值。海斯汀不再有她先前見到的那種沾沾自喜令人作嘔的形象。「這個佔據堤防的行為！」他憤怒的大喊。「他們想要證明什麼？這城市裡有二十萬人，大部分站在你們那邊，在這種情形下，妳真以為我會相信他們會切斷堤防？那實在荒唐！不過，妳聽著，這組

織裡有些人並不喜歡這種把人民推到危險境地的行為！我告訴妳，如果那些人不遠遠滾開堤防，我對接下來可能發生的事毫不負責──滾開整個依稀地平原！妳叫他們滾開！」

然後他在娜蒂雅來得及接話前就切斷連線，他那邊螢幕外顯然有人打斷了他這番長篇大論。一個受了驚駭恐嚇的男人，娜蒂雅心想，再次感覺體內推擠翻攪的那顆鐵殼核桃。一個不再認為有能力掌控態勢的男人。這無疑是個精準的評定。然而她對他臉上最後出現的表情感到不安。她甚至試圖再與之通話，但台布山卻不再有人接聽。

兩個鐘頭後薩克斯把她從椅子上搖醒，她終於了解海斯汀那樣擔心的原因。「燒毀沙比希的聯合國臨時政府單位搭乘武裝運輸工具，試圖──試圖從紅黨手中奪回堤防，」薩克斯告訴她，神態陰暗低沈。「顯然在最靠近城市的堤防部位上發生了激烈衝突。我們剛接到那裡一些紅黨單位說堤防被鑽了孔。」

「什麼？」

「被炸了。他們先前鑽洞安置爆裂物，為了──作為一項威脅。在衝突激戰中，他們將之引爆。他們是那樣說的。」

「喔，老天爺。」她猛然清醒過來，被她體內發生的爆炸給炸醒了，兇猛奔竄的腎上腺素竄流全身。「你得到任何證實了嗎？」

「我們看到一片塵雲遮住星星。很大一片。」

「喔，老天爺。」她來到最近一架螢幕，心幾乎要從胸腔跳了出來。時間是凌晨三點。「冰塊有沒有可能塞住缺口，形成一個冰製水壩？」

薩克斯瞇了瞇眼。「我不這麼認為。那要看缺口有多大。」

「我們能不能引發反爆炸將缺口堵起來？」

「我不認為。瞧，這是堤防破口南岸的一些紅黨成員送來的錄影帶。」他指著一個顯示出紅外線影像的螢幕，左邊是黑色，右邊

暗綠色，中間遍撒森林似的綠點。「中間就是爆炸發生的區域，比風化層溫度高。爆炸發生地點就在液態水窪旁邊。不然就是有爆炸物將破口後面的冰融化了。無論如何，大量的水正源源穿過缺口而來。而那會將缺口捅的更大更寬。我們有了難題。」

「薩克斯，」她驚叫，緊抓他的肩膀，雙眼定定瞪著螢幕。「布若斯的人，他們該怎麼辦？該死，安到底是怎麼想的？」

「有可能不是安。」

「安或任何紅黨成員！」

「他們受到攻擊。再說那有可能是一樁意外。又或者堤防上有人認為他們將被迫遠離爆炸物。他們當時是處於用它或失去它的二選一狀況。」他搖搖頭。「都不會有好結果的。」

「該死。」娜蒂雅也搖頭，釐清思緒似的。「我們必須做些什麼！」她狂暴的喊。「那些臺地頂部夠不夠高？」

「短時間可以。但是布若斯幾乎位於那片低緩區域的最低處。那是它坐落該處的原因。因為該盆地邊緣提供它長長的地平線。不。那些臺地頂端也會被淹沒。由於無法確定流動速度，我不知道還有多久時間。讓我想想，要填滿的體積大約是……」他手指急速的敲彈著，而眼神則一片茫然，娜蒂雅突然了解他頭腦有一部分正比人工智慧電腦還要快的做著計算，默想全盤狀況瞪視無窮，並且搖首擺尾一如盲人。「有可能非常非常快，」他低聲耳語，手指依舊忙碌敲打鍵盤。「如果那融化水窪夠大。」

「我們必須假設它夠大。」

他點頭。

他們肩並肩坐在那裡，盯著薩克斯的人工智慧電腦。

薩克斯遲疑的說，「我在達文西工作時，設想過許多可能情節。將來事物的諸端面貌。妳知道？我擔心過這樣的狀況。毀壞的城市。帳幕，我想過。或者火災。」

「然後？」娜蒂雅說，看著他。

「我想到一個實驗——一個計畫。」

「告訴我。」娜蒂雅平靜的說。

但是薩克斯讀起他螢幕裡那些數字上端成捲軸轉動的東西，看來像是最新氣象報告。娜蒂雅耐心等待，當他終於從他人工智慧電腦上抬起頭來時，她說，「怎樣？」

「有一團高氣壓氣囊從愛森斯朝塞爾地斯而下。今天，明天，應該會在這裡。依稀地平原上的氣壓將達三百四十多毫巴，大概含百分之四十五的氮氣，百分之四十氧氣，和百分之十五二氧化——」

「薩克斯，我並不關心天氣！」

「那足供人呼吸，」他說。他用他那種爬蟲類表情注視她，彷彿蜥蜴、一條龍，或另類冷血動物，適合居住在真空狀態下。「幾乎適合呼吸的。只要我們能夠把二氧化碳濾掉。而我們辦得到。我們在達文西製造了面罩。材料是鋯合金格子框架。很簡單。二氧化碳分子比氧氣或氮氣分子大，所以我們製作了一個分子篩選濾網。那也是副活性濾網，其中夾有一道壓電層，呼氣吸氣可以使材質彎曲而產生充電功能——足供氧氣穿過濾網所需的能量。」

「塵土呢？」娜蒂雅問。

「那是一組濾網，依大小分類。第一層擋住塵土，接著斷片碎粒，然後二氧化碳。」他抬頭看著娜蒂雅。「我只是想大家也許——會需要離開城市。所以我們共製造了五十萬副，用繩帶綁束。邊緣有黏性聚合體，可以貼在皮膚上，然後露天呼吸。就那麼簡單。」

「所以我們撤離布若斯。」

「沒有別的選擇了。我們來不及用火車或飛機把那麼多人運走。但是我們可以走路。」

「走到哪裡呢？」

「利比亞車站。」

「薩克斯，從布若斯到利比亞車站有七十公里，不是嗎？」

「七十三公里。」

「那是很長很長的一段路！」

「我想大多數人必要時可以應付得來的，」他公允的說。「那些做不到的，可以搭乘越野車或飛船。抵達利比亞車站後，他們就可以乘坐火車或飛船。而車站如果用力擠進去的話，一次也許可以容納二萬人。」

娜蒂雅想了一想，俯看薩克斯面無表情的臉龐。「這些面罩在哪裡？」

「達文西。不過它們已經全裝入幾架快速飛機裡了，只要兩個小時就可以運到這裡。」

「你確定它們有用？」

薩克斯點頭。「我們已經試過。而且我還帶來了幾個。我可以拿來給妳瞧瞧。」他起身走到他老舊的黑色袋子，打開拉出一疊白色面罩。遞一個給娜蒂雅。那是一副鼻嘴面罩，看起來很像用在建築工地的傳統防塵面罩，只是厚些而且外環有一圈黏黏的物質。

娜蒂雅檢視一下後戴上，拉緊繩帶。呼吸效果一如防塵面具般容易。一點也沒有阻滯的感覺。密封黏膠似乎也很牢固。

「我要到外面試試。」她說。

首先薩克斯傳話到達文西把面罩運來，然後他們走下庇護所閘門。這項計畫以及試驗的消息已播散出去，薩克斯帶來的所有面罩很快的被索取一空。與娜蒂雅、薩克斯一塊外出試驗的另有十來人，包括沙易克、娜絲可，還有一個小時前抵達都馬色雷的史賓賽·傑克森。

他們身上都套著最新式樣的地表活動服，類似層層絕緣材質織就的跳傘衣，包括加熱單纖維絲，但是沒有了早期低氣壓時代需要的那種壓縮性質地。「試著關閉活動服的加熱系統，」娜蒂雅告訴

眾人。「那樣我們可以知道只穿著城市衣著面對外界冷氣感覺如何。」

他們把面罩戴在臉上，進入車庫閘門。裡面的空氣溫度迅速降低。然後外門打開。

他們走上地表。

很冷。冷冽的寒氣直襲娜蒂雅光裸的額頭，還有眼睛。幾乎讓人喘不過氣來。從五百毫巴來到三百四十毫巴無疑也是原因之一。她的眼睛不由自主的蓄積淚水，鼻子也涕泗縱橫。她呼氣，吸氣。胸部因為寒冷而隱隱作痛。她的眼睛直接暴露在風中──那是她感到最不適應的部分，裸露的雙眼。她在穿透她活動服織物的寒氣中發著抖，而她胸腔吸入的冷氣更讓她覺得難受。這種寒冷有西伯利亞的感覺，她想著。絕對溫度二百六十度，攝氏零下十三度──沒那麼糟糕，真的。她只是不習慣罷了。在火星上她的手和腳不只一次凍僵過，不過那是好多年以前的事了──事實上，已經超過一個世紀了！她的頭和胸腔已經有一個世紀沒有感受到這樣的寒冷了。

其他人大聲的彼此說著話，他們的聲音在露天聽來很是怪異。沒有頭盔裡的內線對講機！她活動服頸圈部分，亦即頭盔連結處極端冰冷，尤其是鎖骨以及頸子後邊。黑色古老的大斜坡斷折岩石蒙上一片朦朧夜霜。她的視野與往昔總戴著頭盔比較起來寬廣了許多──那風──淚水因著寒冷不聽使喚的沿著面頰紛紛跌落。她沒有什麼特殊情緒。不過對沒有面罩或任何玻璃窗阻礙的眼前景物感到萬分驚奇；即使在星光下，所有事物仍舊刻有夢幻似鮮明澄澈的銳利邊緣。東方天空有破曉前濃厚的普魯士藍，高聳的捲鬚雲鑲有白光，彷彿牝馬粉紅尾髮。崎嶇縐褶的大斜坡在星光下閃動黑灰色澤，傍襯黑色陰影線條。而那橫掃她眼睛的風呵！

大家在沒有內線對講機的情況下說著話，他們的聲音薄弱沒有實體，嘴巴隱藏在面罩下。沒有機器嗡嗡、嘶嘶、噓噓的聲響；一個世紀聽慣了那樣的噪音，此刻戶外多風的靜寂變成一種奇特的經

驗，一種聽覺上的空虛不實。娜絲可看起來像是罩著一層貝都因面紗。

「好冷，」她對娜蒂雅說。「我的耳朵凍僵了。我可以感覺吹過我眼睛的風。還有我的臉。」

「這濾網可以維持多久？」娜蒂雅問薩克斯，唯恐他聽不到而放大音量。

「一百個鐘頭。」

「很可惜人們需要通過它們呼出氣息。」那會在濾網上增加許多二氧化碳。

「沒錯。只是我不知道如何簡單的避開。」

他們站在火星地表上，裸露著頭臉。只以一副濾網面罩來呼吸。空氣很稀薄，娜蒂雅判斷，但是她沒有頭重腳輕的感覺。高比例的氧氣補償了低氣壓。氧氣的部分壓力有其重要意義，而大氣層裡氧氣比例這麼高……

沙易克說，「這是第一次有人這麼做嗎？」

「不，」薩克斯說。「我們在達文西試過許多次。」

「這感覺很棒！沒有我想像中那麼冷！」

「而且如果你努力走路，」薩克斯說，「你就會熱起來的。」

他們繞走一陣，小心翼翼在黑夜中踏出步伐。不管沙易克怎麼說，溫度其實相當低冷。「我們應該回去了。」娜蒂雅說。

「妳應該等等日出，」薩克斯說。「沒有頭盔很不一樣的。」

娜蒂雅聽到他這樣情感流露的陳述很感到訝異，然而她還是說，「我們可以等下一次。現在我們要討論的事情太多了。而且這裡很冷。」

「這感覺很棒，」薩克斯說。「瞧，這是克革倫甘藍菜。還有蚤綴屬植物。」他跪下去，撥開一片毛絨絨的葉片，指著一朵隱藏起來的白色花朵，勉強可在拂曉前的晨光下看清。

「走吧。」她說。

他們於是回去。

他們在閘門裡解下面罩，然後回到庇護所更衣室，各自揉搓著雙眼，吐氣到他們戴著手套的雙手。「真的沒那麼冷！」「那空氣嘗起來甜甜的！」

娜蒂雅拉下手套撫摸鼻子。肌肉凍僵了，不過不是初期凍瘡的那種蒼白色澤。她注視薩克斯，後者眼神閃動著狂野光芒。實在不像他——一個奇特但是感人的表情。他們全都看來異常興奮，洋溢著一股罕見的狂笑情緒，邊緣又鑲有對斜坡下布若斯危險狀況的憂慮。「很久以來，我就一直試圖把氧氣比例提高，」薩克斯對娜絲可、史賓賽、還有史地夫說。

史賓賽說，「我以為那是為了把你在卡塞峽谷的火燒得更旺。」

「喔，不。就火而言，一旦你有了一定數量的氧氣，剩下的問題就只是乾燥程度以及要燒什麼而已。不，這是為了把氧氣的部分壓力提高，使人類和動物可以自由呼吸。現在只要二氧化碳能夠降低些。」

「那麼，你做了動物面罩沒有？」

他們一面取笑一面上到庇護所公共休憩室，接著沙易克烹煮咖啡，其他人論說著剛才的散步經驗，並且觸摸彼此臉頰比較寒冷程度。

「要怎麼把大家帶出那座城市呢？」娜蒂雅突然問起薩克斯。「如果保安部隊不把閘門打開的話？」

「把帳幕割開，」他說。「我們最後為了能夠快速撤離眾人，一定得這麼做。不過我不認為他們會守著閘門。」

「他們正在前往太空站，」有人在通訊室裡喊。「保安武力利用地下鐵前往太空站。他們棄船逃竄，那些混帳。米歇爾說火車站——南車站被毀了！」

這引來了大聲責難批評。這之中娜蒂雅對薩克斯說，「讓我們

通知杭特臺地這項計畫，然後去那邊跟面罩會合。」

　　薩克斯點頭。

＊　　＊　　＊

　　他們利用芒加拉佛和腕錶迅速的將計畫傳播給布若斯的居民，同時從都馬色雷駕駛一輛大型篷車來到城市西南方一排低矮小丘上。他們抵達不久，來自達文西的兩架攜帶二氧化碳面罩的飛機橫掠塞爾地斯，降落在帳幕邊牆西區裙幅外的平坦地勢上。城市另一邊，雙層孤山頂端的觀察者已經報告看到洪水的蹤影，從東北方奔湧而來：夾雜冰塊的深棕色水流，沿著城市邊牆內部運河公園的低緩縐褶湧入。有關南車站的消息已經證實了；雪道設備被毀壞，由線型感應發電器爆炸物造成。沒有人能夠確定是誰的傑作，然而事實已然如此，火車無法移動了。

　　所以當沙易克領隊的阿拉伯人攜帶面罩盒子駛到西邊、西南以及南邊閘門時，各處都已聚集了大批人潮，他們不是穿著內含加熱單纖維絲的活動服，就是盡可能厚重的衣著──就即將開展的試煉而言，沒有一個穿的太過厚重，娜蒂雅走入分發面罩的西南閘門時，心裡這麼想著。多數住在布若斯的人已經很少需要走到地表之上，因此他們必要時都只租用活動服。不過租用活動服數量不足以提供給所有人，他們只好穿上市內用外套；但是這些服飾重量相當輕微，並且通常沒有罩頭部分。撤退的訊息已經傳送出去，外加提醒準備絕對溫度二百五十五度的穿著，大多數人於是套上好幾層衣服，軀幹手足盡皆臃腫不堪。

　　每一個閘門每五分鐘可以讓五百人通過──那些是大型閘門──但是有成千上萬的人們等待著，而且隨著這星期六早晨逐步逝去，人潮越積越龐大，相形之下通過閘門的速度實在緩如蝸牛。面罩在群眾間繞轉分發，娜蒂雅覺得到這時候每一個人應該都各握有

一個了。城市裡的所有人應該都清楚眼前的緊急狀況。所以她走到沙易克、薩克斯、瑪雅和米歇爾身邊，以及她看到的所有熟人嘴裡不斷的說，「我們必須把帳幕割開直接走出去。我現在就要把帳幕邊牆割開。」沒有人不同意。

終於奈加出現了，如負有任務的水星般在群眾間滑走，臉上掛著燦爛笑容，與每一個認識的人打著招呼，人們或擁抱他，或握住他的手，或碰碰他。「我現在要割裂帳幕邊牆，」娜蒂雅告訴他。「大家都有面罩了，而閘門無法提供我們緊急疏散的需要。」

「好主意，」他說。「我來宣佈一下。」

然後他往上騰跳三公尺，抓住閘門混凝土拱形頂蓋，把自己拖拉而上，然後雙腳穩穩踏住三公分寬的細長帶子。他打開他攜帶著的肩上型小擴音機說，「請注意！──我們將開始割裂帳幕邊牆，就在頂蓋上面──會有向外湧去的微風但不會太強──然後最靠近邊牆的人先出去──不要緊張爭先──我們會割得很寬，所有人可以在隨後半小時內離開這裡。對外面的寒冷程度要有心理準備──那會很有刺激鼓舞的作用。現在請戴上你們的面罩，檢查自己的密封黏膠，以及你周圍其他人的密封黏膠。」

他低首俯看娜蒂雅，她從背包裡掏出一把小焊接雷射槍，朝奈加揮動，同時高舉過頭讓眾人看見。

「大家都準備好了？」奈加對著擴音機喊。目光所及處每一個人臉上下半部都橫有一張白色面罩。「你們看起來像強盜土匪，」奈加笑著告訴他們。「好！」他說，俯看娜蒂雅。

她割開帳幕。

理智的逃生行為幾乎與驚惶恐慌一樣具有極強的感染力，此番撤離行動既迅捷又有紀律。娜蒂雅將帳幕割開了兩百多公尺，就在混凝土頂蓋上端，帳幕裡較高的氣壓引起往外流動的風勢，將被割裂的層層透明帳幕朝上朝外吹去，眾人於是毫無困難的攀爬到與胸

其高的邊牆爬將出去。另外西邊南邊閘門附近的帳幕也割開了；大約與騰空一座大型露天體育場相同的時間下，布若斯的住民紛紛離開了這座城市，進入依稀地冷涼新鮮的晨間空氣中：氣壓三百五十毫巴，氣溫絕對溫度二百六十一度，亦即攝氏零下十二度。

沙易克領隊的阿拉伯人駕駛著他們的越野車隨侍護航，前前後後來回滾動，指引人們爬上城市西南方幾公里遠的一排小山丘。洪水奔到城市東邊時，最後一部分群眾攀上了平原裡的這排低緩小丘，而坐在分散寬廣的巨礫越野車裡的紅黨觀察人員，報告說洪水已經奔流到城市北邊南邊的圍牆底部，目前還不到一公尺。

這實在是千鈞一髮；足使娜蒂雅全身一震。她站在米里斯山丘群頂端環顧周遭，試圖估量當下情勢。大家已盡了全力，但是衣著實在不夠充分，她心裡這麼想著；不是每個人腳下都穿有絕緣長靴，很少人有足夠的罩頭設備。阿拉伯人從他們越野車裡探身而出，向大家展示如何把圍巾毛巾或多餘夾克纏繞在頭上作成即興兜帽，只能這樣了。但是氣溫實在很低，雖然太陽露臉四周無風，仍然相當寒冷，那些沒有做過地表工作的布若斯市民看來很受到驚嚇。不過還是有些堅強硬挺的人；娜蒂雅憑著他們從家鄉帶來的溫暖帽子，辨認出一些來自俄國的新人；她用俄語同這些人打招呼，而他們總是露齒微笑——「這不算什麼，」他們會這麼喊，「這是溜冰的好季節，是不？」「繼續前進。」娜蒂雅對他們以及所有人說。「繼續前進。」下午應該會暖和些，溫度也許會上升到零度。

那座面臨毀滅的城市，矗立其間的臺地在晨光中顯目的裸露著，彷彿希臘神話中泰坦巨神的大教堂博物館，上面鑲嵌有珠寶似的一排排窗戶，臺地頂部小花園的繁茂綠葉蓋住了紅色岩石。整座城市的居民站在平原山丘上，彷如強盜或花粉熱患者般的帶著面罩，身上圍裹層層衣物，有些套著微薄修長的加熱活動服，另有幾人攜帶頭盔以備不時之需；踏上這條漫長旅程的所有人們這時都佇足站立，回首眺望遠方城市。站在火星地表的人們，面孔暴露在嚴

寒稀薄的空氣中，雙手縮進衣袋，頭頂上方有彷彿金屬修面石膏的捲鬚雲，反襯粉紅色的天空。這奇異的景象讓人既興奮又恐懼。娜蒂雅順著人群上上下下走動，和沙易克、薩克斯、奈加、賈姬、亞特說話。她甚至送了另一道訊息給安，雖然一直沒有得到回音，仍兀自希望安收聽到了：「確定保安部隊在太空站不受任何干擾，」她說，無法抑制語氣裡的憤怒。「避開他們。」

大約過了十分鐘，她的腕錶響起嗶嗶聲。「我知道。」安的聲音簡慢草率。就那樣。

如今他們離開那座城市，瑪雅感到輕鬆愉快。「咱們開始走吧！」她喊。「利比亞車站很遠，而現在半天時間已經幾乎過了！」

「這倒是真的。」娜蒂雅說。許多人已經動身啟程，朝布若斯南車站延伸而出的雪道走去，循著它往南攀上大斜坡的斜坡。

於是他們與那座城市越行越遠，娜蒂雅常常停步鼓舞人們，也因此常常回頭觀望布若斯，在中天陽光下看著那圈透明泡沫似帳幕下的屋頂和花園——那座長久以來一直是他們世界首都的綠色中型自然系統。如今紅褐色的暗沈冰塊洪水奔騰洶湧在城市邊牆的每一個角落，一群密集的混濁冰山從低矮縐褶區湧向東北方，越來越寬闊的洶湧波濤急速湧入城市，空中充滿了怒號咆哮聲，使她頸後毛髮根根倒豎，水手峽谷轟轟隆隆巨響的再現……

他們徒步經過的土地撒滿了低矮植物，多為凍原苔蘚和高山小花，偶爾出現猶如黑色多刺消防栓般的冰凍仙人掌。蚊蚋飛蠅受到這群不速之客的侵擾，嗡嗡盤繞在眾人頭頂上方。現在比早上要明顯的溫暖許多，溫度升得很快；感覺像是已達零度以上。「二七二！」奈加經過娜蒂雅時這麼回答她的詢問。他每幾分鐘就與眾人擦身而去，循著所有人排成的長線從這端到那端來來回回的奔跑。娜蒂雅察看腕錶：絕對溫度二百七十二度。風勢相當輕微，而且來自西南。氣象報告指出那高壓帶至少會在依稀地上空多停留一天。

人們成小隊分批前進，同時不斷與其他小團體會合，於是朋友、同事、相識的人就在行進間彼此不停的打著招呼，常常因面罩下發出的熟悉語聲，以及面罩和頭巾或帽子之間的熟悉眼神而驚叫歡呼。一股廣佈擴散的氤氳霜氣蒸騰在眾人之上，一團極之巨大的呼氣合集，在陽光下迅速蒸發。紅黨軍隊越野車從城市兩端駛出，急速脫離洪水範圍；此刻他們緩緩跟隨移動，前導者遞出一瓶瓶熱呼呼的飲料。娜蒂雅怒目瞪視他們，在面罩下低聲詛咒，一名紅黨成員看到了她眼神中的譴責非難，惱怒的對她說，「炸毀堤防的不是我們，妳曉得嗎，是火星第一游擊隊，是加清！」

然後他駛離。

大家使用雪道東面山谷做為公共廁所。他們循坡而上已達安全距離，眾人因而時時回頭俯看那座奇特空洞的城市，外圍環有一圈滿是冰塊的新生深紅褐色護城河。一群群本土人一面走一面哼唱頌讚火星儀典的片段，娜蒂雅聽著聽著，心在胸腔突地一縮；她喃喃怨道，「出來吧，該死，廣子，拜託——今天出來吧。」

她看到亞特，急步走到他身邊。他正透過腕錶做著實況報導轉播，顯然傳送到地球的一個新聞協會。「喔，是的。」他快速回答娜蒂雅。「這是現場報導。影像也相當好，我確定。而他們可以將之與發生在地球上的氾濫洪水情節合併起來。」

毋庸置疑。那座城市以及裡面的臺地，如今被堵滿冰塊的暗黑水流圍繞，上面蒸騰絲絲寒氣，表面有漩渦亂流，邊緣因碳酸飽和而瘋狂冒著泡沫，洶湧波濤從北方急衝而入，引發大風暴般的隆隆噪音……周遭溫度現在微微升到冰點之上，奔湧水流在蓄積成池靜止下來時依舊維持液體狀態，即使其上覆滿了漂浮的碎裂冰片亦同。娜蒂雅從來沒有如此刻般強烈感覺到他們已經改變了這星球的大氣層——不是植物相，不是染藍了天空，甚至也不是他們能夠露天裸露雙眼，以及僅憑一副薄薄的面罩呼吸。水手峽谷大洪水期間流水凍結的景象——在不到二十秒的時間就從黑色轉成白色——於

她心中印下的痕跡比她了解的還要深刻許多。現在他們有露天液態水流了。支撐布若斯的低緩寬廣縐褶地勢看起來就像偌大的芬地灣（譯註：Bay of Fundy，加拿大東南部海灣，以其高至七十呎的海潮聞名），波濤朝它洶湧奔去。

　　人們大聲呼叫起來，聲響彷彿吱吱喳喳的鳥鳴充斥在稀薄空氣中，蓋過遠方洪水的低沈呼號。娜蒂雅起先毫無頭緒；然後她看到——太空站那裡出現些許動靜。

　　太空站位於城市西北方一座寬廣高原上，布若斯的住民來到斜坡上的此刻高度，可以站著看到太空站最大飛機庫的門打了開來，五架巨型太空飛機陸續滑出：一種不吉利的，透露出軍事色彩的景象。這群飛機被拖曳到太空站的主要停機坪，兩旁悶有噴射支架。然後一切靜止下來，長征難民們繼續往上走，一個鐘頭內來到真正屬於大斜坡的第一落山丘群，雖然他們越升越高，但太空站跑道和飛機庫的下半邊仍然掩映在水濛濛的地平線下。太陽此刻已經往西斜落。

　　注意力轉回城市本身，洪水從布若斯東方帳幕邊牆穿鑿而入，並且越過西南閘門頂壁，從他們切割出的帳幕缺孔處湧進。那之後很快的就氾濫於公主公園、運河公園和下村，將整座城市剖成兩半，然後慢慢的聚積竄升淹沒大道，淹沒低窪處的房頂。

　　在這番壯觀景象之中，一架巨型噴射飛機出現在高原上端的天空，飛行速度慢得好似無法繼續前進，巨型飛機貼近地面飛行時總是給人這樣的感覺。它朝南起飛，所以對地面上的觀察者而言，它變得越來越大，而且似乎一直沒有加速，直到它那八具引擎的低沈轟隆聲來到他們頭頂上空之後，才帶著大黃蜂般不可思議的低緩笨拙身形奮力穿空翻飛。當它蠢拙喧鬧的往西飛去時，另一架出現在太空站上空，飛掠洪水氾濫的城市，越過他們也往西行去。五架飛機就這樣依次飛走，每一架都跟前一架一樣似乎毫無空氣動力飛行

速度，然後最後一架滑過他們上空消失在西邊地平線。

　　現在他們開始認真的徒步旅行。步伐最快的已先行而去，絲毫沒有等等腳步較慢的人的意思；大家都了解必須盡快的讓人們從利比亞車站搭火車離開。各地都將可以運用的火車駛往利比亞，但是利比亞車站很小，而且只有幾條側線，撤離的安排將因此變得相當複雜。

　　已經是下午五點鐘了，太陽低低斜掛在塞爾地斯突起地勢上端，氣溫筆直落到零度以下，並且還在繼續墜落當中。步伐最快的人群多為本土人和新到移居者，他們依舊領先，整個行旅隊伍變成一條橫躺地面的綿長鏈子。越野車裡的人報告說只剩幾公里了，而那幾公里卻又不斷的在加長著。這些越野車沿著長線來來回回奔馳，不時讓人們上車下車。土狼突然出現在場景之中，從堤防那端駛上來，娜蒂雅一看到他的巨礫越野車，立即懷疑他是否牽涉到堤防的破壞行動；可是當他愉快的通過腕錶跟她打招呼，並且殷殷詢問事情進展程度之後，即往回朝城市方向駛去。「要南槽溝送一架飛船到城市上空，」他建議，「以免有人被留在那裡，正爬到臺地頂端等待援救。很可能有人碰巧睡著了，醒來時面對這麼一個大大的驚嚇。」

　　他狂放的笑了起來，不過這的確設想周到，亞特趕緊做了連絡。

　　娜蒂雅和瑪雅、薩克斯、亞特走在這條長長人鏈末端，傾聽不斷遞送而來的報告。她引導巨礫越野車行駛在雪道上，避免揚起塵土飛散空中。她試圖不去理會她已疲倦的事實。疲倦來自於睡眠的缺乏，而不是肌肉能量的耗竭。然而這將是一個冗長的夜晚。不只對她而言。如今火星上許多人已經成為完完全全的城市居民，根本不習慣這樣的長途跋涉。她自己就很少這樣了，不過她通常需要在建築工地徒步巡視，不像這裡許多人一樣有份坐辦公桌的工作。幸

運的是他們沿著一條雪道前進，如果願意，甚至可以走在邊緣鋪有懸垂鐵軌，中線鋪有物理反應作用軌道之間的平坦雪道表面之上。不過多數寧願踏步在雪道側旁的混凝土或石子路上。

　　遺憾的是，除非朝北離開依稀地斯平原，否則即表示得一路上坡。利比亞車站比布若斯高約七百公尺，不是個難以想像的高度；不過這七十公里的迢迢長路幾乎全都是緩緩上升的路段，沒有一處是可以短時間縮減攀爬需要高度的陡上斜坡。「那會讓我們保持溫暖，」薩克斯聽到娜蒂雅提起時這樣嘟囔著。

　　時間越來越晚，他們的身影巨人般往東方斜斜投射。他們後面那座逐漸淹沒的城市，沒有光影沒有人聲一片死寂，只有湧動的黑色洪水；一座臺地接著一座臺地消失在地平線那端，直到最後雙層孤山和米里斯臺地也隱沒不見。依稀地原本昏暗焦茶的色澤添上越來越多顏料，天空越來越暗，最後肥碩的太陽跌在西邊地平線上，散放最後一道燃燒著的光芒；他們緩緩走過這一片紅色世界，蹣跚跌撞彷如一群敗退撤離的狼狽軍隊。


　　娜蒂雅不時察看芒加拉佛上的消息，發現這個星球其他地區的消息多半令人欣慰。除了雪非爾之外，所有主要城市都鞏固在獨立運動勢力下。沙比希的土墩迷宮提供大火逃生者避難場所，而雖然火勢尚未完全撲滅，迷宮至少表示了他們的安全。娜蒂雅跟納諾和伊促說了一陣子的話。腕錶小螢幕上納諾的面龐滿是倦容，她提到她感覺有多糟——沙比希的火災，布若斯水患——火星上兩座偉大的城市毀了。「不不，」納諾說。「我們會重建。沙比希存在我們心中。」

　　他們遣送了幾列沒有受到火災侵襲的火車到利比亞車站，其他許多城市也一樣。最靠近這個區域的同時派送飛機和飛船。飛船能夠在他們夜行軍時提供一定的幫助非常有用。尤其重要的是他們能夠攜帶飲水前來，因為低溫和過於乾燥的夜晚將引起嚴重的脫水現

象。娜蒂雅的喉嚨早已焦炒似的乾透了，她於是滿心感激的接過一輛經過的越野車遞出來的一杯溫水。她揭起面罩快速喝下，試著屏住氣息。「最後一圈！」遞出水杯的女子快活的喊道。「下一百人之後我們這裡就大功告成了。」

另一種消息從南槽溝傳來。他們聽說埃律西姆峰附近幾個採礦營地的住民宣稱獨立，既不屬變形跨國公司也與自由火星運動無關，並且警告所有人保持距離。一些紅黨佔據的站台也如是宣稱。娜蒂雅哼了哼。「告訴他們沒有問題，」她對南槽溝的人說。「送一份多薩伯雷夫亞宣言給他們，要他們研究一陣子。如果他們同意支持人權部分，就沒有必要擔心他們。」


太陽在他們前進步伐中往西隱沒了。薄暮黃昏緩緩上場。

朦朧視野中，天際依舊染有一片深紫薄光，此時一輛越野車從東邊駛來，停在娜蒂雅這群人前方稍遠處，有身形從車裡踱出朝他們走來，戴著白色面罩和兜帽。突然間僅憑半身側影娜蒂雅就認出領頭的人：是安，又高又瘦，直直朝她走來，顯然在這朦朧光暈下也毫不遲疑的從這群雜亂排列的眾人中把她認了出來。登陸首百辨認彼此的那種只可意會的方式……

娜蒂雅停步，瞪視她的老友。安在乍然襲來的寒冷空氣中猛眨眼睛。

「不是我們做的，」安唐突粗率的說。「阿姆斯科單位乘坐武裝汽車到達，引發激烈的衝突。加清恐怕他們一旦重新取得堤防，就會試著奪回一切。他很可能沒錯。」

「他還好嗎？」

「我不知道。堤防上不少人被殺。另有許多必須上到塞爾地斯躲開洪水。」

她站在他們前面，冷酷陰鬱，毫無歉意——娜蒂雅驚訝於能從半身側影裡讀出這麼多，好一個反襯群星的黑色剪影。也許是肩部

線條。或頭部的傾斜度。

「來吧，」娜蒂雅說。在這個時候她想不出還能說什麼。當然她可以質問他們何以當初要到那堤防上設置爆炸物……不過現在這些都已經不重要了。「我們繼續前進吧。」

黃昏餘光從地面退走，抽離周遭涼颼颼的空氣，最後消失在天空。他們在星夜下趕路，穿梭在嚴寒如西伯利亞的空氣中。娜蒂雅可以走得快些，但是她想留在後面伴隨走得最慢的團體，盡可能的幫忙。人們讓他們之間的一些小孩兒騎在肩背上，事實上這條人鏈尾端的小孩兒並不多；最小的孩子已經坐上越野車，年紀較長的在前頭與步履快捷的人走在一起。再說布若斯裡的孩童本就不多。

越野車頭燈柱切割著他們踢起的塵土煙霧，娜蒂雅不禁懷疑這些二氧化碳面罩會不會被這些斷片碎粒給阻塞住。她大聲提出這項疑問，安說，「如果你把面罩朝你臉部壓緊，然後用力往外吹，會有幫助的。你也可以暫時屏住呼吸，把它摘下，用壓縮空氣去吹，如果你帶有壓縮機的話。」

薩克斯點頭。

「妳知道這些面罩？」娜蒂雅問安。

安點點頭。「我已經使用類似物品許多次了。」

「喔，好吧。」娜蒂雅嘗試依言而做，將面罩緊緊壓住嘴巴，用力吹去。她很快的就氣喘連連。「我們實在應該試著走在雪道和道路上，減少揚起的灰塵。叫越野車開慢一點。」

他們繼續。一兩個鐘頭後他們開始進入一種步行的韻律節奏中。沒有人超越他們，也沒有人落在後面。天氣越來越冷。越野車頭燈照出他們前面成千上萬的身形，全都賣力的走在緩緩揚升的斜坡上，朝著高立南方的地平線行去，距離大概還有十二到十五公里，在漆黑中很難正確判斷。這人鏈一直延伸到地平線那端：如起伏波濤般上下振動，兩旁圍有車頭燈，手電筒，紅色車尾燈組合成的藩籬……好個奇特景致。頭頂上空偶爾傳來轟轟聲，是南槽溝遣

來的飛船，彷彿絢麗的幽浮般飄飛在空中，顯示燈明滅閃爍；它們在引擎隆隆聲響中擺盪著送下一堆堆的食物飲水，越野車隨即趕到落點將之取回，那些飛船還把人鏈尾端的人群接走。然後隆隆升空離去，變成夜空裡一顆色彩繽紛的星星，最後消失在東方。

時間空檔時分，一群活力充沛的年輕本土人試圖引吭高歌，卻因太過寒冷乾燥而無法持續。娜蒂雅喜歡這個主意，默默在心中重複翻唱她最喜愛的幾首老歌：〈哈囉中心給我爵士醫師〉、〈木桶裡有個洞〉、〈充滿陽光的街道邊〉。一遍又一遍。

夜越長，她的情緒越好；因為整個計畫開始顯現出成果。他們並沒有經過幾百個疲憊倒下的人群——越野車傳來的訊息只表示前方有不少年輕本土人因為行進過快，此刻需要協助。每一個人乍然投身露天地表時都是從五百毫巴氣壓驟降到三百四十毫巴，那相當於地球上從四千公尺驟升到六千五百公尺的高度，即使在火星空氣中有高氧氣比例來緩和的狀況下，仍然是個相當劇烈的改變；因此人們紛紛出現高山病。高山病通常比較容易發生在年輕人身上，而許多本土人起步時都太過興奮狂熱。所以有些人此時正付出代價，頭痛、暈眩、嘔吐。不過根據越野車的報告，他們截至目前為止還算成功的搶救瀕臨嘔吐邊緣的病人，並且能夠隨侍護衛在其他患者身旁。人鏈末端則維持在穩定規律的步伐中。

娜蒂雅步履艱難的跨著步伐，有時和瑪雅或亞特手牽手前進，她的思緒在刺骨嚴寒中晃蕩，回憶起往昔一些奇異片段。她想起過去在這個屬於她的世界表面經歷過的其他危險寒冷的徒步旅行經驗：和約翰在拉比環形丘處於強烈風暴中⋯⋯和阿卡迪尋找定向應答器⋯⋯跟隨法蘭克逃離發生在開羅的夜襲，進入諾克特斯拉比林斯特區躲避⋯⋯就是那天晚上，她陷入一種奇怪的既酷冷卻又開心的情緒中——也許是一種無需扛起責任的反應，成為一個無足輕重的步行士兵，追隨在領導者身後。六一年真是一場悲慘災難。這場革命也可能轉成一場混亂——事實上它真是這樣。沒有人對局面的

發展有控制力。然而即令如此，她腕錶上依舊充斥著各地傳來的報告語聲。而且沒有人會從天空轟炸他們。臨時政府裡最強硬的份子也許在塞峽谷遭徹底清除了──亞特那整合式疫病管理的嚴肅層面。而剩下的聯合國臨時政府人員則因變成少數而大受打擊。在這種狀況下，他們一如任何人般無法控制整個星球傳出的不同意見。或者太過驚嚇而不敢嘗試。

所以他們這回真能夠造成不同結果。不然就是地球狀況改變了，而火星歷史上發生的所有不同現象只是那些變化的扭曲反映而已。這很有可能。因此在考慮到將來時，這變成了一項難題。不過那是將來的事了。將來的事他們終將全體面對。而現在他們只要擔心盡快趕到利比亞車站。身體所需的這樣單純的問題，以及解決是項問題的答案，讓她感到極端輕鬆。終於有她可以直接上手的事情了。走路。在刺骨嚴寒中呼吸。試圖援引她身體其他部位，她的心臟來溫暖她的胸腔──類似奈加那種不可思議的重新分配熱量的能力，如果她能的話！

她開始覺得她可以一面走路一面打個小盹。她擔心那是二氧化碳中毒跡象，可是依舊時不時昏睡一下。她的喉嚨非常疼痛。人鏈尾端的行進速度開始減緩，越野車開始駛回搭載所有筋疲力竭的人，把他們載到坡上的利比亞車站，放下他們後再駛回搭載另一群。更多人開始出現高山病徵狀，紅黨成員利用腕錶指示患者如何取下面罩嘔吐，然後再次呼吸前戴回面罩。這番情狀以最樂觀的說法是困難度頗高的惱人操練，而且許多人在患上高山病的同時有二氧化碳中毒的現象。不過他們正逐漸接近目的地。腕錶螢幕出現的利比亞車站與東京地下鐵尖峰時刻萬頭鑽動的景象極之類似，差幸火車甚有規律的抵達又離去，後到者抵達時應該會有躋身空間。

一輛越野車停在他們身旁，詢問他們需不需要坐一程。瑪雅說，「滾開！幹什麼了，你沒看到嗎？去幫上面那些人，快去，不要浪費我們的時間！」

駕駛人趕緊逃之夭夭，以免更受懲治。瑪雅嘶嘎粗魯的說，「下地獄去！我已經一百四十三歲了，如果不能走完全程就實在該死。我們走快一點。」

他們維持相同速度。並且維持在隊伍末端，看著前面朦朧薄霧中上上下下的長排燈光。娜蒂雅的眼睛已經痛了幾個小時，現在更是難以忍受，寒冷僵凍的麻木感也不再有任何幫助了；它們非常、非常乾燥，眼窩部分還滿是砂石似的。眨眨眼都傳來針戳的刺痛感覺。面罩外加遮塵眼鏡會是個好主意。

一塊遮掩的石頭讓她踉蹌幾步，青少年時期的一樁記憶閃現腦海：她和幾個工作夥伴被困在他們故障的卡車裡，時序冬天，地點在烏拉山脈（譯註：Ural，俄國歐洲與亞洲的分界嶺）。南部他們必須從棄置的契爾亞賓斯克六五（譯註：Chelyabinsk，俄國南方烏拉山脈東邊斜坡上的工業城）一直走到契爾亞賓斯克四○，橫越冰雪封凍的廢棄的史達林主義工業荒地，五十公里——黑色棄置的工廠，破損的高煙囪，頹圮的圍牆，報廢的卡車……覆蓋於冰雪酷冷的冬夜裡，而天空佈滿壓得低低的雲層。即使那時候，也像是一場夢魘。她對瑪雅、亞特和薩克斯轉述這個故事，聲音嘶啞刺耳。她的喉嚨也疼痛難當，然而不及她雙眼帶來的刺痛感。他們已經習慣透過內線對講機交談，在空曠沒有遮蔽的露天下，語聲聽來實在有些滑稽。但是她想說話。「我不懂我怎麼就忘了那天晚上。不過我真的很久沒有想到它。我是忘記了。那發生在，我想想，一百二十年以前。」

「這回會是妳記得的另一次。」瑪雅說。

他們交換個人經驗中最寒冷的故事。而這兩名俄國女子至少可以列出十個故事，個個都比薩克斯或亞特最冷經驗還要冷。「比比看最熱的怎樣？」亞特說。「我一定贏。有一次我參加伐木比賽，在鏈鋸組，而那端看誰有最強力的鋸子，所以我把我電鋸引擎換成哈雷機車的，十秒鐘不到就砍下一棵。但是機車引擎是氣冷式的，

你知道，喔，想想我的手有多熱！」

他們全笑了起來。「那不算，」瑪雅宣稱。「不是你整個身體。」

星星比前些時候少些了。娜蒂雅起先以為是空氣中漂浮著塵土細粒的關係，不然就是因為她滿是砂礫感覺的眼睛引起的視野不良。但是當她瞥見她的腕錶時，發現已經幾乎凌晨五點。天很快就會亮。而利比亞車站只有幾公里遠了。氣溫是絕對溫度二百五十六度。

他們在日升之時抵達。人們遞送一杯杯聞起來有如神仙美味的熱茶。火車站太過擁擠無法進入，外面還有幾千人等著。而撤離行動已經平順持續了幾個鐘頭，由韋拉德、烏蘇拉以及一整群波格丹諾夫份子組織協調。火車不斷從東、南和西方三條雪道駛來，裝滿乘客後即刻駛離。飛船也從地平線那端飄飛而來。布若斯的居民很快的分離開來──有些往埃律西姆峰，另些往希臘盆地，或更南方的西蘭亞格哈，以及基督歐波里司──其他前往雪菲爾途中的一些小市鎮，包括山腳基地。

所以他們靜待輪到他們。在拂曉晨光中看到每一個人的眼睛都佈滿血淋淋的紅色線條，陪襯著仍然蓋住鼻嘴的蒙上厚厚一層塵土的面罩，彷彿戴著狂野殘酷的面具。以後如果再想要露天行動，遮塵眼鏡很顯然的屬於必要部分。

終於沙易克和瑪琳娜護送最後一組人進入車站。這時不少登陸首百找到彼此並聚集在一堵牆旁，被一種總是在危機時期把他們拉在一處的磁石般的吸力牽引住。現在，最後一組人進去了，這裡只剩他們幾人：瑪雅和米歇爾、娜蒂雅和薩克斯和亞特、韋拉德、烏蘇拉、瑪琳娜、史賓賽、依凡娜、土狼……

雪道那頭賈姬和奈加引導人群進入火車，彷彿交響樂團指揮似

的揮動雙臂，同時扶持那些雙腿在最後一刻癱軟的人們。登陸首百一塊走到月台。瑪雅經過賈姬踏上火車時故意不理會她。娜蒂雅跟在瑪雅身後上車，然後其他人魚貫入內。他們沿著中央走道走下去，經過所有呈現兩種色澤的快樂面龐，上面因塵土而棕褐，鼻嘴處清新白淨。地板上有幾副拋棄的骯髒面罩，而多數人緊緊握住他們的。

每節車廂前頭的螢幕都播放著一艘飛船拍攝到的布若斯畫面，布若斯在這天早晨已經變成一片汪洋冰海，冰佔多數而黑色冰湖亦觸目皆是。這片新生冰海上原來矗立於城市裡的九座臺地，如今變成九座邊緣為懸崖峭壁的島嶼不很高，頂端花園以及僅存的幾排窗戶對應著髒污浮冰，顯得異常怪異。

娜蒂雅以及其他登陸首百跟隨瑪雅穿過數節車廂，來到最後一個。瑪雅回身面對逐個湧入這最後一節小車廂的眾人說，「這列火車往山腳基地嗎？」

「敖得薩。」薩克斯告訴她。

她微笑。

在他們之前坐進這節車廂的人們紛紛起身往前移動，讓這群老人們能夠就近坐在一起，他們沒有拒絕這份殷勤禮貌。他們道了謝之後坐下。那之後沒多久，前面幾節車廂就充滿了人潮。走道也開始站人。韋拉德說著話，船長是最後一個離開沈沒中船隻的人什麼的。

娜蒂雅發現這樣的論述很讓人傷感。她現在真正感到疲累不堪，不記得她最後一次睡覺是什麼時候。她喜歡布若斯，無數個建築工程時間精力投注在裡面……她記起納諾如何提到沙比希。布若斯也存在於他們心中。也許等到新海洋的海岸線穩定下來後，他們可以在別處重建另一座。

至於此刻，安坐在車廂另一邊，土狼沿著走道向他們走來，中途停步朝車窗看去，對著仍然在外頭的奈加和賈姬豎起一根拇指。

瑪雅說了什麼，米歇爾笑了起來，而烏蘇拉、瑪琳娜、韋拉德、史
賓賽——這些娜蒂雅的家人安全圍繞在她身旁，至少這個時候是
的。而這個時候是他們僅有的……她感覺全身像是融化在座椅上。
她馬上就會睡著了，她從她乾澀灼熱的眼睛裡這麼感覺。火車開始
移動。

薩克斯察看他的腕錶，娜蒂雅睡眼惺忪的對他說，「地球怎樣了？」

「海平面仍在上升。已達四公尺高。看來那些變形跨國公司目前已停止交戰。世界法庭提出了停火協議。布雷西斯把它所有資源全部投入救災工作上。其他一些變形跨國公司很可能也會跟進。聯合國大會在墨西哥城召開。印度確認與火星獨立政府簽訂了條約。」

「那等於是跟魔鬼打交道。」土狼從車廂另一端說。「印度和中國太大了，我們鐵定吃不下。你等著瞧吧。」

「這麼說來那裡的爭鬥結束了？」娜蒂雅說。

「是不是永久的還不清楚，」薩克斯說。

瑪雅哼了一聲。「決不會是永久的。」

薩克斯聳聳肩。

「我們得設立一個政府，」瑪雅說。「必須要快，以統一聯合戰線面對地球。我們基礎越鞏固確立，就越能阻止他們把我們連根拔除的意圖。」

「他們會來。」坐在窗邊的土狼說。

「如果我們能夠證明他們可以從我們這裡獲得一切，一如自己親身所得一樣的話就不會，」瑪雅說，惱怒的瞪著土狼。「那會讓他們慢下來。」

「不管怎樣，他們一定會來。」

薩克斯說，「在地球平靜穩定下來之前，我們永遠不會安全。」

「地球永遠不會穩定。」土狼說。

薩克斯聳聳肩。

「所以把它穩定下來是我們的職責！」瑪雅大喊，對土狼揮動一根手指。「為了我們自己好！」

「地球火星化，」米歇爾說，臉上帶著一貫幽默的笑容。

「沒錯，為什麼不呢？」瑪雅說。「如果真到那樣的地步的

話。」

米歇爾傾身過去，在瑪雅滿是塵土的臉上親了一下。

土狼搖著頭。「那等於是在沒有槓桿支點的情況下企圖改變世界。」他說。

「槓桿支點在我們腦中。」瑪雅說，使娜蒂雅驚跳了一下。

瑪琳娜也看著她的腕錶，此刻她說，「保安部隊依舊佔有克拉克以及幹管。彼得說他們已經離開整個雪菲爾，但仍然保有『套筒』。有人——嘿——有人報告說在西闌亞格哈看到廣子。」

他們全都靜默下來，各自沈浸在自己的思緒裡。

「我進到聯合國臨時政府第一次佔領沙比希時的記錄，」過了一會土狼說，「那裡頭一點也沒提到廣子，或她那團人的任何訊息。我不認為他們被捕了。」

瑪雅陰沈的說，「寫下來的東西跟真正發生的狀況一點關係也沒有。」

「在梵文裡，」瑪琳娜說，「西闌亞格哈意指『金色胚胎』。」

娜蒂雅心臟緊緊一縮。出來，廣子，她想著。出來，該死的妳，求求妳，該死，出來。米歇爾臉上的表情惹人哀憐。他整個家人，全不見了……

「我們還不能確定是不是已經將火星整合在一起了，」娜蒂雅說，為了岔開他的心思。她迎視他的雙眼。「我們在多薩伯雷夫亞不能得到眾人同意——現在又怎麼能夠呢？」

「因為我們自由了，」米歇爾回答，振作起來。「現在是一樁事實了。我們可以自由嘗試。而只有在毫無回頭可能性時，人們才會將全副精神心力投注進去。」

火車在橫越赤道雪道時減緩速度，他們隨著火車前後擺動。

「有些紅黨成員把荒漠上所有抽水站全炸掉，」土狼說。「我想就地球化議題上要獲得多數同意並不容易。」

「不錯，」安啞著聲說。她清了清喉嚨。「我們要撒力塔也消

失掉。」

她盯住薩克斯，但是他只聳聳肩。

「生態波伊希思，」他說。「我們已經有了生物圈。那就是我們想要的。一個美麗的世界。」

車外斷續破碎的風景在冷涼的晨光中飛逝而去。第勒那斜坡佈滿了成千上萬補片似的草皮、苔蘚和地衣，微微染成土黃色，那些補片填補了岩石之間的空隙。他們沈默的往窗外望去。娜蒂雅愕然瞪視試圖釐清整個狀況，不讓思緒糾結纏繞在一起，然而思緒依舊如窗外紅褐──土黃交雜流彩般朦朧飄飛……

她收回視線環顧周遭眾人，感覺體內有把鑰匙輕輕轉動。她的眼睛仍然乾燥刺痛，但她不再感覺昏昏欲睡。她胃裡緊繃的痛感停止了，是動亂開始以來的第一次。她輕鬆的呼氣吸氣。她看著她朋友們的臉龐──安依然對她生著氣，瑪雅依然對土狼生氣，他們全體都疲累不堪，全身骯髒，臉上鑲著紅色眼睛，一如那些小紅人，眼球裡的虹彩彷彿圓形寶石碎片，在充滿血絲的布景上閃閃生光。她聽到自己在說，「阿卡迪會很高興的。」

其他人滿臉驚訝。她突然了解，她從來沒有提起過他。

「西門也是。」安說。

「還有亞力克斯。」「莎夏。」「以及塔蒂亞娜──」

「和所有我們失去的老友。」米歇爾快速接口，以免這項名單越來越長。

「法蘭克不會，」瑪雅說。「法蘭克會因著某件事而全然憤怒不已。」

他們笑了起來，土狼說，「而我們現在有妳承續那個傳統，對不？」他們又笑了起來，她則舉起一根手指生氣的朝他揮動。

「約翰呢？」米歇爾問，拉下瑪雅的手臂，對她拋出那道問題。

瑪雅掙脫開來，仍然對著土狼晃動一根手指。「約翰不會悲戚

憂鬱的痛哭，也不會對地球揮手道再見，彷彿我們可以沒有它而存在！約翰‧布恩這個時後會狂喜忘形！」

「我們應該記住那個，」米歇爾回應的很快。「我們應該想想他會怎麼做。」

土狼咧嘴而笑。「他會精神昂揚的在這列火車上前後來回奔跑。把氣氛熱鬧起來。到敖得薩的這段旅程會是一場興奮的宴會。音樂啦、舞蹈啦等等。」

他們彼此對視。

「怎樣？」米歇爾說。

土狼朝火車前段斜了斜身體。「看來他們並不需要我們的幫助。」

「顯然如此。」米歇爾說。

他們朝火車前段走去。

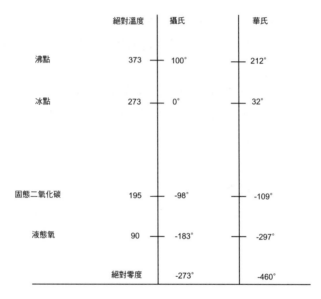

|  | 絕對溫度 | 攝氏 | 華氏 |
|---|---|---|---|
| 沸點 | 373 | 100° | 212° |
| 冰點 | 273 | 0° | 32° |
| 固態二氧化碳 | 195 | -98° | -109° |
| 液態氧 | 90 | -183° | -297° |
| 絕對零度 |  | -273° | -460° |

**溫度對照表**

國家圖書館出版品預行編目資料

綠火星 / 金・史丹利・羅賓遜（Kim Stanley
　Robinson）著：藍目路譯. - - 初版. - - 臺北
市：臉譜出版：城邦文化發行，2001〔民90〕
　　面；　公分. - -（火星三部曲；2）
　　譯自：Green Mars
　　ISBN 957-469-432-1（精裝）

874.57　　　　　　　　　　　　　　90005634